JOHANNA NICHOLLS

Wilde Akazien

GOLDMANN
Lesen erleben

Johanna Nicholls

Wilde Akazien

Roman

Deutsch von pociao

GOLDMANN

Die Originalausgabe erschien 2012
unter dem Titel »Ghost Gum Valley«
bei Simon & Schuster (Australia) Pty Limited,
A CBS Company, Cammeray.

Dieses Buch ist auch als E-Book erhältlich.

MIX
Papier aus verantwortungsvollen Quellen
FSC® C014496

Verlagsgruppe Random House FSC® N001967
Das FSC®-zertifizierte Papier *Pamo House* für dieses Buch
liefert Arctic Paper Mochenwangen GmbH.

1. Auflage
Taschenbuchausgabe April 2015

Published by Arrangement with Johanna Nicholls
Dieses Werk wurde vermittelt durch die Literarische Agentur
Thomas Schlück GmbH, 30827 Garbsen.
Gestaltung des Umschlags und der Umschlaginnenseiten:
UNO Werbeagentur München
Umschlagfoto: © Female greater honey-guide scouts starlings nest
in an acacia tree, 1954 (colour litho), Weber, Walter Alois (1906-79)/
National Geographic Creative/The Bridgeman Art Library;
Julie Fletcher/getty images; FinePic®, München
Redaktion: Kerstin von Dobschütz
BH · Herstellung: Str.
Druck und Einband: GGP Media GmbH, Pößneck
Printed in Germany
ISBN: 978-3-442-47371-7
www.goldmann-verlag.de

Besuchen Sie den Goldmann Verlag im Netz

Sydney, New South Wales, Januar 1836

Die gesamte Gemeinschaft ist bei nahezu jedem Thema in erbitterte Parteien gespalten. Von denen, die ihrem Stand im Leben nach die Besten sein sollten, befleißigen sich viele einer solch offenen Lasterhaftigkeit, dass ehrbare Menschen nicht mit ihnen verkehren können … Zwischen den Kindern der reichen Emanzipisten und der freien Siedler herrscht viel Eifersucht; Erstere betrachten ehrliche Menschen gern als Eindringlinge. Die ganze Bevölkerung, Reich wie Arm, ist darauf aus, Reichtum zu erwerben …

Charles Darwins Gedanken von 1836 über die Strafkolonie von New South Wales im vierten Jahr seiner fünfjährigen Weltreise als Naturforscher an Bord der *HMS Beagle*

Zum Gedenken
an die Kreativität und Courage
von Schauspielern, Schauspielerinnen und Komödianten
zu allen Zeiten.

Mit besonderer Reverenz
für die Sträflinge und Marinesoldaten der First Fleet,
die am 4. Januar 1789 das erste Schauspiel
auf australischem Boden aufführten,
George Farquhars *Der Werbeoffizier.*

Und zum Gedenken
an den visionären »Vater des australischen Theaters«,
Barnett Levey

BUCH EINS

DIE LIAISON

Eine Geliebte sollte so etwas Ähnliches sein wie ein kleines Ferienhaus auf dem Lande, unweit der Stadt. Nicht um ständig dort zu wohnen, nur eine Nacht und dann wieder fort.

William Wycherley, 1675, *Die Unschuld vom Lande*, Erster Akt

EINS

SYDNEY TOWN, STRAFKOLONIE VON NEW SOUTH WALES, DEZEMBER 1832

Eine Woge von so etwas wie Liebe durchfuhr Marmaduke Gamble, als er die vulgäre Mätresse seines Heimatlandes betrachtete.

Du wirst nie eine Dame sein, Sydney. Aber du bist meine Art von Frau. Urwüchsig, sinnlich, mutig, geldgierig – und trotzdem grundehrlich.

Das Marineblau von Port Jacksons riesigem Hafen, in dem es von Sträflingstransportern und Handelsschiffen mit aufgesetzten Segeln wimmelte, spiegelte das metallische Blau eines Sommerhimmels, der so hoch und so wolkenlos war, dass Marmaduke erschrak, als ihm die Wahrheit bewusst wurde. Nach nur vier Jahren Reisen durch die nördliche Hemisphäre hatte er den Zauber des australischen Himmels vergessen.

Er stand auf dem Dach des neuen Luxushotels Princess Alexandrina, und die steife Brise des Hafens zerrte an seinem langen Haar und dem seidenen Morgenmantel. Sydney Town lag zu seinen Füßen und wartete darauf, dass er die Stadt wiederentdeckte. Als er nach England aufbrach, war er ein naiver junger Kerl von zwanzig gewesen, gedemütigt und entschlossen, nie wieder zurückzukommen. Das Sydney, das er hinter sich ließ, wurde von vielen als »Hure von Ozeanien« abgetan wie ein verführerisches, raues Straßenmädchen, das gezwungen war, mit jedermann zu schlafen. Jetzt sah er Sydney mit anderen Augen, verändert wie eine Frau, die sich aus der Gosse erhoben hatte, um eine schöne Kurtisane zu werden und Huldigungen von all ihren Bewunderern entgegenzunehmen – Sträflingen, freien Siedlern, Militäroffizieren und ehrbaren Männern bis hinauf zu dem neuen angloirischen Gouverneur Sir Richard Bourke.

Vor ihm lag das Panorama der Stadt, deren Uferland im Norden dicht mit verschiedenen Eukalyptusgattungen bestanden war. Südlich des Hafens machte der wilde Kontrast der Architektur auf eine Schlacht um die Vorherrschaft aufmerksam. Imposante öffentliche Gebäude aus weichem Sandstein und Kirchtürme, die sich mit denen des georgianischen London messen konnten, standen in unmittelbarer Nachbarschaft des berüchtigten Viertels The Rocks, wo sich schäbige Wohnungen und unzählige Kneipen aneinanderreihten. Sie waren eine unwillkommene Erinnerung daran, wie sein Vater, der ehemalige Sträfling Garnet Gamble, begonnen hatte, sein Vermögen anzuhäufen.

Sydneys höchstes Gebäude, während seiner Abwesenheit fertiggestellt, war ein ungewöhnlicher fünfstöckiger Komplex, der ein großes Kaufhaus beherbergte, von einer Windmühle gekrönt war und zur George Street hin die Fassade des eleganten Royal Hotels zeigte, in dem auch das Theatre Royal untergebracht war.

Marmaduke stieß einen Freudenschrei aus. *Mein Gott! Barnett Levey hat es wirklich geschafft! Entgegen allen Erwartungen hat er seinen Traum verwirklicht und unser erstes professionelles Theater gebaut!*

Er erinnerte sich an seine Aufregung als Jugendlicher an einem Junitag im Jahr 1827, als er Zeuge der Feier war, die eine noch größere Menschenmenge anlockte als eine öffentliche Hinrichtung – die Grundsteinlegung für Barnett Leveys unternehmerische Vision, ein aufwändiges Theater mit tausend Plätzen.

Heute sah Marmaduke die Windmühle auf dem Dach von Sydneys höchstem Gebäude als Symbol für den wachsenden Wohlstand und Stil in der Sträflingskolonie. Er wusste, dass Sydneys erstes speziell errichtetes Theater nur der liberalen Politik Gouverneur Bourkes zu verdanken war, der das Veto seines autokratischen Vorgängers gegen Leveys Theaterlizenz wieder aufgehoben hatte. Alle Schichten von Sydneys Gesellschaft hungerten nach Kultur und freuten sich über den Triumph des jungen Schauspielers und Intendanten. Doch es hatte Leveys Gesundheit und seinem Vermögen einen hohen Tribut abverlangt.

Gott sei Dank können sich die ehemaligen Sträflinge nun unter demselben Dach an Shakespeare erfreuen wie die obere Gesellschaft und werden nicht länger von Darlings Verbot sozialer Kontakte zwischen Gefangenen und Freien voneinander getrennt. Ich nehme an, dass der Dichter aus Avon im Himmel sitzt und grinst, wenn er sieht, wie die Leute auf den billigen Plätzen Richard III. *ausbuhen und bei* Romeo und Julia *in Tränen ausbrechen.*

Marmaduke beschloss, das neue Theater zu unterstützen, indem er sich eine Privatloge für die aktuelle Saison mietete. Doch er war nicht nur in die Kolonie zurückgekehrt, um seiner Vorliebe für Vergnügen und Abenteuer zu frönen.

Er eilte hinab in seine Gemächer, um sich angemessen gekleidet in die Gesellschaft der Kolonie zu stürzen. Heute war ein besonderer Tag. Der Hauptgrund für seine Rückkehr nach New South Wales war, dass er Anspruch auf das Erbe erheben wollte, welches sein Vater ihm bis heute vorenthalten hatte.

Marmaduke überprüfte sein Äußeres in dem Standspiegel und war zufrieden mit dem tadellosen Schnitt des maßgeschneiderten Fracks aus der Savile Road, aber auch frustriert von seinem täglichen Kampf – der Kunst, die Enden seines Kläppchenkragens hoch genug halten, um modisch zu sein, aber trotzdem tief genug, um ungehindert den Kopf bewegen zu können.

Was für eine selten dämliche Mode. Ich würde Beau Brummel den Hals umdrehen, wenn er nicht schon vor langer Zeit das Zeitliche gesegnet hätte!

Er band sein schwarzes Haar im Nacken zusammen, sodass er wie ein Pirat aus dem achtzehnten Jahrhundert aussah, ein

Stil, der seinen Vater immer furchtbar geärgert hatte. Das allein war für Marmaduke Grund genug gewesen, es nicht abschneiden zu lassen und in den Augen seines Vaters zu einem »richtigen Mann« zu werden. Er trug das Haar lang wie ein Currency Lad – einer von hier –; es war ein unzerstörbarer Teil seiner Identität.

Du bist bei dem Versuch gescheitert, einen Mann nach deinem eigenen Vorbild aus mir zu machen, Vater, aber ich bin inzwischen ich selbst geworden. Ein Mischling. Nach außen hin dank der Londoner Schneider ein englischer Gentleman, aber die Züge des hier geborenen Currency, die du mir austreiben wolltest, habe ich behalten.

Marmaduke warf einen kritischen Blick auf sein Spiegelbild, während er eine schnelle Folge von Posen einnahm, die unterschiedliche Typen von Engländern darstellten – einen verweichlichten Regency-Dandy, einen aufgeblasenen Regierungsbeamten, einen hitzigen Whigs-Sprecher bei seiner Antrittsrede, einen übersättigten Wüstling, der auf seine Verführungskunst baute, und schließlich die lässige Haltung eines Currency Lads.

In Europa hatte er keinen englischen Gentleman spielen müssen. Bei seiner Ankunft als naiver Bewohner der Kolonie hatte er seinen beschämend jungfräulichen Status hinter einem gespielten Selbstbewusstsein versteckt, ohne auch nur den Versuch zu machen, seinen australischen Akzent zu verbergen, wenn er wie ein Abenteurer in die Salons der Oberschicht stolzierte. Zu seiner großen Überraschung hatte er einen sehr angenehmen Zug der Briten entdeckt – ihren Respekt gegenüber jeder Art von Spleenigkeit. Wo auch immer er hinkam, überall wurde er als Neuheit gefeiert wie eine seltene australische Pflanze, die man in einem Gewächshaus in den Kew Gardens gepflückt hatte. Wenn er auf einem Landsitz eingeladen war, ritt und jagte er mit dem Hausherrn, achtete darauf, unschuldigen jungen Dingern aus dem Weg zu gehen, bezirzte aber ältere Damen und Witwen unweigerlich mit seinem Charme und betrat die Gesellschaft diskret durch die Schlafzimmertür.

Ein Schwarm von Gelbhaubenkakadus ließ sich auf dem Balkon nieder und krächzte lärmend im Chor. Marmaduke erinnerte sich lebhaft an das boshafte Lächeln seiner schönen Mutter, wenn sie ihrem zahmen Kakadu Amaru Sprüche beibrachte, von denen sie genau wusste, dass sie Garnet zur Weißglut brachten.

Er lächelte über dieses seltene, glückliche Bild aus seiner Kindheit, griff nach seinem Zylinder, Handschuhen und Stock und ging zur Tür, in der Absicht, die einzigen beiden Freunde zu besuchen, die er in der Kolonie hatte. Einer war Josiah Mendoza, ein älterer Uhrmacher, der ihn kopflos und ohne einen Penny in der Tasche aufgelesen hatte, nachdem er vom Anwesen der Gambles, Bloodwood Hall, geflohen war, ihm ein Dach über dem Kopf und etwas zu essen angeboten und ihm ein paar Tricks aus der Schmuckbranche beigebracht hatte.

Dank sei Gott für das Glück in dieser Nacht im Kasino, die mich zum stillen Teilhaber seines Juweliergeschäfts gemacht hat.

Marmadukes anderer alter Freund, Edwin Bentleigh, gehörte zwar zwei Spezies an, denen er das größte Misstrauen entgegenbrachte, Anwälten und Engländern, trotzdem war er ein Mann, dem Marmaduke sein Leben anvertraut hätte.

Mit gutem Grund. Edwin hat mich schon einmal vor dem Galgen gerettet.

In der George Street wimmelte es von Vertretern aller Gesellschaftsschichten. Elegante Kutschen kämpften sich zwischen rumpelnden Ochsenkarren, Einspännern und mit Obst und Gemüse beladenen Karren vorwärts. Als Marmaduke die Straße überquerte, um sich das Äußere des Royal Hotels genauer anzusehen, wurde ihm der Weg von einer Menschenmenge versperrt, die zu einem Umzug wollte. Hinter einer Militärkapelle, an deren roten Uniformen er das 17. Leicestershire Regiment erkannte, kam eine Gruppe von Freimaurern in vollem Ornat, mit goldenen Tressen, Orden und bemalten Freimaurerschurzen. Doch der eigentliche Auslöser für die Karnevalsstimmung der Menge war ein offener, von zwei Schimmeln gezogener Landauer.

Der einzige weibliche Passagier winkte mit der behandschuhten Hand wie eine Königin einer bunten Mischung von Untertanen zu, die neben ihrer Kutsche herrannten und sie mit Lobhudeleien und Rosenblüten überschütteten.

Wer ist das? Eine europäische Aristokratin, die von einer Revolution vom Thron verjagt wurde? Wer weiß? Nach fast drei Monaten auf See habe ich keine Ahnung mehr, was in der Welt geschehen ist.

Die Antwort kam, als Marmaduke einzelne Bravorufe erkannte und dann eine kecke Stimme mit starkem Cockney-Akzent: »Sing für uns, Schätzchen!«

Marmaduke drängte sich näher an die Kutsche heran, die in der Menge stecken geblieben war. Er konzentrierte sich auf das Gesicht und das beeindruckend blasse Dekolletee, das mit Edelsteinen geschmückt war, aufgeschreckt von der exotischen, dunklen Schönheit der Frau, in der er eine legendäre Sängerin und Kurtisane wiedererkannte.

Josepha St. John. Die »amerikanische Nachtigall«! Es muss Barnett Levey ein Auge gekostet haben, sie in die Kolonie zu locken. So kann ich sie endlich einmal auf der Bühne sehen. Und mit ein bisschen Glück vielleicht noch aus größerer Nähe.

Marmaduke war nie zur rechten Zeit im rechten Land gewesen, um sie auftreten zu sehen. Doch er hatte ihr umstrittenes Porträt als Göttin Juno gesehen, ein Gemälde, das die National Gallery in London wegen seines berüchtigten Modells abgelehnt hatte. Zusammen mit einer Gruppe wohlhabender Londoner Gentlemen, die sich im Atelier des Künstlers in Hampstead versammelten, hatte er sich von der üppigen Schönheit faszinieren lassen, doch das Gemälde war unverkäuflich gewesen. Der

Künstler war unübersehbar hingerissen von der Diva, die ihn angeblich wegen eines britischen Herzogs und eines europäischen Prinzen, die beide um ihre Gunst wetteiferten, als Liebhaber abgewiesen hatte. Marmaduke hatte eine Reihe von freizügigen Karikaturen gesehen, die sie und die beiden Verehrer auf skandalöse Weise porträtierten und in den Straßen von London reißenden Absatz fanden.

Es gelang ihm, den Blick der Diva zu kreuzen, als sie aus dem Landauer stieg und das Royal Hotel betrat.

Wir sehen uns wieder, süße Dame – entweder auf der Bühne oder woanders.

Als Marmaduke eine Droschke herbeiwinken wollte, um zu Edwins Kanzlei zu fahren, versperrte ihm eine protzige Kutsche den Weg, von der ein livrierter Kutscher heruntersprang und ihn ansprach.

»Sie sind Mr Marmaduke Gamble, nicht wahr? Ich habe versucht, Sie einzuholen. Ich bin Ihr Fahrer, mein Herr, und habe den Auftrag, Sie Tag und Nacht überall hinzubringen.«

»Auftrag? Das muss ein Irrtum sein. Ich habe keine Kutsche bestellt.«

»Es ist kein Irrtum, mein Herr. Sie sind doch der Sohn meines Masters, Garnet Gamble? Die Kutsche hier ist ein Willkommensgeschenk Ihres Vaters.«

Marmaduke schaffte es nur mit Mühe, seinen Zorn zurückzuhalten. Seit dem Tag, an dem er von Bloodwood Hall davongaloppiert war, mit der Drohung, nie wieder zurückzukehren, hatte er keinen Penny mehr von seinem Vater angenommen. Er hatte ausschließlich von seinen eigenen Einkünften gelebt und seine Reisen mit seinem Anteil an den vierteljährlichen Gewinnen aus Mendozas Geschäft bezahlt.

Mein Vater glaubt also, ich würde seine lächerlich teure Kutsche annehmen: typisch für seine Selbstherrlichkeit! Er will mich immer noch manipulieren, nichts hat sich verändert.

Marmaduke wollte sich schon abwenden, als er das Gesicht des Kutschers sah.

»Ich heiße Thomas, Sir, bitte um Verzeihung. Wenn Sie nicht wollen, verliere ich meinen Job.«

Es hat keinen Sinn, sich ins eigene Fleisch zu schneiden. Ich muss so schnell wie möglich dafür sorgen, dass Mingaletta auf mich überschrieben wird. Sobald es juristisch abgesichert ist, bekommt Garnet die Kutsche zurück. Was für eine verdammte Dreistigkeit zu glauben, er könne sich mit einer Kutsche und einem Gespann meine Vergebung erkaufen.

Trotz seines Ärgers musste Marmaduke die elegante Form, die üppigen Polster und die beiden wunderschönen Grauschimmel bewundern.

»Noch eine Spur luxuriöser, und sie könnte die vizekönigliche Staatskarosse von Gouverneur Bourke in den Schatten stellen.«

Thomas warf ihm einen nervösen Blick zu. »Gefällt sie Ihnen nicht, Sir?«

Die Livree mit den Goldtressen, Kniehose, Schnallenschuhe, Dreispitz, alles war in tadellosem Zustand – nur das Gesicht nicht. Den deutlich mitgenommenen, vorzeitig gealterten Zügen nach handelte es sich um einen ehemaligen Sträfling, der einiges hinter sich hatte.

»Die Kutsche entspricht mehr dem Geschmack meines Vaters, aber demjenigen, der die Pferde ausgesucht hat, kann man nur gratulieren.«

Thomas' Mund öffnete sich zu einem überraschten Grinsen. »Vielen Dank, Sir. Der Herr meinte, Sie wär'n ein hervorragender Pferdekenner, deshalb sollte ich das beste Gespann aussuchen, das ich kriegen könnte.«

Marmaduke wunderte sich über dieses seltene, aus zweiter Hand stammende Kompliment seines Vaters, doch im Augenblick interessierte er sich mehr für die Vergangenheit des Kutschers.

»Ihr Gesicht scheint mir bekannt. Ihr ganzer Name?«

»Thomas Thomas, Sir.« Er stockte. »Ich bin mit der *Fortune* gekommen.«

Marmaduke wusste, dass dies das Sträflingsboot war, mit dem auch Garnet 1806 in die Kolonie gekommen war, daher bemühte er sich, den Mann zu beruhigen. »Ach richtig, der Schiffskamerad meines Vaters. Er erzählte, Sie hätten seine Wunden gepflegt, nachdem der Kapitän ihn hatte auspeitschen lassen.«

Der Kutscher wirkte beinahe erschrocken, als Marmaduke ihm die Hand entgegenstreckte.

»Sie werden mit Sicherheit Geschichten über meine schmutzige Vergangenheit hören, Thomas. Die meisten sind wahr. Aber ich gehöre nicht zu den Söhnchen begnadigter Strafgefangener, die die Engländer nachäffen und sich der Männer schämen, die geholfen haben, diese Kolonie aufzubauen. Ich bin hier geboren und stolz darauf.«

Resigniert fand sich Marmaduke damit ab, dass Garnet ihn ausmanövriert hatte, und nahm in der Kutsche Platz.

»Seien Sie aber trotz der Anweisungen meines Vaters so nett und sparen Sie sich das Sir für ihn auf, Thomas. Ich ziehe Marmaduke vor.«

»Ja, Sir – Marmaduke!« Thomas sprang auf den Kutschbock und lenkte das Gespann im raschen Trab quer durch die Stadt zu dem Viertel, wo die meisten Rechtsvertreter ihre Kanzleien hatten.

Die Kutsche bog auf den eleganten Platz vor der modernen Kirche St. James ab, entworfen von Gouverneur Macquaries einstigem Lieblingsarchitekten Francis Greenway, einem Emanzipisten, der im selben Jahr begnadigt worden war wie Garnet. Greenway war während der Herrschaft von Macquaries Nachfolger in Ungnade gefallen und lebte jetzt zurückgezogen.

Typisches Muster für die Kolonie. Je schneller man aufsteigt, umso heftiger ist der Sturz.

Edwin Bentleighs Kanzlei befand sich im zweiten Stock eines Gebäudes, das in der Anfangszeit der Kolonie von Sträflingen mit selbst gebrannten Ziegelsteinen gebaut worden war.

Man führte Marmaduke ins Arbeitszimmer seines Freundes, wo er ihn so heftig umarmte, dass der zurückhaltende Engländer verlegen errötete.

»Edwin, bin ich froh, dich wiederzusehen! Immer wieder habe ich mir gewünscht, du könntest mich auf meinen Abenteuern begleiten, Kumpel!«

Edwin murmelte ein paar Begrüßungsfloskeln und rief nach Tee, doch Marmaduke war insgeheim betroffen über das von Sorgen gezeichnete Äußere seines Freundes. Der ohnehin vorhandene Gegensatz zwischen seinem kraftvollen Auftreten im Gerichtssaal und seinem verschlossenen Gesicht als Privatmensch hatte sich noch verstärkt. Edwin war ein unauffälliger Mann, schmal mit einem hageren Gesicht und sandfarbenem, dünnem Haar. Im Gerichtssaal jedoch ließ er sich von seiner Redekunst und seinem Glauben an die Unschuld seines Klienten derart mitreißen, dass er sich in eine Figur von Shakespeare'scher Größe verwandelte, wenn er darum kämpfte, den Geist des britischen Gesetzes aufrechtzuerhalten.

Marmaduke wusste, dass er viele Sträflinge verteidigte, die in die Grauzone von Schuld und Unschuld geraten waren und ihn nicht bezahlen konnten; trotzdem setzte Edwin sich mit demselben Eifer für sie ein, mit dem er auch seinen Herrscher, König William IV., verteidigt hätte.

Außerhalb des Gerichts aber schrumpfte er zu einem schüchternen, ewigen Junggesellen zusammen, der sich seinem Schicksal ergeben hatte und unter der Fuchtel seiner verwitweten Mutter in einem kleinen Haus in Woolloomooloo Hill wohnte. Marmaduke hatte ihn noch nie in Begleitung einer Dame gesehen und war sich nicht sicher, ob dies mit mangelndem Mut oder entsprechenden Neigungen zu tun hatte.

Die nächste halbe Stunde verging mit Lachen und Scherzen, während sie versuchten, die Lücke der letzten vier Jahre zu schließen, in der sie sich nur Briefe geschrieben hatten. Im Stillen genoss Edwin Marmadukes Geschichten über seine verlorene Unschuld in der Ferne.

»Scheint, als hättest du zu Hause ganz schön für Aufruhr gesorgt, alter Freund!«

»Das Komische ist, dass ich tatsächlich in die Alte Welt reisen musste, um mich als echter Australier zu fühlen. Doch hier in meinem eigenen Revier bedeutet es das Ende, ein Gamble zu sein. Garnet ist möglicherweise der zweitreichste Mann in der Kolonie; er kann alle möglichen Geschäfte mit den hohen Tieren machen, aber du weißt so gut wie ich, dass der Sohn eines begnadigten Sträflings niemals die Klassenschranken überwinden und in ihre Kreise einheiraten kann. Diese Strafkolonie hat in fünfundvierzig Jahren mehr Gesellschaftsebenen erfunden als Europa in zehn Jahrhunderten.«

Edwin schlüpfte unmerklich in seine Rolle als Anwalt beim Verhör und vergewisserte sich scheinbar beiläufig, dass Marmaduke nicht etwa mit einem »gebrochenen Herzen« in die Kolonie zurückgekehrt war.

»Bist du nie in Versuchung gewesen, um die Hand einer Dame anzuhalten?«

»Hey, wofür hältst du mich – einen Vollidioten?«, gab Marmaduke leichthin zurück. »Ein Mal hat mir gereicht. Wenn man mit neunzehn vor dem Altar sitzen gelassen wird, hat man kein Verlangen mehr danach, sich von einer Frau zur Ehe überreden zu lassen.«

»Die Braut war ein gebrochenes Herz nicht wert, alter Freund«, sagte Edwin leise. »Ich hoffe, das ist dir mittlerweile klar.«

»Ich hatte Glück und kam noch einmal davon«, antwortete Marmaduke eine Spur zu schnell. »Du warst der bestmögliche

Trauzeuge, den man sich wünschen kann, Kumpel. Aber die Chancen, dass es zu einem zweiten derartigen Auftritt für uns beide kommt, stehen schlecht.«

»Ich hoffe, du hast dein Interesse am schönen Geschlecht nicht verloren«, meinte Edwin nervös.

»Ganz im Gegenteil, ich liebe Frauen. Aber als diskreter Mensch genieße ich meinen gerechten Anteil an ›Frauen in einem bestimmten Alter‹, wie der galante Franzose sagt, und rede nicht groß darüber. Jungfrauen sind vor mir sicher. Voltaire hat es auf einen kurzen Nenner gebracht. ›Es ist ein infantiler Aberglaube des menschlichen Verstandes, Jungfräulichkeit für eine Tugend zu halten.‹ Das würde ich sofort unterschreiben.«

»Aber du bist noch jung, Marmaduke; eines Tages möchtest du vielleicht Kinder haben.«

Marmaduke fuhr sich energisch durchs Haar.

»Jetzt mach aber mal einen Punkt, Edwin. Du bist so darauf aus, mich zum Familienvater zu machen, dass du mich sogar mit einer bärtigen Zirkusdame verheiraten würdest. Eins möchte ich jedenfalls klarstellen: Ich werde auf keinen Fall Kinder haben. Die Gamble-Dynastie begann mit Garnet *und endet mit mir*.«

Bekümmert stieß Edwin einen Seufzer aus, der besser zu einem alten Mann gepasst hätte.

»Und da wir gerade beim Thema sind«, setzte Marmaduke beiläufig hinzu, »haben sich die psychischen Probleme meines Vaters verschärft, während ich weg war?«

»Er führt nach wie vor das Regiment über sein Imperium und schikaniert seine finanziellen Berater wie eh und je. Er hat riesige Summen ausgegeben, ohne dass irgendwer genau weiß, wofür.«

Marmaduke zuckte die Achseln und wandte sich dem Thema zu, das ihm am meisten auf der Seele lag. »Kommen wir zur Sache. Mutters Land rechtmäßig in Besitz zu nehmen, bedeutet mir mehr, als einen Berg aus Gold zu erben. Ich werde das Versprechen einlösen, das ich ihr mit sechzehn gegeben habe.« Die Worte, die er voller Verzweiflung am Totenbett seiner Mutter gesprochen hatte, wiederholte er jetzt unbewegt. »›Ich gebe dir mein feierliches Versprechen, Mutter. Ich werde dein Land zurückfordern, Herr von Mingaletta werden und Garnet Gamble für alles bezahlen lassen, was er dir angetan hat.‹«

Marmadukes Blick war wie eine stille Herausforderung.

Edwin hielt ihm stand. »Verstehe. Miranda Gambles letzter Wille hat dir mehr als nur einen Besitz hinterlassen. Sie hat dir auch aufgetragen, Rache an deinem Vater zu nehmen.«

Marmaduke zuckte die Achseln. »Ich habe entdeckt, dass Hass ein Gefühl ist, das sich leichter aufrechterhalten lässt als Liebe. Wo soll ich unterschreiben, damit Mingaletta auf mich übertragen wird?«

»So einfach ist es leider nicht, Marmaduke. Erst vor Kurzem hat sich dein Vater einverstanden erklärt, dir das Testament deiner Mutter auszuhändigen. Es gibt ein Problem. Bitte lies es erst einmal, dann unterhalten wir uns darüber, wie wir vorgehen wollen.«

Das Dokument war auf ein Stück vom Alter vergilbtes Pergament geschrieben. Marmaduke überflog es hastig und las es dann noch einmal, bis er jedes Wort verstanden hatte.

»Es ist völlig eindeutig. Ich soll Mingaletta entweder bei meiner Eheschließung oder an meinem fünfundzwanzigsten Geburtstag übernehmen, je nachdem was früher eintritt. Mutter hat mehrere Familienschmuckstücke und eine bestimmte Geldsumme an meine Kinderfrau Queenie vermacht, die sie als ›meine treue Freundin und Dienerin, die ich liebe wie meine eigene Schwester‹ bezeichnet. Garnet hat sie nichts hinterlassen, bis auf Amaru, ihren Kakadu, der Vater auf die Palme brachte. Diese Beleidigung durch meine Mutter erinnert mich an Shakespeares Testament – er hinterließ seiner Frau Anne Hathaway auch nur sein zweitbestes Bett.«

Marmaduke warf das Dokument auf den Schreibtisch. »Wo ist also das Problem, Kumpel?«

Edwin seufzte. »Das Testament ist nicht unterschrieben, Marmaduke.«

»Aber ich habe gehört, wie sie es diktierte. Wir fordern Garnet auf, uns das Original auszuhändigen.«

»Das *ist* das Original. Es wurde von Garnets Verwalter sofort aufgeschrieben und noch in derselben Stunde zurückgebracht, damit sie es unterschreiben konnte. Deine Mutter war wenige Minuten zuvor verstorben.«

Marmaduke hob vor lauter Frustration die Stimme. »Aber ich war dabei. Und Garnet auch – er war in diesem Augenblick betrunken und hatte einen seiner verrückten Anfälle. Er schleppte einen verdammten irischen Fiedler an, der fröhliche irische Tanzlieder spielen sollte, um meine sterbende Mutter aufzuheitern. Aber Garnet hatte zehn Jahre Zeit, um sich an diese Nacht zu erinnern und den Wunsch meiner Mutter zu respektieren!«

»Es tut mir leid, aber in diesem Fall muss ich als Diener der Justiz zwei Herren dienen, Marmaduke. Trotzdem kannst du dich auf mich als Freund verlassen. Dein Vater besteht darauf, den Buchstaben des Gesetzes bis ins kleinste Detail zu folgen. Mach ihm den Prozess, wenn du willst, aber ich glaube, jeder Anwalt in Sydney würde dir denselben Rat geben. Garnet Gamble hat das Gesetz definitiv auf seiner Seite.«

»Willst du damit sagen, dass der Mistkerl gar nicht daran denkt, mir Mutters Anwesen zu überschreiben?«

»Doch, er wird es tun … vorausgesetzt, du kehrst nach Bloodwood Hall zurück, um die Urkunde in seinem Beisein zu unterschreiben.«

»In seinem Beisein? Eher bringe ich den hinterhältigen Hund eigenhändig um.«

Edwin trommelte in einem untypischen Anfall von Aggressivität auf die Schreibtischplatte. »Sei nicht so ein verdammter

Idiot, Marmaduke. Du bist sein einziger Sohn und Erbe. Du kannst damit rechnen, sein gesamtes Imperium zu erben – solange du nicht den Kopf verlierst und dein eigenes Todesurteil unterzeichnest.«

»Wenn ich Garnet Gamble in einem Duell tötete, würde mir halb Sydney Beifall klatschen!«

»Einmal ist es mir gelungen, dich vom Mordvorwurf reinzuwaschen, nachdem du einen Mann im Duell getötet hattest, weil du ein Grünschnabel von gerade mal sechzehn Jahren warst. Aber rechne nicht mit mir oder dem Gesetz, wenn du deinen eigenen Vater umbringst. Dann wirst du baumeln, so wahr ich hier sitze!«

Marmaduke ließ diese Worte sacken, bis sich seine Erregung in eisige Kälte verwandelt hatte.

»Ich glaubte, ich hätte das ganze Ausmaß des Hasses schon kennen gelernt. Meinem Vater gegenüber und dem Schuft, den ich getötet habe. Doch jetzt sehe ich, dass Garnets üble Machenschaften genauso grenzenlos sind wie mein Hass.«

Edwin fuhr sich mit den Fingern durchs Haar und schien in der letzten Stunde noch mehr gealtert zu sein. Marmaduke empfand einen Anflug von Mitleid mit seinem Freund und besann sich hastig auf seine Manieren.

»Verzeih mir, dass ich den Boten für die schlechte Nachricht verantwortlich mache, Kumpel. Ich verstehe, dass es eine höllische Rolle sein muss, Anwalt für den Vater und den Sohn gleichermaßen zu spielen. Mach dir keine Sorgen. Morgen kehre ich nach Bloodwood Hall zurück und schlage Garnet auf seinem eigenen Feld. Ich *rede* ihn ins Grab.«

Marmaduke griff nach Edwins Hut und setzte ihn seinem Freund auf den Kopf.

»Genug Sturm und Drang für heute. Im Princess Alexandrina gibt es einen französischen Koch. Zur Feier des Tages lade ich dich zum Essen ein. Und wenn wir genügend neue Hunter-

Valley-Weine probiert haben, von denen ich so viel gelesen habe, begeben wir uns in die Loge, die ich im Theatre Royal gemietet habe. Keine Einwände! Heute Abend geben sie Szenen aus *Hamlet*.«

Er führte den schwach protestierenden Edwin zur Tür hinaus und bugsierte ihn in die Kutsche, wobei er beiläufig zitierte: »Das Schauspiel sei die Schlinge, in die den König sein Gewissen bringe.«

Unter der Fassade seines Stimmungsumschwungs überschlug er seine Optionen.

Anders als der Prinz von Dänemark bin ich nicht unentschlossen. Sollte es hart auf hart kommen, werde ich vor Mord nicht zurückschrecken. Wenn man zum zweiten Mal tötet, so heißt es, ist es viel einfacher als beim ersten Mal.

ZWEI

DE ROLLAND PARK, GLOUCESTERSHIRE, ENGLAND, DEZEMBER 1832

»Muss ich denn wirklich dieses grässliche Korsett tragen, Agnes?«, stöhnte Isabel und hielt sich am Bettpfosten fest, während Agnes sie so eng schnürte, dass sie kaum Luft bekam. »Ich brauche es ohnehin nicht, schließlich sehe ich aus wie ein Junge. Ich frage mich, ob ich je irgendwelche Kurven haben werde.«

»Halt still, mein Lämmchen, dann bin ich in einer Minute fertig. Du bist siebzehn. Du kannst nicht mehr herumlaufen wie ein Wildfang, das schickt sich nicht.«

»Aber warum denn? Ich darf doch sowieso nicht ins Dorf oder in die Kirche. Niemand sieht mich an, bis auf dich, die anderen Dienstboten und gelegentlich die Familie. Ich durfte nicht mal nach oben, um Cousine Martha am Krankenbett zu besuchen. Genauso gut könnte ich im Gefängnis von Newgate stecken.«

»Sag so was nicht, nicht mal im Spaß«, fiel Agnes ihr schnell ins Wort. »Du darfst nicht so viel an die Vergangenheit denken. Deine Schlafkrankheit war schuld, nicht du, mein Engel.«

Isabel seufzte. »Was geschehen ist, kann man nicht ungeschehen machen.« Dann flog ihre Hand vor Schreck zum Mund. »Mein Gott, jetzt habe ich aus dem *schottischen Stück* zitiert – das bringt Unglück!«

Als sie merkte, dass sie das Tabu der Theaterleute gebrochen und in einer Garderobe aus *Macbeth* zitiert hatte, warf sich Isabel ein Umhängetuch um den Hals und stürzte aus dem Zimmer, das sie seit drei Jahren mit Agnes teilen musste. Im Laufschritt eilte sie durch die langen, verschachtelten Gänge, während Agnes hinter ihr herlief und sie anflehte, stehen zu bleiben.

Als sie den Kräutergarten vor der Küche erreichte, drehte sie sich drei Mal im Kreis und spuckte in den Garten, während Agnes entgeistert zusah.

»Hast du den Verstand verloren, Isabel?«

»Nein, das muss man als Schauspieler machen, um das Unglück abzuwenden, wenn man aus Shakespeares *schottischem Stück* zitiert hat. Du siehst ja, man nennt es so, um zu vermeiden, dass man den wirklichen Titel nennen muss.«

Agnes stand da wie vom Donner gerührt. »Aber du bist doch keine Schauspielerin! Du bist eine geborene Dame, eine de Rolland!«

»Ja, blöderweise. Ich wäre nämlich viel lieber eine Schauspielerin. Auf alle Fälle möchte ich nicht das Schicksal herausfordern, damit es mir noch mehr Unglück bringt, als es mir ohnehin schon beschert hat.« Plötzlich war sie ganz ernst geworden, vertrieb jedoch die Bilder der Vergangenheit aus ihrem Bewusstsein.

»Komm ins Haus, mein Lämmchen, sonst holst du dir noch den Tod«, sagte Agnes und scheuchte sie sanft nach drinnen. »Dein Vormund möchte dich um Punkt drei Uhr sehen, und wir müssen dafür sorgen, dass du vorzeigbar bist.«

Zurück im Zimmer saß Isabel ungeduldig da, während Agnes ihr Haar auf beiden Seiten zu Locken drehte. Eine hübsche blaue Schleife war der kleine Ausgleich für die abgestoßenen Schuhe, die geerbte Jacke und den Rock, aus dem sie in den letzten zwei Jahren herausgewachsen war, sodass sie jetzt ständig daran zupfen musste, um ihre Fußgelenke zu verbergen. Neue Kleider kannte Isabel nicht – ein kleines Zeichen für die überaus beschränkten Verhältnisse, mit denen das prächtige Anwesen ihrer Vorfahren seit mehreren Jahren zu kämpfen hatte, während es mehr und mehr im Treibsand von Extravaganz und Spielsucht versunken war.

Es war noch eine Stunde hin bis zu dem Treffen mit ihrem Vormund Godfrey de Rolland, deshalb bestand Isabel darauf, dass sie in die Bibliothek gingen, dem einzigen gemeinschaftlichen Raum in dem großen Haus, den sie betreten durfte. Dort hatte sie ihre Studien allein fortgesetzt, nachdem ihre Gouvernante sie verlassen hatte – noch ein Luxus, auf den ihre Familie in Zukunft hatte verzichten wollen.

Isabel wusste genau, wie sie die kostbare Stunde verbringen würde. Seit Jahren hatte Cousin Silas ihr den Zugang zum Stammbaum der Familie untersagt, unter dem Vorwand, es sei zu ihrem eigenen Schutz. Warum? Was war das für ein dunkles Geheimnis, das sie umgab? Diese Frage hatte während Silas' Abwesenheit in London bis gestern an ihr genagt. Dann war sie zufällig ihrem Vormund begegnet, der auf einem Treppenabsatz stand und stirnrunzelnd einige Papiere las, die sie an ihrem roten Siegel als Rechtsdokumente erkannte.

Diese Chance ergriff sie beim Schopf und machte einen hastigen Knicks. »Du weißt ja, wie sehr ich mich für Geschichte interessiere, Onkel Godfrey. Gibt es irgendeinen Grund dafür, dass Cousin Silas mir verbietet, den Familienstammbaum zu studieren?«

Godfrey de Rolland spähte über den Rand seines Kneifers, als wollte er seine Worte sorgfältig abwägen. »Silas betrachtet sich als Siegelbewahrer. Genau wie sein Vater sieht er Dunkles und Böses, wo andere gar nichts finden. Im mittelalterlichen Spanien hätte mein Bruder Henri es in der Rolle des Inquisitors zu Ruhm und Ehre gebracht. Ich glaube, dass du nun vernünftig genug bist, um zu verstehen, dass alle alten Familien ihre Geheimnisse haben, Isabel. Helden oder Schurken, keiner von uns ist vollkommen. Du hast meine Erlaubnis, das Dokument anzusehen, aber vergiss nicht, dass es alt und zerbrechlich ist. Behandele es vorsichtig, hörst du?«

»Das werde ich tun, Onkel. Vielen Dank…«

Jetzt, da sie darauf wartete, dass ihr Vormund sie zu sich rief, versuchte Isabel, ihr Unbehagen bezüglich seiner Meinung über sie abzuschütteln. *Würde Onkel Godfrey mich vernünftig finden, wenn er wüsste, dass ich mit der Gabe – oder dem Fluch – zur Welt gekommen bin, das »Andere« sehen zu können, die Anwesenheit verstorbener Seelen, die niemand außer mir zu erkennen vermag, und von der Silas behauptet, nur Hexen verfügten darüber?*

Mit einer Mischung aus unterdrückter Erregung und Beklommenheit streifte Isabel die weißen Baumwollhandschuhe über, die man bei Androhung der Todesstrafe tragen musste, wenn man mit seltenen Manuskripten zu tun hatte, und nahm behutsam die alte Pergamentrolle aus dem Tresor.

»Der Familienstammbaum müsste beweisen, ob ich außerehelich zur Welt gekommen bin oder nicht, Agnes«, murmelte Isabel leise, »als einer von vielen Plantagenet-Sprösslingen.«

Vorsichtig rollte sie das Pergament auseinander. Der Stammbaum der de Rollands verzeichnete die Generationen ihrer Vorfahren vom Jahr 1154 bis hin zu Geburt, Eheschließung oder Tod der Lebenden, Onkel Godfrey, seinem Neffen und Erben Silas, der mit Martha verheiratet war, sowie Isabel – der armen Verwandten, die Onkel Godfrey nach dem Tod ihrer noch jungen Eltern unter seine Fittiche genommen hatte. Aber gab er auch die Details über die Ehe ihres Vaters Walter de Rolland mit Alizon wieder, jener geheimnisvollen jungen Frau, an die sich niemand erinnern wollte?

Isabel jedoch erinnerte sich noch lebhaft an den ersten Tag, an dem sie als fünfjährige Waise in dieses erschreckende Anwesen gebracht und gezwungen worden war, mit anzusehen, wie der Name Alizon de Rolland aus der Liste von Familiennamen in der alten Bibel gestrichen wurde.

Isabel warf der alten Dienerin, die das Dokument ehrfürchtig betrachtete, obwohl sie es nicht lesen konnte, einen Blick zu.

»Was ist das große Geheimnis, das meine Geburt umgibt? Kam ich vielleicht ein paar Monate vor der Hochzeit meiner Eltern zur Welt – oder ein paar Monate danach? Habe ich auf wundersame Weise eine Frühgeburt überlebt? Oder wurde ich von Liebenden gezeugt, die zu ungeduldig waren, um auf den Segen des Priesters zu warten?«

Agnes sah verstört aus, doch Isabel gefiel die Vorstellung einer verbotenen Liaison.

»Verheiratet oder nicht, zumindest einer in dieser kaltblütigen Familie wurde aus Liebe gezeugt.« Sie begann mit der Spitze des Baums. »Seit Generationen haben alle de Rollands bis auf meinen Vater Walter ihre Cousinen geheiratet, um das Vermögen innerhalb der Familie zu halten. Sogar Silas hat sich daran gehalten, obwohl Martha die Erbin war, als er sie heiratete. Er hat sich in seiner eigenen verdammten Schlinge gefangen.«

Agnes verbarg ein Kichern hinter ihren behandschuhten Händen. »Du hast eine lose Zunge, Isabel.«

Die Uhr im Gang vor der Bibliothek schlug die volle Stunde und erinnerte Isabel daran, wie sehr sie diese goldenen Stunden der Freiheit liebte, obwohl sie Agnes von Herzen gernhatte.

Seit jenem entsetzlichen Tag vor drei Jahren, als man sie fand, wie sie durch den Wald irrte und sich nicht daran erinnern konnte, was in den letzten zwei Wochen passiert war, hatte man sie gezwungen, unter Agnes' Aufsicht zu essen, zu gehen und zu schlafen. Diese Bedingung hatte ihr Vormund verhängt, um die Schande zu verhindern, welche die öffentliche Bekanntmachung ihres Verbrechens über den Namen der Familie bringen würde.

Nicht mal im Bett kann ich träumen, was ich will, ohne von Agnes beobachtet zu werden.

Isabel zögerte. Wenn sie ehrlich war, musste sie sich der widerwärtigen Wahrheit stellen. *Ich kann schließlich nicht sie für mein Schlafwandeln verantwortlich machen. Agnes wird dafür bezahlt, mich zu beschützen – vor mir selbst!* Sie fuhr mit dem Finger nach unten, in der Hoffnung, auf irgendein Familiengeheimnis zu stoßen. *Niemand erzählt mir etwas. Mir bleibt nichts anderes übrig, als Tricks zu benutzen – oder aber an meiner Neugier zu sterben.*

Das vergilbte Pergament offenbarte das komplexe Muster der Ahnentafel, ausgehend von ihrem Vorfahren König Heinrich II., Sohn Gottfrieds V. von Anjou, der das Haus Plantagenet begründet hatte. 1399 teilte es sich in zwei verschiedene Zweige, symbolisiert in der Weißen Rose von York und der rivalisierenden Roten Rose von Lancaster. Über Generationen hinweg hatten sie sich in Rosenkriegen um Land und Titel von Jerusalem bis Irland bekämpft. Ehrfürchtig berührte Isabel den Namen des letzten Plantagenet-Königs Richard III.

»Shakespeares Stück *Richard III.* ist ein großartiges Drama, aber es wird dem armen Richard nicht gerecht. Ich habe nie geglaubt, dass er die beiden kleinen Prinzen im Tower von London ermordet hat. Ich bin sicher, dass Heinrich Tudor seine schmutzigen Hände im Spiel hatte, doch die Historiker sorgten dafür, dass der arme Richard als Schurke in die Geschichte einging – um den Anspruch der Tudors auf den Thron zu stärken.«

Agnes nickte weise. »Das habe ich auch immer geglaubt.«

Als Isabels Finger die gegenwärtige Generation erreicht hatte, war sie überzeugt, dass trotz Silas' gegenteiliger Behauptung ihre Verbindung zur Linie der Plantagenets tatsächlich auf einen jüngeren, außerehelich begründeten Zweig zurückzuführen war.

»Halten mich die Dienstboten auch für unehelich, Agnes? Behandelt man mich deshalb so wie eine arme Verwandte?«

Agnes blickte so unbehaglich drein, dass Isabel hinzusetzte: »Vergiss es, Agnes, ich werde schon noch dahinterkommen.«

Die gegenwärtige Generation erschien ihr wie ein letzter verkümmerter Zweig an dem Baum. Er bestätigte, dass Onkel Godfrey, ihr Vormund und Oberhaupt der Familie, seine Cousine geheiratet hatte. Nichts. Seine einzige Schwester Elisabeth war in Ungnade gefallen und aus der Familie ausgeschlossen worden, nachdem sie mit einem Seefahrer durchgebrannt war. Nichts. Der mittlere Bruder Henri hatte die ältere von zwei Schwestern aus Lancaster geehelicht, die man fälschlicherweise für eine Erbin gehalten hatte. Aus dieser unglücklichen Verbindung war Silas hervorgegangen, Godfreys Erbe. Godfreys jüngster Bruder Walter hatte unter mysteriösen Umständen Alizon, die jüngere Schwester, geheiratet. Aus dem Stammbaum ging hervor, dass er 1816, ein Jahr nach Isabels Geburt, an Auszehrung gestorben war.

»Als dein Vater Walter sich in Alizon verliebte, die schönere der beiden Schwestern, wollte sein eifersüchtiger Bruder Henri die Heirat verhindern«, sagte Agnes vorsichtig.

»Verstehe. So zeugten also zwei De-Rolland-Brüder Kinder mit zwei Schwestern. Damit wäre Silas mein doppelter Cousin, fast so etwas wie ein Bruder. Aber worum geht es denn bei der grässlichen Geheimnistuerei um *meine* Geburt?«

Isabel griff nach dem Vergrößerungsglas und entzifferte die am Rand stehenden Worte – »Siehe Notizen« –, daneben verwies ein Pfeil auf die Rückseite. Behutsam drehte sie das Dokument um.

»Hier steht, Henri habe meine Mutter beschuldigt, ihre Schwester getötet zu haben – durch Hexerei.«

Agnes wandte den Blick ab, ein sicheres Zeichen dafür, dass sie die Geschichte kannte. Isabel war verblüfft. Dem Datum dieses unbewiesenen Eintrags folgte das der Hochzeit ihrer Eltern. Godfrey de Rolland musste eingelenkt und seine Einwilligung noch rechtzeitig gegeben haben, um ihre Geburt zu legitimieren. Am 8. November 1815 war sie zur Welt gekommen – fünf Monate nach der Trauung.

»Agnes! Das ist das Geheimnis, das keiner mir erzählen wollte. Mutter wurde der Hexerei beschuldigt! Silas behauptet, dass sie von einer der Hexen aus Lancaster abstammte, die auf dem Scheiterhaufen verbrannt wurden. Er hat Recht! Ich bin verflucht!«

Isabel hatte das Gefühl, als drehten sich die Wände der Bibliothek um sie. Panik ergriff sie, dann Schwindel, sie fühlte, wie sie in einen schwarzen Abgrund stürzte.

»Ich bin kein uneheliches Kind, Agnes«, murmelte sie. »Aber eine Hexe.«

»Psst, kein Wort mehr über Hexen. Deine Mutter war ein junges, hübsches Ding. Sie hat ihrer Schwester nur eine Kräutertinktur gegeben, als sie krank war. Alizon hätte keiner Fliege etwas zu Leide tun können.«

Isabel ging allmählich auf, dass sie ihrem Vormund doppelt und dreifach dankbar sein musste: Er hatte dafür gesorgt, dass sie als legitimes Kind ihrer leiblichen Eltern geboren wurde, hatte für sie gesorgt und dann zu ihr gestanden, als ihre Schande offenbar wurde.

Meine Vorfahren oder meine eigene beschämende Vergangenheit kann ich nicht ändern. Aber ich werde alles tun, um meinem Onkel zu beweisen, dass ich es verdiene, den Namen de Rolland zu tragen.

Beim Klang einer sich nähernden Kutsche lief Isabel mit Agnes ans Fenster, wo gerade ein neuer Phaeton die schneebedeckte Einfahrt entlangrollte. Dann erkannte sie den eleganten Umhang und den Zylinder des Mannes.

»Wie um alles in der Welt kann Silas sich neue Kutschen und modische Kleider leisten, wenn wir am Rand des Bankrotts stehen? Erst vor wenigen Monaten erzählten sich die Dienstboten, Onkel Godfrey sei so hoch verschuldet, dass man ihn jeden Moment abholen und nach The Rules verfrachten könnte!«

Isabel grauste es vor dem Paradox dieses speziell für Schuldner reservierten Gefängnisses. Hier lebten angesehene Herren zwar unter Bewachung, aber unter einigermaßen angenehmen Umständen. Essen, Kleider und Miete wurden von Freunden bezahlt, doch durften sie The Rules erst wieder verlassen, wenn alle Schulden getilgt waren. Hatte Silas seine Verluste am Spieltisch etwa wettmachen können?

»So ist die Welt, mein Lämmchen. Wir Dienstboten können zwei Jahre auf unseren Lohn warten, aber die feinen Herrschaften finden immer irgendwo eine Quelle für ihren Luxus.«

Als die Glocke drei schlug, überprüfte Isabel hastig ihr Äußeres und flog dann den Korridor entlang. Vor der Tür des Vormunds drehte sie sich noch einmal zu Agnes um, als wollte sie sich von ihr beruhigen lassen.

»Der Onkel hat mich nicht mehr herbestellt, seit man mich im Wald gefunden hat. Was habe ich falsch gemacht? Bin ich wieder im Schlaf gewandelt?«

»Nein, mein Lämmchen. Du schläfst wie ein Baby. Geh mit einem Lächeln hinein. Alles wird gut.«

Dieser große Raum war eine Oase der Ruhe. Licht strömte durch die Fenster und bildete ein verschleiertes Prisma, in dem Schwaden von Zigarrenrauch hingen.

Sie machte einen raschen Knicks vor Onkel Godfrey, der an seinem Schreibtisch saß und mit kratzender Feder einen Brief verfasste. Er reagierte auf ihre Gegenwart mit einem schwachen Lächeln.

»Einen Augenblick, Kleines. Das muss heute noch in London eintreffen.«

Isabel betrachtete die Porträts aus fünf Generationen von de Rollands an den Wänden. Trotz der Kleidung aus verschiedenen Zeiten schienen ihre Züge immer demselben genetischen Muster zu folgen. Die Gesichter der Männer hatten in der Jugend etwas von einem Adler, sie waren fein gemeißelt wie aus weißem Marmor, doch um die Lebensmitte herum meist von feinen Adern durchzogen. Jedes Gesicht zeigte den typischen Mund der de Rollands, volle, sinnliche Lippen, die darauf hindeuteten, dass sie eher korrupt als leidenschaftlich waren, wenn Isabel den Gerüchten Glauben schenken wollte. Generationen von Heiraten untereinander hatten eine so starke Ähnlichkeit hervorgebracht, dass man sie für Geschwister hätte halten können, die sich für einen ausgefallenen Kostümball verkleidet hatten.

Isabel kam sich vor wie ein Kuckuck im Nest der de Rollands. Zwar hatte auch sie eine ausgeprägte Ähnlichkeit mit ihren Vorfahren, dasselbe goldbraune Haar, dieselben verschleierten grünen Augen, doch ihr Gesicht war herzförmig, und ihre Nase würde sie auf ewig als »Außenstehende« abstempeln. Sie fuhr mit dem Finger über den Nasenrücken, nach dem Motto »Steter Tropfen höhlt den Stein«, als könnte sie sie mit der Zeit doch noch ändern. Die Stupsnase, die sie von Alizon geerbt hatte, war alles andere als aristokratisch, nicht einmal die französische Beschreibung *retroussé* konnte sie darüber hinwegtrösten. Hier, direkt vor der Nase ihrer Vorfahren, packte sie plötzlich das schlechte Gewissen, trotzdem ließ sie ihren Blick herausfordernd über die Gemälde schweifen.

Viele von euch waren in puncto Moral nicht gerade leuchtende Vorbilder. Unser Vermögen haben wir Freibeutern, Rebellen und Sklavenhändlern zu verdanken. Ihr habt euch euren Besitz nicht damit aufgehäuft, dass ihr Kartoffeln angebaut und Schafe geweidet habt. Ihr könnt es euch also schenken, über eure aristokratischen Nasen hinweg auf mich herabzusehen.

Die Stille wurde nur vom Kratzen der Feder unterbrochen, bis Isabel es nicht mehr aushielt und sich räusperte.

»Du wolltest mich sprechen, Onkel Godfrey?«

»Was? O ja, in der Tat, Isabel. Es ist schon einige Zeit her, dass wir uns über deine Fortschritte unterhalten haben. Soweit ich weiß, hat es keine Rückfälle deiner … Krankheit gegeben?«

»Vielen Dank, nein. Mittlerweile laufe ich nur herum, wenn ich hellwach bin und Agnes an meiner Seite ist.«

»Gut.« Er wirkte verlegen. »Und du hast deine Studien fleißig auf eigene Faust fortgesetzt, nachdem deine Gouvernante sich verabschiedet hat?«

Sich verabschiedet hat? Mademoiselles Entlassung war eine eurer

Sparmaßnahmen, damit mein Cousin Silas den äußeren Schein wahren konnte.

»So ist es, Onkel, ich übe jeden Tag Französisch, Italienisch und Latein. Und das Klavierspiel. Aber mein Deutsch rostet allmählich ein. Agnes erzählte, die Frau des preußischen Uhrmachers im Dorf hörte, dass ich Deutsch lerne, und hat mich zum Tee eingeladen. Darf ich die Einladung annehmen und mich auf Deutsch mit ihr unterhalten? Sie ist in jeder Hinsicht eine respektable Dame.«

Onkel Godfrey machte einen unbehaglichen Eindruck. »Das ist sie zweifellos. Aber man hat dich seit drei Jahren nicht mehr im Dorf gesehen. Wir möchten nicht riskieren, neue Spekulationen darüber zu wecken, warum ein junges Mädchen in deinem Alter noch nicht in die Gesellschaft eingeführt wurde.«

Hört das denn nie auf? Genauso gut hätte ich die ganze Zeit im Gefängnis sitzen können.

»Darf ich dann wenigstens am Gottesdienst teilnehmen, Onkel?«, fragte sie mit einstudierter Sanftheit. »Es ist mir egal, welche Religion, deine Church of England, Marthas katholische Messe oder Agnes' Methodistenkapelle, Hauptsache, ich kann irgendwo singen und Gott um Vergebung bitten.« Auf seinen erschrockenen Ausdruck hin setzte sie rasch hinzu: »Privat natürlich. Keine Beichte bei einem Priester.«

Onkel Godfrey betätigte den Klingelzug, und als der Lakai eintrat, überreichte er ihm den Brief. Der Mann zog sich still wieder zurück.

»Es ist mir nicht entgangen, wie beschränkt dein Leben gewesen ist, Isabel. Ich möchte keine schmerzhaften Erinnerungen in dir wecken. Aber du musst wissen, dass ich dich nie dafür verantwortlich gemacht habe, was in der Zeit passiert ist, die unser Arzt als Amnesie diagnostiziert hat. Dich trifft keine Schuld an der Krankheit des Schlafwandelns, mit der Gott dich geschlagen hat, oder an ihren tragischen Konsequenzen. Aber ich stehe vor schwierigen Entscheidungen, die alle Mitglieder der Familie betreffen werden. Verstehst du mich, mein Kind?«

Isabel spürte, wie ihr das Blut aus dem Gesicht wich und die Zunge am Gaumen festklebte. *Er meint, dass man ihn nach The Rules bringen wird.*

»Ich habe hart gearbeitet, in der Hoffnung, dass ich eine Anstellung finden könnte und dir nicht länger zur Last fallen muss, Onkel. Ich möchte mich für deine Freundlichkeit revanchieren.«

»Last? Revanchieren? So etwas sollst du nicht mal denken!« Er sah bekümmert aus. »Ich bin kein Mensch, der seine Gefühle nach außen trägt, Isabel, aber seit dem Moment, an dem du dieses düstere Haus als Kind betreten hast, ist es von Sonne erfüllt. Du warst so lebendig. So begierig zu lernen. Ja, ja, gelegentlich auch halsstarrig, aber du fandest immer die richtigen Worte, um dich zu entschuldigen, und warst uns gegenüber stets absolut loyal. Das ist eine Eigenschaft, die im Rolland-Clan nicht allzu ausgeprägt ist. Ich vermute, dass du diesen Zug von Alizon geerbt hast.«

Isabel spürte einen Knoten im Hals, als sie dieses verspätete Kompliment über ihre Mutter hörte, wusste aber, dass die Tränen ausbleiben würden. Silas hatte ihr schon als Kind erklärt, dass Hexen nicht weinen können.

In diesem Moment fiel ihr Blick auf den Spiegel und das hübsche Abbild des Mannes, den sie als Kind so vergöttert hatte. Ihr Cousin Silas. Das Bild lächelte ihr zu. Wie lange hatte er da schon gestanden?

Als er jetzt in die Mitte des Zimmers trat, wurde sie von widerstreitenden Gefühlen hin- und hergerissen. Er trug einen modisch taillierten, pflaumenfarbenen Gehrock zu einer gelbbraunen Hose und eine Brokatweste im orientalischen Stil. Seine glänzenden goldbraunen Locken umrahmten das Gesicht auf poetisch Byron'sche Art, das herzförmige Kinn wurde von den tadellos gestärkten Spitzen des Kragens und der schneeweißen, kunstvoll geschlungenen Halsbinde emporgehalten. Sein Gesicht war die männliche Version ihres eigenen.

Er schlenderte durch den Raum und richtete sich zu seiner vollen Größe auf, um mit jenem seltsam amüsierten Ausdruck auf sie herabzusehen, der sie unweigerlich aus der Fassung brachte.

Irgendetwas in diesem Zimmer stimmt nicht. Ich spüre unsichtbare Strömungen zwischen ihnen. Sie kennen mein Schicksal. Ich stehe im Dunklen.

Silas verbeugte sich vor ihnen. »Ist das die Begrüßung, die ich nach Wochen in Frankreich erwarten darf?«

»Bestimmt hast du reichlich Zerstreuung gefunden, um dich zu amüsieren«, sagte Onkel Godfrey knapp.

»Keine, die mit natürlicher englischer Schönheit vergleichbar wäre«, gab Silas zurück.

Als Isabel ihren Knicks vor ihm machte, schweifte sein Blick über alle Einzelheiten ihres schäbigen Äußeren.

Wie hasse ich es, als Frau geboren zu sein! Immer vom Wohlwollen der Männer abhängig. Warum konnte ich nicht als Mann zur Welt kommen? Um mich zu duellieren oder in den Krieg zu ziehen. Ich würde es ihnen tüchtig heimzahlen. Kompromisslos!

Schließlich fand sie ihre Stimme wieder und sagte zuckersüß: »Du warst doch sicher in der Comédie-Française, nicht? Hast du ein Stück des neuen Dramatikers Victor Hugo gesehen, den man als Anführer der romantischen Bewegung in Frankreich bezeichnet?«

Silas war belustigt über ihren Eifer. »Ich werde dir später meine Kritik daran näher erläutern. Fürs Erste nur so viel: Hugos Werk zeugt von melodramatischer Brillanz und großer Belesenheit, doch seine Figuren agieren oft wie Marionetten vor ihrem jeweiligen historischen Hintergrund. Talma war zu seiner Zeit ebenfalls brillant, aber einen französischen Schauspieler, der sich mit Edmund Kean messen könnte, habe ich noch nicht gefunden. Und keine Stimme einer französischen Schauspielerin konnte mich auch nur halb so sehr bewegen wie deine, wenn du Julia liest, *ma petite cousine*.«

Isabel errötete, als sie merkte, dass Onkel Godfrey sie aufmerksam beobachtete.

»Genug von deinen französischen Hofmanieren, Silas. Darf ich dich daran erinnern, dass du dich wieder auf englischem Boden befindest? Ein Land, das sich auf Roastbeef, gesunden Menschenverstand und klare Worte verlässt.«

In Silas' Stimme verbarg sich ein Hauch von Spott. »Ich erwarte deine klaren Worte mit Interesse, Onkel. Ich gehe davon aus, dass ich bei der Entscheidung ein Wörtchen mitzureden habe?«

»Meine Pläne folgen einer Notwendigkeit, die nicht *ich* zu verantworten habe. Das weißt du genau.«

Isabel sah, wie der volle Mund ihres Cousins zu einer schmalen Linie wurde. Das plötzliche Funkeln in seinen Augen jagte ihr einen Schauer über den Rücken. »Sei vorsichtig, Onkel«, warnte er.

Onkel Godfrey runzelte die Stirn über seinem Kneifer. »Wenn du bleiben willst, so unter der Bedingung, dass nur mein Mündel seine Meinung kundtun darf.«

Isabel war so nervös, dass sich ihre Stimme beinahe überschlug. »Wenn ich weiß, worum es geht, will ich es gern tun, Onkel.«

»Es geht ums Heiraten, Kleines. Du bist siebzehn. Es ist höchste Zeit, über deine Zukunft zu entscheiden.«

Herr im Himmel, jetzt ist es raus. Wie kann ich ihm sagen, dass mich der Gedanke an einen Mann in meinem Bett krankmacht? Ich muss ganz ruhig bleiben.

»Ich möchte nicht heiraten, Onkel, weder jetzt noch sonst wann. Bitte zwinge mich nicht zu etwas, das ich … verabscheue.«

Der alte Mann hob die Hand, um sie zu unterbrechen.

»Mein liebes Kind, ich bin kein Unmensch. In wenigen Wochen beginnt das Jahr 1833, wir leben nicht mehr im finsteren Mittelalter. Doch hier geht es um den Erhalt der Familienehre – deine ebenso wie meine. Es macht mir keinen Spaß, die Vergangenheit wieder aufzuwühlen. Dennoch müssen wir den Tatsachen in die Augen sehen. Jeder weiß, dass das Anwesen unserer Vorfahren stark bedroht ist und zukünftigen Generationen von de Rollands möglicherweise nicht mehr zur Verfügung stehen wird. Wir drei sind die Letzten unseres Familienzweigs. Vermögende Angehörige, die uns zu Hilfe kommen könnten, gibt es nicht.«

Silas fiel seinem Onkel mit kaum verhohlenem Ärger ins Wort. »Darf ich dich daran erinnern, Onkel, dass ich eine vermögende De-Rolland-Cousine geheiratet habe? Es ist nicht meine Schuld, dass Marthas seniler Vater erneut geheiratet und mit ihr Söhne gezeugt hat, die sie als Erbin verdrängt haben.«

»Lass deine Frau aus dem Spiel. Eine Kranke hat schon genug Sorgen, mit denen sie fertigwerden muss.«

Isabel war überwältigt von Schuldgefühlen, weil sie Martha nicht verteidigt hatte.

Silas stand mit verschränkten Armen da, als bereitete er sich auf einen Kampf vor.

Onkel Godfrey wandte sich wieder Isabel zu. »Man fragt sich in der gesamten Grafschaft, warum wir dich ohne jede Aussicht auf Verehrer am Horizont so abschirmen.« Er zögerte und setzte dann hinzu: »Eine Lösung wäre eine respektable Ehe mit einem vermögenden älteren Herrn, der für dich sorgen könnte.«

Isabel kämpfte gegen ihre Panik an. »Ich bin dir überaus dankbar für die gute Ausbildung, die du mir ermöglicht hast. Ich bitte dich, lass mich eine Stelle als Gouvernante in einer anderen Grafschaft annehmen. Das würde den unerwünschten Tratsch schnell beenden. Und ich würde dir mit Freuden meinen Lohn überlassen als kleine Geste meiner Dankbarkeit.«

»Nein, mein Kleines. Ich werde die Vorstellung, dass eine de Rolland als Gouvernante dermaßen tief sinkt, dass sie ihr Leben in vornehmer Armut fristen muss, nicht unterstützen. Ich bitte dich, an die Vorteile einer Ehe mit einem netten älteren Mann zu denken, der dich auf Händen tragen würde.«

Silas ergriff die Gelegenheit beim Schopf. »In wenigen Jahren würdest du Witwe, wärst aber jung genug, um noch einmal zu heiraten und Kinder zu haben. Du könntest zu mir zurückkehren – zu *uns*.«

Jetzt verlor Godfrey die Geduld. »Silas! Ich lasse nicht zu, dass Isabel zu etwas überredet wird, das sie nicht will, ganz gleich, welches Schicksal mir bevorsteht!«

Isabel erhob die Stimme. »Ich könnte nicht mit ansehen, dass du nach The Rules musst, Onkel!«

Als Silas so plötzlich die Beherrschung verlor, merkte Isabel, wie sich ihr vor Angst der Magen umdrehte, und sie musste an den entsetzlichen Augenblick denken, als sie als Kind einmal miterlebt hatte, wie er sich in einen Fremden verwandelt hatte. Seine seidenweiche Stimme war noch gefährlicher, als wenn er zornig schrie.

»Diese Bedrohung hätten wir nicht gehabt, wenn du mir schon vor Jahren erlaubt hättest, Isabel zu heiraten. Dann hätte ich jetzt lebendige Erben statt eine ständig kranke Frau.«

Onkel Godfrey lief rot an. »Du weißt ganz genau, warum ich das nicht zulassen konnte. Blutsverwandtschaft. Euer Blut ist zu ähnlich.«

Ehen zwischen doppelten Cousins sind nicht verboten. Welche anderen Gründe? Warum lässt man mich immer im Dunkeln? Ich habe ein Recht darauf, es zu wissen. »Die Zukunft ist alles, was zählt, Onkel. Ich würde gern deine Pläne hören.«

»Du hast Recht«, sagte ihr Vormund müde. »Du hast so wenig von der Welt gesehen. Ich dachte, vielleicht hättest du Lust, eine Reise nach London zu machen, Kunstgalerien zu besichtigen, ins Theater zu gehen. Du hast doch so viel übrig für die Theaterwelt, wie ich höre.«

Isabel hätte beinahe losgelacht, so erleichtert war sie. »Ja! Es ist schon lange mein Traum, den großen Edmund Kean zu sehen. Angeblich hat er mit seinen überzeugenden Wutanfällen auf der Bühne Lord Byron einen solchen Schrecken eingejagt, dass der einen Schlaganfall erlitten hat. Es heißt, Kean habe als Richard III. das Publikum verzaubert.«

»Kein Wunder. Richard war schließlich ein Plantagenet. Wir sind nicht gerade für unseren kühlen Kopf bekannt«, setzte Godfrey hinzu und warf Silas einen bedeutungsvollen Blick zu, bevor er sich wieder Isabel zuwandte. »Ich werde veranlassen, dass du eine Aufführung in unserer Loge im Theatre Royal besuchen kannst, mit der Kompanie Seiner Majestät.«

Isabel wäre am liebsten quer durchs Zimmer geflogen und hätte ihn umarmt, entschied sich dann jedoch für mehr Zurückhaltung. »Vielen Dank, Onkel!«

Er kratzte sich die lange Nase der de Rollands, ein sicheres Zeichen für seine Nervosität.

»Nun, eigentlich dachte ich nicht nur an London, Kleines. Ich hatte eine Seereise im Sinn, sie könnte deiner Gesundheit dienlich sein, nachdem du so lange im Haus eingesperrt warst.«

»Eine Seereise? Nach Frankreich? Oh, das wäre wundervoll, Onkel.«

Er wirkte verstört. »Nun gut, ein Besuch in Paris. Doch eigentlich dachte ich an eine längere Reise, um deine Ausbildung zu vervollständigen.« Er erhob sich, um ihr zu signalisieren, dass ihr Gespräch beendet war.

Isabel war verwirrt über die plötzliche Entlassung, noch ehe sie Zeit gehabt hatte, Fragen zu stellen. Würde das Thema Heirat auf die Zeit nach der Rückkehr aus London und Paris verschoben? Würde sie das Recht haben, ein Veto gegen die Auswahl der Verehrer einzulegen?

Als sie die Tür hinter sich schloss, vergewisserte sie sich, dass sie allein im Gang war, spähte dann durchs Schlüsselloch und versuchte, die Wortfetzen, die sie aufschnappen konnte, zu einem Ganzen zusammenzufügen. Onkel Godfrey machte den Eindruck, als wäre er besiegt.

»Ich werde sie nicht zwingen … Sie wird am Ende schon das tun, was für die Familie richtig ist.«

Dann hörte sie, wie Silas lauter wurde. »Du bist alt, weißt nicht, was Liebe ist.«

»Ach nein? Aber dafür weiß ich, was Liebe *nicht* ist! Glaubst du etwa, ich wüsste nicht Bescheid über deine wahren Neigungen? Arme Martha. Ich musste einen Pachtbauern abfinden, um dem Tratsch über dein Interesse an seiner Tochter Einhalt zu gebieten.«

»Das war ganz schön dumm! Ich habe dem Mädchen bloß einen halben Sovereign gegeben, damit es mein Pferd tränkt. Dieses verdammte Dorf brütet mehr Gerüchte aus, als es Kinder in die Welt setzt. Ich kann es kaum abwarten, nach London zurückzukehren …«

Isabel lief ein Schauer über den Rücken, als sie Silas' achtlose Worte hörte. Dann bewegten sich die beiden außer Hörweite, und sie war verwirrt über die Halbwahrheiten und Anspielungen in dieser Zusammenkunft. Nur eins stand fest: Sie würde endlich ein Mitspracherecht bezüglich ihrer Zukunft haben. Plötzlich wurde ihr leicht ums Herz, sie fühlte sich wie berauscht von Hoffnung.

Ich werde Edmund Kean sehen und den Ärmelkanal überqueren, um mir in Paris eine Haube zu kaufen!

Sie konnte ihr Glück kaum fassen. Dann überließ sie sich den Armen eines imaginären Partners und tanzte in Schwindel erregenden Drehungen durch den Gang.

Männer taugen nur für eine Sache. Uns beim Walzer zu führen!

DREI

BLOODWOOD HALL, NEW SOUTH WALES, DEZEMBER 1832

In keiner Sprache der Welt ließe sich das als »Heimkehr« bezeichnen.

Die gewaltigen Tore tauchten aus dem Morgendunst auf, als Marmaduke auf Bloodwood Hall zuritt. Das große Portal mit der Kutscheneinfahrt in der Mitte und den kleineren Toren für Fußgänger auf beiden Seiten folgte einem Stil, der Napoleon Bonaparte gefallen hätte. Statt des N im Herzen des schmiedeeisernen Kranzes aus Olivenzweigen prangte hier ein doppeltes G wie zur Erinnerung daran, dass Garnet Gamble sich zum Handelsfürsten von New South Wales emporgearbeitet hatte.

Die Straße, die hinter diesen Toren eine Viertelmeile weiter bis zum Haus führte, war auf beiden Seiten von einer Reihe Eukalyptusbäumen gesäumt, die jetzt doppelt so hoch waren wie in der Nacht, als Marmaduke blind vor Wut hier entlanggaloppiert war und sich geschworen hatte, nie wieder zurückzukommen. Der Anblick der Bäume und ihr schwerer Eukalyptusduft weckten eine Erinnerung an sich als kleiner Junge, der auf der vorderen Veranda neben seiner Mutter stand.

Ihr schönes Gesicht leuchtete voller Kampfgeist. »Ich hab es dir doch gesagt, Garnet, ich möchte keine englischen Ulmen.«

Marmaduke sah, wie sich das Gesicht seines Vaters verfinsterte, und wie üblich ließ er seine Wut an dem Erstbesten aus, der in seiner Nähe war. Heute war es sein mürrischer Aufseher, Fordham, der Folterknecht, der versuchte, in Gegenwart der ihnen zugewiesenen Sträflinge das Gesicht zu wahren, wie Marmaduke instinktiv erkannte.

»Haben Sie nicht gehört, was die Dame gesagt hat? Worauf warten Sie noch, Mann? Geben Sie Anweisung, die Ulmen wieder auszureißen. Sie haben sie erst letzte Woche gepflanzt, na und? Bis Einbruch der Nacht sind sie durch die verdammten Eukalyptusbäume ersetzt!«

Garnet spuckte die nächsten Worte beinahe aus. »Macht dich das glücklich, Miranda? Ist das australisch genug für dich? Als hätten wir nicht schon genug Eukalyptusbäume in dieser gottverfluchten Kolonie!«

Marmadukes Herz wurde ein bisschen leichter bei der Erinnerung an einen der seltenen Siege seiner Mutter. Zumindest ihre geliebten Bäume hatten überlebt.

Noch ehe er Zeit hatte, die Tore zu öffnen, stolperte eine Gestalt aus der Dunkelheit, die eine Sträflingsdecke um die Schultern gehängt hatte und sich den Schlaf aus den Augen rieb. Der Junge fuhr sich hastig durchs Haar, zog den Riegel auf und drückte gegen das Tor, um es zu öffnen.

»Entschuldigung, Sir, bin kurz eingenickt, das ist alles. Kein Grund, es dem Aufseher zu melden. Soll auch nicht wieder vorkommen.«

»Mach dir keine Sorgen, mein Junge«, antwortete Marmaduke beruhigend. »Aber warum hast du nicht nach meinem Namen gefragt? Ich hätte ein Buschräuber sein können, der das Haus überfallen will. Hier soll es ja jede Menge entflohene Sträflinge geben, wie ich gehört habe.«

»Ich wusste, dass Sie der Sohn des Herrn sind. Schon seit Wochen wurde uns eingebläut, dass wir 'nen vornehmen englischen Herrn zu erwarten hätten, so wie Sie, Sir.«

»Die Kleider sind englisch, aber täusch dich nicht, ich bin einer von hier und stolz darauf.«

Marmaduke fragte den Jungen nach seinem Namen und warf ihm eine Münze zu.

»Soll ich Ihr Pferd in den Stall bringen, Sir?«, fragte der Junge, während er neben ihm herlief.

»Noch nicht, Davey, ich muss noch jemanden besuchen, bevor ich mich bei meinem Vater blicken lasse«, gab Marmaduke zurück, obwohl ihm klar war, dass Garnet von seiner Anwesenheit wissen würde, seit er das Grundstück betreten hatte.

Am Ende der Straße sah er die dunkle, Furcht einflößende Silhouette des Hauses, genauso wie er sie in Erinnerung hatte. Das doppelstöckige Gebäude mit den Seitenflügeln und der merkwürdigen Mischung verschiedener Stile war nach genauen Anweisungen seines Vaters entworfen und gebaut worden.

All die widersprüchlichen Gefühle, die Marmaduke seit seiner Kindheit empfunden hatte, schlugen jetzt mit einer Wucht über ihm zusammen, die ihn selbst überraschte. Hass auf das Haus, aber Liebe zu dem Land, auf dem es stand. Er ritt auf die Rückseite des Hauses, wo es ein kleines Dorf gab, mehrere Reihen von weiß gekalkten Hütten für die Männer, eine Schmiede, eine Molkerei, Lagerhäuser und das Haus des Aufsehers. Im englischen Rosengarten erhob sich noch immer die schmiedeeiserne Kuppel der Voliere, wo seine Mutter ihre geliebten bunten Wellensittiche gehalten hatte, kleine Gefangene, die Garnets Männer auf seine Anweisungen hin im Busch für sie fangen mussten und wo ihre winzigen gefiederten Nachkommen heute noch lebten.

Das leise Plätschern des Springbrunnens erinnerte Marmaduke an seinen ersten Besuch in Paris vor drei Jahren. Er hatte am Rand einer Menschenmenge neben einem solchen Brunnen gestanden, allein und unbehaglich. Bis zu dem magischen Augenblick, als eine ältere Frau im Abendkleid mit weißer Perücke ihm mit den Augen zulächelte. Dann hatte sie sich ohne ein Wort bei ihm untergehakt und ihn in ihr Schlafzimmer geführt. Die Dame sprach kein Englisch. Sein Französisch war gut genug, um die Feinheiten von Molière und Voltaire zu verstehen, doch seine Aussprache und sein starker australischer Akzent lösten nur ein tolerantes Lächeln und ein lässig französisches Achselzucken aus. Ihren Namen erfuhr er nicht. Die feinen

Züge ihres Gesichts und die erotischen Anregungen aber, die sie ihm im Dunkeln dieser Liebesnacht zuflüsterte, würde er bis an sein Lebensende nicht vergessen. *Alle jungen Männer sollten von einer erfahrenen Frau in die Liebeskunst eingeführt werden.*

Marmaduke folgte dem vertrauten Weg nach Mingaletta. Ehe er in Bloodwood Hall seinem Vater gegenübertrat, musste er zwei wichtige Orte seiner Kindheit aufsuchen. Erstens das Land seiner Mutter, Mingaletta, und dann das Haus von Queenie, seiner Amme, die er als seine zweite Mutter betrachtete.

Der Weg nach Mingaletta war immer offen gewesen, doch während seiner Abwesenheit hatte das Buschland ihn zurückerobert. Vor ihm lag der Gebirgskamm, der die unsichtbare westliche Grenze zwischen dem Anwesen seines Vaters, Bloodwood Hall, und den Ruinen von Mingaletta bildete, Mitgift seiner Mutter und sein zukünftiges Erbe.

Für Marmaduke war diese Grenze weit mehr als eine geografische Linie auf einer Landkarte. Sie markierte den Schnitt zwischen seiner Vergangenheit und Zukunft.

Sein Herz schlug schneller bei dem Gedanken an seinen allerersten Ritt auf diesem Weg. Es war eine Erinnerung, die vom Nachgeschmack kindlicher Freude – und Angst – erfüllt war.

Es war sein vierter Geburtstag. Beim Anblick des Geschenks von seinem Vater war er von Ehrfurcht überwältigt. Das dunkle Fohlen wurde von einem neuen Stallburschen geführt, den Marmaduke an seiner abgetragenen, ausgebleichten Kleidung als einen Vertreter der anderen Gattung von Menschen erkannte – den Sträflingen.

Sein Vater drehte sich zu seiner Mutter um. »Nun, was sagst du zu dem Geburtstagsgeschenk für den Jungen, Miranda?«

Marmaduke sah, wie seine Mutter abwehrend die Hände hob. »Das kann doch nicht dein Ernst sein, Garnet! Das ist ein Brumby, halbwild, so wie es aussieht. Viel zu gefährlich für ein Kind.«

»Es wird Zeit, sie beide einem Test zu unterziehen.« Garnet befahl dem Stallburschen, näher zu treten.

Marmaduke spürte die Bedeutung des Moments, als der Stallbursche ihn unvermittelt hochhob und in den Sattel setzte. Seine kurzen Beine zitterten vor Aufregung, während seine Mutter aufschrie.

»Nein, Garnet. Tu mir das nicht an. Du benutzt ihn, um mich zu bestrafen.«

Garnet erstickte ihren Protest. »Nimm dich zusammen. Die Zeit, in der du den Jungen verwöhnen konntest, ist vorbei. Jetzt gehört er mir. Ich werde einen echten Gamble aus ihm machen, es sei denn, einer von uns beißt vorher ins Gras.«

Marmaduke sah seinem Vater in die Augen, schockiert von der Erkenntnis, dass er plötzlich ein Fremder war, mit einem Gesicht, das genauso ausdruckslos war wie die Gesichter in der Ahnengalerie im oberen Stockwerk.

Im vollen Bewusstsein dessen, was er tat, ließ Garnet seine Peitsche auf das Hinterteil des Fohlens niedersausen.

Keuchend vor Verzweiflung hockte Marmaduke im Sattel, ohne die Steigbügel zu finden, und klammerte sich an die Mähne. Jeden Moment erwartete er Garnets spöttisches Gelächter, wenn das Fohlen ihn abwarf. Doch aus unerfindlichen Gründen blieb er im Sattel. Er hielt sich an dem bockenden Tier fest mit dem Gefühl, dass das, was vor ihm lag, das unsichtbare wilde Tal sei, wo alle Brumbys frei sind. Mingaletta.

Blinder Schrecken wurde von einem neuen Gefühl durchzogen, einem wundervoll aufflammenden Triumph. Jetzt war das Brumby Teil seines eigenen Körpers – sie waren zu einem einzigen Geschöpf verschmolzen. Er war der geborene Reiter!

An diesem Tag hatte Marmaduke die Wahrheit entdeckt. Pferden konnte er vertrauen. Seinem Vater aber traute er nie wieder.

Als er jetzt den höchsten Punkt des Gebirgskamms erreichte, zog er sich den Umhang enger um die Schultern. Der Wind zerzauste ihm das Haar. Das offene Grasland des Tals unter ihm erstreckte sich meilenweit bis zu den Ausläufern der Gebirgskette.

Er lächelte, als er das Stampfen der Hufe hörte: Frei und schön galoppierten die Wildpferde dahin. Brumbys. Schwarz, braun, gescheckt, nur das Leittier war so weiß wie ein Einhorn. Es führte die Herde durch das Tal. Marmaduke stieß einen ausgelassenen Freudenschrei aus, als der König der Brumbys geradewegs auf den hohen Schornstein und die steinernen Kellerwände zusteuerte – mehr war vom Haus seiner Mutter nicht geblieben. Dann rasten die Wildpferde durch den grasbewachsenen Gang zwischen den eingestürzten Mauern und auf die Berge zu.

»Ich bin gekommen, um mein Versprechen einzulösen, Mutter.« Er sagte es laut, halb an sie, halb an das Land selbst gerichtet.

Queenies weiß gestrichenes Häuschen bestand nur aus zwei Zimmern und stand in einiger Entfernung zu den anderen auf dem Land seines Vaters. Es war das älteste überhaupt hier, die erste Unterkunft, die Garnet sich auf dem ihm ursprünglich zugeteilten Stück Land gebaut hatte. Es sah noch genauso aus, wie Marmaduke es in Erinnerung hatte, umgeben von Queenies kleinem Garten, in dem es nach indischen Kräutern und englischen Blumen duftete.

»Hast du geglaubt, du könntest dich nach Hause zurückstehlen, ohne dass ich davon erfahre?«, fragte sie in ihrem üblichen scharfen Ton, der, wie er wusste, nur ihre Gefühle verbergen sollte.

Als er sie sah, musste Marmaduke seinen Schock verbergen. Ihre dunklen Augen leuchteten so jung wie eh und je, die klassischen indischen Züge aber waren vom Alter deutlich gezeichnet.

Ihre winzige Gestalt verlor sich in seiner stummen Umarmung. Dann hielt er sie ein Stück von sich entfernt. »Mein Gott, Queenie, du hast wohl das Geheimnis der ewigen Jugend gefunden! Du wirkst keinen Tag älter als damals, wenn du mich versohlt hast, weil ich wieder mal geflunkert hatte.«

»Glaub ja nicht, dass es dafür zu spät ist – obwohl man dein Flunkern heute als Schmeichelei bezeichnen würde. Komm rein und frühstücke erst mal ordentlich. Du siehst ja halb verhungert aus.«

»Mach ich, Queenie, aber zuerst muss ich zu Garnet. Du weißt ja, warum ich hier bin. Mutter wollte, dass auch du einen Anteil an Mingaletta hast. Sobald er das Grundstück auf mich überschrieben hat, werde ich es wiederherrichten und dir ein eigenes kleines Haus in der Nähe bauen. Du bist meine zweite Mutter. Jetzt wird es Zeit, dass ich mich um dich kümmere. Du wirst nie wieder von Garnets Gnaden abhängig auf seinem Grund und Boden leben müssen.« Marmaduke versuchte, seine Frage beiläufig klingen zu lassen. »Wie geht es dem alten Herrn? Edwin Bentleigh sagt, dass in Sydney Gerüchte kursieren, denen zufolge er das Geld mit vollen Händen zum Fenster hinauswirft.«

»Wer weiß das schon? Ich habe mit dem alten Halunken kein Wort mehr gewechselt, seit du von Bord gegangen bist.«

Marmaduke ließ sich nicht beirren. »Aber macht er einen normalen Eindruck auf dich?«

»Nun, er reitet immer noch auf seinem Anwesen herum und brüllt Befehle oder kriegt seine Anfälle. Aber Richter Summerhayes und der Bankdirektor kommen regelmäßig zum Abendessen, wir können also noch nicht darauf hoffen, dass er in naher Zukunft in einer Irrenanstalt verschwindet.«

Marmaduke nickte finster. Als er sie zum Abschied küsste, hielt Queenie ihn am Arm zurück. »Ganz gleich, was Garnet für einen Unsinn von sich gibt, beherrsch dich. Vergiss nicht, dass Miranda jede Bewegung von dir beobachtet.«

Bei der Rückkehr führte Marmaduke sein Pferd zu den Ställen und übergab es Daveys Obhut. Unter den Blicken der ihnen zugeteilten Sträflinge, die ihm knapp zunickten, marschierte er zum Vordereingang des Hauses. Jetzt war er bereit, es zu betreten.

Sein Blick registrierte eine Bewegung der Vorhänge in den oberen Fenstern, wo seine Mutter ihre Gemächer gehabt hatte. Der Raum, wo er sie hatte sterben sehen, während sie ein Kind zur Welt brachte. Für den Bruchteil einer Sekunde stellte er sich vor, dass die schattenhafte Gestalt der Geist seiner Mutter sei. Dann aber merkte er, dass es Elise war. Wer sonst hatte so arsenweiße Haut, so langes rotbraunes Haar? Als ihre Hand zum Mund flog, wusste Marmaduke, dass auch sie ihn erkannt hatte.

Die Hure meines Vaters lebt also immer noch hier. Sie hat die Rolle meiner Mutter übernommen, schläft in ihrem Bett. Sicher trägt sie auch ihren Schmuck.

Die Tür wurde von einer hübschen Dienstbotin mit wilden Locken und irischem Akzent geöffnet. Ihr frecher Blick verriet ihm sofort, dass sie eine Strafgefangene war. Kein englisches Hausmädchen hätte es gewagt, ihn so von oben bis unten zu mustern.

»Ich heiß Bridget. Und wenn Sie mal nicht der verlorene Sohn sind.«

Marmaduke ging an ihr vorbei. »Du brauchst mich nicht anzumelden.«

Vor der Bibliothek straffte er die Schultern und murmelte: »Auf geht's, Mutter.«

Garnet Gamble saß an seinem Schreibtisch. Seine dichte weiße Mähne, der starre Blick und die gebleckten Zähne verliehen ihm eine unheimliche Ähnlichkeit mit dem ausgestopften Löwenkopf an der Wand.

Marmaduke blieb auf der Schwelle stehen und verbeugte sich übertrieben tief vor seinem Vater.

Dessen Stimme war laut und verletzend wie immer. »Aha! Der verlorene Sohn kehrt mit eingezogenem Schwanz nach Hause zurück!«

Das reichte. Marmadukes kühle Entschlossenheit war augenblicklich verflogen.

»Der faule Apfel fällt nicht weit vom Stamm, Garnet.«

VIER

Zum ersten Mal seit mehr als vier Jahren stand Marmaduke seinem Vater von Angesicht zu Angesicht gegenüber. Ein rascher Blick auf Garnet Gambles Reich erinnerte ihn daran, wie seltsam es war, dass sich ein Analphabet wie er mit Büchern in drei verschiedenen Sprachen umgab.

Die Feuerwaffen und Duellpistolen im Glaskabinett lagen neben einem Rindenschild der Aborigines, einer einschüchternden Speerschleuder und einem Jagdbumerang. Sie hatten den Stammesältesten gehört, die er als Kind gesehen hatte. Marmaduke war sich der bitteren Ironie bewusst.

Symbole für den ungleichen Kampf zwischen uns und den Stämmen, die wir aus ihren Gebieten vertrieben haben.

Doch die beiden Trophäen, die Garnet am meisten schätzte, hingen gerahmt an der Wand. Die Urkunde seiner Begnadigung unter Vorbehalt, unterschrieben 1810 von Gouverneur Macquarie, zum Beweis, dass er ein freier Mann war. Und das Dokument, das seine Aufnahme als Freimaurer in die Australian Society Lodge No. 260 am 3. März 1823 bestätigte, zum Beweis seiner gesellschaftlichen Anerkennung.

Marmaduke warf sich in den ledernen Ohrensessel vor Garnets Mahagonischreibtisch. Für ihn war dieser Sessel so etwas wie der Zeugenstand für den Angeklagten. Schon als seine Beinchen noch zu kurz waren, um bis zum Boden zu reichen, hatte er sich von seinem Vater Tiraden von Beschimpfungen über sein Verhalten anhören müssen.

Heute empfand er so etwas wie grimmige Entschlossenheit.

Allen Erwartungen zum Trotz hatte Garnet es nicht vermocht, ihn zu brechen. Heute würde er den Spieß umdrehen. Er versprach sich selbst, nicht die Beherrschung zu verlieren oder sich ablenken zu lassen, ganz gleich, wie sehr sein Vater tobte.

Auf den ersten Blick wirkte Garnet von der Zeit unberührt. Die Aura von Macht und schierer Vitalität prägten jeden Zoll seines Gesichts und Körpers. Die hochgezogenen Brauen waren noch immer schwarz im Gegensatz zu dem vorzeitig weiß gewordenen Haar.

Marmaduke musste daran denken, dass sie zwar vom Temperament her völlig verschieden waren, altersmäßig aber nur zwanzig Jahre auseinanderlagen.

Der Dreckskerl ist erst fünfundvierzig, doch sichtlich gealtert, seit wir das letzte Mal die Klingen kreuzten.

Garnets Stimme hatte nichts von ihrer Schärfe verloren. »Du hast dir ganz schön Zeit gelassen. Ich nehme an, dass Bentleigh dich darüber informiert hat, dass du mein einziger Erbe geblieben bist?«

Marmaduke spielte mit seinem indischen Rubinring, ein Trick, um seine merkwürdige Erleichterung zu verbergen.

Die Mätresse ist also nicht schwanger geworden. Und Garnet wird nicht so blöd sein, sie zu heiraten, bevor jeglicher Zweifel ausgeschlossen ist.

»Nur zu, Garnet, heirate wieder und setz einen Haufen Söhne in die Welt. Ich habe nicht den Wunsch, auch nur einen Penny von *deinem* Vermögen zu erben. Ich bin nur hier, um Anspruch auf das zu erheben, was mir zusteht. Edwin hat mir erzählt, dass das Testament rechtlich ungültig ist, aber ich habe Mutter auf dem Totenbett versprochen, Mingaletta nie zu verkaufen oder zuzulassen, dass die Banken es sich unter den Nagel reißen. Vielleicht erinnerst du dich nicht mehr daran, immerhin warst du damals ganz schön benebelt.«

»Benebelt? Ich war halb wahnsinnig vor Schmerz!« Garnet

hatte angebissen, jetzt sprang er auf und ging im Zimmer auf und ab. »Mein Haar ist über Nacht weiß geworden.«

Marmaduke war auf der Hut, aber er hatte die Oberhand über einen alten, immer noch gefährlichen Löwen. »Du wolltest mich sehen – hier bin ich. Jetzt ist es Zeit, sich mit der Urkunde zu befassen. Wir unterschreiben vor einem Zeugen, und die Vergangenheit ist erledigt.«

»Es geht nicht um die Vergangenheit, verdammt! Es geht um die Zukunft. Was glaubst du, warum ich fünfundzwanzig Jahre meines Lebens geopfert habe, um mein Imperium aufzubauen? Mich mit Krallen und Zähnen nach oben gekämpft habe, bis ich zum erfolgreichsten Unternehmer der Kolonie wurde, abgesehen von Sam Terry?«

Marmaduke hatte diese Leier schon tausendmal gehört. »Ja, ja, Garnet. Auf den letzten Metern des Weges zum reichsten Mann der Kolonie von deinem ehemaligen Sträflingskollegen geschlagen.«

»Der alte Macarthur und Wentworth besitzen möglicherweise mehr Land, und Sam Terry hat mehr Hypotheken als die Bank von New South Wales. Aber ich, ich bin in dieser Kolonie mächtiger als all die aufgeblasenen Macarthurs und ihresgleichen zusammen. Glaubst du, ich habe all das erreicht, um mein Vermögen mit ins Grab zu nehmen? Nein! Ich wollte deiner Mutter beweisen, dass sie zwar unter ihrem Stand geheiratet hat, dass ich aber trotzdem der Mann bin, der es geschafft hat, ihrem geliebten Sohn *alles* zu geben. Eine gute Ausbildung, ein Leben im Luxus und deinen rechtmäßigen Platz als englischer Gentleman in der Gesellschaft.«

Marmaduke verzog selbstironisch das Gesicht. »Und stattdessen hast du mich bekommen.«

Garnets Blick schweifte von Marmadukes langen, wirren Locken bis zu den schlammbespritzten Reitstiefeln und blieb dann an dem auffallenden, in florentinisches Gold gefassten Rubin hängen. Seine Reaktion fiel bemerkenswert gelassen aus. »Wäre es zu viel verlangt, dass du dich benimmst, wie es einem englischen Gentleman angemessen ist?«

Marmaduke heuchelte Erstaunen. »Warum solltest du enttäuscht sein, Garnet? Ich habe mein Bestes getan, um deinen Erwartungen bezüglich der Lebensweise von Söhnen der Oberschicht zu entsprechen. Ich habe die übliche Bildungsreise nach Europa gemacht, war als Privatgast bei Jagdausflügen in den schönsten Landhäusern von England eingeladen, habe auf Elefanten reitend Indien erforscht und den einen oder anderen Tiger erlegt, Vermögen am Spieltisch verloren und gewonnen und mich in Paris nach allen Regeln der Kunst betrunken. Kurz, ich bin zu einem Inbegriff des müßigen Taugenichts geworden.«

»Glaubst du, ich hätte nicht genau gewusst, was du treibst? Du wolltest unbedingt beweisen, dass die erste Generation ein Vermögen anhäuft, nur damit die zweite es zum Fenster hinauswerfen kann.«

Marmaduke ließ seine Schnupftabakdose aufspringen, steckte sie dann aber wieder in die Tasche, mit dem festen Entschluss, trotz der Verachtung seines Vaters ruhig zu bleiben.

»Das hättest du wohl gern. An dem Tag, an dem ich die Schule beendete, habe ich darum gebeten, auf einem deiner Anwesen lernen zu dürfen, wie man einen solchen Betrieb führt. Oder mich in bestimmte Aspekte deiner Geschäftsangelegenheiten einzuarbeiten. Mir lag nicht im Entferntesten daran, dir auf der Tasche zu liegen. Ich wollte von Anfang an finanziell unabhängig sein, das weißt du ganz genau.«

Garnet war in der Defensive und gab Kontra. »Du warst ein Grünschnabel, der weit unter seinem Stand ein albernes junges Ding heiraten wollte. Ich habe dich vor einem katastrophalen Fehler bewahrt!«

Marmaduke ließ sich nicht in die Falle locken. »Du hast Mingaletta gegen mich in der Hand gehabt. Du wolltest nicht, dass ich arbeite, unter dem Vorwand, dass die Gesellschaft mich ausschließen würde, wenn ich mit dem Stigma ›Geschäftemacher‹ behaftet wäre.«

Garnet schlug die Faust auf den Tisch. »Ich bin nicht derjenige, der die Gesetze macht, sondern der, der sie bricht!«

»Richtig, darin warst du ein Meister. Aber ich gehöre zu einer neuen Art von Currency Lads. Frei geboren und doch genötigt, mit dem Makel zu leben, Sohn eines Sträflings zu sein …«

»Ich wurde freigelassen, verdammt nochmal! Jeder in den Kolonien weiß, dass Gouverneur Macquarie mich begnadigt hat.« Zornig deutete Garnet auf das gerahmte Dokument an der Wand.

»Nur unter Vorbehalt«, korrigierte Marmaduke. »Die Begnadigung war an die Bedingung geknüpft, dass du nicht nach England zurückkehrst. Du bist bis an dein Lebensende verbannt. Keine Macht, kein Vermögen, weder dein Status als Freimaurer noch öffentliche Großzügigkeit gegenüber Wohltätigkeitsvereinen – nichts davon wird dir oder mir jemals Zugang zu den höheren Gesellschaftsschichten verschaffen.«

»Mit Geld kann man sich hier alles erkaufen.«

Marmaduke war entschlossen, das Gespräch auf Mingaletta zurückzubringen. »Weißt du nicht mehr, was passiert ist, als ich sechzehn war und du versucht hast, mich in die Gesellschaft einzuführen? Du schicktest mich in eine Tanzschule für die Sprösslinge der Auserwählten. Georgina, Tochter einer der dreizehn vornehmsten Familien von Sydney Town, lud mich als ihren Partner zu einem eleganten Kostümball ihrer Mutter ein. Wir wollten uns als Inder verkleiden, Georgina als Tänzerin und ich als Maharadscha. Queenie sorgte für mein Kostüm. Ich kam also an, von Kopf bis Fuß in Brokatstoffe gekleidet, mit einem juwelengeschmückten Turban und der Einladung in der Hand. Meine Gastgeberin, Georginas Mutter, empfing mich. Sie erklärte, ich wüsste wohl nicht, *wo mein Platz sei*. Söhne von Emanzipisten würden bei ihnen grundsätzlich nicht eingeladen. Doch mein Kostüm war nützlich. Sie stellte mich an die Bar, um ihre Gäste zu bedienen.«

Garnets Gesicht war angespannt, eine Ader pochte sichtbar an seiner Schläfe. »Das hatte ich nicht vergessen.«

»Nichts hat sich verändert. Bis heute darf der Sohn eines ehemaligen Strafgefangenen nicht in ihre heiligen Kreise einheiraten. Ich fordere dich heraus, Garnet: Nenn mir einen einzigen.«

Garnet schlug erneut so heftig mit der Faust auf den Tisch, dass ein Whiskyglas herunterfiel. »Du wirst der Erste sein – oder einer von uns beiden stirbt bei dem Versuch.«

Marmaduke blieb ruhig. »Wann wirst du endlich die Wahrheit akzeptieren? Mir ist es völlig egal, was deine hochgeschätzten vornehmen Kreise von mir halten. Aber dich haben sie am Wickel, denn dir ist es so ungeheuer wichtig.«

Garnet reagierte, indem er nach einem Hausmädchen klingelte. Die beiden Männer starrten sich finster an, bis Black Mary, ein eingeschüchtertes kleines Aborigine-Mädchen, die auf dem Perserteppich verstreuten Glasscherben eingesammelt hatte.

»Kommen wir zurück zum Thema Mingaletta, Garnet.«

Das Funkeln in den blassblauen Augen seines Vaters zeigte, dass er sich nicht abschrecken lassen würde.

»Ich weiß aus verlässlicher Quelle, dass du keinerlei Neigung zeigst, um respektable junge Damen zu werben.«

Marmaduke zuckte die Achseln. »Im Gegensatz zu dir bewahre ich Stillschweigen über meine Affären.«

»Wie es scheint, ziehst du sehr ungesunde Gesellschaft vor. Preiskämpfer, Schauspieler, Gauner und Trinkkumpane, die nie geheiratet haben und ihre Mütter anhimmeln. So wie dieser radikale Unruhestifter, der ständig vor Gericht steht und in eine Verleumdungsklage nach der anderen verwickelt ist.«

Marmaduke zwang sich, seinen lässigen Ton beizubehalten. »Rupert Grantham? Ein schlauer Bursche und ein sehr unterhaltsamer Gastgeber. Die Menschen sind nun mal verschieden, Garnet.«

»Dann ist es also wahr?«, fragte sein Vater scharf. »Du hast vor, ewig Junggeselle zu bleiben, so wie unser beider Anwalt Edwin Bentleigh?« Die Anspielung war nicht zu überhören.

»Lass Edwin aus dem Spiel! Er ist ein echter Freund und der anständigste Anwalt in ganz Sydney. Er hat so viel damit zu tun, verarmte Klienten vor dem Galgen zu retten, dass er gar keine Zeit hat, einer Frau den Hof zu machen.«

Garnet zuckte die Achseln. »Hätte ich je Zweifel an seinen Fähigkeiten als Anwalt gehabt, hätte ich ihn längst gefeuert.«

Diese Bemerkung konnte Marmaduke nicht einfach stehen lassen. »Du bezahlst deine Informanten. Aber du vergisst, dass Sydney Town eine Gerüchteküche ist. Die meisten davon sind frei erfunden. Erinnerst du dich nicht mehr? Eins besagte sogar, dass Mutter dich aus *Liebe* geheiratet hatte.«

Der Stachel traf genauso tief, wie er es beabsichtigt hatte. Garnet sprang wütend auf.

»Ich verbiete dir, den Namen deiner Mutter zu missbrauchen! Zwischen uns herrschte aufrichtige Liebe und Loyalität, die über deinen Horizont weit hinausging. Du bist ja gar nicht im Stande, jemanden zu lieben.«

Marmaduke hätte fast gelächelt. Zumindest im Moment hatte er Oberwasser.

»In einem Punkt stimmen wir überein, Garnet. Ich werde niemals heiraten. Jetzt gib mir bitte die Überschreibungsdokumente für Mingaletta, damit diese Farce ein für alle Mal ein Ende hat.«

Garnets Wut verflog wie Rauch. »Ich hatte wirklich vor, das zu tun, wenn du dich als reif genug erweist, als Gentleman von einigem Gewicht. Aber auf dieses Wunder kann ich jetzt nicht länger hoffen. Daher habe ich beschlossen, dass es Zeit ist zu heiraten.«

Darauf war Marmaduke nicht vorbereitet. »Du willst Elise

heiraten und sie hier offiziell als meine Stiefmutter etablieren?«

Garnet ließ ihn zappeln. »Ich bin kein alter Dummkopf, der einer Geliebten, die sich so leicht kaufen lässt wie sie, zu Respektabilität verhilft.«

»Wer ist denn dann die glückliche Braut?«

»Eine tugendhafte, junge Frau aus einwandfreiem Haus, die Tochter einer aristokratischen Familie.« Er nahm ein Miniaturporträt aus der Schreibtischschublade und überreichte es Marmaduke schwungvoll.

»Es hat zwei Jahre außerordentlich schwieriger Verhandlungen mit dem Vormund der jungen Dame bedurft. Dieses Porträt habe ich vorsichtigerweise von ihr anfertigen lassen. Man hat mir versichert, dass es völlig der Realität entspricht. Die Frau ist der Schlüssel dafür, dass wir in die höhere Gesellschaft der Kolonie aufgenommen werden. Eine de Rolland wird sicher gern zum Abendessen bei Seiner Exzellenz, dem Gouverneur Sir Richard Bourke, eingeladen.«

Marmaduke tat so, als betrachtete er das Bild einigermaßen interessiert. Es war im Stil einer Pralinenschachtel gemalt, stereotyp, ohne jeden Ausdruck. Doch war ihm bewusst, dass die zweite Ehe seines Vaters mit einer so jungen Frau höchstwahrscheinlich zu einem zweiten Erben führen würde. Ob diese Hochzeit seine Chance, Mingaletta in Besitz zu nehmen, schmälern könnte?

Garnet musterte ihn aufmerksam. »Was hältst du von ihr?«

»Schwer zu sagen. Sie sieht aus wie ein Kind. Das Gesicht hat etwas von einer Kuh. Offenbar ist sie ein eher knochiger Typ. Flacher Busen. Schwindsüchtig womöglich? Hattest du nicht gesagt, sie stammt aus einer guten Familie? Hoffentlich stirbt sie nicht unterwegs, bevor du auf deine Kosten kommst.«

»Meine Anwälte in London haben an alles gedacht. Die Frau ist jung, gesund und überdurchschnittlich gebildet. Ihre Tugendhaftigkeit steht außer Frage. Seit ihrer Pubertät steht sie unter ständiger Überwachung.«

»Dann muss sie nicht ganz dicht sein. Warum sollte eine so vornehme Familie ein derartiges Paradebeispiel an Anstand dreizehntausend Meilen weit weg schicken, um einen *nouveau riche* aus der Kolonie zu heiraten?«

»Ihr Vormund stand bereits mit einem Bein im Schuldnergefängnis. Mein Angebot bedeutete die Rettung für die ganze Familie. Die Frau hat keine andere Wahl, als mitzuspielen. Sie wird uns keine Scherereien machen.«

»Uns? Was geht mich das an? In *meinem* Leben wird sie keine Rolle spielen, auch wenn du sie heiratest. Du musst mir nur Mingaletta überschreiben, dann bist du mich los. Ich werde mit Freuden alles unterzeichnen, um zu bestätigen, dass ich keinerlei Ansprüche gegenüber einem meiner zukünftigen Geschwister auf dein Vermögen erheben werde.«

Garnets Lächeln war so zuversichtlich, dass Marmaduke zunehmend unsicher wurde.

»Du irrst, mein Junge. Diese junge Dame, die mich so viele Verhandlungen gekostet hat, soll nicht meine Braut sein – sondern deine!«

»Sie scherzen, Sir!« Marmaduke sprang auf und warf ihm das Porträt auf den Tisch.

»Ich meine es völlig ernst. Befolge meinen Plan bis ins kleinste Detail. Heirate die Braut, die ich dir ausgesucht habe. Dann kannst du Mingaletta ganz in Besitz nehmen. Es ist ein fairer Pakt. Deine De-Rolland-Braut wird dir Halt bieten und deinen angekratzten Ruf in den Augen der Kolonistengesellschaft wiederherstellen. Wer seinen Gegner beim Duell tötet, macht sich nicht gerade beliebt bei Gouverneur Bourke – er ist schrecklich moralisch.«

Jetzt wusste Marmaduke, worum es ging. Er hatte seine Haltung bewahrt – und Mingaletta verloren.

»Ich will verdammt sein, wenn ich das Pfand in deinem Spiel sein soll. Ich reite sofort zu Edwin zurück. Wir werden augenblicklich die notwendigen Maßnahmen ergreifen, um diese absurde Liaison abzusagen, bevor das arme, ahnungslose Ding die Reise antreten kann.«

Garnet wirkte immer noch zuversichtlich. »Zu spät. Die Verträge sind bereits unterzeichnet, das Geld ist überwiesen. In ein paar Monaten wird ihr Schiff in Port Jackson eintreffen, und du wirst am Kai stehen und sie willkommen heißen. Es sei denn, du willst das Versprechen brechen, das du deiner Mutter am Totenbett gegeben hast.«

Marmaduke war so aufgebracht, dass er nur lachte. »Mein Gott, das ist wirklich niederträchtig, selbst für dich. Es erinnert mich an den Pakt zwischen Faust und dem Teufel.«

»Benutz deinen Kopf, mein Junge. Auf diese Weise bekommen wir beide, was wir wollen. Ich habe eine Suite in meinem neuen Hotel für sie reservieren lassen, dem Alexandrina.«

Marmaduke fuhr zusammen. »Es gehört *dir*? Hätte ich mir denken können, so protzig wie es ist.«

Garnet ignorierte die Beleidigung. »Sicher wird die Braut mit einem Berg von Truhen eintreffen. Zusätzlich zu dem, was im Vertrag vereinbart war, habe ich noch Geld geschickt, damit sie eine Zofe mitbringen und sich in Paris eine Brautausstattung bestellen kann, die jede Frau aus den vornehmen Kreisen der Kolonie vor Neid erblassen lässt.«

Marmaduke sah, dass Garnet nicht zu stoppen war. Seine Augen glänzten auffällig, als er die Einzelheiten der Hochzeit aufzählte, die in der St. James Church stattfinden sollte, die neue Orgel erwähnte, die er zu spenden gedachte, und die Gästeliste, die die Crème de la Crème der hiesigen Gesellschaft umfassen würde.

Dann versetzte er seinem Sohn den endgültigen Todesstoß. »Die Überschreibungsurkunden für Mingaletta liegen hier in meinem Safe. Sobald du verheiratet bist, werde ich sie unterschreiben.«

Innerlich kochend vor Wut, äußerlich jedoch ungerührt stand Marmaduke auf, um sich zu verabschieden.

»Sieht ganz so aus, als hättest du an alles gedacht. Bis auf einen kleinen Punkt: *Meine* Zustimmung hast du nicht.«

Als er schon wieder im Sattel seines ebenholzfarbenen Hengstes saß, um nach Sydney Town zurückzukehren, wandte sich Marmaduke noch einmal um und warf einen letzten Blick auf das Haus seiner Kindheit, das so viele dunkle Geheimnisse barg.

In diesem Moment wurde die Eingangstür aufgestoßen, und Elise eilte die Treppe hinab. Sie rannte auf ihn zu und griff in die Zügel, um ihn zurückzuhalten.

Marmaduke versuchte, sie nicht anzusehen. Doch sosehr er die Geliebte seines Vaters auch verachtete, es war schwer, ihre Schönheit zu ignorieren – und ihre Not.

Sie stieß ihre Worte in abgerissenen Fetzen hervor. »Marmaduke! Willst du gehen, ohne dich zu verabschieden? Ich muss mit dir reden. Allein. Nur du kannst mir helfen. Der Geisteszustand deines Vaters verschlechtert sich. Ich bin verzweifelt.« Sie senkte den Blick. »Ich weiß nicht, wie lange ich noch tun kann, was er von mir verlangt.«

Als er die Finger ihrer blassen Hand von den Zügeln löste und den Smaragdring erkannte, den seine Mutter auf ihrem Porträt getragen hatte, zuckte er zusammen. Es gefiel ihm nicht, wie Elises auffallend blasses Gesicht errötete und ihre Augen sich mit Tränen füllten.

»Du wirst es schon schaffen, Elise. Du bist für diese Rolle wie gemacht. Und er bezahlt dich sicher sehr gut.«

Ohne abzusitzen, nahm Marmaduke den Hut vom Kopf und verbeugte sich tief und schwungvoll, so wie er es bei einem Schauspieler auf der Bühne der Comédie-Française gesehen hatte. Elise reagierte, als wäre er eine königliche Hoheit, mit einem so tiefen Knicks, dass er die Wölbung ihrer Brüste erkennen konnte, eine nicht ganz unabsichtliche Geste, wie er vermutete.

Es würde sich beinahe lohnen, diese blaublütige Braut herzubringen, nur um zu sehen, was Elise für ein Gesicht macht, wenn ihr klar wird, dass sie als Herrin von Bloodwood Hall abgelöst wurde.

FÜNF

DE ROLLAND PARK, GLOUCESTERSHIRE, ENGLAND, FEBRUAR 1833

Isabel zog den alten Mantel enger um die Schultern, als sie fröstelnd auf dem mit Zinnen bewehrten Dach ihres alten Familiensitzes stand. Unter ihr erstreckte sich die Landschaft in einem blassen, ungewissen Licht. Das Eis auf dem See begann zu tauen. In diesem See war sie einmal fast ertrunken. Wie üblich vergrub sie die Bilder, Klänge und die Angst vor dem Wasser rasch in den tiefsten Winkel ihrer Erinnerung.

Ich lebe. Das ist alles, was zählt.

Isabel fühlte sich seltsam unruhig. Innerhalb weniger Sekunden war die Temperatur dramatisch gesunken. Gerade wollte sie sich dem einzigen Ausgang auf dem Dach zuwenden, als sie ein lautes, metallisches Scheppern hörte. Dann flog die Tür auf, als hätte ein kräftiger Windstoß sie geöffnet.

Sie war nicht mehr allein; ein Fremder stand jetzt dort. Isabel machte sich ganz klein und verbarg sich hinter einem steinernen Giebel. Der Mann stand mit dem Rücken zu ihr am anderen Ende des schmalen Gangs entlang der Brüstung, ohne ihre Anwesenheit zu registrieren. Er war groß und schwer gebaut, doch sein Alter war kaum zu schätzen, denn sein Kopf war von einer prächtigen Perücke bedeckt.

Er nahm eine gebieterische Haltung an, mit gespreizten Beinen und ausgestreckten Armen, als wollte er das ganze Land umarmen. Seine elegante Kleidung verriet ihn als feinen Herrn: ein tadellos geschnittener Gehrock aus dunkelgrünem Samt, dazu eine Kniehose, weiße Seidenstrümpfe und Schuhe mit silbernen

Schnallen. Als er ihr das Profil zuwandte, war das einzig störende Merkmal ein zerknittertes Halstuch, das sich halb gelöst hatte.

Die Kälte schien ihm nichts auszumachen. Er nahm einen silbernen Flachmann aus der Tasche und warf dann den Gehrock zu Boden, wo er als zerknülltes Häufchen liegen blieb. Sie sah, wie die Sonne auf dem Metall funkelte, als er ihn hob, um einen großartigen Toast auszubringen.

»Auf den König und das Land! Möge sie der Teufel holen!« Seine Worte hallten in ihrem Kopf nach, während er den Inhalt in einem Zug herunterstürzte und sich dann die vollen Lippen mit dem Hemdsärmel abwischte. Der Wein hinterließ eine Spur wie ein Blutfleck. Er war Isabel so nahe, dass sie die dunklen Bartstoppeln auf dem Kinn sehen konnte, und trotz der guten Kleider roch er wie jemand, der zu viel gezecht hatte, um Zeit zum Baden zu haben.

Isabel hatte das Gefühl, in der Falle zu sitzen. Sie konnte den einzigen Ausgang nicht erreichen, denn jetzt hatte der Fremde sich zu ihr umgedreht und blockierte den Fluchtweg. Irgendetwas an seinem Lächeln kam ihr merkwürdig vertraut vor, und der seltsame Ausdruck in seinen Augen jagte ihr noch stärkere Kälteschauer über den Rücken als die frostige Luft. War dieser Mann einer von Onkel Godfreys reichen, exzentrischen Nachbarn, den ihr Vormund zum Dank für ihre Gastfreundschaft zum Abendessen eingeladen hatte?

Über ihren zweiten Gedanken war sie selbst entsetzt: *Oh, lieber Gott, mach, dass es nicht der ältere Herr ist, den der Onkel als potenziellen Verehrer hierher eingeladen hat. Dieser Mann ist sternhagelvoll. Wie ich solche Trunkenbolde hasse!*

Isabel räusperte sich und zwang sich, ihn anzusprechen. »Bitte entschuldigen Sie, Sir. Die Kälte ist unerträglich; ich muss wieder ins Haus.«

Der Herr wich keinen Zentimeter zur Seite. Isabel spürte, wie sich ihre Kehle zuschnürte, während sie ihn unwillkürlich fasziniert betrachtete. Er wandte das Gesicht der Sonne zu, die darum kämpfte, durch die graue Masse von Wolken zu dringen, und stieß dann einen schrillen, ekstatischen Schrei aus.

Isabel sträubten sich die Nackenhaare. Seine blauen Augen glänzten ungewöhnlich stark. Doch die Aura von Vornehmheit löste sich auf, als er in einer kindlichen Geste der Verschwiegenheit den Finger auf die Lippen legte und dann anfing, Worte in einer fremden Sprache zu singen, die sie nicht kannte.

Die plötzliche Bewegung traf sie unvorbereitet. Zu ihrem Entsetzen kam er geradewegs auf sie zu, die Arme wie in der Karikatur einer Umarmung zu beiden Seiten ausgestreckt. Sein Körper strich so dicht an ihr vorbei, dass sie das muffige Aroma von Räucherwerk riechen konnte. Es kam ihr vor, als hätte der Ausbund des Bösen sie gestreift, als er an den Rand der Brüstung trat und der Sonne wild ins Gesicht lachte. Er flatterte mit den Armen wie ein Vogel mit den Flügeln und rief: »Die Götter sind auf meiner Seite. Sieh nur, wie ich fliegen kann! Ich bin unsterblich!«

Lachend sprang er hinaus ins Nichts.

Isabel kämpfte gegen den Schwindel an, der sie ergriff, als sie sich über den Rand der Brüstung beugte. Sie hörte noch das Echo seines Lachens und dann einen dumpfen Aufprall. Um ein Haar hätte der Schwindel sie überwältigt, doch sie wusste, dass sie auf keinen Fall das Bewusstsein verlieren durfte, falls er wie durch ein Wunder den Sturz überlebt hatte.

Mit einiger Mühe gelang es ihr, die Metalltür aufzudrücken und die Stufen hinabzulaufen, auf der Suche nach irgendwem, während sie laut schrie, dass es einen Unfall gegeben habe.

Unterwegs prallte sie mit Baker zusammen, dem Faktotum der Familie. Sie konnte kaum sprechen, nahm den alten Mann jedoch bei der Hand und zerrte ihn nach draußen zu dem Bereich des Gartens, der direkt unterhalb der Absturzstelle lag.

Beim Anblick des Bilds, das sich ihr bot, erstarrte sie. Das Beet mit Rosen und Sträuchern war unberührt. Es gab kein Zeichen von einer Leiche. Nicht ein einziger Grashalm war geknickt.

Verwirrt deutete Isabel auf die Stelle, wo der Fremde gesprungen war. »Er kann den Sturz unmöglich überlebt haben. Das hätte niemand geschafft.«

Plötzlich wurde sie sich Bakers gerunzelter Stirn bewusst.

»Soll das vielleicht ein Witz sein, Miss? So etwas wie ein Aprilscherz vielleicht?«

»Natürlich nicht. Ich hab dir doch gesagt, dass ich gesehen habe, wie er sprang. Er war mir so nahe wie du jetzt.«

Isabel zupfte ihn am Ärmel, um ihn zurückzuhalten, während sie ihm eine Beschreibung des Fremden lieferte und sich sogar an den falschen Schönheitsfleck auf der Wange erinnerte.

»Wenn Sie meinen, Miss«, meinte Baker misstrauisch. »Aber jetzt muss ich zurück an die Arbeit.«

Isabel schloss die Augen, um die Erkenntnis auszusperren. *O Gott, dieser Herr muss das Andere gewesen sein.*

Ohne auf die verwunderte Reaktion der Dienerschaft zu achten, rannte sie die Treppe zur Ahnengalerie hinauf, mit wehendem Haar und zusammengerafften Röcken, damit ihre Schritte nicht behindert wurden. Sie musste die Porträts durchsuchen, um jenes bestimmte Gesicht zu finden, an das sie sich erinnerte – das ohne Namen.

Atemlos blieb sie vor dem Porträt eines jungen Mannes stehen. Er war extravagant nach georgianischer Mode gekleidet und hatte deutliche Ähnlichkeit mit dem älteren Mann, den sie gerade eben in den Tod hatte springen sehen.

»Das warst du, stimmt's?«, sagte sie laut zu dem Porträt, als wollte sie ein Gefühl von Realität wiederherstellen, das sie der Vision entgegensetzen konnte, deren Zeuge sie eben geworden war.

»Wenn ich richtig verstehe, hast du ihn *gesehen*, Isabel?«

Die Stimme hinter ihr hatte einen Tonfall, der irgendwo zwischen Beruhigung und leichtem Spott schwebte. Sie drehte sich um und sah ihren Cousin vor sich stehen.

»Treib keine Spielchen mit mir, Silas. Wer ist das?«

»Erkennst du keine Ähnlichkeit zu uns beiden? Mein Vater Henri als junger Mann. Bevor er meine Mutter heiratete und sich später in deine Mutter verguckte, Alizon – die Hexe.«

Isabel ignorierte die Anschuldigung. »Er ist nicht in der Familiengruft begraben. Wie ist er gestorben?«

»Selbstmord oder auch ein Unfall nach zu viel Alkohol, wenn man so will. Vater hatte begonnen, sich für die schwarze Kunst zu interessieren. Schließlich war er überzeugt, größer als Ikarus zu sein. Er sprang von der Brüstung, um zu beweisen, dass er fliegen und überleben konnte.« Silas zuckte die Achseln. »Er hatte Unrecht.«

Isabel spürte, wie ihr das Blut aus dem Gesicht wich. *Henri de Rolland – der Mann, der meine Mutter beschuldigte, eine Hexe zu sein. Und dann kam er selbst zu Tode, als er Zauberei praktizierte.*

Eine flüchtige Erkenntnis schoss ihr durch den Kopf, doch bei dem Wort »Geist« schreckte sie zurück. »Und du, hast du ihn auch gesehen?«

»Er wiederholt seine letzte Dummheit in regelmäßigen Abständen.« Silas' Hand bewegte sich anmutig abwärts, als wollte sie den Sprung in die Tiefe illustrieren. »Verstehst du? Wir haben dieselbe Gabe, *ma petite cousine*.«

Trotz des Beschützerinstinkts im Hinblick auf den Ruf ihrer toten Mutter konnte Isabel ihre Worte nicht zurückhalten. »Aber Henri war dein Vater. Warum hast du kein Mitleid mit ihm?«

»Vater war ein Amateur, der mit etwas herumspielte, von dem er nichts verstand. Ich dagegen *beherrsche* die schwarze Kunst.« Er streckte die Hand aus und fuhr ihr übers Haar. »Deshalb bin ich auch derjenige, der dich vor dir selbst schützen kann, meine kleine Hexe.«

Sein Lächeln war zärtlich, doch Isabel merkte, dass sie zitterte, als sie versuchte, seiner Berührung auszuweichen, machte einen tiefen Knicks und eilte davon in ihr Zimmer.

Irgendetwas in ihrem Innern hatte sich unwiderruflich verändert. Seit ihrer Kindheit hatte sie verschwommene, fragmentarische Visionen des Anderen in diesem Haus gehabt. Aber noch nie hatte sie jemanden gesehen, der die Verkörperung einer lebenden Person zu sein schien. Die Bedeutung dieser Vorstellung machte ihr Angst. Sie konnte nicht mehr gewiss sein. Was war Realität und was nicht? *Es stimmt. Ich bin eine Hexe. Ich bin verflucht.*

Sie musste ihren Bezug zur Wirklichkeit wiedergewinnen und machte sich auf die Suche nach Agnes, die immer einen beruhigenden Einfluss auf sie hatte. Doch dann beschloss sie, ihr nichts von der Begegnung mit dem Ikarusgeist zu erzählen. Agnes würde nur in Panik geraten und es für ein Zeichen ihrer wiederkehrenden Krankheit halten.

Als Isabel etwas später die Treppe wieder hinabstieg, spürte sie einen neuen vitalen Pulsschlag im Innern des Hauses – als wäre ein Märchenriese aus einem jahrhundertelangen Schlaf erwacht. Isabel konnte die neue Hoffnung, die über Agnes und die Vielzahl der Dienstboten, deren Leben vom Schicksal der de Rollands abhängig waren, zu ihr hindurchsickerte, beinahe mit Händen greifen.

Aber wird sich mein Leben zum Guten oder Schlechten verändern?

Durch die Fenster sah sie hinab auf die Einfahrt. Die Familienkutsche, auf deren Türen das uralte Wappen prangte, wartete vor dem Portikus auf den bevorstehenden Aufbruch des Herrn nach London. Man tuschelte, dass Onkel Godfrey wichtige Unterredungen mit den Familienanwälten führen müsse, die der langen Bedrohung durch das Schuldnergefängnis endgültig ein Ende machen würden. Der neue Phaeton ihres Cousins stand nicht weit entfernt, die beiden prächtigen Schimmel scharrten ungeduldig mit den Hufen im Kies, als könnten sie es kaum erwarten, zu einem der benachbarten Landsitze aufzubrechen.

Der Winter neigte sich dem Ende zu, und Isabel hatte immer noch kein Datum für die versprochene Reise nach London. Da ihre zuverlässige Informationsquelle Agnes damit beschäftigt war, den neuesten Gerüchten zu lauschen, konnte sie ihr entwischen und versteckte sich im Garten. Es war so kühl, dass niemand auf die Idee käme, sie hier zu suchen. Eine der Verandatüren stand einen Spalt offen, damit Onkel Godfreys Spaniel nach Belieben kommen und gehen konnte. So war es kein Problem, das Gespräch zwischen Silas und ihrem Vormund mit anzuhören.

Bald wurde ihr klar, dass Silas sämtliche Register der Überredungskunst zog, um den alten Mann von seinen Vorstellungen zu überzeugen.

»Es besteht überhaupt kein Anlass zur Sorge, Onkel. Wir müssen nur weiterhin so tun, als wäre nichts Ungewöhnliches passiert. Der örtliche Wachtmeister hat es nicht mal für nötig befunden vorbeizukommen. Warum auch? Es gibt überhaupt keinen Grund, Isabel mit diesem grauenhaften Fund in Verbindung zu bringen. Ihre wochenlange Amnesie und ihre Entdeckung im Wald sind schon drei Jahre her. Seitdem wurde sie dermaßen von der Außenwelt abgeschirmt, dass die Hälfte der Dorfbewohner sie nicht einmal beschreiben könnte.«

Onkel Godfreys Stimme war so leise, dass Isabel die Ohren spitzen musste, um ihn zu verstehen. »Aber die Leiche des Kindes war doch offensichtlich schon lange dort vergraben. Was, wenn es ihr Kind war? Sie hat nie geleugnet, dass sie sich daran erinnern kann, wie sie es gleich nach der Geburt erstickt hat. Sie war nicht verantwortlich für ihre Taten. Es war ihre Krankheit, gewiss. Man könnte es kaum als Kindesmord im wahrsten Sinne des Wortes bezeichnen. Ein vierzehnjähriges Mädchen aus guter Familie wäre unter diesen Umständen niemals ins Gefängnis gekommen. Aber ein einziges boshaftes Gerücht in diesem gottverlassenen Dorf, und unser so lange ausgehandelter Hochzeitsvertrag wäre null und nichtig.«

»Ganz recht. Und ich muss zugeben, George Gambles Vorstellung von einer gesunden, jungen De-Rolland-Braut, deren Tugendhaftigkeit und Kultiviertheit über alle Zweifel erhaben sind, würde nicht einmal ansatzweise auf Isabel zutreffen. Doch jetzt, da man die Leiche eines Säuglings mit ihr in Verbindung bringen könnte …«

Isabel biss sich mit aller Macht in die Hand, um nicht vor Schreck laut aufzuschreien. Sie hatte das Gefühl, die Welt sei zum Stillstand gekommen, ohne dass sie Zeit gehabt hätte, um Erlösung zu bitten oder sich von den wenigen Menschen zu verabschieden, die sie liebte. Sie hatte jegliche Kontrolle über ihr Leben verloren.

»Die letzten Dokumente müssen noch unter Dach und Fach gebracht werden. Ich vertraue diesen verdammten Anwälten in der Kolonie nicht – sie spucken immer große Töne, aber weiß der liebe Himmel, wie viele von ihnen von ehemaligen Strafgefangenen abstammen, trotz ihres falschen britischen Akzents und ihrer maßgeschneiderten Anzüge von der Bond Street. Es geht mir gegen den Strich, dass George Gamble …«

»Wen kümmert es schon, auf welche Art dieser verurteilte Dieb zu seinem Vermögen gekommen ist? Noch ist nicht alles verloren, Onkel, aber wir müssen sogleich nach London aufbrechen und den letzten Vertrag unterzeichnen, um Isabels Abreisedatum zu bestätigen. Nach der Rückkehr geben wir ihre Verlobung mit einem australischen Gentleman bekannt – falls es so etwas überhaupt gibt. Und lassen Isabel nach London bringen, wo sie im Stadthaus wohnen kann, bis ihr Schiff die Segel setzt.«

Onkel Godfrey seufzte. »Haben wir denn überhaupt eine Wahl? Die Hälfte unserer Schulden konnten wir bezahlen, aber du wirfst das Geld zum Fenster hinaus, als hättest du Anteile an einer Goldmine gewonnen. Wir können Gamble das Geld einfach nicht zurückgeben, selbst wenn wir es wollten. Und jetzt müssen wir liefern!«

Isabel schloss die Augen und stellte sich das bestechende Lächeln auf Silas' Gesicht vor, mit dem er entgegnete: »Als ich klein war, hast du mir beigebracht, dass diejenigen von uns mit königlichem Plantagenet-Blut in den Adern wie Fürsten leben müssen. Jetzt werden wir es wieder tun. Das Geld des ehemaligen Sträflings hat alles verändert.«

»Der verdammte Kerl! Wäre die Rettung doch nur von anderer Seite gekommen als ausgerechnet so einem Mann! Was ist los mit der Welt? Der Schöpfer erlaubt einem Sträfling seinen Triumph, verbannt jedoch eine de Rolland in eine gottverlassene Gegend wie New South Wales!«

Plötzlich riss Isabel die Augen auf. *Sie meinen mich!*

»Beruhige dich, Onkel. Morgen, wenn du den letzten Vertrag unterzeichnet hast, werden wir seinen Namen nie wieder erwähnen müssen.«

Isabels Verwirrung wuchs, als die nervöse Stimme ihres Onkels die Stille unterbrach.

»Ich bringe es kaum über mich, dem Opferlamm die Neuigkeit mitzuteilen. Ich habe ihr versprochen, dass sie bei der Entscheidung mitreden kann. Das Kind wird seine Pflicht der Familie gegenüber natürlich erfüllen, aber die Tränen einer Frau sind wirklich Teufelswerk.«

»So weit wird es nicht kommen, Onkel. Sie hat noch nie geweint, das weiß doch jeder.« Silas zögerte einen Augenblick und setzte dann hinzu: »Ein unwiderlegbarer Beweis dafür, dass sie eine Hexe ist.«

»Mittelalterlicher Humbug, Silas…« Dann schloss jemand die Tür, und das Geräusch ihrer Stimmen verstummte. Isabel sank am ganzen Leib zitternd auf die Knie. Erst als sie den roten

Blutstropfen sah, merkte sie, dass ein Dorn sich in ihren Finger gebohrt hatte. Vom kahlen Stamm eines Rose-Alba-Strauchs.

Dann schlug das ganze Grauen der Situation über ihr zusammen. Sie sah eine Reihe von ungeordneten, fragmentarischen Bildern vor sich – den See, die Wälder, die sanften Hände der alten Roma-Frau, die ihren Körper massierte, das Grab eines Kindes, einen Globus in der Schule und ihr Finger, der auf die winzige rosa Insel England zeigt –, dann drehte sich der Globus um seine eigene Achse, und die Welt verschwamm vor ihren Augen.

Ich wurde in eine Ehe verkauft. Warum haben sie mir eingeredet, dass ich eine Wahl hätte? Dass ich London und Paris besuchen könne? Die Wahrheit ist, dass ich mein Leben in dieser Sträflingskolonie im Indischen Ozean beenden werde. Und wer ist dieser »verdammte Kerl«? Warum hat mich niemand gewarnt?

Die Antwort versetzte ihr einen solchen Schock, dass ihr schlecht wurde.

Zwei Fliegen mit einer Klappe! Das Vermögen der Familie wird wiederhergestellt, und gleichzeitig können sie die größte Bedrohung für die Familienehre loswerden – mich! Mein Gott, es ist also nicht nur der Abschaum der britischen Gesellschaft, der dorthin verfrachtet wird. Diesmal bin ich dran! Und die Ehe ist eine lebenslange Strafe!

In Isabels Kopf hämmerte es vor lauter Verwirrung und Enttäuschung. Sie wusste, dass sie keine Chance hätte, vor Onkel Godfreys Aufbruch mit ihm zu sprechen. Abschieden ging er möglichst aus dem Weg. Daher nahm sie ihren üblichen Beobachtungsposten im Souterrain ein.

Durch die Gitter des Fensters knapp über der Erdoberfläche, das ihr einen Blick auf die Einfahrt ermöglichte, erkannte Isabel die Schnallenschuhe, die weißen Strümpfe und die Kniehose ihres Onkels, der sich von einem Dienstboten in die Kutsche helfen ließ. Das Knallen einer Peitsche erklang, dann hörte man das Knirschen der Räder im Kies. Sie unterdrückte einen Aufschrei der Verzweiflung. Die einzigen Menschen, die über ihr Schicksal im Bilde waren, fuhren davon – es sei denn, Martha war in ihren Plan eingeweiht.

Isabel raffte ihre Röcke zusammen und rannte zur Treppe, fest entschlossen, Agnes aus dem Weg zu gehen und Martha am Krankenbett aufzusuchen, wo auch der Arzt schon Platz genommen hatte.

Bitte, lieber Gott, mach, dass er Martha nicht schon wieder zur Ader lässt. Nach jedem seiner Besuche wird sie noch ein bisschen schwächer. Es ist mir egal, wie viele medizinische Titel er angeblich hat. Der Mann ist kaum besser als ein Vampir.

Atemlos erreichte sie die Tür von Marthas Zimmer, klopfte höflich und trat ein. Bei dem Anblick, der sich ihr bot, kam ihr die Galle hoch, und sie versuchte, nicht zu würgen. Der ältere Arzt, der eine Perücke trug und wie ein Geistlicher oder Bestatter in düsteres Schwarz gekleidet war, machte eine abwehrende Geste. Seine Hand war mit Blut befleckt.

Doch Martha bat ihn mit schwacher Stimme: »Nein! Bitte, Doktor, lassen Sie sie bleiben. Isabels herzerfrischende Gegenwart ist die beste Medizin, die ich mir wünschen kann.«

Der Arzt war gereizt, dass man seine Instruktionen ignorierte, konnte seiner Patientin aber auch nicht widersprechen, daher wies er Isabel einen Platz ganz am Ende des Zimmers an.

Dort sank sie auf das Sofa. Ihre Beine zitterten so heftig, dass sie es wie ein Schulmädchen verbergen musste, indem sie sie mit beiden Armen umschlang und die Knie an die Brust presste. Sie zwang sich zu einem Lächeln, um sowohl Martha als auch sich selbst falschen Mut zu machen, während sie die grässliche Szene in sich aufnahm.

Isabel war schockiert, als sie sah, wie sehr sich Marthas Zustand verschlechtert hatte. Auf dem Nachttisch stand ein Glasgefäß, in dem sie schaudernd eine Reihe von Blutegeln erkannte.

Martha war noch keine dreißig, schien jedoch auf die Größe eines bloßen Kindes geschrumpft zu sein, seit Isabel sie zum letzten Mal gesehen hatte. War das wirklich erst zwei Wochen her?

Martha trug ein schlichtes weißes Nachthemd, wie ein Totenhemd, und lächelte Isabel ohne jede Spur von Angst zu. Ihr blasses Gesicht sah aus, als würde es von innen festgeschnürt; die schweißbedeckte Haut spannte sich straff über die Wangenknochen. Ihre sanften grauen Augen leuchteten ungewöhnlich hell in den dunklen Augenhöhlen.

Ein dünner Arm streckte sich über die Steppdecke wie in einem schwachen Versuch, Isabels Hand zu ergreifen, damit sie ihr Trost spendete. Der Ärmel des Nachthemds auf der anderen Seite war bis zu der knochigen Schulter aufgerollt und hing über der Blutschale, die der Arzt darunterhielt.

Isabel versuchte zu verhindern, dass ihr schwaches Lächeln erstarb, so ekelhaft waren Geruch und Anblick der Flüssigkeit, die unaufhörlich aus Marthas offener Ader tropfte, als wollte sie unbedingt das vom Arzt aufgestellte Soll an frischem rotem Blut erfüllen. Die Schale war bereits halb voll. Isabel hasste sich selbst, weil sie unwillkürlich an die grässlichen Bilder in *Der Vampyr* denken musste, einer von Lord Byrons jungem Leibarzt John Polidori verfassten Novelle. Der mysteriöse Vampir namens Lord Ruthven hatte sie in ihrer Einbildung so verfolgt, dass sie nun das Gefühl hatte, er sei hier im Raum und wolle Martha für sich beanspruchen.

Am liebsten hätte sie den Arzt angeschrien: »Hör auf, du Unmensch! Siehst du denn nicht, wie zerbrechlich sie ist? Willst du sie bis auf den letzten Blutstropfen aussaugen, bist du dann zufrieden?«

Sie vergrub die Finger in ihren Armen und hoffte, durch den selbst auferlegten Schmerz zu verhindern, dass sie das Bewusstsein verlor. *Wer weiß, wenn ich in Ohnmacht fiele, würde der alte Blutsauger wahrscheinlich bei mir weitermachen!*

Gerade als sie den Arzt zur Rede stellen wollte, beendete er die Tortur und verband Marthas Arm.

Als er fertig war, warf er Isabel einen strengen Blick zu. »Du hast strikte Anweisung, meine Patientin nicht anzustrengen. Zwei Minuten, nicht mehr.« Dann wandte er sich an Martha. »Morgen komme ich wieder, um mir anzusehen, welche Fortschritte Sie gemacht haben. Nehmen Sie das Laudanum weiter wie verordnet. Ist Ihr Gatte zu Hause? Oder der Herr des Hauses?«

Als Martha ihn unsicher ansah, sprang Isabel auf. »Sie werden beide bald zurückerwartet.«

»Dann gebe ich solange der Haushälterin meine Anweisungen. Sie müssen peinlich genau befolgt werden.«

Kaum hatte sich die Tür hinter ihm geschlossen, als Martha auf die Steppdecke klopfte und Isabel sich auf die Bettkante setzte, ihr das Haar aus der Stirn strich und sie auf die Wange küsste.

»Verzeih mir, Martha. Ich wollte schon viel früher kommen, aber Silas hat gesagt, dass du nicht gestört werden darfst.«

»Der Gute! Er ist allzu besorgt um mich. Ob er nicht merkt, dass du mir mit jedem Besuch einen Hauch von Frühling in mein Krankenzimmer bringst?«

Isabel bemerkte schockiert, dass der Ehering an der Klauenhand, die jetzt die ihre umklammerte, zwei Nummern zu groß war. Sie spürte, wie sich ihre Kehle zuschnürte angesichts dieses sichtbaren Beweises, wie Martha dahinsiechte.

»Sag mir – blühen die Tulpen schon?«

Isabel erschrak, als ihr aufging, dass ihre Cousine schon so lange in ihrem Krankenzimmer eingesperrt war, dass sie jeden Sinn für die wechselnden Jahreszeiten verloren hatte.

Isabel wählte ihre Worte sorgfältig, um imaginäre Blumen zu beschreiben, als stünden sie in voller Blüte. »Wir haben sie in diesem Jahr in so vielen Farben, dass die Holländer fürchten, wir könnten ihnen den Titel als Tulpenzentrum von Europa streitig machen.«

Martha lachte auf, als wäre Isabels Stimmung ansteckend. »Wie jung und lebendig du aussiehst, Liebling. Erzähl mir, was du gerade liest. Liebesgeschichten? Romane? Sir Walter Scott oder die Werke der gescheiten Miss Austen?«

»Ich kann dir *Verstand und Gefühl* morgen vorlesen, wenn du gut geschlafen hast.«

»Das wäre schön. Aber zuerst möchte ich alles wissen, was in deiner Welt passiert.«

In meiner Welt? Wir sind beide in einem Gefängnis eingesperrt. Meines soll gegen den goldenen Käfig der Ehe am anderen Ende der Welt eingetauscht werden. Aber ich darf sie nicht aufregen, sondern muss sie ablenken.

»Onkel Godfrey schickt mich nach London, damit ich den ersten Kontakt zur höheren Gesellschaft bekomme. Stell dir vor: Theateraufführungen in Drury Lane und Covent Garden! Und in Paris kann ich französische Konversation praktizieren.«

»London. Paris. Wie wundervoll! Man erzählt mir nicht einmal mehr die guten Nachrichten!«

Isabel schmerzte der klagende Unterton in ihrer Stimme; es war das erste Mal, dass Martha sich anhörte wie eine gereizte Kranke. Unwillkürlich sagte sie: »Aber ich gehe nirgendwohin, bevor du nicht wieder gesund bist.«

Martha schüttelte den Kopf und lächelte schwach. »Nein, nein. Du musst mir über die Aufführungen berichten. Und mit den charmanten französischen Offizieren tanzen und flirten. Ihre Uniformen sind so elegant, es ist eine Schande, sie in den Krieg zu schicken. Erzähl mir von der neuesten Pariser Mode.«

»Noch besser kaufe ich dir einen schönen Schal und dein französisches Lieblingsparfüm.«

Martha drückte ihre Hand und flüsterte wie ein Schulmädchen: »Und vergiss nicht die *demi-monde*. Ich habe gehört, dass ihre Kurtisanen die erlesensten Geschöpfe der Welt sind. Selbst die Damen an Louis-Philippes Hof folgen der Mode, die sie etablieren.« Sie seufzte glücklich. »Verstehst du? So kann ich Paris durch deine jungen Augen sehen!«

Isabel zwang sich, mit fester Stimme zu antworten: »Aber nur, bis du dich wieder erholt hast und mit deinem Mann selbst nach Paris fahren kannst.«

Marthas Gesicht verzog sich zu einem kleinen Lächeln. »Alles zu seiner Zeit, Liebling.« Doch dann blieb ihr plötzlich die Luft weg, und sie bekam einen quälenden Hustenanfall.

»Ich fürchte, ich ermüde dich«, sagte Isabel beunruhigt.

»Nein!« Martha brachte den Anfall mit großer Mühe unter Kontrolle. »Bleib noch ein bisschen. Vielleicht kommen sie morgen auf die Idee, dir die Besuche bei mir zu verbieten.« Sie zögerte. »Versprich mir, dafür zu sorgen, dass Silas nicht an Melancholie leiden wird. Ich weiß, wie froh er in deiner Gesellschaft ist.«

Isabel nickte, unfähig, ihr in die Augen zu sehen, bis sie den Mut fand, es auszusprechen. »Ich möchte, dass du weißt, wie sehr ich dich liebe, Martha. Aber ich muss dir ein Geständnis machen. Erinnerst du dich noch, wie du zum ersten Mal als Silas' Braut hierherkamst? Man gab dir zu Ehren einen Ball. Ich war damals noch ein Kind und beobachtete dich vom Fuß der Treppe aus. Du warst die schönste Braut der Welt, und als du mit Silas tanztest und ihm in die Augen sahst, kam mir plötzlich der Gedanke: *Das also ist Liebe!* Doch ich muss gestehen, dass ich auch ein wenig eifersüchtig war. Martha, du warst immer so freundlich zu mir. Ich habe das nicht verdient. Kannst du mir verzeihen? Verstehst du, was ich sagen will? Du warst all das, was *ich* sein wollte.«

Martha streichelte zärtlich Isabels Wange. »Jetzt ist es genau andersherum, mein Täubchen. Wie gern würde ich mit dir tauschen.«

Sie will mir sagen, dass sie sterben wird. Isabel spürte, wie ihr das Herz brach. Am liebsten hätte sie geweint, aber ihre Tränen waren für immer versiegt.

»Du würdest nicht an meiner Stelle sein wollen, Martha. Wenn du nur wüsstest, wie böse ich bin.«

Martha setzte sich auf und umfasste ihr Gesicht so fest, dass Isabel die scharfe Kante ihrer Knochen spürte. »Böse! Unsinn! Ich kann bis in die Tiefe deines Herzens sehen. Nichts wünschte ich mir mehr, als dass Silas und ich dich zur Tochter hätten haben können.«

Tochter. Isabel vergrub ihr Gesicht in der Wärme von Marthas Hals. Der Geruch, der von der Bettwäsche aufstieg, war eine widerliche Mischung aus Laudanum und Schweiß, trotzdem wollte Isabel diese Zuflucht am liebsten gar nicht mehr verlassen.

Schließlich brach Martha den Zauber. »Tu mir einen Gefallen, mein Täubchen. In der Schublade da drüben liegt ein kleiner Beutel aus Samt. Bitte bring ihn mir.«

Als Isabel ihr den Beutel entgegenstreckte, winkte Martha ab. »Mein Nadelgeld ist kaum der Rede wert und verschwindet außerdem, ohne dass ich wüsste, wohin. Kauf dir in Paris ein Geschenk davon.«

Isabel schnappte nach Luft, als sie den Inhalt sah. »Das kann ich nicht machen. Es ist alles, was du hast!«

»Nimm es, mir zuliebe. Und zieh mein graues Reisekostüm an, wenn du nach London fährst. Es ist schon zwei Jahre alt, aber ich habe es kaum getragen. Und noch etwas, Isabel. Ich möchte, dass du das nicht vergisst. Eines Tages wirst du dich in einen Mann verlieben …«

»Niemals, das kann ich dir versprechen. Ich hasse …« Isabel verstummte gerade noch rechtzeitig, ehe ihr »Silas« über die Lippen kam, und schloss dann mit: »… das ganze Konzept der Ehe.« Obwohl sie die Worte in Panik ausgesprochen hatte, zweifelte sie nicht daran, dass sie wahr waren. »Aber Onkel Godfrey hat eine für mich arrangiert. Liebe ist darin nicht vorgesehen. Nur Pflichten. Es ist meine Chance, das Verbrechen wiedergutzumachen, das ich begangen habe.«

»Verstehe.« Martha brach ab, behielt jedoch Isabels Hand in der ihren, als suchte sie nach den richtigen Worten.

»Die de Rollands glauben, dass Gefühle nichts mit dem Ehevertrag zu tun haben. Sich zu verlieben, ist aufregend, Isabel, aber zu lernen, einen Mann zu lieben, ist noch viel schöner. Es braucht Zeit und Mut.«

Marthas Atem hörte sich an wie eine Uhr, die immer langsamer geht. »Eines Tages wirst du den Mut haben, den Mann zu lieben, den du dir selbst ausgesucht hast. Wenn du ihm dein Herz öffnest, werde ich bei dir sein. Vergiss das nie. Wie ein Schutzengel, der über dich wacht.«

»Hör auf damit. Du wirst wieder gesund. Silas muss diesem dummen Quacksalber befehlen, die Blutegel abzusetzen. Denk nur daran, wie die Ärzte in Griechenland den armen Lord Byron umbrachten, indem sie ihn ständig zur Ader ließen. Alles, was du brauchst, ist Ruhe, frische Luft, gesundes Essen und Zeit, um wieder zu Kräften zu kommen.«

Erneut ging Marthas Lachen in einen Hustenanfall über.

Isabel hob verzweifelt die Stimme. »Im Wald steht wieder der Wagen einer alten Zigeunerin. Ihre Kräuter können alles heilen. Ich gehe zu ihr. Ich werde dafür sorgen, dass du gesund wirst. Das verspreche ich dir!«

Marthas Lächeln war nachsichtig, fast engelhaft. »Darum liebe ich dich so, Isabel. Ich akzeptiere immer nur, was das Leben für mich bereithält. Du aber hast den Mut, dich Gottes Willen zu widersetzen!«

Ein paar Minuten später schloss Martha die Augen, und am Rhythmus ihres Atems erkannte Isabel, dass sie fest eingeschlafen war.

Vom Fuß der Treppe aus hörte sie, wie Agnes beunruhigt nach ihr rief. Um ihr nicht zu begegnen, rannte sie in die entgegengesetzte Richtung zur Küche. Ohne dass jemand es bemerkte, füllte sie einen Weidenkorb mit einem frischgebackenen Brotlaib, einem würzigen Käse und einem großen Bückling. Bestimmt würde die Köchin ein unschuldiges Küchenmädchen des Diebstahls bezichtigen, doch daran wollte Isabel lieber nicht denken.

Ich kann nur einen begrenzten Anteil an Schuldgefühlen auf mich nehmen. Sie wiegen ohnehin schon zu stark.

Sie legte noch ein paar Kräuter aus dem Garten hinzu, achtete darauf, dass niemand sie beobachtete, und lief zum Wald, wobei sie den Korb an die Brust drückte. Als sie das Trockenmäuerchen erreichte, raffte sie den Rock und kletterte darüber. Bald verschwand das Haus hinter den Bäumen, und sie atmete freier.

Isabel verdrängte die Erinnerung an die Nacht, in der sie als Fremde zum Wagen der Zigeunerin gekommen war und Trost von der alten Heilerin empfangen hatte. Vom Lager der Zigeuner war nichts mehr zu sehen. In diesem Jahr waren sie anscheinend schon früh weitergezogen. Enttäuscht, dass sie Martha keine Hilfe besorgen konnte, ging sie quer über das Feld auf das abgeschiedene Dorf zu.

Als sie das alte Steinhäuschen erreichte, sah Isabel die Frau an der Hintertür sitzen. Sie flickte ein Leintuch und verscheuchte müde ein paar Hennen von ihrem Gemüsebeet. Isabel wusste, dass sie noch keine fünfzig war, doch ihr von grauen Strähnen gezeichnetes Haar und ihr erschöpftes Gesicht waren seit dem letzten Herbst deutlich gealtert.

Bei ihren seltenen, heimlichen Besuchen war Isabel immer traurig gewesen, dass die Witwe gezwungen war, ihr elendes Leben mit Wäschewaschen und Flicken zu fristen. Sie hatte kaum noch Ähnlichkeit mit dem Porträt der jungen Elisabeth de Rolland, das im Keller von Rolland Park gelagert war. Man hatte das

Bild und sein Modell außer Sichtweite bringen wollen, nachdem Elisabeth einen gewöhnlichen Seemann geheiratet und damit in den Augen ihrer Familie ihren eigenen Stand verraten hatte. Obwohl ihr Mann schon wenig später auf See umgekommen war, blieb Elisabeth geächtet.

Isabel reichte ihr den Korb mit den kleinen Luxusgütern und entschuldigte sich für ihr langes Fernbleiben.

»Du weißt ja, wie streng sie auf mich aufpassen, Tante.«

»Die de Rollands fürchten, dass sich die Geschichte wiederholen könnte.« Auf Isabels erstaunten Blick hin setzte sie rasch hinzu: »Ich meine damit meine eigene widerspenstige Vergangenheit. Kann ich dir einen Tee anbieten, mein Kind?«

»So viel Zeit haben wir nicht, Tante. Ich bin gekommen, um mich von dir zu verabschieden. Ich muss morgen nach London.«

»Dann wünsche ich dir eine gute Reise. Wie geht es meinem Bruder?«, fragte Elisabeth steif. »Nicht, dass ich erwarte, er würde meine Existenz nach all der Zeit zur Kenntnis nehmen. Aber die Gerüchte erreichen mich selbst in diesem abgelegenen Dorf. Ich habe gehört, dass er mit einem Bein schon im Schuldnergefängnis steht.«

»Du kannst versichert sein, dass es Onkel Godfrey gut geht und das Vermögen der Familie wiederhergestellt ist. Ich kann nicht lange bleiben. Ich bin nur gekommen, um dir zu erzählen, dass er mich in die Familie eines reichen ehemaligen Strafgefangenen in New South Wales verheiraten will.«

Elisabeth war schockiert. »Die Strafkolonie?«

»Ja. Ich habe keine Ahnung, wie sich das auf meine finanzielle Lage auswirken wird.« Isabel hob die Hand. »Aber ich schwöre bei allem, was mir heilig ist, dass ich eine Möglichkeit finde, mich um dich zu kümmern.«

»Ich werde schon zurechtkommen. Du kannst nur tun, was möglich ist. Als Frau zur Welt zu kommen, heißt machtlos zu sein.« Sie streckte den Arm aus und griff nach Isabels Hand.

»Aber New South Wales liegt am anderen Ende der Welt. Versprich, dass du mir schreiben wirst!«

»Glaubst du etwa, ich würde dich hier zurücklassen? Du musst später nachkommen. Bis dahin …«

Isabel reichte ihr den Geldbeutel. Ihre Tante staunte, wie schwer er war, doch als ehemalige Dame war sie zu gut erzogen, um den Inhalt zu inspizieren.

»Ich werde dir meine Adresse und Geld für die Überfahrt schicken, sobald ich kann. Aber die Familie in der Kolonie darf natürlich kein Wort über meine Vergangenheit erfahren.«

Elisabeths Ton war wehmütig. »Ohne Zweifel ist eine Ehe nur zu deinem Besten. Du hättest hier niemals eine Zukunft gehabt. Aber ich kann mir nicht vorstellen, wie es sein muss, England für immer zu verlassen.«

Isabel nahm ihren ganzen Mut zusammen, um die Frage zu stellen, die, soweit sie wusste, sonst keiner beantworten konnte. »Du weißt ja, dass ich schon als Kind hin und wieder einen Blick auf das Andere werfen konnte. Die Wesen, die in meinem Kopf zu reden scheinen – und sich dann wie Rauch vor meinen Augen in Luft auflösen. Nun, jetzt hat sich alles verändert. Ich habe gesehen, wie sich ein echter Mann aus Fleisch und Blut vom Dach gestürzt hat. Es war ein Geist.«

Elisabeth schlug die Hände vor den Mund. »O Gott, mein Bruder Henri.«

»Ja. Es tut mir leid, wenn ich dich erschreckt habe, Tante. Silas hat ihn auch gesehen. Er glaubt, dass seine und meine Mutter, zwei Schwestern, aus einer Familie von Hexen abstammten. Ich habe gerade erst ein Dokument entdeckt, in dem festgehalten ist, dass Mutter der Hexerei und des Mordes beschuldigt wurde. Ist das wahr?«

»Es ist eine niederträchtige Lüge. Alizon und ihre Schwester kannten sich mit Kräutern aus und wussten, wie man Krankheiten heilt. Ich habe niemals Zeichen für die Anwendung der schwarzen Kunst beobachtet, außer bei Henri – und Silas.« Hastig brachte sie das Gespräch auf ihren geliebten Garten zurück. »Die Rosen waren in diesem Jahr bestimmt besonders schön, nicht?«

»Der alte Fletcher ist mittlerweile krumm vom Sumpffieber, aber er pflegt deinen Knotengarten mit großer Sorgfalt. Insbesondere die weißen Rosen.« Isabel zögerte. »Wie geht es deiner Rose Alba?«

»Sie blüht jedes Jahr schöner. Komm, sieh sie dir an!«

In Panik sprang Isabel auf. »Nein! Ich muss gehen. Oder sie fangen noch an, nach mir zu suchen.«

Tante Elisabeth nahm sie fest an der Hand und führte sie in ihr Schlafzimmer. Das kleine Mädchen lag schlafend in seinem Bettchen, das herzförmige Gesicht war von goldenen Locken umrahmt, die Wimpern lagen wie winzige Fächer auf den blassen Wangen.

Isabel hielt den Atem an. »Sie erinnert mich an etwas, was vor vielen Jahren Papst Gregorius sagte, als er ein paar blonde Kinder auf einem Sklavenmarkt sah: Keine Engländer, aber was für Engelchen!«

»Ein Engel ist sie tatsächlich, ein süßes Ding. Aber wir sagen auf Wiedersehen, nicht Lebewohl«, schloss Tante Elisabeth fest und versuchte, ihre Tränen zu unterdrücken. »Und jetzt lauf schnell zurück.«

Isabel küsste die tränenfeuchte Wange ihrer Tante und ging schweren Herzens durch die Felder zurück nach Hause.

Dort fand sie Agnes damit beschäftigt, eifrig ihre frischgewaschenen Kleider zu packen und Marthas graues Reisekostüm zu lüften, um den Lavendelgeruch zu vertreiben, der es vor Motten hatte schützen sollen.

»Wo warst du denn nur, mein Lämmchen? Ich habe dich überall gesucht. Die Kutsche nach London bricht in aller Herrgottsfrühe auf. Ich soll dich zum Stadthaus des Herrn begleiten und dir Gesellschaft leisten, bis dein Schiff ablegt. Allerhand, nicht?«

»Es tut mir leid, wenn ich dir Mühe bereitet habe, Agnes. Mach dir bitte keine Sorgen, dass ich weglaufen könnte. Ich muss mich von Martha verabschieden, obwohl ich sie nicht besuchen darf.«

Zu spät. Schon war ihr der Zutritt zu Marthas Krankenzimmer verwehrt. Als Isabel die Tür erreichte, stand plötzlich Silas davor und versperrte ihr den Weg. Mit sanfter Stimme versicherte er ihr, dass sie Martha nach ihrer Rückkehr aus London und Paris besuchen dürfe.

Isabel hatte genug von all den scheinheiligen Familienspielchen. »Wann hattest du vor, mir zu sagen, dass Paris in New South Wales liegt? Und dass der Ehevertrag bereits unterschrieben ist?«

Silas wandte sich zu ihr um. Jetzt hatte er das Gesicht eines Fremden. Würden seine Augen wieder den seltsamen Ausdruck annehmen, der ihr als Kind so viel Angst gemacht hatte? Sie war so aufgewühlt, dass sie beinahe vergaß zu atmen. Doch als Silas sprach, war sie erstaunt über die Zärtlichkeit in seiner Stimme.

»Glaubst du im Ernst, dass ich in diesen Plan eingeweiht war? Hast du vergessen, wie ich dir deine Schande verziehen habe? Weißt du denn nicht, dass ich dich liebe, wie kein anderer Mann dich je lieben wird, *ma petite cousine*?«

»Du sollst nicht so mit mir sprechen. Es ist nicht recht«, stammelte sie.

Sein Gesicht erschien ihr eher traurig als ärgerlich. »Wie seltsam, dass gerade du, die du ein so entsetzliches Verbrechen begangen hast, moralisch auf einem so hohen Ross sitzt. Mein Schweigen machte mich zu deinem Komplizen. Muss ich erneut lügen, um dich zu beschützen?«

»Was soll das heißen?«

»*Mir* kannst du die Wahrheit ruhig sagen, Isabel. Man hat im Wald die Leiche eines Kindes entdeckt. Ist es der uneheliche Spross eines Dienstmädchens, das ihn dort zur Welt gebracht hat? Oder ist es *dein* uneheliches Kind?«

Isabels Mund war wie ausgetrocknet vor Angst. Würde diese unerwartete Entdeckung Silas dazu bewegen, sich eingehender mit ihrem selbst eingestandenen Kindsmord zu befassen?

Welche Lüge ist besser? Wie kann ich Rose Albas Schicksal vor der Kontrolle durch die Familie bewahren?

Trotz ihrer Angst vor der mächtigen Aura, die Silas umgab, hielt sie seinem Blick stand.

»Meins. Und schlimmer noch – ich würde es wieder tun.«

Silas stieß einen resignierten Seufzer aus. »Möge Gott dir vergeben, Isabel.«

»Gott wird es vielleicht tun. Aber ich werde *ihm* nie vergeben, wer immer es war.«

»Du reist im Morgengrauen nach London ab«, erklärte er. »Onkel Godfrey besteht darauf, dass ich bei Martha bleibe. Dies ist also das letzte Mal, dass wir allein sind.«

Silas trat auf sie zu. Isabel fühlte sich dermaßen zu ihm hingezogen, als wäre ihre Seele mit magnetischen Kräften an die seine gebunden. Mit gewaltiger Willenskraft brachte sie einen raschen Knicks zu Stande und bewegte sich rückwärts zur Tür.

»Mach dir keine Sorgen«, stammelte sie. »Die Familienehre wurde gewahrt – in der Öffentlichkeit. In ein paar Wochen bist du mich für immer los.«

»Nein, Isabel. Wir werden niemals voneinander loskommen. Das ist dein Schicksal.«

SECHS

SYDNEY TOWN, STRAFKOLONIE NEW SOUTH WALES, FEBRUAR 1833

Will Shakespeare hatte Recht. So süß ist Trennungsweh – wenn du die Geliebte bist, die ich verlassen muss, meine süße Dame.«

Marmadukes Worte waren sanft. Nackt und schweißüberströmt sah er auf sie herab, wie sie einer voll erblühten Rose gleich vor ihm lag und ihr fülliger Körper blass im Mondlicht schimmerte, das durch das milchige Glasdach des Gewächshauses fiel. Als sie sich regte und mit einem weichen, träumerischen Ausdruck der Erfüllung zu ihm aufsah, fühlte er sich für seine Geduld während der Wochen ihrer Liaison belohnt. Er hatte ihre wahre Natur zum Leben erweckt.

»Du bist ein besonderer Mann, mein Lieber. Ich werde dich niemals vergessen. Aber da es das letzte Mal für uns ist, könntest du nicht noch ein wenig bleiben?« Fast hätte sie seinen Namen ausgesprochen, doch Marmadukes warnender Blick erinnerte sie daran, dass das tabu war.

»Ich weiß. Keine Namen. Du hast ganz Recht. Ich habe deinen Regeln aus Gründen der Diskretion zugestimmt. Und du hast mich gewarnt: Wir würden sehr viel Lust miteinander empfinden, ohne dass Gefühle im Spiel sind.«

»Du verdienst es, geliebt zu werden, süße Dame. Aber es liegt nicht in meiner Natur, eine Frau zu lieben. Und du weißt auch, dass ich nicht bis zum Morgengrauen bleiben kann. Ich muss deinen Ruf schützen.«

Marmaduke wich ihrem Blick aus, weil er wusste, dass dies

nur die halbe Wahrheit war. Es war eine eherne Regel, sich nicht zum Frühstück im Bett einer Geliebten erwischen zu lassen. Eine Bedingung, die dazu diente, der Dame eine unvergessliche erotische Erfahrung zu schenken, eine romantische Illusion, die zerstört würde, wenn er am Morgen heiser, unrasiert und mit Kopfschmerzen, die erst nach zwei Tassen Kaffee verschwanden, vor ihr säße. Dass er im Schutz der Dunkelheit aus dem Bett einer Geliebten verschwand, wurde zu Beginn jeder Affäre ausdrücklich vereinbart. Marmaduke wusste, dass seine Diskretion hochgeschätzt war und ihm erstaunlich viele Schlafzimmertüren geöffnet hatte.

»Bitte bleib noch, Liebster«, bettelte sie. »Du weißt, ich habe meinen Mann immer geliebt, aber ich war eine große Enttäuschung für ihn. Ich glaubte, von Natur aus kalt zu sein, bis du mir gezeigt hast, wer ich wirklich bin. Jedes Mal warst du derjenige, der gegeben hat. Doch diesmal möchte ich eine Geliebte sein, die noch mehr zu bieten hat. Du sollst dich an die Frau erinnern, die du befreit hast.«

Marmaduke zögerte. Diese jüngste »süße Dame«, deren Namen er niemals benutzte, obwohl er wusste, dass sie Mrs Cagney hieß, war nicht wie die anderen Frauen, mit denen er geschlafen hatte. Sie war während ihrer Ehe bescheiden und treu ihrem Mann gegenüber gewesen, bis der sie schließlich betrogen hatte. Als sie Marmaduke kennen lernte, war sie verzweifelt gewesen. Die Liebe ihres Mannes hatte sie schon lange verloren, doch Marmaduke hatte ihr die Welt der Sinnlichkeit erschlossen. Jetzt war sie eine andere Frau. Die blassblauen Augen versprühten die Leidenschaft eines jungen Mädchens im Gesicht einer fünfunddreißigjährigen Frau, das von ersten feinen Fältchen gezeichnet war.

Marmaduke hatte sie nur zum Abschied küssen wollen, doch dann entdeckte er, dass er ihr zu viel beigebracht hatte. Ihre Hände liebkosten ihn mit sanftem Druck, streichelten sein Gesicht, seine Brust, seine Schenkel und zogen ihn mit allen Tricks einer Kurtisane näher an sich heran. Ihr Mund bedeckte seinen Körper mit leidenschaftlichen, fordernden Küssen und zärtlichen Bissen. Und als er auf ihre Verführungskünste reagierte und vor Lust stöhnte, um sie zu ermutigen und aufzureizen, wuchs ihr Selbstbewusstsein. Inzwischen war es zu spät, um seinen geplanten Abgang zu machen. Er musste ihr den Wunsch erfüllen, seinen Körper zu benutzen, dann konnte er in der Gewissheit gehen, dass sie nun alle Liebeskünste beherrschte, die sie brauchte, um ihren Mann zurückzugewinnen.

Marmaduke streichelte das lange blonde Haar mit den ersten grauen Strähnen, küsste ihren Hals und führte ihre zaghafte Hand bei den Zärtlichkeiten, mit denen sie sein letztes Tabu brach.

»Bitte«, flüsterte sie. »Du hast mich verrückt gemacht vor Lust, aber du selbst hast nie die Kontrolle verloren. Wie soll ich wissen, dass ich es auch *ohne* dich schaffe, wenn nicht …«

»Psst, süße Dame. Du darfst nie vergessen, was du dir am meisten wünschst: ein Kind mit deinem Mann. Daran darf nicht der geringste Zweifel bestehen. Jedes Kind hat es verdient, seinen wirklichen Vater zu kennen. Und du weißt, dass ich geschworen habe, niemals das Risiko einzugehen, ein Kind zu zeugen.«

Sie umfasste seine Hüften mit beiden Händen, grub ihm ihre Nägel in den Rücken und schlang leidenschaftlich die Beine um ihn, als wollte sie ihn festhalten.

»Ich möchte dich ganz lieben. Wir werden uns nie wiedersehen. Nimm noch einmal den Schutz, den du benutzt, um eine Frau zu schützen, ich bitte dich!«

Marmaduke versuchte, sie mit Küssen zu beruhigen. »Schützen ja, süße Dame, aber hundertprozentige Sicherheit gibt es nicht. Verzeih mir, aber das kann ich einfach nicht riskieren.«

Marmaduke hielt sie in den Armen und kämpfte gleichzeitig gegen seinen persönlichen Ehrenkodex an. Als sie zum ersten Mal zusammengekommen waren, wusste er, dass sie sowohl in der Öffentlichkeit als auch privat von ihrem treulosen Ehemann Sean Cagney gedemütigt worden war. Marmaduke hatte entschieden, dass sie alle Liebeskünste verdiente, die er ihr beibringen konnte. Doch jetzt ging es um mehr, als sich an ihr ursprüngliches Arrangement zu halten, alles auszuprobieren, ihr alles beizubringen.

Ganz Sydney Town tratschte über ihre Rivalin. Diese junge, ehemalige Strafgefangene hatte Sean Cagney dermaßen entflammt, dass sie extravagant gekleidet in seiner Kutsche durch die Gegend fuhr und fest entschlossen war, die Stelle seiner Frau einzunehmen.

Marmaduke musste sich eingestehen, dass er zum ersten Mal die Kontrolle über das Spiel verloren hatte. Er hatte nicht das Herz, ihr den verzweifelten Wunsch abzuschlagen, sich ihre Verführungskünste zu beweisen.

Mit Gottes Hilfe wird mein Glück anhalten und der verdammte Überzug uns beide beschützen.

Er umfasste ihr Gesicht mit beiden Händen und küsste sie mit einem wohlbedachten Maß an »unkontrollierter« Leidenschaft.

»Mein Gott, du bist so schön, ich kann dir nicht widerstehen.«

Ihr glücklich triumphierender Aufschrei war seine Belohnung.

Marmaduke erwachte bei Tagesanbruch mit einem deutlichen Unbehagen, ohne jedoch den genauen Grund dafür benennen zu können. Erst als er das spöttische Lachen eines Kookaburras hörte und seine Augen sich auf das Spiel von Sonne und Schatten auf den Reihen exotischer Pflanzen ringsum konzentrierten, fiel ihm wieder ein, wo er war. Er lag auf dem Boden des Gewächshauses im Garten von Sean Cagney. Dessen nackte Frau schlief mit dem Kopf auf seiner Schulter neben ihm. Die feinen

Spuren des Alters waren ausgelöscht bis auf das schläfrige Lächeln. Ihr Körper war geschmeidig und entspannt wie der einer Katze. Eine Welle von Befriedigung durchfuhr ihn, gefolgt von Gereiztheit, weil er seine oberste Regel gebrochen hatte – *niemals bis zum Morgengrauen zu bleiben.*

Beim Anblick der Perücke, die sich von ihrem Kopf gelöst hatte und auf dem Boden neben ihr lag wie ein ermattetes Schoßhündchen, musste er grinsen.

»Wach auf, meine süße Dame.«

Er küsste sie auf die Wange wie ein zerstreuter Freund, half ihr beim Anziehen und reichte ihr die Perücke.

Mrs Cagney streckte den Arm aus und berührte seine Wange. »Ich werde dich nie vergessen, Liebster.«

»Ich dich auch nicht! Aber du musst sofort zurück ins Haus! Nimm ein paar Blumen mit, falls dich jemand im Garten sieht. Mein Ruf steht nicht zur Debatte, deiner hingegen ist kostbar. Vergiss nicht, dass dein Mann nächste Woche aus Van Diemen's Land zurückkehrt.«

Sie seufzte resigniert. »Ja, aber mit seiner jungen Geliebten. Er will mich auf das nächste Schiff nach England verfrachten und sie an meine Stelle setzen.«

Marmaduke verbarg seine wachsende Unruhe. »Zu deinem eigenen Schutz, bitte geh jetzt.«

Als er ihr nachsah, während sie mit einem Strauß Blumen im Arm träumerisch zum Haus zurückschlenderte, kleidete er sich hastig an, warf sich die Jacke über die Schulter und lenkte seine Schritte in Richtung Dienstboteneingang. Doch die Erleichterung über seine gelungene Flucht in letzter Minute verflog, als er sah, dass ihm am anderen Ende der Einfahrt eine Kutsche entgegenkam. Marmaduke wusste, dass sein Glück abgelaufen war, als er an der Livree des Kutschers erkannte, um wen es sich handelte.

Sean Cagney! Nur dieses eine Mal, Gott, bitte ich dich darum, meine Haut zu retten, nicht um meinetwillen, sondern um diese süße Dame zu schützen.

Es blieben ihm nur Sekunden, um sich zu entscheiden. Sollte er fliehen oder die Folgen tragen? Die Rettung kam in Form einer vergessenen Harke. Er warf seine Jacke ins Gebüsch, rieb sich Erde ins Gesicht und auf seine Hemdsärmel und wandte sich eifrig dem Rosenbeet zu.

Als Cagney dem Kutscher Befehl gab, neben ihm anzuhalten, trug Marmaduke den Ausdruck eines geprügelten Hundes zur Schau, der so vielen zugewiesenen Sträflingen eigen war. Die raue Stimme des älteren Mannes hörte sich an, als hätte er gerade eine ganze Kiste kubanischer Zigarren geraucht. Sein dichtes rotes Haar, vom ersten Grau gezeichnet, und sein schweres irisches Kinn verrieten, dass sich der Übergang von einem gemütlich singenden Säufer zu einem kampfbereiten Säufer blitzschnell vollziehen konnte. Im Moment sah er aus wie ein Ehemann, der sich mit seiner Geliebten ausgetobt hatte und nun halb befriedigt, halb schuldbewusst nach Hause zurückkehrte.

Cagney schlug Marmaduke gegenüber den typischen Ton eines Herrn mit seinem Sklaven an. »Dieser Rosengarten ist eine verdammte Schande!«

Marmaduke erwog hastig seine Möglichkeiten. *Nie im Leben könnte ich einen Iren mit einem falschen irischen Akzent hinters Licht führen. Lieber versuche ich es als Geordie.*

Er murmelte eine Antwort mit einem so starken Akzent, dass sie kaum zu verstehen war. Doch Cagney schnitt ihm das Wort ab.

»Moment mal! Hab ich dich nicht schon einmal gesehen? Wer bist du? Kein Gefangener trägt sein Haar so lächerlich lang wie du.«

Marmaduke antwortete mit echtem Stolz: »Ich bin ein freier Mann. Hab mir meine Entlassung redlich verdient, jawohl! Man hat mich angeheuert, damit ich Ihr'n Garten umgestalte.« Einen

Augenblick lang war er nicht sicher, ob der Gehörnte ihm seine Geschichte tatsächlich abkaufen würde.

Cagney schien zu zögern. »Na, wenn das das beste Beispiel für deine Kunst ist, bist du keinen Pfifferling wert. Geh zurück an die Arbeit.«

Noch ehe Marmaduke Zeit hatte, seine Erleichterung über diese Galgenfrist zu verbergen, hatte Cagney seinen Kutscher bereits angewiesen weiterzufahren.

Marmaduke pfiff fröhlich vor sich hin, als er die neue Straße entlanglief, die von einem Trupp aneinandergeketteter Sträflinge gebaut wurde. Insgeheim dankte er Aphrodite, der Göttin der Liebe und ähnlicher Angelegenheiten, weil Cagney im Vorbeifahren nicht seinen brandneuen Landauer entdeckt hatte. Der Kutscher hatte ihn an einer Stelle geparkt, wo er diskret von einem Gebüsch abgeschirmt wurde. Als Marmaduke näher kam, sah er, dass Thomas auf seinem Kutschsitz eingeschlafen war, jetzt aber aufschreckte und sich hastig entschuldigte.

»Soll ich Sie zum Princess Alexandrina zurückbringen?«

»Machen Sie einen kleinen Umweg über den Hafen und am Ufer vorbei, Thomas. Ich brauche frische Luft.«

Als sie in der Biegung der Bucht ankamen, wo ein Streifen goldener Sand von der ansteigenden Flut verschluckt wurde, kam Marmaduke auf eine Idee.

»Setzen Sie mich hier ab, Thomas. Bestellen Sie sich ein anständiges Frühstück in dem neuen Gasthof an der Straße und holen Sie mich in, sagen wir, einer Stunde wieder ab«, sagte er und reichte ihm ein paar Münzen.

Dann nahm er seinen mit Brandy gefüllten Flachmann und eins der Bücher, die er immer in der Kutsche mitführte, und schlenderte ans Ufer.

Erleichtert, seine hübsche kleine Bucht verlassen vorzufinden, setzte er sich auf einen grasbewachsenen Streifen Sand, der zum Wasser hin leicht abfiel. Trotz der unberührten Schönheit der

Umgebung war seine Stimmung plötzlich umgeschlagen, und er starrte niedergeschlagen auf die stille Szenerie. Kein Mensch in Sicht. Die einzigen Zeichen für Leben waren die Seemöwen. Ganz in der Nähe fochten zwei besonders dicke Vögel einen schrillen Streit aus und versuchten, sich einen Anteil ihrer Beute zu sichern – einen Fisch, der heftig zappelnd auf dem Trockenen lag.

Diese lärmenden Vögel schienen für das zu stehen, was aus seinem Leben geworden war – eine Reihe von heimlichen, bedeutungslosen Affären. Frauen, die er als »süße Dame« titulierte, jedoch nie beim Namen nannte. Jede Einzelne schenkte ihm intensive, aber vorübergehende sinnliche Befriedigung. Cagneys Frau gehörte nicht in diese Liste, doch seine anderen flüchtigen Beziehungen hatten ihn irgendwo zwischen Sarkasmus und Leere zurückgelassen. Er war ein so perfekter Liebhaber, dass vornehme Damen alles dafür getan hätten, ihm im Bett zu gefallen; trotzdem würde keine von ihnen je ihren Platz in der Gesellschaft aufs Spiel setzen, indem sie sich in der Öffentlichkeit mit einem »Unberührbaren« sehen ließe – dem Sohn eines Emanzipisten.

Dass er dieses heuchlerische Spiel kontrollierte, verschaffte Marmaduke ein seltsames Vergnügen. Aber war das alles, was das Leben zu bieten hatte? Er blätterte in seiner abgewetzten Ausgabe der *Leiden des jungen Werther*. Goethes erster Roman zog ihn in regelmäßigen Abständen an, und bei jeder weiteren Lektüre entdeckte er etwas Neues darin. Das glänzende Porträt des begabten, aber melancholischen jungen Mannes, der so besessen von seiner leidenschaftlichen Liebe zu einer verheirateten Frau war, dass er sich lieber umbrachte, als sich einzugestehen, dass er nie mehr als ihr Freund sein würde, faszinierte ihn.

Wie kann man nur so verrückt sein, dass man sich aus Liebe selbst zerstört? Romantische Liebe ist ein hübsches Spielzeug für Dichter, aber im wirklichen Leben eine lächerliche Illusion, die man meiden muss wie die Pest. Leidenschaft ist nichts anderes als Lust, die unter falscher Flagge segelt – wie ein Piratenschiff, das seine Totenkopf-Flagge einholt, um das Schiff, das es ausrauben will, zu täuschen.

Vorübergehend zufrieden, dieser Wahrheit auf die Spur gekommen zu sein, die so vielen romantischen Dummköpfen entgeht, musste sich Marmaduke eingestehen, dass er mit neunzehn selbst einer von ihnen gewesen war. Gedemütigt hatte er vor dem Altar gestanden und auf eine Braut gewartet, die nie kam. Diese Erinnerung trieb ihn heute noch auf eine gefährliche Grauzone zu, ein Niemandsland, das auch unter der Bezeichnung Melancholie bekannt ist.

Um diese Stimmung abzuschütteln, nahm er einen weiteren großen Schluck Brandy und ging dann ein paar Schritte bis zu einem kleinen Bach, wo er mit beiden Händen das köstlich kalte Wasser schöpfte.

Doch dann holte ihn die ungebetene Erinnerung an eine Nacht ein paar Wochen zuvor ein, die Gesichter der beiden Cousinen, deren Ehemänner sie vernachlässigten, um sich mit ihren Sträflingsmätressen zu amüsieren. Diese Cousinen standen auf der Gästeliste sämtlicher vornehmer Gesellschaften, doch insgeheim hatten sie um Marmadukes Aufmerksamkeit gebuhlt und sich untereinander darauf verständigt, sich ihn in derselben Nacht zu teilen. Er hatte keine von beiden begehrt. Marmaduke versuchte, seine schäbige Rolle in diesem Spiel mit einem Achselzucken abzutun, doch die Erinnerung wollte nicht verschwinden und erfüllte ihn mit einem Gefühl der Erniedrigung.

Ich schenke den Frauen Lust. Niemand wird geschädigt. Doch was zum Teufel erwartet mich? Nichts von Bedeutung, jetzt, da ich auch Mingaletta verloren habe.

Aus einem plötzlichen Impuls heraus streifte er seine Kleider ab. Er brauchte den Schock kalten Wassers, um seine Erschöpfung zu überwinden, und ging weiter in das Wasser der Bucht hinein, bis die Wellen seine Schultern bedeckten. Vermutlich kämen zufällige Passanten auf die Idee, dass er dabei war, Selbstmord zu begehen, aber im hartgesottenen Sydney Town würde sich kaum jemand die Mühe machen, es zu verhindern. Dabei hatte Marmaduke Selbstmord immer als Feigheit empfunden, egal, wie elend er sich fühlte.

Hätte der junge Werther beschlossen weiterzuleben, hätte er ein Dutzend junge Frauen gefunden, die ihn gewollt hätten. Dann hätte er seine Lotte im Handumdrehen vergessen.

Eine Zeile aus dem *Werther* kam ihm in den Sinn. »So liegt Glück oder Elend in den Gegenständen, womit wir uns zusammenhalten, und da ist nichts gefährlicher als die Einsamkeit.« Schließlich überwältigte ihn ein primitives Verlangen, sich von seinen dekadenten Erinnerungen zu befreien.

Er tauchte in die Wellen der Flut und schwamm dicht an der Küste die ganze Bucht entlang. Die Aborigines hatten anscheinend keine Angst vor Haien. Er selbst aber hatte am Schwanz aufgehängte Haie gesehen, ihre Augen und die gezackten Zahnreihen, und dabei nur einen Wunsch gehabt: ihnen aus dem Weg zu gehen.

Er zog die Kleider über seinen nassen Körper und fühlte sich plötzlich besser angesichts der Vorstellung, dass er heute mit Edwin zum Essen verabredet war. Vorher musste er nur noch den allwöchentlichen Besuch bei seinem Partner Mendoza absolvieren, um die neueste Schiffsladung englischer Schmuckwaren dubioser Herkunft zu erörtern.

Wie angenehm ist es, sich mit einem ledigen Freund zu betrinken. Wer um alles auf der Welt käme an einem so schönen Tag wie diesem auf die Idee, sich zu verlieben?

Das Sign of the Red Cross war einer der stetig schwindenden Gasthöfe, die von Garnets Rivalen geführt wurden. Die vornehme Gesellschaft traf man hier nicht an, trotzdem waren die Weine aus dem Hunter Valley von erlesener Qualität. Marmaduke spielte mit dem Gedanken, Anteile an einer Winzerei zu kaufen.

Als er im Eingang stehen blieb, fiel sein Blick auf eine heruntergekommene Frau mit einer blutenden Wunde am Kopf, die ein Wachtmeister in Richtung Polizeirevier auf der George Street schleifte.

Marmaduke fragte sich müßig, wie vielen Opfern der Kolonie – Männern, Frauen, Kindern, Gefangenen, Freigelassenen oder Aborigines – wohl die fundamentalen britischen Rechte verwehrt wurden.

Edwin verbringt sein ganzes Leben damit, für die Rechte der Ausgestoßenen und Benachteiligten zu kämpfen. Ich hingegen bin ein Parasit, der nur für das Vergnügen des Augenblicks lebt. Ich würde nur allzu gern wissen, warum Edwin es mit mir aushält.

In dem Hinterzimmer, das er reserviert hatte, fand er seinen Freund über einen Stapel von Urkunden und Dokumenten gebeugt. Die Brille war ihm bis auf die Nasenspitze gerutscht. Seine Anwaltsperücke lag schlaff auf einem leeren Stuhl. Edwins Schädel war von einer kahlen runden Stelle gezeichnet, die an die Tonsur eines Mönchs erinnerte, umgeben von feinem, sandfarbenem Haar. Obwohl Edwin ein gesetztes Alter erreicht hatte, konnte sich Marmaduke des Gefühls, ihn beschützen zu müssen wie einen jüngeren Bruder, nicht erwehren.

Er legte einen Arm um Edwins Schultern. »Gibt es eigentlich irgendeine Zeit, in der du nicht damit beschäftigt bist, die Welt zu retten, Kumpel? Heute bist du mein Gast. Um mit mir zu Mittag zu essen und dich, so Gott will, mit mir zu betrinken. Juristische Fragen sind tabu.«

»Ach, ja. Gute Idee, theoretisch. Allerdings war ich gerade dabei, ein paar Papiere zu überfliegen, die *dich* betreffen. Sie tragen Godfrey de Rollands Unterschrift. Dein hochverehrter Vater hat endlich Kopien der Dokumente seiner Londoner Anwälte herausgerückt, sodass ich mir ein Bild von deiner fatalen Lage machen kann. Ich muss schon sagen, es ist ein faszinierend ausgefeilter Ehevertrag.«

»Für mich nicht, Kumpel. Es fühlt sich eher an wie eine verdammte Schlinge um den Hals.«

Während der ersten Flasche eines neuen Clarets konzentrierte sich Marmaduke ganz auf das juristische Szenario und wartete auf Edwins Urteil.

»Da haben wir's. Du bist aufgebracht über das, was du für eine Manipulation deines Vaters hältst, mein Freund, aber ich muss gestehen, dass auch ich ein bisschen erstaunt über deine Naivität bin. Es gibt drei Punkte, die zu berücksichtigen sind. Erstens: In England ist es seit Langem üblich, Ehen zwischen Familien der Oberschicht zu arrangieren, weil es Vorteile für beide Seiten hat. Zweitens: Dein Vater ist Engländer, und trotz seines Grolls auf das britische System wegen seiner unerwarteten Abreise …«

»Verbannung. Vierzehn Jahre wegen Diebstahls«, korrigierte ihn Marmaduke nachsichtig. »Wir sind beide erwachsen, Kumpel. Kein Grund, sich hinter Schönfärbereien zu verstecken, wie es die halbe Kolonie tut.«

»Stimmt. Aber trotz Garnet Gambles Status als Emanzipist oder vielleicht sogar gerade deshalb sehnt er sich danach, alles zu haben, was der englischen Oberschicht zugebilligt wird – ich vermute, um zu beweisen, dass er nicht nur ihr ebenbürtig ist, sondern besser als viele, die als freie Männer hergekommen sind.«

Edwin machte eine Pause. »Und drittens. Das Problem *Marmaduke*.«

Sein Freund nickte. »Ja, da liegt's.«

»Lass Shakespeare ausnahmsweise mal aus dem Spiel«, gab Edwin knapp zurück. »Dein Vater hat ein Vierteljahrhundert damit verbracht, sein Reich aufzubauen, und jeden Versuch unternommen, seinen Sohn zu einem Gentleman zu erziehen, der englischer ist als die Engländer.«

»Da kann er lange warten!«, erwiderte Marmaduke und machte der Kellnerin ein Zeichen, damit sie ihnen eine neue Flasche brachte. Er hob das Glas auf den Jungen Werther, ein Fohlen, das er für das nächste Hawkesbury-Rennen angemeldet hatte, aber Edwin war wie ein Hund, der seinen Knochen nicht loslassen wollte.

»Bist du eigentlich blind, Marmaduke? Garnets Begnadigung unter Vorbehalt bedeutet, dass er nie wieder nach England zurückkehren kann. Doch die oberen Ränge der Kolonistengesellschaft sind zu streng, zu isoliert, als dass sie seine jugendlichen Missetaten vergessen würden. All sein Reichtum hat ihm nicht die beiden Dinge verschaffen können, die er sich am meisten wünscht: Respektabilität und Akzeptanz. Das kannst nur du für ihn erreichen, und zwar, indem du in die gehobene Schicht der Gesellschaft einheiratest. Verzeih mir, aber so ist es.«

Marmaduke fühlte sich hintergangen und gab mit erhobener Stimme zurück: »Ich dachte, du wärst mein Freund! Warum drängst du mich, eine Bindung mit einer langweiligen englischen Jungfrau einzugehen, deren einzige rettende Eigenschaft ihr langer Stammbaum ist? Du willst, dass ich meinem Vater mit seinen Allüren vom sozialen Aufstieg nachgebe, um das Land meiner Mutter erben zu dürfen, das mir rechtmäßig ohnehin zusteht!«

»Moralisch, ja. Juristisch nicht. Du vergisst, dass ihr Testament nicht unterzeichnet war«, sagte Edwin ruhig. »Ich rate dir sehr dazu, Isabel de Rolland zu treffen, bevor du beschließt, sie ein für alle Mal links liegen zu lassen. Der Ehevertrag ist so wasserdicht, dass er vom Teufel selbst stammen könnte. Im Grunde läuft er auf Folgendes hinaus: Wenn deine Verlobte dich wegen Bruchs des Eheversprechens anzeigt, muss dein Vater zusätzlich zu dem Vermögen, das er bereits gezahlt hat, eine ziemlich hohe Geldsumme abschreiben. Damit wäre Bloodwood Hall mitsamt dem dazugehörigen Land verwirkt ...«

»Das finde ich nicht besonders tragisch. Ich hasse dieses verdammte Haus.«

»Aber auch Mingaletta wäre verloren. Willst du das?«

Marmaduke lehnte sich zurück. Erst jetzt ging ihm die volle Bedeutung des Vertrags auf.

»Mist! Hört sich an, als wären die verfluchten Aristokraten genauso entschlossen, diese Ehe durchzusetzen, wie Garnet. Was stimmt nicht mit ihr? Hat sie etwa zwei Köpfe?«

»Die Familienehre steht auf dem Spiel. Ihre Ehre, nicht deine.«

»Weißt du, was Garnet verrückt macht? Seit Jahren hat er Spitzel bezahlt, die ihn über jeden meiner Schritte informierten. Ich habe mich nie mehr mit einem heiratsfähigen Mädchen eingelassen, seit mir damals eins den Laufpass gegeben hat, und hinsichtlich meiner Affären mit älteren Frauen bin ich absolut diskret. Garnet hat den Verdacht, dass ich das praktiziere, was der heilige Paulus als ›Unzucht mit Männern‹ bezeichnete.«

»Das ist kein Spaß!«, gab Edwin aufgebracht zurück. »Die Todesstrafe für Homosexualität besteht im Gesetzbuch der Kolonie nach wie vor fort. Zwei Männer, die falsche Aussagen gegen dich machen, und der Henker knüpft dich am nächsten Galgen auf.«

»Mach dir keine Sorgen, Kumpel. Ich habe einen genialen Anwalt. Trinken wir auf die Frauen – Gott segne sie!«

Edwin klang ein wenig eifersüchtig. »Für dich gibt es immer nur Spaß und Vergnügen, aber keine Verantwortung.«

»Da hast du verdammt Recht. Ich habe bewiesen, wie leicht sich Frauen verführen lassen, wenn sie erst einmal den Hochzeitsring tragen. Ich traue ihnen ebenso wenig wie einem Piraten aus der Karibik.«

Edwin musterte ihn nachdenklich. »Ich weiß nicht, ob ich dich beneiden oder bemitleiden soll.«

»Mich interessiert Mingaletta mehr als eine ganze Schiffsladung von Piraten in Petticoats.«

Beide fuhren zusammen, als sie die verführerische Stimme der schwarzhaarigen Kellnerin hörten, die sich herabbeugte, um eine Platte mit Roastbeef und Yorkshirepudding zwischen sie zu stellen.

»Keine Piraten in Petticoats auf der Speisekarte, Gentlemen!«

Marmaduke registrierte, dass die Frau nicht gerade jung war, fünfundzwanzig vielleicht, dafür aber einen wunderbaren Busen und ein freches Grinsen hatte und ebenso hübsch wie irisch war.

Rasch erholte er sich so weit, dass er sie nach ihrem Namen fragen konnte, und sie antwortete so fröhlich »Maeve«, dass sofort klar war, wie selten sie sonst jemand diese Ehre erwies.

Die provozierende Art, mit der sie sich über den Tisch beugte, verschaffte Marmaduke eine gute Sicht auf die runden Brüste, die sich gegen das tief ausgeschnittene Mieder pressten, nur wenige Zentimeter von Edwins Gesicht entfernt.

»Guten Appetit, die Herren. Und falls es Sie nach einem seltenen Jahrgang gelüstet«, setzte sie mit einem Blick über die Schulter hinzu, »Sie brauchen nur zu fragen.«

In stiller Bewunderung beobachteten sie ihren hüftschwingenden Abgang.

»Umwerfend! Und es ist nicht zu übersehen, dass sie was von dir will, Edwin. Ich verstehe was von den einladenden Blicken der Frauen, glaub mir.«

»Bleiben wir beim Thema, wenn's recht ist.« Edwin schnitt das Roastbeef an, das sie mit einer weiteren Flasche Claret herunterspülten.

»Die dritte Flasche ist immer die beste«, erklärte Marmaduke weise.

Edwin legte Messer und Gabel auf den Tisch. »Willst du meinen Vorschlag hören, wie du dir eine De-Rolland-Braut vom Hals halten kannst, ohne das Gamble-Vermögen im Fall eines gebrochenen Eheversprechens zu gefährden?«

»Raus damit!« Marmaduke hörte aufmerksam zu, als Edwin seinen Plan umriss.

»Ich wusste doch, dass dir irgendwas Kniffliges, aber trotzdem Legales einfallen würde, Kumpel.«

»Aber spiel die Karten richtig – ein falscher Zug und du sitzt in deiner eigenen Falle.«

Marmaduke winkte verächtlich ab. »Um so eine Dummheit zu begehen, müsste man sich verlieben. Ärzte können uns gegen die Pocken impfen. Ich aber bin immun gegen die Liebe.«

SIEBEN

LONDON, MÄRZ 1833

Das große Portal des Proszeniums wölbte sich über der Bühne von Covent Garden wie der Eingang zu einer Welt voller Träume, die Isabel schon hatte betreten wollen, als sie noch ein kleines Mädchen war.

Aus dem Parkett und den hufeisenförmigen Emporen über ihr drangen Stimmengewirr und gelegentlich ein schrilles Lachen. Das Publikum wartete ungeduldig, dass sich der rote Samtvorhang hob und die Vorstellung des Abends begann.

Wellen der Erregung wogten durch die Zuschauer. Isabel hatte das Gefühl, dass sie die Einzige war, die in angespanntem Schweigen wartete. Der heutige Abend war ein Erlebnis, das sie voll auskosten musste. Es war ihr erster Besuch in einem Londoner Theater, und sie saß in der Nähe der Bühne im ersten Rang in einer Loge, die seit Generationen von der Familie der de Rollands benutzt wurde. Ihr Fächer war geschlossen, im Gegensatz zu dem Meer aus bemalten und mit Federn verzierten Fächern, mit denen man gegen die Hitze und den Gestank ankämpfte, die aus der Menge der parfümierten, ungewaschenen Körper aufstiegen.

Isabel verdrängte den Gedanken an den unausweichlichen Aufbruch der *Susan*, die in ein paar Tagen im Hafen von London ablegen würde. Silas' Versicherung, dass das in Kalkutta gebaute Schiff seetüchtig und schnell sei und die eher ungewöhnliche Route über Madeira nach New South Wales nehmen würde, sagte ihr nichts.

Heute Abend sollte sich eine Hälfte ihres Kindheitstraums erfüllen. Sie würde die legendäre Magie von Edmund Kean erleben. Die andere Hälfte ihres Traums blieb ein Geheimnis, das sie eifersüchtig hütete – Schauspielerin zu werden und die Rolle der Desdemona für Keans Othello, Lady Anne für seinen Richard III., Julia für seinen Romeo oder Ophelia für seinen Hamlet zu übernehmen. Ein unerfüllbarer Traum, der umso schöner war, weil er niemandem wehtat.

Ringsum saßen aristokratische Damen in Abendroben, geschmückt mit Federn und Juwelen. Sie empfand mehr Bewunderung als Neid angesichts ihrer modischen Erscheinung und zog sich Marthas Kaschmir-Stola enger um die Schultern, um das graue Reisekostüm aus Kammgarn zu verbergen, ihre einzige anständige Aufmachung, solange ihre Hochzeitsausstattung aus Paris noch auf sich warten ließ. Beruhigt, dass zumindest ihre Frisur *à la mode* war, tastete sie nach einer der langen Locken, die sich schlicht über die beiden Wangen ringelten. Die alte Agnes hatte den ganzen Nachmittag damit verbracht, ihr Haar nach dem neuesten Stil zu arrangieren, den sie aus einer Modezeitschrift kopiert hatten.

Isabel warf einen Blick auf ihre nackten Hände. Sie besaß keinen Schmuck, doch angesichts der Aussicht, dass sie nach Ankunft ihres Schiffs in der Strafkolonie von Port Jackson gezwungen wäre, den verhassten goldenen Ehering der Knechtschaft zu tragen, wurde ihr das Herz schwer.

Wie wild und aufregend war die Vorstellung, dass die *Susan* Schiffbruch erleiden könnte, noch bevor sie den Ärmelkanal passiert hatten, und sie in Frankreich oder Portugal an Land gespült würde, um unter Vortäuschung einer Amnesie ein neues Leben mit einer neuen Identität zu beginnen.

Nun, das ist ein Plot, der eines Shakespeares würdig wäre. Doch diese Nacht gehört mir! Ich werde Zeugin eines Ereignisses in der Theatergeschichte – der ersten Aufführung von Othello *mit beiden Keans, Vater und Sohn. Der legendäre* Othello *des Meisters mit dem Iago seines Sohnes Charles.*

Plötzlich wurde Isabel nervös. Was bedeutete die Verzögerung? Die Vorstellung hätte schon um halb beginnen sollen. Sie spürte, wie ihr Herz unangenehm schnell schlug, wie es sich der Unruhe eines Publikums anglich, das ebenfalls einem abendlichen Gewitter getrotzt hatte. Waren sie aus Loyalität oder Zynismus hier – um den großen Edmund triumphierend auf die Bühne zurückkehren oder ihn ein weiteres Mal katastrophal scheitern zu sehen?

Mit vierundsechzig Jahren hätte er auf dem Höhepunkt seiner illustren Karriere stehen müssen, doch alle Zeitungsmeldungen aus den letzten Jahren deuteten darauf hin, dass Englands größter Darsteller tragischer Rollen Skandalen, Krankheiten und seiner Trunksucht zum Opfer gefallen war. Während seiner zweiten Amerika-Tour war er von einem Teil des flatterhaften Publikums wie ein Held gefeiert, von einem anderen dagegen mit Tomaten beworfen worden.

»Bitte, lieber Gott, hab heute Abend Mitleid mit ihm«, flüsterte sie.

»Betest du für mich, *ma petite cousine*?«

Isabel schreckte aus ihrer Träumerei auf, dermaßen hin- und hergerissen von Wogen der Erregung und Unruhe, dass sie die Anwesenheit ihres Begleiters ganz vergessen hatte, der im Herrensalon geraucht hatte und jetzt in die Loge zurückgekehrt war. Gegen Onkel Godfreys ausdrücklichen Wunsch war Silas heute Morgen im Stadthaus der Familie erschienen, um sich von ihr zu verabschieden.

Isabel zwang sich zu einer höflichen Antwort. »Ich glaube nicht, dass du meine Gebete brauchst. Ich habe die Götter gebeten, Kean beizustehen.«

Silas wies mit einer trägen Handbewegung auf die oberste Empore, wo eine lärmende Menge sich auf den billigen Plätzen des Hauses zusammendrängte.

»Die Kinder des Olymp sind Keans glühendste Unterstützer.

Sie jubeln ihm zu, ganz gleich, ob er betrunken, nüchtern oder in einer Schubkarre auf der Bühne erscheint.«

»Warum machst du dich über ihn lustig? Du weißt doch, wie lange ich davon geträumt habe, ihn zu sehen.«

»Vielleicht, weil ich ein bisschen eifersüchtig bin«, sagte er sanft. Dann wurde sein Tonfall respektvoller, als wollte er sich ihre Gunst zurückerobern.

»Ich könnte es nicht ertragen, deine Enttäuschung mit anzusehen, wenn der Mime nicht erscheint. Man munkelt, dass Kean unter dem größten Unglück leidet, das einen Schauspieler befallen kann – dem Verlust der Erinnerung. Als er in einer neuen Rolle auftrat, die eigens für ihn geschrieben worden war ...«

»*Ben Nazir*«, soufflierte sie.

»Genau. Da hatte er nicht nur seinen Text vergessen, sondern auch die Handlung des Stücks. Deshalb ist er jetzt auf die Rollen beschränkt, die ihn in seiner Jugend berühmt gemacht haben.«

»Richard III.«, sagte sie. »Othello, Macbeth, Shylock und der verrückte Bösewicht Sir Giles Overreach in *Eine neue Weise, alte Schulden zu bezahlen*.«

Silas lächelte. »Ich hatte vergessen, dass du jedes Wort, das über diesen Burschen geschrieben wurde, verschlungen hast, als wäre es ein Evangelium.«

»Ich habe jedes Wort *gelesen*«, gab sie zurück. »Aber ich habe die niederträchtigen Gerüchte, die in den Postillen und Pamphleten über ihn verbreitet wurden, keine Sekunde geglaubt.«

»Trotz deiner Loyalität, so fürchte ich, gab es in dem Prozess Kean gegen Cox reichlich Beweise für seine schändlichen Umtriebe. Über seine zum Schreien komischen Liebesbriefe an die Frau des Ratsherrn Cox, die vor Gericht vorgelesen wurden, hat man sich in London monatelang amüsiert.«

»Immerhin war Mr Kean Gentleman genug, um seinem Anwalt zu verbieten, Charlotte Cox' Briefe an *ihn* – Kean – zu seiner Verteidigung zu benutzen.«

»Habe ich doch richtig vermutet: Du bist auch eine von denen, die sich von Gaunern blenden lassen.«

In seiner neckenden Stimme schwang etwas mit, das sie lieber das Thema wechseln ließ. Unterdessen riefen die Zuschauer sowohl auf den Emporen als auch im Parkett Keans Namen.

»Wie ungeduldig sie sind. Mr Kean ist etwas spät dran, aber ich bin sicher, dass er uns seinen Othello nicht vorenthalten wird.«

»Darauf kannst du wetten, vorausgesetzt, man hat ihn mit genügend Geld geschmiert, sodass er sich die Gerichtsvollzieher vom Hals halten kann.«

Isabel konnte ihren Ärger kaum beherrschen. »Wäre das der Fall, hätte unsere Familie jeden Grund, Verständnis für ihn zu haben. Immerhin ist sie selbst gerade erst dem Schreckgespenst der Armut entkommen.«

Silas' Erwiderung war ruhig, aber gefährlich. »Was macht dich so sicher, dass Kean sich nicht sinnlos betrinken würde, um seine Angst vor einem Scheitern zu besiegen? Geld ist alles, worauf diese Schauspieler sich verstehen.«

»Nein. Mr Kean wird heute Abend auftreten. Egal, wie sehr er das Geld braucht, noch dringender braucht sein Sohn *ihn*.«

»Du hast wirklich ein rührendes Vertrauen zu betrunkenen Schauspielern, Kleines.«

Isabel wandte ihm ihr Gesicht zu. »Vielleicht wäre es klüger, Schauspielern zu vertrauen als meiner eigenen Familie.«

»Du vergisst dich, Isabel«, flüsterte Silas ihr ins Ohr. »Hätte ich nicht gelogen, um dich zu beschützen, wärst du vielleicht auch in die Kolonie verfrachtet worden. Die Mindeststrafe beträgt sieben Jahre.«

Isabel zog die Hand zurück und tarnte diese ablehnende Geste damit, dass sie sich dem heftigen Applaus anschloss, mit dem der Auftritt des berühmten Schauspielers begrüßt wurde.

Edmund Kean winkte seinen Sohn auf die Bühne, um sich bei

den Zuschauern zu bedanken. Auf den ersten Blick wirkte der ältere Kean neben der größeren Gestalt des jungen Charles zerbrechlich, beinahe schüchtern, dann aber doch ermutigt von der freundlichen Begrüßung. Isabel spürte einen erregenden Schauer bei der Einbildung, dass Edmund Kean direkt zu ihrer Loge aufsah. Seine erstaunlich ausdrucksvollen, dunklen Augen strahlten im Antlitz des Mohren und schienen nur sie allein anzusprechen.

Endlich begann das Stück. Augenblicklich verwandelten sich die Schauspieler in Isabels Augen in echte Venezianer. Charles Keans Iago war tatsächlich der doppelgesichtige Janus, dessen Eifersucht auf den Feldherrn Othello ihn dazu trieb, einen Plan auszuhecken, mit dem er den Mohren vernichten würde, während er sich gleichzeitig als einfachen, ehrlichen Soldaten und Othellos Freund ausgab.

Die Magie des Shakespeare'schen Dialogs hielt Isabel gefangen. Ihre Lippen bewegten sich in stummer Übereinstimmung mit den Zeilen von Othello und Desdemona, deren Texte sie auswendig kannte. Es schien, als hätte sich die dünne Barriere von Öllampen zwischen der Bühne und dem Publikum aufgelöst, und sie überließ sich mit ganzem Herzen der *wirklichen* Welt, die nur für sie geschaffen worden war. Nichts anderes existierte. Der Mohr Othello und Edmund Kean waren zu einem einzigen Ganzen verschmolzen.

Die ersten Aufzüge verzauberten Isabel so sehr, dass sie in der Pause ihren Platz nicht verließ, um mit Silas ein Glas Champagner zu trinken. Doch beim dritten Aufzug wurde sie nervös, denn die Wahrheit war tatsächlich nicht zu übersehen. Ihr Held kämpfte verzweifelt darum, die Vorstellung durchzuhalten. Sie versuchte, ihm ihre eigene Kraft einzuflößen, eins mit dem totenstillen Haus, und hing an Othellos Lippen, als Iago ihm einredete, seine geliebte Desdemona habe ihn mit einem Liebhaber betrogen.

Der Schmerz in Keans Stimme war wie eine körperliche

Qual für Isabel, als er sagte: »Was wusst' ich von ihren verstohlnen Ausschweifungen? Ich sah sie nicht, ich dachte nicht daran, sie taten mir kein Leid; ich schlief die Nacht darauf wohl; war ruhig und froh; ich fand Cassios Küsse nicht auf ihren Lippen…«

Doch nach der Hälfte der nächsten Zeilen stockte Kean. Isabel hätte beinahe aufgeschrien, um ihm das Stichwort zu geben. Seine Augen waren trübe und wirr.

Sind das Othellos Qualen? Nein. Gott steh ihm bei, es sind Keans eigene!

Entsetzt blendete Isabels Bewusstsein seine Worte aus, bis ihr plötzlich ihre doppelte Bedeutung aufging.

Der große Mime zögerte, als kämpfte er um Luft, und erfüllte Othellos Worte mit einer unendlichen Traurigkeit: »Fahret wohl! Othellos Arbeit ist getan!«

Isabels Hand fuhr zum Mund, um ihren Aufschrei zu ersticken. *Mein Gott, das ist nicht nur Teil der Vorstellung. Das ist echt!*

Mechanisch schloss sich Isabel dem lebhaften Applaus des Publikums am Ende des Monologs an, doch während Charles Kean das Kompliment schweigend seinem Vater überließ, stand dieser verloren und mit gesenktem Blick auf der Bühne. Nach den letzten »Bravo!«-Rufen zog sich die Stille zu lange hin, um als dramatisches Element zu überzeugen. Ein unruhiges Raunen flog durch das Theater.

Isabel spürte die stille Verzweiflung von Keans Sohn in Iagos folgender Frage: »Ist's möglich, gnädiger Herr?«

Die Worte lösten sich nur gebrochen von Othellos Lippen: »Nichtswürdiger, sei gewiss, dass du mir beweisen kannst, dass meine Liebe eine Hure ist…«

Isabel fühlte sich schwach vor Angst. Othello sprach weder weiter, noch trat er nach vorn, so wie es die Szene von ihm verlangte, um Iago an der Kehle zu packen und ihn zu würgen.

Stattdessen brach Kean plötzlich in Tränen aus, während

er sich auf seinen Sohn stützte und ihn anflehte: »O Gott, ich sterbe – sprich du für mich zu ihnen!«

Und Charles fing seinen Vater auf, als dieser bewusstlos in seinen Armen zusammenbrach.

Das ganze Haus sprang mit lautem Geschrei und ermunternden Zurufen auf, als der große Othello von der Bühne getragen wurde. Isabel wusste nicht, wie lange sie dort saß, abgeschnitten von allem, was sich ringsum ereignete, bis Silas sie in die Arme schloss, um leise und beruhigend auf sie einzureden.

»Ich bin da, Isabel. Ein anderer Schauspieler wird Othellos Platz einnehmen.«

»Niemand wird Edmund Kean je ersetzen können!«, gab sie flammend vor Zorn zurück.

Das Stadthaus der de Rollands ging auf einen abgeschlossenen Park hinaus, der nur den Bewohnern der umliegenden Villen zur Verfügung stand. Isabel wollte sich unbedingt dort hinsetzen, um in Ruhe nachzudenken, doch Silas verwarf die Idee als absurd.

Die Öllampen in der Eingangshalle brannten, und sowohl der Butler als auch Agnes waren aufgeblieben, um ihnen zu Diensten zu sein. Silas führte Isabel in einen kleinen, eleganten Salon, in dem man ein Abendessen für sie vorbereitet hatte. Er schickte den Butler zu Bett und erklärte Agnes, dass ihre Herrin sie nicht länger brauche. Doch die halsstarrige Agnes erkannte keine andere Autorität an als Godfrey de Rolland und warf Isabel einen Blick zu, um ihre Anweisung entgegenzunehmen.

»Geh schon vor, Agnes. Ich komme gleich nach. Du kannst dich darauf verlassen, dass ich dir noch Gute Nacht sage.«

Als sie mit Silas allein war, beobachtete sie aufmerksam, wie er die Tür schloss und ihnen Champagner einschenkte. Sie trank schweigend und versuchte, das tragische letzte Bild von Keans Gesicht aus ihrem Bewusstsein zu verdrängen.

Heute Abend darf ich auf gar keinen Fall verletzlich wirken.

Silas setzte sich neben sie und musterte ihr Gesicht.

»Dieses unglückliche Ende hätte ich dir für mein Leben gern erspart, Isabel.«

Sie war augenblicklich auf der Hut, leerte das Glas, um sich Mut zu machen, wählte ihre Worte jedoch mit Bedacht. »Meinst du Edmund Keans vorübergehende Abwesenheit von der Bühne? Oder meinen endgültigen Abschied von England?«

Silas' Augen verengten sich, als wäre er sich über ihre wahren Gefühle plötzlich unsicher. »Der Mann hat seinen Niedergang seinem unrühmlichen Lebenswandel zu verdanken, wohingegen …«

»Ich nicht, meinst du?«, fiel sie ihm rasch ins Wort. »Hör auf, Silas. Ich bin zwar jung und naiv, aber nicht dumm. Diese arrangierte Ehe ist ein Akt göttlicher Vorsehung. Es hat das Vermögen der Familie wiederhergestellt und die unangenehme Frage erledigt, was um Himmels willen man bloß mit der armen Isabel anstellen soll.«

»Du überraschst mich, Isabel. Du klingst so bitter. Doch als dir die Ehe angeboten wurde, zeigtest du keinerlei Gefühle.«

»Welche Wahl hatte ich denn? Die Entscheidung war doch längst gefallen. Neue Kutschen, verschwenderische Unterhaltung, deine Kavalierstour durch Europa … Erzähl mir nichts! Der Ehevertrag war längst von Onkel Godfrey und dir unterschrieben, stimmt's?«

Silas ließ sich von ihrem Zorn nicht beirren, sondern beugte sich vor und hielt ihre Arme fest. »Wenn du die Wahrheit willst, musst du dir auch die *ganze* Wahrheit anhören.«

Die Zärtlichkeit in seinem Gesicht überrumpelte sie. Plötzlich fiel ihr die Nacht ein, in der sie Silas zum ersten Mal gesehen hatte. Damals war sie neun gewesen und hatte im Nachthemd auf dem Treppenabsatz gesessen, um aus ihrem Versteck heraus die Rückkehr des Familienhelden mitzuerleben.

Silas betrat die Eingangshalle, groß, blond und prächtig anzusehen in seiner Kavallerieuniform. Er reichte dem Butler seinen Umhang.

Isabel spürte, wie ihr die Luft wegblieb, so eingeschüchtert war sie von dem gottähnlichen Wesen, das sie nicht aus den Augen ließ, als es mit großen Sätzen die Treppe heraufkam und sich auf eine Stufe unter ihr setzte, damit sie auf gleicher Augenhöhe waren.

»Du bist also mein kleines Waisenkind Isabel, das bei uns leben wird. Ich bin dein Cousin Silas und habe deine Mutter Alizon sehr gerngehabt. Ich verspreche, dich zu lieben und zu beschützen wie ein Bruder.«

Isabel nickte, ohne ein Wort herauszubringen. Sein Blick ließ sie nicht los, als er sich über ihre Hand beugte und die Fingerspitzen küsste, als wäre sie eine erwachsene Dame.

»Ich werde auf dich aufpassen. Immer. Doch eines Tages, wenn wir beide groß sind, werde ich dich bitten, meine Frau zu werden.«

Vor lauter Überraschung brachte sie kein Wort heraus, als er flüsterte: »Wirst du Ja sagen, ma petite cousine*?«*

Die Magie dieses Augenblicks wurde jäh zerstört, als Isabel sich umwandte und den Mann im Abendanzug sah, der in der Tür des Gesellschaftszimmers stand. Onkel Godfrey runzelte die Stirn und machte ein Gesicht, das sie nicht entschlüsseln konnte, als er Silas mit knappen Worten daran erinnerte, dass ihre Gäste warteten.

Isabel schloss die Augen, um die Erinnerung zu verdrängen, wurde jedoch von Silas' Wahrnehmungsgabe daran gehindert. Er hatte schon immer ihre Gedanken lesen können.

»Ich habe bei Godfrey um deine Hand angehalten, noch ehe du alt genug warst, um deine Zustimmung zu geben. Er hat es abgelehnt, unter dem Vorwand, wir seien zu nah verwandt. Ich hätte ihm getrotzt und auf dich gewartet, aber dann fielst du in Ungnade, und dein verbrecherischer Kindsmord machte es endgültig unmöglich. Selbst das habe ich dir verziehen. Du musst doch wissen, dass ich dich immer geliebt habe, Isabel.«

»Halt! So etwas darfst du nicht sagen. Martha …«

»Sie stirbt. Jeder weiß es – sogar sie selbst.«

»Nein!«

»Der Arzt sagt, dass sie den Frühling nicht überleben wird.« Sein Gesichtsausdruck erschreckte sie. »Sieh mich an, Isabel. Diese arrangierte Ehe ist nicht das Ende der Welt. Tu dies für die Familie – für mich. Heirate diesen Sohn eines Strafgefangenen. Es wird höchstens für ein Jahr sein. Wenn deine Ehe scheitert, und das ist vorhersehbar, werden diese kolonialen Gauner keine Chance haben, das Geld zurückzufordern. Und wenn ich frei bin, komme ich nach und hole dich zurück.«

Frei? Er meint, wenn Martha tot ist.

»Ich kann nicht glauben, was du sagst!«

»Es ist Methode in meiner Tollheit. Ich rette dich und bringe dich nach Hause zurück. Dann liegt uns die ganze Welt zu Füßen. Ein Leben im Luxus. Und du wirst endlich mir gehören. *Nur* mir …«

»Vergisst du nicht etwas?«, erwiderte sie kalt. »Sicher wird mein Mann erwarten, dass ich ihm ein Kind gebäre.«

Silas beobachtete ihren Ausdruck, während er müßig mit einem Kissen spielte. »Für jedes Problem gibt es auch eine Lösung. Ein Kissen kann ein Leben in Sekundenschnelle beenden. Bei Shakespeare scheint es ganz einfach.«

Isabel fühlte, wie ihr das Blut in den Adern gefror. *Er meint Othello, der Desdemona erstickt.*

»Warum schockiert dich diese Vorstellung, Isabel? Du hast dieses kleine Problem doch schon einmal gelöst.« Er war vollkommen ruhig.

Dieses kleine Problem. Bitte, lieber Gott, lass ihn weiter glauben, dass ich das Kind getötet habe.

Isabel wollte zur Tür, doch Silas versperrte ihr den Weg. Seine Arme streckten sich aus, und dann umfasste er besitzergreifend ihren Hals, um sie zu zwingen, ihm in die Augen zu sehen. Da sah sie es, dieses Aufblitzen von Wahnsinn in seinem Blick. Gab es ihn auch in ihr?

Unfähig, ein Wort herauszubekommen, spürte sie, wie eine vertraute Welle von Angst, gepaart mit Schuld und Begehren, sie überrollte.

»Siehst du?«, sagte Silas ruhig. »Du weißt es auch. Ich bin der einzige Mann auf der Welt, der stark genug ist, um dich zu besitzen, du kleine Hexe. Du wirst jeden Mann, der dich liebt, zerstören – nur mich nicht. Ich bin dein Verwandter. Wir sind doppelte Cousins, nur einen Herzschlag von Bruder und Schwester entfernt. In unseren Adern fließt dasselbe Plantagenet-Blut; wir haben dieselben Vorfahren auf beiden Seiten. Du wirst Fleisch von meinem Fleisch sein, so wie es schon immer hat sein sollen.«

Dann schlug seine Stimmung plötzlich um. Isabel war schockiert, als seine Stimme jetzt wieder einen geschäftlichen Tonfall annahm. »Und jetzt ab ins Bett mit dir. Morgen Nachmittag um drei müssen wir dich an Bord der *Susan* abliefern.«

In der Tür gelang es ihr noch so, als ob nichts wäre, zu fragen: »Was ist mit meiner Brautausstattung aus Paris? Soweit ich weiß, haben Gambles Anwälte sich bereit erklärt, dafür zu bezahlen …«

»Das ist alles geregelt. Deine Ausstattung befindet sich bereits an Bord. Alles ist mit dem Kapitän abgesprochen. So müssen wir keine Abschiedsszene überstehen, *ma petite cousine*. Mein neuer Diener Cooper wird dich zum Kai begleiten. Er war professioneller Boxer, der als junger Mann von Daniel Mendoza ausgebildet wurde, und hat seine eigenen Regeln. Er hätte keine Skrupel, Frauen gegenüber handgreiflich zu werden, also komm bloß nicht auf die dumme Idee, das Boot verpassen zu wollen.«

»Ich kenne meine Pflichten«, antwortete Isabel kühl. »Aber was ist mit Agnes: Sollte sie nicht mitkommen?«

»Nur um dich bis an Bord zu begleiten und den Schein zu wahren.«

Isabel drehte sich um und warf einen hoffentlich letzten Blick auf Silas. Er stand vor dem Kamin, einen Fuß auf das Gitter gestützt, ein Weinglas in der Hand. Sein Lächeln war so verschwörerisch, dass sie eine Gänsehaut bekam.

»Bestimmt wird Agnes am Kai stehen und sich die Augen ausweinen, wenn du davonsegelst. Du dagegen wirst keine Träne vergießen. Hexen weinen nicht.«

Dann hob er die Hand, um sie aufzuhalten. »Noch eine letzte Frage. Onkel Godfrey sagt, du hättest deine Geschichte nie verändert. Du hast deinen Komplizen von damals niemals verraten. Aber mir kannst du vertrauen, das weißt du ja sicher.«

Isabels Mund war wie ausgetrocknet. Sie ließ sich Zeit, denn sie wusste, dass das Leben dreier Menschen von ihrer Antwort abhing. »Es war ein Junge, der zufällig durchs Dorf kam. Ich habe seinen Namen nie erfahren.«

»Hab ich mir gedacht. Aber das ist jetzt alles Schnee von gestern.«

Isabel schloss die Tür und ging die Treppe hinauf. Sie fühlte sich benommen und seltsam leer. In ihrem Zimmer fand sie Agnes vor, die auf dem Sofa neben ihrem Bett eingeschlafen war. Ein kleiner Geldbeutel mit Münzen lag auf dem Kopfkissen. Die beiliegende Karte war einigermaßen lesbar, daher musste sie diktiert worden sein.

Mein liebes Lämmchen,
ich weiß, dass du eine gute Ehefrau sein wirst, wenn du in Botany Bay ankommst. Aber der Gedanke, dass du so weit von Mutter England wegfährst, ohne einen Penny in der Tasche, lässt mir keine Ruhe. Dein Vormund gibt mir dieses Geld als Entschädigung dafür, dass ich auf dich aufgepasst habe. Aber ich frage dich, was soll eine alte Dienerin wie ich mit Geld anfangen?
Versuche, glücklich zu sein, mein Kind. Man sagt, Ehen werden im Himmel geschlossen. Ich bete dafür, dass du einen anständigen Mann findest, der dich nicht schlägt, so wie mein Mistkerl es mit mir gemacht hat.

Ich hoffe, du kannst der alten Agnes verzeihen, dass sie so spleenig ist. Ich wäre gern mit dir gekommen und hätte mich um dich gekümmert. Mr Silas sagt, es ist kein Geld da, das man für meine Überfahrt zum Fenster hinauswerfen kann.

Stets deine treue Agnes

Neben dem Namen befand sich ein kleines Kreuz, wo Agnes ihr Zeichen gemacht hatte.

Isabel lag wach, hielt den Geldbeutel unter ihrem Nachthemd umklammert und staunte darüber, wie seltsam das Leben war. Meine Familie glaubt, sie sei jetzt eine unerwünschte de Rolland los. Sie hat sich geirrt.

Zum ersten Mal in ihrem Leben spürte sie den bittersüßen Geschmack des Triumphs. Sie hatte ihren De-Rolland-Verwandten ein Schnippchen geschlagen. In einiger Zeit würde die in Ungnade gefallene Schwester ihres Vormunds ihr nach New South Wales folgen können.

Und mein Cousin Silas wird nie die Wahrheit über den Kindsmord erfahren, den ich »gestanden« habe. Oder dass die Familie de Rolland noch eine Erbin hat: meine kleine Rose Alba.

ACHT

BLOODWOOD HALL, NEW SOUTH WALES,
MÄRZ 1833

Halt den Schnabel, du blöder Vogel. Du hast Glück, dass ich dir nicht schon längst den Hals umgedreht habe.«

Garnet Gamble saß in seinem indischen Korbstuhl auf der vorderen Veranda, im Schutz des Geflechts dunkelroter Glyzinien, die sich um die Pfeiler rankten, und ließ seine Wut an Amaru ab. Der Kakadu reagierte auf seine Art. Sein schwefelgelber Kamm fächerte sich zu voller Größe auf, während er auf seiner Stange auf und ab stolzierte.

»Du solltest dich was schämen! Du solltest dich was schämen!«, krächzte er immer wieder aggressiv. Aus Erfahrung wusste Garnet, dass es lange dauern konnte, bis der Vogel sich beruhigte. Miranda hatte endlose Monate damit verbracht, ihrem »schlauen Vogel« das Sprechen beizubringen, und Garnet bildete sich ein, sogar ihren Tonfall in den Worten des Vogels wiederzuerkennen. Die Erkenntnis, dass dieser Vogel Mirandas provozierende Beschimpfungen noch lange nach seinem Tod von sich geben würde, brachte ihn zur Weißglut.

Er warf einen kalten Blick auf Elise, die auf einem Sofa in der Nähe saß. Ihr Gesicht lag im Schatten eines Strohhuts, der mit zu vielen Blumen geschmückt war, ihr Dekolletee enthüllte mehr von ihren milchweißen Brüsten, als eine wirkliche Dame am helllichten Tag zeigen würde. Er wusste, dass Elise ihr Bestes tat, um eine englische Aristokratin zu imitieren, indem sie Fäden in einen Gobelin-Rahmen einarbeitete – und das schon seit mehr als drei Jahren. Garnet hegte den Verdacht, dass das Muster mehr mit Blut aus den unzähligen Nadelstichen als mit Blumen zu tun hatte.

Wir beide wissen, dass sie die Prüfung für das Verhalten einer Dame nicht bestehen würde. Warum gibt sie es nicht auf? Bleibt bei dem, wozu sie geboren ist – sich für ihre Dienste in meinem Bett bezahlen zu lassen?

Garnet war froh, vom Geräusch trappelnder Hufe und dem Scheppern des schmiedeeisernen Tors am Ende der Straße abgelenkt zu werden. War das Marmaduke mit Neuigkeiten über die Ankunft der Braut?

Er rückte seine Brille zurecht. Nicht, dass sie von geringstem Nutzen wäre, außer wenn er vorgab, ein Dokument zu lesen, das seine Unterschrift erforderte. Die Brille hatte sich als nützliches Instrument gegen jene erwiesen, die ihn für einen Analphabeten hielten und versuchten, diesen Vorteil auszunutzen, um ihn um sein Vermögen zu bringen. Erst vor Kurzem hatte er seinen letzten Sekretär entlassen.

Kein Rabenaas wird mich übers Ohr hauen! Aber es gibt einfach keine Menschenseele, der ich vertrauen kann.

Als der Reiter in sein Blickfeld kam, durchfuhr ihn Enttäuschung. Der Reiter war nicht Marmaduke, sondern nur ein hagerer Bote. Garnets Instinkt sagte ihm, dass er ein alter Sträfling war, der einiges hatte mitmachen müssen, während er seine Strafe verbüßte. Das Gefängnis hinterließ einen unsichtbaren Stempel im Gesicht eines Menschen, den keine spätere Freiheit wieder auslöschen konnte. Garnet erkannte denselben Stempel in dem Gesicht, das ihn morgens aus dem Spiegel in seinem Schlafzimmer anstarrte.

Er drehte sich zu Elise um. »Schau mal nach, was der Kerl will.«

Ihr modisch blasses Gesicht errötete, und auf jeder ihrer Wangen erschien ein rosa Fleck.

»Das wäre doch eher die Aufgabe eines Dienstboten, Garnet, mein Lieber.«

»Der einzige Unterschied zwischen dir und den mir zugewiesenen Sträflingen ist der, dass du dafür bezahlt wirst zu tun, was ich dir sage.«

Ihr verzweifeltes Schniefen ließ ihn kalt. Elise warf ihre Handarbeit hin und schlug den Schal über ihrem Busen zusammen, um sich vor der Sonne und grässlichen Sommersprossen zu schützen. Dann nahm sie die arrogante Haltung einer Herzogin ein und stieg die Treppe hinab, um zu fragen, was der Mann wollte.

»Vielen Dank, Ma'am, aber ich habe strikte Anweisung, diesen Brief nur Mr Garnet Gamble persönlich auszuhändigen.«

Der Ire zog den Hut vor Elise, wandte sich dann aber Garnet zu. »Sind Sie dieser Herr, Sir?«

»Gib schon her.«

Garnet legte den großen Umschlag auf einen Schemel, als hätte er keine Eile, ihn zu öffnen.

»Du hast deinen Gaul ziemlich angestrengt.«

»Mr Bentleighs Anweisung lautete, Ihnen diesen Umschlag so schnell wie möglich zu überbringen, Sir.«

»Ein Pferd verdient eine gute Behandlung. Bring es zu den Ställen und lass den Stallburschen nach ihm sehen. Dann geh zum Hintereingang und frag nach der Köchin. Sag ihr, dass du eine ordentliche Mahlzeit bekommen sollst, bevor du dich auf den Heimweg machst.«

Der Ire bedankte sich murmelnd, blieb jedoch zögernd stehen.

»Worauf wartest du noch, Mensch? Dein Herr bezahlt dich doch wohl, oder etwa nicht?«

Der Bote griff nach den Zügeln des Pferdes und schlich sich wie ein begossener Pudel davon.

»Diese alten Sträflinge müssen mich für einen Goldesel halten«, fauchte Garnet Elise zu.

Sie konnte ihre Neugier kaum beherrschen. »Es sieht dringend aus. Könnte von Marmaduke sein. Willst du den Umschlag nicht aufmachen?«

Garnet wusste, was sie tun würde, noch bevor er zu Ende gesprochen hatte. »Warum liest du ihn mir nicht vor, wenn du so scharf darauf bist zu wissen, was drin steht?«

Elise griff rasch nach ihrer Handarbeit, als wollte sie die demütigende Tatsache, nicht lesen zu können, verbergen. Sie glaubte, sie sei die Einzige, der es so ging. »Ich muss der Köchin Anweisungen für das Abendessen zu Ehren des neuen Richters geben. Mr Summerhayes ist ein wirklicher Gentleman.«

Kaum war sie außer Sichtweite, griff Garnet nach dem Umschlag und brach Bentleighs vertrautes Wachssiegel auf. Der Brief war in gestochener Handschrift verfasst, und Garnet erkannte nur seinen eigenen Namen wieder, der mehrmals auf dem Blatt erschien.

Wem in aller Welt konnte er so weit vertrauen, dass er sich den Brief von ihm vorlesen lassen konnte? Vielleicht hatte er seinen diebischen Sekretär zu übereilt dem Richter übergeben. Bis er einen Ersatz gefunden hatte, saß er in der Patsche. Und die einzige Lösung, die ihm einfiel, passte ihm gar nicht.

Die alte Queenie kann mich nicht ausstehen, aber Marmaduke ist ihr Sonnenschein, deshalb wird sie keine Gerüchte über ihn verbreiten, egal, was Bentleigh mir zu sagen hat.

Amaru fing zu krächzen an, und er wandte sich um.

»Gib endlich Ruhe, Amaru! Na schön, dann komm mit!«

Der Vogel flatterte auf seine Schulter, während Garnet durch den künstlich angelegten orientalischen Garten hinter dem Haus ging, ohne auf dessen Schönheit zu achten. Als er die Wohnquartiere der Sträflinge erreichte, fiel ihm auf, dass niemand zu sehen war. Dann erklang irgendwo in der Nähe der vertraute Rhythmus der Peitsche, gefolgt von einem Knurren, das ihn an einen verletzten Hund erinnerte. Fordham, der Folterknecht, widmete sich seiner Lieblingsbeschäftigung und vollzog die Bestrafung eines armen Teufels selbst, statt abzuwarten, bis der neue Richter sein Urteil gesprochen hatte.

Die Zeit hatte Garnet gegen dieses Ritual abgehärtet. Der Gefangene, der an den Querbalken gefesselt war, wirkte noch jung, hatte aber offensichtlich Erfahrung mit dem System. Sein entblößter Rücken war blutig von frischen Striemen, die Fordhams Peitsche ihm versetzt hatte, doch sie kreuzten sich mit kaum verheilten Narben von früheren Auspeitschungen. Strafgefangene bezeichneten das als »rotes Hemd«.

Garnet erkannte das Gesicht wieder, das ihn jetzt hasserfüllt anstarrte. Paddy Whickett. Das rote Haar war unverwechselbar. Die Haut des Jungen spannte sich straff über die Wangenknochen, die blutunterlaufenen Augen quollen hervor, die Zähne waren zusammengebissen, um sie vor den Schlägen der Peitsche zu schützen. Whickett war ihm schon vor mehreren Jahren zugewiesen worden, rebellierte jedoch so oft, dass seine Strafe sich nie verringerte.

»Was hat er diesmal angestellt?«, wollte Garnet wissen.

»Er war aufsässig, hat am Sabbat Gott gelästert und sich am Proviant der Regierung im Kühlhaus bedient. Egal, welches Verbrechen – er hat es verübt.«

»Na schön, aber übertreib es nicht. Sorg dafür, dass er morgen wieder zur Arbeit erscheinen kann.«

Garnet erkannte in Whicketts Augen dieselbe rachlüsterne Glut, die auch er als junger Strafgefangener auf dem Schiff nach Australien empfunden hatte. Aus einem plötzlichen Impuls heraus stoppte er Fordham.

»Er hat schon genügend Striemen für Aufsässigkeit und Gotteslästerung kassiert.« Er wandte sich an den Sträfling. »Warum klaust du Proviant? Weil du ihn verschachern willst?«

»Weil ich hungrig bin! Ihr habt doch keine Ahnung, was es heißt, mit halber Ration derart schuften zu müssen.«

»Was weißt du schon«, murmelte Garnet leise, bevor er sich

den Männern zuwandte. »Damit wir uns darüber klar sind, und das gilt für alle hier. Lagerhäuser der Regierung sind da, um euch zu ernähren. Manche von euch wurden hierhergebracht, weil sie gestohlen haben. Ich bin nicht hier, um euch für Hunger doppelt zu bestrafen. Ich bringe euch vor den Richter und lasse euch am Galgen baumeln, wenn euer Verbrechen es erforderlich macht, aber solange ich hier der Herr bin, wird keiner von euch Hunger leiden.«

Garnets Gesicht war ausdruckslos. Die Autorität seines Aufsehers in Gegenwart von Sträflingen zu untergraben, kam einer Einladung zur Meuterei gleich. Trotzdem befahl er Fordham, den Gefangenen von seinen Fesseln zu befreien.

»Du hast die Wahl, Whickett. Du kannst weiter hier arbeiten oder dich in die Sträflingsbaracken in Sydney zurücktransportieren lassen. Dort würde man dich entweder einem neuen Herrn oder einer Sträflingskolonne zuweisen. Was willst du?«

Paddy Whickett sah hinüber zum Haus, und Garnet folgte seinem Blick zu dem irischen Mädchen, das mit geballten Fäusten allein dastand. Bridget.

Darum also geht es. Aber das gefällt mir nicht. Sie ist mehr Frau, als ein einzelner Mann zähmen kann – außer mir.

Whickett behielt sie im Auge, als er antwortete: »Ich riskiere es mit dem Teufel, den ich schon kenne.«

Garnet drehte sich zu Fordham um. »Er ist noch jung, er wird es lernen. Lass ihm Zeit, bis seine Striemen verheilt sind. Er wird bis auf Weiteres von der Arbeit freigestellt.«

Als er an seinem Aufseher vorbeiging, senkte Garnet die Stimme. »Damit das klar ist, Fordham. Wenn du ihnen die Rationen noch einmal kürzt, kannst du dich auf was gefasst machen.«

Dann folgte er dem gewundenen Pfad weiter bis zu dem weiß gekalkten Zweizimmerhäuschen aus Stein, das alte Erinnerungen beherbergte. Er hatte es als Zwanzigjähriger selbst erbaut und davon geträumt, wie er das Fundament für sein zukünftiges Reich legen würde, wenn Gouverneur Macquarie ihn begnadigte. Das Haus brachte Bilder von Miranda zurück, die so eindringlich waren, dass Garnet sich nicht gegen den Schmerz wehren konnte, trotzdem aber auf kein einziges verzichten wollte.

Garnet verließ das Häuschen, um den spektakulären Sonnenuntergang von der Grenze des ihm zugewiesenen Landes namens Bloodwood zu betrachten. Das benachbarte Grundstück war einem britischen Armeeoffizier als Lohn für seine jahrelangen Dienste in Indien zugewiesen worden. Colonel McAlpine sah stur an Garnets Karren vorbei, wenn er ihm auf der Straße nach Sydney Town begegnete, und ließ seine Tochter in der Obhut ihres indischen Hausmädchens auf dem Anwesen zurück.

Das Sonnenuntergangsritual war Garnets tägliche Hoffnung, einen Blick auf die Tochter seines neuen Nachbarn zu erhaschen, eine vornehme junge Dame. Nur wenige hundert Meter jenseits des Lattenzauns, der als Grenze diente, erhob sich McAlpines indischer Bungalow: Mingaletta.

Seit der Abreise ihres Vaters hatte sich auch das junge Mädchen angewöhnt, den Sonnenuntergang zu betrachten. Heute nahm sie Garnet zum ersten Mal zur Kenntnis, winkte und machte ihm Zeichen, näher zu kommen.

Erst zögerte er noch, doch dann sprang er über den Zaun und lief mit heftig pochendem Herzen den Abhang hinab. Sie trug ein dünnes weißes Kleid. Ihre dunklen Augen und das ebenso dunkle Haar bildeten einen lebhaften Kontrast zu ihrer makellosen englischen Haut.

Er verbeugte sich unbeholfen. »George Gamble zu Ihren Diensten, Miss. Aber Sie können mich Garnet nennen.«

Miranda machte einen Knicks, doch ihre Augen blitzten schelmisch. »Ich weiß, wer Sie sind. Garnet Gamble, unser einziger Nachbar. Es ist so schrecklich einsam hier draußen. Sie und ich sind die einzigen jungen Leute in einem Umkreis von Meilen.«

»Wir sind die einzigen Lebewesen überhaupt in einem Umkreis von Meilen, Miss«, stammelte er.

»Vater ist sehr streng. Wir sind einander nicht angemessen vorgestellt worden. Aber trotzdem sind wir Nachbarn. Haben Sie vielleicht Lust, mit uns zu Abend zu essen?«

»Aye, Miss. Aber vielleicht lieber ein anderes Mal, wenn Ihr Vater wieder da ist?«

»Keine Angst, es wird Ihnen nichts geschehen. Queenie ist unsere Anstandsdame.«

Miranda deutete spöttisch auf die indische Dienstbotin, die einen orangefarbenen Sari trug und Garnet mit kaum verhohlenem Misstrauen beäugte.

Schon damals hatte Garnet gewusst, dass Miranda die Frau war, die ihn bis ans Ende seiner Tage nicht loslassen würde. Ihre Schönheit war atemberaubend, ihre Stimme sanft und wohlklingend, eine Kreuzung zwischen der schottischen Abstammung ihres Vaters und dem melodischen Hindi-Singsang ihrer Kindheit.

Queenie bediente sie, ließ sie jedoch auf Mirandas Anweisung hin allein. Wenig später sprach das junge Mädchen ihn so leichthin mit Garnet an, als würde sie ihn schon seit Jahren kennen.

»Der Ball des Gouverneurs in Parramatta war sterbenslangweilig. Die jungen Offiziere sahen aus, als wären sie alle aus einem Guss gefertigt. Es macht viel mehr Spaß, sich mit dem schüchternen jungen Mann zu unterhalten, der mich immer beobachtet.«

»Verzeihen Sie, Miss«, stammelte Garnet.

Sie musterte ihn eingehend. »Für einen Strafgefangenen sehen Sie eigentlich nicht besonders gefährlich aus. Vater hat mir verboten, mich mit Ihnen zu unterhalten. Aber wir sind Nachbarn.«

War Mirandas Blick unschuldig, kokett oder beides? Wie auch immer, auf alle Fälle war sie ein äußerst impulsives Geschöpf. »Ich möchte alles über Ihre Abenteuer in der Kolonie hören. Und wie kommen Sie eigentlich zu dem Namen Garnet?«

»Ich wurde nach Australien geschickt, weil ich angeblich einer Dame einen Granatring gestohlen hatte. Ich weiß, alle Strafgefangenen behaupten, unschuldig zu sein, aber ich war es wirklich.«

»Machen Sie sich keine Sorgen, Garnet«, flüsterte sie. »Ich bin selbst auch eine Diebin. Aber ich stehle nur Männerherzen.«

Plötzlich rissen die Bilder der Vergangenheit ab. Miranda hatte ihm tatsächlich sein Herz gestohlen. Drei wundervolle Nächte hatte er mit ihr verbracht. Nach seiner Rückkehr verbot ihr Vater ihr, mit ihm zu sprechen, bis sie entdeckte, dass sie schwanger war. Schließlich hatte der Colonel angesichts ihrer Tränen und Wutanfälle nachgegeben und seine Einwilligung zu ihrer Heirat gegeben.

Als Garnet klopfte, flog die Tür auf, und Queenie stand vor ihm. Die dunkelhäutige, alte Frau, einst Mirandas treue Dienerin, war inzwischen seine unversöhnliche Feindin geworden. Sie war in Indien aufgewachsen und zusammen mit Miranda von einer Erzieherin unterrichtet worden. Es ärgerte Garnet, dass diese verschrobene Dienerin lesen und schreiben, er selbst hingegen kaum seinen Namen kritzeln konnte.

Queenie verzog das Gesicht. »Wer hat dir erlaubt herzukommen?«

»Du lebst nur dank meiner Großzügigkeit in diesem Haus!«

»Lange werde ich nicht mehr hierbleiben, jetzt, da Marmaduke zurück ist und vorhat, Mingaletta wieder aufzubauen.«

Garnet zwang sich, seinen Unmut zu zügeln. »Ich brauche deine Hilfe. Nicht um meinetwillen, sondern weil ich weiß, wie sehr du den Jungen ins Herz geschlossen hast. Du musst mir einen Brief vom Anwalt vorlesen. Kannst du deinen Hass auf mich lange genug begraben, um mir diesen Gefallen zu tun?«

Queenie machte ihm widerwillig ein Zeichen einzutreten. Im Innern des Häuschens, das inzwischen viel zu klein für ihn wirkte, reichte er ihr den Brief, blieb jedoch stehen. Sie hatte ihm nicht erlaubt, sich hinzusetzen. *Was für eine Farce! Ich kann der halben Kolonie einen Schrecken einjagen – nur dieser alten Hexe nicht.*

Sie legte den Brief auf den Tisch und musterte Garnet mit

zusammengekniffenen Augen. »Du bist also wieder dabei, deine Tricks auszuspielen und das Leben anderer Menschen zu manipulieren.«

»Es ist am besten so.«

»Das sagen die Richter auch, wenn sie einen Häftling nach Australien verbannen. Es ist zum Besten der Gesellschaft!«

»Verdammt nochmal, Queenie, ich bin nicht hier, um mir Lektionen über das System erteilen zu lassen. Was steht in dem Brief?«

»Edwin Bentleigh erkennt die Besitzurkunde von Mingaletta an, die du an Marmaduke übertragen willst, wenn er seine Verlobte heiratet.« Ihre Stimme hob sich vor Verärgerung. »Davon hat mir keiner etwas gesagt. Wer ist sie?«

»Ach, um Himmels willen, Queenie!«

»Mit diesem Brief macht Marmaduke dir ein letztes Angebot.«

Beim Anblick von Queenies schwachem Lächeln wurde Garnet misstrauisch. »Raus damit!«

»Marmaduke bestätigt, dass er auf alle zukünftigen Ansprüche auf deinen Besitz und dein Vermögen verzichtet. Unter der Bedingung, dass du ihm Mingaletta überträgst, ihn von seiner ungewollten Verlobung entbindest und dich in Zukunft aus seinem Leben heraushältst.«

»Dieser unverschämte Bengel! Er hat nicht einen Zoll eingelenkt.«

»Warte, da ist noch mehr«, fuhr sie mit blitzenden Augen fort. »Er besteht darauf, für Miss de Rollands Ausgaben in der Kolonie und ihre Rückreise nach England aufzukommen, da sie an der ›vorgeschlagenen Eheschließung keine Schuld trägt‹. Des Weiteren erklärt er sich als dein zukünftiger Nachbar auf Mingaletta bereit, für eventuelle medizinische Kosten geradezustehen, die dir möglicherweise entstehen werden, wenn du weiter in Bloodwood Hall leben willst.«

Garnet explodierte vor Wut. »Will er mich etwa zum Gefangenen in meinem eigenen Haus erklären? Einen Teufel werde ich tun!«

»Nein! Du musst den Tatsachen ins Auge sehen. Er verspricht dir, dich vor der Irrenanstalt zu bewahren.«

Garnet wechselte das Thema, um das Gespenst des Wahnsinns auszublenden. »Der Dummkopf schneidet sich ins eigene Fleisch, nur um mir eins auszuwischen. Ich habe nicht mein ganzes Leben geschuftet, um mein Vermögen einem Kreis von raffgierigen Wohltätigkeitsverbänden zu hinterlassen. Marmaduke ist meine einzige Hoffnung, eine Gamble-Dynastie zu begründen.«

»Daran hättest du denken sollen, als du ihn daran gehindert hast, seine erste Liebe zu heiraten.«

»Damals war er noch grün hinter den Ohren. Ich habe ihn vor einer sicheren Katastrophe bewahrt – das weißt du ganz genau.«

»Ja, aber nebenbei hast du euer beider Leben ruiniert. Dein Sohn hasst dich. Du hast es nicht geschafft, ihn nach deinem Vorbild zu erziehen. Er ist ganz anders als du. Du hast dir die Rosinen aus diesem Land herausgepickt. Marmaduke will nur Mingaletta, um sein Versprechen Miranda gegenüber einzulösen. Ich war dabei, als sie es ihn auf die Bibel schwören ließ, erinnerst du dich?«

Garnet war gezwungen, den Moment ihres Todes noch einmal zu erleben. Als er sich verteidigte, war seine Stimme sanft. »Glaubst du etwa, ich könnte meine Schande je vergessen?«

»Das ist die Strafe, die du verdienst! Miranda kommt bei jedem Vollmond zu mir. Sie wird dich bis ans Ende deiner Tage hassen.«

Als Garnet das Haus verließ, hallte Queenies verächtliches Lachen noch immer in seinen Ohren nach.

Der Hass der alten Hexe auf mich ist das Einzige, was sie am Leben erhält. Aber niemand könnte mich mehr hassen als ich mich selbst.

Garnet lief die marmorne Treppe hinauf, überwältigt von dem Verlangen, Mirandas Gesicht zu sehen, bevor er jeden Sinn für Raum und Zeit verlor.

Er musste sie aufsuchen, bevor sie ihn wieder packte: diese bösartige Wolke, die in seinem Innern wuchs, die Wiederkehr jener Besessenheit, die seine Wutanfälle auslöste, sodass er jede Kontrolle verlor. Er spürte, wie sie sich verstärkte – eine Woge der Angst, die kein menschliches Wesen bisher in ihm hatte erwecken können. Angst vor sich selbst.

In der Bildergalerie blieb er atemlos vor seinem Ziel stehen, Mirandas Porträt. Unglaublich verführerisch lächelte sie zeitlos auf ihn herab; bis in alle Ewigkeit war sie sich ihrer unvorstellbaren Macht über ihn bewusst.

»Du kennst die Wahrheit. Ich könnte jede andere Frau lieben, und ich würde es sogar tun. Aber du lässt mich nicht gehen. Alle anderen sind nur Körper, die ich benutze, um dir zu entkommen.«

Beim Geräusch eines leisen weiblichen Aufschreis hinter sich erstarrte er. Würde schließlich ihr Geist auch ihm erscheinen? Nein. Seine machtlose Wut entlud sich, als er sah, dass es nur Elise war.

»Es geht dir nicht gut, Garnet. Bitte, wehr dich nicht dagegen – komm ins Bett, und ich tröste dich.«

»Die Befehle hier gebe ich. Schließ die Tür auf, verdammt nochmal!«

»Nicht das noch einmal, ich flehe dich an, Garnet!«

Er trieb sie den Gang entlang zur Tür des geheimen Zimmers, das immer verschlossen blieb, in Erwartung solcher Nächte wie dieser. Elise nahm den Schlüssel aus seinem Versteck hinter der Holzverkleidung und schloss die Tür auf. Die schmale Treppe vor ihnen führte hinauf ins Dunkel.

NEUN

Schlag sechs bog Marmadukes Kutsche in die offene Straße nach Woolloomooloo Hill ein. Die kühle Brise aus dem Süden, die vom Hafen heraufkam, wurde am Ende eines schwülen Tages von ganz Sydney Town begrüßt.

Marmaduke empfand angenehme Vorfreude. Dank Edwins Einladung versprach dieser Abend, ihn einen Schritt näher an sein Ziel zu bringen – ein Rendezvous mit der legendären Opernsängerin, die er bewunderte, seit er sie am Tag seiner Ankunft in der Kolonie zum ersten Mal gesehen hatte. Nach jeder Vorstellung in Barnett Leveys Theatre Royal hatte er ihr ein Bukett schicken lassen, das eine verschlüsselte Nachricht in der Sprache der Blumen enthielt. Jedes Mal lag seine Karte dabei, auf deren Rückseite er immer die gleichen Worte schrieb: »Mit Respekt und Bewunderung. Ich freue mich auf unsere erste Begegnung. Marmaduke Gamble.« Er hoffte, die Neugier der Diva zu wecken. Bestimmt würde sie wissen wollen, wer er war, denn obwohl er ihr immer weiter Blumen schickte, hatte er noch nie versucht, Kontakt zu ihr aufzunehmen.

Da Edwin merkte, wie stark sein Freund sich für Josepha St. John interessierte, hatte er ihn zu einem Ereignis eingeladen, von dem Marmaduke normalerweise ausgeschlossen geblieben wäre. Eine handverlesene Gästeschar, etwa fünfzig Mitglieder der höheren Gesellschaft, würde an einer Privatvorstellung in dem imposanten Herrensitz eines wohlhabenden Bankiers auf dem Woolloomooloo Hill teilnehmen. Der Gastgeber war angeblich dermaßen vernarrt in Madame St. John, dass er ihr ein eigenes Schiff für die Rückkehr von einer Spielzeit in Van Diemen's Land zur Verfügung gestellt hatte. Heute Abend würden die dreizehn bedeutendsten Familien dieser Diva vorgestellt, deren Ruhm und schlechter Ruf dafür gesorgt hatten, dass man sich in ganz Sydney Town den Mund über sie zerriss.

Jeder wusste, dass Josepha St. Johns Karriere vor zwei Jahrzehnten begonnen und sie nach Amerika, Europa und Indien geführt hatte. Ihre sagenhafte Kollektion an Juwelen war der Tribut von Fürsten, Potentaten und Präsidenten. Der *Sydney Herald* behauptete, ihr legendärer Diamantring sei das Geschenk eines indischen Maharadschas gewesen, der so verzweifelt ihre Liebe zu gewinnen trachtete, dass er nach ihrer Abreise eine tödliche Dosis Gift geschluckt hatte. Marmaduke fragte sich, ob der Selbstmord des jungen Mannes nicht nur einer von vielen war, die Goethe mit seinem tragischen Helden aus den *Leiden des jungen Werther* in Gang gesetzt hatte. Der Roman hatte die kulturellen Grenzen der ganzen Welt übersprungen und angeblich viele junge Männer, die an Liebeskummer litten, zum Selbstmord inspiriert.

Heute Abend hatte Marmaduke besondere Sorgfalt bei seiner Kleidung an den Tag gelegt. Er trug ein tailliertes dunkelblaues Samtjackett über einer dezenten Weste, eine enge hellbraune Kniehose, Seidenstrümpfe und Abendschuhe mit silbernen Schnallen. Es hatte ihn eine Unmenge an Zeit und Flüchen gekostet, die beabsichtigte Fülle der kunstvoll geknoteten Krawatte hinzubekommen. Das lange Haar war im romantischen Stil eines prärevolutionären französischen Höflings mit einem schwarzen Band im Nacken zusammengebunden.

Lange hatte er darüber nachgedacht, ob er seinen spektakulären Rubinring tragen sollte. Natürlich war ihm bewusst, dass der Versuch, eine Schauspielerin auszustechen, eine unverzeihliche Sünde war und er aufpassen musste, um ihren Schmuck nicht in den Schatten zu stellen. Andererseits wollte er sich als geheimnisumwitterter Mann von Wohlstand präsentieren, und der Rubin war so etwas wie sein Aushängeschild.

Thomas brachte die Kutsche vor Edwins bezauberndem Landhaus in den Ausläufern von Woolloomooloo Bay zum Stehen. Es war umgeben von einem englischen Bauerngarten mit vielen Orangen- und Pfirsichbäumen, in dem sich lärmende Vögel tummelten. Das anglokeltische Flair des Gartens wurde gemildert von einheimischen Büschen und üppigen Palmettopalmen, jener Spezies, der die Kolonie die Begeisterung für Hüte aus geflochtenen Palmettopalmblättern verdankte.

Marmaduke benutzte den Türklopfer und hoffte, dass Edwins bettlägerige Mutter nicht ausgerechnet heute Abend einen ihrer vorhersehbaren hypochondrischen Anfälle bekäme, mit denen sie ihren Sohn daran hindern wollte, an gesellschaftlichen Ereignissen teilzunehmen, wenn sie die Gefahr witterte, er könnte dort heiratsfähige Frauen kennen lernen. Marmaduke war sich bewusst, dass die Aufopferung seines Kumpels noch dazu führen würde, dass er – wenn überhaupt – erst nach dem Tod seiner Mutter an eine Heirat denken konnte.

Ich wäre froh, wenn Edwin glücklich verliebt oder gar verheiratet wäre – aber das ist eine ziemlich unwahrscheinliche Aussicht, wenn man sich vor Augen hält, wie berühmt Mrs Bentleighs Vorfahren für ihre Langlebigkeit waren.

Edwins müde Begrüßung und die gefasste Enttäuschung, die von ihm ausging, überraschten Marmaduke nicht.

»Du brauchst gar nichts zu sagen, Kumpel. Der Zustand deiner hochverehrten Mutter hat sich dramatisch verschlechtert. Aber ich bin so egoistisch, dass du mich wenigstens bis zum Ausgangspunkt begleiten musst, nicht nur weil ich mich über deine Gesellschaft freuen würde, sondern auch, um mir zu helfen, meine Pläne voranzubringen.«

»Ich nehme an, dass die Aussicht auf eine bevorstehende Hochzeit deine letzten Techtelmechtel noch dringender erscheinen lässt. Nicht, dass ich selbst je eins von beidem genießen werde. Mutter ist überzeugt, dass sie die Nacht nicht überleben wird«, setzte er trübsinnig hinzu.

»Jede Wette, dass sie dich heute Abend doch noch von der Kette lässt, Kumpel.« Marmaduke nahm zwei Stufen auf einmal und blieb auf dem Absatz stehen, um hinzuzufügen: »Worauf wartest du, Edwin? Zieh dir ein bisschen was Eleganteres an als diese langweilige Anwaltstracht.«

Als Marmaduke eine halbe Stunde später die Tür hinter sich schloss, saß Edwin sauber gekämmt im Abendanzug da und wirkte ein wenig verwirrt.

»Was um Himmels willen hast du mit Mutter angestellt? Ich habe sie lachen hören.«

»Ich habe ihr bloß den ganzen Tratsch erzählt, den ich letzte Woche beim Abendessen mit Rupert Grantham zu hören bekam. Es sind dermaßen verleumderische Geschichten, dass nicht einmal *The Australian* es wagen würde, sie abzudrucken. Außerdem habe ich deiner Mutter erklärt, dass du mich zu meinem ersten Freimaurer-Abendessen mitnimmst, also keine Frauen, versteht sich. Guck nicht so belämmert, es war meine Lüge, nicht deine! Und jetzt lass uns aufbrechen. Eine Legende wie Josepha St. John lässt man nicht warten!«

In der halbrunden Einfahrt des georgianischen Herrenhauses drängten sich die Kutschen, denen Angehörige der oberen Gesellschaft in Abendgarderobe entstiegen. Marmaduke führte Edwin durch den protzigen Saal zu zwei nebeneinanderstehenden Stühlen, von denen sie einen perfekten Blick auf die Vorstellung haben würden.

Marmaduke lauschte aufmerksam Edwins Bericht von der wahren Geschichte des Gefangenen, den sie nicht hängen konnten. Am Tag seiner Exekution stand er auf dem Galgen und wurde gehängt. Doch dann riss der Strick. Sie versuchten es noch einmal. Als der Strick zum dritten Mal riss, erklärte man den Fall zu einem Naturereignis und ließ den Verurteilten laufen.

»Da hat er Glück gehabt«, meinte Marmaduke schließlich zerstreut. Er hatte Mrs Cagney entdeckt, die geradewegs auf ihn zusteuerte. Ihr Mann war stehen geblieben, um sich mit einem der Gäste zu unterhalten. Da er nicht sicher war, wie man der kolonialen Etikette folgend eine ehemalige »süße Dame« korrekt begrüßte, nickte er diskret. Sie dagegen sah durch ihn hindurch, als wäre er gar nicht da.

»Du kennst doch Sean Cagneys Frau, oder?«, fragte Edwin überrascht.

»Eine Verwechslung, nehme ich an.« Marmaduke war pikiert, zuckte jedoch die Achseln, als ihm einfiel, was sie ihm zum Abschied gesagt hatte. »Ich werde dich nie vergessen, Liebster.«

Cagney hat sie nicht nach England zurückgeschickt, also habe ich wohl alles richtig gemacht.

Das Stimmengewirr verstummte, als der graubärtige Gastgeber eine Einführung für die »Künstlerin Terpsichore« gab, die »mit der Opernstimme des Jahrhunderts gesegnet ist«.

»Ich vermute, dass er Apollo meint«, zischte Marmaduke Edwin zu. »Nicht die Göttin des Tanzes. Aber wer weiß? Vielleicht liefert uns Madame ja eine Arie *en pointe*.«

Josepha St. John betrat den Raum am Arm ihres gut aussehenden, italienischen Pianisten Federico. Marmaduke sprang auf und spendete Beifall, in den das Publikum begeistert einfiel. Genau wie er beabsichtigt hatte, zog diese Geste den Blick der Sängerin auf sich.

Marmaduke bezweifelte, dass alle Gerüchte der Wahrheit entsprachen, doch nun, da er Zeit hatte, sie ohne die Reihe von Rampenlichtern zu betrachten, war er überzeugt, dass an Josepha St. Johns Zauber nichts Übertriebenes war. Sie war die perfekte Verkörperung seiner Idealfrau. Dunkelhaarig, mit vollen

Brüsten, eine füllige Schönheit, die Goya sich vielleicht als Modell ausgesucht hätte – nach Möglichkeit barbusig.

Ihre Sprechstimme mit dem irischen Anflug eines amerikanischen Akzents war voller Versprechungen. Im Gegensatz dazu offenbarte ihre Singstimme Hinweise auf die zahlreichen anderen Länder, die sie auf dem Weg zum Ruhm besucht hatte. Zwar sprach Marmaduke nicht fließend Italienisch, Französisch oder Deutsch, hatte jedoch ein feines Gespür dafür und registrierte Spuren eines italienischen Akzents, als sie Heinrich Heines romantische Lyrik sang, aber auch den preußischen Unterton in ihren italienischen Arien und einen charmanten französischen Tonfall, wenn sie in Englisch sang. Diese winzigen Makel fand er eher reizvoll als schädigend für ihren Auftritt.

Die Gesten ihrer blassen, mit Ringen geschmückten Hände waren so zart wie die flatternden Flügel eines Schmetterlings, und das Publikum seufzte, wenn sie bei einem leidenschaftlichen Liebeslied die Hand auf die Brust legte. Ihre Augen waren Teiche voll dunkler Magie. Im sanften Schein der Öllampen schimmerte ihre Haut. Die Illusion, die sie ausstrahlte, war die einer Schönheit, der die Zeit nichts anhaben konnte.

Für Marmaduke war sie eine faszinierende Gaunerin, eine Geliebte, die es wert war, erobert zu werden – wenn es die Anforderungen ihrer internationalen Karriere erlaubten.

Nach drei Zugaben breitete Josepha St. John die Arme aus, als wollte sie ihr Publikum theatralisch umarmen. Dies gewährte den Herren gleichzeitig einen Blick auf ihr tief ausgeschnittenes Dekolletee und bot den Damen Gelegenheit, das herrlich glitzernde Collier zu bewundern, das Gerüchten zufolge von unschätzbarem Wert war.

Sie senkte den Kopf und vollführte einen tiefen Knicks, um sich für den glühenden Beifall zu bedanken, dann verließ sie den Saal am Arm ihres Pianisten. An der Tür blieb sie stehen, um dem Publikum ein letztes trauriges Mal zuzuwinken, als müsste sie sich von einem Liebhaber verabschieden.

Ich habe das Gefühl, dich schon jetzt zu kennen. Ein Publikum, das deine Talente zu würdigen weiß, wird deinem Herzen immer näherstehen als ein Mann, den du mit ins Bett nimmst.

Marmaduke wechselte ein paar hastige Worte mit Edwin. »Ich muss die Gelegenheit ergreifen, die Dame kennen zu lernen, Kumpel. Los komm, komm mit.«

Edwin entschuldigte sich unter dem Vorwand, morgen einen Klienten im Gefängnis besuchen zu müssen.

»Für dich steht das Gesetz wohl immer an erster Stelle, wie? Nun, in diesem Fall wird Thomas dich nach Hause bringen und mich später wieder abholen kommen.«

»Na dann, viel Glück«, gab Edwin knapp zurück. »Aber irgendetwas sagt mir, dass du es gar nicht brauchst. Ich glaubte zu sehen, wie Madames Blick bei den letzten Liedern immer wieder zu dir zurückschweifte.«

Marmaduke begleitete Edwin zur Kutsche und kehrte dann ins Haus zurück, entschlossen, keine förmliche Vorstellung anzustreben und damit ihre Ablehnung zu riskieren. Seine Größe und seine vorgetäuschte Autorität gestatteten ihm, sich an den vornehmen Gästen vorbeizudrängen, die den Gang verstopften.

Mit einer Verbeugung überreichte er seine Visitenkarte der Garderobiere. »Madame erwartet mich.«

Josepha St. John saß vor einem großen Spiegel, bereit, in dem großen Raum, der ihr als Garderobe diente, Hof zu halten. Die Tür stand einen Spalt offen. Ohne zu warten, dass er hereingebeten wurde, trat Marmaduke mit ausgebreiteten Armen ein, als wollte er sich der Gnade der Diva ausliefern.

»Ich bitte um Verzeihung, Madame St. John, aber ich war nicht standhaft genug, um zu warten, bis unser Gastgeber uns einander vorstellt.« Er verbeugte sich tief, um ihr die Hand zu küssen, und konnte nicht umhin, den in einen florentinischen

Goldreif eingelassenen, sagenumwobenen Diamanten zu bemerken. Er war tatsächlich sehr schön und sehr groß. Nur ein Kenner würde merken, dass er eine Fälschung war.

»Stets zu Diensten, Madame. Marmaduke Gamble.«

»Ah, Sie sind also der Gentleman mit den Blumen«, sagte sie und lächelte schwach. Er folgte ihrem Blick zu dem Bukett, das er ihr hatte schicken lassen. Leider hatte die Blumensprache keine Möglichkeit, ihr verschlüsselt zu sagen: *Ich sterbe, wenn du mich nicht in dein Bett lässt.* Doch Marmaduke erkannte am Blick ihrer dunklen Augen, dass sie auch so verstanden hatte, was er sagen wollte.

Sein Lob war vollkommen aufrichtig gemeint. »Sie haben mich heute Abend und auch bei jeder anderen Vorstellung, die ich seit Ihrer Ankunft in der Kolonie erleben durfte, in Ihren Bann gezogen. Ich bin kein Mann von schönen Worten, Madame, aber Ihr Ruhm verblasst vor der atemberaubenden Wirklichkeit Ihrer Gegenwart.«

Josepha St. John senkte den Kopf wie eine Königin, die den Tribut eines Höflings entgegennimmt. »Für jemanden, der kein Mann von schönen Worten ist, besitzen Sie eine bemerkenswerte Zungenfertigkeit, junger Mann.«

Marmaduke bildete sich ein, eine leichte Betonung auf dem Wort *Zungenfertigkeit* gehört zu haben, gab sich jedoch unschuldig. »Ich muss gestehen, eine Sache hat mich enttäuscht. Darf ich es aussprechen?«

»Bitte«, erwiderte sie kühl, er jedoch erkannte ein wachsames Funkeln in ihren Augen.

»Ihr legendärer Diamantring wird der Echtheit und Schönheit Ihres Auftritts nicht gerecht, Madame.«

Ihre Augen blitzten warnend auf. Er sank auf ein Knie und ergriff ihre Hand mit einem spielerischen Lächeln, von dem er hoffte, dass es das zarte Gleichgewicht zwischen Flirt und Ehrlichkeit aufrechterhielt. »Ihr Geheimnis wird mit mir sterben.

Aber ich bitte Sie, Ihr Herz nicht zu verhärten. Sie haben die Macht, mich zum Tode zu verurteilen. Es sei denn, Sie versprechen, dass diese erste Begegnung nicht die letzte sein wird – und wir beim nächsten Mal allein sind.«

Josepha legte den Kopf in den Nacken, um die perfekt geschwungene Linie des Halses zu offenbaren. Das Lachen, das sie zweifellos für die Bühne einstudiert hatte, war entzückend. »Sie sind entweder sehr frech oder aber ein junger Mann, der das Glück hat, die Zukunft vorherzusehen. Vielleicht begegnen wir uns einmal wieder, Mr Gamble. Wer weiß?«

Marmaduke deutete es als ein Versprechen in ihren Augen, als sie sich den drei Männern zuwandte, die sie mit Lob überschütteten, darunter dem bärtigen Bankier, der ihr Gastgeber war. Marmaduke zog sich lächelnd rückwärts zur Tür zurück, ohne ihren Blick loszulassen, als er den Raum verließ.

Wenige Augenblicke später übergab ihm die Garderobiere diskret eine Karte. »Meine Herrin lässt Ihnen ausrichten, Sie mögen sie morgen Früh um elf unter dieser Adresse aufsuchen.«

Mein Gastgeber hat die Dame also noch nicht »erobert«. Aber ich muss vorsichtig vorgehen. Er hat mich sofort als Rivalen um ihre Gunst erkannt. Sein Vorteil ist, dass er der Präsident der reichsten Bank in der Kolonie ist. Ich hingegen habe zwei *Vorteile.*

Er war sich sicher, dass Josepha ihm vertraute; natürlich würde er das Geheimnis ihres falschen Diamanten nicht verraten. Den anderen Vorteil hatte er aus einer Geschichte von Giacomo Casanova gelernt: Wenn man eine Frau ins Bett locken will, muss man sie zum Lachen bringen. Und das war Marmaduke bereits gelungen.

Kaum hatte er die Karte der Garderobiere eingesteckt, erwischte es ihn. Irgendwer hatte ihn gepackt und schleuderte ihn jetzt unsanft durch eine Tür, hinter der er zu Boden fiel. Sein aufgebrachter Angreifer schlug die Tür hinter sich zu, stellte

Marmaduke einen Fuß auf die Brust und hielt ihm eine Messerklinge an die Kehle.

»Guten Abend, Mr Cagney. Hier scheint eine Verwechslung vorzuliegen«, sagte Marmaduke höflich.

»Ich weiß, was du mit meiner Frau getrieben hast!«

»Was immer Ihre verehrte Frau gesagt hat, Sie werden ihr mehr Glauben schenken als mir, aber …«

»Lüg mich nicht an! Ich habe dich in meinem Garten herumschleichen sehen!«

Marmaduke unterdrückte ein nervöses Lachen. Der Mann war so wütend, dass eine falsche Bewegung genügte, und das Messer würde ihm die Luftröhre durchtrennen. »Was genau meinen Sie, Sir?«

»Meine Frau ist schwanger!«

»Verstehe«, antwortete Marmaduke vorsichtig. Er freute sich aufrichtig, hatte jedoch das Gefühl, dass jede Art von Glückwunsch ihn noch mehr belasten würde. Für eine Szene wie diese gab es keine Regeln der Etikette.

Sean Cagney bebte vor Wut. »Ich müsste dich umbringen!«

»Wenn Sie das tun, können Sie bestenfalls auf eine einfache Fahrkarte zu den Norfolk Islands hoffen. Das aber wäre ein tragischer Fehler für Sie und Mrs Cagney, denn dann würden Sie nie wieder die Freiheit haben zu sehen, wie Ihr Kind heranwächst und Ihnen *wie aus dem Gesicht geschnitten ist*!«

»Was?«

»Ich bin nicht der Vater des Kindes. Ich gebe zu, dass ich während Ihres Aufenthalts in Van Diemen's Land, wo Sie Ihren *Privatgeschäften* nachgingen, Ihre Frau besucht habe. Sie war verzweifelt bei dem Gedanken, Sie an Ihre Geliebte verlieren zu können. Ich habe mein Bestes getan, sie aufzuheitern, habe Tee mit ihr getrunken und die seltenen Pflanzen in Ihrem Gewächshaus bewundert. Mrs Cagney sprach von nichts anderem als ihrer Liebe zu Ihnen und nur Ihnen.«

Marmaduke entging die plötzliche Unsicherheit in Cagneys Augen nicht. »Wenn Ihre Frau volle neun Monate nach Ihrer Rückkehr aus Van Diemen's Land das Kind zu Welt gebracht hat, wird die ganze Welt wissen, dass Sie der Vater sind. Und falls das eine Lüge ist, können Sie sich dann immer noch mit mir duellieren.«

»Ich soll mich mit Ihnen duellieren? Diese Genugtuung steht nur Gentlemen zur Verfügung. Nicht dem Sprössling eines Emanzipisten.«

Marmaduke dachte einen Augenblick über diese Beleidigung nach. »Ja, stimmt, ich bin kein Gentleman. Aber ebenso stimmt es, dass Sie der wahre Vater des Kindes sind, das Ihre Frau zur Welt bringen wird. Ich wünsche Ihnen alles Gute, Sir.«

Cagney stapfte aus dem Zimmer und ließ Marmaduke auf dem Boden liegen.

Was für eine Ironie des Schicksals, wenn ich für den einzigen uneigennützigen Ehebruch meines Lebens ermordet würde. So Gott will, kommt das Kind nicht zu früh. Und ähnelt Cagney wirklich.

Als Marmaduke in seine Kutsche stieg, warf er einen Blick auf seine goldene Taschenuhr. Es blieben ihm nur wenige Stunden Schlaf bis zu seinem ersten Rendezvous mit Josepha St. John. Er wusste, dass sie morgen Abend keine Vorstellung gab. Der Montag war ihr traditioneller Ruhetag. Marmaduke versprach sich, ihr keine Ruhe im Bett zu lassen.

Wie wundervoll, eine Frau zu finden, die die Spielregeln kennt.

ZEHN

Schon als sie die *Susan* zum ersten Mal vor Anker liegen sah, wusste Isabel, dass ihre Familie sie hintergangen hatte. An dem 572 Tonnen schweren Schiff selbst war nichts ungewöhnlich. Es war ein wuchtiges, solide gebautes Gefährt aus Teakholz, das seit einundzwanzig Jahren als indisches Handelsschiff gedient hatte, und entsprach vollkommen dem ausgezeichneten Ruf der Schiffswerften von Kalkutta, Gegenspielern der britischen Ostindienfahrer. Die *Susan* hatte außerdem einen anständigen Kapitän und einen Arzt an Bord.

Isabels Schock beruhte auf der Entdeckung, dass sie eine von nur zwei Passagieren an Bord war. Noch mehr entsetzte sie die Fracht der *Susan*. Das Schiff unternahm seine erste Reise nach New South Wales als Sträflingstransporter mit dreihundert männlichen Gefangenen an Bord!

Während der ersten Woche der Reise hatte Isabel ihre Kajüte nicht verlassen, überwältigt von der Erkenntnis, dass ihr Leben erneut manipuliert worden war und man sie über die Details im Dunkeln gelassen hatte. Langsam aber hatte sie sich aus reiner Neugier immer mehr auf den dramatischen Anblick und die ungewöhnlichen Geräusche eines Gefangenentransports eingelassen. Sie war entzückt, als sie feststellte, dass ihr einziger Mitpassagier Murray Robertson, ein sanftmütiger Schotte, ein oder zwei Jahre älter als sie, ebenfalls ein Bücherwurm war und keine Spur weltgewandter als sie. Auch ihn hatte man mit der *Susan* fahren lassen, weil die Passage billiger war als auf regulären Passagierschiffen.

Die Reise über die Madeira-Route war nicht ohne Katastrophen verlaufen. Acht Gefangene waren gestorben, bis schließlich auch der Arzt an Fieber erkrankte und im nächsten Hafen ausgetauscht werden musste.

Der heutige Tag sollte der letzte ihrer siebzehnwöchigen Überfahrt sein, die, wie man ihr versicherte, unter den gegebenen Umständen äußerst rasch verlaufen war.

Isabel empfand einen gewissen Stolz, dass sie ihre Angst vor dem Ozean gemeistert hatte und nicht seekrank geworden war wie so viele Gefangene an Bord. Trotz ihrer Nervosität angesichts eines unbekannten Bräutigams am Ende der Reise wartete sie aufgeregt auf den ersten Blick auf die großen Landspitzen am Eingang von Port Jackson.

Die Kopien alter Karten, die sie in der Bibliothek von de Rolland Park studiert hatte, zeigten die ungefähren Umrisse des geheimnisvollen, riesigen Kontinents, den spanische, portugiesische und holländische Seefahrer über Jahrhunderte hinweg fragmentarisch kartografiert und unterschiedlich benannt hatten: Südkontinent, Neuholland oder Terra Australis Incognita. Keiner dieser Entdecker hatte Ansprüche darauf angemeldet, bis ein Mann aus Yorkshire, Kapitän James Cook, vor weniger als fünfzig Jahren die gesamte Ostküste kartografiert hatte. 1788 hatte Gouverneur Arthur Phillip mit der *First Fleet* die ersten Sträflinge transportiert und die Flagge gehisst, um das Land im Namen der britischen Krone in Besitz zu nehmen. Isabel machte sich keinerlei Illusionen über die Hauptattraktion, die es für die Briten darstellte.

Nicht mehr als ein nützlicher Abladeplatz für unsere Häftlinge, nachdem der arme alte Georg III. unsere amerikanischen Kolonien verloren hat. Und jetzt bin sogar ich hier zu lebenslanger Haft verurteilt.

Durch das Bullauge sah sie Regenschwaden, die steuerbords an ihr vorbeiwirbelten, während die gewaltigen Wellen des Pazifischen Ozeans die *Susan* hin und her warfen wie eine schutzlose Wiege.

Bevor sie nach oben an Deck ging, wickelte sie sich ein Öltuch als Schutz gegen den Sturm um die Schultern und warf noch einen kurzen Blick auf Marthas graues Reisekostüm, das wild auf seinem Bügel hin und her schaukelte. Das würde sie tragen, wenn sie von Bord ging. Ihre Brautausstattung aus Paris war sicher im Frachtraum verstaut und würde ihr erst kurz vor der Ankunft ausgehändigt. Sie würde Marthas Kostüm als Zeichen ihrer Verbundenheit tragen und auch, damit es ihr Kraft spendete, wenn sie die Kolonie zum ersten Mal betrat.

Isabel spürte den Nachgeschmack bitterer Ironie bei der Vorstellung, dass sie willkommen wäre, während die Verzweiflung der zweihundertzweiundneunzig überlebenden Strafgefangenen kaum vorstellbar sein musste. Sie waren für Vergehen hierher verfrachtet worden, die von Taschendiebstahl bis zu Gewerkschaftsdemonstrationen reichten. Mörder gab es nicht an Bord – sie waren dem Transport entgangen, weil man sie gehenkt hatte.

Offiziell werde ich als »Freie« in der Passagierliste geführt, aber in Gottes Augen bin ich nicht besser als die Sträflinge an Bord.

Als sie tapfer an Deck stieg, stieß sie dort auf Murray Robertson, der sie schon erwartete. Ihre Freundschaft hatte begonnen, als er entdeckte, dass sie die Rolle der Rosalind aus *Wie es euch gefällt* lernte. Ihre gemeinsame Bewunderung für Shakespeare und Sir Walter Scott hatte einen Bund zwischen ihnen geschmiedet.

Der junge Schotte klammerte sich an der Reling fest und beugte sich gegen den Wind. Er trug einen Wintermantel mit Umhang und eine der farbigen Baskenmützen, mit denen er schon während der ganzen Reise herumgelaufen war. Er begrüßte Isabel mit einem breiten Grinsen und zeigte auf das einzig sichtbare Zeichen der Zivilisation, den weißen Leuchtturm am South Head, der seinen beruhigenden Lichtstrahl über das Wasser warf.

»Das also ist New South Wales. Scheint ein guter Platz für eine Strafkolonie zu sein«, meinte sie trocken.

»Aye, Miss. Mich hat auch keiner gefragt, ob ich hierher will.«

Murray war der fünfte Sohn einer großen Familie von Highlandern, den man »in die Kolonien« schickte, ausgerüstet mit einer Taschenuhr seines Vaters und einem Einführungsschreiben für einen entfernten Verwandten aus seinem Clan, einen wohlhabenden Landbesitzer, den Murray als »Landbesetzer« bezeichnete. In Isabels Ohren klang das anrüchig, beinahe gesetzlos.

»Ich soll draußen im Busch sogenannte ›koloniale Erfahrungen‹ machen. Vermutlich werde ich auf dem Anwesen herumreiten und aufpassen, dass die Arbeiter ihre Aufgaben nicht vernachlässigen. Das Problem ist nur, dass ich bislang nicht viel Gelegenheit zum Reiten hatte.«

»Ihre Familie kann sich glücklich schätzen, einen hart arbeitenden, loyalen Burschen wie Sie zu haben, der ihnen bei der Arbeit hilft.«

Murray blinzelte, als er das Kompliment hörte. »Und was ist mit Ihnen, Miss Isabel? Verzeihen Sie meine Neugier, aber sind Sie zufrieden mit den Briefen von Ihrem Verlobten?«

»Er hat mir nie welche geschrieben. Und ich ihm auch nicht. Unsere Ehe wurde arrangiert.«

»Aye«, sagte er vorsichtig. »Haben Sie irgendwelche Pläne? Abgesehen von der Hochzeit natürlich.«

»Vermutlich wird es in einer Sträflingskolonie kein Theater geben, oder?«, fragte sie hoffnungsvoll.

»Ich habe gelesen, dass in den ersten Jahren die Sträflinge und das Militär Stücke für ein Sträflingstheater produziert haben. Aber der letzte Gouverneur – Darling – hat Theaterlizenzen verboten, um zu verhindern, dass die Strafgefangenen mit den freien Siedlern Kontakt haben.«

»Was für ein Heuchler!«, rief Isabel in den Wind. »Keine Theater? Kein Shakespeare? Ich habe wirklich immer nur Pech.

Zum ersten Mal im Leben hätte ich genügend Geld, um ins Theater zu gehen, und der Gouverneur verbietet es, um Leute wie mich zu *schützen*!«

»Machen Sie sich nichts draus! Ich hab gehört, der neue Gouverneur soll Ire sein und liberale Vorstellungen vertreten – er kämpft sogar für die Gleichheit von Katholiken und Protestanten. Angeblich ist er mit dem großen Edmund Burke verwandt.«

Isabel war auf der Hut. »Hat Edmund Burke nicht im Parlament Reden gehalten, um den amerikanischen Kampf um Unabhängigkeit zu unterstützen? Und hegte er nicht Sympathien für die Französische Revolution?«

»Aye, er ist ein Verfechter der Menschenrechte. Aber er hat sich nicht für die Exzesse der Französischen Revolution starkgemacht, die Hinrichtung der Aristokraten mithilfe der Guillotine etwa.«

Isabel berührte ihren Hals und fragte sich, was die Franzosen wohl von den Plantagenets hielten. Und wie mochten die frei Geborenen in der Kolonie dazu stehen, Leute wie ihr zukünftiger Mann?

»Sind die Gerüchte wahr? Gibt es hier Fraktionen, die an dieselben republikanischen Vorstellungen glauben, die auch die Französische Revolution und die Schreckensherrschaft verursachten?«

»Ich glaub ja eher, dass die Kolonisten mit der amerikanischen Haltung sympathisieren. Erst Druck auf die Briten ausüben, um die Gesetze zu ändern. Wenn das nicht gelingt, als letztes Mittel die Unabhängigkeit erkämpfen.«

Isabel schnappte nach Luft. »Lieber Himmel, Murray, Sie hören sich an, als stünden Sie auf Seiten der rebellischen Yankees. Hätten Sie etwa auf ihrer Seite gegen unsere Rotröcke gekämpft?«

Murray lächelte kläglich. »Ich bin Highlander. Wir blicken

auf eine lange Geschichte zurück, in der wir für unsere Rechte gegen die Engländer kämpfen mussten.«

Bei dem Gedanken an ihr eigenes unmögliches Streben nach Unabhängigkeit stieß Isabel innerlich einen Fluch gegen Gott aus.

Du hast einen großen Fehler gemacht, als du mich in diesen Körper gesteckt hast. Ich hätte als Mann zur Welt kommen müssen!

Der Streifen Land, der zwischen dem Himmel und dem Ozean sichtbar wurde, wurde größer, als sie sich den Landspitzen näherten, die die Mündung des Hafens beschützten. Plötzlich rissen die Sturmwolken auf und gaben den Blick auf das intensive Blau des Himmels frei. Isabel kehrte in ihre Kajüte zurück, um sich auf das vorzubereiten, was auch immer jenseits dieser Landspitzen auf sie wartete.

Isabel befreite sich mühevoll von dem durchnässten Baumwollkleid, das an ihrer Haut klebte, und ersetzte es durch ihren letzten Unterrock und Mieder. Sie hatte London an einem kalten Märztag verlassen, der offiziell schon in den Frühling fiel, doch in der Kolonie mit ihren umgekehrten Jahreszeiten war es jetzt mitten im Winter, und sie hatte nur ein einziges anständiges Kostüm. Würde sie in dem schweren Kammgarn nicht schwitzen?

Sie betrachtete sich in dem einzigen Stück Spiegel, das die stürmische Reise überstanden hatte. Das gesplitterte Dreieck zeigte ein bleiches Gesicht, das sie während der gesamten Reise vor der Sonne geschützt hatte. Ihre angespannten Züge wurden beherrscht von blaugrünen Augen mit dunklen Ringen und einer Stupsnase, mit der sie sich nie im Leben abfinden würde. Marthas Prophezeiung fiel ihr wieder ein: »Du wirst zu einer Schönheit erblühen, wenn du am wenigsten damit rechnest, Isabel.«

Stattdessen bin ich gefangen in einer großen, knochigen Figur, die besser zu einem Jungen passen würde. Zu denken, dass ich als Kind so naiv war, um von Liebe und Ehe zu träumen!

Was hatte Onkel Godfrey einmal gesagt? »Als de Rolland kann man nicht erwarten, die widersprüchlichen Befindlichkeiten von Liebe und Ehe im Einklang erleben zu können.«

Instinktiv berührte Isabel ihre flache Brust und erinnerte sich daran, als die Hände eines Mannes sie zum ersten Mal berührt und die winzigen Knospen der Brustwarzen betastet hatten. Im Geiste hörte sie sein drängendes Flüstern: »Du bist für mich gemacht, Isabel. Kein anderer Mann wird dich so lieben wie ich.«

Isabel verdrängte die Stimme aus ihrem Bewusstsein. Sie beschloss, sich aufzuheitern, indem sie den Inhalt der großen Metalltruhe inspizierte, die während der ganzen Reise unter Verschluss gehalten worden war, damit ihre Brautausstattung bei der Ankunft noch genauso makellos war wie beim Einkauf. Auf dem Deckel stand in sorgfältig gepinselten Lettern: Miss I. de Rolland. London nach N.S.W. 1833.

Als sie die Truhe zum ersten Mal aufschloss, erstarrte sie.

Das also habe ich von George Gamble zu erwarten. Wertlos – wie alle Versprechen der Männer.

Nicht ein einziger Artikel war neu. Alle waren jahrelang von ihr selbst getragen worden, aus den meisten war sie längst herausgewachsen. Sie hatte sich siebzehn Wochen lang mit zwei Kleidern begnügt, und nun das!

Sie wühlte sich bis zu dem falschen Boden der Truhe vor und rettete ihre Schätze. Die Bibel und die *Gesammelten Werke von William Shakespeare*, beide mit dem Namen Walter de Rolland im Exlibris des Vorsatzblatts. Diese Bücher waren ihre letzte greifbare Verbindung mit ihrem Vater und England. Dann drückte sie das Album an die Brust, in das sie sorgfältig alle Rezensionen von Edmund Keans Vorstellungen geklebt hatte, selbst die Ausschnitte aus dem Verfahren, das der Ehemann seiner Geliebten Charlotte Cox gegen ihn angestrengt hatte. *Armer Edmund.*

Als sie es aufschlug, fand sie einen Umschlag mit der Aufschrift: »Für meine geliebte Cousine Isabel« und fuhr angesichts von Silas' seltsam krakeliger Handschrift unwillkürlich zusammen. Da man sie selbst um ihre Pariser Brautausstattung betrogen hatte, glaubte sie nicht, dass er Geld enthielt. Warum hatte Silas sich dann solche Mühe gegeben, den Brief zu verstecken? Insgeheim kämpfte sie mit sich, ob sie ihn öffnen sollte oder nicht.

Er will sein heimliches Spiel fortsetzen. Wenn ich ihn aufmache, werde ich weiterhin seine ängstliche kleine Maus sein. Nein, Silas! Ich will nicht mehr leiden.

Mit zitternden Händen fand sie schließlich die Kraft, ihn in die Truhe zurückzulegen, und warf rasch einen Stapel von abgetragener Kleidung darüber, bevor sie sie wieder abschloss.

Den Schlüssel verbarg sie in der Reisetasche, die jetzt ihre drei hochgeschätzten Bücher und ein paar Stücke Unterwäsche enthielt, und schlüpfte hastig in das Reisekostüm.

Als sie erneut ihr Bild im Spiegel inspizierte, kniff sie sich in die Wangen, um ihnen ein wenig Farbe zu geben, strich sich übers Haar und band die Schleifen ihrer Haube entschlossen unter dem Kinn zu. Sie wusste, wie sehr ihr das Miniaturporträt geschmeichelt hatte. Wahrscheinlich würde ihr Bräutigam enttäuscht sein.

Was für ein Mann war er wohl? Im schlimmsten Fall stellte sie sich Marmaduke Gamble als ungeschliffenen kolonialen Bauernlümmel vor, der sie barfuß und schwanger in einer Hütte in der Wildnis sitzen ließ. Wenn aber der gesunde Menschenverstand überwog, kam sie zu dem Schluss, dass sie als Frau des begüterten Sohns eines ehemaligen Strafgefangenen mit einem erträglichen Maß an Bequemlichkeit rechnen durfte.

Doch sicher werden wir uns über kaum mehr als Wolle und Vieh unterhalten können.

Es irritierte sie, dass der alte Gamble es abgelehnt hatte, ein

Porträt seines Sohnes zu schicken. Was um alles auf der Welt stimmte nicht mit ihm? Die Anwälte hatten ihn verächtlich als »Einheimischen« bezeichnet. Was bedeutete das? Ob er überhaupt Englisch sprach? Oder war er mit der Sprache der Aborigines aufgewachsen? Isabel wurde schlecht bei dem Gedanken an einen unbekannten, fremdartigen Mann, der sie erwartete. Einen Körper, den sie für den Rest ihres Lebens in ihrem Bett ertragen musste!

Ich habe keine Rechte. Kein Geld. Keine Fluchtmöglichkeit.

Als sie den Schatten der Angst in ihren Augen sah, warf sie ihrem Spiegelbild ein falsches Lächeln zu. *Worüber mache ich mir Sorgen? Die heutige Generation der de Rollands besteht vielleicht aus Schurken, trotzdem wird mein Stammbaum auf eine Familie mit dem Makel des ehemaligen Sträflings immer noch großen Eindruck machen. Wahrscheinlich erwarten sie, dass ich diesem Marmaduke Gamble beibringe, wie man sich am Tisch des Gouverneurs benimmt. Aber wie kann ich aus einem Ackergaul ein Rennpferd machen? Ich bin eine de Rolland, keine Wundertäterin!*

Sie griff nach ihrer Reisetasche und rannte an Deck. Beim Anblick der unglaublichen Schönheit und Größe des Hafens stockte ihr der Atem. Doch noch ehe sie Zeit hatte, die Einzelheiten auf sich einwirken zu lassen, nahm sie verblüfft einen jungen Mann wahr, der auf dem Wasser zu gehen schien!

Unweit des Ufers stand er reglos auf einem Stück Boot, das aussah wie die Rinde eines treibenden Baumstamms. Er war schmal, dunkelhäutig und hatte lange Gliedmaßen und ein ebenmäßiges Gesicht, aus dem weiße Zähne blitzten. Ein Arm war über den Kopf erhoben und hielt einen Speer, den er nun ins Wasser schleuderte, um einen großen Fisch zu töten.

Erst jetzt registrierte Isabel, dass der Junge völlig nackt war, bis auf ein knappes Stück Stoff zwischen den Beinen, nicht größer als ein Taschentuch. Hastig bedeckte sie ihr Gesicht, konnte es sich allerdings nicht verkneifen, durch die Finger zu spähen.

Es war der erste nackte männliche Körper, den sie je gesehen hatte. Seine Schönheit war schockierend.

Als sie sah, dass ein älterer Seemann, mit dem sie hin und wieder ein paar Worte gewechselt hatte, auf sie zukam, ergriff sie die Gelegenheit beim Schopf. Sie ging ihm mit einem selbstbewussten Ausdruck entgegen, von dem sie hoffte, dass er einer Dame wie ihr angemessen war.

»In meiner Kabine befindet sich eine nutzlose alte Truhe, Sir. Sie hat weder für mich noch für sonst jemanden irgendeinen Wert. Wären Sie bitte so freundlich, sie bei nächster Gelegenheit über Bord zu werfen? Vielen Dank für Ihre Mühe.«

Sie streckte die behandschuhte Hand aus und reichte ihm eine Münze. Sie hoffte, dass er sie weder als Kränkung noch als übertrieben viel ansah. Sie hatte nur selten die Möglichkeit gehabt, mit Geld umzugehen. In jedem Hafen, den sie anliefen, hatte sie die beunruhigend wenigen Münzen in ihrem Geldbeutel zusammengehalten. Letztendlich hatte sie keine Ahnung, was gesellschaftlich akzeptabel war.

Der alte Seebär mit den leuchtend blauen Augen und dem wettergegerbten Gesicht verzog den Mund zu einem Grinsen, als er die angebotene Münze zurückwies.

»Nicht nötig, junge Dame. Ich werfe die Truhe über Bord, noch ehe wir anlegen.« Als er sich abwandte, um ans Vorderdeck zu gehen, fügte er noch hinzu: »Glauben Sie bloß nicht all die dollen Geschichten, die Sie über die Kolonie hören, Miss. Sie ist Himmel oder Hölle, je nachdem, mit welchen Augen man sie betrachtet. Aber Sie werden es schaffen, glauben Sie mir.«

Als ihr Blick über die Masse der Steinhäuser schweifte, die einen Fries am südlichen Ufer von Sydney Town bildeten, staunte Isabel über den unerwarteten Beweis herrlicher georgianischer Architektur, einen Anblick, der so deutlich von Zivilisation zeugte, dass sie spürte, wie sich ihre Stimmung hob. Sie nahm den Schlüssel ihrer Truhe wieder aus der Reisetasche und legte ihn auf die flache Hand.

Das ist der Schlüssel zu meinem vergangenen Leben.

Sie streckte den Arm hinter sich aus, so wie sie es bei besonders guten Werfern gesehen hatte, wenn sie den Ball über das Kricketfeld bowlten, schleuderte ihn, so weit sie konnte, und beobachtete die Kurve seiner Flugbahn, bevor er ins klare, offensichtlich abgrundtiefe Wasser platschte.

Dann fielen ihr die Worte *Farewell to All Judges and Juries* ein – jenes alte Lied, das unter verschiedenen Titeln und mit unterschiedlichen Texten erschienen und als Flugblatt verteilt worden war. Die britischen Sträflinge hatten es inbrünstig gesungen, als sie hierher transportiert worden waren, in das Land, das immer noch unter dem Namen Botany Bay bekannt war. Sicher hatte das berühmte Gericht Old Bailey auch über viele andere solcher Strafgefangenen das Urteil gefällt.

Ihr Blick flog über ihre Gesichter. Die meisten waren ausdruckslos und matt; nur in den Augen einiger sehr junger Männer glomm ein wilder Funke Hoffnung.

Sie murmelte die Worte vor sich hin. »Sie verließen ihr Land zum Besten ihres Landes.« Als ihr aufging, dass ihre »Richter und Geschworenen« ihre eigene Familie gewesen war, stimmte sie aus einem Impuls heraus die erste Zeile an. Ihre klare Stimme wurde vom Wind getragen.

»Lebt wohl, ihr Richter und Geschworenen
Old Baily und auch die Gerechtigkeit …«

Ein Sträfling nach dem anderen fiel ein.

Isabel saß auf dem King's Wharf und hielt ihre Reisetasche auf dem Schoß. Ihr Oberkörper war schweißgebadet, die Hitze war unerbittlich. Sie hatte die Jacke bis zum Hals zugeknöpft, um ihre Sittsamkeit zu beweisen. Darunter trug sie nur ein fadenscheiniges Unterkleid.

Murray saß seit drei Stunden, als sie von Bord der *Susan* gegangen waren, stoisch neben ihr. Doch selbst ihre lebhafte Unterhaltung über Shakespeares Stücke und Murrays Kenntnisse des schillernden Lebens und Wirkens von Robert Burns war irgendwann im Sande verlaufen.

Schließlich brach Murray das Schweigen. »Ich wollte nichts sagen, um Sie nicht in Verlegenheit zu bringen, Miss Isabel, aber um Ihrer Sicherheit willen muss es sein. In der Nacht, als wir vom King George Sound ausliefen, ging ich im Morgengrauen an Deck, um der Hitze zu entfliehen. Ich war überrascht, als ich sah, wie Sie barfuß und im Nachthemd auf mich zukamen. Als ich fragte, ob Ihnen nicht gut sei, haben Sie mir in die Augen gesehen und sind einfach an mir vorbeigegangen. Am nächsten Morgen erzählten Sie, dass Sie die ganze Nacht einen Roman von Jane Austen gelesen und kein Auge zugetan hätten.« Murray wirkte verlegen. »Ich kann Sie hier unmöglich allein lassen, bevor ich Sie unbeschadet Ihrem Verlobten übergeben habe.«

Ach, du lieber Himmel! Es hat wieder angefangen. Ich hatte keine Ahnung.

Isabel gab sich einen selbstbewussten Anstrich. »Machen Sie sich bitte keine Sorgen. Ich habe gelegentliche Anfälle von Schlafwandel. Das ist kein Problem, aber ich werde es meinem Verlobten erzählen. Man hat mich angewiesen zu warten, bis er mich am Schiff abholt.« Sie versuchte, nicht allzu hoffnungsvoll zu klingen. »Vielleicht ist ihm irgendetwas Schreckliches zugestoßen?«

»Ich hoffe nicht. Aber sicher wird bald wer auftauchen, um sich um Sie zu kümmern.«

»O ja, seine Familie hat unzählige Dienstboten und viele große Häuser«, sagte sie leichthin. »Ich bin hier absolut sicher. Aber Sie müssen jetzt gehen, sonst verpassen Sie Ihre Kutsche nach Moreton Bay.«

Murray warf einen Blick auf seine Taschenuhr. »Ich lasse Sie hier nicht allein zurück, Miss Isabel. Ich könnte meinen Sitzplatz stornieren und eine spätere Kutsche nehmen.«

»Nein, davon will ich nichts hören. Aber Sie haben mir Ihre Hilfe angeboten, falls ich sie je brauchen sollte.«

»Aye, raus damit.«

»Ich habe eine etwas ungewöhnliche Bitte. Würden Sie mir eine Ihrer karierten Baskenmützen überlassen?«

Murray blinzelte, doch sie wusste, dass er zu höflich war, um einen Kommentar abzugeben, als er seinen Mantelsack öffnete und darin herumkramte.

Isabel bedankte sich für den Hut und schlug einen nüchternen Ton an. »Und da ist noch ein anderer kleiner Gefallen, um den ich Sie bitten möchte, Murray …«

Ihre geflüsterten Worte klangen in ihren eigenen Ohren dermaßen merkwürdig, dass es sie nicht wunderte, wie er sie mit offenem Mund anstarrte.

Doch dann nahm er sich rasch zusammen und sagte: »Aye, kein Problem, Miss Isabel.«

ELF

Marmaduke wusste sehr wohl, dass es in den verschiedenen Gesellschaftsschichten Dutzende von euphemistischen Umschreibungen für Geschlechtsverkehr gab. Sie reichten von einem eleganten »Beischlaf haben« oder »beglücken« bis hin zu derben Seemanns- oder Gaunerausdrücken wie »vernaschen«, »bumsen«, »vögeln«, »pimpern« oder »nageln«. Der biblische Ausdruck »Adam erkannte Eva« befriedigte die Kirchgänger. Doch in Marmadukes Augen hatte das gute alte Kraftwort, das nach Riechsalz verlangte, wenn zufällig eine Dame in der Nähe war, denselben fröhlichen Beiklang wie der spitzbübische Puck im *Mittsommernachtstraum*.

Marmaduke tat all diese Definitionen als unpassend ab, während er die Nächte und Nachmittage Revue passieren ließ, die er mit Josepha St. John im Bett verbracht hatte. Keiner dieser Ausdrücke kam auch nur annähernd an die exotische Bandbreite von Lust heran, die sie einander schenkten. Nachdem er seine jüngste Depression abgeschüttelt hatte, wurde Marmaduke klar, dass er es mit einer beeindruckenden Frau von Welt zu tun hatte, die ihm auf gleicher Augenhöhe begegnete. Ihre Affäre basierte auf Entdeckerlust, Sinnlichkeit und absoluter Ehrlichkeit.

Vom ersten leidenschaftlichen Kuss an, mit dem er sie verführte, hatte er klargestellt, dass Liebe für ihn nichts mehr als ein abgegriffener Ausdruck war. Er war nicht im Stande, Liebe zu empfinden, zu geben oder anzunehmen. Und Josepha musste einsehen, dass er zwar nach außen hin ein »stiller Gesellschafter« wäre, es privat jedoch nur einen Herrn im Haus gab: ihn.

Bis zu dem Augenblick, an dem sie als Freunde wieder auseinandergehen würden. Josepha akzeptierte diese Bedingungen ebenso wie seine Rolle als ihr Liebhaber und spielte ihre eigene voll aus. Marmaduke erfüllte ihre Ansprüche, übertraf sie sogar, reizte sie so lange, bis sie um Erlösung bettelte und er sie auf ungeahnte Gipfel der Ekstase führte.

Nur einmal hatte sie, befriedigt in seinen Armen liegend, einen vagen Vorbehalt geäußert: »Liebling, du weißt genau, wie du mich zum Höhepunkt bringst, aber du selbst verlierst nie die Kontrolle.«

»Und so wird es auch bleiben. Das ist mein Geheimnis, süße Dame.« Er sagte es neckend, um zu verschleiern, dass er es ernst meinte.

Marmadukes Zeitplan drehte sich nun um zwei Aspekte von Vorstellung. Regelmäßig besuchte er das Theatre Royal, wo Barnett Leveys verblüffende Inszenierungen von Shakespeare bis hin zu Melodramen, Opern und Ballett reichten und mehrmals in der Woche wechselten. Die übrigen Abende widmete er seinen Auftritten bei Josepha an einem der unterschiedlichen Treffpunkte, die er arrangierte, um ihre Liaison vor der hiesigen Presse geheim zu halten. Besonders achtete er darauf, ihren Namen nicht in Rupert Granthams Gesellschaft zu erwähnen, sodass ein eventuelles Durchsickern nicht von ihm verantwortet werden musste.

Doch als Marmaduke an diesem Morgen in seinem Bett im Princess Alexandrina aufwachte, hatte er einen Kater vom Champagner und das unangenehme Gefühl, etwas vergessen zu haben. Richtig! Gestern hatte er zum ersten Mal seit Wochen nicht daran gedacht, sich nach den ankommenden Schiffen zu erkundigen.

Er verzichtete auf sein Frühstück, trank nur einen mit Whisky angereicherten Kaffee und bat Thomas, ihn zur Schiffsagentur zu bringen. Zu seinem Entsetzen erfuhr er dort, dass am Tag zuvor zwar kein Passagierschiff, dafür aber der Sträflingstransporter *Susan* im Hafen eingetroffen war, auf dem zwei Passagiere gelistet waren: I. de Rolland und M. Robertson. Kein Zweifel, Isabel und ihre Zofe.

Am King's Wharf, wo die *Susan* vor Anker lag, sah sich Marmaduke beunruhigt um. Aus der Menschenmenge erhob sich ein Stimmengewirr, in dem das Englische von allerlei fremden Sprachen durchsetzt war. Rassische Merkmale und Kostüme deuteten auf ferne Gebiete innerhalb des englischen Empires hin, abgesehen von einer Gruppe, die eindeutig ihre Unabhängigkeit erlangt hatte. Diese Offiziere trugen die schneidige Marineuniform der Vereinigten Staaten und sprachen für Marmadukes Auffassung ein ziemlich nasales Englisch, das ihm auffiel, weil es so schwer zu verstehen war. Anders als sie standen die Marineoffiziere und Rotröcke Seiner Majestät abseits, auf ihre steife Art lässig, und gaben den beturbanten Indern, die die Fracht eines Ostindienfahrers löschten, barsche Anweisungen. Weibliche Gesichter, eigentlich ein seltener Anblick in der Kolonie, zeigten dennoch ein breites Spektrum, angefangen bei vornehmen Damen, die im Schutz von Sonnenschirmen versuchten, ihre modische englische Blässe zu bewahren, bis hin zu gewöhnlichen Huren, die in allen möglichen Akzenten von Cockney bis Currency ihre Dienste anboten.

An den Ausläufern der Kais standen Aborigines wie dunkle Schatten in der Sonne, die Augen auf einen anderen, fernen Horizont gerichtet. Die meisten rauchten Pfeife, auch die Frauen. Und alle trugen eine seltsame Mischung von bunten europäischen Kleidern, die sie ausgesucht hatten, weil sie etwas Neues waren, nicht um den Anstand zu wahren.

Marmaduke bewunderte das Selbstbewusstsein eines stolzen Stammeskriegers, der in der abgelegten roten Uniformjacke eines britischen Offiziers nonchalant den ganzen Kai entlangstolzierte und ansonsten splitternackt war, abgesehen von dem

Schurz vor dem Penis. Das Aufsehen, das er erregte, belustigte ihn. Englische Damen drehten ihre Sonnenschirme so, dass er ihrer Sicht entzogen war.

Obwohl die Wucht der Sonne seine heftigen Kopfschmerzen noch verstärkte, suchten Marmaduke und Thomas nach einer jungen Frau, die Ähnlichkeit mit dem nichts sagenden Miniaturporträt aufwies, das er abgelehnt und in Garnets Obhut zurückgelassen hatte. Wie nützlich wäre es jetzt!

Wäre ich nicht so mit meinem eigenen Vergnügen beschäftigt gewesen, wäre ich gestern rechtzeitig zum Schiff der verdammten Frau gekommen und hätte jetzt alles unter Kontrolle. So aber habe ich mir selbst geschadet.

Vielleicht saß sie ja in hysterischer Verfassung noch in ihrer Kajüte und ließ sich von der Zofe, für deren Überfahrt Garnet ebenfalls hatte aufkommen müssen, mit Riechsalz behandeln. Keine englische Dame von Isabels Rang würde allein in einem fremden Hafen an Land gehen oder hätte ihren Weitertransport selbst in die Hand genommen. Wusste sie denn überhaupt, dass sie im Princess Alexandrina absteigen sollte?

Marmaduke trat zu einem Schiffsoffizier und erklärte sein Anliegen.

Die Reaktion war kühl. »Unsere einzigen beiden Passagiere sind gestern Nachmittag von Bord gegangen.«

»Sie müssen sich irren. Meine Verlobte reiste mit ihrem Dienstmädchen und einem Haufen von Reisetruhen, ihrer Brautausstattung.«

Der Offizier warf ihm ein herablassendes Lächeln zu und deutete mit seiner behandschuhten Hand auf eine schäbige Truhe, die einsam und verlassen an Deck stand.

Marmaduke begriff, dass es kein Scherz war. »*Das ist alles?* Miss de Rollands gesamtes Gepäck?«

»Offenbar hat die Dame ein Mannschaftsmitglied gebeten, sie über Bord zu werfen. Es war eine so seltsame Bitte, dass er beschloss, sie hier stehen zu lassen, für den Fall, dass doch noch jemand sie abholen käme. Und nun sind ja tatsächlich *Sie* erschienen, Sir«, setzte er selbstgefällig hinzu.

Da kein Träger zu sehen war, versuchte Thomas, sie hochzuheben. »Federleicht, Sir.«

»Schaffen Sie sie in meine Gemächer, Thomas, nicht in die Suite, die für Miss de Rolland und ihre Zofe reserviert ist. Unterdessen suche ich nach ihnen. Weit können sie ja nicht gekommen sein.«

Nach seiner Marathonleistung bei Josepha und dem anschließenden Champagnergelage gestern Abend war Marmaduke nicht gerade darauf eingestellt, mit dieser grotesken Wende der Ereignisse fertigzuwerden. Man konnte einer unerwünschten Verlobten den Laufpass geben, aber sie spurlos vom Antlitz der Erde verschwinden zu lassen, war etwas anderes. Was war schiefgelaufen? Garnet hatte auch für die Überfahrt der Zofe und reichlich Frachtraum für die Familienantiquitäten und Andenken bezahlt, ohne die eine Dame ihres Rangs ein neues Leben als verheiratete Frau in der Strafkolonie niemals auch nur in Erwägung ziehen würde.

Marmaduke trat zum Wachhäuschen des Hafenwächters und beschrieb ihm Isabel, so gut er konnte. »Wenn Sie wissen, wohin sie wollte, soll es nicht Ihr Schaden sein.«

Der Hafenwächter schüttelte den Kopf. »Nachdem die *Susan* Anker geworfen hatte, herrschte hier ein unmögliches Chaos. Dann begannen ein paar Walfänger aus Amerika einen Streit mit einem jungen Kerl um eine Frau, wahrscheinlich eine Prostituierte. Bis die Behörden den ganzen Haufen einbuchteten.«

Marmaduke drückte dem Mann ein paar Münzen in die Hand und eilte zum unteren Teil der George Street.

Als er die Stufen zum Eingang des Watch House emporsprang, ging ihm die ganze Absurdität der Situation auf. Innerhalb weniger Stunden nach ihrer Ankunft war diese aristokratische Braut von »makelloser Tugend«, die Garnet aus England importiert hatte, um den Gambles den Zutritt in die Gesellschaft zu erleichtern, in einen Hafenstreit mit einer Hure und betrunkenen Walfängern verwickelt worden.

»Diese dämliche Kuh muss ja wirklich strohdumm sein!«, murmelte er.

Der Dienst habende Beamte schien zu den wenigen Polizisten zu gehören, die als Freie gekommen und einigermaßen gebildet waren. Marmaduke erzählte in groben Zügen, worum es ging.

»Hat sie vielleicht den Namen Gamble erwähnt?«, fragte er verzweifelt.

»Diese Nutten benutzen alle möglichen Namen, Kumpel.«

Marmaduke richtete sich zu seiner vollen Größe auf. »Hören Sie, Wachtmeister, meine Verlobte ist eine echte Dame, eine verdammte englische Aristokratin, wenn Sie es genau wissen wollen.«

Der Polizist warf ihm einen Blick von der Seite zu. »Ach ja? Was macht sie dann hier?«

Marmaduke war kurz davor zu explodieren. »Erkennen Sie die Beschreibung wieder oder nicht?«

»Eine solche Dame habe ich hier heute nicht zu Gesicht bekommen, aber vielleicht haben wir eine Verwandte von ihr hier.«

»Eine Verwandte? Wahrscheinlich ihre Zofe. Was wird ihr vorgeworfen?«

»Erregung öffentlichen Ärgernisses. Ich habe die aufsässige Person in die Wäschekammer eingesperrt, um die anderen Gefangenen daran zu hindern, das zu tun, *was sie am besten können*, wenn Sie wissen, was ich meine.«

Marmaduke war entsetzt. Er vermutete einen sexuellen Zusammenhang, entweder in Form einer Vergewaltigung oder im gegenseitigen Einverständnis. »Warum muss man sie denn vor anderen Frauen beschützen?«

Der Wachtmeister spitzte den Mund. »Nun, Sir. Manche

Leute würden sagen, dass diese Gefangene ein Naturereignis ist, Sir.«

Lieber Himmel! Ich hätte die dritte Flasche Champagner wirklich nicht trinken sollen.

Marmaduke biss die Zähne zusammen. »Bitte, sprechen Sie offen, Wachtmeister.«

»Wir haben hier gelegentlich mit solchen Typen zu tun, Sir. Eigentlich verdienen sie eher Mitleid als Verurteilung. Sie sind nicht Fisch und nicht Fleisch. Weder das eine noch das andere.« Und mit einem gewissen Stolz setzte er hinzu: »Was wir gebildeten Leute als Hermannfraudit bezeichnen.«

Verflucht! Er meint Hermaphrodit! Das kann sie nicht sein. Oder doch? Vielleicht ist das der Grund, warum die de Rollands Isabel so gern bei uns abladen wollten.

»Welcher Name steht im Anklageprotokoll?«

»Gar keiner, Sir. Das Wesen wollte mir nichts sagen. Aber es hat gefaucht wie eine Katze, als ich ihm die Reisetasche abnehmen wollte.«

Marmaduke besah sich den Inhalt: ein graues Damenkostüm und drei Bücher. Eine flüchtige Überprüfung ergab, dass eins ein Album über die Karriere von Edmund Kean war. Die Vorsatzblätter der Bibel und der *Gesammelten Werke von Shakespeare* enthielten Exlibris mit dem Namen Walter de Rolland.

»Das ist der Name ihres Vaters. Die Person in der Wäschekammer muss mit ihr in Verbindung stehen. Ich bezahle das Ordnungsgeld, damit dieses arme Geschöpf nicht vor Gericht erscheinen muss, und natürlich bin ich gern bereit, auch die Kosten für *Ihre* Mühe zu übernehmen.«

Marmaduke hatte keinen Zweifel, dass die Summe, die er auf den Tisch des Wachtmeisters legte, groß genug war, um ihm die Tür zu der Zelle zu öffnen. Man führte ihn zu einem fensterlosen Raum im Keller. Als die Tür sich hinter ihm schloss, stand Marmaduke mit verschränkten Armen da, doch sein Vorsatz, eine Erklärung zu fordern, schmolz beim Anblick der Mitleid erregenden Gestalt dahin, die auf einem Haufen schmutziger Wäsche kauerte.

»Steh auf und lass dich ansehen, mein Junge.«

Der Bursche erhob sich langsam. Er trug eine weite wollene Jacke, eine hautenge Kniehose, zerrissene Strümpfe und Schnallenschuhe. Eine karierte Baskenmütze bedeckte Haare und Ohren. Das blasse Gesicht war schmutzig, die vollen Lippen waren geschwollen und mit verkrustetem Blut bedeckt. Doch die Augen verwunderten Marmaduke am meisten. Eins war so aufgedunsen, dass es aussah wie ein faules Ei auf einer roten Prellung. Das andere war von auffallend blaugrüner Farbe und erfüllt von einer solchen Angst, dass Marmaduke sofort seinen Ton entschärfte.

»Hör zu, mein Junge, ich gebe dir mein Wort, ich werde deine Strafe bezahlen, dich hier rausholen und dich wieder aufpäppeln. Unter einer Bedingung: dass du mir erklärst, wer du bist und wie du hier gelandet bist.«

»Wer will das wissen? Sind Sie von der Polizei?«, fauchte ihn eine tiefe, raue Stimme an.

Marmaduke schnaubte, halb belustigt, halb verärgert. »Das fehlte noch! Nein, ich bin kein Gesetzeshüter. Mein Name ist Marmaduke Gamble.«

»Möge Gott Ihnen beistehen!« Die Stimme kippte. »Was ist los mit Ihnen – sehen Sie denn nicht, wenn eine Dame vor Ihnen steht?«

Die karierte Mütze flog vom Kopf und enthüllte einen Schädel, der mit stacheligem Haar bedeckt war. Es sah aus wie die schmutzigen Speichen eines Rads. Dazu verströmte die Person einen Gestank wie ein nasser, räudiger Hund.

Marmaduke musterte sie von Kopf bis Fuß und sagte dann mit vagem Abscheu: »Sie sind es also tatsächlich. Herrgott!«

»Schon wieder falsch. Ich heiße Isabel de Rolland.«

Einen Augenblick stand sie unsicher schwankend da, dann wurde ihr Gesicht plötzlich leichenblass, und sie fiel in Ohnmacht. Marmaduke fing sie gerade noch rechtzeitig auf, um zu verhindern, dass sie mit dem Kopf auf die Pflastersteine prallte.

Als Isabel bewusstlos vor ihm lag, fiel ihre Jacke auseinander und offenbarte zwei kleine Brüste, die sich gegen das Männerunterhemd pressten. Die Kniehose war so eng wie eine zweite Haut, doch der Hosenbeutel mit der Polsterung, den sie offenbar angebracht hatte, um einen Penis vorzutäuschen, war verrutscht.

Sie hat nur eins, was mich mit ihr versöhnt. Diese Beine sind wie dafür gemacht, in einer Männerrolle auf der Bühne zu stehen.

»Jetzt bringen wir Sie erst einmal ins Hotel«, sagte Marmaduke unwillkürlich amüsiert.

Isabel rührte sich und stöhnte schwach. »Gibt es dort etwas zu essen? Ich habe einen solchen Hunger, dass ich sterben könnte.«

Dann verlor sie erneut das Bewusstsein, noch bevor er antworten konnte. Er hob sie in seinen Armen auf, überrascht, wie leicht sie war, trotz ihrer Ohnmacht.

Als er sie in die Sonne hinaustrug, wurde sie plötzlich unruhig und rief: »Meine Bücher!«

Marmaduke holte die Reisetasche, die sie an sich drückte wie ein verlorenes Kind. Kaum saßen sie in der Kutsche, schlief sie erschöpft ein.

Marmaduke stieg auf den Kutschersitz neben Thomas, der trotz seines verwirrten Ausdrucks kein Wort sagte.

»Ihre Zurückhaltung ist bewundernswert, Thomas. Ja, das ist tatsächlich meine aristokratische Verlobte.« Plötzlich musste er laut lachen. »Ein einziges Mal im Leben wünschte ich, dass Garnet hier wäre. Wie gern würde ich sein Gesicht sehen, wenn er diese wundervolle englische Rose zum ersten Mal erblickt!«

Marmaduke achtete darauf, den neugierigen Blicken der Hausmädchen zu entgehen, und trug Isabel unentdeckt hinauf in ihre Suite. Normalerweise hätte er ein Zimmermädchen gerufen, um die Frau auszuziehen, doch dann würde die Geschichte, wie die De-Rolland-Braut ihrem Verlobten entgegengetreten war, mit Männerkleidung und einem blauen Auge, obendrein nach einer Nacht im Gefängnis, noch vor Sonnenuntergang in ganz Sydney Town die Runde machen.

Daher zog er Isabel selbst aus und drehte sie auf den Bauch, um den letzten Rest von Würde zu wahren, den sie noch besaß, bevor er ihr die Kniehose abstreifte. Die Rückenansicht ihres nackten Körpers entlockte ihm ein ironisches Lächeln.

Ihr Gesicht erinnert an einen Affen aus Madagaskar, doch der Hintern ist wirklich entzückend weiblich.

Als er die Bettdecke über den nackten Körper gebreitet hatte, schloss er die Tür hinter sich ab und stahl sich über eine Hintertreppe hinunter zur Küche. Dort wandte er sich mit ein paar französischen Brocken an Emile, den Koch. Der wirkte zwar leicht verwirrt von dem australischen Akzent, mit dem Gamble seine Muttersprache malträtierte, ließ sich aber nicht davon abbringen, gleich mehrere Platten mit Speisen zuzubereiten.

Marmaduke stellte das Tablett mit verschiedenen Käsesorten, *petit choux*, tropischen Früchten und einer Karaffe Rotwein auf den Nachttisch und hängte ein Schild mit der Aufschrift »Bitte nicht stören« von außen an den Türknauf. Dann kehrte er in seine eigene Suite zurück, wo die vergessene Reisetruhe auf ihn wartete. In wenigen Minuten hatte er das Vorhängeschloss fachmännisch geknackt, ein Trick, den er einem eigenen kurzen Gefängnisaufenthalt verdankte. Beim Anblick des schäbigen Inhalts war er entsetzt. Er stürzte ein Glas Wein hinunter und ging dann im Zimmer auf und ab, wobei er seinem Ärger mit einem Monolog vor einem unsichtbaren Publikum Luft machte.

»Die de Rollands sind also eine ehrenwerte Familie, ja? Garnet hat allerhand bezahlt für eine modische Brautausstattung aus Paris, und dann haben diese aristokratischen Dreckskerle jeden Penny in die eigene Tasche gesteckt. Warum haben sie sie so gedemütigt? Sie hergeschickt mit einem Haufen Lumpen, die kein Pfandleiher mit einem Funken von Selbstachtung noch anrühren würde? Wen wundert es, dass sie die Truhe im Meer versenken wollte?«

Marmaduke überlegte, ob er den mit rotem Wachs versiegelten Brief öffnen sollte. Isabel hatte eindeutig entschieden, ihn nicht zu lesen, ein Umstand, der ihn umso neugieriger machte. Er besaß so wenige Informationen über sie, dass er beschloss, jede Gelegenheit zu nutzen, die sich ihm bot, und den Umschlag aufriss. Die Handschrift war sehr eigentümlich. Wörter, die sich wild nach links oder rechts neigten, waren willkürlich mit Großbuchstaben durchsetzt. Aufgrund seiner grafologischen Kenntnisse fasste er eine spontane Abneigung gegen den Verfasser.

Ma petite cousine,
ich kann dir nicht sagen, welch widerstreitende Gefühle deine Abreise in mir auslöst. Tröste dich damit, dass du mit deiner Heirat in die Barbarische Gamble-Familie deinen Onkel vor dem Schuldnergefängnis bewahrt und mir das Erbe unserer Gemeinsamen Vorfahren erhalten hast.
Ich schwöre bei den Königlichen Gräbern unserer Plantagenet-Väter, dass ich innerhalb des Kommenden Jahres nach New South Wales reisen werde, um dich zurückzuholen. Die Liebe, die uns Miteinander verbindet, kann durch nichts auf der Welt zunichtegemacht werden. Erinnere dich an den Fluch, der auf dir lastet. Du wirst jeden Mann Zerstören, der dich liebt. Nur ein Mann von deinem eigenen Blut ist stark genug, um diesem Fluch zu trotzen. Du bist Fleisch von meinem Fleisch. Sieh diese Ehe als deine Buße an – für deinen Geliebten
Cousin Silas.

Marmaduke stellte sich vor, dass der gesichtslose Verfasser vor ihm stand.

»Isabel de Rolland ist also Fleisch von deinem Fleisch, wie? Du hast sie in eine Ehe an uns barbarische Gambles verhökert, um deine Schulden bezahlen zu können, aber du hattest nicht einmal den Anstand, ihr die französische Garderobe zu besorgen, für die wir bezahlt haben!« Er warf den Brief zur Seite, als wäre er vergiftet. Was für ein gottverdammter Egoist! Und nun plant dieser geliebte Cousin Silas also, dem armen Ding einen großen Gefallen zu tun. Er will herkommen, um sie zurückzufordern, soso! Nun, das sollte er sich gut überlegen. Zuerst wird sich sein königliches Plantagenet-Blut gegen diesen Einheimischen behaupten müssen!

ZWÖLF

Isabel wachte als Fremde in einem fremden Zimmer auf. Bei dem Gedanken, dass sie vielleicht wieder schlafgewandelt war, wurde ihr angst und bange. Lauter unerwünschte Erinnerungen schwirrten ihr durch den Kopf.

Erst saß ich auf dem Kai wie eine vollendete Dame, selbst als ich wie ein Junge angezogen war. Das Einzige, was ich getan habe, war mein nicht allzu glücklich verlaufener Versuch gewesen, zwei betrunkene Seeleute daran zu hindern, ein junges Mädchen zu belästigen. Dann sagte einer von den beiden etwas Komisches: »Jetzt kannst du zeigen, was du draufhast, du Schwuchtel!« Und im nächsten Moment schlug er mir die Faust ins Gesicht.

Isabel betastete vorsichtig das geschwollene Auge, überwältigt von Scham, als sie daran dachte, wie sie von zwei kräftigen Polizisten zum Gefängnis geschleppt worden war, zusammen mit den amerikanischen Walfängern und dem jungen Mädchen. Inzwischen wusste sie, dass es eine Prostituierte gewesen war. Aus Angst, dass ihre Stimme sie verraten würde, hatte sie sich geweigert, Fragen zu beantworten. Bei der Erinnerung an den eigenartigen Ausdruck des Polizisten, als er die Unterwäsche einer Dame in ihrer Reisetasche entdeckte, musste sie unwillkürlich lächeln.

In meiner Verkleidung hatte ich ein wundervolles Gefühl von Freiheit. Hätte ich als Junge gelebt, wäre ich vor Männern sicher gewesen. Und hätte nie heiraten müssen!

Als sie sich im Bett aufsetzte, stellte sie zu ihrem Entsetzen fest, dass sie nackt war.

»Wer hat mich ausgezogen? Bitte, lieber Gott, sag jetzt bloß nicht, dass ich die Nacht mit *ihm* verbracht habe.«

Sie hatte nur einen einzigen klaren Eindruck von Marmaduke Gamble. Arroganz! Es war erniedrigend, wie er die Nase gekräuselt hatte, als er ihren Gestank bemerkte, und bei dieser Erinnerung hatte sie plötzlich den unwiderstehlichen Wunsch nach einem heißen Bad. Aber wo?

Die Eleganz dieses unbekannten Zimmers überraschte sie. Die Regency-Stoffe und das Mobiliar hätten auch in Onkel Godfreys Londoner Stadthaus gepasst. Doch nirgendwo gab es einen Krug oder ein Waschbecken. *Wie unzivilisiert! Ob diese Kolonisten sich niemals wuschen?*

Isabel sprang aus dem Bett und entdeckte, dass ihre Reisetasche verschwunden war. Wo waren ihre Kleider?

Als sie vorsichtig um die Ecke der Tür zum angrenzenden Zimmer spähte, entfuhr ihr ein Ausruf des Entzückens – ein Badezimmer mit herrlich modernen Rohrleitungen und eleganten Armaturen aus Messing! Sie scheute vor dem Spiegel zurück, um nicht ihr zerschundenes Gesicht ansehen zu müssen, und drehte den Hahn auf, um ein Bad einlaufen zu lassen. Und noch einmal stieß sie einen Ausruf der Begeisterung aus: beim Anblick der parfümierten Seifenstücke, den ersten, seit die *Susan* den Hafen von London verlassen hatte.

Was für ein Luxus! Sie wusch sich das Haar zwei Mal hintereinander, um auch die letzten Reste der Mischung aus Schweiß, Schmutz und Salzwasser herauszuspülen, die sich im Verlauf der Reise darin festgesetzt hatte. Nachdem sie einmal ganz im Badewasser untergetaucht war wie einer der verspielten Delfine, die neben der *Susan* hergerast waren, schrubbte sie sich ab, bis die Haut rosig schimmerte. Jetzt fühlte sie sich stark genug, um ihr malträtiertes Gesicht im Spiegel zu betrachten.

Vielleicht würde es doch nicht so viel Spaß machen, ein Junge zu sein. Ich würde beim Kämpfen immer auf der Verliererseite stehen.

Sorgfältig wusch sie sich das getrocknete Blut von den Lippen und spülte das geschwollene Auge mit kaltem Wasser aus, bis sie durch den Spalt *beinahe* etwas sehen konnte.

Das saubere, glänzende Haar gab ihr ihre Würde teilweise zurück. Schmutzig zu sein, war die demoralisierendste Erfahrung der Welt. *Wie erniedrigt muss man sich erst als weibliche Gefangene auf einem Sträflingsschiff fühlen!*

Da sie keine Kleider hatte, zog sie ein Laken vom Bett und wickelte es wie einen improvisierten Sari um ihren Körper. Als sie das brandneue Set aus silbernem Handspiegel, Kamm und Bürste genauer untersuchte, entdeckte sie die Initialen I.A.G. Daneben stand eine Karte: *Willkommen in Australien. Verzeihen Sie meine Voreiligkeit, indem ich das G für Gamble bereits hinzugesetzt habe. Ich hoffe, dass Sie sich in meinem neuen Hotel wohlfühlen.* Die Unterschrift *Garnet Gamble* war in einer anderen Handschrift abgefasst als der Rest der Nachricht.

Zumindest hat Marmadukes Vater menschliche Anwandlungen, ganz gleich, ob er nun ein kolonialer Barbar ist oder nicht.

Jetzt stürzte sie sich auf das Frühstück, das man ihr hingestellt hatte, während sie schlief. Eine Weinkaraffe war ein seltsamer Ersatz für eine Flasche Wasser, doch die Wärme des Weins strömte durch ihren Körper und erfüllte sie mit neuem Mut.

Diese Kolonisten trinken ihren Wein anscheinend ebenso ungehemmt wie die Franzosen. Aber ich habe solchen Durst, dass ich mich nicht beschweren will.

Als es laut an der Tür klopfte, zupfte sie hastig ihren Sari zurecht, nahm in einem gepolsterten Lehnsessel Platz und schluckte noch schnell den letzten Bissen ihres Frühstücks herunter.

Dann drehte sich ein Schlüssel im Schloss, und Marmaduke Gamble betrat das Zimmer.

Nun, da Angst oder Hunger verflogen waren und sie obendrein von einem guten Wein beflügelt war, nahm Isabel die Gelegenheit wahr, den Mann, an den sie verkauft worden war, zum ersten Mal zu betrachten.

Seine Erscheinung stieß sie komplett ab. Da stand er, offiziell ein Engländer, doch unübersehbar eine Mischlingsversion. Einer aus dieser neuen Gattung, die sich Currency Lads nannte. Er passte in keine Kategorie des englischen Klassensystems, mit dem sie aufgewachsen war.

Sie brauchte nur zehn Sekunden, um ihr Urteil zu fällen und pikiert zu sein. Er hatte nicht den kleinsten Versuch unternommen, einen guten Eindruck auf seine englische Braut zu machen. Groß und langgliedrig stand er mit seiner in die schlammverschmierten, schenkelhohen Stiefel gesteckten Moleskinhose mitten im Raum. Statt einer vornehmen Halsbinde trug er ein zerknautschtes Halstuch. Die breiten Schultern wurden von einem roten Hemd betont, das er am Hals offen trug, sodass ein Stück der behaarten Brust zu sehen war. Dazu trug er eine Weste aus Wildleder und einen auffallenden silberbeschlagenen Gürtel. Die Jacke hatte er über die Schulter geworfen und hielt sie an einem Finger fest. Isabel registrierte einen höchst extravaganten Rubinring. Aber der schlimmste Affront: Er machte sich nicht einmal die Mühe, den breitkrempigen Hut abzunehmen.

Bohrend dunkle Augen starrten sie aus einem rauen, von der Sonne gebräunten Gesicht an, und als er den Kopf wandte, staunte Isabel über die lange Haarmähne, die wie ein Pferdeschwanz über seinem Rücken hing – dunkelbraune Locken, in denen das Licht spielte.

Verdammt nochmal, sein Haar ist üppiger als das einer Frau.

Seine Hände schockierten sie. *So viel steht fest: Er hat noch keinen Tag in seinem Leben mit Arbeit verbracht. Und dieser Rubinring gehört in einen indischen Basar. Manieren scheint er nicht zu haben. Er hält es nicht einmal für nötig, mir Guten Morgen zu sagen. Ich will verdammt sein, wenn ich in diesem Bettlaken einen Knicks vor ihm mache.*

Isabel ließ sich nicht einschüchtern von dem direkten, herausfordernden Blick, mit dem kein englischer Gentleman je eine Dame angesehen hätte.

Als er endlich den Mund aufmachte, hatte seine tiefe Stimme einen seltsamen Akzent, der sich anhörte wie eine schleppende Version ihrer gemeinsamen Muttersprache.

»Das ist also Ihre wirkliche Haarfarbe«, sagte er. »Eine ziemliche Verbesserung. Wie ich sehe, haben Sie das Badezimmer gefunden. Ich wollte Sie nicht stören, indem ich ein Hausmädchen heraufschickte, um Ihnen beim Anziehen zu helfen.« Er deutete auf das Laken. »Die neueste Pariser Mode, stimmt's?«

Ihr Ton war eisig. »Was haben Sie erwartet? Meine Reisetasche und meine Kleider wurden mir gestohlen.«

»Nur keine Panik. Ich habe Ihre Bücher in Verwahrung genommen. Aber das graue Kostüm brauchen Sie nicht. Es ist viel zu schwer für Juli.«

»Muss ich also bis zu *Ihrem* Winter warten, ehe ich mich in der Öffentlichkeit sehen lassen kann?«

»Dies *ist* unser Winter.«

»Das wusste ich bereits; ich hatte es nur vergessen«, log sie, um ihre Verlegenheit zu verbergen. »Meine Truhen sind auf der Überfahrt verschwunden.«

»Ach ja? Das tut mir leid. Sie sind bestimmt ganz schön wütend auf die Halunken, die Ihnen Ihre Pariser Brautausstattung und vermutlich auch all Ihr antikes Zeug von zu Hause geklaut haben, wie?«

Isabel war nicht sicher, ob sie Ironie oder Ungläubigkeit in seiner Stimme entdeckte, hielt aber den Schein aufrecht. »In der Tat. Mein Vormund hatte mir einige Erbstücke geschenkt, die sich seit der Herrschaft von Richard III. in unserer Familie befunden hatten.« Dann setzte sie herausfordernd hinzu: »Gott hab ihn selig.«

»Ja, ich hatte ganz vergessen, dass der bucklige Kerl zu Ihrer

Sippschaft gehörte. Hat er nicht seine Neffen ermordet, die beiden kleinen Prinzen im Tower von London? Oder könnte Shakespeare da was missverstanden haben?«

Isabel brachte es kaum fertig, ihren Ärger zurückzuhalten. »Offenbar beschränkt sich Ihr Verständnis von englischer Geschichte auf gewisse voreingenommene Tudor-Historiker und Speichellecker.«

»Dann müssen Sie es mir eines Tages erklären, Miss de Rolland«, gab er zurück.

Isabel kochte innerlich über den Funken eines Lächelns in seinem Blick, konnte jedoch der Versuchung, den Plantagenet-König zu verteidigen, nicht widerstehen.

»Erstens hatte König Richard keinen Buckel. Als er anlässlich seiner Krönung für die traditionelle Salbung bis zur Taille entkleidet wurde, waren viele Zeugen anwesend. Es gibt keinerlei zeitgenössische Aussagen über irgendwelche Entstellungen! Glauben Sie etwa, so viele Edelleute hätten nichts davon bemerkt?«

»Dann nehme ich alles zurück.« Marmaduke verbeugte sich spöttisch. »Außerdem möchte ich mich dafür entschuldigen, dass ich Sie an unserer schönen australischen Küste nicht angemessen begrüßt habe.«

Er ist unerträglich. Man könnte geradezu meinen, er täte mir einen Gefallen, wenn er diesen idiotischen Ehevertrag eingeht.

»Ich wurde bereits gewarnt, dass ich nicht die Manieren eines englischen Gentlemans zu erwarten hätte«, antwortete sie kühl.

»Dann will ich Sie nicht enttäuschen, Miss de Rolland. Das wäre das Letzte, das ich Ihnen je bieten würde.«

»Tut mir leid, dass ich Ihnen keinen Tee anbieten kann, Mr Gamble«, sagte sie rasch, in der Hoffnung, das Knurren ihres Magens überspielen zu können.

»Ich trinke ohnehin nur Billy-Tee im Busch. Und das Mr Gamble können Sie sich sparen. Das ist der Titel meines Vaters. Ich höre nur auf Marmaduke.«

Er hat seinen Hut immer noch nicht abgenommen! Sie war so wütend über seine Selbstherrlichkeit, dass sie beschloss, es ihm zu zeigen.

»Sie können ganz beruhigt sein«, sagte er. »Ich habe den Namen Walter de Rolland aus dem Polizeibericht entfernen lassen. Mir ist bewusst, dass Sie die Gambles nicht benutzt haben, um sich aus Ihrer misslichen Lage zu befreien.«

»Ich habe nicht die Absicht, den guten Ruf Ihres Vaters zu schädigen. Der Mann hat mir nichts getan.« Sie deutete auf das silberne Set auf dem Frisiertisch. »Danken Sie ihm bitte für sein Geschenk.«

Marmaduke hob eine Braue. »Wie aufmerksam. Sieht meinem Vater gar nicht ähnlich, aber letzten Endes ist er ja auch derjenige, der am meisten von Ihrem Familienstammbaum beeindruckt ist.«

Isabel ergriff die Chance. »Ich nehme an, dass mein Aufenthalt im Gefängnis Ihnen einen perfekten Vorwand liefert, unsere Heirat abzusagen.« Sie hoffte, dass ihre Stimme sie nicht verriet. *Du hast ja keine Ahnung, wie sehr ich mir das wünsche, aber ich darf es nicht allzu deutlich zeigen.*

Marmadukes Ausdruck war unergründlich, aber er wich ihrer Frage aus. »Haben Ihre Leute Ihnen die Möglichkeit gegeben, das Angebot meines Vaters abzulehnen? Oder hat man Sie unter Druck gesetzt, damit Sie mich akzeptieren?«

Wütend, dass er sie in eine so erniedrigende Position gedrängt hatte, versuchte Isabel sich herauszureden. »Ihr Vater muss Sie doch informiert haben, oder nicht? Unsere jeweiligen Anwälte waren die letzten beiden Jahre damit beschäftigt, die Details festzulegen.«

»Ich habe erst vor wenigen Monaten von Ihrer Existenz erfahren. Um ehrlich zu sein, ich hatte nicht das geringste Verlangen, Sie oder sonst wen zu heiraten, und auf keinen Fall eine vornehme Britin.«

»Äußern sich eigentlich alle Bewohner der Kolonie so unverblümt wie Sie? Sie kommen mir vor wie ein Elefant im Porzellanladen.«

Offenbar gefiel es ihm, einen Treffer gelandet zu haben. »Ja, jedenfalls bilde ich mir das gern ein. Die Wahrheit ist besser als all das höfliche gesellschaftliche Geplapper. Was haben wir davon, wenn wir in diesem Stadium des Spielchens weiter um den heißen Brei herumreden? Wir wissen schließlich beide, warum wir hier sind und was es meinen Vater gekostet hat, Ihren Vormund von seinen Schulden zu befreien und vor dem Knast zu bewahren.«

Isabel war ebenso schockiert über seine unverhohlene Anspielung auf die finanzielle Not ihrer Familie wie über seine vulgäre Ausdrucksweise. Mit dem letzten Funken von Würde, den sie noch besaß, erhob sie sich.

»Nehmen Sie bitte zur Kenntnis, dass ich nicht als ein preisgekröntes Mutterschaf angesehen werden möchte, das zu Zuchtzwecken importiert wurde. So ähnlich wie die spanischen Merinoschafe, die John Macarthur herbrachte, um die schlechte Qualität seiner Tiere zu verbessern.«

Marmadukes Ausdruck verriet ihr nichts. War seine Stimme beleidigend höflich oder belustigt? »Wie ich sehe, haben Sie Ihre Hausaufgaben gemacht. Ich hätte nicht gedacht, dass eine Frau mit Ihrer guten Kinderstube sich für das australische Landleben interessiert, abgesehen vielleicht von einem Wandbehang mit einer Landschaft.«

Gute Kinderstube? Wenn er wüsste!

Isabel hatte keine Ahnung, wie sie mit ihm reden sollte. Keine Regel der Etikette, die sie während ihrer behüteten Existenz auf dem Land gelernt hatte, war hier anwendbar. Sie kämpfte gegen eine Welle von Panik an und überdachte ihre Optionen. Welche Hoffnung hatte sie, sich aus diesem Schlamassel zu befreien? *Ich habe den Ehevertrag unterschrieben. Ich kann nie wieder nach Eng-*

land zurück. Wenn ich Gouvernante würde, müsste ich hundert Jahre arbeiten, um das Geld zurückzahlen zu können. Ich habe nur eine Chance. Irgendwie muss ich ihn *dazu bringen*, mich *sitzen zu lassen.*

Als sie merkte, dass Marmaduke ihre nackten Füße betrachtete, versteckte sie sie unter dem Stuhl.

»Mich kann man nicht so rasch schockieren, Isabel. Wenn Sie barfuß herumlaufen wollen, dann tun Sie es einfach. Unsere Hitze schadet der englischen Haut und lässt die Füße anschwellen. Ich habe mich an den Anblick von englischen Köpfen gewöhnt, die zu groß für ihre Hüte geworden sind. Aber das ist eine nationale Eigenheit. Dafür kann man nicht unsere Hitze verantwortlich machen, wie?«

»Sie sind unerträglich rüpelhaft.«

Da sie wusste, dass sie mittlerweile die Kontrolle völlig verloren hatte, bombardierte sie ihn mit Fragen. »Wenn Sie uns Briten für solche Schwächlinge halten, warum hatte Ihr Vater dann so ein Interesse daran, Sie an eine Frau aus alter englischer Familie zu verheiraten? Ich bin nicht einmal eine Erbin. Das hätte doch sicher mehr Sinn für ein koloniales Bewusstsein wie das Ihre ergeben, oder? Geld bringt Geld. Man kann alles und *jeden* damit kaufen, ist es nicht das, was Sie denken? Erzählen Sie, fand sich denn wirklich keine Einheimische, die den Mut hatte, mit Ihnen vor den Altar zu treten? Oder ziehen Sie *Ihr eigenes Geschlecht* vor und haben deshalb nicht geheiratet?«

Isabel hielt inne, plötzlich entsetzt, dass sie sich dazu hatte hinreißen lassen, wie ein Fischweib zu reden.

Die Muskeln um Marmadukes Mund spannten sich an, doch seine ruhige Antwort war wirkungsvoller als Zorn.

»Die Zeit der Samthandschuhe ist also vorbei, wie es scheint. Damit wir uns richtig verstehen: Ich bin aus freiem Willen ledig geblieben – manche Leute würden mich als eingefleischten Casanova bezeichnen. Ich habe nicht die geringste Absicht, auf meine Freiheit zu verzichten, weder als Ehemann noch überhaupt.«

Unter der Intensität seines Blicks fuhr sie zusammen, während er ungerührt weitersprach. »Zweifellos hat mein Interesse für Edelsteine Sie zu gewissen Vermutungen hinsichtlich meiner Männlichkeit inspiriert. Ich bin kein Mensch, der über die sexuellen Praktiken anderer Menschen urteilt, solange es um Erwachsene geht. Nur um das festzuhalten: Ich hatte noch nie das Bedürfnis, mit einem Mann ins Bett zu gehen.«

Isabel beugte sich vor und sah ihm geradewegs ins Gesicht. »Ich auch nicht. Und den Grund sollen Sie ruhig auch gleich wissen. *Ich hasse Männer*.«

Für einen Moment wirkte Marmaduke leicht verblüfft, dann sah er sie unverwandt an. »Interessant. Ich bin also nicht der Einzige, den Sie nicht ausstehen können?«

Isabel geriet ins Stammeln. »Ich hasse das ganze männliche Geschlecht – Sie sind nur ein Teil davon!«

Marmaduke musterte sie so lange, dass das Schweigen sie nervös machte. »Ist das wahr? Kein Mann könnte Sie mit romantischen Worten und Versprechungen in Versuchung bringen?«

»Kein Mann auf der Welt könnte mich verführen!« Sie holte tief Luft und spielte die letzte verzweifelte Karte aus, in der Hoffnung, sie wäre ihr Trumpf. »Und es ist nur fair, wenn ich Ihnen auch gleich sage, dass Ihr Vater … wie sagt man noch? Die Katze im Sack gekauft hat.«

Marmaduke kniff die Augen zusammen. »Vielleicht hätten Sie die Güte, mich aufzuklären?«

»Er verlangte zweierlei. Eine Braut mit untadeligem Ruf und eine einwandfreie Herkunft. Meine rechtmäßige Geburt ist bezeugt und die Plantagenet-Familie mehr als sieben Jahrhunderte alt; in dieser Hinsicht erfülle ich die Ansprüche Ihres Vaters. Aber …«

Marmaduke blickte sie forschend an und spielte mit dem Rubin an seinem Ringfinger.

Isabel holte tief Luft, um das Zittern in ihrer Stimme zu kontrollieren. »Aber es ist nur fair, Ihnen die Wahrheit zu sagen. Ich bin keine Jungfrau mehr. Wenn Sie also unsere Verlobung auflösen möchten, werde ich selbstverständlich einwilligen und aus Ihrem Leben verschwinden, ohne Ihrer Familie noch weitere Scherereien aufzubürden.«

Marmadukes Worte waren sanft. »Hat der Mann, dem Sie das Privileg gewährten, vielleicht Ihren Hass auf das gesamte männliche Geschlecht ausgelöst? Oder waren es noch andere Männer?«

Isabel spürte, wie ihr das Blut in die Wangen schoss. »Es gibt keinen Grund, mich wie eine schamlose Dirne zu behandeln.«

»Das habe ich nicht gemeint«, sagte er rasch.

»Ich habe Ihnen die Wahrheit gesagt. Meine Schande hat mich für immer von Gottes Barmherzigkeit ausgeschlossen. Doch für mich ist es nicht von Bedeutung, was Sie oder ein anderer Mann über mich denken mag.«

Isabel wandte sich ab, um der Verachtung zu entgehen, die sie in seinem Gesicht erwartete. Das Schweigen war unerträglich. Würde er sie denn nie erlösen?

Marmadukes Antwort traf sie völlig unerwartet. »Ich bewundere Ihre Ehrlichkeit, Isabel. Es ist eine seltene Eigenschaft bei Frauen. Aber so dekadent mein Leben auch sein mag, ein Heuchler bin ich nicht. Ich wäre der letzte Mann auf der Welt, der von einer Frau Jungfräulichkeit erwartet.«

O Gott, ich hab es vermasselt! Sie spürte das scheußliche Gefühl von Übelkeit, als sich der Raum um sie zu drehen begann.

Marmaduke fasste sie an beiden Schultern. »Sie sind so blass wie ein Gespenst. Vielleicht haben Sie sich auf dem Schiff mit Typhus angesteckt. Das kann tödlich enden; ich rufe einen Arzt.«

»Nein! Ich bin es nur nicht gewöhnt, zum Frühstück Wein zu trinken. Ich brauche bloß ein Glas Wasser.«

Stattdessen nahm Marmaduke einen silbernen Flakon aus der Jackentasche und hielt ihn an ihre Lippen.

»Hier, versuchen Sie es damit. Trinken Sie es ganz aus.«

Die Flüssigkeit brannte ihr in der Kehle, sodass sie den Flakon zur Seite schob.

»Keine Sorge. Es ist Brandy. Ich habe immer welchen dabei, zu *medizinischen* Zwecken.« Er hielt ihr den Flakon erneut an den Mund und setzte hinzu: »Wer's glaubt, wird selig.«

Die Wärme durchflutete ihren Körper und brachte ein deutliches Wohlbehagen mit sich.

Marmaduke sprang auf. »Es ist meine Schuld, dass Sie so einen schlechten Eindruck von kolonialer Gastfreundschaft haben. Sie müssen ja halb verhungert sein. Ich würde nicht mal meinem Pferd diesen Gefängnisfraß vorsetzen.« Er grinste. »Ja genau, ich weiß, wovon ich rede: Ich habe auch schon mal gesessen – nach einem Duell.«

Er war schon halb aus der Tür, als ihm noch etwas einfiel. »Seien Sie unbesorgt. Ich habe bereits Anweisung gegeben, Ihnen eine ordentliche Mahlzeit zu servieren. Doch inzwischen habe ich noch etwas für Sie. Warten Sie, nicht bewegen.«

Als er wieder auftauchte, hatte er einen Stapel von Schachteln dabei, die mit einer Schleife zusammengebunden waren. »Nur ein paar Kleinigkeiten, die ich heute Morgen gekauft habe, als Sie schliefen. Sie werden fürs Erste genügen. Später besuchen wir eine Schneiderin und einen Tailleur, um Sie für Ihre verlorene Aussteuer zu entschädigen. So sind Sie wenigstens gut ausgestattet und können einen Gentleman *Ihres eigenen Standes* heiraten, falls Sie beschließen, die Kolonie wieder zu verlassen.«

Isabel ließ die Stichelei unkommentiert und versuchte, sich nonchalant zu geben. »Woher wussten Sie denn meine Größe?«

»Typisch weibliche Frage! Australische Männer sind vor allem eins: praktisch. Das ist der Schlüssel zum Überleben in diesem Land. Ich habe Ihr graues Kostüm mitgenommen, um es der Schneiderin als Vorlage zu geben.«

»Wie schlau von Ihnen! Dann habe ich ja wenigstens etwas

anzuziehen, wenn ich heute Nachmittag vor dem Richter erscheinen muss.«

Marmaduke schüttelte den Kopf. »Darum habe ich mich bereits gekümmert. Sie werden bald lernen, wie die Dinge hier funktionieren. Es gibt nichts und niemand, was sich nicht kaufen ließe, Hauptsache, man weiß, wie man es anstellen muss.« Er zögerte. »Ruhen Sie sich heute noch etwas aus. Morgen zeige ich Ihnen einen typischen Samstag in Sydney Town. Die Art von Leben, die Sie als Mrs Gamble erwarten können. Morgen Früh um neun hole ich Sie ab.«

Damit verließ er den Raum. Trotz der Frustration über ihr anfängliches Scheitern bei dem Versuch, ihre Verlobung aufzulösen, konnte Isabel ihre Neugier nicht im Zaum halten. Sie ließ sich auf dem Boden zwischen den Schachteln nieder und schrie vor Freude über die exquisite, mit Spitze besetzte seidene Unterwäsche, die Seidenstrümpfe, einen Sonnenschirm und zwei Kleider mit modischen Puffärmeln, im Regency-Tapetenmuster gestreift und mit Pfingstrosen und Veilchen gemustert. Der indische Seidenschal war mit Silberfäden durchwirkt, die Haube mit Blumen verziert. Die Schuhe erinnerten sie an Aschenputtels legendäre goldene Pantoffeln, die der Königssohn auf der Schlosstreppe fand.

Die Kleider saßen wie angegossen. *Marmaduke Gamble kennt sich mit Frauenkörpern wirklich aus. Aber vermutlich ist das nichts Besonderes für einen Casanova.*

Als sie ihr Spiegelbild bewunderte, war Isabel so aufgeregt, dass sie beinahe die Folgen ihres Kampfes vergaß: ein dick angeschwollenes Auge. Doch Marmaduke hatte an alles gedacht. Ein weiteres kleines Päckchen enthielt eine silbern und gold gemusterte venezianische Augenmaske.

Was ist das bloß für ein Mensch? Er ist so weit von einem englischen Gentleman entfernt wie der Nordpol vom Südpol. Er ist unverschämt arrogant, ungehobelt, unsensibel, hinterhältig und beleidigend.

Es klingt, als bräche er die Zehn Gebote ebenso beiläufig wie andere das Siegel eines Briefes. Er mag mich nicht und auch alle englischen Siedler nicht, denen er unterstellt, sie wären in sein Land eingedrungen. Ich habe ihn vom ersten Augenblick an gehasst – und das ist das Einzige, was wir gemeinsam haben.

Isabel bedeckte ihre Augen mit der venezianischen Maske und fragte ihr Spiegelbild: »Aber ein Mann, der einer Dame eine Maske kauft, um ihr einen peinlichen Auftritt in der Öffentlichkeit zu ersparen, kann ja nicht nur schlecht sein, oder?«

Kaum hatte sich dieser Gedanke Ausdruck verschafft, schöpfte Isabel auch schon wieder Verdacht. Marmadukes Geschenke hinterließen vielleicht den Eindruck von Großzügigkeit, aber sie hatte für die Wahrheit stets teuer bezahlen müssen. Charme und Freundlichkeit bei einem Mann verbargen nur die Waffen seiner Grausamkeit und Manipulation.

Sie seufzte und wiederholte im Stillen die Zeile aus *Romeo und Julia*: »Kein Glaube, keine Treu noch Redlichkeit ist unter Männern mehr.«

DREIZEHN

Am folgenden Morgen schlüpfte Isabel in eins der hübschen neuen Kleider, die Marmaduke ihr gekauft hatte, setzte sorgfältig die venezianische Maske auf, um zu verhindern, dass sie ihre Locken plattdrückte, und wartete in der Hotelsuite der Gambles, wobei sie ihren zusammengeklappten Sonnenschirm umklammert hielt wie eine Waffe.

Sie hatte keine Ahnung, wo der Barbar sie hinzubringen gedachte, doch seine Erinnerung, dass es bereits Winter in der Kolonie war, hatte sie darauf vorbereitet, dass es wärmer sein würde als an einem englischen Frühlingstag.

Punkt neun trudelte Marmaduke ein. Isabel warf einen Blick auf seine Aufmachung und war entsetzt. Er war barhäuptig, trug die weite Jacke und Hose, die sie als typische Sträflingstracht wiedererkannte, dazu ein rotes Halstuch und ein zweites, getüpfeltes Tuch um den Kopf wie ein Pirat.

Trotzdem betrachtete er sie so kritisch, als wäre er ein Modefachmann.

»Was stimmt denn nicht?«, fragte sie herausfordernd.

»Sie genügen den Anforderungen. Aber Sie brauchen eine Sonnenhaube, sonst enden Sie mit einem Haufen Sommersprossen im Gesicht. Dieser Schirm taugt nur zum Flirten. Nehmen Sie einen Schal und einen Fächer mit. Und ziehen Sie sich Schuhe für draußen an. Sie werden den ganzen Tag allein im Freien sitzen.«

»Und wo sind *Sie*?«

»Keine Sorge. Sie werden mich nicht aus den Augen verlieren. Meine Kumpel und ich müssen eine Herausforderung annehmen. Kriegsspiel mit zwölf Desperados.«

Isabel biss nicht an. »Ach wirklich?«, gab sie kühl zurück. »Könnte es sein, dass Sie tödlich verletzt werden?«

Marmaduke hob belustigt eine Braue. »Das würde vermutlich unser beider Probleme lösen, wie?«

Ohne ihre Antwort abzuwarten, nahm er sie am Ellbogen und führte sie eilig nach unten, wo Thomas neben der geschlossenen Familienkutsche der Gambles wartete.

Während sie schweigend auf ihr unbekanntes Ziel zufuhren, war Isabel hin- und hergerissen. Einerseits wollte sie sehen, was in der Stadt los war – ein Gefangener am Pranger wurde von Kindern mit faulem Obst beworfen, etwas weiter gab es einen Streit zwischen einem bescheidenen Einspänner und einem Ochsenkarren –, andererseits warf sie dem Mann, der ein einziges Geheimnis für sie war, verstohlene Blicke zu.

Trotz ihrer Verachtung für Marmadukes unzivilisierte Manieren ertappte sie sich dabei, ihn so aufmerksam zu beobachten wie ein Schuljunge einen unbekannten Käfer unter einem Mikroskop. Beunruhigt registrierte sie, dass auch das Gegenteil der Fall war. Der Käfer beobachtete *sie*.

Er findet mich ebenso widerwärtig wie ich ihn. Aber was soll ich machen? Wenn ich ihn nicht heirate, hätte George Gamble einen Grund, sein ganzes Geld zurückzufordern und Onkel Godfrey müsste nach The Rules.

Isabel fühlte sich wie eine unerfahrene Frau in einer De-Rolland-Gamble-Schachpartie, die von mächtigen Männern ausgetragen wurde.

Wie kann ein Bauer wie ich darauf hoffen, den König herauszufordern und das Schachmatt zu liefern, mit dem ich gewinne?

Sie verbarg ihre Überraschung, als Thomas die Kutsche vor dem gusseisernen Tor in der hohen Mauer der Militärkaserne in der George Street anhielt. Marmaduke wies sich bei dem Dienst habenden Wachmann aus und setzte knapp hinzu: »Colonel Despard erwartet uns.«

»Ganz recht«, erwiderte der Wachmann mit seinem schneidigen englischen Akzent. »Mögen die Besseren gewinnen.« Und wie nach einem »Sesam öffne dich« schwangen die Torflügel auf, sodass Thomas die Kutsche hindurchlenken konnte.

Isabel staunte über den Anschlag an dem Tor: *Rasen betreten verboten – auf Anweisung von Colonel Despard.*

Die Kaserne hinter der steinernen Mauer war riesig und bildete so etwas wie ein abgeschlossenes militärisches Dorf. Zwei lange doppelstöckige Gebäude zogen sich auf beiden Seiten des beeindruckenden Hauptquartiers endlos hin. Alle Baracken zusammen mussten eine Fläche von vier Blocks in der Stadt umfassen und waren in der Lage, alle vier in der Kolonie stationierten Regimenter mitsamt ihren Pferden, Waffen, Munition, Lagern und der kleinen Armee von Sträflingen, die den Soldaten zugewiesen waren, unterzubringen.

Nachdem sie an dem grünen Rasen vor der Offiziersmesse gehalten hatten, geleitete Marmaduke Isabel eilig zu einer schattigen Bank unter einem Baum am Rand einer Art Drillplatz, der mit Gras bewachsen war.

»Das müsste einigermaßen sicher sein. Jedenfalls außerhalb der Schusslinie«, fügte er rätselhaft hinzu, bevor er in einem der Gebäude verschwand.

Isabel kam sich vor, als wäre sie die letzte lebende Frau in einer Männerwelt, als sie auf den Beginn der Kriegsspiele wartete. Doch statt des erwarteten Erscheinens von bewaffneten Militäroffizieren in der traditionellen Uniform britischer Rotröcke und Tschakos handelte es sich bei den Männern, die jetzt aufmarschierten, um förmlich gekleidete Gentlemen mit »Angströhren« aus schwarzer Seide auf dem Kopf und Spikes unter den Stiefeln. Auf beiden Enden eines abgetretenen Grasstreifens rammten sie Tore in den Boden.

»Mein Gott, es ist ein Kricketmatch!«, entfuhr es ihr, wobei sie sich plötzlich bewusst wurde, dass zwei Damen, dem Akzent zufolge Offiziersfrauen, hinter ihr Platz genommen hatten und sich lebhaft über die neuesten Pariser Modezeitschriften unterhielten, die mit einem seit Kurzem in Port Jackson ankernden Schiff gekommen waren. Sie verstummten und warfen einen Blick zu den Männern hinüber.

»Aber natürlich, meine Liebe«, sagte die ältere Matrone herablassend. »Schade ist nur, dass wir nicht genügend Offiziere haben, um zwei Mannschaften zu bilden. Daher bleibt uns nichts anderes übrig, als ein Currency-Team einzuladen. Es ist wild durcheinandergewürfelt, Sie können sich vorstellen, wie rau sie spielen werden. Aber bestimmt haben die unsrigen sie bis zur Teepause ausgebowlt, dem Himmel sei Dank.«

Soldaten niedrigen Ranges hatten sich am Rand des Spielfelds versammelt. Das Offizier-Team und die zuschauenden Soldaten begrüßten die Mannschaft der Einheimischen mit herzlichem Applaus, als diese, angeführt von ihrem Kapitän Marmaduke, im Gänsemarsch auf das Feld kamen.

Isabel holte tief Luft, als sie den Unterschied zwischen der Förmlichkeit der Offiziere mit ihren hohen schwarzen Hüten und Marmadukes Currency-Mannschaft sah. Keiner von ihnen hatte die traditionelle Kricketuniform aus cremefarbenem Hemd und Hose an. Alle zwölf Spieler trugen weite, sportliche Kleidung und hatten ihre Köpfe mit einem Sammelsurium von zusammengeknoteten Tüchern oder zerbeulten Strohhüten bedeckt. Zwei kamen in Strümpfen. Der Rest der Mannschaft, darunter auch Marmaduke, trat barfuß an.

Isabel schnappte das entsetzte Tuscheln hinter sich auf.

»Der Currency-Kapitän ist der Sohn von Gamble, diesem neureichen Emanzipisten. Was soll man auch von solch einem Hintergrund erwarten? Diese Leute wissen einfach nicht, wie man sich benimmt.«

»Kolonialer Barbarismus, *n'est-ce pas*?«

Isabel lief rot an vor Wut, beschloss jedoch, sie zu ignorieren.

Der Kapitän der englischen Militärmannschaft gewann den Münzwurf und schickte seine Mannschaft zum Batten.

Marmaduke bowlte als Erster. Isabel empfand ein eigenartiges Gefühl von Stolz, als sie sah, wie er barfuß auf den Pitch zulief und den Eröffnungsball warf, so schnell, dass er an dem wild geschwenkten Schläger des Batsman vorbeiflog, das Tor um ein Haar verfehlte und von dem dahinter kauernden Wicket-Keeper gefangen wurde. Die Tatsache, dass ihr Kapitän schon beim ersten Wurf des Matchs beinahe ausgebowlt worden war, sorgte für ein überraschtes Raunen unter den zuschauenden Soldaten.

Zwei Runs später, als derselbe Batsman mit seinem schwarzen Hut erneut vor ihm stand, bowlte Marmaduke ihn mit dem letzten Ball des Overs aus. Einhelliger Jubel erhob sich unter den einheimischen Spielern auf dem Feld. Mehrere Spieler sprangen wie Frösche an Marmaduke hoch und klopften ihm überschwänglich auf den Rücken; einer zog ihn sogar begeistert an dem langen Haar.

Isabel wandte sich zu den Offiziersgattinnen um und sagte höflich: »Dieser teuflisch gute Bowler ist mein Verlobter. Er spielt nicht schlecht für einen kolonialen Barbaren, *n'est-ce pas*?«

Ihre hochmütige Reaktion auf den Anblick ihres Gesichts erinnerte sie, dass sie eine Karnevalsmaske trug – tagsüber undenkbar für eine Dame.

Wahrscheinlich sehe ich aus wie eine Frau aus der Halbwelt.

Keine üble Vorstellung.

Ohne Kampf ließ sich das Match eindeutig nicht gewinnen. Beide Mannschaften legten sich ins Zeug, doch Isabel erkannte rasch, dass die dynamische Taktik des Currency-Teams, sein unbändiger Humor, die riskanten, ausgefallenen Kunststücke beim Barfußlaufen und die sportlichen Luftsprünge, um die unglaublichsten Würfe zu fangen, sich vereinten und den Sieg in greifbare Nähe rückten. Dann war es Zeit für eine Pause.

Statt sich der Gefahr auszusetzen, erneut von den Frauen der Offiziere vor den Kopf gestoßen zu werden, verzichtete Isabel auf den Tee und ging hinüber zu Thomas, der neben der Kutsche stand.

»Er ist wirklich nicht schlecht!«, musste sie zugeben.

»Das ist noch gar nichts. Ich glaube, dass Sie heute noch einiges mehr erleben«, antwortete er stolz.

Nach dem Wechsel erwies sich Thomas' Prophezeiung als korrekt. Isabels Aufregung verstärkte sich, als Marmaduke mit seinem Schläger ausholte und die Bälle regelmäßig bis zum Rand des Spielfelds oder sogar über die Köpfe der Zuschauer hinweg beförderte und damit Punkte machte.

Jetzt stand der Sieg fest. Die Offiziere, alles echte Gentlemen, standen an den Stumps und beglückwünschten sie aufrichtig. Kein einziges Mal hatten sie eine Entscheidung des Umpire – ebenfalls ein Offizier und Kollege – in Zweifel gezogen.

»Jesses, hab ich einen Durst!« Marmaduke wandte sich zu seinen Spielern um, während die sich in den Sattel schwangen, um wieder nach Hause zu reiten. »Hat jemand Lust, ein Bier mit uns zu trinken? Ich fahre zum Abzweig auf der Parramatta Road und den Surry Hills.«

Zwei aus seiner Mannschaft, die zu Fuß gekommen waren, kletterten neben Thomas auf den Kutschbock, um sich bis zum anderen Ende der Stadt mitnehmen zu lassen. Noch bevor sie das Tor der Kaserne passiert hatten, rieben sie Salz in die Wunde des Gegners, indem sie ein Lied anstimmten, um ihren Sieg zu feiern.

Isabel hatte keine Mühe, den Refrain am Ende der Strophen zu verstehen, bei dem Marmaduke genüsslich einstimmte: *»Rasen betreten verboten, auf Anweisung von Corporal Desperado!«*

Als die beiden Spieler am Ende der George Street kurz vor

dem Toll Gate von der Kutsche herabkletterten und auf eine Kneipe zusteuerten, wandte sich Marmaduke zu Isabel um. Auf seinem Gesicht lag jenes dämliche Lächeln, dem sie nicht über den Weg traute.

Er hält sich für oberschlau. Als hätte er mir gerade eine Falle gestellt.

»Wenn Sie genauso Durst haben wie ich, könnten Sie jetzt ein Wasserloch ausprobieren, in dem man den besten Grog in ganz Sydney Town bekommt. Jede Wette, dass es da, wo Sie herkommen, so etwas nicht gibt.« Dann setzte er beiläufig hinzu: »Falls Sie sich trauen.«

»Alles, was Sie können, kann ich auch, Marmaduke«, entgegnete Isabel kühl. Ihr Mund war so ausgetrocknet, dass sie bereit gewesen wäre, zu Fuß die Blue Mountains zu überqueren, falls es auf der anderen Seite etwas zu trinken gäbe.

Sie passierten das alte Toll Gate. Dann bogen sie in einen breiten Feldweg mit einem neuen Namen ein, die Parramatta Road. Ein Meilenstein zeigte die Entfernung bis Parramatta an. Diesem Dorf, so erklärte Marmaduke, hatte man die Ernten zu verdanken, die die kleine Kolonie in den ersten Jahren nach Ankunft der First Fleet vor dem Verhungern bewahrt hatte.

»Heute ist Parramatta eine wohlhabende Gemeinde. Unser zweites Gouverneursgebäude dient dem Gouverneur als Sommerresidenz und wird erheblich mehr geschätzt als sein ursprünglicher Sitz in Sydney.«

»Parramatta. Was für ein reizendes Wort. Stammt es von den Aborigines ab?«

»Richtig. Die Übersetzung, die mir am besten gefällt, lautet: der Ort, an dem sich die Aale hinsetzen. Gemeint ist: wo Aale brüten.« Dann fügte er listig hinzu: »Schon mal Aal gegessen?«

Isabel hielt sich gerade noch zurück, bevor sie eine verächtliche Bemerkung darüber machte, dass Aal nur in der Unterschicht als Delikatesse galt. Sie war erleichtert, als sie sich ihrem

Ziel näherten. Ein handbemaltes Schild schwang über dem Eingang eines Gasthofs sacht hin und her. Es zeigte einen schwarzen Hund, der auf drei Beinen stand und das vierte, lahme Bein angezogen hatte.

»The Sign of the Lame Dog. Treten Sie durch diese Tür, Isabel, und Sie werden Geschichte schreiben«, erklärte Marmaduke geheimnisvoll.

Als Thomas die Kutsche vor den Eingang lenken wollte, torkelte ein bärtiger Fremder mit einem Strohhut auf dem Kopf den Pferden direkt in den Weg und stieß dabei die schlimmsten Flüche aus, sodass Thomas die Pferde in letzter Sekunde herumreißen musste, damit sie ihn nicht niedertrampelten.

Marmaduke half Isabel beim Aussteigen und wies Thomas an zu warten.

Als sie in den lärmenden, rauchigen Schankraum traten, kam Isabel sich vor, als hätte man sie in eine andere Welt versetzt. Sie waren umgeben von dicht aneinandergedrängten Körpern, die sich alle den Weg zum Tresen erkämpften, und jeder, der ihnen entgegenkam, schimpfte und stieß die anderen in die Seite, damit er Platz genug hatte, um seinen Grog nicht zu verschütten.

Für Isabel waren diese derben Gesichter wie Karikaturen in einer Schmähschrift. Mit ihren streitbaren Zügen, dem zotteligen Haar und den verfilzten Bärten sahen sie aus, als wären sie alle demselben Stamm entsprungen. Die Bandbreite des weiblichen Geschlechts bewegte sich von schmutzigen Arbeiterfrauen bis hin zu protzig gekleideten jungen Dingern in grellen Farben mit wilden Lockenmähnen. Nicht eine einzige Haube, kein einziger Handschuh weit und breit, und alle Männer behielten ihre Hüte oder Mützen auf dem Kopf.

»Ich hole uns etwas zu trinken. Rühren Sie sich nicht vom Fleck!«, sagte Marmaduke, bevor er sich ins Gewimmel stürzte.

Isabel drückte sich flach an die Wand und versuchte, sich den Anschein zu geben, als wäre sie ein regelmäßiger Gast, merkte jedoch bald, dass sie zum Objekt offener Feindseligkeit zweier vollbusiger Frauen geworden war. Eine hatte flammend rotes Haar, das zu ihrem Kleid passte, und die andere, eine Brünette mit kantigem Kinn, war von Kopf bis Fuß mit Flitterzeug behangen.

Ein verkommener Mensch, dessen Hut an eine Ziehharmonika erinnerte und der nur eine Weste über dem bloßen, tätowierten Oberkörper trug, grinste Isabel anzüglich und aufmunternd zugleich an.

»Dich hab ich hier ja noch nie gesehen, Süße«, sagte er, woraufhin die beiden Frauen sie mit ihren Blicken durchbohrten.

Isabel war erleichtert, als Marmaduke sich zu ihr zurückgekämpft hatte und ihr einen Becher reichte, den sie in einem Zug leerte.

»Hier, nehmen Sie meinen auch«, sagte er trocken. »Ich habe schon auf die Schnelle einen an der Bar getrunken. Es ist kein edler Wein, aber wenigstens flüssig. Wie finden Sie die Schenke?«

In der Hitze und dem Gestank nach ungewaschenen Körpern wurde sie beinahe ohnmächtig, aber sie war entschlossen, nicht zusammenzuklappen. *Das also stellt sich Marmaduke unter einer Prüfung vor. Doch was um alles in der Welt will er hier beweisen?*

»Ganz interessant. Sind Sie öfters hier?«

»So regelmäßig wie ein Uhrwerk. Es ist eine von Garnet Gambles Kneipen, sodass man zumindest sicher sein kann, dass der Grog kein selbst gebranntes Giftzeug ist. Während seines Aufstiegs zum Ruhm hat mein Vater die Säufer nach Strich und Faden betrogen, aber heutzutage ist er so scharf darauf, sein Ansehen zu wahren, dass sein Grog wirklich zu den besten der Stadt gehört. Deshalb ist es hier auch so proppenvoll.«

Isabel fühlte sich unbehaglich, als der tätowierte Mann Marmaduke beiseitenahm und ihm vertraulich etwas ins Ohr flüsterte.

Als er wiederkam, fragte sie: »Was wollte dieser schreckliche Kerl?«

»Machen Sie sich keine Sorgen, er wollte Sie bloß kaufen. Doggo ist ein mickriger Zuhälter, ein Hurentreiber. Früher hat er Kampfhunde ausgebildet, jetzt hält er sich eine Reihe von Straßenmädchen. Er hat mich für Ihren Kuppler gehalten. Wollte Sie in seine Mannschaft aufnehmen. Ich habe ihm gesagt, dass Sie meine Begleiterin für diese Nacht sind«, setzte Marmaduke lässig hinzu, »aber dass er morgen wiederkommen und sein Glück versuchen soll.«

Isabel war froh, dass ihre venezianische Maske ihr Entsetzen verbarg. Sie zwang sich zu einer ebenso lässigen Frage. »Wie viel soll ich verlangen?«

Marmaduke hob die Braue. »Dasselbe wie von mir.«

Als er merkte, dass Doggo und seine beiden Mädchen nun bewusst auf sie zusteuerten, legte Marmaduke seinen Arm um Isabels Taille und bugsierte sie durch die Menge, wobei er Thomas mit einem schrillen Pfiff anwies, sie im Auge zu behalten.

Während sie sich durch Surry Hills führen ließ, merkte Isabel, wie das bunte Kaleidoskop von samstagabendlichen Vergnügungen sie gefangen nahm. Ganz gleich, wie abgerissen die Zuschauer waren, alle schienen genügend Geld zu haben, um sich an den diversen Wettkämpfen ringsum zu beteiligen. Selbst Kinder hatten kleine Münzen, die sie setzen konnten. Sie schauderte angesichts der Raufereien von blutüberströmten Faustkämpfern, lokalen Größen, die gegen die gefeierten Hawkesbury-Champions antraten. Doch Männer hatten zumindest die Wahl. Als sie die grausamen Wettkämpfe zwischen Tieren sah, fuhr sie zurück. Während die mit Sporen ausgestatteten Hähne sich gegenseitig zerfleischten, spendeten die Zuschauer mit derben Hochrufen Beifall. Doch als eine gewaltige Bulldogge um ein Haar einen tapferen kleinen Kelpie im Ring verschlang, buhte die Menge, obgleich die meisten auf die Bulldogge gesetzt hatten.

»Das ist der typische Sportsgeist der Einheimischen«, erklärte Marmaduke. »Als Wettkämpfer setzen wir schmutzige

Tricks ein, um zu gewinnen, aber als Zuschauer ergreifen wir fast immer Partei für die Benachteiligten.«

Der Wein hatte Isabel mutig gemacht. »Haben *Sie* auch schmutzige Tricks angewendet, als Sie sich duellierten?«

Er warf ihr einen scharfen Blick zu. »Wenn Gentlemen sich duellieren, folgen sie einem Ehrenkodex. Ich bin kein Gentleman.«

Ich wünschte, ich hätte das nicht gefragt. Wenn er einen Mann im Duell getötet hat, müssen meine leichtsinnigen Worte wie der Finger in einer Wunde sein, die nicht heilen will.

Doch es blieb keine Zeit, sich zu zügeln. Isabel merkte, dass Doggo und seine aufgeputzten Mädchen ihnen dicht auf den Fersen waren. Dann stieß der tätowierte Kraftmeier Marmaduke die Faust in die Brust, als wollte er ihn zum Kampf herausfordern.

Die Rothaarige erklärte Isabel derweil unverhohlen: »Lass die Pfoten von unserem Doggo. Du kannst deinen Geschäften in The Rocks nachgehen, wo du hingehörst.«

Die hohlwangige Brünette schnappte vergeblich nach Isabels Maske, während die Rothaarige Isabel im selben Augenblick einen Stoß versetzte, der sie rückwärtsstolpern ließ. Isabel gewann ihr Gleichgewicht zurück, zeigte auf den tätowierten Doggo und suchte nach dem vulgärsten Ausdruck, den sie kannte.

»Den? Ich würde ihn nicht mal mit der Kneifzange anfassen!«

Zu Tode beleidigt heulten beide Mädchen auf und stürzten sich auf Isabel. Marmaduke und der Zuhälter brachen ihre Verhandlungen ab und gingen dazwischen.

Isabel hatte noch nie eine derart giftige Sprache gehört wie die Obszönitäten, die ihr die beiden Frauen jetzt ins Gesicht brüllten. Sie versuchte, sich zur Wehr zu setzen, war jedoch erleichtert, als Marmaduke ein paar Worte mit Doggo wechselte und beide einvernehmlich nickten.

Der Zuhälter gab seinen Mädchen ein Zeichen, und sie wichen zurück.

Marmaduke klärte sie beiläufig auf. »Das ist sein Territorium. Keine Sorge, es gibt eine einfache Methode, dafür zu sorgen, dass er sein Gesicht wahren kann. Das Spiel ist die Religion der Kolonie. Ich habe vorgeschlagen, dass Sie im Wettlauf gegen Doggos Nutte antreten.«

»Sie sind ja verrückt. In diesen Schuhen könnte ich keine fünf Meter laufen!«

»Müssen Sie auch gar nicht. Drehen Sie sich um. Na los, machen Sie schon!«

Verwirrt wandte Isabel ihm den Rücken zu, sah jedoch misstrauisch über die Schulter. »Warum?«

»Halten Sie den Mund und spreizen Sie die Beine.«

»Das werde ich bestimmt nicht tun.«

»Machen Sie die Beine breit, Soldat, das ist ein Befehl!«, herrschte Marmaduke sie an.

Isabel wollte sich gerade umdrehen und ihm ins Gesicht schlagen, als sie das entsetzliche Gefühl hatte, ein behaarter Hund schöbe sich zwischen ihre Beine. Dann flog sie in die Luft! Ihre Röcke waren bis zu den Schenkeln hochgerutscht, die Beine nach vorn ausgestreckt, und ihr Gesichtsfeld war verdreht. Sie saß auf Marmadukes Schultern hoch über den Köpfen der Menge. Er umklammerte ihr linkes Fußgelenk und ihre rechte Hand.

Isabel sah, dass die vollbusige Rothaarige jetzt in ein Streitgespräch mit ihrem tätowierten Zuhälter verstrickt war. Die Brünette war die Leichtere der beiden; als Doggo sie zu seinem Jockey bestimmte, kletterte sie ihm auf die Schultern und kreischte triumphierend.

Ein junger Bursche mit rotem Hemd, der selbst ernannte Schiedsrichter, erklärte eine Schubkarre voller Kohlköpfe zum Startpunkt des Rennens, das zwei Mal um den Block führen und dann wieder bei der Schubkarre enden sollte. Rasch sammelte sich eine Menschenmenge an, und ein kleiner Bengel fing an, die Leute abzukassieren, um Geld zu machen.

»Ihr Einsatz, bitte! Wer wird gewinnen, unsere Hure Maggie oder die britische Nutte?«

»Meint er etwa mich?«, zischte Isabel Marmaduke ins Ohr.

»Ja, Soldat, aber nur heute Nacht. Morgen sind Sie wieder respektierlich.«

Der Schiedsrichter mit dem roten Hemd steckte zwei Finger in den Mund und stieß einen schrillen Pfiff aus.

Das Rennen hatte begonnen. Marmaduke hatte einen leichten Vorsprung, doch Doggo blieb dicht hinter ihm. Die Menge drängelte sich hinter ihnen, grölend, buhend und pfeifend, als Marmaduke ins Stolpern geriet, sodass Isabel das Gleichgewicht verlor und fast heruntergerutscht wäre. Instinktiv griff sie in seine Locken, als wären sie die Zügel eines Pferdes.

Isabel war nicht nur aufgebracht über die öffentliche Zurschaustellung ihrer nackten Beine, sondern auch beunruhigt über die Wärme von Marmadukes Nacken zwischen ihren Schenkeln. Es fühlte sich an, als ritte sie auf einem ungesattelten, zweibeinigen Pferd. Marmaduke hielt sein Tempo aufrecht, doch als sie die Backsteinmauer der Albion-Brauerei passierten, drangen seine Worte nur noch als angestrengtes Grunzen an ihr Ohr.

»Ich habe auf Sie gewettet, Soldat. Kommen sie näher?«

Isabel warf einen Blick zurück. Doggo und sein Jockey Maggie holten rasch auf.

»Schneller, schneller!« Eine Welle von Erregung packte sie.

Fünfzig Meter vor der Ziellinie lagen sie auf gleicher Höhe. Maggie stieß einen unflätigen Fluch aus und schwang ihre Perlenketten wie ein Lasso in Isabels Richtung. Diese hatte kaum Zeit, den Kopf einzuziehen.

»Du solltest dich schämen! Das ist doch kein Kricketmatch!« Isabels englischer Landadel-Akzent verriet ihren Zorn, und die Menge brüllte zustimmend auf. In Sichtweite der Schubkarre mit den Kohlköpfen trieb sie Marmaduke noch einmal an.

»Na los! *Schneller!* Wir schaffen es, ich weiß es!«

Mit einer letzten, enormen Kraftanstrengung zog Marmaduke davon und gewann schließlich mit zehn Metern Vorsprung.

Isabel ärgerte sich über den Mangel an britischem Fairplay bei ihrer Rivalin, doch dann sah sie zu ihrer großen Überraschung, wie Maggie, die Hure, ihren Zuhälter lachend umarmte. Die Menge schien ihnen allen zu applaudieren. Verlierer gab es nicht.

Die Rothaarige stürzte auf Isabel zu und schlang die Arme um sie.

»Du bist in Ordnung, Kleines. Komm und trink einen Grog mit uns.«

Die beiden Freudenmädchen hakten sich bei Isabel ein und steuerten fröhlich auf die Kneipe zu, doch Marmaduke kam ihr zu Hilfe.

Er legte seine Arme um die Hüften der beiden Flittchen und erklärte, dass er die Engländerin für diese Nacht gebucht habe – eine Sache, die sie verstanden und akzeptierten.

Isabel war erleichtert, als sie Thomas entdeckte, der versuchte, die Kutsche auf sie zuzulenken.

Marmaduke bedankte sich für die anerkennenden Pfiffe des Publikums, indem er königlich winkte, und half Isabel beim Einsteigen. Dann ließ er sich auf den Sitz ihr gegenüber fallen und musterte sie neugierig. »Nun, was sagen Sie zu den Vergnügungen eines Samstagabends in der Kolonie? Ganz schön ungehobelt, nicht?«

Ah, darum geht es also. Er möchte, dass ich ihn *verlasse! Ein Spiel für zwei!*

»Ihre Currency-Mannschaft hat fair und sauber gewonnen – selbst wenn sich barfuß zu spielen eigentlich nicht gehört. Aber ohne *mich* hätten Sie das Wettrennen heute Abend nicht gewonnen!« Nach einer kleinen Pause setzte sie kühl hinzu: »Wie viel Geld haben Sie mit mir gewonnen?«

Marmaduke hob eine Braue, doch sie sah das Lachen in seinen Augen.

Sie nahm die Maske ab und blickte ihn an, ohne sich um das blaue Auge zu scheren.

»Habe ich Ihre Prüfung bestanden?«

Marmaduke nickte langsam. »Mit Glanz und Gloria, Soldat!«

VIERZEHN

In der blendenden Morgensonne zuckte Marmaduke vor Schmerz zusammen. Er war auf dem Weg zum Sign of the Red Cross, wo er ein Hinterzimmer gebucht hatte, um mit Edwin zu Mittag zu essen. Außerdem ging ihm der Lärm aus dem Saloon auf die Nerven, wo die Betrunkenen ein misstönendes Seemannslied angestimmt hatten.

Marmaduke brauchte den kühlen, juristisch geschulten Kopf seines Freundes, um seine Verwirrung angesichts der Ereignisse der letzten Tage zu zerstreuen, darunter auch Isabels ehrliches Eingeständnis ihrer verlorenen Unschuld. Marmaduke rühmte sich der Tatsache, dass er gegen die Lügen einer Frau gefeit war, nachdem er als Jugendlicher so enttäuscht worden war. Er war sicher, dass Isabel ihm die Wahrheit gesagt hatte; instinktiv wusste er aber auch, dass noch mehr dahintersteckte.

Maeve riss ihn aus seinen Grübeleien, als sie mit einem Tablett eintrat. Darauf balancierten die besten Weingläser des Hauses sowie eine Flasche Hunter River Claret, die er bestellt hatte.

»Sehr schön, Maeve. Ich freue mich, dass der Wirt die junge Weinfabrikation unserer Kolonie unterstützt.«

»Vielen Dank, Sir. Sie sind bestimmt mit Ihrem Freund zum Essen verabredet, nicht? Dem Herrn Anwalt?«

»Edwin Bentleigh, ja, richtig, Maeve. Aber offen gestanden, bin ich ganz froh, dass ich vor ihm da bin. Ich möchte Ihnen nämlich etwas anvertrauen. Mein Freund respektiert und bewundert Sie sehr, aber er ist von Natur aus übertrieben schüchtern. Ich weiß, dass er Sie gern fragen würde …«

Maeve hörte nicht auf zu lächeln, doch an der kaum merklichen Art, wie ihre Wimpern flatterten, erkannte er, dass es ein Zeichen von Argwohn war, nicht etwa der Versuch, mit ihm zu flirten. Rasch sprach er weiter, um sie zu beruhigen.

»Mein Freund würde Sie gern näher kennen lernen.«

Maeve stand mit in die Hüften gestemmten Armen und blitzenden Augen vor ihm. »Sie wollen also, dass ich mit ihm ins Bett gehe – ist es das? Nun, ich will Ihnen etwas sagen, Mr Gamble. Ich bin hier, um Ihnen Ihre Mahlzeit zu servieren, nicht um Sie zu *bedienen*, weder Sie oder Ihren Kumpel noch andere vornehme Herren, ganz gleich, was der Wirt Ihnen erzählt haben mag. Der alte Bock drängt mich dazu, den Gentlemen nach Feierabend zu Diensten zu sein, damit er seine Provision einstreichen kann. Ich muss mich anziehen wie ein Flittchen, um meinen Arbeitsplatz zu behalten, aber ich bin verdammt wählerisch, wenn es darum geht, mit wem ich ins Bett gehe!«

Marmaduke war entsetzt, dass sein Versuch, als Vermittler zu fungieren, derartig danebengegangen war.

»Bitte, Maeve! Sie haben mich missverstanden! Ich kenne Edwin so gut …«

»Was um Himmels willen ist hier los, Marmaduke?«

Edwin stand in der Tür. Im Licht der Sonne, die durchs Fenster fiel, wirkte er geradezu heldenhaft.

Marmaduke sackte auf seinem Stuhl zusammen. »Gott steh mir bei, ich hätte heute Morgen einfach nicht aufstehen dürfen. Ich schwöre dir bei meinem Leben, Edwin, ich wollte Maeve einfach nur klarmachen, wie sehr du sie verehrst, aber dass du ein bisschen schüchtern bist. Ich hatte nur die besten Absichten, glaub mir.«

»Mit denen scheint dein besonderer Weg zur Hölle ja gut gepflastert zu sein!«, gab Edwin schneidend zurück. Dann drehte er sich um und verbeugte sich vor Maeve. »Ich hatte den festen

Vorsatz, Sie heute zu fragen, ob ich Sie nächsten Sonntag zu einer Kirche Ihrer Wahl begleiten darf.«

Maeves Ausdruck besänftigte sich. Sie wandte sich an Edwin und kehrte zu ihrer gewohnten professionellen Art zurück. »Ich würde das Rindergulasch in Rotweinsauce empfehlen, Sir, und als Nachtisch Apfelmus mit Sahne.«

»Perfekt«, sagte Edwin. »Mein Freund nimmt dasselbe. Er ist völlig harmlos, wenn man ihn besser kennen lernt. Alles nur Gerede.«

Maeve war offensichtlich nicht davon überzeugt, blieb jedoch in der Tür stehen und lächelte Edwin unsicher zu. »Falls Sie es ernst gemeint haben, Sir, würde ich am liebsten in die katholische Kirche um die Ecke gehen – falls Ihnen ein bisschen Papismus nichts ausmacht.«

Edwin verbeugte sich erneut. »Es wird mir eine Ehre sein.«

Als Maeve hinausging, schenkte ihnen Marmaduke erleichtert Wein ein.

Edwin wischte sich über die Stirn. »Eher würde ich vor Gericht gegen einen Löwen antreten, als so etwas nochmal durchzumachen.« Dann flog ein schüchtern triumphierendes Lächeln über sein Gesicht. »Aber es hat gewirkt! Und jetzt zur Sache.«

Er zog einen Brief aus seiner Ledermappe. »Dein Vater nimmt wirklich kein Blatt vor den Mund. Er hat dich nicht enterbt, wird dir Mingaletta allerdings erst überschreiben, wenn du Miss de Rolland geehelicht und begattet hast. Wir stehen wieder am Ausgangspunkt, mein Freund. Es sei denn, du hast es geschafft, deine Verlobte so vor den Kopf zu stoßen, dass sie es nicht erwarten kann, dir den Laufpass zu geben und mit dem nächsten Schiff nach Hause zurückzusegeln.«

»Ich war ein echter Rüpel, du kannst stolz auf mich sein, Kumpel.«

»Dann hat der Plan funktioniert? Sie kann dich nicht ausstehen?«

»Sie verachtet mich! Aber das Spiel ist noch nicht ganz vorbei. Ich kann das Vertrauen einer Dame natürlich nicht enttäuschen. Sagen wir es so, ich muss den Einsatz heute Abend noch etwas erhöhen, um mich zu befreien.«

»Wie ist sie? Hübsch, unschuldig, formbar, naiv?«

Marmaduke verdrehte die Augen. »Nichts davon. Sie ist keine Schönheit. Flachbrüstig wie ein Junge. Stachelig wie ein Igel. Und so was von arrogant, dass sie vermutlich glaubt, die Engländer, nicht die Juden seien das von Gott auserwählte Volk.«

»Lieber Himmel, hat sie denn überhaupt nichts Anziehendes?«

Marmaduke überlegte. »Nun ja, doch, *ein* sehr hübsches grünes Auge.«

Edwin hätte sich beinahe an seinem Wein verschluckt. »Eins? Was ist mit dem anderen passiert?«

»Es hat sich unter einem Veilchen versteckt, das sie sich bei einer Schlägerei mit amerikanischen Walfängern in The Rocks geholt hat.«

Edwin war sprachlos, bis Marmaduke ihm alles über Isabel erzählte, abgesehen von einem Punkt. Er versuchte, die Lücke in seiner Schilderung zu umschiffen, um Isabels Eingeständnis ihrer verlorenen Unschuld nicht preisgeben zu müssen.

»Und als ich gestern Abend mit ihr in Surry Hills und im Tyron war …«

»*Wo* wart ihr?«

»Gehört alles zu meinem Plan, Kumpel. Ich habe sie sozusagen ins kalte Wasser geworfen und ihr Sydneys Schattenseite gezeigt. Ich wollte sie überzeugen, dass ich ein eingefleischter Frauenheld bin, sodass sie gar keine andere Wahl hat, als mir den Laufpass zu geben.«

»Das hat bestimmt gewirkt.«

»Nicht ganz. Hier ist der Haken, Kumpel. Isabel hat die schlimmsten englischen Eigenschaften, die es gibt. Sie ist hochnäsig und hat eine Zunge so scharf wie ein Rasiermesser. Das Verrückte ist nur, dass sie auch die besten englischen Eigenschaften besitzt. Sie ist ziemlich unerschrocken, ja sogar tapfer. Jede andere Frau hätte sich die Augen aus dem Kopf geheult nach dem, was sie seit ihrer Landung hier erlebt hat. Aber Isabel hat keine Träne vergossen. Und sie ist erstaunlich abenteuerlustig. Sie hat etwas, das mich fasziniert, Kumpel. Ich kann es noch nicht genau sagen. Aber es wäre möglich, dass sie die einzige absolut ehrliche Frau ist, die ich je getroffen habe. Wirklich.«

Edwin musste das erst einmal verdauen. »Verstehe. Wie willst du weiter vorgehen, um sie dazu zu bringen, dich zu verlassen?«

»Heute Abend esse ich mit ihr in Garnets Privatsuite. Dabei liefere ich ihr eine solch drastische Schilderung meines mörderischen Duells, dass sie bis ins Mark erschüttert sein wird.«

Er machte eine Pause, um ihre Gläser nachzufüllen, und schlug einen leichten Ton an. »Nach dem Dinner lasse ich sie schmoren und gehe ins Theatre Royal. Die große Attraktion des Abends ist Josepha St. John. Nach der Vorstellung gehe ich mit ihr aus«, setzte er sorglos hinzu.

Doch Edwin war wie üblich vorsichtig. »Weiß deine Schauspielerfreundin, dass du eine Verlobte hast?«

»Natürlich. Aber die Hochzeitsfarce wird noch vor Sonnenuntergang ein Ende finden.«

Edwin wirkte skeptisch. »Viel Glück, mein Freund. Sollte ich sagen, in beiderlei Hinsicht?«

»Glück hat nichts damit zu tun, Kumpel. Strategische Planung ist alles. Wie war das noch, was die Briten immer behaupten? ›Die Engländer verlieren jede Schlacht – nur nicht die letzte.‹«

»In diesem Fall solltest du lieber auf der Hut sein, Marmaduke. *Du* bist der Currency Lad. *Isabel* ist die Engländerin.«

FÜNFZEHN

Marmaduke war beflügelt von der Aussicht auf eine lange, lustvolle Nacht mit seiner Geliebten. Es wäre die Belohnung für die letzte Konfrontation mit seiner Verlobten.

Aber nur weil ich die Arme heute Abend zwinge, mir den Laufpass zu geben, muss sie ja nicht gleich verhungern – sie ist sowieso schon klapperdürr.

Zurück im Hotel Princess Alexandrina ging er geradewegs in die Küche, um mit Emile die Einzelheiten eines Abendessens zu zweit zu besprechen, das er für Punkt sechs Uhr in die Suite von Miss de Rolland bestellte.

»Das klingt perfekt, Emile. Und vergessen Sie nicht Ihre köstlichen *choux*.«

Dann begab er sich in seine eigene Suite, badete und schlüpfte in einen nach der letzten Londoner Mode geschnittenen Abendanzug, bevor er sich wie üblich damit abplagte, so lange an seiner Halsbinde herumzuzupfen, bis sie perfekt saß.

Er hatte seine Vorgehensweise bis ins letzte Detail geplant. Die entscheidende Unterhaltung mit Isabel beim Abendessen würde ihm immer noch reichlich Zeit lassen, rechtzeitig zum Theatre Royal und seiner Nacht mit Josepha aufzubrechen. Doch aus einem unerfindlichen Grund kehrten seine Gedanken immer wieder zu dem rührenden Bild einer in ein Laken gewickelten Isabel zurück, die sich alle Mühe gab, trotz ihres blauen Auges würdevoll zu erscheinen. Irgendwie ärgerte es ihn, dass er ein ungewohntes Gefühl von Verantwortung für sie empfand.

An der Tür zu Isabels Suite klopfte er kurz, schloss auf und trat ein. Und da saß sie und wartete auf ihn, maskiert wie für einen Karneval.

Marmaduke war ziemlich verblüfft über die Verwandlung. Isabel saß in einem Sessel gegenüber der Tür. Das Mieder aus zart gemustertem Musselin saß wie angegossen. Obwohl es ihre knabenhafte Brust noch flacher presste, als es die Natur gewollt hatte, bemerkte er die züchtige Wölbung ihrer Brüste über dem Dekolletee. Unter dem Glockenrock lugten ein paar Zentimeter des spitzenbesetzten Unterrocks, die Spitzen ihrer Satinschuhe und ihre Knöchel hervor. Er sah, dass dies nichts mit Koketterie zu tun hatte. Die Länge ihres Rocks zeigte nur, dass sie erheblich größer war als eine normale Engländerin. Wie hatte ihm das alles gestern Abend entgehen können?

Ihr Haar war sorgfältig nach oben frisiert, nur eine Locke fiel ihr achtlos über die Wange. Das heile Auge funkelte hinter der venezianischen Maske, doch diese Tarnung führte nur dazu, dass sein Blick an ihrer komischen kleinen Stupsnase hängen blieb. Und der hübsche Schwung ihrer Lippen fesselte ihn.

Sie sind auf natürliche Art voll. Aber sieh dir das arme Kind doch nur an. Es ist furchtbar nervös. Fährt sich immer wieder mit der Zungenspitze über die Lippen. Jesses, wie jung sie ist!

Trotz seiner Absicht, die Rolle des Kolonie-Rüpels weiterzuspielen, ertappte sich Marmaduke bei den Worten: »Wie bezaubernd Sie aussehen! Haben Sie sich von dem Wettrennen gestern Abend erholt? Ich glaube, Sie sind der beste Jockey, der mich je geritten hat.«

Mist! Sie wird glauben, dass es eine bewusste Anspielung war.

Er spürte, wie ihm der Schweiß ausbrach, und drapierte sein Jackett lässig über der Rückenlehne des Stuhls.

»Ich habe ein paar Häppchen bestellt. Englisches Essen, oder wenn Sie Lust auf Abenteuer haben, die französische Küche unseres Kochs werden Sie hoffentlich in Versuchung führen.«

»In *Versuchung* führen? Ich habe einen solchen Hunger, dass ich …«, sie brach ab, ehe sie sich verplapperte, und fuhr dann fort: »… alles essen würde, was Sie ausgesucht haben. Das Hotel Ihres Vaters ist sehr elegant und modern.«

»Es ist eins von vielen, die er sich nach seinem Transport hierher zugelegt hat.« Er ergriff diese vom Himmel gesandte Gelegenheit beim Schopf, den Namen der Gambles anzuschwärzen. »Zuerst hat mein Vater sich als betrügerischer Kneipenwirt einen Namen in der Kolonie gemacht. Wenn Cockies – das ist unser Ausdruck für Siedler aus dem Hinterland – nach Sydney Town kamen, um ihr hart erarbeitetes Geld zu verjubeln, überredete mein Vater sie, in seinen armseligen Gasthäusern zu übernachten und ihre Drinks bei ihm anschreiben zu lassen. Nach ein paar Wochen Grogsucht hatten sie Rechnungen angehäuft, die sie gar nicht bezahlen konnten. Die einzige Art, ihre Schulden loszuwerden, bestand darin, ihm ihr Eigentum im Busch zu überschreiben. So hat mein Vater angefangen, sein Gamble-Empire aufzubauen.«

Marmaduke wartete auf ihre entsetzte Reaktion. Die Maske verriet keine Regung.

»Heute lebt Garnet Gamble auf einem seiner größten Landsitze, Bloodwood Hall, und überlässt die Regelung seiner Geschäfte einem Team von Verwaltern. Er heuert sie an und feuert sie wieder unter dem Vorwand, sie hätten ihn übers Ohr gehauen – ziemlich paradox, so etwas ausgerechnet von ihm zu hören.«

»Helfen Sie Ihrem Vater bei seinen Geschäften?«, fragte Isabel.

Marmaduke runzelte die Stirn. »Ich dachte, vornehme Damen wie Sie rümpften die Nase über uns minderwertige, Handel treibende Neureiche.«

»Meine De-Rolland-Vorfahren bauten ihr Vermögen mit Sklavenhandel auf. Die gegenwärtige Generation hat es für Glücksspiel und ein Luxusleben aufs Spiel gesetzt. Ihr Vater handelte mit menschlicher Schwäche, meine Vorfahren mit menschlichem Fleisch. Was ist schlimmer?«

Ohne dass er es wollte, wuchs Marmadukes Respekt für sie. »Sie haben eine scharfe Zunge, Miss de Rolland, aber ich sehe, dass Sie Realistin sind. Um Ihre Frage zu beantworten – ich habe mich geweigert, von meinem Vater abhängig zu sein. Daher sind meine eigenen finanziellen Aktivitäten von anderer, verborgener Natur. Ich besitze Anteile an einem Frachtschiff, das Geschäfte mit Neuseeland macht, und ich bin stiller Teilhaber im Geschäft eines jüdischen Emanzipisten namens Josiah Mendoza. Er ist ein ausgezeichneter Uhrenmacher. Jos kauft teuren Schmuck aus zweiter Hand, ohne peinliche Fragen nach der Herkunft zu stellen. Er hat mir viel über Edelsteine beigebracht; manchmal entwerfe ich ein neues Design für ein Stück aus dubioser Quelle. In Sydney hält man es für ganz selbstverständlich, dass Antiquitäten und Schmuck, die in England gestohlen wurden, ihren Weg hierher finden. Man wird sie rascher los, weil es so schwierig ist, ihre Herkunft nachzuverfolgen. Sind Sie jetzt schockiert?«, setzte er hoffnungsvoll hinzu.

Isabel deutete auf seinen Rubin. »Nein. Aber es erklärt Ihr Interesse, Ihre Waren zur Schau zu stellen.«

»*Touché*«, räumte Marmaduke ein.

Verdammt nochmal, immer wenn ich glaube, dass sie mit ihrem Latein am Ende ist, haut sie mich um. Sie ist nicht die kleine dumme Gans, für die ich sie auf den ersten Blick gehalten habe.

In diesem Moment klopfte es an der Tür, und zwei Hausmädchen rollten ein Wägelchen mit Schalen und Schüsseln herein, breiteten ein weißes Tischtuch aus und deckten den Tisch. Dann verließen sie kichernd und knicksend den Raum.

Als Marmaduke die Kerzen anzündete, sah er, wie Isabel sich beim Anblick der vielen feinen Speisen die Lippen leckte und damit verriet, welchen Hunger sie hatte. Ein seltsamer Stich von Mitgefühl durchfuhr ihn.

Armes kleines Ding, ich habe nie im Leben erfahren müssen, was Hunger ist.

»Am besten gestatten Sie mir, Ihnen zunächst kleine Kostproben zu servieren, dann können Sie entscheiden, welche Gerichte Sie bevorzugen«, schlug er vor. Dann füllte er die Champagnergläser und erhob das seine. »Auf das Land, in dem wir leben.«

Nachdem er ihr mehrere Gerichte vorgesetzt hatte, machte er sich genüsslich über seinen Teller her, hielt jedoch inne, als er merkte, wie sie ihn beobachtete.

»Stimmt etwas nicht, Isabel? Sie haben nichts angerührt.«

»Ich war erstaunt. Spricht man in der Sträflingskolonie kein Dankgebet?«

Gereizt, wie ein Schuljunge ermahnt zu werden, ließ Marmaduke Messer und Gabel fallen.

»Jeder hier weiß, dass ich ein Agnostiker und Banause bin. Aber bitte, bedanken Sie sich ruhig bei dem bärtigen alten Herrn da oben, wenn Ihnen danach ist.«

Isabel senkte den Kopf und murmelte: »Ich danke dir, o Herr, für den Segen deiner Freigiebigkeit und dass du mich sicher über die Meere in dieses Land des Überflusses geführt hast.«

Marmaduke knurrte ein hastiges »Amen«. *Ich muss den Champagner strömen lassen, nicht wegen der üblichen Verführung, sondern um herauszufinden, wo sie ihre Achillesferse hat.*

Als Isabel drei *choux* verdrückt hatte, war auch die erste Flasche Champagner geleert. Marmaduke registrierte, dass ihre blassen Wangen nun leicht gerötet waren und sie sich offensichtlich entspannt hatte. Der Alkohol hatte ihre Zunge gelöst. Es war die perfekte Gelegenheit, seine Chance zu ergreifen.

»Sagen Sie mir ganz offen, Isabel: Welchen Eindruck haben Sie bislang von der Kolonie?«

»Zuerst glaubte ich, dass es eine gewisse Ähnlichkeit zu englischen Umgangsformen geben müsste. Ich erwartete das Schlimmste und wurde nicht enttäuscht. Aber vielleicht ist es nicht fair, jedermann nach Ihnen zu beurteilen, dem ersten Mann in der Kolonie, dem ich begegnet bin.«

Marmaduke spürte eine verwirrende Mischung aus Vergnügen, aber auch einen Anflug von Irritation angesichts ihrer Abneigung. »In welcher Hinsicht entsprechen wir nicht Ihren englischen Vorstellungen von Etikette?«

Sie winkte sorglos ab, als wären es zu viele, um sie einzeln aufzuzählen. »Kein englischer Gentleman würde in Anwesenheit einer Dame sein Jackett ausziehen oder seinen Hut aufbehalten. Oder vulgäre Ausdrücke benutzen, die wahrscheinlich Sträflingsjargon sind. Und Ihre Manieren bei Tisch … nun, bestenfalls würde ich sagen, dass Sie eher mit Genuss als mit Eleganz speisen. Jedenfalls dürften Sie nicht darauf hoffen, sich als englischer Gentleman ausgeben zu können.«

Trotz seiner erfolgreichen Darbietung war Marmaduke aus unerklärlichen Gründen verunsichert, antwortete aber leichthin: »Ich hatte Sie nach Ihrer Meinung über mein *Land* gefragt, aber offensichtlich muss ich persönlich mich vor Ihnen verantworten. Während meines jahrelangen Aufenthalts in London hatte ich keineswegs den Wunsch, mich als falscher Engländer auszugeben. Es war viel amüsanter, das zu sein, was ich tatsächlich bin – ein kolonialer Beobachter des englischen Klassensystems. Die Leute auf dem Land fand ich sehr bodenständig und gastfreundlich – wahre Herren der Natur. Und die allerbesten englischen Aristokraten haben so perfekte, ungekünstelte Umgangsformen, dass man sich in ihrer Gegenwart unweigerlich wohlfühlt, egal, aus welcher Gesellschaftsschicht man stammt.«

Er schenkte ihr nach und fuhr dann lässig fort: »Es erstaunt mich daher, dass eine echte englische Dame eine Person niedrigeren Standes in Verlegenheit bringt, indem sie ihn auf seine gesellschaftlichen Verfehlungen aufmerksam macht.«

Isabel wurde rot. Es war lange her, dass er eine Frau hatte erröten sehen.

Sie senkte den Blick. »Sie eignen sich eindeutig besser dafür, gute Umgangsformen zu beurteilen, Sir. Es tut mir leid, wenn ich Sie gekränkt habe.«

»Mir auch, falls es umgekehrt zutreffen sollte«, ergänzte er rasch. »Doch jetzt wollen wir versuchen, das Beste und das Schlimmste über uns zu erfahren, einverstanden? Sie haben ein Recht darauf, die Schattenseite meines Charakters zu kennen. Zweifellos haben unsere Londoner Anwälte die Wahrheit vor Ihren Familienanwälten verschwiegen.«

Marmaduke führte sie zum Sofa und stellte ihr Champagnerglas in Reichweite.

»Neulich haben Sie mich einmal gefragt, ob es in der Kolonie keine Frau gegeben habe, die mit mir vor den Altar treten wollte. Das war eine durchaus berechtigte Frage, die der Wahrheit sehr nahe kam.«

Er trat ans Fenster, als wollte er die Brise vom Hafen genießen, in Wirklichkeit aber nutzte er den schattigen Alkoven, um zu verhindern, dass sie seinen Ausdruck erkennen konnte, während er selbst sie genau beobachtete.

»Als ich mit neunzehn gerade meine Schulausbildung beendet hatte, verlobte ich mich mit einer jungen Frau. Für mein ungeübtes Auge war sie eine große Schönheit, die aufgrund eines leider allzu verbreiteten Verbrechens hierher transportiert worden war. Ich wusste, dass sie ein gefallenes Mädchen war, behandelte sie aber trotzdem mit dem größten Respekt. In meinen Augen war sie ein unschuldiges Opfer der Gesellschaft. Mein Vater dachte anders und verbot die Hochzeit. Als ich drohte, mit ihr durchzubrennen, gab er schließlich seine Einwilligung, weigerte sich jedoch, an der Trauung teilzunehmen. Ich wartete drei Stunden vor dem Altar. Meine Braut kam nicht. Ich war nichts weiter als ein Schuljunge, der sich in die Idee der Liebe verliebt hatte. Doch diese absurde Mesalliance kurierte mich ein für alle Mal von der *Illusion* der Liebe.«

Marmaduke wartete. *Verdammte Maske. Ich kann nicht sehen, was sie denkt.*

»Macht es Sie immer noch traurig?« Er war überrascht, als sie diese leise Frage stellte. Er zog sein Jackett wieder an, als wäre es eine Rüstung, die ihn unbesiegbar machte.

»Lieber Himmel, nein! Diese junge Frau hat mich befreit, damit ich die Welt so sehen kann, wie sie wirklich ist. Seitdem war ich nicht mehr im Stande, mein Leben nur auf eine Frau zu beschränken. Egal, ob verheiratet oder nicht, ich habe die Absicht, als Junggeselle zu leben und meine Freuden da zu suchen, wo es mir passt. Ich bin immun gegenüber zarten Gefühlen. Selbstverständlich behandele ich meine Pferde und Hunde gut, aber wenn es um das schöne Geschlecht geht, bin ich wirklich herzlos, das können Sie mir glauben.«

Jetzt nahm er wieder Platz und sagte in einem versöhnlicheren Tonfall: »Sie sehen also, Isabel, ich liefere Ihnen den perfekten Vorwand, unsere arrangierte Ehe abzublasen.« Plötzlich war er neugierig. »Verzeihen Sie, wenn es sich anhört wie männliche Eitelkeit, aber hat die Miniatur, die mein Vater Ihnen von mir schickte, Sie nicht von der Aussicht auf eine Ehe abgeschreckt?«

»Welche Miniatur? Ich habe keine gesehen.«

»Unsere Londoner Anwälte haben sie einem Mitglied Ihrer Familie übergeben. Einem gewissen Silas de Rolland.«

Er erwartete, dass sie über den Beweis des falschen Spiels, das zweifellos auf Kosten des »geliebten Cousins« ging, schockiert wäre. Doch wie auch immer ihre wahren Gefühle aussehen mochten, Isabel nahm es mit einem Achselzucken hin.

»Ich wäre sogar gekommen, wenn ich einen Affen hätte heiraten sollen. Ich kenne meine Pflicht gegenüber meiner Familie. Vermutlich sah sie die Verbannung in die Kolonie als angemessene Strafe für meine abscheuliche Sünde.«

Marmaduke winkte ab. »Ach, Unsinn! Es ist bestimmt keine abscheuliche Sünde, wenn man sich als unschuldiges junges

Ding seinem Geliebten hingibt. Wenn es so wäre, müsste die Hälfte der weiblichen Bevölkerung im Gefängnis landen.«

Er warf einen Blick auf seine Taschenuhr. Es wurde allmählich Zeit zu gehen. Er musste auf von Starbold zu sprechen kommen. »Es gibt noch etwas, was Sie wissen müssen. Eine Sache, die viel schlimmer ist, als Sie sich vorstellen können.«

Er schenkte sich Champagner nach, als müsste er sich darauf vorbereiten, zum ersten Mal, seit er bei seinem Verfahren als Zeuge vernommen worden war, über den Vorfall zu sprechen. Damals war er ein ungelenker, sechzehnjähriger Bursche gewesen, der unbedingt die Rolle des Ehrenmanns einnehmen wollte. Jetzt fiel ihm auch wieder ein, wie ruhig seine Stimme geklungen hatte, trotz der wackligen Knie, als Edwin, sein Verteidiger, ihm die Frage gestellt hatte, die der Schlüssel für seine Schuld oder Unschuld sein würde. »Erzählen Sie mir mit Ihren eigenen Worten, welchen Anlass es für den Streit mit Ihrem verstorbenen Lehrer Klaus von Starbold gab.«

Die Vergangenheit überrollte ihn erneut.

Die Sonne ging unter, als Marmaduke auf der Suche nach seiner Mutter durch den Busch ritt. Anders als sonst war sie nicht zur gewohnten Zeit von ihrem täglichen Spaziergang mit Queenie zurückgekommen. Sein Vater hatte bereits eine Gruppe von Sträflingsarbeitern zum Scavengers Creek geschickt, wo sie schwimmen wollten. Aus einer Eingebung heraus ritt Marmaduke in die entgegengesetzte Richtung nach Mingaletta.

Vor der untergehenden Sonne hob sich der Schornstein des zerfallenen Gebäudes ab. Der einzige, noch intakte Raum war der leere Weinkeller. Marmaduke war sich sicher, sie dort zu finden, wo sie vermutlich Queenies Geschichten aus ihrer Kindheit in Indien lauschte.

Als er gegen die Tür drückte, schwang sie auf. Zwei Gestalten zeichneten sich im letzten Licht des Tages ab, das durch die Fenstergitter fiel. Als sich seine Augen an die Dunkelheit gewöhnt hatten, blieb er wie erstarrt stehen. Ein nackter Mann lag auf einer Frau und presste ihre

Arme über dem Kopf gegen den Boden, während er wild und hektisch in sie eindrang. Er hörte die Stimme seiner Mutter, »Nein!«, doch daraufhin verschloss der Mann ihr mit einem leidenschaftlichen Kuss den Mund.

Als er den Kopf umwandte, wurde eine alte Narbe auf der Wange sichtbar.

Als Marmaduke jetzt zu der maskierten Frau hinübersah, die ihn aufmerksam beobachtete, wählte er seine Worte mit Bedacht.

»Klaus von Starbold war mein Lehrer. Er vergewaltigte meine Mutter«, erklärte er ohne jede Gefühlsregung. »Ich hatte zwei Möglichkeiten. Ich war der Zeuge meiner Mutter. Ich hätte ihn der Vergewaltigung beschuldigen und dafür sorgen können, dass er gehängt wurde, oder ihn zum Duell herausfordern und die Ehre meiner Mutter rächen. Von Starbold schwor mir, dass er die Kolonie auf immer verlassen würde, sollte er überleben. Er sagte, diese Lösung sei eine Prüfung meiner Männlichkeit. Wollte ich miterleben, dass der gute Ruf meiner Mutter vor Gericht in den Schmutz gezogen und in der ganzen Kolonie verspottet wurde? Oder würde ich mich mit ihm duellieren?«

Isabel sah ihn mit aufgerissenen Augen an, sagte jedoch nichts.

»Am nächsten Morgen traf ich mich mit von Starbold auf dem Kricketfeld, außerhalb der Sichtweite unseres Hauses. Mein Lehrer war so verdammt korrekt, dass er mir noch Anweisungen für die Regeln des Duells erteilte. Nach zwanzig Schritten drehten wir uns um. Ich feuerte zuerst und traf von Starbold in den Magen. Er sah mich überrascht an. Zielte mit der Pistole direkt auf meinen Kopf, um mir Angst zu machen. Dann feuerte er absichtlich in den Boden.«

Isabel rang nach Luft. »Er hatte also gar nicht vor, Sie zu töten. Was ist mit ihm passiert?«

»Ein Bauchschuss ist tödlich. Er bat mich, bei ihm zu bleiben, damit er nicht allein sterben musste. Ich erklärte ihm, dass ich bleiben würde, um ihn sterben zu sehen. Er warf mir ein seltsames Lächeln zu und sagte: ›Ich habe dich gut unterrichtet. Beim nächsten Mal ziel auf mein Herz, das geht schneller.‹ Dann wurden seine Augen glasig. Seine letzten Worte waren: ›Du hast recht getan, deine Mutter vor mir zu beschützen. Ich bin stolz auf dich, junger Mann.‹«

Marmaduke fühlte sich erschöpft, war sich aber bewusst, dass Isabel ihn aufmerksam beobachtete. Er griff nach der Dose mit dem Schnupftabak in seiner Tasche und nahm eine Prise, um zu verbergen, wie sehr seine Hände zitterten.

»Er starb ein paar Stunden später in Queenies Hütte. Edwin Bentleigh, mein damaliger Anwalt und heutiger Freund, schaffte es, die Militärjury zu einem Freispruch zu bewegen. Der wahre Grund für das Duell wurde geheim gehalten, um den Ruf meiner Mutter zu schützen. Aber wahrscheinlich hat die Tatsache, dass mein Emanzipisten-Vater der zweitreichste Mann in der Kolonie ist, einiges zum Ausgang des Verfahrens beigetragen. Gewisse hohe Tiere waren ihm verpflichtet. Vielleicht saßen sogar welche in der Jury, wer weiß?«

»Ihre Mutter war bestimmt sehr stolz auf Sie.«

»Sie hat nie wieder davon gesprochen. Wenige Monate später ist sie gestorben. In Wahrheit aber ging ich an diesem Morgen mit mörderischen Gedanken auf den Duellplatz. Ich hatte den festen Vorsatz, diesen Mann zu töten. Verstehen Sie? Ich war tatsächlich *des Mordes schuldig*.«

Isabel atmete so schwer, dass er Angst hatte, sie könne in Ohnmacht fallen. Doch was dann kam, traf ihn völlig unvorbereitet.

Ihre Stimme brach, als sie unter größter Anstrengung hervorstieß: »Das bin *ich* auch!«

Marmaduke war so überrumpelt, dass er einfach loslachte. Dann ging er quer durch den Raum und klopfte ihr auf die Schulter, als wollte er einem ungezogenen Kind bedeuten, dass ihm alles verziehen war.

»Meine liebe Isabel, wenn Sie so versessen darauf sind, Ihre

Verlobung aufzulösen, müssen Sie es nur sagen. Ich bin mehr als bereit, Sie für Ihre Reise zu entschädigen und mit dem nächsten Schiff nach Hause zu schicken. Sie brauchen wirklich nicht zu versuchen, mich an Abgefeimtheit noch zu übertrumpfen.«

Isabel brachte die Worte nur stockend heraus. »Ich bin viel schlimmer als Sie. Ich stand nie vor einem Gericht. Meiner Familie ist es gelungen, mein Verbrechen zu verheimlichen – es war Mord.«

Fasziniert zog Marmaduke einen Stuhl heran. »Ein Mann?«, fragte er.

Sie schüttelte den Kopf. »Ich wünschte, es wäre so. Dann empfände ich wenigstens keine Scham. Nein. Ich habe eine Krankheit, man nennt sie Schlafwandeln. Ich kann mich später nicht daran erinnern, was ich in diesem Zustand getan habe oder wo ich war.« Sie errötete. »Mit dreizehn war ich noch nicht zur Frau geworden. Verstehen Sie?«

»Die Menstruation ist eine schlichte Tatsache des Lebens, Isabel, es gibt keinen Grund, vor dem Wort zurückzuschrecken.«

»Ich kann nicht glauben, dass Sie das laut gesagt haben! In anständiger Gesellschaft würde niemand wagen, davon zu sprechen.«

»Sie befinden sich aber nicht in anständiger Gesellschaft. Sie sind bei mir – einem Australier.«

»Das werde ich bestimmt nicht vergessen«, erwiderte sie ärgerlich. »Sie finden das vielleicht amüsant, aber für mich ist es sehr schmerzlich.«

Marmaduke beruhigte sie rasch. »Ich bitte aufrichtig um Verzeihung. Bitte erzählen Sie weiter.«

»Das Schlafwandeln wurde schlimmer. Ich verschwand für sieben Tage. Dann fand man mich im Wald, wo ich allein umherirrte. Ich hatte keine Erinnerung daran, was in der Zwischenzeit passiert war. Nach meiner Rückkehr wurde ich eingesperrt. Zu spät.« Jetzt sprudelten die Worte nur so aus ihr heraus. »Ich hatte nie *geblutet*, daher merkte ich es erst Monate später. Ich war schwanger.«

Marmaduke griff nach dem Champagner. *Jesses, was kommt wohl als Nächstes?*

»Mein Vormund sagte, ich sei nicht verantwortlich für meine Krankheit, müsse jedoch streng beaufsichtigt werden, damit die Wahrheit nicht ans Licht kam. Ich entdeckte ihren Plan. Das neugeborene Kind sollte in ein Waisenhaus in Schottland gegeben werden, um dort auf Nimmerwiedersehen zu verschwinden.«

Marmaduke kniete neben ihr nieder. »Mein Gott, was mussten Sie durchmachen!«

»Die Wehen setzten zu früh ein. Ich floh vor der Dienerin, die mich bewachte, und lief in den Wald, wo das fahrende Volk wie jedes Frühjahr ein Lager aufgeschlagen hatte. Dort gab es eine alte Roma-Heilerin, die für ihre pflanzlichen Heilmittel bekannt war. Sie bat ich um Hilfe. Sie entband mich von dem Kind. Am nächsten Morgen verließ ich das Lager, damit meine Familie ihr keine Scherereien machen konnte.«

Marmaduke rieb ihre Hände zwischen den seinen, um sie zu wärmen. »Sprechen Sie weiter«, drängte er sacht.

»Mein Cousin Silas fand mich, als ich durch das Anwesen irrte. Nie werde ich sein Gesicht vergessen, als ich gestand, das Neugeborene erstickt und die Leiche im Wald vergraben zu haben.« Sie schwieg einen Augenblick und setzte dann herausfordernd hinzu: »Ich erklärte ihm, es sei besser für das Kind, wenn es tot war.«

Ihre Stimme war rau vor Verzweiflung. »Die Bibel behauptet, dass die Wahrheit uns erlöst. Das ist nicht wahr. Mein Kindesmord ist ein Verbrechen, das mich bis an mein Lebensende verfolgen wird.«

Marmaduke streckte den Arm aus, um sie zu berühren, doch sie wich seiner Hand aus.

»So, jetzt haben Sie die Wahl«, fuhr sie kühl fort. »Worauf warten Sie? Nur zu. Lösen Sie unsere Verlobung auf. Ich kann Sie nicht wegen Bruchs Ihres Versprechens belangen. Ich kann nie wieder nach England zurück. Und ich werde auch niemals heiraten. Welcher Mann möchte schon eine Frau haben, die ihr Kind ermordet hat?«

Marmaduke merkte, dass ihm die Worte fehlten, um diese Erfahrung zu kommentieren. Er hatte keine Ahnung, was er sagen sollte, bis er hörte, wie er ruhig und überlegt antwortete.

»Verstehen Sie mich richtig, Isabel, es gibt nur eins, was ich mir wünsche – Mingaletta. Ich möchte Sie nicht heiraten. Es hat nichts mit Ihnen persönlich zu tun. Ich will keine Frau, ich will eine Verbündete. Eine Frau, die meine Komplizin ist. Wie ein bezahlter Söldner. Heiraten Sie mich. Schenken Sie mir Ihre bedingungslose Loyalität – nach außen. Und dafür verspreche ich Ihnen, dass Sie privat sagen können, was Sie wollen. Das scheint ja tatsächlich Ihre Stärke zu sein.«

Sie schnappte nach Luft. »Sind Sie verrückt? Nach allem, was ich Ihnen gerade gebeichtet habe?«

»Sie und ich sind vom selben Schlag. Wir können einander nicht schockieren, wenn wir uns erzählen, wie tief wir gesunken sind. Wir haben beide einen Mord begangen. Wir sind ein perfektes Paar. Sie hassen Männer, und ich liebe die Frauen zu sehr, um mich mit einer zu begnügen. Verstehen Sie? Wir sind das ideale Paar für eine arrangierte Ehe. Ausschließlich wie Bruder und Schwester, natürlich!«

Isabel nahm ihre Maske ab und sah ihn eine volle Minute an, als beflügelte eine wahnwitzige Idee ihre Phantasie. »Was genau würden Sie von einer Verbündeten wie mir erwarten?«

Er berichtete ihr kurz von seinem Versprechen seiner Mutter gegenüber und seinem langen Kampf mit Garnet. »Es tut mir leid, wenn ich so offen spreche, aber das wäre der einzige Grund, aus dem ich Sie oder sonst jemanden heiraten würde. Allerdings muss das nicht lebenslang bedeuten. In einem Jahr, wenn Mingaletta mir gehört, gebe ich Sie frei, und Sie können Ihr eigenes Leben führen.«

»Sie sind *wirklich* verrückt.«

»Nein. Um mit Hamlet zu sprechen, es ist Methode in meiner Tollheit. Wenn Sie in meinen Vorschlag einwilligen, können Sie alle Bedingungen bestimmen.«

»Zweierlei«, gab Isabel wie aus der Pistole geschossen zurück. »Erstens Geld. Zahlbar alle drei Monate. Und zweitens dürfen Sie mich nie wieder über mein Verbrechen oder meine Vergangenheit in England befragen.«

Marmaduke war erstaunt über ihre Geistesgegenwart und auch den Inhalt ihrer Bedingungen, wollte aber nicht darauf herumreiten. »Fein. Ich bin mit beiden Punkten einverstanden. Ich werde Edwin bitten, einen Privatvertrag aufzusetzen. Sobald die Bedingungen erfüllt sind, haben Sie die Möglichkeit, als finanziell unabhängige Frau zu gehen, wohin Sie wollen.«

Er streckte ihr die Hand entgegen, als wären sie zwei Männer, die einen Pakt besiegeln. »Es ist ein Vergnügen, Geschäfte mit Ihnen zu machen, Isabel de Rolland. Wir haben ein paar hektische Zeiten vor uns, daher überlasse ich Sie lieber Ihrem Schönheitsschlaf und gehe ins Theater.« An der Tür blieb er noch einmal stehen. »Morgen bringe ich Sie zur besten Schneiderin von Sydney Town, damit sie Ihnen Ihr Hochzeitskleid näht.«

Die Kirchenuhr in der Ferne schlug neun Mal, als Marmaduke die Stufen des Hotels hinabging und auf die Kutsche zueilte, wo Thomas auf seinem Kutschbock döste.

Marmaduke ärgerte sich, dass er heute gegen die guten Manieren, die ihm so wichtig waren, verstoßen und sich verspäten würde. Er hoffte, trotzdem noch rechtzeitig zu kommen, um die Arie zu hören, die Josepha St. John berühmt gemacht hatte oder zumindest ihre letzte Zugabe, damit er bei ihrem späten Imbiss aufrichtig davon schwärmen konnte.

Sein merkwürdiges Rollenspiel mit Isabel hatte ihn verwirrt. Die Schilderung von der Vergewaltigung seiner Mutter und dem Mord, den er unter dem Vorwand eines Duells begangen hatte, hätte jede andere Frau auf den Britischen Inseln dazu bewegt, ihre Verlobung aufzulösen, nicht aber Isabel de Rolland. Im Gegenteil, sie hatte seine Geschichte mit ihrem bizarren Verbrechen noch übertroffen.

Es war nicht der Kindsmord, der ihn erschütterte, keineswegs ungewöhnlich bei Frauen niederer Stände, um ein ungewolltes Kind gleich nach der Geburt loszuwerden. Das Gesetz war oft nachsichtig und behandelte Vorfälle dieser Art eher als Vergehen denn als Verbrechen. Was ihn so aufbrachte, war die Ungerechtigkeit einer gnadenlosen Rechtsprechung. Wer einen Gentleman bestahl und ihn um sein Taschentuch erleichterte, riskierte eine Abschiebung in die Kolonie. Eine Prostituierte, die einem betrunkenen Freier ein paar schäbige Münzen stahl, musste mit sieben Jahren in New South Wales rechnen, was in Wirklichkeit so viel wie lebenslänglich bedeutete. Nur wenige Strafgefangene kehrten nach Hause zurück.

Was ihn aber an Isabels Geschichte am meisten rührte, war die Art, wie sie geschwängert worden war. Keine Affäre, die unter einem schlechten Stern stand, keine einmalige, leidenschaftliche Liebesnacht. Isabel hatte keine Ahnung, wie sie an das Kind gekommen war. Ob sich hinter ihrer Amnesie eine traumatische Erfahrung verbarg? Er rief sich das Gift in ihren Worten zurück: »Ich erklärte ihm, es sei besser für das Kind, wenn es tot war!«

Schockiert begriff Marmaduke, dass man Isabel zwar, streng genommen, als gefallenes Mädchen bezeichnen konnte, dass sie hinsichtlich ihrer sexuellen Erfahrung aber – und ihm sträubten sich die Haare bei dem Wort – tatsächlich noch Jungfrau war.

Marmaduke wollte eben einsteigen und Thomas wach rütteln,

da blieb er noch einmal stehen und sah hinauf zu Isabels Fenstern im zweiten Stock.

Der Vorhang war zurückgezogen. Ihr verhärmtes Gesicht sah direkt zu ihm herab. Er warf seinen Umhang nach hinten, zog den Hut und verbeugte sich tief.

Isabel winkte ihm zaghaft zu und wirkte dabei so wehmütig, dass Marmaduke Gewissensbisse bekam.

Sie liebt das Theater so sehr, dass Edmund Keans letzte Augenblicke auf der Bühne sie erschütterten. Eines Tages muss ich sie ins Theatre Royal einladen.

Er fuhr nur ungern, solange Isabel ihn weiter von oben beobachtete. »Immer wieder sagt sie, dass sie Männer nicht ausstehen kann. Mich dünkt, die Dame gelobt zu viel.«

Thomas richtete sich, beschämt, dass er beim Dösen ertappt worden war, kerzengerade auf. »Wie war das, Sir – Marmaduke?«

»Schon gut, Thomas. Ich habe nur laut nachgedacht. Wir fahren zum Theatre Royal, und dort müssen Sie mich später wieder abholen. Richten Sie sich auf eine lange Nacht ein.«

»Er ist wie ein Chamäleon«, murmelte Isabel vor sich hin, als sie Marmaduke in seiner eleganten Kutsche davonfahren sah. Einmal sah er aus und benahm sich wie ein kolonialer Bauerntölpel mit neureichen Ambitionen, und dann wieder machte er eine so gute Figur, dass er vermutlich nicht mal in der Crème der Londoner Gesellschaft auffallen würde. *Nicht, dass ich selbst viel Erfahrung damit hätte!*

Sie lehnte den Kopf gegen den Fensterrahmen und bewunderte die unglaubliche Weite des sternenübersäten Himmels über der Reihe von neuen Gebäuden rechts und links der Straße, jenseits der beeindruckenden Kirchentürme und öffentlichen Sandsteingebäude. Es schien kaum glaublich, dass Sydney Town sich zu solch georgianischer Eleganz hatte entwickeln können, seit die First Fleet weniger als ein halbes Jahrhundert zuvor hier angekommen war.

Isabel klopfte sich auf den Bauch, dankbar für das ungewohnte Gefühl, gut gegessen zu haben. Auch die dem Champagner geschuldete Veränderung von Leib und Seele gefiel ihr. Sie war Alkohol nicht gewöhnt und hatte in den zurückliegenden vierundzwanzig Stunden mehr getrunken als zuvor im ganzen Leben. Das Gefühl verschaffte ihr eine Ahnung davon, warum manche Männer tranken, bis sie dem Ruin verfielen.

Erleichtert, allein in ihrem luxuriösen Zimmer schlafen zu können, blies sie die Kerzen aus, streifte die schönen neuen Kleider ab und schlüpfte unter die Bettdecke. Sie war psychisch so erschöpft, dass sie sogar auf ihr gewohntes Abendgebet verzichtete. »Tut mir leid, lieber Gott, morgen spreche ich zwei.«

Gerade als sie sich dem angenehmen Schleier des Schlafes hingeben wollte, hörte sie ihre lallende Stimme, die ein Selbstgespräch führte, als wäre ihr Ich eine vertraute alte Freundin.

»Dir ist hoffentlich klar, was du getan hast, nicht wahr, Isabel? Du hast dich bereit erklärt, einen Mann zu heiraten, der völlig verrückt ist.«

»Ja, ich weiß. Aber es ist nur für ein Jahr. Und zumindest werde ich Geld haben, um Tante Elisabeth in Sicherheit zu bringen, wenn sie kommt… Und meine kleine Rose Alba wird nie wieder barfuß gehen…«

SECHZEHN

Garnet Gamble ritt auf die Ebene zu, die sich bis zu den Bergen am westlichen Horizont hinzog. Den Dokumenten zufolge, die die Grenze zwischen Bloodwood und Mingaletta definierten, war das eigentlich nicht sein Land, doch er würde sich weder von Menschen noch Gesetzen an irgendetwas hindern lassen. Das ganze Land hier gehörte ihm, weil er es besetzt hatte. Er wusste genau, wie viele seiner Kühe und Schafe hier grasten. Wehe den Viehdieben, die versuchten, sie zu stehlen! Ohne sich um das Gesetz zu scheren, hatte er den ehemaligen Sträflingen, die er als Grenzschützer einsetzen konnte, Anweisung gegeben, Feuerwaffen zu tragen und auf jeden geflohenen Häftling zu schießen.

Garnet inspizierte, ebenfalls wie üblich bewaffnet, sein Reich und den endlosen blauen Himmel mit einem zwiespältigen Gefühl von Freude. Sein jüngster Plan für sein Empire würde Früchte tragen, allerdings war er dank Marmadukes Sturheit noch nicht über die genauen Details im Bilde.

In den vergangenen Monaten hatte er sich viele Gedanken über Gott gemacht, den er seit dem Tag von Mirandas Beerdigung vollkommen aus seinem Bewusstsein verdrängt hatte. War das ein Zeichen dafür, dass seine Tage auf Erden gezählt waren? Zum ersten Mal dämmerte ihm, dass er nicht unsterblich war.

Teufel nochmal, ich bin doch erst fünfundvierzig! Ich habe noch dreißig Jahre vor mir, vielleicht sogar mehr. Die Welt liegt mir zu Füßen, jetzt, da der Leichtfuß von meinem Sohn sich endlich bequemt, die nächste Generation von Gambles in die Welt zu setzen. Eines Tages wird der Junge mir dankbar sein. Keine Reichtümer der Welt können einen Sohn ersetzen. Aber ich will verdammt sein, wenn ich Marmaduke, diesem undankbaren Flegel, das erzähle.

Als er einen einsamen Reiter sah, der quer über die Ebene auf ihn zugaloppierte, fuhr Garnets Hand zu der Pistole im Gürtel. Der Reiter schwenkte mit beiden Händen seinen Hut, um zu signalisieren, dass er unbewaffnet war, zügelte sein Pferd aber gerade noch außerhalb der Reichweite von Garnets Schusswaffe.

»Ich bin es, Hooley, Sir!«, rief er. »Das Pferd des Postboten lahmt. Hier ist Ihre Post!«

Garnet kannte Hooleys Gesicht nicht, doch konnte er ohnehin nicht alle Männer identifizieren, die auf seinem Anwesen arbeiteten. »In Ordnung, reich sie mir rüber. Und dann mach, dass du an die Arbeit zurückkommst.«

Garnet wendete sein Pferd, um nach Hause zurückzukehren. Er sah das geistliche Siegel auf einem der Umschläge. Der Hochzeitstag seines Sohnes verschafft einem Mann neue Lebensfreude – und verspricht Enkel.

Er musste an die Worte eines Sträflingskollegen auf der *Fortune* denken. Sie wurden nachts aneinandergekettet und gaben ein seltsames Pärchen ab, er, der unerfahrene Sechzehnjährige, und Josiah Mendoza, ein verhärmter alter Jude, der sich vor den brutalen Aufsehern auf dem Schiff fürchtete, aber trotzdem ein väterliches Auge auf ihn hatte. Nie erwähnten sie ihre Strafen, Schuld oder Unschuld, doch jetzt rief Garnet sich die Worte des alten Mannes in Erinnerung zurück, als er eines Nachts vor sich hin philosophiert hatte.

»Ich stamme von einer langen Reihe angesehener Händler ab und bedauere es sehr, dass ich dem guten Namen, der mir vererbt wurde, keine Ehre gemacht habe.«

»Dafür weißt du wenigstens, wer deine Vorfahren waren«, setzte Garnet rasch hinzu. »Ich will meiner Mom nichts Böses, aber ich weiß nicht einmal genau, wer mein Vater war.«

Der alte Jude nickte weise. »In unserem Talmud gibt es eine Beschreibung für Männer wie mich, die den Verdiensten ihrer Vorfahren nicht entsprechen. Man nennt uns Essig, Söhne des Weines. Das Gegenteil sind Menschen, die die Verdienste ihrer Vorfahren noch steigern. Sie nennt man Wein, Söhne des Essigs.«

»Ich kann mich nicht mehr ändern, dafür ist es zu spät. Der Transport hat mich für immer gezeichnet.«

Josiah schüttelte den Kopf. »Du hast die Jugend auf deiner Seite. Es ist noch Zeit, dein Leben zu ändern. Du kannst Wein, Sohn des Essigs werden.«

Josiah Mendoza. Dank eines seiner bezahlten Informanten wusste Garnet, dass Marmaduke stiller Teilhaber in Mendozas Juweliergeschäft war, seit der Junge von zu Hause ausgerissen war. Doch Garnet behielt dieses Wissen für sich. Mit Marmaduke war er gescheitert. Doch wenn er einen Enkel bekäme, würde er verdammt nochmal dafür sorgen, dass er Wein von Essig wäre.

Beim Anblick von Bloodwood Hall in der Ferne hellte sich seine Stimmung auf. Nur wenige Männer in der Kolonie besaßen ein größeres Haus im Stil eines englischen Landsitzes, und er war stolz darauf, jeden Winkel darin selbst entworfen zu haben. Seine Kenntnis vom Innern englischer Landsitze war begrenzt, deshalb hatte er sich in puncto Möbel auf den guten Geschmack eines Londoner Experten namens Rudolph Ackerman verlassen, der für das verschwenderisch illustrierte Magazin *Repository of the Arts* schrieb. Das und Mirandas scharfer Blick für Qualität hatten ihm geholfen, teure Stücke zu importieren und Mitbewerber bei Sam Lyons Antiquitätenauktionen zu überbieten. Alles, was Bloodwood Hall jetzt noch brauchte, war eine aristokratische Hausherrin.

Bei seiner Ankunft meldete ihm Bridget, »der Waliser« warte auf ihn. Garnet eilte in seine Bibliothek, warf einen flüchtigen Blick auf den nervösen Mann und setzte sich an seinen Schreibtisch. Rhys Powell war Mitte zwanzig, mit kantigen Zügen, dunklem Haar, grauen Augen und der untersetzten Gestalt, die Walisern eigen sind. Sein schlichtes maßgeschneidertes Jackett hatte schon bessere Zeiten gesehen.

Garnet kam als Erstes auf Pater Sibleys Empfehlungsschreiben zu sprechen. »Es besagt, dass Ihr Vormund Ihnen eine anständige Ausbildung in einem kirchlichen Internat ermöglicht hat, wo Sie zwei Jahre Erfahrung als Lehrer in Mathematik, Englisch und Musik gemacht haben. Bei Ihrer Ankunft in der Kolonie hat man Sie zunächst als Tutor eingestellt, doch von diesem Posten wurden Sie mittlerweile entbunden.«

»Mein Arbeitsvertrag wurde in gegenseitigem Einverständnis aufgelöst, nicht unehrenhaft«, stammelte der junge Mann.

»Wie kam es dazu?«, fragte Garnet.

»Ich bin ein Gentleman, Sir. Mein Arbeitgeber behandelte mich wie einen niedrigen Dienstboten. Ich war genötigt, in der Küche zu essen, zusammen mit dem übrigen Personal, ehemaligen Sträflingen. Pater Sibley wusste, wie sehr ich unter dieser Situation litt. Er hat mich darauf aufmerksam gemacht, dass Sie einen zuverlässigen Sekretär brauchen, der Ihnen bei Ihren Angelegenheiten zur Hand geht, Sir. Hier bin ich also, bereit und willens, Ihnen zu Diensten zu sein, falls Sie es wünschen.«

So still er nach außen wirkt, dieser junge Spund aus Wales, an Mumm fehlt es ihm nicht.

Garnet zwang ihn, den Blick zu senken. »Gut. Ich nehme Sie. Wenn Sie sich nach drei Monaten bewährt haben, verdopple ich Ihr vierteljährliches Gehalt. Einverstanden?«

»Sehr großzügig, Sir.«

»Nein, ganz und gar nicht! Sie werden sich jeden Penny verdienen müssen, Powell. Jedermann weiß, dass ich jähzornig, heißblütig und ziemlich launisch bin. Aber ich würde einem guten Mann niemals kündigen, ohne einen Grund dafür zu haben. Vor allem erwarte ich Ehrlichkeit und Loyalität, zwei Güter, die in dieser Kolonie verdammt rar gesät sind, und zwar in allen

Schichten der Gesellschaft.« Er warf die ungeöffneten Briefe auf den Schreibtisch. »Genug geplaudert. Ich habe meine Brille verlegt. Fangen Sie damit an, dass Sie mir diese Briefe vorlesen.«

Das Schreiben von Reverend Richard Hill informierte ihn darüber, dass Marmaduke Garnets Buchung für die Hochzeit in der St. James's Church storniert hatte. Garnets Stimmung wurde nicht besser, als Powell vor einem Brief, der an Marmaduke adressiert war, zurückscheute.

»Mein Sohn und Erbe. Öffnen Sie den Brief.«

»Aber Mr Gamble, ich kann unmöglich guten Gewissens die Post eines anderen Gentlemans öffnen.«

»Was ist los mit Ihnen? Sind Sie ein methodistischer Bibelfanatiker oder was?«

»Ich bin ein methodistischer Bibel*leser*, Sir. Das gibt mir nicht das Recht, anderer Leute Briefe zu öffnen.«

»Holla! Solche Skrupel habe ich nicht!« Garnet griff nach dem silbernen Brieföffner und schlitzte den Umschlag auf. »So, jetzt habe *ich* das Verbrechen begangen. Lesen Sie mir vor, oder ich schicke Sie ohne Dienstzeugnis wieder weg.«

Rhys Powell las den Brief schweigend durch, bevor er sagte: »Der Inhalt ist sehr persönlich, Sir. Sind Sie sicher, dass ich fortfahren soll?«

»Verdammt nochmal, natürlich sollen Sie das!«

»An Marmaduke Gamble. Mittlerweile werden Sie meine Nichte Isabel de Rolland in Ihre Obhut genommen haben. Ich kann sicher davon ausgehen, dass die Hochzeit in Bälde stattfinden wird, da dieser Brief mit der Susan *geschickt wurde, die Isabel nach New South Wales gebracht hat. Ich schreibe an Sie, ihren zukünftigen Ehemann, unter der Voraussetzung, dass Sie den Inhalt meiner Enthüllung vertraulich behandeln und davon absehen, Ihrem Vater davon zu berichten, mit dem ich keinen weiteren Kontakt wünsche.«*

Garnet schlug wütend mit der Faust auf den Schreibtisch. »Dieser arrogante Mistkerl! Ich habe seine gesamte verdammte

Familie vor dem Ruin bewahrt, und er besitzt die kolossale Frechheit, mich wie ein Stück Dreck zu behandeln.«

Rhys Powell sah nervös auf. »Soll ich lieber nicht weiterlesen, Sir?«

»Und ob Sie weiterlesen sollen! Kommen Sie zum Kern der Sache!«

»Weiter heißt es: *Ich bin von Natur aus kein Mensch, der seine Gefühle offen zur Schau trägt, daher ist sich meine Nichte möglicherweise nicht darüber im Klaren, welche Zuneigung ich für sie empfinde. Ich bin weit davon entfernt, sie in eine Ehe zu verkaufen, wie manche Menschen unseren Vertrag interpretieren könnten, sondern habe mich dafür entschieden, sie so weit entfernt in Sicherheit zu bringen, wie es die geografischen Grenzen des Planeten erlauben. Isabel ist ein bezauberndes Kind und absolut loyal. Zu ihrem Schutz sollten Sie, der neue Herr ihres Schicksals, wissen, dass sie gelegentlich schlafwandelt. Ihr Arzt glaubt, dies könne mit verdrängten Erinnerungen an einen Vorfall zu tun haben, für den sie nicht im Geringsten verantwortlich war. Aus Gründen, die ich nicht preisgeben kann, barg ihr Leben hier in England keine Hoffnung auf zukünftiges Glück. Ich vertraue darauf, dass Sie meine Nichte freundlich und mit dem Respekt behandeln, der einer Frau ihres Standes gebührt, und dass Sie alles in Ihrer Macht Stehende tun, um sie vor den kriminellen Einflüssen in diesem letzten Außenposten des Britischen Empires zu schützen.* Gezeichnet, *Godfrey de Rolland, Esquire.*«

Garnet unterdrückte seine Wut und konzentrierte sich auf die Fakten. Er beschloss, den Brief so lange vor Marmaduke geheim zu halten, bis er wusste, was los war. Die Hochzeit war abgesagt worden, doch dem Brief eines Informanten zufolge, den Powells ihm soeben vorgelesen hatte, waren Marmaduke und Isabel beide in seinem Hotel Princess Alexandrina abgestiegen. Das stellte angesichts von Marmadukes schlechtem Ruf ein Risiko für die makellose Reputation der Braut dar.

»Die Hochzeit wird nun in meiner Kapelle stattfinden«, erklärte Garnet entschlossen. »Bereiten Sie die entsprechenden Einladungen vor, damit sie an alle verschickt werden können, die auf dieser Liste stehen. Es handelt sich um die Crème de la Crème, die dreizehn angesehensten Familien in der Kolonie. Der Kolonialminister Alexander McLeay muss möglicherweise absagen, und Gouverneur Bourke ist noch in Trauer nach dem Tod seiner Frau. Aber diese Einladungen werden in ganz Sydney Town bekannt machen, dass der illustre Name de Rolland nun für immer mit Garnet Gamble verbunden ist. Selbst die hochnäsigsten Snobs würden es nicht wagen, *sie* zu ächten.«

Rhys Powell räusperte sich. »Wie ich sehe, enthält diese Liste auch einen bekannten Emanzipisten mit seiner Frau. Ist das ein Fehler, oder entspricht es Ihren Absichten, Sir?«

Garnet starrte ihn finster an. »Ich mache keine Fehler! Samuel Terry ist der hoch angesehene Meister meiner Freimaurerloge.«

Der Entscheidung, seinen Rivalen einzuladen, war ein langer Kampf vorausgegangen. Seit Jahren schon hatte Sam Terry ihn überflügelt und sich als reichster Mann in der Kolonie etabliert, ein Status, der den der freien Einwanderer, sogenannter Exclusives, weit überstieg, selbst wenn sie aristokratisch waren. Trotz seines Reichtums lebte und arbeitete Terry mit seiner Frau weiter in einem bescheidenen Haus in Sydney Town.

»Obwohl der Mann sämtliche Wohltätigkeitsvereine unterstützt, einen Sitz im Vorstand der Bank von New South Wales innehat und jeden Tag Geschäfte mit den führenden Gentlemen der Kolonie macht, wird Terry nie zu ihnen nach Hause eingeladen. Keinem seiner Kinder ist es gelungen, in ihre gesellschaftlichen Kreise einzuheiraten.«

Isabel de Rolland war Garnets Trumpfkarte. Endlich hatte er seinen Erzrivalen ausgestochen.

Garnet diktierte eine Reihe von scharfen Anweisungen für Marmaduke im Hotel Alexandrina und verlangte, dass sein Sohn unverzüglich mit Isabel nach Bloodwood kam, um sich dort trauen zu lassen.

Der Sekretär stand stramm, während Garnet sich erhob und zum Esszimmer ging.

Elise erwartete ihn an ihrem üblichen Platz. Garnet setzte sich ans Kopfende und runzelte die Stirn über Bridgets übertrieben vertrauliche Attitüde, während sie ihn bediente. Im Unterschied dazu wahrte sie Elise gegenüber nicht einmal ein Minimum an Höflichkeit.

Elise hütete sich draufloszuplappern, wenn er in einer seiner seltsamen Stimmungen war, doch schließlich siegte die Neugier über ihr besseres Wissen. Ihr hübscher Schmollmund kam zu vollem Einsatz.

»Du lässt mich immer im Dunkeln, Garnet. Ist das *Braut*schiff schon eingetroffen?«

»Wohlbehalten! Und meine zukünftige Tochter ist sehr schön«, antwortete Garnet, der von der Authentizität der Miniatur überzeugt war. »Es wird Zeit, dass du von deinem hohen Ross herabsteigst. Isabel wird bald Herrin in diesem Haus sein.«

»Wie könnte ich das vergessen«, seufzte sie.

Als Bridget ihm Gemüse aus der Terrine auftat, beugte sie sich so dicht über seine Schulter, dass ihre reifen Brüste wie eine offenkundige Einladung wirkten.

Dass ich sie gevögelt habe, bedeutet noch lange nicht, dass sie vergessen kann, wo ihr Platz ist!

Elise machte ein gereiztes Gesicht und stocherte in ihrem gerösteten Lammfleisch herum. »Wird die Braut Mirandas Hochzeitskleid tragen?«

»Nein. Sie hat eins aus Paris mitgebracht. Ich habe ihrer Familie ein kleines Vermögen geschickt, damit sie ihr eine Brautausstattung besorgt. Ich möchte, dass die vornehmen Damen grün vor Neid werden, wenn sie sie sehen. So wie du gerade, Elise!«

Seine Geliebte rutschte auf ihrem Stuhl hin und her und kochte vor Wut über Bridgets Grinsen.

»Könnten wir uns bitte allein unterhalten, Garnet?«

»Wir *sind* allein.«

Elise deutete mit dem Kopf in Bridgets Richtung. Garnet verstand und scheuchte Bridget davon. »Ich werde läuten, wenn ich etwas brauche.«

»Gewiss, Sir. Wann immer *Sie mich brauchen.*« Die Irin warf Elise noch einen triumphierenden Blick zu und verließ sie.

Elise schniefte in ihr Taschentuch, eine Angewohnheit, die Garnet ermüdend fand.

»Wie kannst du mich vor den Dienstboten so erniedrigen, Garnet? Ich wollte doch nur fragen, ob ich mir ein modisches neues Kleid für die Hochzeit kaufen kann. Ich möchte nicht im Schatten von Marmadukes Braut stehen, als wäre ich eine arme Verwandte.«

»Du bist nicht einmal *das*. Im Übrigen hast du jede Menge Kleider, die du noch nie getragen hast. Und da wir gerade dabei sind, vielleicht solltest du mal deine Benimmregeln auffrischen. Auf dem Hochzeitsbankett wirst du die Gastgeberin spielen und Marmadukes Braut den bedeutendsten Persönlichkeiten dieses Landes vorstellen müssen. Wir werden unsere Gäste hier empfangen – gleich nach der Zeremonie in meiner Kapelle.«

»Ist das klug, Garnet? Du weißt doch sicher, wie empfindlich der arme Marmaduke auf diese Kapelle reagieren wird.«

»Mein Sohn hat keine Wahl. Wenn er Mingaletta haben will, dann zu meinen Bedingungen.«

Er zündete eine Zigarre an, ohne sich die Mühe zu machen, ins Rauchzimmer zu gehen.

»Du solltest dir etwas klarmachen, Elise. Das Leben wird sich in jeder Beziehung ändern, wenn Isabel Gamble die Herrin von Bloodwood Hall ist. Du wirst dann nur noch die zweite Geige spielen.«

»Du hast versprochen, mich zu heiraten, falls ich schwanger werde. Ich werde dich daran erinnern.«

Garnet lachte schroff. »Seit Jahren drohst du mir damit, schwanger zu werden. Gott weiß, wie sehr ich versucht habe, meinen Teil dazu beizutragen. Wenn du ein Kind in die Welt setzt, werde ich dich ehelichen.«

»Wie grausam du bist! Ich weiß nicht, warum ich bei dir bleibe.«

Garnet beugte sich über den Tisch und senkte die Stimme zu einem rauen Flüstern. »Weil ich dich viel besser bezahle, als du es verdienst, damit du deine Rolle erfüllst, wann immer ich *das Bedürfnis habe*.«

Elises unerwarteter Ausbruch überraschte ihn. »Und wie wird Marmadukes vornehme Braut wohl auf dein dunkles Geheimnis reagieren?«

»Sie wird es gar nicht erst erfahren. Denn ich bezahle dich für deine Diskretion, oder hast du das vergessen?«

Elises Stimme erhob sich ärgerlich. »Na schön, aber bitte mich lieber nicht, sie zu beschützen, wenn sie zu denen gehört, die behaupten, den Familiengeist zu sehen. Was mir übrigens nie passiert ist.«

Garnet nutzte die Chance, sie zu ködern. »Nein, aber sie hat dich beobachtet. Ich habe sie im Nachthemd am Fußende des Bettes stehen und mit dem Finger auf dich zeigen sehen. Du lagst in *ihrem* Bett. Pass gut auf dich auf, meine Liebe. Miranda hat noch nie jemandem verziehen.«

Elise brach in Tränen aus und floh aus dem Zimmer.

»Es hat keinen Zweck, die Tür abzusperren, Elise!«, rief Garnet ihr nach. »Geister erkennen von Menschen gemachte Grenzen nicht an. Sie gehen sogar durch die Wand!«

Er hörte, wie Elises Schritte sich Richtung Ostflügel entfernten. Dann knallte die Tür von Mirandas Zimmer, und Elises Schluchzen verebbte. Garnet empfand einen kleinen Anflug von

Schuldbewusstsein. *Warum habe ich sie belogen? Mirandas Schatten ist mir nie erschienen – ach, wäre es doch anders!*

Rastlos, weil er niemanden mehr hatte, an dem er seinen Ärger auslassen konnte, drückte Garnet seine Zigarre aus. Elise würde für den Rest des Abends eingeschnappt sein.

Er läutete nach Bridget.

SIEBZEHN

Angst stieg in Isabel auf, überflutete sie, blendete sie, lähmte sie. Angst blockierte alle anderen Gefühle, Hass, Liebe, alles, bis auf den einen primitiven Instinkt – den Willen zum Überleben. Das Wasser war ihr Feind, es zerrte an ihren Röcken und Unterröcken und verwandelte sie in bleierne Gewichte, als es sie in die Tiefe zog. In einem verzweifelten Versuch, seine Macht zu brechen, schlug sie mit den Armen um sich.

Sie kämpfte sich an die Oberfläche und schnappte hektisch nach Luft, bevor der See sie erneut in seine dunklen Abgründe zog. *Nein! Schuldig. Unschuldig. Es ist mir egal. Ich will leben!*

Und wieder sank sie nach unten und kämpfte gegen das Wasser. Jeden Augenblick würde ihr Mund gewaltsam geöffnet, um Wasser zu schlucken.

Wo ist Gott? Sie blickte auf zu einem zarten Schimmer des Lichts an der Oberfläche und sah das verzerrte Gesicht eines Mannes. *War das sein Gesicht?*

Isabel wachte schweißgebadet auf. Einen Augenblick glaubte sie, tot zu sein. Dann lösten sich die Traumbilder auf; der Raum nahm Gestalt an und zwang sie zurück in die Realität.

Ich bin hier! Lebendig! Der See hat mich nicht gewollt. Silas und die anderen sind Tausende von Meilen entfernt. Ich bin nicht in Gefahr.

Isabel sprang nackt aus dem Bett und stolperte ins Bad. Dort benetzte sie ihr Gesicht mit kaltem Wasser, um die Bilder des Albtraums zu vertreiben. Dann ließ sie heißes Wasser einlaufen und seifte sich mit einem Naturschwamm ein. Wie tröstlich war das sinnliche Erlebnis von Wasser und duftender Seife – bis ihr plötzlich einfiel, dass arme griechische Kinder ihr Leben riskierten, wenn sie nach diesen Schwämmen tauchten, um sie für ein paar Münzen an Touristen zu verkaufen. *Ertrinken. Wird die Erinnerung mich denn nie loslassen?*

Als sie aus dem Badezimmer kam, zog sie frische Batistunterwäsche an. Zwei dem Hotel zugewiesene Strafgefangene, ungefähr zwölf Jahre alt, betraten das Zimmer. Die eine, deren Haut an ein gesprenkeltes braunes Ei erinnerte, sprach mit einem Akzent, in dem sich Cockney mit etwas vermischte, das Isabels Ohr bereits als den schleppenden einheimischen Dialekt wiedererkannte. Der irische Akzent der anderen hingegen war so stark, dass sie einen Dolmetscher gebraucht hätte.

Isabel lächelte zum Dank für das Frühstück, das sie ihr gebracht hatten, lehnte aber Hilfe beim Ankleiden ab. Nachdem die alte Agnes sie jahrelang in viel zu enge Korsetts geschnürt hatte, fühlte sich Isabel im wahrsten Sinne des Wortes befreit. Ihre neuen Kleider ließen sich vorn zuknöpfen, im Gegensatz zu den hinten geschnürten Gewändern, die Damen aus der Oberschicht trugen, um beweisen zu können, dass sie ein Mädchen hatten, das ihnen beim Ankleiden half.

Die beiden Hausmädchen zwitscherten wie Spatzen und zogen die Vorhänge zurück, um die Sonne einzulassen. Als sie hinausgingen, hörte Isabel, wie eine der anderen zuraunte: »Ich glaube, solange sie den jungen Master Gamble im Bett hat, kommt sie nicht viel zum Schlafen.«

Wenn sie wüssten! Isabel machte sich über das Frühstück her, erleichtert, dass sie ihren Hunger nicht mit den in der Öffentlichkeit erforderlichen Tischmanieren tarnen musste.

Das Obst war so bunt und exotisch, als hätte man es im Paradies gepflückt. Sie fühlte sich an Adam und Evas sorgloses Leben vor dem Fall erinnert, als ihnen die Früchte noch vor die Füße fielen. Doch dann aßen sie vom Baum der Erkenntnis, und Gott bestrafte sie.

»Das erinnert mich an meinen eigenen Fall. Ich wünschte nur, ich hätte irgendwelche romantischen Erinnerungen daran, was ich getan habe, um ihn zu verdienen.«

In den Tagen seit Marmadukes ungewöhnlichem Antrag hatte er sie nicht vernachlässigt. Regelmäßig brachte er ihr Bücher, die er aus dem neuen Lesezirkel für Herren auslieh, der sowohl Vertretern der Unterschicht als auch Frauen die Mitgliedschaft verweigerte, egal, welchem Stand sie angehörten. Tag für Tag verschlang Isabel Romane von Jane Austen und Sir Walter Scott oder versank in der Arbeit der Quäkerin Elizabeth Fry, die sich für eine Reform der Bedingungen in englischen Gefängnissen, Hospitälern und Nervenheilanstalten einsetzte.

Jeden Nachmittag kutschierte Thomas Marmaduke und sie im Landauer durch verschiedene Stadtviertel. Isabel war fasziniert von den überraschenden Variationen der fremdartigen Landschaft und der einzigartigen australischen Flora und Fauna, die sie bislang nur als Illustrationen in botanischen Werken gesehen hatte. Ihre Lieblingsfahrt bot an jeder Biegung der kurvenreichen Straße, die zu dem weißen Leuchtturm am South Head führte, atemberaubende Blicke auf den Hafen. Hier beobachtete sie das Kommen und Gehen der Schiffe von und nach England, dem britischen Empire und dem Rest der Welt.

Isabel liebte die goldenen Sandstrände in den Buchten der Küste. Es ärgerte sie, dass es die meiste Zeit des Tages verboten war, dort zu schwimmen, doch bemerkte sie, dass die dunkelhäutigen, lachenden Aborigine-Kinder, die schon von frühestem Alter an ausgezeichnet schwimmen konnten, sich fröhlich darüber hinwegsetzten.

Immer wenn sie an den massiven Gefängnisbaracken unweit des Hyde Parks vorbeikamen, fiel Isabel der Kontrast zwischen der beeindruckenden Sandsteinarchitektur des georgianischen Greek Revival und den deprimierenden Schlangen von Strafgefangenen auf, die im Gänsemarsch mit Fußketten und bewacht von Rotröcken die Quartiere verließen.

Während sie wartete, dass Marmaduke sie abholte, fragte sie sich, ob er sie wohl je zu einer Vorstellung im Theatre Royal mitnehmen würde. Es schien so etwas wie sein zweites zu Hause zu sein. Als er am Abend zuvor dorthin aufgebrochen war, hatte er gesagt, sie solle sich am nächsten Morgen um halb neun bereithalten.

Noch ein letztes Mal überprüfte sie ihre Erscheinung in dem mannshohen Spiegel und stellte erleichtert fest, dass das Auge verheilt und die venezianische Maske überflüssig geworden war. Sie hatte es täglich mehrmals mit einer Buschmedizin aus Teebaumöl behandelt, die, wie Marmaduke ihr versicherte, bei den Aborigines als wirksames Mittel bekannt war – »viel besser als die patentierten Pülverchen der Quacksalber«.

Mit ihrer äußeren Erscheinung zufrieden entdeckte sie, dass der elegante Pompadour, den Marmaduke ihr gestern gekauft hatte, ein paar seltsame fremde Münzen enthielt, die die englische Sterlingwährung mit der Britannia auf einer und den Profilen mehrerer Generationen von Königen namens Georg auf der anderen Seite ersetzten. Die königliche Familie aus dem Haus Hannover hatte den britischen Thron schon so lange besetzt, dass Isabel sie nicht länger als Fremde ansah, trotzdem betrachtete sie den Monarchen, Seine Majestät König Wilhelm IV., mit einer gewissen Missbilligung. Bevor er den Thron bestieg, hatte der Herzog von Clarence mit seiner Geliebten, der Schauspielerin Dorothy Jordan, und ihren zehn gemeinsamen Kindern eine glückliche Beziehung gepflegt, dann aber wurden er und seine Brüder unter Druck gesetzt, um einen legitimen Erben für den Thron hervorzubringen. Daraufhin hatte er Miss Jordan verlassen, um eine deutsche Prinzessin zu heiraten, seine heutige Gemahlin und Königin Adelheid.

Isabel zwang sich, ehrlich zu sein. *Ich habe kein Recht, über unseren armen, alten Sailor King ein Urteil zu fällen. Seine Familie verlangte, dass er seine Pflicht erfüllte – genauso ist es mir auch ergangen. Und er hat seine illegitimen Kinder in den Adelsstand erhoben; das ist mehr, als viele meiner Plantagenet-Vorfahren getan haben.*

Als eine Uhr in der Ferne neun schlug, weit über der verabredeten Zeit, zu der Marmaduke sie abholen sollte, ging Isabel den Gang entlang und klopfte an seine Tür. Ein vorbeikommendes Hausmädchen informierte sie beiläufig, dass der junge Herr noch nicht zurückgekehrt sei.

Das klang so, als wunderte sich hier niemand über Marmadukes nächtliche Ausflüge. Plötzlich fühlte sich Isabel befreit; so konnte sie Sydney Town allein und zu Fuß erkunden.

Sie durchquerte die Halle, drehte ihren Sonnenschirm hin und her und lief in Richtung Hafen.

Es geht mich nichts an, was Marmaduke die ganze Nacht getrieben hat. Hauptsache, er sorgt für Geld in meiner Handtasche und hält sich ansonsten von mir fern.

Der Sonnenschirm war ein symbolischer Schutz gegen die heiße Wintersonne. Die Farbe des wolkenlosen Himmels erinnerte sie an den Park der de Rollands an jenem Tag, als sie noch ein Kind gewesen war und Silas einen Rittersporn an ihr Gesicht gehalten und gesagt hatte: »Deine Augen sind noch schöner als die Natur, *ma petite cousine*.«

Isabel spürte, wie ihr die Wut die Kehle zuschnürte. Würden denn all die widersprüchlichen Bilder von Himmel und Hölle nie aufhören, sie zu verfolgen? Sie betete, dass Gott Martha am Leben erhielt, nicht nur, weil sie sie liebte, sondern auch, weil Onkel Godfrey Silas niemals erlauben würde, England zu verlassen, solange seine Frau am Leben war.

Gott schien nie *für sie* da zu sein. Doch als jetzt der kräftige Sonnenschein, der Wirbel bunter Farben, fremder Akzente und schierer Lebensfreude vor ihren Augen verschmolzen, war Isabel wie verzaubert. Sie hüpfte sogar einmal übermütig in die Luft, als sie zu ihrem einsamen Abenteuer aufbrach.

Vielleicht ist Freiheit tatsächlich nur eine Frage des Bewusstseins.

In der George Street wimmelte es von Menschen und Vehikeln. Droschken und Fußgänger jeglicher Art drängten sich aneinander vorbei. Das Geschrei der Verkäufer vermischte sich mit den obszönen Flüchen der Fahrer von Ochsenkarren, die ihre langen Peitschen knallen ließen.

Plötzlich hörte sie einen gutturalen Ausruf: »Haltet den Dieb!« Sie fuhr herum. Er stammte von einem Wachtmeister, der hinter jemandem herjagte. Sein Befehl wurde von einem Gassenjungen durchkreuzt, der sich dem Vertreter des Gesetzes in den Weg stellte und dem Dieb damit die Flucht ermöglichte, bevor er sich selbst aus dem Staub machte.

Isabel ließ sich aus schierer Neugier von einer Menschenmenge anlocken und fand sich plötzlich inmitten einer Phalanx von Männern, deren Gestank nach ungewaschenen Körpern sie nicht ausweichen konnte. Sie umklammerte ihren zusammengeklappten Sonnenschirm wie eine Waffe zur Verteidigung.

Beim Anblick zerlumpter Kinder, die sich wie kleine Äffchen an Laternenmasten und Bäume klammerten, um eine bessere Sicht zu haben, wurde ihr mit Schrecken klar, wo sie sich befand. Sie war eingeschlossen. Zeugin einer öffentlichen Hinrichtung am Hangman's Hill.

Der hohe Galgen erschien ihr wie ein bizarrer Altar, der zum Opfern von Verbrechern errichtet worden war.

Jetzt teilte sich die lärmende Menge, um ein paar Rotröcken die Möglichkeit zu geben, den jungen Sträfling zu den Stufen des Galgens zu schleppen. Hinter der rituellen Prozession folgte ein rauer Sarg aus Zinn, den man nach vorn trug und vor ihm abstellte, um ihn an sein Schicksal zu erinnern.

Isabel wurde von einer Welle der Übelkeit überschwemmt, war jedoch nicht im Stande, den Blick von dem verurteilten Mann abzuwenden. Lavendelblaue Augen starrten aus seinem ausgezehrten Gesicht. Ein Priester murmelte ein paar leise Worte und schlug das Zeichen des Kreuzes über seinem gesenkten Haupt.

Dann rief eine Frauenstimme etwas auf Gälisch, woraufhin der verurteilte Junge den Kopf hob.

»Vielen Dank, Missus! Zünden Sie vor dem heiligen Patrick eine Kerze für mich an, wenn es Ihnen nichts ausmacht, damit er meine Seele auf ihrem Weg begleitet.«

Isabel war verblüfft. *Mein Gott, er scheint gar keine Angst zu haben. Wirkt sogar beinahe erleichtert. Achtet er sein Leben so gering?*

Viele Stimmen in der Menge buhten, und Pfiffe ertönten, als die untersetzte Gestalt des Verantwortlichen erschien. Er trug einen schäbigen schwarzen Gehrock und einen zerbeulten Zylinder, der schief auf dem strähnigen Haar saß. Sein Gesicht war im wahrsten Sinne des Wortes hässlich wie die Sünde.

Das also ist Alexander Green, der Henker, den Marmaduke als Vollstrecker oder Jack Ketch bezeichnet. Der Mann, der in Sydney Town am meisten verachtet wird.

Isabel konnte sich nicht losreißen und musste mit ansehen, wie Green offensichtlich betrunken schwankte, als er die Arme des Gefangenen auf dem Rücken fesselte, bevor er ihm die weiße Kapuze über den Kopf streifte. Nachdem er die Schlinge überprüft hatte, breitete der Vollstrecker beide Arme aus wie ein Zauberer – und legte den Hebel um.

Isabel murmelte ein Gebet, ohne den Blick von den strampelnden Beinen und bloßen Füßen des Jungen abzuwenden, die einen makabren Veitstanz aufführten. Die Zuschauer waren erbost über Greens stümperhafte Arbeit und überhäuften ihn mit Verwünschungen.

Isabel drängte sich durch die Menge, wohl wissend, dass ein Gehenkter zwei volle Minuten baumeln musste, ehe der anwesende Mediziner ihn rechtskräftig für tot erklären konnte.

Als sie das Ende der Menge erreichte, sah sie sich noch einmal um. Die Leiche wurde gerade in den Sarg gezwängt, dann nagelte man den Deckel zu. Jetzt, da die Karnevalsatmosphäre verflogen war, zerstreuten sich die Zuschauer allmählich.

Isabel erstarrte, als sie sah, dass der einsame Vollstrecker direkt auf sie zuschlurfte und sich dabei den Staub vom Hut klopfte. Dann warf er einen verwirrten Blick über die Schulter auf einen Mann, der ihm mit bedächtigen Schritten unbeirrt folgte.

Sie wandte sich schaudernd ab, gebannt von dem kreideweißen Gesicht, das jetzt über Greens Schulter blickte … Die Augen waren verdreht … Man sah nur das Weiße … und um den Hals … *ein Stück Seil.*

Um Gottes willen! Nie kann ich ihnen entkommen, egal, wohin ich gehe. Warum verfolgen sie mich? Ich weiß nicht einmal mehr, wer lebendig ist – und wer tot!

Voller Angst, sich umzusehen, lief Isabel blindlings durch mehrere Straßen, ohne zu wissen, in welche Richtung.

In der Ferne schlug eine Glocke die Stunde. Erschöpft blieb sie einen Augenblick stehen. Sie wusste nicht recht, ob sie die Straße überqueren sollte, erkannte jedoch plötzlich ein vertrautes Wahrzeichen auf der anderen Seite. *Gott sei Dank! Ich bin nicht weit vom Hotel Alexandrina.*

Kaum hatte sie den Bürgersteig verlassen, brach Chaos aus. Männerstimmen riefen ihr Warnungen zu, Bremsen quietschten, die Pferde zweier Kutschen bäumten sich auf, und sie flog mit den Füßen voran durch die Luft, während ein Mann seinen Arm so fest um ihre Taille geschlungen hatte, dass sie nach Luft schnappte.

Nachdem er sie unsanft auf dem Gehsteig abgesetzt hatte, wandte Isabel sich um und wollte den Rüpel beschimpfen, der sie an beiden Schultern gepackt hatte und schüttelte. Es war Marmaduke.

»Was zum Teufel haben Sie hier verloren, Sie dumme Gans?«, brüllte er sie an.

Isabel war erschrocken, schlug aber trotzdem einen patzigen Ton an. »Brauche ich vielleicht Ihre Erlaubnis, um einen Spaziergang zu machen?«

Marmaduke war dermaßen außer sich, dass er nicht einmal Luft holte. »Jawohl, das brauchen Sie! Ich habe Ihnen gesagt, dass Sie auf mich warten sollen. Sie sind wie ein verdammter Springteufel. Kaum haben Sie sich etwas in den Kopf gesetzt, schon sind Sie verschwunden! Diese Stadt ist kein verschlafener englischer Weiler. Sie waren auf dem Weg nach The Rocks – das nicht umsonst als Sündenpfuhl des Südpazifiks bezeichnet wird. Sie hätten von einem Sklavenhändler oder Bordellwirt aufgegriffen werden können und nie wieder Tageslicht gesehen. Wenn Sie schon nicht Ihren eigenen Verstand benutzen, dann haben Sie wenigstens den Anstand, sich von mir beschützen zu lassen!«

Als sie merkte, dass sie im Unrecht war, stammelte sie eine Entschuldigung. »Es tut mir leid. Ein Zimmermädchen hat mir gesagt, Sie seien die ganze Nacht nicht nach Hause gekommen, deshalb …«

»Wenn Sie den Gerüchten des Personals glauben wollen, sind Sie noch dümmer, als ich dachte. In Wahrheit war ich heute Morgen schon sehr früh *erneut* unterwegs, um etwas zu erledigen, das mit Ihnen zu tun hat. Ob es Ihnen gefällt oder nicht, ich bin jetzt für Sie verantwortlich.« Ein wenig besänftigt bot er ihr seinen Arm an. »Um Himmels willen! Benehmen Sie sich!«

Er half Isabel beim Einsteigen in die Kutsche, sprang hinterher und gab Thomas Anweisung, in die Macquarie Street zu fahren.

Isabel hatte schon als Kind gelernt, dass sich der Zorn eines Mannes nur mit zwei Dingen beschwichtigen lässt: Tränen oder Schweigen. Da Hexen nicht weinen können, blieb ihr nichts anderes übrig, als zu schweigen.

Doch ihre Stimmung hob sich, als die Kutsche vor einem vertrauten Gebäude hielt. Auf dem Schild stand die Aufschrift: »Madame Hortense, Modistin und Damenschneiderin, ehemals Paris.« Marmaduke hatte sie schon einmal kurz hierhergebracht, um für ihr Hochzeitskleid Maß zu nehmen.

Doch Isabel hatte kaum Zeit, es in Augenschein zu nehmen, denn Marmaduke führte sie eine schmale, kopfsteingepflasterte Gasse entlang, wo ein betrunkener Mann herumtorkelte und ein Shanty sang.

»Gehen Sie hier niemals ohne mich entlang. Es ist eine Abkürzung zu Edwin Bentleighs Kanzlei, wo wir unseren persönlichen Ehevertrag unterzeichnen werden. Ihn kann nichts aus der Ruhe bringen, abgesehen von Ungerechtigkeit im Namen des Gesetzes.«

Am Fuß der Vordertreppe blieb er stehen und sah auf sie herunter. »Edwin ist mein Freund, ein besserer, als ich verdiene. Ich werde keineswegs pikiert sein, wenn Sie ihm von Ihrer ausgesprochenen Abneigung mir gegenüber erzählen. Mein Vater aber muss unbedingt glauben, dass wir eine echte Ehe führen. Von jetzt an dürfen Sie mich in der Öffentlichkeit nur noch mit äußerster Bewunderung ansehen. Als glaubten Sie, dass die Sonne in meiner Person auf- und untergeht. Werden Sie das hinkriegen?«

Isabel blieb kühl. »Selbstverständlich. Ich wollte schon immer Schauspielerin werden.«

Marmaduke lachte spöttisch. »Glauben Sie mir, Ihre diesbezüglichen Fähigkeiten werden in Bloodwood Hall noch ganz schön auf die Probe gestellt werden. Wenn Sie mich für ein Ungeheuer halten, warten Sie, bis Sie meinen Vater kennen lernen!«

Er zögerte noch einen Moment, ehe er an die Tür mit Edwins Messingschild klopfte.

»Unsere zukünftige Beziehung basiert auf gegenseitigem Vertrauen. Sollten Sie meine Chancen auf Mingaletta sabotieren wollen, könnten Sie das im Handumdrehen tun.« Er schnippte mit den Fingern.

»Machen Sie sich keine Sorgen, unser Familienmotto lautet: Loyal bis in den Tod. Ich werde Ihr treuer Söldner sein, solange Sie mich nicht hereinlegen.«

»Ich müsste verrückt sein, um das zu tun. Ich bin wirklich ein sehr schlechter Mensch, Isabel, aber nicht einmal meine schlimmsten Feinde würden mich für so dämlich halten.«

Isabel erstarrte, als er plötzlich die Hand ausstreckte und ihr Kinn umfasste. Ihre Münder waren einander so nah, als wollte er sie küssen.

»Was machen Sie da?«

Er berührte sacht ihr Auge. »Sie haben da was unter dem Auge.« Dann zauberte er ein weißes Taschentuch hervor und befahl: »Halten Sie still. Lecken Sie an dem Tuch.«

Vorsichtig rieb er über den Fleck und hielt ihr Kinn weiter umfasst. »Ich dachte, es sei Schmutz, aber es ist ein natürlicher Schönheitsfleck. Charmant.«

Sie wurde nervös unter seinem unverwandten Blick aus dieser Nähe. »Was ist denn noch?«

»Ich wollte herausfinden, ob Ihre Augen blau oder grün sind.«

»Sie werden grün, wenn ich mich ärgere, also seien Sie auf der Hut!«

Er hätte beinahe gelächelt. »Kommen Sie, wir wollen Edwin nicht warten lassen.«

Isabel war allen Anwälten gegenüber misstrauisch. Während Marmaduke von der Vorstellung im Theatre Royal am Abend zuvor berichtete, warf der Jurist ihr verstohlene Blicke zu, als wäre sie ein lebendes Objekt unter dem Mikroskop.

Er ist nicht das, was ich mir unter Marmadukes bestem Freund vorgestellt hätte. Sie sind so verschieden wie Tag und Nacht. Er wirkt viel zu schüchtern für einen Anwalt. Aber seine wahre, teuflische Natur wird sicher bald genug ans Tageslicht kommen.

Edwin reichte jedem von ihnen ein Exemplar des Vertrags und erklärte, dass er sich noch verfeinern ließe, falls die zukünftige Mrs Gamble Einwände habe.

Isabel las ihr Exemplar sorgfältig durch. Marmaduke dagegen überflog das seine nur.

Edwin eröffnete die Diskussion. »Ich möchte es Ihnen genau erklären, Miss de Rolland. Trotz langwieriger Verhandlungen zwischen den Anwälten, die die beiden in dem von Ihnen bereits in England unterschriebenen Ehevertrag involvierten Parteien vertreten, bleiben noch diese Bestimmungen vertraulicher Natur übrig, die auf Wunsch meines Klienten« – damit warf er einen Blick auf Marmaduke – »von Ihnen beiden unterzeichnet werden sollen. Sicherlich schließen Sie sich unserer Ansicht an, dass dies ein kluger Einfall ist, um spätere potenzielle Missverständnisse auszuschließen. Haben Sie die Gründe Ihres Verlobten dafür verstanden?«

Isabel zögerte keine Sekunde. »Vollkommen. Wir haben kein Vertrauen zueinander.«

Marmadukes Mundwinkel zuckten. »Ich hab's dir gesagt, sie nimmt kein Blatt vor den Mund, Kumpel.«

»Geradeheraus und sehr vernünftig.« Edwin wandte sich Isabel zu. »Sie scheinen eine Dame zu sein, die gern auf den Punkt kommt, eine bewundernswerte Eigenschaft angesichts eines so ungewöhnlichen Vertrags.«

Wieder antwortete Isabel, ohne zu zögern. »Es ist nicht persönlich gemeint, Mr Bentleigh, aber ich habe gute Gründe, Ihrem Berufsstand zu misstrauen. Mr Garnet Gamble hat versprochen, für meine Brautausstattung zu bezahlen. Sie wurde jedoch nie geliefert.«

Dann drehte sie sich zu Marmaduke um. »Ich habe Sie belogen. An Bord der *Susan* hat sich nie eine Aussteuer aus Paris befunden.«

»Das war eine nachvollziehbare Notlüge«, erwiderte er ruhig.

Edwin beobachtete sie bei ihrem Wortwechsel. »Es gibt etwas, das Sie gerechterweise über Mr Gamble senior wissen sollten, Miss de Rolland. Ihre Familie hat eine Summe genannt, die ausdrücklich für diesen Zweck bestimmt war. Mr Gamble hat sie verdoppelt. Hier ist der Beweis dafür, dass diese Transaktion abgewickelt und das Geld von einem gewissen Mr Silas de Rolland in Empfang genommen wurde«, sagte er und reichte ihr eine Urkunde.

Isabel spürte, wie sie errötete, als sie die Dokumente las. »Ich bitte um Verzeihung. Ich habe mich getäuscht.«

Marmaduke überspielte ihre Verlegenheit, indem er sich an Edwin wandte. »Es ist nicht notwendig, dass mein Vater von Mr Silas de Rollands *Versehen* erfährt. Eine neue Brautausstattung ist bereits in Arbeit. Madame Hortense kennt sich bestens damit aus, wie man die letzte Pariser Mode an das hiesige Klima anpasst.«

Isabel spürte, dass ihr Herz einen Sprung machte, war jedoch entschlossen, ihre Gefühle nicht preiszugeben.

Edwin konzentrierte sich jetzt ganz auf sie. »Finden alle Punkte in diesem Vertrag Ihre Zustimmung? Sollten Sie eine spätere rechtskräftige Trennung wünschen, wird diesem Wunsch problemlos entsprochen, ab dem zwölften Monat nach Überschreibung von Mingaletta an Ihren Mann. Die genannte Unterhaltssumme würde es Ihnen ermöglichen, ein angenehmes, standesgemäßes Leben in Unabhängigkeit zu führen. Eine ziemlich großzügige Summe, finden Sie nicht?«

Isabel nickte. »Abgesehen von einem fehlenden Punkt. Die vierteljährliche Summe soll mir ab dem Datum unserer Trauung ausbezahlt werden. Ohne dass Fragen zu ihrer Verwendung gestellt werden dürfen.«

Marmaduke mischte sich ein. »Das hatte ich vergessen, dir zu sagen, Kumpel. Ich bin einverstanden. Füge es ruhig ein.«

Isabel befürchtete, dass die Bedingung den Anwalt bewegen

könnte, Marmaduke davon abzuraten, deshalb setzte sie rasch hinzu: »Ich bin sicher, dass Sie diese Klausel einfügen. Ich bin gern bereit, auch sofort zu unterschreiben.«

Edwin schüttelte den Kopf. »Mein Rat lautet: Unterschreiben Sie niemals einen Vertrag, bevor nicht alle Klauseln eingefügt sind. Ich werde diesen Punkt sofort korrigieren.«

Er griff nach einem Federhalter und schrieb mit gestochener Handschrift die letzte Klausel unter beide Verträge. Marmaduke unterzeichnete, ohne auch nur einen Blick darauf zu werfen, doch Isabel las die hinzugesetzten Zeilen sorgfältig durch. Das zukünftige Wohlergehen von Rose Alba und Tante Elisabeth hing davon ab, dass alles seine Richtigkeit hatte. Sie war sich bewusst, dass sie nun zum letzten Mal mit ihrem Mädchennamen unterschreiben würde.

Könnte ich nur meine Vergangenheit ebenso leicht begraben wie den Namen de Rolland.

Isabel hoffte, dass die Unterredung beendet war, doch Marmaduke hatte noch etwas anderes auf dem Herzen.

»Edwin erweist mir die Ehre, Trauzeuge zu sein. Ich glaubte, alles bedacht zu haben, bis es darum ging, einen Priester zu finden. Da fiel mir auf, dass wir Sie nie nach Ihrer Religionszugehörigkeit gefragt hatten. Sind die de Rollands Anglikaner, Katholiken oder noch etwas anderes? Für mich spielt es keine Rolle – ich bin Agnostiker.«

Isabel antwortete ungerührt: »Das spielt keine Rolle. Es ist ohnehin keine echte Ehe. Meine Vorfahren hängten ihr Mäntelchen im Lauf der Jahrhunderte regelmäßig nach dem Wind. Katholiken oder Protestanten, je nachdem welche Fraktion gerade an der Macht war. Unter der Herrschaft von Maria, der Blutigen, und einigen Stuarts war es sicherer, katholisch zu sein. Unter anderen Monarchen wie Heinrich VIII. oder während Oliver Cromwells Bürgerkrieg empfahl es sich, zum Protestantismus überzutreten. Auf unserem Familiensitz gibt es ein verstecktes

Priesterloch, das zu unterschiedlichen Zeiten besetzt war. Mein Vormund ist Anglikaner, doch meine Cousine Martha ist katholisch, und mein Cousin Silas ist zum Katholizismus übergetreten, um sie heiraten zu können.«

Marmadukes Mundwinkel zuckten erneut. »Welchen Glauben ziehen Sie vor?«

»Ich glaube an Gott, aber in meinen Augen wäre es scheinheilig, einen Weg zu ihm einem anderen vorzuziehen. Ich bin nie getauft worden, weil meine Mutter praktizierende Heidin war. Angeblich wurden ihre Vorfahren wegen Hexerei auf dem Scheiterhaufen verbrannt.«

Isabel hatte nicht vorgehabt, all diese Familiengeschichten preiszugeben, doch sie war ein wenig angeschlagen durch die Ereignisse dieses Morgens und das juristische Kauderwelsch des Vertrags. Alles, was sie wollte, war, die Sache hinter sich zu bringen.

Marmaduke und Edwin wechselten einen langen Blick, der eher amüsiert als ärgerlich wirkte.

Dann brach Marmaduke das Schweigen. »In diesem Fall nehme ich den Erstbesten.«

An der Tür verbeugte sich Edwin vor Isabel. »Stets zu Diensten, Miss de Rolland, jetzt und auch in Zukunft.«

Als sie wieder in der Kutsche saßen, bemerkte Isabel verwundert, dass Thomas, statt zum Hotel Alexandrina zu fahren, eine ganz andere Richtung einschlug.

»Wo fahren wir jetzt hin?«

»Werden Sie schon sehen«, gab Marmaduke leichthin zurück.

Isabel erkannte das Gebäude wieder, eine Ansammlung von ein- und zweistöckigen Einheiten, die immer weiter ausgebaut worden waren, um den wachsenden Bedürfnissen der Kolonie zu entsprechen. Es stand inmitten einer reizenden Parklandschaft, in der einmalige Baumarten aus England neben einheimischen Pinien und Sträuchern gediehen und die sich bis zu den Ufern des Hafens entlangzog.

»Das ist das Gouverneursgebäude, nicht wahr? Es sieht genauso aus wie der Druck von Augustus Earles Gemälde. Dann ist das also die Residenz des Gouverneurs, Sir Richard Bourke?«

Marmaduke gab sich unbeeindruckt. »Hier führt er seine Geschäfte, wenn er in Sydney Town ist. Doch wie zahlreiche seiner Vorgänger zieht er das andere Gouverneurshaus vor, ein sehr elegantes Gebäude in Parramatta, seine Sommerresidenz.«

»Ich kann einen Gärtner sehen, der den Kies auf der Einfahrt recht. Doch wo sind die Kängurus, die auf dem Rasen äsen? Sie sahen auf dem Druck so bezaubernd aus.«

»Sie sind wahrscheinlich Earles künstlerischer Freiheit zu verdanken. Aber wenn Sie Kängurus sehen wollen, wir haben ein paar zahme in Bloodwood Hall – falls die Sträflinge sie nicht inzwischen aufgefuttert haben.«

Isabel schnappte fassungslos nach Luft. Machte er sich über sie lustig? Sie hätte es beim besten Willen nicht sagen können.

Sie drehte sich auf ihrem Sitz noch einmal um und warf einen letzten Blick auf das Haus. »Wie sieht es von innen aus?«

»Fragen Sie nicht mich. Ich bin *persona non grata*. Der Sohn eines Emanzipisten, wissen Sie noch? Nur wenige liberale Gouverneure, Lachlan Macquarie zum Beispiel, luden ehemalige Strafgefangene an ihren Tisch.« Er drehte sich zu ihr um und betrachtete sie mit diesem Ausdruck, der sie immer aus der Fassung brachte. »Aber dank Ihrer illustren Vorfahren, Soldat, werde ich vielleicht doch noch dort eingeladen, wenn auch nur, um die Schleppe Ihres Ballkleids zu tragen.«

Isabel hätte um ein Haar spöttisch losgelacht. *Soldat*, sein Spitzname für sie, den bezahlten Söldner. Thomas hatte ihr erklärt, dass Spitznamen in der Kolonie sehr verbreitet waren und von Kameradschaft bis Verunglimpfung reichen konnten.

Mittlerweile wusste sie, dass Garnet Gambles richtiger Name George und sein Spitzname eine Anspielung auf den Diebstahl eines Granatrings war. Die Aussicht, den Mann bald kennen zu lernen und die Gründe für die tiefe Feindschaft zwischen Vater und Sohn zu erfahren, weckte ihre Neugier.

»Und was machen wir morgen?«

»Nichts, was einen von uns beiden interessieren dürfte, Soldat«, sagte er beiläufig. »Morgen ist unser Hochzeitstag.«

ACHTZEHN

Marmaduke warf einen Blick auf seine Taschenuhr. Es war erst Mittag, trotzdem verspürte er bereits das Verlangen nach einer Flasche Champagner. Er beglückwünschte sich dazu, jedes Detail der morgigen Hochzeitsfarce unter Kontrolle zu haben. Madame Hortenses Näherinnen hatten Isabels Hochzeitskleid fertiggestellt. Er hatte die Notwendigkeit eines dreiwöchigen Aufgebots in der Kirche aus dem Weg geschafft, indem er sich eine spezielle Heiratsgenehmigung besorgt hatte. Ein strategisch platzierter Umschlag mit Bargeld hatte für eine umgehende Bearbeitung seines Antrags gesorgt. Und obendrein hatte er einen ungewöhnlichen Ort für die Trauung gefunden, der keine Reservierung in der Kirche erforderlich machte.

Dennoch bahnte sich eine Katastrophe an, als ein Bote die Nachricht brachte, der Priester sei von einem durchgehenden Hengst über den Haufen gerannt worden und liege mit drei eingegipsten Gliedmaßen im Krankenhaus. In so kurzer Zeit würde er keine andere Kirche oder Geistlichen finden, ganz gleich, welchen Glaubens, daher eilte Marmaduke zurück zur Kanzlei seines besten Freundes.

Edwin hörte Marmadukes verzweifelter Geschichte geduldig zu und schlug dann eine vage Möglichkeit vor. Der englische Quäker und Missionar James Backhouse, der berühmt für seine humanitäre Arbeit war, lebte in Van Diemen's Land, befand sich aber gerade auf einem Kurzbesuch in Sydney, um hier die zukünftige Errichtung eines Quäker-Gebetshauses auszuloten.

Edwin schrieb ihm sofort einen Brief.

»Ich kann nicht versprechen, dass er einwilligen wird, aber dieser Brief dient als Einführung.« Edwin zuckte die Achseln. »Vielleicht als Gefallen mir gegenüber?«

»Wunderbar! Wo finde ich ihn?«

Edwin sah ihn über seine Brille hinweg an. »In der Todeszelle.«

Marmaduke eilte zurück ins Hotel und zog seinen konservativsten Gehrock an. Nachdem er einen Hutmacher aufgesucht und einen grauen Zylinder gekauft hatte, nahm er Edwins Brief und die für seine Hochzeit erforderlichen juristischen Unterlagen mit und machte sich auf die Suche nach James Backhouse im Gefängnis, wo der Geistliche für Gouverneur Bourke die Haftbedingungen verurteilter Straftäter inspizierte.

Marmaduke entdeckte schnell, dass der Andersgläubige aus anderem Holz geschnitzt war als die meisten Kirchenmänner. Er trug einen schlichten Anzug, der ebenso quäkergrau war wie sein Bart. Sein nordenglischer Akzent war mit so vielen altertümlichen Ihrs und Euchs durchsetzt, als wäre er soeben der King-James-Bibel entstiegen. Und er hatte die sanftesten Augen, die Marmaduke je an einem Mann gesehen hatte.

Marmaduke wusste, dass er auf einem schmalen Grat zwischen zurechtgebogener Wahrheit und ausgemachten Lügen wandelte, doch plötzlich hatte er das deutliche Gefühl, dass seine Trauung keinen weiteren Aufschub duldete.

Der Quäker hörte Marmaduke aufmerksam zu. Dieser erklärte, wie wichtig es für ihn sei, Isabel zuliebe eine Quäker-Zeremonie zu vollziehen, und wie gern er seine Braut mit nach Hause nehmen wolle, um sie seinem Vater vorzustellen, allerdings dürften sie nicht gemeinsam reisen, solange sie nicht verheiratet waren. Da er nicht unter falscher Flagge segeln wollte, gab er zu, selbst noch kein strenggläubiger Quäker zu sein, weil es in der Kolonie kein Gebetshaus gebe.

Er hielt den Atem an. Ob das ein Hindernis wäre?

»Wir glauben nicht daran, dass ein Mensch die Macht besitzt, Mann und Frau zu trauen. Diese Macht hat nur Gott. Als Geistlicher agiere ich lediglich als Zeuge eures Gelöbnisses. Aber sicher hat Euer Freund Euch unsere Überzeugungen bereits erläutert, nicht wahr?«

Marmaduke lächelte vage. *Welcher Freund? Wie komme ich hier wieder raus?*

»Bruder Edwin Bentleigh?«, soufflierte der Geistliche sanft.

»Ach so, Edwin, ja natürlich, er hat großen Einfluss auf mein Leben.«

Warum zum Teufel hat Edwin mir nicht gesagt, dass er in England Quäker geworden ist?

Marmadukes Hände schwitzten, aber er war erleichtert, dass er Edwin, der sich unermüdlich dafür einsetzte, mittellosen Gefangenen zu helfen und viele Männer vor der Hölle eines zweiten Transports nach Norfolk Island oder Moreton Bay bewahrt hatte, aufrichtig in den höchsten Tönen loben konnte.

»Bruder Edwin schreibt, Ihr hättet Euch freundlicherweise dafür eingesetzt, dass Gefangene ein neues Leben in Neuseeland beginnen konnten.«

Marmadukes Verlegenheit war keineswegs gespielt. Aber Edwin hatte bestimmt nicht erwähnt, dass seine Hilfe darin bestanden hatte, illegale Fluchtpläne auszutüfteln.

»Ist Eure englische Braut Quäkerin, Bruder?«, fragte James Backhouse sanft.

Marmaduke wählte seine Worte mit Bedacht, da er wusste, wie sehr er die Wahrheit überstrapazierte.

»Noch nicht, Sir, aber Isabel sagt immer, die Überzeugungen der Freunde stünden ihrem Herzen am nächsten. Ihre Heldin ist eine der Ihren: Elizabeth Fry. Isabel hat alles über ihre wundervolle Arbeit hinsichtlich der Reformen in englischen Gefängnissen und Hospitälern gelesen.«

James Backhouse nickte schweigend. Marmaduke hakte verzweifelt nach.

»Möglich, dass es aussieht, als wäre diese Hochzeit allzu hektisch geplant, Mr Backhouse, aber tatsächlich stecken zwei Jahre Arbeit dahinter. Hier sind alle Unterlagen, Isabels Vormund hat ihr die Erlaubnis gegeben, mich zu heiraten, und hier die juristische Korrespondenz, die beweist, dass mein Vater alles darangesetzt hat, diese Hochzeit zu ermöglichen. Mir ist klar, dass das den Regeln der Freunde nicht ganz entspricht, aber es ist mein aufrichtiger Wunsch, Isabel glücklich zu machen. Es war einfach Glück, dass Sie auf dem Weg zurück nach Van Diemen's Land ausgerechnet durch Sydney kamen.«

Marmaduke holte tief Luft und spielte seinen letzten Trumpf aus. »Edwin hat mir erzählt, dass Sie und Ihr Missionarskollege George Washington Walker planen, nach New South Wales zurückzukehren, um für den hiesigen Gouverneur einen Bericht über den Zustand unserer Gefängnisse, Nervenheilanstalten und Aborigines-Heime zu verfassen. Es wäre uns eine große Ehre, wenn Sie unser Gast in Bloodwood Hall wären. Mein Vater hat seine eigene Kapelle gebaut, die allen Glaubensrichtungen offen steht. Sie sind herzlich eingeladen, sie für Ihre Zusammenkünfte mit den Freunden zu benutzen.«

James Backhouses Augen lächelten. »Ich danke Euch für Eure freundliche Einladung, Bruder. Es stimmt, die Umstände sind wirklich sehr ungewöhnlich, aber ich habe das Gefühl, dass es unfreundlich wäre, Eure Braut zu enttäuschen, die so weit gereist ist und so lange darauf gewartet hat, Euch zu ehelichen. Deshalb werde ich Euch die Regeln für eine Quäker-Trauung erklären, um Euch und Eure Freunde zu beruhigen.«

Marmaduke lauschte ihm respektvoll. Morgen würde James Backhouse Zeuge ihres Gelöbnisses sein. Der Schauplatz der Trauung sollte eine Überraschung für Isabel werden.

Der Anbruch seines Hochzeitstages ließ nichts Gutes ahnen. Marmaduke hatte verschlafen, und die Schatten um seine Augen waren der Beweis für die Nacht zuvor. Hastig zog er sich an und lief an Isabels Tür vorbei nach unten zu dem wartenden Landauer.

»Zuerst setzen Sie mich bei Mendoza ab, Thomas, und warten dort auf mich. Wir haben noch eine Menge zu erledigen bis zum Hauptereignis heute Nachmittag.«

Thomas ließ seine Peitsche knallen, um den Pferden die Nachricht zu übermitteln.

»Großartiges Wetter, Sir – Marmaduke. Wenn die Sonne scheint und einer Braut an ihrem Hochzeitstag zulächelt, ist das ein gutes Omen.«

»Sie überraschen mich, Thomas. Ich wusste gar nicht, dass Sie so ein Romantiker sind. Hat die Sonne auch für Sie geschienen?«

»Bei mir hat es wie aus Kübeln gegossen.« Thomas nickte düster. »Ich hätte wissen müssen, dass es ein schlechtes Zeichen war, und verduften sollen, solange es noch möglich war. Aber ich habe es erst geschafft, dieser Kratzbürste zu entkommen, als der Richter mich hierhertransportieren ließ. Allerdings hat er mir damit einen großen Gefallen erwiesen. Auf dem Transportschiff war ich als verheiratet registriert, deshalb kann sich keine Frau Hoffnungen darauf machen, mich je wieder in die Falle zu locken!«

»Gut gemacht!«

Marmaduke glaubte nicht an Omen, weder gute noch schlechte, ertappte sich aber trotzdem dabei, auf das Wetter zu achten. Dem Stand der Sonne nach musste es ungefähr zehn Uhr sein. Ein Blick auf seine Taschenuhr bestätigte dies. Verwirrt machte er sich klar, dass er um drei bereit sein musste, den Bund der Ehe zu schließen – einer Scheinehe, die ihn heute in einem Jahr wieder von Isabel befreien würde.

Der Landauer fuhr vor dem Schaufenster von Mendozas Geschäft vor, und Marmaduke eilte hinein. Sein graubärtiger Geschäftspartner stand vor seiner Werkbank.

Marmaduke ärgerte sich, dass man seiner Stimme anmerkte, wie nervös er war. »Morgen, Jos. Wie läuft das Geschäft? Ich kann nicht lange bleiben, denn ich bin auf dem Weg zu meinem Trauzeugen, um ihm die Ringe zu bringen. Sie müssen keine Inschrift haben, wenn du gerade zu viel zu tun hast.«

Mendoza nahm die Juwelierlupe unter der struppigen Braue heraus.

»Wie könnte ich gerade zu viel zu tun haben, wenn es um deine Braut geht? Ich glaubte schon, ich würde es nie erleben, dass du endlich vernünftig genug wirst, um dir eine gute Frau zu nehmen. Hier!«

Marmaduke öffnete die mit Samt ausgeschlagene Schachtel und las die kunstvoll eingravierten Namen und das Datum der Hochzeit in den beiden goldenen Ringen.

»Das hast du großartig gemacht, wie immer, Jos.«

Mendoza musterte ihn fragend. »Wird dein Vater anwesend sein?«

»Nur, wenn er Wind von der Sache bekommen hat«, antwortete Marmaduke entschieden.

Mendoza wiegte missbilligend den Kopf. »*Oy veh!* Ein Sohn sollte seinem Vater Respekt zeigen. Garnet Gamble ist ein guter Mann. Als wir Schiffskameraden auf der *Fortune* waren, wurde ich von allen Schlägern an Bord verprügelt, nur weil ich denselben Namen habe wie der Preisboxer Daniel Mendoza seligen Andenkens. Dein Vater war damals noch ein Kind, aber er legte sich mit ihnen an, um mich zu beschützen. Ich akzeptiere deinen Wunsch, mein stiller Teilhaber zu sein, aber ich hoffe trotzdem, deinem Vater eines Tages Respekt zollen zu können.«

Garnets gesellschaftlicher Snobismus, was seinen »im Handel« tätigen Sohn betraf, bereitete Marmaduke Unbehagen, noch mehr allerdings das Wissen, dass sein Vater in seiner Jugend so ein Draufgänger gewesen war.

»Hey, Jos – *dich* habe ich zu meiner Hochzeit eingeladen, aber du hast gesagt, dass du bis zu Beginn deines Sabbats zu tun hast.« Als Mendoza nickte, setzte er hinzu: »Hast du Zeit gehabt, meinen Rubinring so zu ändern, dass er einer Frau passt?«

Als Mendoza ihm die umgearbeitete Fassung zeigte, machte Marmaduke aus seiner Freude über die feine Arbeit keinen Hehl. Er wollte schon gehen, als sein Partner ihm noch eine kleine Schachtel in die Hand drückte.

»Mein Hochzeitsgeschenk für deine Braut«, sagte Mendoza ungeduldig. »Mach sie auf, na los!« Der Mund des alten Mannes war unter seinem Bart versteckt, doch seine Augen lächelten.

Marmaduke hatte nicht das Herz, Mendozas Glauben zu zerstören, dass es sich um eine Liebesheirat handelte. In der Schachtel lag ein goldener Anhänger in Form eines Miniaturhauses mit einem Rubin als Tür.

»Jesses, Jos! Damit hast du dich ja selbst übertroffen! Das ist eine hervorragende Arbeit!«

Mendoza zuckte erfreut die Achseln. »Es gibt eine Redensart bei uns, nach der das wahre zu Hause eines Mannes seine Frau ist. Mögest du Gottes Segen in deinem neuen ›Heim‹ finden.«

Marmaduke streckte die Arme über den Tresen und umfasste Mendozas Schultern. »Ich weiß nicht, was ich sagen soll, Jos. Isabel wird hingerissen sein.«

»Und jetzt mach, dass du fortkommst! Ich muss arbeiten, damit die Kunden etwas zu kaufen haben, sonst enden wir noch alle beide vor dem Insolvenzrichter.«

Marmaduke verabschiedete sich, dankbar, dass das Schicksal ihn zu Mendozas Partner gemacht hatte. Ihr Geschäft blieb freitagabends und den ganzen Samstag geschlossen, damit der alte Mann den Sabbat feiern konnte. Auch sonntags öffnete er nicht, ebenso wie die anderen Geschäfte in Sydney. Trotzdem hatte

Marmaduke ein schlechtes Gewissen, dass Mendoza im übrigen Teil der Woche so lange arbeiten musste, um den Erfolg ihres Geschäfts sicherzustellen.

Kaum in der Kutsche gab er Thomas Anweisung, ins Hotel zurückzufahren. Auf dem Sitz neben ihm lag die Schachtel mit dem Hochzeitskleid, das Madame Hortenses Schneiderinnen genäht hatten.

Da er wusste, dass diese Lehrlinge nur einen Hungerlohn verdienten, hatte Marmaduke sie besonders großzügig bezahlt, damit sie rund um die Uhr nähten und rechtzeitig fertig wurden. Er hatte das Kleid so entworfen, dass Isabel es später auch als Ballkleid benutzen konnte. Weiß war für eine Braut im ersten Jahr nach der Hochzeit allgemein akzeptiert.

Marmaduke hatte Madame Hortense unverblümt angewiesen: »Geben Sie ihr die Illusion eines Busens, ja? Ich habe Besenstangen gesehen, die mehr Kurven hatten als dieses arme Kind.«

Welche Befriedigung, dass er heute die Pläne seines Vaters durchkreuzen würde!

Hat der Mistkerl wirklich geglaubt, dass ich mich in derselben Kapelle trauen lasse, in der ich öffentlich sitzen gelassen wurde?

Die Erinnerung an diese erste, katastrophale Hochzeit löste ungewollte Bilder aus.

Vor dem Altar … vor lauter Nervosität brach Marmaduke der Schweiß aus und befeuchtete das Innere seines Kläppchenkragens. Seine geliebte Braut war wie üblich spät dran. Edwin war ins Haus geeilt, um nachzusehen. Warum brauchte sie so lange?

Der Organist, ein Strafgefangener, hatte sein Repertoire bereits vier Mal hintereinander gespielt. Die Gesichter der versammelten Gäste gehörten hauptsächlich Sträflingen, die man ihnen zugewiesen hatte. Queenie trug ihren besten dunkelroten Sari, doch sie lächelte nicht.

Jeden Augenblick würde er seine hübsche Braut eintreten sehen. Die Brautjungfer würde die Schleppe des Brautkleids seiner Mutter tragen. Ach, wäre sie doch nur am Leben, um Zeugin seines Glücks zu sein!

Als er Edwins angespannten Ausdruck sah, der auf ihn zukam …

Jetzt wiederholte Marmaduke Edwins Worte mit lauter Stimme: »Die Braut hat es sich anders überlegt!«

Als er Thomas' schockiertes Gesicht sah, riss er sich schnell zusammen. »Eine kleine Änderung im Plan, Kumpel. Bringen Sie uns zu Edwin, aber schnell, ja?«

Die Eingangstür zur Wohnung der Bentleighs öffnete sich, und Marmaduke wich einen Schritt zurück, überrascht vom Anblick dieser jüngsten Haushälterin in einer Reihe von betrunkenen Strafgefangenen, die die behinderte Mrs Bentleigh allesamt an die Frauenfabrik in Parramatta zurückgeschickt hatte. Diese Kandidatin trug feierliches Schwarz mit gestärkten weißen Manschetten und Kragen und hatte ihr Haar zu einem Knoten im Nacken geschlungen.

»Maeve! Du siehst wundervoll aus. Wie lange geht das hier schon so?«

Eingedenk ihrer neuen Rolle machte Maeve einen sittsamen Knicks, doch ihr Akzent war genauso irisch wie eh und je.

»Seit dieser Hurensohn von Gastwirt mich auf die Straße gesetzt hat. Edwin meint, ich sei zu etwas Besserem bestimmt. Ich könnte für seine Mutter arbeiten, falls ich den Klimawechsel überlebe.« Sie verdrehte die Augen in Richtung Decke, wo sich Mrs Bentleighs Schlafzimmer befand.

»Sie sind genau das, was der Arzt ihr verschrieben hat. Edwin hat Glück!«

Maeve führte ihn ins Arbeitszimmer. »Er wird froh sein, dass er einen Vorwand hat, heute zu entwischen.«

»Haben Sie denn trotzdem Zeit, an meiner Hochzeit teilzunehmen? Ich wollte fragen, ob Sie Isabel beim Ankleiden helfen und sie beruhigen könnten; Sie und Edwin sind meine Trauzeugen. Tatsache ist, Sie sind unsere einzigen Gäste. Keine Kirche, nicht mal Kirchenmäuse.«

Maeve warf ihm einen boshaften Blick zu. »Glauben Sie etwa, ich würde mir die Chance entgehen lassen zuzuschauen, wie ein hübsches junges Mädchen Ihnen Fesseln anlegt, Mr Gamble? Nicht einmal der Papst persönlich könnte mich davon abhalten.«

Dann verschwand sie mit rauschenden Unterröcken. Trotz Edwins zweifellos ehrenhaften Absichten würde Marmaduke jede Wette eingehen, dass Maeve im Stande war, die Schüchternheit seines Trauzeugen zu knacken.

Edwin begrüßte ihn entspannt lächelnd. »Wie geht es unserem Bräutigam? Ich habe alle professionellen Termine abgesagt und stehe dir den ganzen Tag zur Verfügung.«

Marmaduke versuchte, sich nonchalant zu geben. »Für mich ist es ein Tag wie jeder andere, Kumpel. Aber einen besseren Trauzeugen könnte ich mir nicht wünschen. Hier sind die Ringe. Vielleicht werden wir sie ja diesmal benutzen. Ich muss sagen, das mit Maeve hast du wirklich schlau hingekriegt.«

Edwin geriet ins Stammeln. »Ich versichere dir, es ist alles harmlos, Marmaduke.«

»Ja, Kumpel, genau das habe ich befürchtet.«

Als Maeve zurückkam, trug sie ihren Sonntagsstaat.

»Wann genau soll ich Miss de Rolland zur Hand gehen?«

»Wäre es gleich jetzt möglich?«, fragte Marmaduke rasch. »Ich könnte Sie zum Hotel fahren, damit Sie überprüfen können, ob das Kleid auch wirklich passt. Sorgen Sie dafür, dass *diese* Braut rechtzeitig erscheint.«

Edwins Blick folgte ihr, als sie in den Landauer stieg.

Marmaduke legte ihm eine Hand auf die Schulter und sagte leise: »Du bist am Arsch, Kumpel. Sie hält dich für den Größten.«

Edwin biss die Zähne aufeinander. »Noch ein unflätiges Wort und ich schlage dich zusammen, Hochzeit hin, Hochzeit her.«

»Recht hast du! Habe verstanden, Kumpel. Und vergiss nicht,

James Backhouse abzuholen. Dank deiner Hilfe hat er sich bereit erklärt, unsere Trauung zu bezeugen.« Marmaduke druckste herum. »Er ist ein großartiger Kerl. Es tut mir wirklich leid, wenn ich nicht ganz astrein einem Quäker gegenüber war, Kumpel, aber – tja, also erinnerst du dich noch an den Brief mit der Erlaubnis von Isabels Onkel Godfrey? Ich habe ihn, äh, sozusagen selbst geschrieben.«

»Du hast ihn gefälscht, meinst du wohl«, seufzte Edwin. »Das wundert mich nicht.«

»Nun, ich muss sagen, mich hat es schon gewundert, als ich hörte, dass du Quäker bist, Kumpel. Das hast du mir nie erzählt.«

»Du hast ja auch nie gefragt«, antwortete Edwin rätselhaft.

Marmaduke blickte zum Himmel auf. »Vergiss nicht, ein paar Schirme mitzubringen. Der Himmel verdüstert sich. Wir treffen uns frühzeitig dort. Vorher habe ich noch einen Termin im Theatre Royal, den ich unmöglich absagen kann.«

NEUNZEHN

Für Isabel begann der Tag ihrer angeblichen Hochzeit mit einem verhangenen Himmel, doch ihre Stimmung hob sich bei der Ankunft der mit Madame Hortenses Etikett beklebten Schachteln.

Als sie das Hochzeitskleid sah, stockte ihr der Atem. Es war Liebe auf den ersten Blick.

Wenn ich keine Hexe wäre, würde ich jetzt vor Freude weinen. Aber wenigstens kann ich so etwas Schönes genießen.

Mit klopfendem Herzen streifte sie ihr Kleid ab, schlüpfte ehrfürchtig in das herrliche elfenbeinfarbene Hochzeitskleid aus Seide und starrte bewundernd auf ihr Spiegelbild.

Da sie es nicht schaffte, das Rückenteil ohne Hilfe zuzuschnüren, hielt sie die beiden Hälften mit einer Hand zusammen. Die Schönheit des Kleides verwandelte sie. Marmaduke hatte die Abbildung einer Pariser Kreation so verändert, dass sie dem Klima der Kolonie angepasst war, das wusste sie. Verwundert berührte sie die gewagte Kurve ihrer Brüste über dem gepolsterten Mieder.

»Liebe Güte, zum ersten Mal im Leben sehe ich aus wie eine echte Frau.«

Alles saß perfekt, nur die weißen Satinschuhe waren eine Nummer zu klein. Sie suchte nach dem Namen des Schuhmachers auf der Verpackung und war erleichtert, dass sein Geschäft nicht weit vom Hotel entfernt war. Hastig zog sie sich wieder um und machte sich mit den Schuhen unter dem Arm auf den Weg zu Blunt, dem Schuhmacher in der George Street.

Vor seinem Schaufenster blieb sie stehen und betrachtete das imposante Gebäude des Royal Hotels auf der anderen Straßenseite. Wie sie wusste, beherbergte es das tausend Plätze umfassende Theatre Royal, der Höhepunkt von Barnett Leveys Traum. Als sie das Plakat mit der Ankündigung für die heutige Vorstellung entdeckte – *Der Kaufmann von Venedig* –, sehnte sie sich danach, hingehen zu können, wusste aber, dass sie auf ihrer eigenen Hochzeit die liebende Braut spielen musste und es deshalb unmöglich war. Sie spürte die magnetische Anziehungskraft des Theaters und beschloss, wenigstens einen Blick in den leeren Zuschauerraum zu werfen, wenn sie die Schuhe umgetauscht hatte. Als sie dann eilig das Geschäft des Schuhmachers betrat, empfand sie einen köstlichen Anflug von Freiheit.

Noch bin ich nicht verheiratet. Bis drei Uhr bin ich ganz allein ich.

Es war schon Mittag, als Marmaduke aus seiner Kutsche stieg. Die fünfstöckige Fassade des Royal-Hotel-Komplexes kombinierte architektonische Elemente aus der Antike mit der Verheißung auf schauspielerische Größe.

Er stand im hinteren Teil des leeren Theaters und hatte beinahe das Gefühl, in einem lebenden, atmenden Geschöpf zu sein. Der Geruch nach Theaterschminke, der während der ersten Monate legitimen Theaterlebens bereits in dessen Poren eingedrungen war, entzückte ihn. Bei Theaterschminke schlug sein Herz regelmäßig schneller; Vorfreude, Aufregung und eine Mischung von Magie und Gefahr breiteten sich in ihm aus.

Während er durch den Mittelgang des verlassenen Zuschauerraums ging, bewunderte er die Pracht der Architektur und des übrigen Dekors. Sie waren so beeindruckend, dass das Haus durchaus mit englischen Theatern mithalten konnte und ein außergewöhnliches Tribut an Barnett Levey darstellte.

Seit seiner Rückkehr nach Sydney hatte sich Marmaduke der kleinen Gruppe von Verbündeten angeschlossen, die Barnett unterstützten, und Anteile an seiner Gesellschaft gekauft, die das Theater inzwischen gemietet hatte, weil erdrückende finanzielle Probleme Barnett gezwungen hatten, das von ihm selbst errichtete Gebäude zu verkaufen. Marmaduke trat öffentlich für den Unternehmer ein und erklärte jedem, der es hören wollte, dass Barnett Levey sein Geschäftsimperium, seine Kreativität und seine Leidenschaft dafür einsetzte, Shakespeare, Melodramen, Opern und Ballett allen Gesellschaftsschichten in der Kolonie zugänglich zu machen. »Eines Tages wird der ganze Kontinent ihn als wahren Vater des australischen Theaters anerkennen.«

Jetzt sah er zu den Galerien hoch, und sein Blick blieb an der Loge hängen, die er für die gesamte Spielzeit gebucht hatte und wo er heute Abend einer Benefizvorstellung für einen älteren Schauspieler beiwohnen würde, dessen Gedächtnis mittlerweile so vom Alkohol zerrüttet war, dass er nur noch Polonius' Rede an seinen Sohn aus *Hamlet* deklamierte, ganz gleich, in welchem Stück er gerade auftrat.

In dem Moment, als Marmaduke die einsame Gestalt erblickte, die aufrecht in den Kulissen stand, wusste er, dass Josepha St. John trotz ihrer legendären Reputation Angst hatte. Heute Abend würde sie aus dem Schutz ihrer Legende als »amerikanische Nachtigall« heraustreten und ihre Feuertaufe als dramatische Darstellerin bestehen. Es war eine echte Herausforderung, die weibliche Hauptrolle der Portia im *Kaufmann von Venedig* zu spielen.

Da niemand sonst zu sehen war, sprang Marmaduke so gewandt auf die Bühne wie ein geborener Reiter in den Sattel. Er trat zu Josepha und zog sie an der Hand in die Bühnenmitte. Sie raffte ihren Schal um die Schultern zusammen wie einen Schild, trotzdem sah er, dass sie nicht vergessen hatte, das Halsband anzulegen, das Teil ihrer Legende bildete. Die falschen Diamanten glitzerten auf ihrer elfenbeinfarbenen Haut. Ihre verführerische, kurvenreiche Figur entsprach perfekt seiner Vorstellung von Weiblichkeit, doch heute schien sie jedes Selbstbewusstsein verloren zu haben. Als er sah, wie groß die Angst in ihren dunklen Augen war, lächelte er, um sie zu beruhigen, und küsste ihr die Hand.

»Ich bin extra früh gekommen, in der Hoffnung, dich noch vor der Probe zu erwischen – mit Barnetts Erlaubnis natürlich. Du warst noch nie so schön wie in diesem Augenblick, Josepha. Ganz Sydney Town wird dir heute Abend zu Füßen liegen, und sämtliche Zeitungen werden dich in den höchsten Tönen preisen.«

»Und wenn sie mich ausbuhen? Du weißt doch, wie unberechenbar diese Kolonisten sind. Sie können sich auf einen stürzen wie Schlangen. Sieh dir doch an, wie meine Landsleute den armen Edmund Kean in Amerika behandelt haben. Und er war auf dem Gipfel seiner Laufbahn der größte Tragiker der Welt. Ich hingegen bin bloß eine Anfängerin, die sich an Shakespeare versucht.« Ihre Stimme verebbte in einem Schluchzen. »Ich schaffe es nicht, Marmaduke. Ich kann dem Publikum nicht gegenübertreten.«

Marmaduke winkte schwungvoll ab. »Das ist nur das typische Lampenfieber vor einer Premiere, sonst nichts. Ich würde mir Sorgen machen, wenn du es nicht hättest. In dieser Stadt wirst du bereits glühend verehrt – du kannst gar nichts falsch machen.«

»Als Opernsängerin, ja. Aber Shakespeare!« Sie wandte sich ab, als wollte sie flüchten.

Marmaduke umfasste mit beiden Händen ihr Gesicht und sprach so beschwichtigend auf sie ein, als wäre sie ein Kind. »Lass dich doch nicht von einem Namen einschüchtern. Shakespeare war selbst Schauspieler. Er verstand mit Leib und Seele, was es heißt, Schauspieler zu sein. Wärst du in der Zeit Elisabeths I. zur Welt gekommen, hätte er dir die Rolle der Portia auf den Leib geschrieben – wenn Frauen damals weibliche Rollen hätten spielen dürfen.«

Als er merkte, dass die übrigen Darsteller allmählich den hinteren Teil der Bühne bevölkerten und sich in kleinen Gruppen unterhielten, legte Marmaduke ihr den Arm um die Schultern und zog sie von der Bühne weg, entschlossen, ihr Selbstbewusstsein wiederherzustellen, ohne dass die anderen sie hörten.

»Dieses Stück ist keine reine Tragödie, obgleich es dank Edmund Keans revolutionärer Interpretation einige erschütternde, tragische Momente hat. Früher spielte man den Shylock als grotesken Juden mit der roten Perücke eines Clowns. Kean lehnte das ab und gewährte den Zuschauern einen Einblick in Shylocks Inneres und in die Jahre, in denen er Demütigungen von Seiten der venezianischen Adligen ausgesetzt war.«

Josepha hing an seinen Lippen, deshalb fuhr er fort: »Portia ist Shakespeares erste und triumphalste Heldin – eine mutige Frau, die sich als Advokat verkleidet, um einem Mann das Leben zu retten. Portia ist alles, was du auch bist, Josepha: couragiert, von sonnigem Gemüt, schön, weise, geistreich, eine echte Frau. Weißt du noch, wie Bassanio sie beschreibt?« Marmaduke zitierte die Rede mit dem Tonfall eines bewundernden Verehrers: »Und sie ist schön und, schöner als dies Wort, von hohen Tugenden; von ihren Augen empfing ich holde, stumme Botschaft einst. Ihr Nam' ist Portia.«

Er sah den Hunger in Josephas dunklen Augen. Sie war wie ein verletzliches Kind, das auf der Suche nach einem Lob ist, um sich zu beruhigen. Plötzlich streckte sie die Arme aus und umklammerte die Aufschläge seiner Jacke.

»Glaubst du *wirklich*, dass ich es schaffe, Marmaduke?«

»Du wirst die Portia nicht nur spielen, du wirst Portia sein, Josepha St. John!«

Sie lachte nervös auf. »Wie gern würde ich dir glauben!«

»Habe ich dich je belogen, süße Dame?«

Mit einem Mal wurde sie ganz ernst. »Nein. Du warst sogar hinsichtlich deiner Verlobten ehrlich.«

»Die Hochzeit ist für beide Seiten eine reine Formalität. Aber sosehr ich dich auch begehre, du hast von Anfang an gewusst, dass ich nicht lieben kann.«

»*Noch nicht*«, sagte sie schlau und warf einen Blick auf seine Loge. »Du wirst doch kommen, oder? Ich weiß, dass es dein Hochzeitstag ist, aber heute Abend *brauche* ich dich.«

Er küsste ihre Hand und löste sie sanft von seinem Aufschlag. »Ich habe die feste Absicht, Zeuge deines Triumphs zu sein. Aber warte nicht auf mich, es könnte sein, dass ich erst später komme. Deshalb bitte ich dich, mir die Ehre zu erweisen, heute Abend diesen Ring auf der Bühne zu tragen. Ich habe die venezianische Fassung selbst entworfen, damit sie zu der Handlung passt, dem Schwindel mit dem Ring, den Portia in Gang setzt.«

Josepha stockte der Atem, als sie den Rubinring über ihren Ringfinger streifte.

»Du bist ein Schatz! Er ist perfekt für Portias Ring. Er ist so groß – und schön.« Sie streckte die Hand aus, um den Effekt zu bewundern. »Sieh nur, wie er das Licht einfängt, er sieht so *echt* aus.«

Marmaduke verbarg ein Lächeln. »Dieser Ring ist nicht nur für Portia – es ist ein Zeichen meiner enormen Bewunderung für dein Talent. Pass auf, dass du ihn nicht zwischen den Theaterrequisiten vergisst. Es ist ein echter indischer Rubin.«

Sie lachte entzückt. »Das hätte ich mir denken können.«

Aufgeschreckt durch den ungeduldigen Aufruf des Inspizienten an die Darsteller sagte Marmaduke leise: »Ich muss mich verabschieden, meine Portia.«

»Mein Angebot ist ernst gemeint, Liebster. Wir könnten zusammen durch die ganze Welt reisen. Du als Manager, der meine Karriere lenkt und welche privaten Rollen auch immer du für mich vorgesehen hast.«

Die Anspielung in ihren Worten war nicht zu überhören. Marmaduke blieb die Antwort erspart, als erneut die von Panik erfüllte Stimme des Inspizienten erklang: »Verdammt nochmal! Kann vielleicht mal jemand losgehen und Shylock vom Klo holen? Wie zum Teufel sollen wir den *Kaufmann* ohne den Juden aufführen?«

Marmaduke verabschiedete sich mit einer hastigen Verbeugung von Josepha, während der aufgebrachte Inspizient eine Gestalt, die sich im hinteren Teil des Zuschauerraums herumdrückte, anbrüllte: »He, du da! Kein Publikum heute! Wenn du was sehen willst, stell dich in die Schlange vor Barnett Leveys Büro!«

Die Gestalt verschwand. Während Marmaduke durch den Mittelgang eilte, drehte er sich noch einmal zu Josepha um, die nun inmitten der anderen Schauspieler stand. Alle schienen von nervöser Energie erfüllt wie Vollblüter kurz vor einem Rennen. Josepha bildete den Mittelpunkt, vom Scheitel bis zur Sohle eine Künstlerin, der Star des Abends. Sie war bereits in die Rolle der Portia geschlüpft und hatte ihn vorübergehend vergessen.

Als Thomas ihn zum Umkleiden ins Hotel Alexandrina zurückbrachte, rief sich Marmaduke lebhafte Erinnerungen an die Londoner Vorstellung des Stückes ins Gedächtnis zurück, bei der er ganz im Bann von Edmund Keans Shylock gestanden hatte. Die Beschreibung von Keans Genie durch den Dichter und Kritiker Samuel Taylor Coleridge war nicht übertrieben gewesen. Kean hatte Shakespeare tatsächlich erhellt wie ein Blitz.

Marmaduke war so taktvoll gewesen, Josepha nicht an die Portia zu erinnern, die er als Keans Partnerin gesehen hatte. Die junge Fanny Kemble war der Liebling von ganz London und hatte ihren Vater, den Intendanten, vor dem Bankrott gerettet. Josephas Jugend hingegen war längst dahin. Dann sagte er sich, dass Sydney nach Kultur hungerte und Barnett Levey sie lieferte – egal, wie schmerzhaft die Geburtswehen auch sein mochten.

Ich würde auf Josephas Triumph heute Abend wetten. Doch Barnett segelt finanziell hart am Wind. Ich kann nur hoffen, dass sein heroischer Traum nicht auch auf einen Bankrott zusteuert.

Der zweite Glockenschlag der Stadtuhr entlockte Marmaduke einen resignierten Seufzer. Bis zu seiner Vorstellung als falscher Ehemann war es nur noch eine Stunde – und er musste diese Rolle vollendet spielen, wenn er Garnet Gamble überzeugen wollte, dass er seine Hälfte des Pakts erfüllt hatte.

Mingaletta wird bald mir gehören, Mutter.

Marmaduke schloss die Augen und sah im Geiste vor sich, wie die wilden Brumbys durch Ghost Gum Valley galoppierten. Er roch den Regen auf den Eukalyptusbäumen und sah, wie die goldenen Blüten der Akazien im Wind tanzten. Wie seltsam, dass seine Sinne so extrem auf zwei so unterschiedliche Empfindungen reagierten – den australischen Busch und Theaterschminke.

Dunkelgraue Wolken ballten sich zusammen und schoben sich über das wolkenlose Blau des Morgens. Marmaduke kannte die Zeichen. Die tropische Luft stand wie unter Strom. Noch ehe die Nacht zu Ende war, würde sie sich in einem Gewitter entladen.

ZWANZIG

Zum dritten Mal in den letzten zehn Minuten warf Marmaduke einen Blick auf seine Taschenuhr. Dann sprang er aus dem Sattel und ließ sein Pferd grasen. Er wusste, dass er eine halbe Stunde zu früh dran war, und nahm erleichtert zur Kenntnis, dass er der Erste war. Im Busch wimmelte es von Vögeln. Ein Schwarm Gelbhaubenkakadus schoss in einem wilden Durcheinander herab, um sich um Plätze auf den Ästen eines Eukalyptusbaums zu streiten. Ihre schrillen Falsettrufe erinnerten Marmaduke an einen Chor von Schuljungen, die aufgeregt über die Befreiung von der Schule in die Weihnachtsferien strömten.

Schon immer hatte er die anderen Jungs beneidet, die die Kameradschaft des Schullebens erlebten, Biwaks im Busch machten und lebenslange Freundschaften schmieden durften. Im Gegensatz zu ihnen war er mit einer ganzen Reihe von Lehrern aus verschiedensten Nationen und mit unterschiedlichen Kompetenzen eingesperrt gewesen. Die Palette reichte von älteren Emigranten, die aus den Heimatländern finanzielle Unterstützung erhielten, bis zu ehemaligen Würdenträgern diverser religiöser Glaubensrichtungen. Einer seiner Lehrer hatte Marmaduke Tag für Tag mit seinem Lineal auf die Fingerknöchel geschlagen, um seine lateinische Grammatik zu korrigieren, bis er eines Morgens erwachte und feststellte, dass Marmaduke eine Schlange in seiner Perücke versteckt hatte.

Marmadukes letzter Tutor, Klaus von Starbold, war ein Lehrer wie kein anderer gewesen. Er hatte seine Liebe zu Shakespeare, Goethe, Voltaire und Molière gefördert, ihn mit Geschichten über seine Abenteuer als Soldat unterhalten oder auf eine lange Reihe von Affären angespielt und sie mit dem Ratschlag verbunden: »Frauen sind überaus teuflisch, junger Mann. Doch nur ein Heiliger oder ein Narr lässt sich von der größten Lust abhalten, die man als Mann haben kann: mit einer Frau ins Bett zu gehen.«

Dieser bewunderte Lehrer hatte Marmadukes Abenteuerlust beflügelt – bis er ihn betrogen hatte und von ihm getötet worden war.

Marmaduke steckte seine goldene Taschenuhr wieder ein. Der Zeitpunkt der Trauung rückte unaufhaltsam näher. Er überprüfte noch einmal den Ort, den er ausgewählt hatte. Eine grasbewachsene Lichtung vor dem Hintergrund eines Felsabhangs mit einer Höhle, die groß genug war, um ihnen Schutz zu bieten, falls es tatsächlich regnen sollte.

Ein holpriger Fußpfad folgte der Küste in Richtung Farm Cove, der ersten nach der Ankunft von Gouverneur Arthur Phillips First Fleet errichteten Farm. Marmaduke konnte es kaum glauben, dass die bunt zusammengewürfelte Flotte von Sträflingsschiffen erst zwanzig Jahre vor seiner Geburt in diesem Hafen eingelaufen sein sollte.

Jeder Einheimische kannte die Geschichte. Die Erde an diesem Küstenstreifen war so schlecht, und die Mehrheit der Strafgefangenen hatte so wenig Ahnung von Anbaumethoden, dass es kein Wunder war, dass die Ernten ausblieben, als man die englischen Gemüsesamen in Jahreszeiten aussäte, die denen in der Heimat diametral entgegengesetzt waren. Die Mitglieder der First und Second Fleet vegetierten am Rand des Verhungerns. Sträflinge und sogar Soldaten wurden öffentlich hingerichtet, weil sie Nahrungsmittel gestohlen hatten. Gouverneur Phillips muss man allerdings zugutehalten, dass er sich selbst und seine Offiziere auf halbe Ration gesetzt hatte. Nahrungsmittel waren so knapp, dass seine Offiziere und seltene weibliche Gäste wie etwa Elizabeth Macarthur, die Frau des freien Siedlers John Macarthur, bei Einladungen im Government House ihre eigenen Brötchen mitbringen mussten.

Was für eine erstaunliche Wende. Heute sind Emanzipisten wie Garnet oder Sam Terry die reichsten Männer der Kolonie, und ich lasse mich von unserem französischen Koch mit gourmethaften Speisen verwöhnen.

Erneut warf Marmaduke einen Blick auf die Uhr und betrachtete die idyllische Szenerie, die er ausgesucht hatte, um das Risiko einer zweiten Demütigung vor dem Altar zu vermeiden. Seit die Ernten der Kolonie auf den fruchtbaren Böden westlich von Sydney Town gediehen, war dieses Küstenvorland zu seinem ursprünglichen, wilden Zustand zurückgekehrt: ein australischer Garten Eden.

Marmaduke hatte das Gefühl, dass seine europäische Kleidung in dieser Umgebung fehl am Platz war – der steife Kläppchenkragen, der Gehrock, die gewagt gestreifte Weste, das nach hinten gebundene Haar, das an einen Regency-Dandy erinnerte. Angesichts seiner Entscheidung für eine lange Hose statt einer altmodischen Kniehose fiel ihm eine Geschichte ein, die er in London gehört hatte. Die Respekt einflößende, aristokratische Leiterin des Almack hatte dem heldenhaften Duke of Wellington, der bis vor ein paar Jahren britischer Premierminister gewesen war, einmal den Zutritt verweigert, weil er es gewagt hatte, in langer Hose statt Breeches zu kommen.

Von Minute zu Minute wurde Marmaduke nervöser. Mit dem Erscheinen des Quäkers konnte er wohl rechnen, doch würde Isabel es sich im letzten Moment doch noch anders überlegen?

Dann hörte er das Geräusch der ersten Kutsche und ging los, um sie zu begrüßen. Erleichtert registrierte er Edwins beruhigendes Winken, als er ihm mit James Backhouse im Schlepptau entgegeneilte. Der Geistliche trug auch heute schlichtes Quäkergrau, doch die Augen unter den struppigen Brauen funkelten freundlich und ein wenig belustigt. Marmaduke geleitete sie zu der Höhle, um das Treuegelöbnis der Quäker vorzubereiten, darunter auch eine Heiratsurkunde, die datiert und unterzeichnet werden musste.

James Backhouse sah sich voller Bewunderung um. »Ihr habt einen feinen Ort für unser Treffen ausgesucht, Bruder Gamble. Ich hoffe, dass er auch Gefallen bei Eurer Braut findet.«

Als es drei Uhr wurde, ohne dass der Landauer und die übrigen Hochzeitskutschen erschienen, keimte in Marmaduke der Verdacht auf, die Geschichte könnte sich wiederholen. Hatte Isabel trotz ihres heimlichen Vertrags gekniffen? Er schlenderte den Fußpfad entlang, in nervöser Erwartung der Brautkutsche, die er mit Blumengirlanden hatte schmücken lassen.

Stattdessen trat plötzlich ein Mann aus dem Busch. Er war barfuß und trug nur eine zerlumpte, weite Hose und ein Halstuch. Das sonnengebräunte Gesicht wirkte im ersten Moment hart, doch als er näher kam, sah Marmaduke ihm in die Augen und spürte die ganze Wucht seiner Jugend, seines Hungers und seiner Angst.

Der Ausreißer hatte ein Beil bei sich, schien jedoch kaum noch die Kraft zu haben, jemanden anzugreifen. Dann erkannte Marmaduke den Grund. Mit einem Bein schleppte er eine Kette hinter sich her, die er offenbar von dem anderen, blutverschmierten Knöchel abgehackt hatte.

Die Stimme des jungen Iren war heiser vor Verzweiflung. »Gib mir deine Uhr und dein Geld. Falls du glaubst, ich würde vor einem Mord zurückschrecken, bist du ein toter Mann.«

Marmaduke antwortete ruhig, blieb aber auf der Hut vor dem Beil. Der Junge machte einen so wirren Eindruck, dass er ihm tatsächlich einen Mord zutraute.

»Du brauchst keine Angst vor mir zu haben, Kumpel. Ich bin unbewaffnet. Und der Kerl da drüben ist ein Quäker, sanft wie der leibhaftige Jesus. Wie wäre es, wenn du das Beil runternimmst und einen Grog mit mir trinkst? Es ist mein Hochzeitstag, und ich könnte einen Drink vertragen. Wie steht es mit dir?«

Der Ausreißer schwankte, als würde er jeden Moment das Bewusstsein verlieren. »Warum sollte ich einer verdammten englischen Schwuchtel über den Weg trauen?«

»Ich bin einer von hier, Kumpel. Und mehr noch: Ich kann dir zur Flucht aus der Kolonie verhelfen.«

Marmaduke deutete auf die Mastspitzen eines Segelschiffes, das hinter der Biegung der nächsten Landspitze vor Anker lag. »Das ist die *Kythera*. Ich habe eine Ladung Rum an Bord und stelle keine Fragen. Michaelis, der Kapitän, ist Grieche und ein Kumpel von mir. Ich garantiere dir, dass du morgen Früh mit ihm auslaufen kannst. Ich sorge außerdem dafür, dass du Kleider hast, etwas zu essen und genügend Geld in der Tasche, um über die Runden zu kommen, wenn die *Kythera* dich als freier Mann in Auckland absetzt.«

Der Ire grunzte ungläubig. »Hältst du mich für einen Trottel?«

»Eher für einen Burschen, der bereit ist, seinen Namen zu ändern, Problemen aus dem Weg zu gehen und in Neuseeland ein neues Leben anzufangen.« Er streckte die Hand aus. »Ich heiße Marmaduke.«

Der Junge hielt benommen seine Waffe umklammert, sodass Marmaduke vorsichtig in seine Tasche griff und einen silbernen Flachmann herausnahm.

»Du siehst aus, als könntest du einen Schluck Brandy vertragen.«

Der Flüchtling kippte den Inhalt mit einem Zug hinunter. Plötzlich geriet er ins Wanken und brach dann, das Beil immer noch fest umklammernd, in Marmadukes Armen zusammen.

Das war's, Kumpel. Aber so ist es am besten für uns beide.

Er legte sich den Arm des Jungen um die Schultern und

schleppte ihn bis zum Rand der Lichtung, während Edwin und James Backhouse ihn aus der Ferne beobachteten. Dann zog er seinen Gehrock aus und drehte den Jungen herum, damit er seine Arme in die Ärmel stecken konnte, wobei er ihm beiläufig das Beil abnahm.

Schließlich saß der Junge mit dem Rücken an einem Baum da und murmelte: »Wo ist mein Beil?«

In diesem Augenblick entdeckte Marmaduke Thomas auf dem Bock des blumengeschmückten Landauers und wusste, dass er sich beeilen musste.

»Hör zu, Kumpel, du bekommst so viel Grog, wie du trinken kannst. Aber zuerst muss ich heiraten. Bleib einfach ganz ruhig hier im Schatten sitzen, bis der Quäker seine Arbeit getan hat. Dann bringe ich dich nach Cockle Bay und sorge dafür, dass du sicher an Bord der *Kythera* kommst, einverstanden?«

Der Ausreißer wirkte verwirrt. »Kriege ich noch einen Grog?«

»Darauf kannst du dich verlassen, Kumpel.«

Edwin ging hinüber, um die Hochzeitskutsche zu begrüßen, und kam dann zu Marmaduke.

»Was hat dich geritten, dem Flüchtling deinen Gehrock zu geben? Jetzt musst du in Hemdsärmeln heiraten!«

»Besser als mit einem gespaltenen Schädel, Kumpel.«

Es war eine unvergleichliche Hochzeit. Sie begann mit absolutem Schweigen. Keine Musik.

Maeve trug Isabels lange Schleppe, als die Braut an Thomas' Arm näher kam, mit kleinen, gemessenen Schritten, die den Eindruck erweckten, als folgte sie im Geiste dem *Hochzeitsmarsch*.

Marmaduke spürte, wie sich sein Hals zuschnürte. *Jesses! Ist das dieselbe Frau?*

Madame Hortenses Näherinnen hatten sich offensichtlich selbst übertroffen. Das elfenbeinfarbene Satinkleid und der Schleier, der im Wind flatterte, hatten Isabel in ein zartes Geschöpf verwandelt, das ihn an eine Waldnymphe erinnerte. Das Kleid betonte ihre schmale Taille und die zarte Wölbung eines Busens, den Marmaduke für nicht existent gehalten hatte. Ein Kranz aus Orangenblüten und der Schleier, der ihr Gesicht umrahmte, verliehen ihrem Gesicht etwas Ätherisches wie eine Vision aus dem *Mittsommernachtstraum*. Die leuchtend grünen Augen hatten die Farbe eines irischen Feldes. Er bemerkte, dass die schmalen, zarten Hände, die den Strauß weißer Rosen hielten, zitterten.

Plötzlich wurde ihm mulmig. Hatte er die falschen Rosen bestellt? Er wusste, dass die Plantagenets sich in zwei gegnerische Parteien gespalten hatten, deren Embleme die Weiße Rose von York und die Rote Rose von Lancaster waren.

Mist! Auf welcher Seite steht Isabel? Rot oder weiß? Ach, egal, was soll's! Diese Ehe wird in einem Jahr Vergangenheit sein.

Als sie ihn erreichte, flüsterte ihr Marmaduke ohne jeden Anflug von Sarkasmus zu: »Danke, dass du gekommen bist, Isabel.«

Der resignierte Ausdruck seiner Braut erinnerte Marmaduke an ein Gemälde von Maria Stuart wenige Minuten, bevor sie ihren hübschen Hals auf den Block legte.

James Backhouse brach das Schweigen, indem er die Worte des ersten Quäkers, George Fox, zitierte. »Das Recht, eine Trauung zu vollziehen, ist allein die Aufgabe des Herrn, nicht die von Priestern oder Richtern, denn es ist Gottes Anordnung, nicht die der Menschen, daher können wir Quäker nicht darüber befinden, ob sie sich vereinigen sollen. Wir verheiraten niemanden; es ist Gottes Werk, und wir sind nur Zeugen.«

Anschließend erklärte er, wie eine Quäkerversammlung in einer stummen Andacht vollzogen würde, wobei jeder Anwesende, der etwas sagen wollte, die Freiheit dazu hatte.

Das einzige Geräusch war das leise Schnarchen des irischen Flüchtlings unter dem Baum.

Ein paar Minuten später fühlte sich Edwin berufen, das Wort

zu ergreifen. »Ich bin heute Zeuge der Entscheidung zweier besonderer Menschen, die sich nach schwierigen Umwegen im Leben miteinander verbinden wollen. Mögen sie einander stets wahre Freunde sein.«

Marmaduke ertappte sich dabei, dass er Isabel Blicke von der Seite zuwarf, jetzt, da sie den vorderen Teil ihres Schleiers zurückgeschlagen und Maeve ihr den Brautstrauß abgenommen hatte. Marmaduke wusste, wie es weiterging. James Backhouse hatte ihm eine Kopie des Textes gegeben, die er vorlesen sollte, doch Marmaduke hatte ihn auswendig gelernt. Er griff nach Isabels Hand und beschloss, als Erster das Ehegelöbnis abzulegen.

»Freunde, in Anwesenheit Gottes und dieser Versammlung nehme ich meine Freundin Isabel Alizon de Rolland zu meiner Lebenspartnerin, im Vertrauen darauf, dass wir mit himmlischer Unterstützung einander in Liebe und Treue zugetan sein werden, solange wir beide auf dieser Erde leben.«

Diese schlichten, schönen Worte hatten auf dem Papier so leicht gewirkt. Isabel hätte es verdient, sie von einem Mann zu hören, der sie aufrichtig liebte.

Ich bin der Letzte auf dieser Welt, der sie aussprechen darf. Was würde James Backhouse denken, wenn er wüsste, dass ich meine Hochzeitsnacht mit Josepha St. John im Bett verbringe?

Jetzt war Isabel an der Reihe, ihm Treue zu geloben. Ihr Profil mit der kleinen Stupsnase wirkte so zart wie ein Stück Porzellan. Marmaduke fiel zum ersten Mal der Schwung ihrer Wimpern auf, als sie jetzt aufmerksam das Gesicht von James Backhouse fixierte. Das kleine Kinn des herzförmigen Gesichts bebte leicht, als sie die Worte »solange wir beide auf dieser Erde leben« erreichte.

Marmaduke hätte es am liebsten laut herausgebrüllt: »Es ist nur für ein Jahr! Ich bin kein Unmensch!«

Und im nächsten Augenblick, als sie nach Mendozas Anhänger griff, als suchte sie nach Trost in der Form des Hauses, wollte er sie beschwichtigen.

Ich werde dir nicht wehtun, Mädchen. Ich bin nicht dein sogenannter geliebter Cousin.

Plötzlich wurde Isabel sich der Intensität seines Blicks bewusst und wandte sich ihm zu, als wollte sie seine Gedanken lesen. Sein Lächeln erstarb, als sie ihm böse zuraunte: »Was ist denn jetzt wieder?«

Zähneknirschend murmelte er: »Du musst lächeln! Wir sind verliebt, erinnerst du dich?«

James Backhouse las die Details der Heiratsurkunde und die Namen ihrer noch lebenden und verstorbenen Eltern vor. Dann bekam Edwin das Zeichen, die Ringe zu überreichen.

Marmaduke spürte Isabels zitternde Hand, als er ihr den Hochzeitsring überstreifte.

Die romantische Illusion verflog, als Isabel ihm den Ring überstreifte und dabei flüsterte: »Ich bin überrascht, dass du bereit warst, den Rubin aufzugeben.«

Marmaduke war verwirrt. Woher konnte sie das wissen?

Er hatte vergessen, den Geistlichen zu fragen, ob und wann er die Braut küssen durfte, daher nahm er die Sache selbst in die Hand und bat Isabel um Erlaubnis. »Darf ich?«

Isabel neigte ihm gehorsam ihr Gesicht entgegen, kniff aber die Augen zusammen und presste die Lippen zu einem schmalen Strich zusammen. Das brachte das Fass zum Überlaufen. Genug war genug.

Na schön, Soldat. Diesen Kuss wirst du nie vergessen.

Rasch und schwungvoll zog er den Schleier herunter, um sie vor den Blicken der anderen zu schützen, und umfasste ihr Gesicht mit beiden Händen. Dann berührte er mit der Zungenspitze ihre Lippen, die sich überrascht öffneten, und küsste sie so, wie es einer geliebten Braut in der Abgeschiedenheit ihres Hochzeitsschlafzimmers gebührt hätte.

Erst als er merkte, dass sie in seinen Armen dahinschmolz, beendete er seinen Kuss.

Dann schlug er übertrieben rücksichtsvoll den Schleier wieder zurück und flüsterte ihr ins Ohr: »Nun gut, Mrs Gamble! So etwas werde ich nie wieder tun. Es sei denn, du bittest mich darum.«

Ihrem Blick nach zu urteilen glaubte er, dass sie ihm am liebsten ins Gesicht geschlagen hätte, doch das würde sie im Beisein eines pazifistischen Quäkers niemals tun. Sacht berührte sie die Blume in seinem Knopfloch und lächelte nach außen hin zärtlich zu ihm auf.

»Eher würde ich sterben!« Das hörte nur Marmaduke.

Er hakte sie unter und führte sie zu der Höhle, um die Heiratsurkunde zu unterschreiben. Isabels Brautstrauß landete in Maeves Schoß. Edwin sorgte dafür, dass James Backhouse mit einer der Kutschen in sein Quartier zurückgebracht wurde. Marmaduke setzte Isabel in die blumengeschmückte Brautkutsche und schloss die Tür hinter ihr.

»In einer Stunde komme ich nach, Soldat. Aber vorher muss ich noch meinen irischen Kumpel an Bord bringen.«

Als Isabels Kutsche sich entfernte, drehte sie sich fassungslos nach ihm um.

Edwin war auf das Schlimmste gefasst. »Man könnte dich wegen Fluchthilfe vor Gericht stellen.«

»Jeder verdient eine zweite Chance, das ist meine Meinung dazu. Du hast mir auch eine ermöglicht, als du mich straffrei aus einer Mordanklage herausgeboxt hast. Ich gebe mein Glück nur an diesen Pechvogel weiter.«

Thomas knallte mit der Peitsche und lenkte die Pferde in Richtung Cockle Bay. Marmaduke setzte den Flüchtling aufrecht neben sich und versuchte, sich über seine Gefühle gegenüber der Frau klar zu werden, die sich vor seinen Augen derart verwandelt hatte. Er wusste, dass Isabel ihn nur seines Geldes wegen geheiratet hatte. Doch jetzt, nachdem er sie gekauft und bezahlt hatte, war er auch für sie verantwortlich. Er war sicher, dass er seinen leidenschaftlichen Ehebruch mit Josepha heute Nacht genießen würde. Warum also diese Verwirrung?

Diskreter Ehebruch ist in Ordnung. Isabel erwartet nichts anderes. Aber ich will verdammt sein, wenn ich zulasse, dass meine Braut öffentlich gedemütigt wird. Dafür hat ihr Cousin Silas schon zur Genüge gesorgt.

Als Marmaduke an Bord der *Kythera* ging, hatte der Sträfling das Bewusstsein verloren. Er warf ihn sich wie einen Sack Kartoffeln über die Schulter, schleppte ihn nach unten in die Kabine und ließ den leblosen Körper zu Boden gleiten. Captain Michaelis schob seine Mütze nach hinten und warf einen flüchtigen Blick auf den maßgeschneiderten Bond-Street-Gehrock des Ausreißers, seine zerschlissene Hose, die nackten Füße und die eisernen Fußfesseln.

»*Yasou*, mein Freund. Wie ich sehe, bringst du mir schon wieder eine menschliche Fracht für Neuseeland.«

»Jawohl, Kumpel. Setz es auf meine Rechnung. Nächstes Mal, wenn du in der Gegend bist, trinken wir einen Grog zusammen. Aber jetzt habe ich keine Zeit, ich muss nämlich an zwei Orten gleichzeitig sein. Immerhin ist es meine Hochzeitsnacht.«

EINUNDZWANZIG

Der französische Koch hatte Marmadukes Anweisungen noch übertroffen und ein kleines, aber feines Hochzeitsbankett kreiert, das einer königlichen Prinzessin angemessen gewesen wäre. Der Tisch war in Marmadukes Suite gedeckt, für den engsten Kreis; nur das Brautpaar und die beiden Trauzeugen Edwin und Maeve waren anwesend.

Außerdem hatte Marmaduke auch Rupert Grantham eingeladen, doch dieser hatte einen Boten geschickt und sich entschuldigen lassen. Er hatte wieder einmal eine Verleumdungsklage am Hals, »bei der einer der angesehensten Männer in der Kolonie ziemlich dumm dastehen könnte«, wie er schrieb.

Außer dem Brief überreichte ihm der Bote noch ein in indische Seide eingehülltes Geschenk: ein Koromandelkästchen mit Einlegearbeiten aus Perlmutt, das zwei silberne Hochzeitsbecher enthielt. Auf der beiliegenden Karte stand eine Widmung: *Für die neue Mrs Gamble. Es würde mich freuen, wenn Ihr Bräutigam, mein Freund, Sie an einem der kommenden Sonntage zum Essen nach Waratah Waters mitbringen könnte. Wir könnten einen Ausritt machen, um Ihnen mein Anwesen Petersham, meine Oase, zu zeigen.* Gezeichnet *Rupert Grantham, Esq*.

Während des ganzen Banketts war Marmaduke ein aufmerksamer Gastgeber. Nachdem er die Dienstboten entlassen hatte, um eine gelöstere Atmosphäre zu schaffen, konzentrierte er sich galant auf Isabel und Maeve. Er überredete sie, die zahlreichen exotischen Gerichte zu probieren, schenkte Champagner nach und sorgte für Unterhaltung, indem er ihnen Anekdoten über die schillerndsten Gauner der Kolonie erzählte. Gleichzeitig achtete er darauf, Edwin als Strafanwalt der gesellschaftlichen Außenseiter in einem heroischen Licht zu zeigen, und wurde belohnt, als sich sein Kumpel ganz gegen seine sonstige Gewohnheit so entspannte, dass er den Arm um Maeves Schultern legte.

Isabel wirkte blass und zerbrechlich. Marmaduke ertappte sie von Zeit zu Zeit dabei, dass sie ihn mit gespielter Bewunderung anstarrte. Als Reaktion auf seinen romantischen Einfall, sie mit schokoladenüberzogenen Erdbeeren zu füttern, flog ein reizender roter Hauch über ihre Wangen. Er hoffte, dass er der Einzige war, der das Aufblitzen von Wut in den grünen Augen bemerkt hatte oder wie sie ihn beinahe in den Finger gebissen hätte.

Zu seiner Überraschung schien Isabel sich aufrichtig für Maeve zu interessieren, die auf ihre irisch-republikanische Art keinerlei gesellschaftliche Schranken anerkannte und Isabel wie eine kleine Schwester behandelte, der sie zeigen musste, wie man mit der allgemeinen Niederträchtigkeit in der Kolonie fertigwurde.

Als es Zeit fürs Theatre Royal wurde, bemühte sich Marmaduke, nicht allzu auffällig auf die Uhr zu sehen, war jedoch innerlich erleichtert, als Maeve Edwin keineswegs diskret daran erinnerte: »Wir sollten gehen und Braut und Bräutigam sich selbst überlassen.«

Edwin sprang auf und entschuldigte sich überschwänglich. Alle umarmten sich herzlich, dann geleitete Marmaduke sie die Treppe hinunter, damit Thomas sie zurück nach Woolloomooloo kutschieren konnte.

Wieder zurück in Isabels Suite war es ihm aus unerfindlichen Gründen unangenehm, mit ihr allein zu sein.

»Ich habe ein Zimmermädchen gebeten, dir beim Ausziehen zu helfen. Hoffentlich hast du keine Angst vor Gewittern. Sie haben etwas aufregend Schönes an sich. Hier bei uns ist alles ein bisschen intensiver als woanders.«

»Vielen Dank für dein Mitgefühl. Ich bin kein Kind, das sich im Dunkeln fürchtet«, sagte sie mit fester Stimme, doch Marmaduke glaubte ihr kein Wort.

»Außerdem ziehe ich es vor, mich allein zu entkleiden, aber nicht, dass du mich falsch verstehst«, setzte Isabel hastig hinzu. »Es ist das schönste Kleid, das ich je gesehen habe. Ich danke dir.«

»Freut mich, wenn es dir gefällt.« Er bewegte sich rückwärts zur Tür. »Es ist schon spät. Ich muss mich beeilen.«

»Ja, es gehört sich nicht, zu spät ins Theater zu kommen. Lass dich von mir nicht aufhalten.« Gelassen und würdevoll fuhr sie fort: »Ich hoffe, dass das Publikum nett zu Mr Leveys neuer Portia ist. Sie sah so nervös aus.«

»Woher weißt du das?« Marmaduke war überrumpelt.

»Die Hochzeitsschuhe, die du für mich ausgesucht hattest, waren wunderschön, aber eine Nummer zu klein. Als ich hinging, um sie umzutauschen, konnte ich der Versuchung nicht widerstehen und habe vom hinteren Teil des Parketts aus einen Blick in das neue Theater geworfen.« Sie machte eine kleine Pause und setzte dann höflich hinzu: »Die Dame deines Herzens ist sehr schön.«

Marmaduke war schockiert darüber, wie kühl sie seinen Ehebruch akzeptierte. Sie musste alles mit angehört haben. Wahrscheinlich hatte sie auch gesehen, wie er Josepha küsste. Bei seinem Versuch, sich zu rechtfertigen, suchte er nach den richtigen Worten.

Isabel unterbrach ihn. »Du brauchst mir nichts zu erklären. Unserem Vertrag entsprechend kannst du machen, was du willst. Wenn du mich jetzt entschuldigen würdest, ich brauche etwas Schlaf. Wann sollen wir morgen Früh nach Bloodwood Hall aufbrechen?«

»Du siehst müde aus. Schlaf dich aus. Irgendwann in dieser Woche reicht auch noch.«

Isabel nickte. »Gut. Ich habe vergessen, mich dafür zu bedanken, dass du an mein Familienemblem gedacht hast. Die weißen Rosen waren einmalig. Du hast dir viel Mühe gegeben, damit dieser Tag perfekt wird. Genau wie bei einer richtigen Hochzeit.«

Marmaduke war auf der Hut. War das etwa höflicher englischer Sarkasmus? »Hast du nicht das traditionelle gesellschaftliche Drum und Dran in der Kirche vermisst?«

»Es war der idyllischste Ort, den ich je gesehen habe, und die Quäkerzeremonie war wunderschön. Stell dir mal vor, was diese Worte für Menschen bedeuten würden, die sich wirklich lieben.«

Marmaduke ärgerte sich, denn er spürte einen Anflug von schlechtem Gewissen. »Hast du die Wallabys gesehen, die aus dem Busch gehoppelt kamen, um die Zeremonie zu beobachten? Es hat Wochen gedauert, bis ich sie so weit hatte, dass sie strammstehen.«

Isabel lächelte ihm von der Seite her zu. »Meinst du das, wenn du davon sprichst, dass hier alles ein bisschen intensiver ist?«

Marmaduke tat, als wäre er entrüstet. »Also wirklich, Isabel. Würde ich dich etwa belügen?«

Sie zuckte die Achseln. »Du bist ein Mann, oder?«

Die in ihren Worten mitschwingende Bitterkeit erschütterte ihn, deshalb versuchte er, die Stimmung zu drehen. »Ein guter Kommandant würde seine Verbündeten niemals belügen. Gute Nacht, Soldat, schlaf gut.«

Mit einer hastigen Verbeugung kehrte Marmaduke in seine eigenen Räume zurück, wo er badete und sich umzog. Mit Glück würde er gerade noch rechtzeitig zum letzten Akt des *Kaufmann von Venedig* eintreffen und Portias berühmte Rede über die »Art der Gnade« mitbekommen. Josepha hätte keine Ahnung. Er kannte das Stück auswendig, doch würde es sich heute Abend um Colley Cibbers moderne Bearbeitung oder Shakespeares Originaltext handeln?

Der Dichter war ein Genie, aber Cibber wollte der Masse gefallen. Wenn ich König wäre, würde ich verbieten, Shakespeare umzuschreiben. Goethes Übersetzungen ins Deutsche werden ihm gerechter als Cibbers englische Bearbeitungen.

Eine halbe Stunde später stand Marmaduke in tadelloser Abendgarderobe und Umhang vor dem Spiegel und war mit sich zufrieden, bis auf die übliche, ungeschickt gefaltete Halsbinde. Als er an Isabels Zimmer vorbeikam, zögerte er. Die Tür war nur angelehnt.

Dann ertönte ein lauter Donnerschlag, auf den ein paar gezackte Blitze folgten, und er sah, dass eine Kerze neben ihrem Bett brannte. Ihre Räume waren leer. Marmaduke kämpfte gegen seine Frustration an. War die dumme Gans etwa aus Angst vor dem Gewitter ausgerissen? Oder hatte sie Angst vor ihm?

Er machte sich auf die Suche. Durch das Fenster am Ende des Flurs drang der Widerschein des Wetterleuchtens und erhellte die Dunkelheit. Er hörte das Geräusch, bevor er sah, wo es herkam. Ein leises Stöhnen, eher gespenstisch als real. Dann beleuchtete ein Blitz eine undeutliche, geisterhafte Gestalt am anderen Ende des Gangs. Die Härchen auf seinen Armen sträubten sich. Er stand wie angewurzelt da, während die Gestalt auf ihn zukam.

Erst jetzt erkannte er ihr Gesicht. *Isabel.* Sie stöhnte leise und rang die Hände, wieder und wieder. Da fiel ihm die Szene mit der schlafwandelnden Lady Macbeth ein, und erschreckt ging ihm auf, wie nahe er der Wahrheit gekommen war. Der Ausdruck in Isabels Augen ließ ihn erschauern. Ihre Pupillen waren erweitert, dennoch schien sie in einer anderen Welt zu sein und seine Existenz gar nicht zu bemerken, selbst als sie direkt an ihm vorbeiging.

Marmaduke versuchte, eine rasche Entscheidung zu treffen. Irgendwo hatte er gelesen, dass es gefährlich sein kann, einen Schlafwandler plötzlich zu wecken. Er hielt sich im Schatten der Wand und stieß vorsichtig die Tür zu ihrem Zimmer auf. Ein Lichtbalken fiel über den Teppich. Wie angezogen von der Helligkeit trat Isabel in ihr Zimmer, wobei sie abgerissene Satzfetzen vor sich hin murmelte.

Er schnappte die Namen »Silas« und »Martha« auf, dann, als sie neben dem Bett auf die Knie fiel und aussah, als hielte sie ein unsichtbares Bündel in den Armen, wurden die Worte deutlicher. Marmaduke presste sich außerhalb ihres Blickfelds an die Wand für den Fall, dass sie plötzlich aus ihrem Albtraum aufschreckte.

Ihre Stimme wurde klarer, doch die Worte ergaben keinen Sinn. War dies nur ein Traum? Oder spielte sie eine Szene aus ihrer Vergangenheit nach?

»Gott, verzeih mir, sofern du Erbarmen mit einer Hexe haben kannst.« Sie blickte auf ihre Hände herab und sagte mit fester Stimme: »Wie schön sie ist. Wie kann etwas so Böses so viel Unschuld hervorbringen?«

Jeder Muskel ihres Körpers war angespannt, als er den Wechsel ihres Ausdrucks studierte und spürte, dass sie ihm, ohne es zu merken, Hinweise für den Grund ihrer gequälten Seele gab. Die Augen waren weit geöffnet, aber blind für alles, was sich außerhalb ihrer Traumwelt befand. Sie erinnerten ihn an zarte Insekten, die im Innern eines Bernsteins eingeschlossen waren.

Was war es, das sie in den Armen zu halten glaubte? Er spürte, wie sich ihr Schrecken auf ihn übertrug, als sie so dakauerte und sich umsah. Dann lächelte sie auf ihre leeren Arme herab, öffnete mit einem Blick, dessen Zärtlichkeit ihn verblüffte, ihren Morgenmantel, beugte sich vor und bot ihre kindliche Brust in einer derart liebevollen Geste dar, dass Marmaduke der Atem stockte.

»Hier, mein Liebling. Nicht weinen. Mama wird sich um dich kümmern. Ich finde ein sicheres Versteck für dich, das verspreche ich dir. Silas wird dir nie wieder etwas antun können.«

Sanft wiegte sie das unsichtbare Bündel in den Armen und summte ein paar Fetzen aus einem Schlaflied.

Marmaduke war fassungslos über die schmerzliche Intimität dieser Szene, konnte jedoch den Blick nicht von ihrem Gesicht abwenden. Er kam sich vor wie ein Eindringling und war gleichzeitig froh, eine Ahnung vom Ursprung ihres Schmerzes zu bekommen.

Als sie ins Bett kletterte, legte sie das unsichtbare Bündel neben sich und schloss die Augen. Er wartete, bis ihr Atem wieder regelmäßig ging und er überzeugt war, dass sie jetzt normal weiterschlafen würde. Dann löste er sich aus dem Schatten und trat an ihr Bett.

Isabels Gesicht war jetzt friedlich. Marmaduke setzte sich neben ihr Bett. Es war klar, dass er seine Pläne abschreiben konnte. Es gab nicht einmal eine Möglichkeit, Josepha eine Nachricht zu schicken und ihr seine Abwesenheit zu erklären – ausgerechnet an dem Abend, an dem sie ihn am meisten brauchte. Er wagte es einfach nicht, Isabel in einem solchen Zustand allein zu lassen. Die leidenschaftliche Nacht, mit der er gerechnet hatte, war durchkreuzt worden.

Marmaduke hatte nicht vor, seine Freiheit als Junggeselle aufzugeben, trotzdem war er überwältigt von einem seltsamen Gefühl der Verwirrung.

Ich komme mir vor, als hätte ich meinen Körper verlassen und wäre in das Leben eines anderen Mannes geschlüpft.

ZWEIUNDZWANZIG

Verdammt nochmal, wo seid ihr denn? Kein Aas ist in Sicht.« Garnet hob die Stimme. »Ich hätte nicht übel Lust, euch alle vor die Tür zu setzen, zurück in die Gosse, wo ihr hingehört!«

Garnet stand am Fuß der Treppe, und sein wütendes Geschrei hallte durch die marmorne Eingangshalle. Dann folgte das Geräusch von splitterndem Porzellan, nachdem er mit einer heftigen Gebärde eine riesige Vase aus der Ming-Dynastie von ihrem Sockel gefegt hatte. Die Scherben flogen in alle Richtungen. Ein hundert Jahre alter Schatz lag zerbrochen vor seinen Füßen.

»Ich konnte das verfluchte Ding sowieso nie leiden, chinesischer Klimbim, voller Risse. Soll mir mal einer erklären, warum so was ein Vermögen wert ist«, murmelte er, bevor er sein Gebrüll fortsetzte: »Powell! Elise! Bridget! Red Mary, Black Mary, egal, wie ihr heißt. Her mit euch, und zwar auf der Stelle. Das ist ein Befehl!«

Eilige Schritte näherten sich von allen Seiten, oben ebenso wie im Erdgeschoss. Zu seinem Erstaunen und Verdruss stand Queenie, über die er nicht einmal Befehlsgewalt hatte, als Erste vor ihm.

Sie warf ein Ende des Saris über ihre Schulter, und ihre durchbohrenden Augen musterten ihn mit kalter Verachtung.

»Was hast du hier zu suchen, Alte?«, fragte er. »Ich habe dich nicht rufen lassen.«

»Wer sonst hätte den Mumm, dir die unangenehme Wahrheit zu erzählen?«

Neugierig geworden, senkte Garnet die Stimme. »Was meinst du damit? Was weißt du mehr als meine Spitzel?«

»Dass der junge Marmaduke sich geweigert hat, in der St. James's Church die Braut zu heiraten, die du für ihn hierher hast schaffen lassen. Er hat Sydney Town verlassen.«

»Gar nichts weißt du!«, blaffte er sie an. »Meine Spitzel haben jede Bewegung unter Kontrolle, die der Junge seit seiner Rückkehr in die Kolonie gemacht hat. Alle sind mit von der Partie. Der Kutscher Thomas, die französische Schneiderin Hortense, mein Buchhalter in Sydney Town, die Hausdame aus dem Princess Alexandrina und ein alter Schiffskumpel, der inzwischen einen hohen Posten bei der Polizei hat.«

Queenie lächelte weise bei dem schönfärberischen Ausdruck »Schiffskumpel«. Jeder wusste, dass alte Strafgefangene, die ihre Nase aus anderer Leute Angelegenheiten heraushielten, häufig zu Polizeiwachtmeistern ernannt wurden und genauso wenig korrupt waren wie die Männer, die als Freie gekommen waren.

Garnet polterte weiter. »Der Einzige, den ich nicht bezahlen kann, damit er mir Informationen über Marmaduke besorgt, ist Edwin Bentleigh. Ich würde den Kerl wegen Illoyalität feuern, aber er ist der einzige ehrliche Advokat in der Stadt.« Schließlich gab er sich geschlagen. »Na gut, wer hat es dir verraten?«

Queenie kniff triumphierend die Augen zusammen. »*Miranda*. Sie hat mir erzählt, dass Marmaduke mit Isabel auf dem Weg hierher ist.«

Garnet spürte, wie sich ihm der Magen umdrehte. »Miranda ist also wieder bei dir gewesen? Bei mir nicht. Du bist wohl erst zufrieden, wenn du auf meinem Grab tanzen kannst, was, Alte?«

Queenie antwortete nicht.

Garnet versuchte, das Gesicht zu wahren. »Wie auch immer, das wusste ich bereits. Ich wollte gerade die Änderung meiner Pläne bekannt geben. Die Hochzeit wird hier in der Kapelle stattfinden. Du übernimmst die Verantwortung für die Zeremonie. Ich möchte, dass die Kapelle blitzblank poliert und perfekt geschmückt wird. Sorg dafür, dass der Schmied die verdammte Glocke repariert. Und sag dem Priester, dass seine Gewänder mindestens so prächtig wie bei einer Krönung sein müssen.«

Queenie hatte das letzte Wort, ehe sie sich zum Gehen wandte. »Du täuschst dich, falls du glaubst, dass Marmaduke spurt und hier heiratet. Wenn du die Kapelle restauriert haben willst, beauftrage deine Geliebte damit. Zu *irgendwas* muss sie ja gut sein.«

Garnet war klar, dass der Zeitpunkt für diese Beleidigung bewusst gewählt war, da Elise genau in diesem Moment mit Rhys Powell in der Tür erschien.

Mehrere Hausmädchen drückten sich am Eingang der Halle herum, doch nur Bridget grinste offen über Queenies bissige Bemerkung.

Garnets Sekretär trat mit einem Stapel Bücher auf dem Arm rasch zu ihm, und Elise folgte ihm nervös und fahrig auf dem Fuß. Garnet war es unangenehm, dass seine Geliebte ihn mit Adleraugen beobachtete, aus lauter Angst, dass er einen neuen Schub bekommen könnte. Obgleich es zu ihren Pflichten gehörte, für die er sie bezahlte, ärgerte ihn die Angst in ihren Augen.

Jeder würde denken, dass die Schlampe sich um mich sorgt.

»Wo zum Teufel haben Sie gesteckt, Powell? Ich habe Ihnen Anweisungen gegeben, Elise das Alphabet beizubringen, damit sie ihren Namen schreiben, nicht, damit sie von der ersten bis zur letzten Seite die Bibel lesen kann.«

Elise wirkte dermaßen bedrückt, dass Garnet es auf der Stelle bereute, sie vor den Dienstboten gedemütigt zu haben. Sein Sekretär kam ihm zu Hilfe.

»Miss Elise ist eine fleißige Schülerin, Sir. Ich bin entzückt von ihren Fortschritten und überzeugt, dass Sie stolz auf ihren Erfolg sein werden.«

Garnet aber wollte sich nicht beschwichtigen lassen und richtete seine Wut gegen die Dienstboten. »Was gibt es da zu gaffen? Geht zurück an eure Arbeit. Dieses Haus muss vom Dach bis zum Keller picobello sauber sein, wenn mein Sohn zurückkehrt. Wer seine Pflichten vernachlässigt, kann damit rechnen, dass ich ihn in die Frauenfabrik oder in die Gefängnisbaracken zurückschicke.«

Er richtete den Zeigefinger auf die kleine Spotty Mary, die wie Espenlaub zitterte. »Du da! Kehr die Scherben auf.«

Als Elise am Fuß der Treppe an ihm vorbeiging, berührte sie zögernd seine Schulter und sagte leise: »Ich warte in meinem Zimmer auf dich, Garnet, Liebster. Ich muss mit dir über ein neues Kleid für die Hochzeit sprechen. Ich habe nichts *à la mode* für einen so wichtigen Anlass.«

Garnet schnitt ihr das Wort ab. »Deine Aufgabe besteht darin, Mirandas Zimmer in eine Brautsuite zu verwandeln.«

Elise schoss die Schamesröte ins Gesicht. »Mirandas Zimmer? Aber das ist *mein* Zimmer, Garnet.«

»*War* dein Zimmer. Miranda und ich haben unsere Flitterwochen in diesem Bett verbracht. Dasselbe wird Marmaduke tun. Räum dein Zeug woanders hin.«

Er wandte sich an Powell. »Gehen wir in meine Bibliothek. Dort wartet schon ein Stapel Post. Ein Brief trägt das Siegel des Gouverneurs. Ich wusste doch, dass die hohen Tiere die Ankunft einer de Rolland in der Kolonie nicht ignorieren würden.«

Garnet setzte sich an den Schreibtisch und wog den an Miss Isabel de Rolland adressierten Umschlag mit einer Mischung aus Freude und Frustration in der Hand.

»Das ist doch bestimmt eine Einladung. Vermutlich kann man ihn nicht öffnen, ohne das Siegel zu brechen, was?«

»Genau das soll ein Wachssiegel verhindern, Sir«, gab Powell steif zurück. »Es schützt Staatsgeheimnisse und Nachrichten höchst privater Natur.«

»Weiß ich«, fauchte Garnet. »Na schön. Lesen Sie den Rest.«

Edwin Bentleigh hatte Garnet noch einmal höflich an sein Versprechen erinnert, Marmaduke bei seiner Eheschließung Mingaletta zu übertragen.

»Der Mann drückt sich aus wie die sprichwörtliche eiserne Faust mit Samthandschuhen«, brummte Garnet. »Er weigert sich einfach, mir die neuen Unterlagen zu schicken, bevor ich die entsprechenden Dokumente unterzeichnet habe.«

»Aber warum, Sir?«

»Weil der Mann kein Dummkopf ist. Er traut mir nicht über den Weg!«

Powell wirkte schockiert. »Verstehe. Was soll ich dann antworten, Sir?«

»Schreiben Sie ihm, dass er zum Bankett kommen soll, zu dem ich die bedeutendsten Mitglieder der Gesellschaft einladen werde, damit ich sie unserer neuen Braut vorstellen kann. Weiß Gott, Bentleigh ist der einzige anständige Freund, den Marmaduke hat. Ich kann unmöglich zulassen, dass das ganze verdammte County glaubt, mein Sohn hätte nur mit Spielern, Jockeys, Freidenkern, Schauspielern und ähnlichem Gesindel zu tun.«

Der Sekretär hüstelte diskret. »Entschuldigen Sie, aber wann soll die Hochzeit stattfinden, Sir?«

»Das habe ich noch nicht entschieden. Weiter.«

Powell las eine Reihe von Schreiben vor, die Garnet verächtlich als »Bettelbriefe« bezeichnete – Anfragen von Wohltätigkeitsvereinen und Institutionen, denen Garnet regelmäßig großzügige Spenden machte, und einigen, in deren Gremien er einen Sitz hatte. Bei der Schulgesellschaft der Australischen Quäker nickte er.

»Unser hoch angesehener Menschenfreund Sam Terry wurde in ihren Ausschuss gewählt, deshalb gibt es hier keine Widerstände mehr gegen Emanzipisten. Verdoppeln Sie die

Höhe der Spende. Mal sehen, ob ihn das zu einer Einladung bewegt.«

Garnet war auch nicht unwillens, die Pläne für ein neues Sydney College zu unterstützen.

»Achten Sie auf die Zeitungsberichte. Allerdings werde ich nichts unterstützen, das sich nicht an die neue Charta hält und Jungen aus armen Familien akzeptiert, wenn sie Grips haben und eine gute Ausbildung verdienen. Terry behauptet, die Aktionäre werden mit Anmeldungen geradezu überschüttet, einige stammen sogar von Männern, die selbst Wohltätigkeitsvereine unterstützen könnten, statt sich um eine kostenlose Ausbildung für ihre Söhne zu bemühen! Was für Schlitzohren!«

Powell versuchte, ihn abzulenken. »Was für ein Zufall, Sir! Hier ist ein Brief an Sie, unterschrieben vom hoch angesehenen Meister der Loge 260 – kein Geringerer als Samuel Terry.«

Garnet sah ihn misstrauisch an. »Was will er?«

»Er teilt Ihnen mit, dass es ihm eine Ehre sein wird, Marmaduke als Mitglied Ihrer Loge vorzuschlagen.«

»Das will er also machen, wie? Schreiben Sie ihm einen Dankesbrief. In diesem Fall laden Sie am besten Rosetta und ihn ebenfalls zum Bankett ein. Wahrscheinlich werden sie ohnehin nicht kommen, weil sie alle Hände voll damit zu tun haben, Geld zu verdienen, aber es kann nicht schaden, den einen oder anderen Emanzipisten zwischen die hohen Tiere zu setzen.«

Als Garnet den Ausdruck seines Sekretärs sah, sagte er knapp: »Weiter.«

»Ich bin der Überbringer schlechter Nachrichten, fürchte ich. Ein Todesfall in der Familie.«

»Nicht in meiner. Die sind alle längst tot.«

»Er stammt von Mr Claude Appleby, einem Ihrer Londoner Anwälte.«

»Sohn eines ehemaligen Strafgefangenen, der begnadigt wurde. Raffiniert wie sonst was, Gott sei Dank. Wen hat es denn erwischt? Wenn es irgendwo Gerechtigkeit auf Erden gibt, dann ist es Godfrey de Rolland.«

»Mr. Appleby informiert Sie über den Tod von Martha de Rolland, Isabels Tante, die offenbar auch ihre Cousine war.«

»Kein Wunder. In dieser Familie herrscht eine derartige Inzucht, dass sie alle aussehen wie Brüder und Schwestern. Marmaduke bringt das erste frische Blut seit Generationen hinein. Sie sollten *mich* dafür bezahlen, dass ich ihnen solche Deckrechte zur Verfügung stelle.«

»Mr Appleby erklärt, dass der Witwer, Silas de Rolland, mit dem Sekretär Seiner Exzellenz Gouverneur Bourke, Mr Deas Thompson, Kontakt aufgenommen hat. Der Witwer plant, die Kolonie aufzusuchen, sobald die Trauerphase beendet ist.«

Plötzlich wurde Garnet sehr still. »Der raffgierige Scheißkerl hat ja wirklich nicht lange gebraucht, um diese Entscheidung zu treffen. Dabei ist seine Frau gerade erst unter der Erde.«

»Sie kennen ihn vermutlich gut, Sir?«

»Nur allzu gut. Er war der Manipulator, der den Ehevertrag mit seinen immer höheren Geldforderungen so lange verzögert hat. Silas de Rolland hat zwei Gesichter. Er lädt die Kanonen, die sein Onkel Godfrey abfeuert. Ich würde ihm nicht mal zutrauen, den großen Zeh in den Ozean zu tauchen, ohne den Versuch, ihn zu stehlen.«

»Eine Beileidsbekundung wird also nicht nötig sein, Sir?«

»Gott behüte! Weisen Sie Appleby an, mir über jede Bewegung des Mannes zu berichten. Silas ist das räudige Schaf der de Rollands. Der alte Godfrey ist der Kopf des Clans, ein arroganter Kerl, der glaubt, sie seien zum Herrschen geboren. Doch er hat wenigstens so etwas wie einen Ehrenkodex – sein Brief über Isabels Schlafwandelkrankheit ist der Beweis für seine Sorge um sie.«

Powell wirkte peinlich berührt. »Entschuldigen Sie, Sir, aber ich muss Sie daran erinnern, dass dies ein Brief ist, den Sie *eigentlich nicht gelesen haben*.«

Garnets Antwort kam wie aus der Pistole geschossen. »Ganz recht. Konnten Sie ihn übrigens wieder versiegeln?«

»Ich habe die Handschrift auf einen neuen Umschlag kopiert«, gestand Powell.

»Sehr gut, Sie haben begriffen, worum es geht! Wir müssen diesen Betrügern immer einen Schritt voraus bleiben.« Im Begriff, die Bibliothek zu verlassen, klopfte Garnet seinem Sekretär im Vorbeigehen auf den Rücken. »Sie machen Ihre Sache nicht schlecht, Powell.«

Der junge Mann sprang hastig auf, offensichtlich nicht im Stande zu entscheiden, ob dies ein lauwarmes Lob seines Herrn war oder eine verkappte Beleidigung.

Garnet fiel ein, wie er Powell Elise gegenüber einmal hatte sagen hören: »Australier haben eine seltsame Art, die englische Sprache zu verbiegen.« Es amüsierte ihn, dass er den jungen Mann beunruhigt hatte.

Du musst noch eine Menge über uns lernen, mein Junge.

Garnet nahm die Hintertreppe und ging mit dem Kakadu Amaru auf der Schulter an der Gemäldegalerie mit den strengen Gesichtern und uralten Porträts vorbei. Alle starrten ausdruckslos zurück. Nur Miranda erwachte jedes Mal zum Leben, wenn er ihr Bild betrachtete. Amaru war plötzlich still, als würde auch er die Frau wiedererkennen, die ihm das Sprechen beigebracht hatte.

»Meine Schöne!«, murmelte Garnet. »Ich kann nicht glauben, dass du wirklich weg bist. Du hast dich nur versteckt und hältst mich mit deinen Schritten oder deinem Parfüm zum Narren. Nun, dein Traum scheint endlich in Erfüllung zu gehen. Dein geliebter Sohn ist bald wieder zu Hause und heiratet seine Braut. Es wird Zeit, den Titel abzugeben, Liebling. Isabel wird die neue Herrin von Bloodwood Hall. Ich hoffe, dass du ihr das Gefühl vermittelst, willkommen zu sein, und der Kleinen nicht etwa Angst einjagst.«

Dann hörte er plötzlich seltsame Geräusche, die vom anderen Ende des Gangs kamen.

Mirandas Zimmer.

Garnet stieß die Schlafzimmertür auf, mit angehaltenem Atem, als hoffte er auf einen Hauch von Rosen, den Beweis, dass Miranda gerade erst das Zimmer verlassen hatte. Er sah den Fetzen eines Brautschleiers im Spiegel und dankte Gott, dem er sich seit der Stunde ihres Todes verweigert hatte.

Miranda, endlich bist du zu mir zurückgekehrt.

Das Bild wurde deutlicher. Dann verließ ihn seine Zuversicht. Elise wandte sich kokett lächelnd zu ihm um. Ihre blassen Schultern schimmerten über dem tiefen Ausschnitt des weißen Satinkleids, ein mit Perlen besetztes Diadem schmückte ihr braunes Haar. Er entdeckte ein Stück ihres nackten Rückens im Spiegel, da wo das Kleid nicht geschnürt war. Schön und trotzdem falsch. Er hasste das Bild von Elise in Mirandas Brautkleid.

»Was bildest du dir eigentlich ein?«, fragte er leise. Seine Stimme war heiser vor Enttäuschung.

»Ich fragte mich, ob es mir noch passen würde. Ich konnte der Versuchung, es anzuprobieren, einfach nicht widerstehen.«

»Du hast deine Chance gehabt. Jetzt ist Isabel an der Reihe.«

»Aber Liebling, du hast mir versprochen, dass ich deine Braut würde.«

»Dafür gab es Bedingungen, erinnerst du dich?«

Die mehrschichtige Seide raschelte, als Elise sich absichtsvoll auf ihn zubewegte, den Kopf an seine Brust schmiegte und seinen Hals küsste. Ihre Hände versuchten, ihn zu erregen, so wie sie es immer getan hatte, und liebkosten geschickt seinen Körper, während sie gleichzeitig anfing, ihn auszuziehen.

Garnet kam sich eiskalt vor, während er sie beobachtete. »Bist du schwanger?«, fragte er, obwohl er die Antwort bereits kannte.

»Noch nicht, glaube ich. Aber der Mond ist auf meiner Seite. Jetzt, Liebling, nimm mich jetzt.«

Ihr Mund war gierig, doch er sah auch, dass das Bedürfnis in ihren Augen allzu berechnend war, um Lust zu sein.

»Warum gerade jetzt? Fühlst du dich bedroht, dass Marmadukes Braut mir den Gamble-Erben schenken könnte, den du nicht zu Stande bringst?«

Elise biss ihn in die Schulter. Es war der verzweifelte Versuch, ihn zu dem gewalttätigen Höhepunkt ihrer Liebesakte zu treiben.

»Nein«, sagte er kühl. »Dazu bin ich heute nicht in der Stimmung.«

Ihre Augen blitzten ärgerlich und frustriert auf. »Gib mir eine Chance, Garnet! Wie soll ich schwanger werden, wenn du wochenlang nicht zu mir kommst? Ich kann es – du weißt, dass ich es kann. Ich bin nicht unfruchtbar. Aber in letzter Zeit schleichst du dich immer häufiger runter zu dieser Schlampe von Bridget. Glaubst du etwa, das wüsste ich nicht?«

Garnet machte sich gar nicht erst die Mühe, es abzustreiten. »So war es bei mir immer. Du wusstest es, als du das erste Mal zu mir ins Bett kamst. Ich habe gern etwas Abwechslung. Nichts hat sich verändert. Du wolltest lieber Geld als die Liebe eines Mannes. Ich gebe dir, was du willst, und nehme mir, was ich will, egal, wo ich es finde.«

Sie packte ihn am Hemd und schüttelte ihn, ohnmächtig vor Zorn. »Keine andere Frau würde dasselbe für dich tun wie ich!«

»Dafür wirst du gut bezahlt.« Er löste ihre Hände von seinem Hemd und brachte sie dabei so aus dem Gleichgewicht, dass sie aufs Bett fiel. Seine Frage war höflich. »Bist du jetzt etwa auf noch mehr Geld aus, Elise?«

»Wieso redest du dauernd von Geld? Ich bin zu dir gezogen, weil ich dich liebe. Ich wünsche mir nichts mehr, als dir ein Kind zu schenken.«

»Um dir einen Ehering zu verdienen und dich in eine respektable Frau zu verwandeln«, zog er sie auf. »Na schön. Ich habe heute Nachmittag ohnehin nichts Besseres vor. Aber zuerst zieh Mirandas Hochzeitskleid aus.« Lächelnd setzte er hinzu: »Du bist zu fett dafür geworden, meine Liebe.«

Elises Augen weiteten sich, denn seine Worte verletzten sie mit einer Erinnerung, die sie nie wieder aus ihrem Gedächtnis würde tilgen können.

Garnet beobachtete sie gleichgültig, als sie aus dem Brautkleid stieg und es als seidenes Häuflein auf dem Boden liegen ließ. Er beherrschte sich und nahm sie schnell und heftig, ohne einen Kuss oder eine Liebkosung. Gleichmütig beobachtete er die Angst in ihren Augen, als ihr dämmerte, dass ihre Welt ihr zu entgleiten drohte.

Doch die Angst steigerte auch ihre Lust. Sie wälzte sich auf ihn und übernahm die Kontrolle, als versuchte sie, mit jedem Stoß ein Kind in ihrem Körper zu erzwingen.

»Ja, ja! Ich werde dir geben, was du willst. Noch einen Sohn. Besser und stärker als dieser Nichtsnutz von Marmaduke.«

Da packten seine Hände sie so fest, dass sie aufschrie und gezwungen war, ihren Rhythmus zu unterbrechen.

»Wag es nicht, dich zwischen meinen Sohn und mich zu stellen. Mein Streit mit Marmaduke ist ein Privatkrieg. Möglicherweise bekämpfen wir uns bis auf den letzten Blutstropfen. Aber keine Frau – keine Schlampe – wird uns je auseinanderbringen!«

Jetzt übernahm Garnet die Initiative, und Elisa schrie bei jedem Stoß vor Schmerz auf.

Am Ende lag er gesättigt auf dem Rücken und Elises Körper schlaff über ihm. Sein Blick ruhte auf der geschlossenen Schlafzimmertür.

Die Erinnerung würde nie vergehen. Dieser schreckliche Blick voller Verwirrung und Schmerz, als Marmaduke durch die Tür stürzte und rief: »Vater, hilf mir, bitte, Elise ist weggelaufen!« Und dann die langsame Erkenntnis im Gesicht des Jungen, als er am Fußende des Bettes stand und vor Schreck erstarrte, weil er gezwungen war, die ganze Wahrheit anzusehen: seine Braut, die halb nackt in Garnets Armen lag und Mirandas Hochzeitskleid trug.

DREIUNDZWANZIG

»Ich traue meinen Augen nicht!«, staunte Isabel. Sie saß allein im Innern der Kutsche und beugte sich zwischen den beiden offenen Fenstern auf beiden Seiten hin und her, um die ständig wechselnden Muster der Buschlandschaft in sich aufzunehmen. »So müssen sich die Entdecker fühlen, wenn sie ein neues Land erforschen.«

Den Busch mit eigenen Augen zu sehen, war besser als alles andere. In Sydney Town hatte sie stundenlang über Büchern mit botanischen Zeichnungen gesessen, die bis ins feinste, mikroskopisch kleine Detail Hunderte von blühenden Pflanzen, Sträuchern und Spezies der einheimischen Eukalyptusbäume, ihre Blüten, Blätter, Rinde und jahreszeitliche Wechsel abbildeten. Doch nichts davon hatte sie auf die ungeheure Größe der Landschaft oder die atemberaubenden Verschiebungen der Szenerie vorbereitet, die sich wie ein endloser, gewaltiger Bilderteppich vor ihnen entfaltete. In einem Moment reagierte sie begeistert auf seine Schönheit, im nächsten fühlte sie sich so eingeschüchtert von den hoch aufragenden Felsenklippen und dem undurchdringlichen Buschland, dass sie das Gefühl hatte, Gott hätte sie auf die Größe einer Ameise geschrumpft.

Sie löste den Schleier, den Marmaduke ihr um den Hut gewickelt hatte, um sie vor dem roten Staub zu schützen, der von der Straße aufstieg. Sträflinge hatten sie gebaut. Dann streckte sie den Kopf aus dem Fenster und rief gegen den Wind an.

»Marmaduke! Sag Thomas, er soll ein bisschen abbremsen. Er fährt zu schnell!«

Daraufhin hielt der Kutscher die Pferde so unerwartet an, dass Isabel auf dem Boden der Kutsche landete.

Marmaduke stand vor dem Fenster. »Steig aus! Wenn dir übel ist, übergib dich am Straßenrand, aber beeil dich!«

Sie sprang auf die Straße, ohne sich helfen zu lassen, und klopfte sich die Röcke ab. »Mir ist nicht übel! Ich bin nur frustriert. Du hast diese herrliche Landschaft schon tausendmal gesehen. Aber an mir saust sie vorbei wie ein Kaleidoskop.«

Erst jetzt sah sie die Pistole in Marmadukes Gürtel und die Flinte in seiner Hand und las aus seinem ernsten Gesichtsausdruck, dass die Route nach Bloodwood lange nicht so ungefährlich war, wie man ihr hatte einreden wollen. Sie zeigte mit dem Finger auf die Waffen.

»Du hast mir gesagt, dass du neben Thomas sitzt, um ihn beim Fahren abzulösen.«

»Das war eine Lüge«, gab er zurück. »Steig wieder ein, Soldat. Gerüchten zufolge treiben sich Buschräuber in dieser Gegend herum. Wir müssen noch vor Sonnenuntergang den Gasthof erreichen.«

»Dann darf ich bestimmt nicht da oben zwischen euch sitzen, wie?«, fragte sie hoffnungsvoll.

»Das war ein Befehl!«

Isabel hatte kaum Zeit, ins Innere der Kutsche zurückzuklettern, als Thomas schon wieder die Peitsche knallen ließ. Sie streckte die Beine aus, um sich am gegenüberliegenden Sitz abzustützen, und dachte zurück an Marmadukes Unruhe seit ihrem Aufbruch. War er unglücklich, weil er seine »süße Dame« in Sydney zurücklassen musste?

Ich könnte es ihm nicht verdenken. Josepha St. John ist eine beeindruckende Frau.

Isabel hatte seltsam zwiespältige Gefühle hinsichtlich ihrer Hochzeitsnacht. Sie wusste, dass Marmaduke sich von ihr verabschiedet hatte, um ins Theater zu gehen, zweifellos in der Erwartung, die Nacht mit der Schauspielerin zu verbringen. Doch als Isabel im Morgengrauen erwachte, saß er neben ihrem Bett und hielt ihre Hand, obwohl er fest eingeschlafen war. Wie lange hatte er so dagesessen? Mit einem ungewohnten Gefühl von Geborgenheit war sie wieder eingeschlafen. Hätte er denn am nächsten Morgen über die Vorstellung des vergangenen Abends gesprochen, obwohl er in Wirklichkeit die ganze Nacht an ihrem Bett verbracht hatte? Und wenn ja, warum?

Isabel war erleichtert, dass Thomas ihr Kutscher auf dieser langen Reise war, denn er war ungewöhnlich fröhlich, weil er so für eine Weile seiner freimütigen Lebensgefährtin entkommen war, einer einheimischen Frau, von der er mit kläglichem Stolz erzählte, dass sie sich von niemandem etwas vormachen ließ.

Marmaduke hatte den auffallenden Landauer seines Vaters in Sydney zurückgelassen, wo sie ihn bei ihrem nächsten Besuch brauchen würden, denn sicher würde Isabel zu Bällen und anderen Anlässen ins Government House eingeladen.

Der Gedanke an ihren Eintritt in eine Welt, die von den bedeutendsten dreizehn Familien der Kolonie dominiert wurde, zog sie einerseits an, beunruhigte sie aber auch. Sie hatte noch nie an einem Ball teilgenommen und kannte sich mit dem gesellschaftlichen Kodex außerhalb von Miss Austens Romanen nicht im Mindesten aus.

Als sie am Harp of Tyrone Rast machten, sank Isabel auf einen Stuhl auf der Veranda und schwenkte ihr Taschentuch in dem vergeblichen Versuch, die Fliegenschwärme abzuwehren, die sich auf ihr Gesicht setzten, als wäre es mit Zucker überzogen.

Marmaduke rupfte einen belaubten Zweig von einem Eukalyptusbaum und reichte ihn ihr mit der knappen Bemerkung: »Das hier funktioniert besser.«

Isabel war erhitzt, müde und durstig. »Ist es hier eigentlich um diese Jahreszeit immer so schwül?«

»Das findest du schwül? Am besten gewöhnst du dich dran.

Byron hat einmal gesagt: ›Was Götter Ehbruch nennen, Menschen Liebschaft, ist häuf'ger, wo das Klima heißern Trieb schafft.‹«

Isabel erkannte das Zitat aus *Don Juan* wieder. »Ich frage mich, wie ihr Freigeister es geschafft habt, Frauen zu verführen, bevor ihr Lord Byron zum Zitateklauen hattet.«

»Reg dich wieder ab«, riet er ihr nachsichtig. »Von mir hast du nichts zu befürchten. Hätte ich je vorgehabt, dich zu verführen, hätte ich es schon längst getan.«

Isabel spürte, wie ihre Wangen vor Ärger erröteten. »Du schmeichelst dir selbst. Vielleicht bist du für die Frauen anderer Männer unwiderstehlich, aber deine eigene Frau ist immun. Du wärst der letzte Mann auf der Welt, mit dem ich ins Bett gehen würde.«

Marmadukes Mundwinkel zuckten, als er sie auf seine typisch unerträgliche Art zu einem halben Lächeln verzog. »Mich dünkt, die Dame gelobt zu viel.«

Isabel triumphierte. »Das ist zwar weit verbreitet, aber trotzdem falsch zitiert. Königin Gertrudes an Hamlet gerichtete Worte lauten in Wirklichkeit: Doch die Dame, *wie mich dünkt*, gelobt zu viel. Sie findet sich im dritten Aufzug, zweite Szene.«

»Ich lasse mich gern berichtigen«, sagte er liebenswürdig. »Wie schön zu wissen, dass wir wenigstens in einem Punkt übereinstimmen: unserer Liebe zu Shakespeare.«

An diesem Abend bestellte Marmaduke ihr etwas zu essen aufs Zimmer, überließ sie aber ansonsten sich selbst. Isabel überprüfte die Tür zwischen ihren nebeneinanderliegenden Zimmern und registrierte zufrieden, dass der Schlüssel auf ihrer Seite steckte. Marmaduke würde sicherlich den Abend im Saloon verbringen, trinken, mit den hier ansässigen Siedlern über Politik fachsimpeln und Gouverneur Bourkes radikale Maßnahmen verfechten.

Frustriert musterte Isabel die verschlossenen Reisetruhen.

Den Schlüssel hatte Marmaduke. Die Inspektion ihrer neuen Aussteuer, genäht von Madame Hortense, würde warten müssen. Sie machte es sich auf dem Bett gemütlich und las den Stapel englischer Zeitungen, zu dem sie noch nicht gekommen war. Überrascht stellte sie fest, dass die Zeit in der nördlichen Hemisphäre nicht stillgestanden hatte. Kriege, Attentate, Revolutionen, Hungersnöte, königliche Geburten, Todesfälle und Hochzeiten wurden mit grellen Titelzeilen angekündigt und häufig von bombastisch aufgebauschten Artikeln begleitet, die mit normaler Alltagssprache nichts zu tun hatten. Einen Moment lang wurde Isabel von einer Woge Heimweh überrollt, doch dann fühlte sie sich weit weg von den Ereignissen, die schon vier Monate her waren, wenn ihre Kunde sich bis hierher verbreitet hatte und mittlerweile bereits wieder ganz verändert sein konnten.

In den Zeitungen der Kolonie verschlang sie jede Einzelheit der blutrünstigen Mordprozesse, eine Meldung über das gegen Rupert Grantham anhängige Verfahren wegen Verleumdung, andere über Gesetzlose, die einsame Gehöfte und Reisende überfielen, und die Berichte der regierungstreuen *Gazette* über Gouverneur Bourkes Kampf, der trotz der Opposition von Seiten der Exclusives neue Statuten durchsetzen wollte.

Es gab ganze Spalten mit Reklame, angefangen bei chinesischem Tee bis hin zu Vollblutpferden und Daten für Versteigerungen von frisch eingetroffener Ware aus England. Isabel wusste, dass es sich dabei häufig um gestohlenes Eigentum handelte. Sehnsüchtig überflog sie die Liste der ankommenden Schiffe und hoffte, dass sie eines Tages, wenn ihr Vertrag funktionierte, die Ankunft eines Schiffes melden würde, das Tante Elisabeth und Rose Alba brächte.

Aufgeschreckt von einem Artikel im *Sydney Herald* über die gewagten Heldentaten eines Gesetzlosen in der Gegend von Bloodwood lief Isabel nach unten in den nur für Männer reservierten Saloon, wo Marmaduke in Hemdsärmeln an einem Tisch saß und zusammen mit Thomas und zwei primitiven, großmäuligen Kolonisten trank. Marmaduke sah so entspannt aus, als hätte er sie sein ganzes Leben lang gekannt.

Plötzlich fiel ihr auf, dass er Thomas und dessen Zeit zwar sehr beanspruchte, aber die traditionelle Grenze zwischen Herr und Diener völlig ignorierte.

Bei ihrem Anblick sprang Marmaduke auf und bugsierte sie nach draußen auf den Gang.

»Dieser Saloon ist ausschließlich für Männer zugelassen. Das ist etwas anderes als eure verschlafenen englischen Dörfer, wo die Farmer sich seit 1066 kennen. Einige dieser alten Strafgefangenen haben seit Monaten keine weiße Frau mehr gesehen. Außerdem haben sie so viel Grog gesoffen, dass sie die Royal Navy unter Wasser setzen könnten. Wenn sie hinter einer Frau her sind, lassen sie sich nicht mit einem Nein abspeisen. Hast du verstanden?«

»Durchaus.« Innerlich war Isabel erschüttert, trotzdem drückte sie ihm die Zeitung in die Hand.

»Ich dachte, dein Vater könnte in Gefahr sein.«

Marmaduke runzelte die Stirn, während er den Bericht las. »Stimmt. Das klingt nach Paddy Whickett, einem Kerl, der geschworen hat, an allen Landbesitzern Rache zu üben, die ihre Sträflinge misshandeln. Damit wäre mein Vater ein potenzieller Kandidat. Ich kann nur hoffen, rechtzeitig da zu sein, um die Urkunden für Mingaletta unterzeichnen zu lassen.«

Er achtete nicht auf ihre schockierte Reaktion. »Ich komme gleich nach oben. Es gibt Dinge an Garnet, die du wissen musst, bevor wir Bloodwood erreichen.«

Es dauerte eine volle Stunde, bis er ihr Zimmer mit einem verlegenen Ausdruck und einer Flasche Wein betrat. Er war nicht betrunken, aber der Wein hatte ihn aufgemuntert.

»Ich habe gerade beim Kartenspielen abgeräumt. Ein Royal Flush brachte mir einen preisgekrönten Bullen. Der kommt mir gerade recht für eine Herde Kühe, wenn ich Mingaletta mit Vieh ausstatte.«

Isabel lehnte seine Einladung zum Wein ab und übernahm die Führung. »Worin besteht denn nun das große Geheimnis? Ich weiß so gut wie nichts über deine Familie. Wenn du erwartest, dass ich eine überzeugende Rolle als deine bewundernde Braut spiele, muss ich wissen, vor welcher Art von Publikum ich auftrete.«

Marmaduke schenkte sich ein Glas ein. »Stimmt. Hier also Garnet Gamble, auf den Punkt gebracht. Er ist ein geborener Schläger, ein erfahrener Frauenheld, ein gewiefter Geschäftsmann und ein gefürchteter Tyrann, der von seinen Untergebenen gehasst wird. Und in rechtlicher Hinsicht ist er so gerissen wie Machiavelli.« Er zögerte eine Sekunde und setzte dann trocken hinzu: »Und das ist seine *gute* Seite.«

»Du bist natürlich voreingenommen. Aber ich bin kein Kind mehr. Ich muss wissen, wie dein Vater reagiert, wenn er merkt, dass meine Familie ihn übers Ohr gehauen und ihm verdorbene Ware geschickt hat.«

Marmaduke machte sich nicht die Mühe, diese Aussage aus Höflichkeit zu bestreiten. »Mach dir keine Sorgen. Für Garnet bist du echt und blaublütig, und das ist alles, was man braucht, wenn man so verzweifelt von der vornehmen Gesellschaft akzeptiert werden will. Seine Begnadigung war an die Bedingung geknüpft, dass er nie wieder in sein Vaterland zurückkehren kann, das ihn rausgeworfen hatte. Aber hat deine Familie dir denn nicht von Garnets Vergangenheit erzählt?«

»*Mir* hat sie gar nichts erzählt. Nur, dass es meine Pflicht sei, die Familienehre zu bewahren. Um Himmels willen, Marmaduke, ich habe ein Recht, es zu wissen. Ich habe dir schließlich auch die Wahrheit über *mein* Vergehen gesagt.«

Er nahm einen Schluck Wein. »Die Wahrheit ist, dass Garnet Gamble ziemlich verrückt ist.«

»Ach, ist das alles?«, meinte sie erleichtert. »In der britischen Aristokratie wimmelt es nur so von Verrückten. Onkel Godfrey hat einen Freund, einen Grafen, der seine Pudel von goldenen Tellern an seinem eigenen Tisch fressen lässt.«

»Nein. Garnet gehört nicht zu den amüsanten Exzentrikern, die ihr Engländer so liebt. Er leidet an regelmäßigen Schüben von echtem Wahnsinn. Wäre er nicht der zweitreichste Mann in der Kolonie und könnte sich Schutz kaufen, würde man ihn in ein Irrenhaus stecken und wegsperren.«

Isabel schwanden die Sinne. »Das glaube ich dir nicht.«

»Dann warte nur ab. Garnet ist nicht der einzige Unternehmer in der Kolonie, dessen Zustand toleriert wird. Du hast doch bestimmt von John Macarthur gehört, oder? Einer unserer mächtigsten ›reinrassigen Merinos‹, der Mann, der nach Meinung vieler Leute verantwortlich dafür war, dass Gouverneur Bligh von seinem Posten abgesetzt wurde. Du weißt schon, William Bligh, der durch die Bounty-Meuterei zu Ruhm und Ehre gekommen war. Macarthurs Labilität war seit Jahren bekannt, doch verhinderte es nicht seine Wahl in den gesetzgebenden Rat. Bis Gouverneur Bourke am Ende gezwungen war, ihn abzulösen, mit der Rechtfertigung, dass er ›für verrückt erklärt worden war und wenig Hoffnung auf seine Genesung‹ bestehe.«

Isabel war dermaßen fassungslos, dass ihre Zunge am Gaumen klebte.

»Aber ich dachte, dein Vater wäre so ein brillanter Unternehmer?«

Marmaduke zuckte die Achseln. »Das ist er auch – hin und wieder. Wieso überrascht dich das? Der arme alte Georg III. war zwischen seinen Wahnsinnsschüben auch völlig klar im Kopf und bei seinem Volk sehr beliebt, aber das hat nicht verhindert, dass sein Sohn Regent wurde, nachdem man den alten Herrn hatte wegsperren müssen.«

»Wie krank ist dein Vater genau?«

»Ich will nicht behaupten, dass Garnet schon so weit ist, aber es gibt kein Heilmittel, soweit man weiß, und die Quacksalber können nicht voraussagen, wie verrückt er einmal enden wird. Es heißt, Macarthurs Wahn sei eine Spätfolge des Kapfiebers, das er sich vor ein paar Jahren in Kapstadt geholt hat. Vielleicht hat es Garnet auch erwischt, als er auf dem Weg hierher war. Wer weiß? Er spricht nicht über seine Zeit auf der *Fortune*, ein Höllenschiff nach allem, was man so hört.« Mit einem Anflug bitterer Ironie setzte Marmaduke hinzu: »Jetzt weißt du also, warum ich geschworen habe, nie zu heiraten. Keine Frau soll je ein Kind von mir bekommen. Garnets Dynastie wird mit mir untergehen.«

»Aber du bist doch nur unanständig, nicht verrückt«, sagte sie, ohne nachzudenken. »Oh, verzeih mir. Das war grausam.«

»Aber auch korrekt. Wahnsinn ist eine Sache von Ausmaß. Ich habe ein paar ähnliche Symptome – Jähzorn und Anfälle von Schwermut. Man hat mir erzählt, dass Garnet als junger Mann, als er Mutter heiratete, völlig normal war, aber die Krankheit schreitet voran. Ich habe nicht die Absicht, so lange zu leben, bis man mich wegsperren muss. Bevor ich dieses Stadium erreiche…« Er legte den Zeigefinger an die Schläfe und tat so, als drückte er ab. »Tut mir leid, wenn ich so offen bin. Ich werde dir sagen, was du zum Überleben wissen musst.«

»Meinst du damit deinen Vater oder dich?«, fragte Isabel hastig.

»Von mir hast du nichts zu befürchten, Isabel. Zumindest nicht für die kurze Zeit unseres Vertrags. Deshalb lass uns das Leben genießen, solange wir können, einverstanden?«

Er lachte, doch sie sah, wie seine Hände nervös zuckten.

»Außerdem muss ich dich noch vor Bloodwood Hall warnen. Schreckliche Dinge haben sich dort ereignet und jedem einzelnen Stein ihren Stempel aufgedrückt. Es gibt Leute, die behaupten, im Haus würde es spuken. Ich glaube das nicht. Aber für mich birgt es nichts als schlimme Erinnerungen. Wir müssen so lange unter Garnets Dach aushalten, bis er mir die Urkunde ausgehändigt hat. Keine Stunde länger. Ich hasse dieses verdammte Haus so sehr, dass ich es bis auf den Grund niederbrennen würde, wenn es mir gehörte.« Dann schwang seine Stimmung um, und er setzte lässig hinzu: »Genug Geständnisse für einen Abend. Ich glaube, ich brauche noch ein Glas. Willst du auch?«

Diesmal nahm Isabel gern an. Als er ihr Glas füllte, berührte sie sacht seine Hand.

»Ich kann nicht so tun, als gefielst du mir, Marmaduke. Aber ich möchte, dass du etwas weißt. Ich werde dich niemals hintergehen. Ich bleibe deine Verbündete, egal, wie lange es dauert.«

Marmaduke warf ihr einen langen, aufmerksamen Blick zu, ehe er schließlich antwortete: »Danke, Soldat.«

Am späten Nachmittag des folgenden Tages zog Thomas die Zügel der Pferde an und erklärte an Isabel gewandt: »Das Garnet and Rose ist der einzig sichere Gasthof von Bloodwood. Sein Besitzer ist Mr Gamble senior. Bei der Konkurrenz würde man Ihnen für einen halben Penny die Kehle aufschlitzen.«

»Vielen Dank für den Hinweis, Thomas, aber es besteht kein Grund, meine Braut zu Tode zu erschrecken.«

Bloodwood Village lag auf einem Hügel mit Blick auf den Scavengers Creek. Windschiefe Holzhütten hatten sich an der einzigen Straße erhoben, die wie das krumme Rückgrat eines Buckligen durch den Ort führte. Für Isabel bedeuteten sie Zivilisation nach einer stundenlangen Fahrt durch dichte Eukalyptuswälder, in denen nichts auf menschliche Besiedlung hingedeutet hatte.

Marmaduke drohte ihr mit dem Finger. »Tu mir einen Gefallen und lauf hier nicht allein herum.«

Noch ehe Isabel ärgerlich antworten konnte, stapfte er auf das Garnet and Rose zu. Es war klar, dass ihr Schwiegervater auf alles Einfluss nahm, mit dem er zu tun hatte.

Als Marmaduke wiederkam, hielt er zwei Pferde am Zügel, eins mit einem Damensattel, das andere mit zwei Satteltaschen.

»Ich möchte dir Mingaletta zeigen, bevor wir Garnet gegenübertreten. Thomas kann hierbleiben und morgen mit der Kutsche nachkommen. Natürlich nur, wenn es dir nichts ausmacht zu reiten.«

Isabel hatte nur wenig Erfahrung mit Pferden, aber auf keinen Fall wollte sie wie ein hilfloses weibliches Wesen wirken. »Warum warten? Ich könnte die ganze Nacht durchhalten.«

Marmaduke half ihr auf die braune Stute, setzte sie in den Damensattel und überprüfte noch einmal ihre Steigbügel, ehe er sich auf den Hengst mit den Satteltaschen schwang und ihn über eine Brücke des Scavengers Creek lenkte.

Ein paar Meilen später kamen sie an einem prächtigen Haus vorbei, das etwa eine halbe Meile von der Straße zurückgesetzt war.

»Das ist Penkivil Park, das nächste Anwesen in unserer Nachbarschaft«, erklärte Marmaduke knapp. »Der Besitzer ist ein Militäroffizier. In den Zeiten, als meine Mutter noch lebte, waren wir dort oft zu Gast. Heute sind die Gambles *personae non gratae*.«

Während der nächsten halben Stunde folgten sie im verblassenden Licht einem Zickzackpfad, der von ausladenden Ästen überdacht war. Isabel schrie beim Anblick einer riesigen Eidechse auf, die sie nach einer Zeichnung wiedererkannte. Als das Tier das Maul öffnete und anzüglich grinste, stockte ihr der Atem.

»Schau mal, ist das nicht ein Waran?«

Marmaduke sah kaum hin. »Genau, eine prima Beute. Als ich noch klein war, haben die Stämme, die durch Mingaletta kamen, Warane in Erdgruben unter heißer Kohle geröstet. Eine sehr bequeme Art zu kochen. Die Schwarzen hatten einen Narren an mir gefressen. Ich habe ihr Buschessen probiert, ohne dass Garnet davon wusste.«

»Warum? Mochte er sie nicht?«

»Wen? Die Warane oder die Schwarzen?« Marmaduke schnaubte verächtlich. »Er mochte keinen von beiden. Garnet hat den Schwarzen ihr Land gestohlen. Mutter konnte es nicht verhindern, aber sie hat gedroht, ihn zu verlassen, sollte er auch nur einen Schuss auf sie abgeben. Und was die Warane angeht – Garnet war besessen davon, mich zu einem Gentleman zu erziehen, und nach seinem Verständnis isst man als feiner Pinkel kein Waranfleisch. Aber ich bin dankbar für das, was die Schwarzen mir beigebracht haben. Sollte ich mich im Busch je verirren, würde ich jedenfalls nicht verhungern.«

Er warf ihr einen Blick über die Schulter zu. »Ich würde dich zu einem Biwak einladen, dir zeigen, wie man Schlangen und Kängurus zubereitet oder lebendige Witchetty-Maden isst, aber ich schätze, das ist nichts für eine Engländerin.«

»Alles, was du kannst, kann ich auch«, blaffte Isabel ihn an.

»Pass bloß auf, oder ich nehme dich beim Wort!«

Als sie die Anspielung in seiner Stimme bemerkte, wandte Isabel den Kopf ab, um zu verbergen, wie sie errötete.

Sie kamen an einer Trockenmauer vorbei, die Isabel an die traditionellen Begrenzungen der Felder hinter de Rolland Park erinnerte. Hier aber wirkte das Land unübersehbar vernachlässigt.

Verwundert betrachtete sie das bizarre Gebilde in der Mitte eines Feldes. Mitten im Nichts erhob sich hier ein kegelförmiger Turm aus unterschiedlich geformten Steinen in den Himmel.

»Liebe Güte, das sieht ja aus wie eine dieser verrückten Konstruktionen in Capability Browns Landschaftsgärten!«

»Es ist eine Kopie. Der Schornstein da drüben ist die Ruine eines indischen Bungalows, den mein Großvater gebaut hatte. Er war pensionierter Oberst der britischen Armee, der sein Herz an die britischen Kolonien in Indien verloren hatte. Als Mutter heiratete, zog sie zu Garnet auf das benachbarte Grundstück, doch *sie* wiederum hatte ihr Herz an Mingaletta verloren. Der Oberst hatte jahrelange Kriege überlebt, nur um sich am Ende einer Bank geschlagen geben zu müssen. Außerdem versäumte er es, meiner Mutter zu erzählen, dass ihre Mitgift Mingaletta mit Hypotheken belastet war. Als er bankrottging, wählte er den Ausweg eines Feiglings und schoss sich eine Kugel in die Brust. Vater kaufte Mingaletta von der Bank zurück. So kam es, dass Mutters Land in Garnets Namen zu einem Teil von Bloodwood Hall wurde.«

»Was für eine tragische Geschichte! Doch wenn es einen Himmel gibt, und ich glaube daran, dann wird deine Mutter glücklich sein, dass Mingaletta letzten Endes wieder bei dir gelandet ist.«

Marmadukes Gesicht verfinsterte sich. »Mutter war *niemals* glücklich. Sie war mit Garnet verheiratet.«

Isabel spürte die Kraft seines unterdrückten Zorns, als sie hinter ihm auf einen Miniaturgarten zuritt, der von einer Art schmiedeeisernem Zaun umgeben war, wie Isabel sie bei den Häusern in Sydney gesehen hatte, die ein Stück von der Straße zurückgesetzt waren. Erst jetzt sah sie, was es war. In den Grabstein war ein Engel gemeißelt. Sie trat hinter Marmaduke und las die verwitterte Inschrift.

HIER RUHEN DIE GELIEBTE FRAU VON GARNET GAMBLE
MIRANDA
GEBOREN IN FORT WILLIAM, KALKUTTA
GESTORBEN IN DEN ARMEN IHRES GATTEN
MIT 36 JAHREN IN BLOODWOOD HALL 1825
UND
IHR GEMEINSAMES KIND
MÖGEN DIE ENGEL IHRE EWIGE RUHE SCHÜTZEN

»In den Armen ihres Gatten – das ist wirklich ein Witz!«, erklärte Marmaduke eisig. »Mutter ist nur bei ihm geblieben, weil das verdammte Gesetz das Sorgerecht für die Kinder dem Vater überträgt. Wäre *ich* eine Totgeburt gewesen, hätte sie ihn einfach verlassen.«

Isabel fand keine Worte angesichts des Schmerzes, der offenbar seit Jahren an ihm nagte, wie sie jetzt erschüttert feststellte.

Marmaduke war der Gefühlsausbruch offenbar peinlich, denn seine Stimmung schlug jetzt um wie Quecksilber. »Komm, Soldat«, sagte er. »Wir nehmen eine Abkürzung durch die Familiengrabstätte der Gambles. Du hast doch keine Angst vor Gespenstern, oder?«

Isabel biss sich auf die Lippen, als sie an die unerwartete Flut von Erinnerungen an das Andere dachte, das die Grenzen der Realität durchstoßen hatte, als sie zusah, wie der Geist von Henri de Rolland in den Tod gesprungen war.

Sie schauderte beim Anblick der Gräber. Vielleicht standen sie in Verbindung mit den Geistern, die angeblich Bloodwood Hall heimsuchten. Würde sie auch sie anziehen? Und würde sie überhaupt wissen, dass es Geister waren?

Trotz ihrer Nervosität war sie gerührt von der Erkenntnis, dass Miranda nicht dort bestattet worden war, sondern auf ihrem eigenen Land, Mingaletta.

Der kleine Friedhof war mit einem Windschutz aus Tannen versehen. Marmaduke zügelte das Pferd, blieb jedoch im Sattel sitzen. Dann deutete er auf ein Mausoleum im Stil eines kleinen griechischen Tempels mit Giebeldreieck und dorischen Säulen.

»Garnet beherrscht sämtliche Aspekte von Leben und Tod. Er ist besessen davon, alles größer und auffallender zu machen als jeder andere. Diesen Tempel hat er selbst für seine letzte Reise entworfen, und auch die Inschrift für seinen Grabstein hat er bereits diktiert. Nur das Datum seines Todes muss noch eingefügt werden. Darüber hat nicht einmal er die Kontrolle.«

Das Mausoleum machte Isabel unsicher. Mittlerweile senkte sich wie von Zauberhand die Nacht über das Land. Der australische Busch war schon bei Tag unheimlich genug, bei Nacht hingegen ausgesprochen Furcht erregend. Es gab hier kein langes englisches Zwielicht, das den Übergang von Tag und Nacht abmilderte. Sie erstarrte. War das ein Trick des Vollmonds? Oder fiel tatsächlich Licht aus der Tür zu Garnet Gambles Gruft?

Ihre Kehle war wie zugeschnürt, sodass sie die Frage kaum herausbrachte. »Was ist das für ein Licht?«

»Hoffen wir, dass es Vaters Geist ist«, sagte Marmaduke leichthin.

Während sie zu Fuß darauf zugingen, hielt sich Isabel instinktiv dichter an seiner Seite. Ihr Atem ging stoßweise, als wäre sie gerannt. Die Atmosphäre war angespannt. Sie spähte über Marmadukes Schulter, so war sie geschützt vor Blicken, konnte aber trotzdem etwas sehen. Das flackernde Licht kam von einer Öllampe, die grässliche Schatten durch das Innere der Gruft warf. Isabel spürte, wie sich ihre Nackenhaare sträubten.

Neben dem steinernen Sarkophag kniete eine alte Frau in einem orangefarbenen Sari. Ihr heiserer Gesang klang zu wild für ein Gebet. Ohne sich dessen bewusst zu sein, dass sie beobachtet wurde, nahm sie jetzt die Lampe und eilte einen Pfad entlang, wo die Nacht sie verschluckte.

»Das ist Queenie, meine alte Kinderfrau. Sie macht Garnet für Mutters Tod verantwortlich. Offenbar kommt sie her, um für *seinen* Tod zu beten.«

Isabel war sprachlos vor Schreck. *Ich habe keinen Zweifel, dass hier entsetzliche Dinge geschehen sind. Ich spüre die Aura von Hass an diesem Ort.*

»Morgen stelle ich dich Queenie vor. Du brauchst keine Angst vor ihr zu haben. Sie war Mutters treue Dienerin, seit sie als Kinder in Indien zusammen aufwuchsen. Sie ist so klein wie eine Elfe, aber sie hat meine Mutter beschützt wie eine Kriegerin. Queenie ist die einzige Person, die stark genug ist, um Garnet herauszufordern. Ich würde ihr mein Leben anvertrauen.«

Isabel war erschöpft. Die vergangene Nacht und die letzten Wochen hatten eine Reihe von derart komplexen Enthüllungen mit sich gebracht, dass sie jetzt einfach zu müde war, um sich einen Reim darauf zu machen.

»Hier ist die Reise zu Ende, willkommen zu Hause«, sagte Marmaduke mit unverhohlenem Sarkasmus. In der Ferne erhoben sich die Umrisse von Bloodwood Hall in einer Lücke des feuchten Dunstes, der das Tal erfüllte. Sie wusste, dass es nicht nur die kühle Luft oder die vom Vollmond erzeugten Schatten waren, die sie frösteln ließen. Es war das instinktive Gefühl einer Vorahnung.

Als sich das schmiedeeiserne Tor hinter ihnen wieder schloss, löste das Quietschen akute Panik in Isabel aus. Es war, als fiele die Tür eines Kerkers hinter ihr zu.

Bloodwood Hall schien sich aus der Dunkelheit vor ihnen zu erheben.

Das im gotischen Stil erbaute Herrenhaus lag im bleichen Schein des Mondes. Einen Augenblick verlor sie jedes Gefühl für Zeit und Ort. Schlafwandelte sie etwa durch einen Albtraum? War sie tatsächlich hier in der gottverlassenen Kolonie?

Marmaduke kam ihr zu Hilfe. »Was ist los mit dir? Du bist ja totenblass!«

Die Worte sprudelten aus ihr heraus, ohne dass sie sie zurückhalten konnte. »Mein Gott! Weißt du das denn nicht? Das ist nicht euer Familienheim – es ist unseres! Es ist eine Kopie von de Rolland Park!«

Dann kippte sie nach hinten, überwältigt von einer Welle Schwindel erregender Übelkeit. Marmaduke fing sie auf.

Isabel regte sich, ihr Blick fokussiert auf ein silbernes Aufblitzen. Marmadukes Flachmann berührte ihre Lippen, und der

Brandy verursachte ein angenehmes Brennen im Hals, der Beweis, dass sie noch am Leben war. Sie lag in Marmadukes Mantel gehüllt auf dem Rasen. Er hatte den Arm fest um ihre Schultern gelegt.

»Das muss ja ein mächtiger Schock gewesen sein, ein außer Kontrolle geratenes Déjà-vu. Dieses Haus ist so verflucht gotisch und englisch, dass ich immer dachte, es wäre bloß ein Kuddelmuddel aus Garnets Vorstellungen von Neugotik. Wie sollte ich ahnen, dass er euren Stammsitz reproduziert hat? Jetzt ergibt seine Besessenheit einen Sinn. Ich nehme an, es gleicht ihm bis ins Detail?«

Isabel war verwirrt. »Es ist ein bisschen kleiner. Sieben Erker statt neun. Und der Stein wirkt von der Farbe her weicher. Aber es ist eine bemerkenswerte Kopie. Dasselbe düstere Flair, Schornsteine, Balkone, Giebel, das mit Zinnen bewehrte Dach. Warum hat dein Vater solche Anstrengungen unternommen, um das Haus einer Familie nachzubauen, die er nicht einmal kannte?«

Marmaduke zog eine Braue hoch. »Hat deine illustre Familie dir denn wirklich gar nichts erzählt?«

»Soll das heißen, er kannte meine Familie?«

»*Kannte* sie? Er war ihr Diener. Godfrey hat ihn abtransportieren lassen.«

Isabel war entsetzt. »O mein Gott! Wie muss dein Vater uns hassen!«

Marmadukes Kopf war dem ihren so nahe, dass sie seinen Atem auf den Wangen spürte.

»Du kannst jetzt nicht aufhören, Marmaduke. Warum wurde er in die Kolonien geschickt?«

»Weil er ein Mittelsmann war, der Liebesbriefe von Godfreys Schwester zu ihrem Geliebten brachte …«

»Tante Elisabeth!« Isabel konnte nicht fassen, wie mühelos sich alles zusammenfügte. Sie erzählte ihm, wie ihr Vormund seine Schwester nach ihrer unpassenden Heirat ohne einen Penny vor die Tür gesetzt hatte.

Marmaduke nickte. »Das passt. Als Godfrey de Rolland spitzkriegte, welche Rolle Garnet spielte, ließ er ihn wegen Diebstahls verhaften. Silas de Rolland sorgte für falsche Beweise. Der Richter akzeptierte das Wort eines Aristokraten mehr als das seines des Lesens und Schreibens nicht mächtigen Dienstboten – was für eine Überraschung! Und so brummten sie dem jungen George vierzehn Jahre wegen Diebstahls eines Ringes auf, von dem er behauptete, Elisabeth hätte ihn ihm zum Dank geschenkt. Dieser Ring, ein Granat, brachte Vater in Australien den Spitznamen Garnet ein.«

Isabel war fassungslos über die Rolle, die ihre Familie beim Sturz von Garnet Gamble gespielt hatte.

»Warum war er denn dann so versessen darauf, eine De-Rolland-Braut für dich zu kaufen?«

»Verstehst du das nicht? Garnet hat sein Schicksal in beide Hände genommen. Obwohl er weder lesen noch schreiben kann, hat er sich mit seinen scharfen Geschäftspraktiken ein Vermögen aufgebaut. Auf Biegen und Brechen, so viel steht fest, hat er sich hier eine Welt neu erschaffen, um die er euch in England beneidet hatte. Du bist sozusagen das Symbol für Garnets grandiose Rache. Ein verurteilter Straftäter hat den Mann, der ihn in die Kolonie transportieren ließ, vor dem Schuldnergefängnis bewahrt. Und sich nebenbei noch eine Trophäe gesichert – eine Frau für seinen Sohn. Garnet kann triumphieren. Er hat dafür gesorgt, dass die de Rollands eine nie da gewesene Demütigung erfuhren.«

»Ja, aber meine Familie hat sich ebenfalls gerächt, indem sie mich geschickt hat!«, sagte sie bitter.

»Unsinn! Du hast trotzdem blaues Blut, oder? Aber jetzt müssen wir dafür sorgen, dass du deinen großen Auftritt schaffst.«

Marmaduke nahm sie an der Hand und schritt mit ihr zusammen zum Vordereingang. Als sie vor dem Türklopfer standen, hielt er inne, um ihr die letzten Anweisungen ins Ohr zu flüstern.

»Nicht vergessen, Soldat! Reserviere deine heftige Abneigung gegen mich für die Zeiten, in denen wir allein sind. In der Öffentlichkeit beiß die Zähne zusammen und lüge, was das Zeug hält. Trag ruhig dick auf. Du *betest mich an*!«

VIERUNDZWANZIG

Der Eingang zum Anwesen der Gambles bestand aus einem Paar massiver Holztüren, die von einem kunstvoll gearbeiteten Oberlicht gekrönt waren. Marmaduke nahm an, dass es sich um eine Kopie des Portals von de Rolland Park handelte, bis auf die kunstvoll ineinander verschlungenen Buchstaben GG. Der Türklopfer aus Messing war mit dem Kopf des königlichen Löwen von England geschmückt.

Marmaduke sah sich selbst als kleines Kind auf dem Arm von Queenie, wo er Löwe spielte und wie ein Löwe brüllte, ehe er mit dem Löwenkopf an die Tür klopfte. Zusammen mit dem Widerhall von Queenies Lachen war dies eine der seltenen glücklichen Erinnerungen an ein Haus voller dunkler Geheimnisse.

Und wie ein Kind, das im Dunkeln pfeift, brüllte Marmaduke auch jetzt wie ein Löwe, um sich Mut zu machen. Bridget öffnete die Tür.

»Sie sind's! Sie haben mich zu Tode erschreckt. Wir sind nämlich in großer Angst, dass uns Gesetzlose überfallen könnten.«

Marmaduke reichte ihr die Satteltaschen. »Eine Anmeldung ist nicht nötig, Bridget. Bring *Mrs Gamble* in ihr Zimmer und hilf ihr beim Umziehen. Sei ihr mit allem zu Diensten, was sie braucht.«

Dann küsste er Isabel leicht auf die Wange. »Willkommen in unserem *bescheidenen* zu Hause, Isabel.«

Bridget musterte Isabel von oben bis unten, ehe sie sich wieder zu Marmaduke umwandte.

»Der Herr ist im grünen Salon.«

Marmaduke ging über den Marmorboden des Atriums, der zwischen dem westlichen und dem östlichen Flügel des Hauses lag. Dabei blickte er zu den Fenstern der Gemäldegalerie im zweiten Stock auf und stellte sich vor, dass die Porträts seiner Vorfahren ihn beobachteten.

Das angekündigte Gewitter war inzwischen losgebrochen. Der Schein der Blitze überflutete alles durch das kuppelförmige Glasdach über dem Atrium und ließ die Sandsteinmauern und Nischen mit griechischen Statuen von nackten Olympiern und halb nackten Göttinnen hervortreten. Dazwischen erhoben sich Podeste voller tropischer Farne, deren Wedel schlaff herabhingen.

Nichts wird je gesund und glücklich sein in diesem verfluchten Haus.

Am anderen Ende des Atriums straffte Marmaduke die Schultern, ehe er die Doppeltür aufstieß. Er wusste, was ihn erwartete.

Der grüne Salon war noch genauso, wie er ihn in Erinnerung hatte. In diesem bombastischen Dekor wäre nicht einmal Napoleon Bonaparte aufgefallen. Nur war auch hier das kaiserliche N überall durch ein doppeltes G ersetzt: auf dem Marmorkamin, den Rücklehnen der französischen Empire-Polstersessel oder eingraviert in Kristall und Besteck.

Die mächtige, breitschultrige Gestalt Garnet Gambles stand mit einem Weinglas in der Hand vor dem Kamin.

Marmaduke blieb in der Tür stehen und meldete sich mit lauter Stimme zurück. »Dein schwarzes Schaf ist wieder da, Garnet. Ich bin der Überbringer guter Nachrichten, die selbst dich überraschen werden. Meine Hochzeit mit Isabel ist bereits vollzogen.«

»Das ist keine Neuigkeit. Meinem Netzwerk an Informanten entgeht nichts, mein Junge. Du hast mir doch sicher auch eine Heiratsurkunde mitgebracht, oder?«

Marmaduke überreichte sie ihm mit großer Geste, doch Garnet runzelte die Stirn beim Anblick des unvertrauten Dokuments.

»Was soll das sein? Eine Heiratsurkunde ist es nicht.«

»Es ist dasselbe. Ein Quäker-Zeugnis unseres Gelöbnisses. Es ist vollkommen legal.«

»Quäker! Sind das nicht diese Spinner, die Mäßigung predigen?«

»Es sind angesehene Pazifisten, die viel Gutes in Gefängnissen, für die Armen und … in Nervenheilanstalten tun.«

Garnet erstarrte bei der Anspielung. »Und wo ist unsere Braut?«

Isabel stand erhobenen Hauptes am Ende der Treppe. Ein Spitzenhandschuh umklammerte die Balustrade. Marmaduke beobachtete sie schweigend, als sie herunterkam.

Die junge Frau, die verschwitzt von der Reise, müde und reizbar hinaufgegangen war, schien nun zu strahlen wie die Sonne. Das buttergelbe Kleid war mit weißen Rosenknospen gesäumt, die geschickt so platziert waren, dass sie den kleinen Busen überspielten. Im flackernden Licht der Öllampen schossen goldene Pfeile über die seidenen Kleiderfalten und die helle Haut ihrer Schultern. Ihre winzige Taille war so verlockend, dass Marmaduke sie am liebsten mit beiden Händen umschlossen hätte.

Von dem in der Mitte gescheitelten Haar ringelte sich auf beiden Seiten des blassen Gesichts je eine exakt ausgerichtete Locke herab. In den grünen Augen lag eine Angst, die sie tapfer zu verbergen versuchte. Sie trug keinen Schmuck, nur ihren Ehering und Mendozas kleinen Anhänger. Isabel brauchte nichts weiter. Sie war atemberaubend.

»Nun? Du hast es selbst entworfen. Ist es so, wie du erwartest hast?«, fragte sie.

»Du wirst es schaffen«, sagte er.

Dann umfasste er ihren Ellbogen mit einer Hand und führte sie durch die Doppeltür. Isabel blieb beim Anblick des Atriums stehen.

»Mein Gott, selbst das hat dein Vater nachgebaut. Da sind Merkur und Diana und…«

»Du brauchst die Götter nicht zu begrüßen. Für eine Inspektion ist später noch reichlich Zeit.«

Er zögerte vor der geschlossenen Tür, die in den grünen Salon führte. Isabel sah so bezaubernd aus, so verletzlich, dass er aus unerfindlichen Gründen das Bedürfnis hatte, sie anzufahren.

»Isabel, du hast meine Befehle nicht befolgt. Ich habe dir eingeschärft, dass der Körper einer Frau atmen muss. Korsetts sind verboten!«

»Ich – trage – keins!«, schleuderte sie ihm zähneknirschend entgegen und zupfte unbehaglich ihren Ausschnitt nach oben.

»Um Gottes willen, würdest du bitte damit aufhören?«, befahl Marmaduke. »Du hast es nicht mit der Mutter Oberin in einem Kloster zu tun.« Er zog das Mieder entschlossen wieder herab, sodass sich die Brüste sanft über den Rosenknospen wölbten.

»Was ist denn jetzt wieder?«, fragte sie gereizt. »Warum siehst du mich so an?«

»Du bist so bleich, als wärst du soeben dem Familiengespenst begegnet.«

»Was erwartest du denn? Du hast deinen Vater als Vampir beschrieben.«

»Und du siehst aus, als hättest du dich gerade mit einem eingelassen.« Er berührte ihre Wange mit einem Finger. »Du brauchst mehr Farbe, aber jetzt ist es zu spät für Rouge. Darf ich?«

Er umfasste ihr Gesicht mit beiden Händen und küsste ihren Mund, verlangend und leidenschaftlich, bis er spürte, wie ihr Körper auf wundervolle Art zu beben begann. Es war das untrügliche Zeichen dafür, dass eine Frau zwischen Überraschung und Hingabe schwankte.

Dann löste sich Isabel von ihm, erhitzt und sehr aufgebracht.

Marmaduke trat einen Schritt zurück, um die Wirkung zu studieren.

»Genau, das ist schon besser. Jetzt siehst du eher nach fröhlicher Braut aus als nach Braut Christi.«

»Du ungehobelter Kerl!«, zischte sie.

Marmaduke duckte sich, als sie ausholte, um ihn ins Gesicht zu schlagen, doch genau in dem Augenblick riss Garnet die Türen auf. Isabels Hand veränderte wie von selbst die Richtung und zupfte mit einer liebevollen Geste seine Halsbinde zurecht.

Dann hob sie den Blick und himmelte ihn an. »Ich weiß wirklich nicht, wie du es geschafft hast, sie zu binden, bevor du mich geheiratet hast, Marmaduke«, schnurrte sie. »So! Jetzt sitzt sie perfekt, Liebling.«

Marmaduke beobachtete voller Bewunderung ihre rührende Darstellung eines erschreckten Fauns, als sie sich Garnet zuwandte. Sie versank in einem tiefen Knicks und streckte dann ihrem Schwiegervater die Hand entgegen.

»Ich glaube, wir brauchen keine offizielle Vorstellung. Sie können niemand anders sein als der Herr von Bloodwood Hall, Mr Gamble. Sie können sich nicht vorstellen, wie sehr ich mich danach gesehnt habe, Sie kennen zu lernen.«

Marmaduke merkte, dass das Lächeln seines Vaters ausnahmsweise echt war. Garnets Ausdruck, als er sich verbeugte, um ihr die Hand zu küssen, sagte ihm alles, was er wissen wollte.

Heureka! Der hinterhältige Scheißkerl hat angebissen!

Von dem Augenblick an, da Isabel in den grünen Salon trat und Garnet Gamble vor sich sah, wusste sie, dass sie unwiederbringlich in eine andere Welt gewechselt war. Ein anderes Leben. Die Hochzeit war eine Farce gewesen. Das hier war die Realität. Und was für eine!

Ihr Familiensitz verfügte über viele imposante Räume, doch seit sie in Ungnade gefallen war, hatte man sie buchstäblich auf die kleine Welt von Agnes' Zimmer, den Park des Anwesens und Onkel Godfreys Bibliothek beschränkt.

Größe und Pracht des Gesellschaftszimmers der Gambles blendete sie. Es war nicht ganz genauso möbliert wie das Original, aber es besaß in Isabels Augen einen riesigen Vorteil. Solange sie unter diesem Dach lebte, würde sie es betreten können, wann immer sie wollte. Sie versuchte zu verbergen, wie sehnsüchtig sie seine Schätze erkunden wollte – antike Möbel, Gemälde in vergoldeten Rahmen, Marmortischchen, Sofas und Sessel, die in kleinen Grüppchen angeordnet waren. Jeweils auf ihre Art elegante französische, englische und österreichische Biedermeierstücke standen exotischen Meisterwerken gegenüber, die aus China oder Indien importiert worden waren, dem britischen »Kronjuwel«.

Garnets Stil ist der eines Neureichen? Na, und wennschon!

Enorme Spiegel an gegenüberliegenden Wänden reflektierten sie aus verschiedenen Winkeln, und Isabel hatte den Eindruck, dass diese Spiegelmenschen jede ihrer Bewegungen beobachteten. Am anderen Ende des Salons führten hohe Terrassentüren in einen dunklen Garten. Der Regen bildete feine, diagonale Schleier, und die Blitze erhellten die Statuen im Garten.

Trotz aller Pracht war es Garnet Gamble, der den Raum beherrschte. Seine Stimme besaß nicht den tiefen Wohlklang, der Marmaduke auszeichnete, und verriet auf subtile Art seine mangelnde Bildung. Doch der silberhaarige Gamble war auffallend attraktiv und männlich. Nicht so groß wie Marmaduke, doch er hielt sich aufrecht, sein Gehrock war tadellos geschneidert, seine Halsbinde saß perfekt. Es war nicht zu leugnen: Er strahlte Charme und Macht aus.

»Mein lieber Junge, du hast nicht übertrieben, als du von einem Schatz gesprochen hast, den du mir mitbringen würdest.«

Der Herr von Bloodwood Hall umarmte seinen Sohn, doch Isabel entging es nicht, dass Marmadukes Arme steif an den Seiten herabhingen.

Garnet übernahm sofort die Kontrolle. Er hakte Isabel unter

und zog sie neben sich auf ein im Regency-Stil gestreiftes Sofa, das eindeutig für ein Liebespaar entworfen worden war.

»Marmaduke weiß, dass ich am liebsten Garnet genannt werde, so wie er es als kleiner Knirps getan hat. Es hat mich belustigt und ist zu einer Gewohnheit geworden. Du wirst doch nichts dagegen haben, mich ebenso zu nennen, meine Liebe?«

»Natürlich, wie immer du willst … Garnet.«

»Was für eine Heimkehr, wie? Die Verbindung unserer beiden Familien unter meinem Dach. Ich könnte meinem Sohn seine Impulsivität beinahe verzeihen. Ein Heißsporn, wie?«

Marmadukes Stimme war ebenso seidenweich, aber nicht weniger fest, als er Isabels bebende Hand ergriff.

»Meine stürmische Werbung entspricht der Gamble-Tradition, Garnet. Hast du nicht so auch Mutters Herz erobert, obwohl ihr Vater dagegen war?«

Isabel registrierte Garnets rasches Mienenspiel – verborgene Überraschung, ein Aufflackern von Misstrauen und unterdrückter Ärger.

Garnet ist ein Vater, der es niemals hinnehmen wird, von seinem Sohn überflügelt zu werden. Aber was hat Marmaduke getan, um ihn gegen sich aufzubringen? Sie haben ihren eigenen Kode.

Garnets hohles Lachen klang mehrdeutig. »Ah, du hast also meine wilde Leidenschaft geerbt, mein Sohn. Aber sag, Isabel, wie hat dir die Gesellschaft von Sydney gefallen?«

Marmaduke stürzte sich in eine Geschichte, die eindeutig nur dazu diente, Isabels Antwort zu verhindern.

»Du hättest sehen müssen, welche Sensation Isabel auf einem Ball für die Exclusives in Henriettas Villa war, umringt von Bourkes Regierungsbeamten und Militäroffizieren, die alle den seltensten aller kolonialen Schätze umschwirrten: eine tugendhafte, englische Schönheit aus alter Familie.« Isabel gab sich alle Mühe, angemessen sittsam zu wirken. *Was für ein schamloser Lügner! Welcher Ball? Aber ich muss zugeben, dass er wirklich raffiniert ist. Mit einem einzigen Satz hat er meine Jungfräulichkeit bestätigt, mir die Crème de la Crème von Sydney zu Füßen gelegt und obendrein dafür gesorgt, dass unser schmutziger kleiner Vertrag wie die Romanze des Jahrhunderts klingt.*

Garnet lächelte väterlich. Oder war da noch etwas anderes im Spiel? »Ich heiße meine neue Tochter mit offenen Armen willkommen. Dieses Haus hat zu lange kein kindliches Lachen mehr gehört. Mögest du mir viele Enkel schenken, meine Liebe.«

Isabel wählte ihre Worte mit Bedacht. »Ich hoffe, *meinem Mann* viele Kinder schenken zu können.«

Garnet lachte überrascht und anerkennend. »Eine Dame, die über die Gabe der Diplomatie verfügt. Daran erkennt man die gute Erziehung. Wir haben klug gewählt.«

Beim Klang einer weiblichen Stimme wandte sich Isabel erstaunt zur Tür um.

»Viele Kinder? Welche Überraschung hast du dir denn diesmal für uns ausgedacht, Marmaduke?«

»Darf ich dir meine Braut vorstellen, Elise?«, gab er zurück.

Isabel war überrascht. *Wer ist diese Frau? Wie passt sie in dieses familiäre Bild?*

Ein Stich von Neid durchfuhr sie. Die üppige Schönheit der Frau erinnerte an eine voll erblühte Rose. Ihre nackten Schultern schimmerten im Schein der Kerzen, die das kastanienbraune Haar und die Falten ihres smaragdgrünen Seidenkleids hervorhoben. Sie schien Ende zwanzig zu sein und hatte offensichtlich ihr ganzes Leben damit verbracht, die grelle australische Sonne zu meiden. Ihr Teint besaß die unnatürliche Blässe, die von aristokratischen Damen geschätzt wurde – aber auch von französischen Kurtisanen, die ihre Haut mit Arsen behandelten.

Die unbekannte Schöne kam anmutig durch den Raum, um Marmaduke einen Familienkuss zu geben.

Isabel beobachtete, wie Garnet die förmliche Vorstellung übernahm.

Das Stichwort für einen Knicks vor ihr – wer immer sie ist. Ich vermute, Garnets Geliebte und Herrin des Hauses. Sie hat was gegen mich, das ist nicht zu übersehen. Ich muss mich in Acht nehmen.

»Ich bin entzückt, deine Bekanntschaft zu machen, Elise«, sagte sie und war froh, dass man ihre Gedanken nicht hören konnte.

Elises Lächeln erstarrte, doch sie fasste sich rasch wieder. »Willkommen, meine Liebe. Bloodwood Hall ist in den letzten Jahren eine solche Männerwelt geworden, dass ich mich oft nach weiblicher Gesellschaft gesehnt habe. Ich bin sicher, dass wir gute Freundinnen werden.«

Garnet musterte sie alle, als hätte er ein privates Vergnügen an dieser Vorstellung.

»Ich habe einen besonders guten Wein aufgehoben, Isabel, in der Hoffnung, *lange genug zu leben*, um die Hochzeit meines Sohnes mitfeiern zu dürfen. Wenn du mich entschuldigst, werde ich ihn jetzt aus seinem Versteck holen.«

Kaum hatte er den Salon verlassen, als Elise anfing, über die schlechte Qualität des Personals zu jammern. »Zugewiesenen Dienstboten kann man einfach nicht trauen. Einmal Dieb, immer Dieb. Sie sind faul, ungehorsam und wissen nicht, was sich für sie schickt.«

Seit ihrer Ankunft hatte Isabel immer wieder Beispiele dafür beobachtet, wie groß der Unterschied zwischen englischen Dienstboten war, die zum Dienen geboren waren, und zugewiesenen Sträflingen. Letztere kamen ihr vor wie Sklaven.

»Soweit ich weiß, arbeiten sie genauso lange wie unsere bezahlten Dienstboten in England, bekommen aber nichts für ihre Arbeit außer Kost und Logis.«

»Man braucht eine Weile, bis man versteht, wie es hier zugeht«, erwiderte Elise und wandte sich dann schmollend an Marmaduke. »Wie gemein von dir, dass du es mir nicht vergönnt hast, deine Hochzeit auszurichten.«

Marmadukes Ton war auf gefährliche Art höflich. »Ich dachte, Hochzeiten langweilten dich, Elise. Sicher findet Garnet irgendeine andere Unterhaltung, um dich zu amüsieren.«

Isabels Schädel pochte. *Gibt es denn niemanden in dieser Familie, der tatsächlich meint, was er sagt? Warum ist Marmaduke ihr gegenüber so feindselig? Weil sie den Platz seiner Mutter eingenommen hat?*

Rasch nahm Elise ihre Rolle des hilflosen kleinen Mädchens wieder auf. »Vermutlich muss ich mich damit bescheiden, Garnets Gastgeberin bei unseren Banketten zu sein, wenn wir Isabel dem hiesigen Adel vorstellen.« Sie wandte sich Isabel zu. »Aber du findest unsere koloniale Gesellschaft nach London doch sicher ziemlich langweilig, oder?«

Isabel zögerte. *Ich kann ja wohl kaum zugeben, dass sich meine Erfahrungen mit der Londoner Gesellschaft auf eine Theaterloge in Covent Garden beschränkten.*

Zum Glück kam Marmaduke ihr zu Hilfe. »Lass mich dir die Einzelheiten des Systems erklären, Isabel. Abgesehen davon, dass wir euer strenges englisches Klassensystem geerbt haben, gibt es hier auch noch Siedler, die mit Unterstützung anderer oder mit Taschen voller Geld hierherkommen, um Land zu kaufen. Mehr als ein Drittel unserer Bevölkerung besteht aus Strafgefangenen, die man von England hierhertransportiert hat. Sie bilden eine komplexe neue Sträflingsklasse, die von Häftlingen über ehemalige Sträflinge, die ihre Strafe abgesessen haben, bis zu solchen reicht, die wegen guter Führung auf Bewährung freigelassen wurden und Arbeit gegen Bezahlung annehmen dürfen. Und dann gibt es noch die sogenannten Emanzipisten, die entweder von Seiner Exzellenz ganz begnadigt wurden oder so wie Garnet unter der Bedingung, dass sie das britische Reich nie wieder mit ihrer Gegenwart beflecken.«

Isabel war erleichtert, dass Marmaduke sie soeben über ihre neue Welt aufgeklärt hatte, aber angesichts von Elises beunruhigtem Blick fragte sie sich, ob er vielleicht gerade ein Tabu in puncto Konversation gebrochen hatte.

»Reiche Emanzipisten bewegen sich zwischen den einzelnen Klassen hin und her«, fuhr Marmaduke fort. »Sie machen Geschäfte mit den Vornehmen, schließen sich den Freimaurern an, sitzen in Jurys und selbst im Vorstand von Banken. Doch wehe, wenn ihre Söhne und Töchter versuchen, das Blut von Sträflingen mit dem von Exclusives mischen zu wollen. Kurz und gut, wir tendieren dazu, innerhalb unseres Standes zu heiraten, Isabel.«

Elise wirkte nervös. »Liebe Güte, Isabel wird noch denken, dass wir alle, egal, ob Freie oder Sträflinge, in einem rigiden Klassengefängnis eingesperrt sind!«

»Ich bin überrascht, dass du das noch nicht gemerkt hast, Elise. Genauso ist es.«

Marmadukes Blick war sanft, als er den Arm um Isabels Taille schlang. »Aber glaub mir, ich hätte auch dann versucht, das Herz dieser jungen Frau zu erobern, wenn sie eine Küchenmamsell gewesen wäre.«

In diesem Moment kehrte Garnet Gamble zurück. »Wie galant! Ich wusste gar nicht, dass du dazu fähig bist, Marmaduke. Der besondere Wein steht auf dem Tisch. Das Essen ist fertig.«

Marmaduke wandte sich zu seinem Vater um. »Vielleicht sollten wir das Essen heute Abend lieber ausfallen lassen, Garnet. Isabel ist seit dem Morgengrauen auf den Beinen. Wir würden uns lieber früh zurückziehen.«

»Wann immer du willst, Liebling«, antwortete Isabel mit einem schmachtenden Blick. *Verdammt nochmal, Marmaduke, ich sterbe vor Hunger!*

Der Hausherr lachte nachsichtig. »Ah! Der Sirenengesang junger Liebe! Aber gestatte mir zuerst noch, mit deiner Braut zu Abend zu essen.«

Auf Marmadukes Nicken hin akzeptierte Isabel den Arm ihres Schwiegervaters und ließ sich in den Speisesaal geleiten.

Garnet platzierte die Braut rechts und den Bräutigam links von sich. Damit landete Elise schmollend am Tischende. Garnet war ein gut gelaunter Gastgeber. Nach dem ersten Gang erklärte er Isabel triumphierend: »Hier in der Kolonie verändern sich die Dinge in rasender Geschwindigkeit, meine Liebe. Deine Ankunft ist bereits in den höchsten Kreisen zur Kenntnis genommen worden. Ein Brief mit dem Siegel des Vizekönigs erwartet dich in meinem Büro.«

»Isabel und ich planen, unsere Zeit zwischen Sydney Town und Mingaletta aufzuteilen«, sagte Marmaduke träge. »Sobald du Zeit hast, die entsprechenden Papiere zu unterschreiben, Garnet.«

Auf diese provozierende Äußerung folgte ein langes Schweigen, das schließlich von Garnet gebrochen wurde. »Immer langsam, mein Junge. Bentleigh kümmert sich um alles. Ich werde die förmliche Ankündigung dazu auf dem Bankett machen. Es ist mir eine besondere Freude – ein Bankett, um unsere Braut willkommen zu heißen.«

Isabel biss die Zähne zusammen. *Schon wieder unsere Braut. Man könnte fast denken, wir wären Polygamisten.* »Ich werde dir mit Freuden nachfolgen, egal, wo du leben willst, Marmaduke. So hat es die biblische Ruth zu Naomi gesagt: Wo du hingehst, da will auch ich hingehen.«

Elise wirkte mürrisch. Isabel sah, dass ihr der Wein zu Kopf gestiegen war, als sie sich jetzt an Marmaduke wandte.

»Du hast mir einmal erklärt, dass das Schicksal … wie hast du es noch genannt? Ein Produkt unseres Geistes ist?«

»Das war, bevor ich Isabel kennen lernte. Ein hübsches Gesicht ist schön und gut, aber es kann sich nicht mit einem intelligenten Verstand oder einem treuen Herzen messen. Ich hatte das Glück, die einzige Frau in meinem Leben zu heiraten, die alle drei Eigenschaften in sich vereint.«

Marmaduke hob sein Glas in stummer Huldigung auf Isabel.

Garnets aufmerksamer Blick erinnerte Isabel an den zur Jagd ausgebildeten Falken ihres Cousins, ehe dieser Sport ihn langweilte und der Vogel plötzlich gestorben war.

Bei der dritten Flasche Wein ging Garnet immer mehr aus sich heraus. »Heute Nacht schlaft ihr beiden im Rosenzimmer, in Mirandas Himmelbett, wo du zur Welt gekommen bist, mein Junge.«

Isabel registrierte blankes Entsetzen in Marmadukes Blick. *O Gott, war das nicht auch das Totenbett seiner Mutter? Wie kann Garnet nur so gefühllos sein?*

»Wir würden nicht im Traum daran denken, Elise aus ihrem Bett zu vertreiben, Garnet«, widersprach Marmaduke.

»Unsinn! Du wirst deinem Vater doch wohl in diesem unbedeutenden Punkt entgegenkommen, oder? Ich bin sicher, dass deine Mutter sich auch gewünscht hätte, dass ihr euer gemeinsames Leben in ihrem Bett beginnt.«

Marmadukes Gesicht zeigte keinerlei Regung. Den ganzen Abend lang hatte Isabel versucht, sich von der verborgenen Spannung zwischen Garnet, seiner Geliebten und seinem Sohn fernzuhalten. Doch deren Gefühle waren so stark, dass sie sie spürte wie Wellen, die auf dem Weg zu ihrem Ziel durch ihren eigenen Körper pulsierten.

Erschöpft von dem Versuch, sich herauszuhalten, berührte sie jetzt instinktiv Garnets Hand. »Ich bin tief berührt davon, wie großzügig du mich willkommen geheißen hast. Meinen eigenen Vater habe ich nie wirklich gekannt, aber ich hoffe, dass du mich eines Tages als deine liebevolle Tochter betrachten wirst. Der heutige Abend ist etwas ganz Besonderes für mich – meine erste Nacht unter dem Dach deines wundervollen Hauses. Ich hoffe, dass du mir meine Kühnheit verzeihst, wenn ich dich um einen besonderen Gefallen bitte, Garnet.«

»Dein Wunsch ist bereits erfüllt, du brauchst ihn nur auszusprechen!«, sagte Garnet so selbstbewusst, dass Isabel an König

Herodes' übereiltes Versprechen Salome gegenüber denken musste, mit dem er ihr sein halbes Königreich anbot, wenn sie den Tanz der sieben Schleier für ihn aufführte, und dann gezwungen war, ihr den Kopf des Täufers Johannes auf einem Tablett auszuliefern.

»Marmaduke hat mir so wundervolle Geschichten über seine Kindheit erzählt, Garnet. Wie du ihm das Reiten beigebracht hast, damit er ein starker Mann würde, so wie du.«

Sie sah, dass ihr Schwiegervater jetzt in Weinlaune war und bei der Erinnerung an die Vergangenheit nickte.

»Nichts würde mich glücklicher machen, als heute Nacht in den Armen meines Mannes einzuschlafen«, sagte sie und sah Garnet in die Augen. »Und zwar im Bett seines alten Kinderzimmers.«

Garnet beugte sich vor, sichtbar erregt von der Enthüllung einer so undamenhaften Leidenschaft.

»Damit würdest du uns beiden einen Gefallen tun. Dein Wunsch ist erfüllt.«

Die Schritte der beiden Hausmädchen erstarben im Flur, und Isabel war dankbar, endlich allein im Kinderzimmer zu sein.

Im Nachthemd sank sie auf die Damastdecke des Bettes, in dem Marmaduke als Kind geschlafen hatte. Der Raum war nüchtern eingerichtet und entsprach ganz den Bedürfnissen eines Schuljungen. Die Möbel bestanden aus Eukalyptusholz, und das Bücherregal war mit abgegriffenen Büchern gefüllt. So neugierig sie auch war, die Titel zu erforschen, von denen sie wusste, wie viel sie ihm bedeuteten: Das musste bis morgen warten.

Sie streckte einen nackten Fuß aus, berührte vorsichtig das Schaukelpferd und dachte an den kleinen Jungen, der sich hier im äußersten Ende des Westflügels, weit weg von den Gemächern seiner Mutter, ziemlich einsam gefühlt hatte. Wenigstens hatte die Kinderfrau im Ankleidezimmer nebenan geschlafen und ihn nach seinen Albträumen beruhigt.

Isabel horchte auf, als sie das Geräusch von Schritten auf der Hintertreppe hörte, und erkannte sie als die von Marmaduke. Sie tat so, als schreckte sie aus dem Schlaf, und entdeckte Marmaduke, der an der Tür lehnte und sie beobachtete. Schweißperlen standen ihm auf der Stirn, die Umrisse seines Kinns waren so angespannt, dass er beinahe hager wirkte.

Er trat zum Fenster und zog die Samtvorhänge zurück, um hinaus in den Regen zu blicken.

»Du hast keine Ahnung, was du heute Abend für mich getan hast, Soldat. Deine Instinkte waren absolut richtig. Mutters Bett hat eine ziemliche Vergangenheit.«

Sie erinnerte sich daran, was er am Grab seiner Mutter gesagt hatte. Doch jetzt war sein Mangel an Gefühlen umso erschreckender.

»Meine Mutter war schwanger, als ich sechzehn war, das erste Mal seit meiner Geburt. Ich kam von einem Inspektionsritt zurück und hörte, dass sie seit zwei Tagen verfrühte, sehr starke Wehen hatte. Das Kind wollte einfach nicht kommen. Queenie hatte schon alles getan, was sie konnte, aber nicht einmal mit Laudanum vermochte sie ihre Schmerzen zu lindern. Ich stellte Garnet zur Rede, er saß unten, trank und tanzte zur Musik eines Strafgefangenen, der auf seiner Fiedel spielte. Garnet weigerte sich, nach Dr. Llewellyn zu schicken, bezeichnete ihn als Scharlatan und Trinker. Queenie werde mit diesen ›Frauenangelegenheiten‹ schon fertigwerden. Um Mutters Geschrei zu übertönen, ließ er den Fiedler immer lauter spielen. Ich werde diese irischen Jigs bis an mein Lebensende nicht vergessen.«

Marmadukes Gesicht glänzte vor Schweiß; er starrte weiter nach draußen und nahm doch nichts wahr.

»Mutter diktierte ihren letzten Willen. Als sie wusste, dass sie sterben würde, flehte sie Garnet an, den Doktor zu holen und einen Kaiserschnitt machen zu lassen. Er sollte wenigstens das Baby retten. Garnet lehnte ab.«

Isabels Hand fuhr vor Schreck zum Mund.

»Oh, auf der Beerdigung war er verzweifelt. Das ganze County scharte sich mitfühlend um den trauernden Witwer. Doch es dauerte nur wenige Wochen, bis Garnet sich im Bett meiner Mutter mit einer ganzen Reihe von Hausmädchen amüsierte.«

Seine Augen waren düster. Isabel hatte das Gefühl, er könnte in der Tiefe seiner Trauer ertrinken.

»Garnet hasst mich, weil ich die lebendige Erinnerung an jene Nacht bin, von der er behauptet, sich nicht an sie erinnern zu können. Ich hingegen werde sie nie vergessen können.«

Marmaduke setzte sich und verbarg das Gesicht in den Händen. Isabel hatte das unerklärliche Bedürfnis, ihm übers Haar zu streicheln. Sie streckte den Arm aus, doch als wäre ihm sein Gefühlsausbruch peinlich, stand Marmaduke im gleichen Augenblick auf und ging quer durch den Raum zu Queenies altem Zimmer.

Isabel sprang aus dem Bett. »Nein! Du musst hier schlafen. Ich nehme das Bett deiner Kinderfrau.«

Er lachte kurz und schmerzhaft auf. »Treu wie ein Schäferhund, was?«

Isabel stemmte die Hände in die Hüften und verteidigte sich. »Du hast gesagt, du wünschst dir einen Söldner als Verbündeten. Nun, hier bin ich! Benutze mich! Zusammen werden wir deinen Vater nach *deinem* Willen formen.«

Marmaduke betrachtete sie mit müder Bewunderung. »Du bist wirklich ziemlich skrupellos. Um deinetwillen hoffe ich, dass du das durchhältst, Soldat.« Damit schloss er leise die Tür hinter sich.

Isabel lag da und horchte auf den wütenden Sturm, der an den Fensterläden rüttelte und durchdringend heulte.

Ich habe einen Vertrag unterschrieben. Ich bin Marmadukes Verbündete auf Gedeih und Verderb. Aber es ist seltsam beruhigend zu wissen, dass er im Zimmer nebenan schläft.

Diesmal wusste sie, dass es ihr altvertrauter Albtraum war, der sie plagte, und dass sie versuchen musste aufzuwachen. Sie kämpfte gegen das Gefühl, im kalten Wasser des Sees zu versinken, und wehrte sich gegen die Rohrkolben, die sich in ihrem Haar verfingen. Sie war sich sogar eines merkwürdig verzerrten Geräuschs unter Wasser bewusst.

Dann fuhr sie mit einem Ruck hoch. Das im Traum gedämpfte Geräusch war jetzt ganz nah. Ein scharfes, deutliches Klicken, das vom Gang zu kommen schien.

Marmaduke hatte die Tür abgeschlossen und den Schlüssel eingesteckt. Sie zitterte, als sie mit den gewachsten Zündhölzern herumfummelte, die Kerze anzündete und durchs Zimmer tappte, um durchs Schlüsselloch zu spähen.

Jetzt hörte sie nur noch, wie ihr eigenes Blut in ihren Ohren pochte. War das ein Zeichen des Anderen? Isabel erschauerte, als sie einen vertrauten Geruch wahrnahm, der sie an Tod und Sterben erinnerte. Den Geruch von *Laudanum*.

FÜNFUNDZWANZIG

»Mein Gott! Hast du mich in den Himmel oder zur Hölle geschickt? Oder ist das etwa das Paradies?«

Allein nach Marmadukes Aufbruch im Morgengrauen betrachtete Isabel ihre neue Welt von einem Balkon vor dem Kinderzimmer aus, der sich über zwei Seiten des Hauses erstreckte. Am Horizont zog sich eine Doppelreihe von Hügeln bis zu den fernen Bergen. Neben dem Haus breitete sich ein üppiger tropischer Garten aus.

Am Abend zuvor hatte die Entdeckung einer australischen Kopie des Stammsitzes ihrer Familie sie sprachlos gemacht. Heute Morgen staunte sie über die Unterschiede. Trotz der Anklänge an die gotische Architektur und Umgebung – derselbe herrliche Rosengarten, ein mit Weinreben umrankter Gartenpavillon und die wie ein riesiger Vogelkäfig geformte Voliere – sah sie jetzt, dass Bloodwood Hall ein Mikrokosmos war, der nirgendwo anders hingehören konnte als in Gouverneur Bourkes »höchst eigenartige Kolonie«.

Die Vielfalt der Vögel überraschte sie. Schwärme von exotischen Plattschweifsittichen und Regenbogenpapageien schossen aufgeregt krächzend in chaotischen Formationen hin und her, ihr buntes Gefieder blitzte in den Wipfeln des Eukalyptushains auf.

Auf der Rückseite des Hauses entdeckte sie eine Ansammlung von ein- und zweistöckigen, weiß gekalkten Häusern. Rauch stieg aus den Schornsteinen, und der Wind trug den Geruch einer Gerberei, einer Bäckerei und eines Holzhofs herüber. Der

Klang von Sägen, Zimmerleuten und eines Schmieds, der auf seinen Amboss hämmerte, mischte sich mit den dunklen Stimmen der Männer, die aus den wie Taubenschlägen geformten Hütten traten. Das waren die Quartiere für die zugewiesenen Sträflinge; sie säumten drei Seiten eines mit Steinfliesen belegten Exerzierplatzes, auf dem sich eine Wasserpumpe, eine Triangel und ein Pflock für die Auspeitschungen befand. Sie erkannte dort sogar den zusammengesunkenen Körper eines Mannes.

Isabel schauderte, als sie daran dachte, welch ungeahntes Ausmaß an Grausamkeit und Verdorbenheit diese Sträflinge von ihrem Herrn, Aufseher oder auch ihresgleichen zu spüren bekamen.

Zum Glück lenkte ein Tier am Ende des Gartens sie ab. War das ein Känguru oder ein Wallaby? Auf alle Fälle hatte Isabel das Gefühl, dass es sich um ein Muttertier handelte. Es hielt den Kopf zur Seite, als spürte es, dass es beobachtet wurde. Und dann geschah ein kleines Wunder. Ein winziges Känguru streckte erst den Kopf, dann auch ein Pfötchen aus dem Beutel seiner Mutter wie ein Schwimmer, der die Temperatur des Wassers testet, bevor er sich hineinbegibt. Als es sich vergewissert hatte, dass seine Welt noch heil war, befreite es sich aus dem Beutel und hüpfte neben seiner aufmerksamen Mutter her. Isabel hatte das Gefühl, von den Göttern beschenkt worden zu sein, um sie für ihre Ängste zu entschädigen.

Letzte Nacht hatte ich Panik. Das entsetzliche Gefühl eines Déjàvus, das Gewitter, mein Traum. Ich fühlte mich überschwemmt von dem Hass und Kummer, der hier alle erfüllt – Hinterlassenschaft jener tragischen Geschehnisse, die sich vor Jahren abgespielt haben. Gestern Abend kam mir das Haus vor, als könnte es jeden Augenblick implodieren.

»Und trotzdem scheint heute wieder die Sonne.« Isabel versuchte sich damit zu beruhigen, dass sie mit dem Auslaufen des Vertrags wenigstens das Geld hätte, ein neues Leben für die einzigen Menschen aufzubauen, die ihr am Herzen lagen. Dann wäre sie von alledem frei.

Doch warum ließ der Ausdruck in Marmadukes Augen sie nicht los? Immer wieder sehe ich das traurige Kind in ihm, aber das ist eine Schwäche, gegen die ich mich schützen muss.

Sie trug dasselbe Kleid wie am Tag zuvor; ihre Kleidertruhen waren noch nicht eingetroffen. Bevor sie nach unten ins Frühstückszimmer ging, sah sie sich noch eine Weile in der Gemäldegalerie um. Bewundernd blieb sie vor einer stürmischen Seelandschaft stehen, auf der Sir Walter Raleighs Kanonenboote die Galeonen der spanischen Armada angriffen. Die anderen Bilder waren Porträts. Isabel fiel auf, wie unterschiedlich ihre Züge waren.

Marmadukes Vorfahren haben offensichtlich seit Generationen nicht mehr ihre Cousins oder Cousinen geheiratet. Sie wirken so gar nicht verwandt und scheinen auch nicht den geringsten Humor zu besitzen.

Zwei hervorragende lebensgroße Porträts schienen das Werk ein und desselben Künstlers zu sein. Der abgebildete Mann war unverkennbar eine frühere Ausgabe von Garnet Gamble, allerdings war das dichte weiße Haar noch dunkelbraun. Er war attraktiv und trug stolz seine Freimaurerabzeichen zur Schau, darunter ein wundervoll detailliert gemalter Schurz, auf dem die traditionellen Freimaurersymbole vereinigt waren: drei Säulen, ein Kompass, ein Anker und ein stilisiertes Auge, das wohl das Auge Gottes darstellen sollte – oder war es ein ägyptisches Symbol? Es berührte sie, dass auch ihr junger Vater Walter stolz darauf gewesen war, Freimaurer zu sein.

Die andere Hälfte des Diptychons war das Porträt einer Frau. Sie trug einen roten Sari. Wer konnte das sein, wenn nicht Miranda McAlpine?

Trotz ihrer makellosen angelsächsischen Schönheit hatte sie eine exotische, indische Ausstrahlung. Die Farben, die der Künstler für ihren Sari verwendet hatte, waren kräftig, die blasse

Haut und die dunklen Augen schimmerten warm. Ihre Juwelen wirkten atemberaubend echt. Isabel faszinierte vor allem eine kunstvoll gearbeitete Halskette, die mit großen Edelsteinen in verschiedenen Farben geschmückt war.

Trotz ihrer ausgefallenen Kleidung war Miranda keine Frau, die sich hinter deren Kleidung verbarg. Die klassischen Züge waren nicht nur vollkommen wiedergegeben – sie wirkten geradezu *lebendig*. Der Ausdruck in ihren Augen, der Schwung ihrer Lippen zeigte, dass sie von ihrer Macht, andere zu bezaubern, überzeugt war, selbst über den Tod hinaus. Doch trotz der Sinnlichkeit ihres Gesichts und ihres Körpers war sie unübersehbar von Kopf bis Fuß eine Dame.

Isabel sprach ihren Gedanken laut aus. »Marmaduke hatte Recht mit dem, was er über dich sagte!«

»Wirklich? Was hat er denn gesagt?«

Isabel drehte sich um und sah Marmaduke an der Wand lehnen, in lässiger Reitkleidung, die ihn heute noch weit mehr als Einheimischen denn als Engländer wirken ließ.

»Du hast gesagt, dass deine Mutter das Herz aller Menschen eroberte, die sie erblickten. Oder so ähnlich. Ich kann gut verstehen, warum. Selbst in Sack und Asche würde sie eine neue Mode kreieren. Angesichts ihrer Schönheit müssen andere Frauen grün vor Neid gewesen sein.«

»*Smaragdgrün*. Meine Mutter hatte nicht viele Freundinnen. Sie brauchte auch keine. Queenie war ihre einzige, lebenslange Vertraute.«

Marmaduke musterte sie mit seinem nervtötenden, angedeuteten Lächeln, als hätte die schmerzliche Beichte vom vergangenen Abend nie stattgefunden.

»Wer ist der Künstler? Er ist eindeutig ein Profi. Aber er hat es nicht signiert.«

»Das ist eine Geschichte für sich. Augustus Earle gehörte zu einer Familie berühmter amerikanischer und englischer Künstler. Während seiner Weltreisen fand er hier und in Van Diemen's Land plötzlich riesigen Anklang. Er malte wundervolle Landschaften und Porträts, darunter von den Gouverneuren Brisbane und Darling, Captain John Pieper, Mrs Blaxland – die vornehmen Kreise ließen sich alle von ihm verewigen. Deshalb war es ganz natürlich, dass auch Garnet ein Porträt mit allen Freimaurerabzeichen bestellte. Er gab Earle sogar den Auftrag, seinen wirklichen Freimaurerschurz zu bemalen, nur um Sam Terry auszustechen. Ich erinnere mich daran, dass ich Earle kennen gelernt habe, als Mutter ihm in seinem Atelier Modell stand. Er war ein charmanter Mann und ein großartiger Geschichtenerzähler, aber es war allgemein bekannt, was für ein Lotterleben er führte. Für Mutters Porträt brauchte er so lange, dass Garnet in seinem Atelier in Sydney aufkreuzte und ihm eine Eifersuchtsszene machte. Er weigerte sich, ihm auch nur einen Penny zu zahlen. Earle hatte eine Passage nach Indien gebucht. Deshalb ließ er Mutter ihr Porträt liefern, unsigniert, als Geschenk. Soweit ich weiß, hat er sich später als offizieller Künstler Charles Darwin auf der *HMS Beagle* angeschlossen, aber da war seine Gesundheit schon ruiniert, und er wurde von Conrad Martens abgelöst. Garnet behauptet fälschlicherweise, er habe Earle aus der Kolonie vertrieben, weil der versucht habe, Mutter zu verführen.«

»Dein Vater scheint sein eigenes Gesetz zu sein.«

Marmaduke zuckte die Achseln. »Das bezweifelt hier so gut wie niemand.«

»Es war ein Schock für mich, Garnets dunkles Haar zu sehen. Er ist eigentlich zu jung für weißes Haar.«

Marmaduke warf ihr einen zynischen Blick zu. »Er behauptet, es sei vor Kummer weiß geworden.«

»Nun, es heißt auch, das Haar der Königin Marie Antoinette sei über Nacht im Gefängnis weiß geworden.«

Marmaduke wechselte rasch das Thema. »Gefällt dir Mutters

Schmuck? Oder ist er zu exotisch für dein angelsächsisches Empfinden?«

»Du vergisst, dass ich nur eine halbe Plantagenet bin, die andere Hälfte ist keltisch. Doch ja, ihre Juwelen sind herrlich. Bestimmt verbirgt sich auch dahinter eine Geschichte, oder?«

»Genau. Die Halskette ist ein traditioneller *navratan* aus dem Mogulreich des letzten Jahrhunderts. Der Name bedeutet ›neun Steine‹. Diese Edel- und Halbedelsteine repräsentieren neun Gottheiten im hinduistischen Pantheon. Die neun Steine enthalten angeblich die Macht der neun Himmelskörper in einer Art Mikrokosmos. Sie dienen als Quelle nie endender Energie und Macht, die das Leben der Trägerin bereichern soll. Vielleicht hat es bei der Geliebten des Maharadschas funktioniert. Mutters Leben haben sie nicht bereichert.«

»Vielleicht war es der Schlüssel für ihre außergewöhnliche Anziehungskraft. Was sind es für Steine?«

Er zählte sie ihr auf, Smaragd, Diamant, Perle, Rubin, Topaz, Koralle, Saphir, Katzenauge und Zirkon, dazu kamen noch die weißen Saphire, die sie säumten, und die gestuften Perlen.

»Alles zusammen ist eine Menge Geld wert.«

»Du hörst dich an, als könntest du ein Buch über das Thema schreiben.«

Marmaduke zuckte die Achseln. »Das habe ich alles von Queenie aufgeschnappt. Ihre Mutter war Hindu. Und Josiah Mendoza hat mir ein bisschen was über Edelsteine beigebracht.«

»Der prachtvolle Smaragd war bestimmt der Verlobungsring deiner Mutter, wie?«

Marmaduke schien unruhig zu sein, als wollte er schnell darüber hinweggehen. »Rechtmäßig gebührt der Schmuck meiner Mutter meiner Braut. Doch vielleicht hat Vaters Geliebte da auch ein Wörtchen mitgeredet.«

Isabel blickte zu Mirandas Porträt auf. *Er schafft es kaum, Elises Namen zu nennen. Aber es wäre mir eine Ehre, deine Halskette zu tragen, Miranda. Ein bisschen Macht der Himmelskörper könnte auch mir guttun.*

Als sie nach den Porträts seiner Vorfahren fragte, verschwand das Lächeln in Marmadukes Gesicht, um seine Belustigung zu verbergen.

»Vater kam im wahrsten Sinne des Wortes als Bastard zur Welt. Er hat nie erfahren, wer sein leiblicher Vater war. Diese Porträts hat er als Restposten in Abraham Polacks Auktionshaus gekauft, um sich einen schnellen Familienstammbaum zuzulegen.«

Isabel fühlte eine Woge von Mitleid. *Garnet wünscht sich so verzweifelt den Aufstieg in die Oberschicht der englischen Gesellschaft, dass er sogar seinen eigenen Familienstammbaum erfunden hat. Kein Wunder, dass er sich eine De-Rolland-Braut wünschte, die ihm Geltung verschaffen würde.*

Im Frühstückszimmer waren sie allein. Marmaduke machte sich einen Spaß daraus, sie aufzuziehen. »Du pickst in deinem Essen herum wie ein Spatz. Lässt du dich eigentlich immer so von der Etikette einengen?«

»Du hast es gerade nötig! Du hältst dir beim Gähnen nicht mal die Hand vor den Mund! Du isst mit den Ellbogen auf dem Tisch und fuhrwerkst mit Salz und Pfeffer herum, als spieltest du Schach.«

»Du bist die perfekte Mutter«, gab Marmaduke spöttisch zurück.

Sie spürte, wie ihr das Blut aus dem Gesicht wich. »Das war unverzeihlich.«

Er sprang auf. »Ich schwöre, ich habe es nicht so ge…«

»O doch, das hast du wohl!« Sie warf ihre Serviette auf den Tisch, entschlossen, den Raum zu verlassen.

»Jetzt sagt bloß nicht, dass eure Flitterwochen schon vorbei sind«, wandte Elise zuckersüß ein.

Sie stand in einem auffallenden Kleid an der Tür; es war so

tief ausgeschnitten, dass keine echte Dame es vor Sonnenuntergang getragen hätte. Ihr Haar war sorgfältig zu Locken geringelt und mit kleinen Straußenfedern festgesteckt. Wäre ihr Teint noch einen Hauch weißer gewesen, hätte sie als Geist durchgehen können.

Isabel wusste, dass es keine Möglichkeit gab, die Szene, die Elise gerade mitbekommen hatte, zu leugnen.

»Ein Streit unter Liebenden – nur meine Schuld«, sagte sie und legte den Kopf an Marmadukes Schulter. »Es tut mir so leid, Liebling.«

Marmaduke spielte mit. »Nein, nein. Ich bin schuld. Ich habe dich einfach nicht genug schlafen lassen.« Seine Stimme war auf heisere Art intim, während er sie auf den Scheitel küsste. Mit Befriedigung nahm Isabel die ärgerlichen roten Flecken auf Elises Wangen zur Kenntnis.

»Ich muss deine Braut vorübergehend entführen, um die Pläne für das Willkommensbankett zu besprechen.«

»Fünf Minuten, mehr nicht. Ich habe Pläne für ein Biwak im Ghost Gum Valley.«

Dann ging er ohne einen Blick zurück hinaus.

Elise wirkte nervös, als sie Isabel die Gästeliste zeigte, die Rhys Powell aufgeschrieben und sie auswendig gelernt hatte, wie Isabel sofort durchschaute. Garnet Gamble war nicht der Einzige, der nicht lesen und schreiben konnte.

Elise versuchte, die selbstbewusste Gastgeberin zu spielen. »Es ist leider zu spät, um Mrs Elizabeth Macarthur einzuladen oder jemanden aus den dreizehn bedeutendsten Familien. Wir müssen uns daher mit denen begnügen, die zur Verfügung stehen. Richter Summerhayes natürlich und der hiesige Vorsteher der Bank von New South Wales. Die Bank würde schließen müssen, wenn Garnet seine Aktien und Anteile abzöge. Dr. Llewellyn gehört nicht unbedingt zur Spitze, aber er behandelt uns schon so lange, dass er praktisch zum Inventar gehört. Dann der wesleyanische Pastor mit seiner Tochter, einer unverheirateten alten Jungfer. Rhys Powell und Edwin Bentleigh, wenn er nicht gerade den einen oder anderen Schwerverbrecher verteidigen muss.«

»Ein freundlicher, kluger Mann.« Gott sei Dank, *wenigstens ein freundliches Gesicht*.

»Wahrscheinlich gibt es niemanden, den du hinzubitten möchtest, oder? Du bist ja erst so kurz hier.«

»Murray Robertson«, sagte Isabel hastig, »ein Mitreisender auf der *Susan*. Und Queenie.«

Jetzt vergaß Elise ihren einstudierten feinen Akzent. »Das ist wohl nicht dein Ernst! Queenie ist farbig. Eine indische Dienstbotin.«

Isabel hatte nicht vor, auch nur einen Zoll nachzugeben. »Soweit ich weiß, war Queenie Miranda Gambles treueste Freundin. Und Marmaduke würde bestimmt auch wollen, dass sie kommt, glaubst du nicht?«

Es war eine rein rhetorische Frage. Isabel schlüpfte hinaus und ließ Elise mit offenem Mund stehen.

Marmaduke öffnete das Türchen im Holzzaun von Queenies Steinhaus, und Isabel trat in den kleinen Hausgarten. Beides hätte es auch in jedem englischen Dorf so geben können, nur war dieses Haus statt mit dem traditionellen Strohdach mit mehreren Schichten Rinde bedeckt, festgehalten von horizontalen Balken aus jungen Eukalyptusbäumen. Der niedrige Schornstein an einer Hauswand stieß fröhliche Rauchwolken aus.

»Lass dich von Queenies Art nicht einschüchtern. Sie nimmt kein Blatt vor den Mund. Manche Leute hier finden ihre Offenheit verletzend.«

»Dann hast du das also von ihr«, sagte Isabel. »Ich dachte schon, ihr Einheimischen wärt nicht viel besser.«

Kaum hatte die Frau die Tür geöffnet, war Isabel klar, dass sie jetzt in die Mangel genommen würde.

Heute trug Queenie statt des Saris ein schlichtes Hauskleid und eine gestärkte, weiße Schürze. Marmaduke schloss sie in die Arme und wiegte sie sanft hin und her.

»Nanny, ich möchte dir Isabel vorstellen, meine Braut und zukünftige Herrin von Mingaletta. Aber dir werde ich dein eigenes kleines Haus bauen. Wir alle wissen, wie sehr du auf deine Unabhängigkeit pochst.«

Queenie umarmte Marmaduke liebevoll, doch dann scheuchte sie ihn davon.

»Ich habe deiner Braut ein paar Dinge zu sagen, die du besser nicht mitkriegst. Frauenkram. Jetzt geh schon. Komm in einer Stunde wieder, wenn ich fertig bin. Ich habe dir extra Sommerpudding gekocht.« Sie zupfte zärtlich an seinem Haar, das er im Nacken zusammengebunden hatte. »Dein Haar ist länger als das einer Frau. Ich weiß nicht mehr, was mit der Welt los ist. Und jetzt ab mit dir.«

Isabel nahm gehorsam auf dem Stuhl Platz und sah sich in den beiden Zimmern um, während Queenie in einem überdachten Küchenbereich vor der Tür Tee kochte. Das Haus war mit einer seltsamen Mischung aus Buschmöbeln, deren unbehandeltes Holz Kerben von abgehackten Ästen zeigte, und liebevoll gepflegten Sandelholz-, Silber-, Messing- und bunten Glasobjekten eingerichtet, die aus England oder Indien stammten. Die fremdartigen Stickereien waren mit funkelnden Halbedelsteinen verziert.

An einer Wand prangte eine erstaunliche Zusammenstellung von hinduistischen Gottheiten und Buddhas, die eine symbolische Leibgarde um einen stilisierten, sehr angelsächsischen, blonden, blauäugigen Jesus bildeten, zu dessen Füßen eine Gruppe von dunkelhäutigen Kindern saß und aufmerksam seinen Geschichten lauschte.

Queenie stellte Tee und Kuchen auf den Tisch und forderte Isabel mit einer Geste auf zu essen. Sie selbst nahm nichts. Aus ihrem Schaukelstuhl heraus betrachtete sie ihren Gast derart aufmerksam, dass Isabel beschloss, den Blick zu erwidern. Das Haar der Frau schimmerte überraschenderweise schwarz, war aber durchzogen von einzelnen weißen Strähnen und bildete im Nacken eine Art Knoten, der an den Panzer einer Schildkröte erinnerte. In ihren Augen verbargen sich jahrhundertealte Geheimnisse. Türkisfarbene Anhänger schmückten ihre Ohren, aber sie trug keine Ringe an den Händen, die ebenso schmal und ausdrucksvoll waren wie die einer indischen Tänzerin.

In ihrer Jugend muss sie eine echte Schönheit gewesen sein. Ich frage mich, warum sie nie geheiratet hat, obwohl ledige Frauen in dieser Kolonie doch immer sehr begehrt waren.

Queenie ging in die Offensive. »Nun gut. Warum hast du eingewilligt, meinen Jungen zu heiraten? Ich weiß, dass Garnet die ganze Sache arrangiert hat. Ich will die Wahrheit hören und nichts als die Wahrheit. Ich bin zu alt, um mich mit höflichen Ausflüchten abspeisen zu lassen.«

Isabel hatte keine andere Wahl, als Queenie mit ihren eigenen Waffen zu schlagen. »Und ich bin zu jung, um zu lügen. Ich habe Marmaduke geheiratet, weil *er* mich darum gebeten hat.«

Das brachte Queenie für einen Augenblick zum Schweigen, doch dann folgte schon die nächste Frage. »Was ist wichtiger für dich, Geld oder Liebe?«

»Das ist leicht. Ich glaube nicht an die Liebe.«

Queenie lachte kurz auf. »Das sagt Marmaduke auch. Ihr seid alle beide gleich dumm.«

»Dann passen wir ja prima zusammen. Keiner von uns kann den anderen enttäuschen.«

»Du lügst!«

»Wie bitte?«

»Bist du nicht nur eine Schwindlerin, sondern auch noch taub?«

Isabel stellte ihre Teetasse vorsichtig ab, beugte sich vor und sah Queenie direkt in die Augen. »Ich weiß, dass Marmaduke dir mehr traut als sonst jemandem auf der Welt. Und ich habe jeden Grund zu glauben, dass du ihn aufrichtig liebst. Was genau also willst du von mir, Queenie?«

Ist das etwa so was wie Anerkennung, was ich in ihren Augen lese?

»Ich will dein Ehrenwort, dass du Marmaduke niemals wehtun wirst. Sein ganzes Leben lang ist er von Menschen, die er liebte, betrogen worden. Und wenn nicht das, so haben sie ihn verlassen und gedemütigt.«

Ich nehme an, mit Betrug meint sie seine verlorene Braut, seinen deutschen Lehrer oder seinen Vater – und selbst der Tod seiner Mutter muss ihm vorgekommen sein wie eine Abkehr. Diese alte Frau lässt sich jedenfalls nichts vormachen.

»Ich habe Marmaduke versprochen, ihn niemals zu betrügen. Aber wie soll ich ihm wehtun, wenn er zur Liebe gar nicht fähig ist?«

»Lieber Himmel, Mädchen, durchschaust du denn dieses Theater nicht? Dass er jede Seite des *Kamasutra* beherrscht? Dass es ihm gefällt, von Frau zu Frau zu ziehen, von einem Bett ins nächste? Er bildet sich ein, nie wieder einer Frau in die Falle zu gehen, weil er so *clever* ist. Unfähig, sich zu verlieben.« Queenie lachte höhnisch. »Siehst du die Wahrheit nicht? Er ist wie ein kleiner Junge, der sich im Dunkeln fürchtet.«

Isabel war fassungslos, als wäre Marmadukes verzerrtes Bild in einem Spiegel plötzlich zum ersten Mal glasklar geworden. Sie sprudelte los, ohne nachzudenken.

»Aber warum? Marmaduke sieht so gut aus. Er könnte jede Frau haben, die er wollte.« *Liebe Güte, ich glaube selbst nicht, dass ich das gesagt habe, aber es stimmt. Wieso habe ich das vorher nicht gesehen?*

»Weil der Junge nicht glaubt, dass er es wert ist, geliebt zu werden. Seine Eltern haben sich um ihn gestritten wie die Kesselflicker. Sein Vater hat ihn gedemütigt. Und dann diese

Schlampe! Es war schlimm genug, dass sie ihn am Altar im Stich gelassen hat. Aber als er sie dann mit seinem Vater im Bett erwischte …«

Queenie verstummte plötzlich, als sie sah, dass Isabel auf ihrem Stuhl zusammengesackt war.

»Elise?«, fragte sie kaum hörbar.

Queenie war zerknirscht. »Ich dachte, du wüsstest es.«

»Nein. Ich bin das dumme Ding, das von allen im Dunkeln gelassen wird.«

Sie erhob sich, so würdevoll es ihre wackligen Knie zuließen. »Danke für den guten indischen Tee, Queenie.«

Doch Queenie versperrte ihr den Weg wie ein kleiner Terrier. »Warte, es gibt noch eine wichtige Sache, die du wissen musst. Miranda hat mir eine Kiste anvertraut und mir das Versprechen abgenommen, sie Marmaduke zu geben, wenn er eine Frau heiratet, die mit ihm durch dick und dünn gehen und ihn nie verlassen würde.«

Ihre Fingernägel bohrten sich in Isabels Arme. »Sag mir die Wahrheit. Bist *du* diese Frau?«

»Das weiß ich nicht. Aber ich weigere mich, im selben Haus zu leben wie die Frau, die mein Mann liebt.«

Damit eilte Isabel zur Tür hinaus, raffte ihre Röcke zusammen und stolperte blindlings einen Pfad hinter dem Haus entlang. Sie hoffte, er würde sie so weit von Bloodwood Hall wegbringen, wie der Wind sie trüge.

SECHSUNDZWANZIG

»Sattel mir die neue braune Stute. Vergiss den Damensattel, er ist zu gefährlich! Meine Frau ist unser raues Territorium nicht gewohnt.«

Marmaduke stieß die Befehle so rasch hintereinander aus, dass er Davey, den Stallburschen, ganz schön auf Trab hielt. Er hatte das dringende Bedürfnis, diesem verfluchten Ort und Garnets Manipulationen zu entkommen, aber auch den übermächtigen Wunsch, mit Isabel allein zu sein. Er wollte versuchen, sie zu verstehen. Aus vielen Gründen hatte er letzte Nacht schlecht geschlafen, war mehrmals aus wirren Träumen hochgeschreckt – und das alles hatte mit Isabel zu tun.

Jetzt waren zwei von Garnets besten Pferden gesattelt und bereit zum Aufbruch, dazu kam ein Packpferd, das mit Proviant für ihr Biwak beladen war. Marmaduke überprüfte erneut jedes Detail, denn er war sich bewusst, dass Isabels Stolz unter ihrer mangelnden Erfahrung als Reiterin gelitten hatte, obwohl sie sich mit keinem Wort beschwert hatte.

Sie hat noch eine Menge zu lernen. Aber ich muss zugeben, dass sie ganz schön unerschrocken ist. Sie quengelt nicht herum oder kriegt beim Anblick einer Spinne einen hysterischen Anfall. Die Feuerprobe wird ihre erste Schlange sein!

Es war Zeit, Isabel von Queenies Haus abzuholen; mit dem, was ihre alte Kinderfrau als »Frauenkram« bezeichnet hatte, wären sie bestimmt längst fertig. Doch zuerst würde er seinen Vater informieren, denn einem ungeschriebenen Gesetz im Busch zufolge mussten Reisende mitteilen, was sie vorhatten oder wohin sie wollten, für den Fall, dass ein Unfall oder Gesetzlose ihre Rückkehr verhinderten.

In der Halle fiel sein Blick auf einen Brief auf dem Tisch – aus London. Er war an ihn adressiert, doch während er ihn las, schöpfte Marmaduke angesichts des kaum merklichen Unterschieds zwischen der Handschrift von Godfrey de Rolland und der auf dem Umschlag Verdacht.

Der Umschlag ist gefälscht. Garnet hat meine Post gelesen.

Er spürte seine Beute auf, indem er dem Klang des Gebrülls in der Bibliothek folgte, wo Garnet seine Frustration an Powell abließ.

Marmaduke hatte gehofft, Garnet allein anzutreffen, doch jetzt reichte er dem jungen Waliser die Hand und erklärte ihm seine Vorliebe für ungezwungene Manieren.

»Mein Vater hasst es, jemanden zu loben, egal, wie sehr er es verdient hat, Powell, aber hinter Ihrem Rücken spricht er in den höchsten Tönen von Ihnen. Er hat Glück, dass er mit Ihnen jemanden gefunden hat, auf den er sich zur Abwechslung verlassen kann. Einige Ihrer Vorgänger haben sich auf seine Kosten bereichert.«

»Stimmt, aber am Ende mussten sie in Ketten für den berüchtigten Kommandanten Patrick Logan in Moreton Bay schuften«, warnte Garnet.

Marmaduke schaffte es, seinen Ärger zurückzuhalten. »Ich habe heute Morgen einen Brief von Godfrey de Rolland erhalten, der anscheinend wochenlang verbummelt worden war. Der Inhalt ist von großer Bedeutung. Ich glaube, *wir sollten das umgehend klären*, Garnet.«

Powell wirkte nervös, doch Garnet beschloss, die implizierte Beschuldigung einfach zu überhören.

»Ihr werdet heute Abend natürlich mit uns zusammen essen. Mein Freund, Richter Summerhayes, ist sehr erpicht darauf, unsere illustre Braut kennen zu lernen.«

»Das Gesetz kann warten. Ich reite mit Isabel zu einem Biwak. Wir kommen erst wieder, wenn Edwin da ist, um die Überschreibung zu bezeugen.«

An diesem Punkt mischte sich Powell eilfertig ein. »Mr Bentleigh hat einen Regierungsbericht geschickt, demzufolge Gouverneur Bourke neue Gesetze durchbringen will, um Landschenkungen abzuschaffen und freie Siedler zur Einwanderung zu verlocken. Dies wird das Prozedere von Landübertragungen grundlegend verändern.«

»Unsinn, Bentleigh malt nur mal wieder den Teufel an die Wand«, schimpfte Garnet.

Jetzt konnte Marmaduke sich nicht länger beherrschen. »Genug von der Politik! Ich bin hier, um über Godfrey de Rollands Brief zu sprechen, Garnet! Er hat bedeutende *Auswirkungen*!«

Als Garnet seinen Sekretär hinausgeschickt hatte, konnte Marmaduke seinem Ärger endlich Luft machen.

»Musst du deine Nase eigentlich überall hineinstecken? Wie kommst du dazu, meine Post zu lesen? Ich hatte das Recht, von Isabels Krankheit zu erfahren, schon um ihrer eigenen Sicherheit wegen. Ich habe sie nur durch Zufall entdeckt, als sie im Nachthemd durch die Gänge deines Hotels geisterte. Weiß Gott, was geschehen wäre, wenn sie sich bis The Rocks verirrt hätte. Du solltest dich was schämen, Garnet. Verflucht nochmal! Sie ist *meine Frau*! *Ich* bin für sie verantwortlich!«

Garnet war zerknirscht. »Es war ein Versehen. Ich möchte dieses Kind keinesfalls verletzen.«

»Dazu wirst du auch keine Gelegenheit bekommen, Garnet. Wir brechen jetzt gleich nach Ghost Gum Valley auf.« Und während er hinausstapfte, fügte er hinzu: »Mit mir in der Wildnis ist sie sicherer als bei dir in diesem verfluchten Haus.«

Erst als Marmaduke die drei Pferde zu Queenies Haus führte und sie auf der Türschwelle stehen sahen, mit verschränkten

Armen und einer grantigen Miene, dämmerte ihm, dass seine Pläne sich in Luft aufzulösen drohten.

»Hey, was ist los, Queenie? Wo ist Isabel?«

»Du hast vergessen, ihr zu sagen, dass Elise deine durchgebrannte Braut war. Kein Wunder, dass sie sich so aufgeregt hat. Sie ist weg.«

Marmaduke seufzte resigniert. »Verstehe. Welche Richtung hat sie genommen?«

Er schwang sich in den Sattel und ritt den rauen Feldweg entlang, der nach mehreren Meilen jenseits der Grenze von Mingaletta im Nichts endete. So weit konnte keine Frau mit dünnem Schuhwerk laufen.

Außer Isabel. Sie ist so verdammt halsstarrig, dass sie auf allen vieren kriechen würde, nur um mir eins auszuwischen.

Er überlegte, ob er sich eher verteidigen oder offensiv sein, sich entschuldigen oder nobles, gekränktes Schweigen bewahren sollte. Er wusste, dass er im Unrecht war. Die Sache war heikel.

Eine Stunde später entdeckte er ihre Gestalt in der Ferne. Sie folgte dem Pfad, barhäuptig, der Hut baumelte auf dem Rücken. Ihr Tempo ließ darauf schließen, wie wütend sie war, und die wilden Gebärden schienen zu bedeuten, dass sie in ein hitziges Selbstgespräch vertieft war.

Als er nur noch hundert Meter von ihr entfernt war, saß Marmaduke ab und führte die Pferde in einem langsamen Schritt, um Isabel genügend Zeit zu geben, sich mit ihrem Zorn über seine Suche nach ihr zu arrangieren. Eine volle Minute ging er neben ihr her, bevor er träge sagte: »Ich glaube, wir haben gutes Wetter erwischt.«

Isabel wandte ihm ihr erhitztes Gesicht zu, ohne ihre Wut zu verbergen. Ihre Hand schlug ihn so fest ins Gesicht, dass er überrascht auflachte.

»Holla! Wahrscheinlich hast du die Kunst der Selbstverteidigung von Daniel Mendoza persönlich gelernt, wie?«

»Ich werde dir beibringen, mich auszulachen!«

Jetzt verlor Isabel alle Beherrschung. Sie schlug mit beiden Fäusten auf ihn ein, trommelte gegen seine Brust, außer sich vor Zorn, wenn sie sein Gesicht um Haaresbreite verfehlte, weil er ihr auswich oder sich duckte.

Schließlich hatte Marmaduke genug von dem Spiel und bog ihre Arme auf den Rücken, sodass sie sich nicht befreien konnte, er ihr aber auch nicht wehtat. Sein Ton war geduldig, als hätte er es mit einem kleinen Kind zu tun.

»Na schön, jetzt reicht es. Du hast ganz Recht, wenn du böse auf mich bist. Ich hätte es dir sagen sollen.«

»Du hast mich belogen. Warum soll Elise ein dunkles Geheimnis bleiben? Du hast mich angestellt, damit ich deine Verbündete bin, aber ein Soldat kann nicht kämpfen, wenn er nicht weiß, wo der Feind ist. Ich bin nicht blöd! Ich wusste sofort, dass Elise mich nicht ausstehen kann. Aber ich glaubte, es läge daran, dass sie mich als Bedrohung ihres unsicheren Status als Garnets Geliebte sieht. In Wirklichkeit aber ist sie die Frau, die dir das Herz gebrochen hat. Und du liebst sie immer noch. Du brauchst es gar nicht abzustreiten. Ich sehe es deinem Gesicht an.«

»Falsch! Garnet kann sie haben. Ich ertrage nicht einmal mehr ihren Anblick.«

»Lügner! Du hast mich hergebracht, damit ich mit ihr unter einem Dach lebe. Was für ein Racheakt! Du wolltest nur mit deiner blaublütigen Eroberung prahlen und beweisen, was für eine Idiotin sie war, als sie Garnet dir vorzog!«

Mit gerötetem Gesicht versuchte Isabel, sich aus seinem Griff zu befreien. »Lass mich los!«

»Sobald du mich zu Ende angehört hast«, antwortete Marmaduke ruhig.

Er setzte sich auf einen umgestürzten Baumstamm und zog sie entschlossen auf seinen Schoß. Er musste eine Menge sagen, und zwar schnell. »Du hast Recht und Unrecht zugleich. Ich bin kein

Gentleman, wie du mir immer wieder vor Augen führst. Aber es gibt eine Sache, die ich nie tun würde, und zwar über Frauen zu reden, mit denen ich zu tun hatte. Deshalb konnte ich dir nicht sagen, dass Elise diejenige war, die mich am Altar hatte sitzen lassen.«

»Jeder kannte die Wahrheit, nur ich nicht! Du beneidest deinen Vater um seine Geliebte. Na schön, ich werde dich nicht daran hindern!« Sie schnippte vor seiner Nase mit den Fingern. »Es ist mir egal, was du tust!«

»Ja, das stimmt«, erwiderte Marmaduke ruhig. »Aber ich wünschte, es wäre nicht so.«

Das Überraschungsmoment brachte sie zum Schweigen, genau wie Marmaduke beabsichtigt hatte. Er wartete, bis ihr Atem sich beruhigt hatte.

»Ich habe dir die Wahrheit gesagt, Isabel. Ich glaube nicht an die Liebe. Es ist nur eine Tarnung für Lust. Aber mit neunzehn war ich eben noch grün hinter den Ohren. Ich hatte den Kopf voll mit Sonetten und Balladen von längst verstorbenen Dichtern. Elise war ein Dienstmädchen, das uns zugewiesen worden war, die erste Frau, die je mit mir flirtete. Sie hat mich umgehauen. Ihre Vergangenheit war mir völlig egal. Ich wusste, dass sie eine Strafgefangene war. Der Grund ist allein *ihre* Sache. Ich habe ihr Gedichte geschrieben, erbärmliche Imitationen wahrer Kunst. Ich habe sogar Blumen für sie gepresst, die Umrisse ihres Profils ausgeschnitten und über mein Bett gehängt. Ich war besessen von der *Idee* der Liebe. Bestimmt hat mich meine eselsohrige Ausgabe von Goethes *Werther* darin beeinflusst. Hast du es gelesen?«

»Natürlich. Was für eine tragische Verschwendung eines jungen Lebens«, antwortete Isabel provozierend. »Aber wie war das bei dir?«

»Ich bildete mir ein, dass ich ein Held wäre und Elise vor dem Schicksal bewahrte, das weibliche Gefangene so oft erleiden müssen – ein Dasein als Konkubine. Ich schlug ihr vor zu heiraten, mit der Aussicht auf mein zukünftiges Erbe, Mingaletta. Vater war von Anfang an dagegen. Doch als cleverer Strippenzieher gab er mir seine Erlaubnis unter einer Bedingung: Wenn ich Elise heiratete, würde er mich enterben. Ich war so verdammt ehrenhaft, dass ich einwilligte. Aber Elise wusste längst, wo ihre Vorteile lagen. Sie glaubte, eine Ehe mit dem reichen Garnet wäre eine sichere Sache. Viel Glück! Sie wartet heute noch.«

Jetzt bereute Isabel ihre überstürzte Reaktion. »Es tut mir leid, dass sie dir das Herz gebrochen hat.«

»Mir? Ich habe kein Herz, das brechen könnte, hast du das vergessen?« Er zögerte. »Wie geht es jetzt weiter, Soldat? Da du diesen Weg eingeschlagen hast, wirst du ja wohl wissen, wohin *du* wolltest.«

»Ich wollte so weit wie möglich weg von dir, egal, wohin dieser Pfad führt.«

»Was dagegen, wenn ich mitkomme?«

Isabel warf einen schrägen Blick auf das Packpferd. »Du scheinst besser vorbereitet zu sein als ich.«

»Ich reise nie ohne eine Flinte, einen Flachmann mit Brandy, eine Schachtel gewachster Streichhölzer und ein Pferd, das meine Gedanken lesen kann.«

»Für mich hast du eine Stute mit Herrensattel ausgesucht. Dabei trage ich ein Kleid und vier Unterröcke.«

Er reichte ihr ein Kleiderbündel. »Das schützt dich besser vor Gesetzlosen, falls wir welchen über den Weg laufen.«

Isabel verschwand wortlos hinter einem Baumstamm, der so groß war wie ein Elefant. Dann kam sie erhobenen Hauptes zurück, trotz ihrer Verlegenheit.

Marmaduke pfiff anerkennend durch die Zähne. Seine Augen folgten den Umrissen ihrer langen, schlanken Beine, die in hautengen Reithosen steckten. Die kleinen Brüste waren unter dem Männerhemd und dem Wams verschwunden, die sie von Murray

Robertson geerbt hatte. Das Haar hatte sie unter der großen, karierten Baskenmütze versteckt, nur eine seidige Strähne fiel ihr über das Auge und ließ sie aufregender aussehen als jede Schauspielerin, die er in Männerrollen auf der Bühne gesehen hatte.

»Alle Wetter«, zog er sie auf. »Diese Aufmachung sieht wirklich besser aus ohne das blaue Auge. Ich könnte dich problemlos als Jungen ausgeben.«

»Das freut mich, solange es bedeutet, dass ich damit sicher vor Männern bin, einschließlich dir.«

»Todsicher«, schwindelte er.

Die Sonne stand hoch über ihnen, als Marmaduke ihr auf dem Kamm eines Hügels eine Panoramaansicht zeigte. Ghost Gum Valley war nach den Geisterbäumen, einer Eukalyptusart, benannt, von der das Tal bedeckt war. Die schmalen weißen Stämme und das filigrane Blätterdach, das in der Sonne glänzte, hatten etwas Ätherisches, als könnte sich ein Baum nach dem anderen lautlos in Luft auflösen, ohne eine Spur zu hinterlassen. Ein kleiner Fluss in der Mitte des Tals erinnerte an den Körper einer schläfrigen blaugrauen Schlange. Angesichts dieser Schönheit hielt Isabel den Atem an.

»Hier kannst du sehen, warum die Schwarzen so viele Legenden über die Regenbogenschlange haben. Ihre Geschichten gehen zurück auf die prähistorische Traumzeit und beziehen sich auf natürliche Merkmale der Landschaft. Ich wünschte, ich hätte ihnen als Kind mehr Fragen gestellt, bevor Garnet sie von unserem Land vertrieb.«

»Eurem Land? Oder ihrem?«, fragte sie.

Marmaduke warf ihr einen nachdenklichen Blick zu. »Das hängt davon ab, ob du unter britischem Gesetz oder Stammesrecht lebst.«

Er übernahm die Führung, als sie einem kleinen, im Zickzack verlaufenden Pfad hinab bis zu einem Teich folgten, der wie eine

Mondsichel in einer Biegung des Flusses lag. Auf einer grasbewachsenen Anhöhe saßen sie ab. Isabel hatte Hunger, doch Marmaduke erlaubte ihr nur ein paar Schlucke aus der Wasserflasche.

»Ich habe dich aus mehreren Gründen zu diesem Ausflug mitgenommen. Überleben. Weißt du, wer die beiden größten Mörder von Frauen in der Kolonie sind?«

»Der Galgen? Schlangenbisse?«

»Keins von beidem. Geburten und Prüderie. Ja, Prüderie. Jedes Jahr, von Beginn der Besiedlung an, sind Frauen ertrunken, besonders an Ufern von Flüssen wie dem Hawkesbury-Nepean. Flutwellen lassen unsere Flüsse manchmal innerhalb von zehn Minuten um zehn Meter ansteigen. Frauen ertrinken, weil sie in Korsetts eingeschnürt sind, mit tonnenschweren Unterröcken beladen und zu verdammt sittsam, um schwimmen zu lernen. Kannst *du* schwimmen?«

Als sie den Kopf schüttelte, bemerkte Marmaduke die Angst in ihren Augen.

»Na schön. Dann ist es Zeit für die Überlebenslektion Nummer eins. Zieh dich bis auf die Unterwäsche aus. Keine Widerrede.«

»Das werde ich nicht tun.«

»Doch, es sei denn, du willst ertrinken.«

Ihre Augen weiteten sich vor Panik. »Werde ich nicht. Ich weiß, wie es sich anfühlt zu ertrinken. Dazu kriegst du mich nicht!«

»Ich kann und werde dich dazu kriegen«, antwortete er ruhig. »Damit wir uns recht verstehen. Meine Frau wird nicht an Prüderie sterben. Entweder ziehst du dich selbst aus, oder ich tue es!«

Isabel sah ihn hochmütig an. »Du bist wirklich ein ungehobelter Kerl. Es besteht kein Grund, Petrucchio in *Der Widerspenstigen Zähmung* nachzuäffen.«

»Dann hör du auf, dich so widerspenstig anzustellen.«

Die Röte, die Isabels Gesicht überflog, bestätigte, dass Marmaduke diese Runde gewonnen hatte. Er hatte nicht erwartet, dass sie sich leicht belehren ließ, aber das Ausmaß ihrer Angst hätte ihn doch beinahe dazu bewegt, seinen Entschluss rückgängig zu machen. Er beobachtete sie aus dem Augenwinkel, als sie sich bis auf die feine Batistunterwäsche auszog. Am flachen Ende watete er in Unterhose ins Wasser und erinnerte sich dabei an seine eigene Angst vor dem Wasser, als er noch klein war und an diesen Teich gekommen war, um schwimmen zu lernen.

Er versuchte, Isabels Vertrauen zu gewinnen, indem er ihr beibrachte, sich auf dem Rücken treiben zu lassen und sie mit einer Hand im Nacken und der anderen unter dem Hinterteil festzuhalten.

»Nimm deine Hand da weg«, fauchte sie ihn trotz ihrer klappernden Zähne an.

Marmaduke seufzte. *Ihr Mund ist schon blau vor Kälte, trotzdem ist sie bissig wie ein Waran.* »Wenn du glaubst, ich würde mir irgendwelche Freiheiten herausnehmen, musst du verrückt sein. Entspann dich. Wenn du dich verkrampfst, gehst du unter. Es ist so flach hier, dass du stehen könntest, aber du musst dir *vorstellen*, dass es tief ist.«

Er teilte die Lektion in mehrere Schritte auf, um ihr Zeit zu geben, in eine Decke gewickelt in der Sonne wieder zu trocknen, warm und entspannt von kleinen Schlucken Brandy. Zuletzt entschied er, dass es Zeit war auszuprobieren, ob er ihr Vertrauen gewonnen hatte.

»Du machst gute Fortschritte. Jetzt versuchen wir mal, ob du es auch allein schaffst. Ich bin da, um dich im Notfall festzuhalten, was auch geschieht.« Seine Stimme klang beiläufig. »Du kannst mich ruhig weiter hassen, Isabel – du sollst mir nur *vertrauen*. Bislang habe ich noch nie eine Frau verloren.«

Marmaduke führte sie ans andere Ende des Teichs. Das tiefe Wasser lag im Schatten zweier riesiger Eukalyptusbäume, deren

Stämme sich über das Wasser wölbten wie schwebende Stützpfeiler in einer mittelalterlichen Kathedrale. Ein paar Meter vor ihnen, aufrecht wie ein graues Gespenst, erhob sich der Stamm eines Eukalyptusbaums, der vor langer Zeit von einem Blitz getroffen worden war. Marmaduke erinnerte sich daran, dass er schon da gewesen war, als er zwölf war, und zitterte wie Espenlaub, während Klaus von Starbold ihm die ersten Lektionen in der Kunst des Schwimmens erteilte.

Für Marmaduke barg dieser Teich gemischte Erinnerungen an die Angst, die ihn gelähmt hatte, seine unbeholfenen Anstrengungen, wie ein Hund zu paddeln, und die wiederholt gescheiterten Versuche, wie ein Mann zu schwimmen.

Als Marmaduke jetzt zum anderen Ufer hinübersah, kniff er in der Sonne die Augen zusammen und erinnerte sich, wie von Starbold dort gestanden hatte, ausdruckslos, mit kerzengeradem Rücken, das ergrauende blonde Haar militärisch kurz geschnitten, ein lässiger Soldat, der ihn beobachtete.

Marmaduke war erschöpft, blau vor Kälte und bereit, seine Niederlage einzugestehen. Es war ein Machtkampf, den nur einer von ihnen gewinnen konnte. Sein Lehrer kannte kein Pardon. Ruhig und entschieden dämpfte er mit seinen knappen deutschen Befehlen Marmadukes Angst.

»Du kannst es, junger Mann, ich weiß, dass du es kannst.«

Das hohe Zirpen der Zikaden hallte in seinen Ohren nach, als wollten sie sich über seine Misserfolge lustig machen. Von Starbold gab nicht nach. Marmaduke blieb nichts anderes übrig, als es noch einmal zu versuchen. Er nahm Kurs auf das andere Ende des Teichs, wissend, wenn er versagte … Und plötzlich dämmerte ihm die erstaunliche Möglichkeit: »Was, wenn ich es doch schaffe!« Und dann seine Freude und Überraschung, als er die Stimme hörte, die ihm zurief: »Ja, du hast es geschafft! Ich wusste, dass du es kannst!«

Marmadukes Blick ruhte auf dem anderen Ende des Teichs in Erinnerung an das triumphierende Lachen seines Lehrers. Die

Sonne brach hinter einer Wolke hervor, und Marmaduke war geblendet. Einen Augenblick lang glaubte er, von Starbold beobachte ihn von dort. Die Böschung war leer. Es gab nichts, nur einen gesprenkelten Schatten, den die Sonne aufs Wasser warf.

Marmaduke sah zu Isabel und wusste, dass sie ihn hasste, weil er sie antrieb, genau wie er als Kind seinen Lehrer gehasst hatte. *Wenn ich sie doch bloß dazu bringen könnte, mir zu vertrauen.*

Er tauchte ins Wasser, trat auf der Stelle und richtete seinen Blick fest auf Isabels blasses, verhärmtes Gesicht, Inbegriff reinen Schreckens.

»Du kannst es, Mädchen. Ich weiß, dass du es kannst!«, rief er laut.

Er nickte ihr aufmunternd zu und machte ihr ein Zeichen, ins Wasser zu springen. Doch sie blieb stehen, die Arme um den Oberkörper geschlungen, mit zitternden Beinen. Der dünne Stoff ihrer Unterwäsche klebte wie eine zweite Haut an ihr, sodass sie noch mehr wie ein verletzliches Kind aussah.

»Komm! Ich fange dich auf, sobald du das Wasser berührst.« Sie weigerte sich trotzdem. Jetzt trat er schon so lange Wasser, dass seine Füße sich anfühlten, als wären sie erfroren. »Los, spring, Isabel.«

Sie schüttelte den Kopf und warf einen nervösen Blick auf das gegenüberliegende Ufer.

»Das ist ein Befehl! *Spring!*«

Im selben Augenblick, als Isabels Körper sich vom Boden löste, erkannte Marmaduke seinen Irrtum. Zu spät machte er sich ein unverwechselbares Geräusch bewusst, das man im Busch oft hört – das durchdringende Kreischen berstenden Holzes, das beinahe menschlich klang. Ganz kurz sah er den abgestorbenen Stamm aufblitzen, der geradewegs mit unaufhaltsamer Gewalt auf sie zustürzte. Keine Zeit, um Isabel wegzuziehen.

Chaos. Gischt. Wellen, die ihn hinunterzogen.

Instinktiv tauchte er unter den Baumstamm, geblendet vom

wirbelnden Wasser, verzweifelt Ausschau nach ihren weißen Gliedern haltend oder irgendeinem Teil ihres Körpers, den er fassen konnte.

Wo zum Teufel ist sie? Hat das Wasser sie nach unten gezogen? Ist sie bewusstlos? Wie ein Stein bis auf den Grund gesunken?

Verzweifelt schrie eine Stimme in seinem Kopf: *Hör mich an, Gott! Nimm mein Leben, nicht ihres!*

In diesem Augenblick erspähte er zwei blasse Beine, die reglos, mit nach oben gerichteten Zehen im Wasser schwebten.

Er war wie gelähmt vor Grauen. *Warum steht sie auf dem Kopf?* Er strengte sich an, um in der dunklen Tiefe etwas zu entdecken, und sah ihr Gesicht. Ihre Augen waren weit aufgerissen vor Angst, der Mund geschlossen. Das lange Haar hatte sich unter dem herabgestürzten Baumstamm verfangen.

Marmadukes Blick ließ sie nicht los. Angst prallte auf Angst. Ihr Haar hält sie dort fest, und unter dem Baum ist alles so ineinander verschlungen, dass ich sie nicht herausziehen könnte. Er winkte ihr zu, in dem vergeblichen Versuch, ihr Zuversicht zu schenken, hievte sich die Böschung hoch und riss sein Messer aus der Scheide, das er sich zwischen die Zähne klemmte und zurück zu ihr tauchte.

Als er sie erreichte, schlugen Wellen des Zorns über ihm zusammen. Isabels aufgerissene Augen hatten alle Hoffnung verloren, die letzten Luftblasen aus ihrem jetzt geöffneten Mund stiegen an ihm vorbei nach oben, als er sich an einem Steinbrocken festhielt, um Halt am Grund des Teichs zu finden. Dann nahm er das Messer und hackte verzweifelt auf ihr Haar ein. Er sah ihr in die Augen und schickte ihr eine Botschaft.

Ich lasse dich nicht allein, Soldat. Wir sterben hier zusammen …

Später konnte sich Marmaduke nur an Einzelheiten erinnern: wie er Isabel am Haar festhielt und sie an die Oberfläche zog, ihren leblosen Körper auf die Böschung schob und verzweifelt nach Luft schnappte.

Erschöpft richtete er sich halbwegs auf und hockte sich rittlings über sie, um keuchend und mit seinem ganzen Gewicht auf ihren Rücken einzuhämmern, voller Angst, in ihre offenen Augen zu sehen, falls die schwarzen Pupillen verschwunden waren – und damit auch ihr Leben.

Er verlor jedes Gefühl für die Zeit, aber er konnte nicht aufhören. Da er keine Wärme mehr in ihrem Körper spürte, verfluchte er Gott.

»Du Scheißkerl! Wahrscheinlich gibt es dich gar nicht!«

Und dann spürte er es – oder hatte er sich das nur eingebildet? Ein Beben in ihrer Brust, eine Bewegung, die nicht er verursacht hatte. Und er sah, wie ihre Finger zuckten. Er lachte vor Glück, als das brackige Wasser aus ihr hervorbrach, als sie wieder und wieder hustete und spuckte. Was für ein herrliches Geräusch!

»Braves Mädchen! So ist es recht! *So ist es recht!*« Er konnte gar nicht mehr aufhören zu lachen, als er sich an eine absurde Szene in seiner Kindheit erinnerte, in der das aggressive Kasperle genau diese Worte sang, die seine Mutter später ihrem Kakadu Amaru beigebracht hatte.

Halbwegs berauscht von seinem Triumph bearbeitete er Isabels Rücken und Brust so lange weiter, bis sie das letzte Wasser aus der Lunge gewürgt hatte und zu ihm aufsah. Bei dem Ausdruck in ihren Augen stockte ihm das Blut in den Adern. Keine Erleichterung, kein Dank, dass er ihr das Leben gerettet hatte.

»Du stehst unter Schock«, sagte er mit fester Stimme.

»Nein«, erwiderte sie. »Wir leben! Wir sind dem Tod entkommen!« Diese Worte wiederholte sie wie ein Mantra. Schließlich streckte sie den Arm aus und zog seinen Kopf zu sich heran, umfasste sein Gesicht und küsste ihn mit überwältigender Leidenschaft auf den Mund.

»Gott sei Dank bist du am Leben!« Marmaduke verlor die Beherrschung. Es war weder Lust noch Liebe. Eine kurze, primitive Paarung, die ihn schockierte. Nur um einander zu beweisen, dass sie dem Tod entkommen waren.

Marmaduke trug sie ins Innere einer tiefen Höhle, machte Feuer und streifte sanft die nasse Unterwäsche von ihrem widerstandslosen Körper. Dann zog er ihr ein Nachthemd und seine eigenen Wollsocken an, um ihre Füße zu wärmen, darüber sein Flanellhemd und eine Weste, rubbelte ihr Haar trocken, wickelte sie in eine Decke und bettete sie dicht neben das Feuer. Er versuchte, sie in den Armen zu halten, um sie zu wärmen, doch sie schien sich in einen Raum zurückgezogen zu haben, an den er ihr nicht folgen konnte.

O mein Gott, ob sie sich daran erinnert, was passiert ist? Was soll ich machen? Wie kann ich etwas erklären, was ich selbst nicht verstehe? Es ist alles so unwirklich.

Marmaduke spürte, wie sich seine Kehle zuschnürte, als er sah, dass Isabel ihn mit diesem seltsam abwesenden Ausdruck betrachtete, den er auch in der Nacht gesehen hatte, als sie schlafwandelte.

Ist sie wirklich hier bei mir? Oder woanders?

»Hexen kann man nicht ertränken«, sagte sie und schloss die Augen, als wollte sie die Welt ausblenden.

»Brandy pur«, befahl er, bereit, jedem Widerstand entgegenzutreten.

Sie wehrte sich nicht. Sie trank und war sich seiner kaum bewusst. In der Rolle eines liebevollen, aber strengen Vaters schaffte er es, ihr Löffel für Löffel eine dicke Suppe einzutrichtern, die er über dem Feuer erhitzt hatte.

»Wie fühlst du dich?«

»Ich dachte, du hättest mich verlassen und ich müsste sterben. Dass du dich retten wolltest. Ich habe es dir nicht übel genommen. Ich hatte nur Angst, dass ich dich auf dem Gewissen hätte, wenn ich starb. Ich habe dich belogen.«

Er reichte ihr noch ein Glas Brandy. »Du schuldest mir gar nichts, Kleines. Du bist am Leben, und das ist alles, was zählt.«

»Ich glaubte, keinem Mann auf der Welt vertrauen zu können. Aber wenn ich gestorben wäre, hätte Rose Alba niemanden mehr gehabt ...«

Redet sie mit mir? Oder im Schlaf? Rose Alba. Altmodische weiße Rosen.

Marmaduke saß neben ihr, achtete darauf, sie nicht zu berühren – und wartete.

Isabel starrte ins Feuer. Aufmerksam lauschte er den abgerissenen Satzfetzen, die ihn an ein verlorenes Kind erinnerten, das sich im Dunkeln fürchtet, vor Fremden fürchtet, vor dem Tod fürchtet und vor dem Leben auch. Er sorgte dafür, dass der Brandy weiter floss, entschlossen, nicht den Strom von Bildern zu unterbrechen, der ihn zur Wahrheit führen könnte. Isabel nahm ihn gar nicht mehr wahr, aber sie atmete, warm und lebendig, und im Moment war das alles, was für ihn zählte.

Er beherrschte sich und stellte keine Fragen. Ihre abgerissenen Worte waren losgelöst von Zeit oder Raum. Sein Instinkt riet ihm: *Tu nichts, sag nichts. Mit Gottes Hilfe spürt sie meinen Schutz. Ich werde nicht zulassen, dass dir je wieder jemand wehtut, Isabel.*

Stück für Stück setzte er die durcheinandergeratenen Stücke ihrer Geschichte zusammen. Sein Bewusstsein war ein Schlachtfeld, er fühlte sich hin- und hergerissen von zwei widerstreitenden Gefühlen. Seinem Wunsch, das Kind Isabel, das in ihr gefangen war, zu beschützen, und dem Hass auf den Mann, der ihr Leben ruiniert hatte.

Als es Nacht wurde, glaubte Marmaduke die Wahrheit zu wissen. Isabel, das einsame kleine Mädchen, beherrscht von einem Verwandten, den sie liebte und dem sie vertraute. Wie leicht hatte ein Mensch mit manipulativen Absichten ein empfindsames Kind davon überzeugen können, dass es verflucht und der Spross einer Hexe war. Isabels kindliches Ich glaubte ihm. Dass sie böse war und jeden Mann zerstören würde, der sie liebte – nur Silas nicht! Und die Macht dieses Mannes über sie war so stark, dass Isabel bis heute an seine Lüge glaubte.

Marmaduke hatte immer gedacht, dass ihn nichts erschüttern könnte – bis jetzt. Isabels kindliche Angst vor dem Ertrinken ergab plötzlich einen grausigen Sinn.

Die Wasserprobe! Als sie noch sehr klein war, hatte Silas sie derselben teuflischen Prüfung unterzogen, die Inquisitoren jahrhundertelang angewendet hatten. Eine der Hexerei beschuldigte Frau erwies sich als unschuldig, wenn sie ertrank, und schuldig, wenn sie überlebte. Lieber Himmel, der Mann ist wirklich ein Ungeheuer!

Am Ende konnte Marmaduke sich nicht mehr zurückhalten. Er brach den Zauber und griff nach ihrer Hand.

»Hör mir zu! Du warst ein unschuldiges Kind – er war ein Erwachsener. Ein böser Mann. Glaubst du, Gott wüsste das nicht?«

Isabel schien sich seiner vage bewusst zu sein, war aber zu müde, um zu streiten. Sie schüttelte den Kopf. »Silas hatte Recht. Weißt du, warum?« Ihre Stimme erstarb zu einem Flüstern, als sie ihr Geständnis ablegte.

Erschöpft drehte sie den Kopf zur Seite und schlief sofort tief und fest ein. Marmaduke stocherte im Feuer. Er empfand einen unerwarteten Schwall von Zärtlichkeit, gepaart mit Wut, während er über sie wachte, das zarte Gesicht umrahmt von stacheligem Haar, das er abgeschnitten hatte, um sie zu retten.

Er konnte nicht schlafen. Isabels geflüstertes Geständnis ließ ihn nicht los. Die Worte, die sie als Kind gesagt hatte, als sie zu ertrinken glaubte. »Ich habe Gottes Vergebung für immer verwirkt. Verstehst du, ich wollte so verzweifelt leben, dass ich zum Teufel betete, mich zu retten – und das hat er getan.«

Bei diesen Worten gefror ihm das Blut in den Adern.

Sie glaubt, es war Silas, der sie gerettet hat. Der Teufel in Menschengestalt.

Marmaduke wusste nun mit kalter Gewissheit, was Isabel aus ihrer Erinnerung gelöscht hatte, die eigentliche Ursache ihres Schlafwandelns. In ihrem friedlichen Gesicht sah er das dreizehnjährige Mädchen, das keine bewusste Erinnerung daran hatte, wie es zu seinem Kind gekommen war. Sie war zu den Roma im Wald geflohen, um es zur Welt zu bringen. Hatte in den Augen ihrer Familie lieber mit einem Kindsmord Schande über sich gebracht, als die Wahrheit zu offenbaren. Dass sie ihr Baby versteckt hatte, um es vor Silas de Rolland zu beschützen.

Das Gesicht des geliebten Cousins war Marmaduke fremd, trotzdem hatte er sich anhand von Isabels Schilderungen ein lebendiges Bild von dem Mann gemacht. Jetzt stellte er sich vor, dass Silas ihm am Eingang der Höhle gegenüberstand.

Du hast Isabels Unschuld gestohlen, ihre Kindheit geraubt. Aber nur über meine Leiche wirst du auch den Rest ihres Lebens für dich beanspruchen.

SIEBENUNDZWANZIG

»Dieser verdammte Rollstuhl – wo zum Teufel habt ihr ihn versteckt?«

Garnets Stimme war so laut, dass sie von allen Wänden im Ostflügel widerhallte. Es verschaffte ihm Befriedigung zu wissen, dass wenigstens seine Stimme noch genauso mächtig war wie immer und nach wie vor seine Dienstboten aufscheuchte, die sich nun wie Mäuse hastig um ihn scharten.

Drei Sträflings-Marys tauchten auf beiden Seiten des Gangs auf: Black Mary, Red Mary und Spotty Mary, die Kleine mit der Haut einer gefleckten Henne. Sie alle waren so jung und so neu hier, dass sie in Panik gerieten, wenn er seine Befehle brüllte. Im Gegensatz zu ihnen ließ Bridget sich immer Zeit und spielte ihren unausgesprochenen Status in der Beziehung zu ihrem Herrn aus. Doch so träge sie auch war, Garnet konnte sich darauf verlassen, dass sie die anderen Mädchen dazu bringen würde, *ihren* Anteil an Arbeit zu übernehmen. Bridget hatte ihren Nutzen. Nicht zuletzt war sie seine beste Informantin.

Auch heute erschien sie wie üblich mit schwingenden Hüften als Letzte. »Sie haben gerufen, *Sir*?«

»Du hast dir ganz schön Zeit gelassen! Ich mache dich persönlich verantwortlich dafür, dass ihr noch vor Sonnenuntergang den verdammten Rollstuhl findet. Ich habe ihn seit einem Jahr nicht mehr benutzt, als ich mir den Knöchel gebrochen hatte, aber irgendwo muss er ja sein. Es hat mich ein Vermögen gekostet, ihn hierher zu importieren. Dieses Haus ist eine Katastrophe. Fordham lässt nach. Wenn ich nicht alle Sträflinge wieder auf Zack bringe, wird keiner es tun. Und jetzt ab mit euch. Wer mir als Erster meldet, wo dieses verdammte Ding ist, kriegt einen halben Tag frei!«

»Ja, Sir!«, »Sofort, Sir«, antworteten sie in einem Durcheinander von Akzenten, während sie in unterschiedliche Richtungen flüchteten. Bridget blieb stehen.

»Er ist genau da, wo Sie ihn hinverfrachtet haben, Sir. Letzten Winter haben Sie ihn dem katholischen Priester angeboten, als ihn die Gicht plagte. Seitdem lässt er die irischen Sträflinge in jeder Messe für Sie beten, jawohl.«

Seine Erinnerungslücke war Garnet so peinlich, dass er mit dem glucksenden Amaru auf der Schulter über den Gartenpfad davonstapfte. Dabei fiel sein Blick auf zwei Gestalten, die im Schatten eines Baumes saßen.

Powell und Elise hatten auf unterschiedlichen Bänken Platz genommen, aber die Köpfe zusammengesteckt, während Powell sich über das Buch auf Elises Schoß beugte und mit dem Finger auf einen Satz tippte. Sie nickte wie ein gehorsames Kind und begann, die Worte zu formulieren, wobei sie Powell ängstliche Blicke zuwarf, als suchte sie seine Zustimmung. Beide waren sich eindeutig nicht bewusst, dass sie beobachtet wurden.

Garnet nickte zähneknirschend vor sich hin. Sein schüchterner Sekretär aus Wales tat offensichtlich sein Bestes, um der Geliebten seines Herrn das Lesen und Schreiben beizubringen, aber Garnet war nicht so dumm, Elise offen darin zu ermutigen. Die Frau erwartete finanzielle Belohnung für jeden Gefallen, den sie ihm tat, egal, ob im Bett oder sonst wo. Er fand, dass er ihr ohnehin viel zu viel bezahlte.

Doch wenn er es recht bedachte, musste er sich fragen, auf wen er sich sonst derart verlassen konnte, wenn es um die Wahrung seines dunklen Geheimnisses ging, wenn ihn das entsetzliche Bedürfnis erneut überwältigte und alle Vernunft ausschaltete, bis nur noch das Verlangen nach Schmerz blieb. Niemand außer Elise. Mehr als je zuvor mussten diese zunehmenden Episoden ihr gemeinsames Geheimnis bleiben. Er war entschlossen zu verhindern, dass Isabel als neue Herrin von Bloodwood Hall sein geheimes Leben entdeckte und sich von ihm abgestoßen fühlte.

Er sah zum Himmel auf und formulierte eine unausgesprochene Herausforderung.

Wenn es dich wirklich gibt, dann tu das einzig Anständige und lass mir genügend Zeit, um zu sehen, wie Marmaduke und seine Braut sich hier niederlassen und meine Dynastie übernehmen. Ehe ich denselben Weg nehme wie der alte Macarthur.

Plötzlich blitzte der Verdacht in ihm auf, dass Marmaduke ihn auf grandiose Weise hereingelegt haben könnte, und er stieß einen solchen Schrei aus, dass Powell aufsprang und Elise ihr Lehrbuch fallen ließ. Garnet bemerkte, dass ihr Kleid heute überraschend züchtig war, ein sittsamer Schal bedeckte die weiße Haut, die sie sonst in Anwesenheit von Männern so gern zur Schau stellte.

Er hielt nicht inne, um etwas zu sagen, doch Amaru begrüßte die beiden mit einer Reihe von fröhlichen Ermunterungen. »So ist es recht! So ist es recht!«

Als Garnet Queenies Häuschen erreichte, öffnete sie ihm die Tür. Sie trug einen dunkelroten Sari und ihren üblichen überheblichen Gesichtsausdruck.

Garnet hielt ihrem Blick stand. »Ich brauche deine Hilfe«, sagte er ruhig und trat ein. »Du musst mir etwas versprechen.«

Der Ausdruck in Queenies schwarzen Augen wurde sofort wachsam. Endlich war es ihm gelungen, sie aus dem Gleichgewicht zu bringen, aber diese Entdeckung machte ihm keinen Spaß.

»Was soll das?«, fragte sie. »Willst du mich etwa erpressen?«

»Nennen wir es einen Kompromiss. Seit dem Tag, als ich Miranda heiratete, hat sie darauf bestanden, dass ihre Halbschwester hier in meinem ursprünglichen alten Haus und unter meinem Schutz leben solle. Ich habe Wort gehalten, obwohl du dich immer nur gegen mich gestellt hast.«

»Gegenseitige Verachtung«, sagte sie bissig.

»In all den Jahren waren du und ich uns nur in einem einig: unserer Sorge um Marmaduke.«

Queenie schnaubte verächtlich. »Was bist du für ein Lügner! Seit er zur Welt kam, hast du diesen armen Jungen schikaniert! Nie konnte er es dir recht machen. Du hast ihm das Herz gebrochen, als du seine Mutter aus schierer Missachtung sterben ließest. Und an seinem Hochzeitstag …«

»Das weiß ich alles!«, rief er. »Verstehst du denn nicht, ich würde mir beide Beine abhacken, wenn ich damit die Vergangenheit ändern könnte!«

Die unverhohlene Leidenschaft in seiner Stimme verblüffte sie beide. Queenie zog sich den Schleier des Saris enger um den Kopf und betrachtete ihn mit einem neuen Ausdruck in den Augen, als wäre sie sich nicht sicher, was sie von dieser Veränderung halten sollte.

»Jetzt erzähl mir bloß nicht, dass du im Alter weich wirst«, sagte sie misstrauisch.

»So weit wird es nicht kommen. Aber es ist noch nicht zu spät für uns beide, den Jungen zu retten. Ihn von dem Erbe des Hasses auf mich zu befreien, der ihn zerstören wird. Ich möchte nur eins: So lange leben, dass ich mit ansehen kann, wie Marmaduke seinen rechtmäßigen Platz in der Welt einnimmt. Wie er lernt, auf sich selbst zu vertrauen. Und lernt zu *lieben*.«

»Vertrauen? Liebe? Hast du etwa geglaubt, du könntest das alles für ihn kaufen? Mittels einer arrangierten Ehe mit einer de Rolland? Du bist ja verrückt.«

»Verstehst du es denn nicht? Ich war verzweifelt. Jahrelang habe ich ihn überwacht. Trotz seiner wilden Lebensweise hat er sich nie um eine junge Frau bemüht. Allein die Vorstellung einer Hochzeit war ihm ein Graus.«

»Nachdem Elise ihm den Laufpass gegeben hat«, entgegnete sie scharf.

»Na gut! Aber es gab nicht mal den Beweis dafür, dass er überhaupt mit Frauen ins Bett ging. Er hat Elise nie angerührt.«

»Das beweist nur seinen guten Geschmack! Er ist nicht wie du, der alles flachlegen muss, was Unterröcke trägt.«

Garnet biss die Zähne zusammen, denn er wusste, dass er Queenie mit Wut bestimmt nicht auf seine Seite bringen würde.

»Hör zu, Queenie, eins kannst du mir glauben. Seit Marmaduke ein Kind war, konnte ich sehen, was sich in ihm verbarg, und ich habe versucht, es im Zaum zu halten. Er ist intelligent und begabt, aber auch eigensinnig, impulsiv, undiszipliniert und faul. Er hat die schlimmsten Eigenschaften seiner Mutter geerbt.« Dann zwang er sich, die schmerzhaften Worte auszusprechen. »Ja, ja, die von seinem Vater auch.«

Das Gewicht des Schweigens, das zwischen ihnen hing, war so schwer, dass Garnet nicht wusste, welche Worte er wählen musste, um Queenie zu dem Versprechen zu bewegen, das er so verzweifelt brauchte. Sie beugte sich vor und beobachtete ihn wie ein Falke.

»Was willst du von mir, Garnet? Ich verspreche dir gar nichts, bloß dass ich dich bis zum Ende anhören werde. Aber nur um Marmadukes willen.«

»In dem Augenblick, da ich ihm Mingaletta überschreibe, wird er sich von mir abwenden.«

»Du verlierst die Kontrolle über ihn!«

»Ich verliere *meinen Sohn*! Seine Braut ist meine einzige Hoffnung darauf, in Verbindung zu ihm zu bleiben. Isabel ist sehr jung, unerfahren und charmant. Sie scheint ihn zu vergöttern. Aber ich habe Grund zu der Annahme, dass sie bestimmte Narben aus ihrer Kindheit zurückbehalten hat. Sie hat ihre Loyalität den de Rollands gegenüber unter Beweis gestellt. Aber ich muss wissen, ob sie auch treu sein kann. Wird sie mit meinem Jungen durch dick und dünn gehen? Oder weiß sie gar nicht, was Ehre bedeutet? Denkt sie nur an mein Vermögen? Du hast dich mit ihr unterhalten. Sag mir die Wahrheit. *Ich vertraue auf dein Urteil.*« Er lachte scharf. »Ist dir eigentlich klar, wie schwer es mir fällt, das zuzugeben?«

Sie starrte ihn an. »Weißt du was? Ich könnte dir fast glauben.«

»Wirst du mir versprechen, sein Leben nicht zu zerstören? Gib den beiden eine Chance, zueinander zu finden. Bevor du dein Versprechen Miranda gegenüber einlöst.«

Queenie nickte langsam. »Einverstanden. Wir warten so lange, bis wir den Beweis haben, ob die Frau wahrhaftig ist oder nicht.«

Das alte Weib hat »wir« gesagt. Ich hab sie auf meiner Seite!

Garnet sprang auf und drückte ihre beiden Hände so fest, dass sie zusammenzuckte. »Habe ich dein Wort darauf? Schwörst du es feierlich in Erinnerung an Miranda?«

»Ich schwöre.« Sie erhob sich und löste sich von ihm. Dann ging sie zur Tür, während der Schleier des dunkelroten Saris hinter ihr herflatterte. Dort blieb sie stehen und neigte den Kopf zur Seite wie eine weise indische Eule.

»Ich war nie sicher, ob du verrückt oder einfach nur schlecht bist, Garnet Gamble. Oder beides. Aber damit wir uns recht verstehen: Solltest du Marmaduke jetzt erneut übers Ohr hauen, werde ich das tun, was ich schon seit Jahren wollte: für deine Ermordung am Galgen baumeln.«

ACHTUNDZWANZIG

Isabel fuhr hoch. Ihr Herz raste, als sie sich klarmachte, dass sie allein an einem unbekannten Ort war, in eine Decke gehüllt. Wo war Marmaduke?

Eine Höhle! Tageslicht strömte durch den Eingang und verwandelte diesen Ort, der letzte Nacht noch voller Schatten gewesen war. Das Feuer war jetzt bloß noch ein dünnes Rauchfähnchen, das von der glühenden Asche aufstieg.

Die Nacht bildete ein Durcheinander von Erinnerungen. Sie wusste noch, dass der Brandy, der ihren Körper erwärmte, ihren Schlaf mit unangenehmen Träumen erfüllt hatte. Ob er auch ihre Zunge gelöst hatte?

Oder bin ich wieder im Schlaf gewandelt? Wo zum Teufel steckt Marmaduke?

Isabel setzte sich mitsamt ihrer Decke auf und fuhr sich mit den Fingern durchs Haar. Sie strich sich eine lange Locke aus dem Gesicht, aber die andere Seite war nur ein Gewirr von kurzen Stacheln.

»Wo ist mein Haar? Was hat dieser Kerl mit mir gemacht?«

Sie streifte Marmadukes viel zu großes Hemd und auch die Weste ab, hatte aber keine Ahnung, wo er Murrays Kleider verstaut hatte. Sie musste unbedingt wissen, wie sie aussah. Aber es gab keinen Spiegel. Sie versuchte es mit den Töpfen und Pfannen aus Metall, in der Hoffnung, darin einen Blick auf ihr Konterfei zu erwischen. Doch sie hatten nur verzerrte Grimassen zu bieten wie Wasserspeier in mittelalterlichen Kirchen.

»Mein Gott, ich wünschte, ich wäre tot!«

Tot! Plötzlich erstarrte sie bei der Erinnerung daran, was gestern geschehen war. Der Unfall am Teich. Marmaduke hatte ihr das Leben gerettet. Eine rasche Folge von Bildern rollte über sie hinweg. Und schließlich dieser unglaubliche Augenblick, als sie dem Tod entronnen war und die Grenzen der Realität überschritt – in Marmadukes Armen lag und nichts mehr so wichtig war wie der blinde Instinkt, Teil seines Körpers zu sein. Ein Traum wie kein anderer.

Abgelenkt von dem beunruhigenden Geräusch mehrerer Schüsse stürzte sie zum Eingang der Höhle und lauschte einer scharfen Erwiderung des Feuers. Irgendwo fand ein heftiger Schusswechsel statt.

»Gesetzlose! Und Marmaduke ist ganz allein!«

Sie zog die Stiefel an und rannte nach draußen. In der grellen Sonne musste sie die Augen zusammenkneifen, sah aber nur eine einsame Gestalt in der Landschaft. Marmaduke stand mit ausgestreckten Armen da und feuerte auf seine fliehenden Gegner. Das Dröhnen galoppierender Hufe verebbte in der Ferne – doch die Pferde der Flüchtigen waren schon nicht mehr zu sehen.

Isabel schlitterte die Anhöhe hinab und eilte zu Marmaduke, entschlossen, sich ihre Angst nicht anmerken zu lassen.

»Ist alles in Ordnung? Ich habe den Angriff gehört. Und auch die Pferde. Wie viele waren es?«

»Etwa zwanzig, vielleicht auch mehr«, sagte er und inspizierte seine Pistolen.

»Zwanzig! Sie hätten dich umbringen können! Hast du welche niedergeschossen?«

»Warum? Sie haben genauso viel Recht auf das Land wie ich.«

Erst jetzt sah sie das seltsame Zucken seiner Mundwinkel und war verwirrt.

»Ich muss schon sagen, du bist ja mächtig großzügig, was die Rechte der Gesetzlosen angeht.«

»Keine Gesetzlosen, Kleines. Diese Pferde waren die Brumbys meiner Mutter. Ich habe nicht auf sie gezielt. Nur ein paar Schießübungen gemacht, um zu sehen, ob ich noch eine sichere Hand habe. Es ist schon ein paar Jahre her, dass ich jemanden getötet habe. Man kann nie wissen, wann man es mit dem nächsten Bösewicht zu tun hat.«

Er warf ihr einen Blick zu und wirkte seltsam verlegen. »Und du? Alles in Ordnung? Den Schwimmunterricht gestern hatte ich mir etwas anders vorgestellt. Aber noch ein Grund mehr, um schwimmen zu lernen, nicht wahr?« Er wich ihrem Blick aus. »Es tut mir leid, wenn ich dich enttäuscht habe. Wird nicht wieder vorkommen.«

»Wahrscheinlich ist es tatsächlich keine schlechte Idee, schwimmen zu lernen.«

Er wirkte seltsam erleichtert über ihre Reaktion und nahm seine Schießübungen auf eine metallene Zielscheibe am Stamm eines Eukalyptusbaums wieder auf.

Isabel staunte derweil über ein ungewohntes Gefühl.

Die Sonne spielte in Marmadukes kastanienbraunen Locken, die über seinen Rücken hingen. Die Ärmel seines gestreiften Buschhemds waren bis über die Ellbogen aufgekrempelt, seine Arme wirkten so kräftig, als könnten sie einen ganzen Wald fällen. Seine helle Moleskinhose schmiegte sich wie eine zweite Haut um die Schenkel. Die ganze breitschultrige Figur schien stark genug zu sein, um Mingaletta mit links führen zu können.

Heute war nichts mehr zu sehen von seiner anfänglichen Person als falscher englischer Gentleman. Der junge Bursche, der vor ihr stand, war der Inbegriff eines Currency Lad.

Isabel spürte, wie ihr Herz schneller schlug, als sie an die wilde Nacht in den Surry Hills zurückdachte, in der er sie in dem Wettrennen gegen die Hure Maggie auf den Schultern getragen hatte.

Bei dem Gedanken an die Wärme seines Haars, das sich gegen die Strumpfenden presste, und wie sie alle die Zurückhaltung in der Spannung des Rennens verloren hatte, errötete sie. Es war die erregendste Nacht ihres Lebens gewesen – abgesehen von dem Moment gestern am Ufer des Teichs. Aber hatte sich das wirklich so abgespielt?

Marmaduke merkte, dass sie ihn musterte, und warf ihr einen Blick zu, in dem ein Anflug von Spott funkelte.

»Ma'am, Sie stehen so, dass die Sonne direkt durch Sie hindurchscheint. Ihr Nachthemd verbirgt nichts. Jeder andere Kerl würde das als offene Einladung ansehen.«

Isabel klemmte verlegen die Beine zusammen. »Jeder andere Kerl müsste es aber sehr nötig haben. Schau, was du mit meinem Haar gemacht hast.«

»Frauen!« Er seufzte in gespielter Verzweiflung. »Ich rette dir das Leben, und du beschwerst dich über meine Friseurtalente.«

Ihre Angst belebte aufs Neue die Erinnerungen daran, wie sie unter Wasser gefangen und Marmaduke mit einem Messer zwischen den Zähnen auf sie zugeschwommen war.

»Danke für mein Leben. Aber für dich ist es leicht, so galant zu sein. Du hast wunderschönes Haar.«

Marmaduke stolperte in übertriebener Verwunderung ein paar Schritte rückwärts. »Das ist wirklich ein Tag, den man rot im Kalender anstreichen kann. Du hast mir gerade zum ersten Mal ein Kompliment gemacht. Ich komme mir vor wie Samson.«

Er legte seine Pistolen beiseite, und Isabel sah den misstrauischen Ausdruck in seinen Augen, als er auf sie zustolzierte. *Was genau habe ich letzte Nacht getan?*

»Ich wäre nicht so erpicht darauf, Samson nachzuäffen, wenn ich du wäre. Denk nur dran, was Delilah ihm angetan hat. Sie hat ihm das Haar abgeschnitten, damit er seine Kraft und seine Macht verliert!«

Marmadukes Ton war beiläufig. »Soll das eine Drohung sein, Soldat? Kann ich damit rechnen, dass ich eines Morgens aufwache und du hast mich im Schlaf geschoren?«

»Du hast gut lachen! Ich traue mich jedenfalls nicht, mich so der Öffentlichkeit zu zeigen.«

Marmaduke musterte sie aufmerksam. »Ganz so schlimm, wie du glaubst, ist es nicht.«

»Oh, das ist ein wundervoller Trost! Ich soll die vornehme Gesellschaft auf Gouverneur Bourkes Bällen treffen und aussehen wie eine Vogelscheuche.«

Ruckartig zog sie den Kopf zurück, als er versuchte, ihr übers Haar zu streicheln.

»Keine Panik«, sagte er sanft. Dann schob er das Haar ganz nach oben auf den Kopf und hielt sie in Armeslänge von sich entfernt, um sein Urteil abzugeben.

»Ja. Ganz reizend. Mach dir Locken in die kurzen Strähnen. Ich kaufe dir ein paar Straußenfedern. Und die Damen von Sydney Town werden es für den neuesten Schrei der Londoner Mode halten. Noch bevor die Woche um ist, werden sie sich das Haar auf einer Seite abschneiden. Nur um es dir nachzumachen.«

Er nahm sein Jackett vom Ast eines Baumes und legte es um ihre Schultern.

»Gestern habe ich dir beigebracht zu schwimmen. Heute ist es Zeit für die Überlebenslektion Nummer zwei in den Kolonien. Ich bringe dir bei, wie man schießt – rasch und präzise. Wenn die Situation es verlangt, kannst du mit einem einzigen Schuss einen Mann zum Schweigen bringen. Wie du es ansonsten mit deiner losen Zunge tust.«

Isabel hatte plötzlich das Gefühl, von einem warmen Grizzlybären umarmt zu werden. Marmadukes Kopf war dicht neben ihr, seine Arme umschlangen sie und führten ihre Hand. Geduldig erklärte er ihr, wie man die Waffe hält, das Ziel anvisiert und feuert.

Je höher die Sonne am wolkenlosen Himmel stieg, umso mehr wuchs Isabels Zuversicht. Als es ihr gelang, ein Metallschild in zwanzig Meter so zu treffen, dass es im Busch landete, jubelte sie triumphierend.

»Ich hab's geschafft.«

»Erstaunt dich das? Du begreifst schnell. Eine geborene Überlebende. Und ich bin ein Mann, der dir alles beibringen kann, Mädchen – mit deiner Erlaubnis. Du musst es nur sagen.«

Der Ausdruck in seinen Augen erweckte den unangenehmen Verdacht, dass unter der Oberfläche eine ernst gemeinte Einladung lauerte.

»Fischen!«, sagte sie schnell. »Ich möchte diese schönen Kängurus und Wallabys nicht essen, es sei denn, wir müssten sonst verhungern. Aber du hast mir erzählt, dass die Aborigines gerissene Methoden hatten, um Fische zu fangen. Und ich habe Hunger!«

»Na schön. Dann zieh dich an, und ich zeige dir, wie man Fische anlockt. Wenn du Glück hast, erwischen wir einen besonderen Fisch. Die Schwarzen haben mir beigebracht, wie man ihn in die Falle lockt und zubereitet, als ich noch ein kleiner Knirps war. Ich habe nie wieder etwas so Gutes gegessen. Du wirst glauben, im siebten Himmel zu sein.«

Marmaduke versetzte ihr einen leichten Klaps auf den Hintern, doch ausnahmsweise protestierte sie nicht gegen den lässigen Übergriff und marschierte zufrieden mit sich selbst davon.

Ich habe meine Angst vor dem Wasser besiegt. Ich könnte einen Gesetzlosen aus zwanzig Metern Entfernung abknallen. Und mein Haar wird eine neue Mode in den Kolonien kreieren. Vielleicht ist es gar nicht so schlecht, ein Jahr an Marmadukes Seite verbringen zu müssen.

In ihrem Jungs-Kostüm ritt Isabel mit Marmaduke quer durch den Busch zu einer anderen ungewöhnlichen Höhle, abgeschirmt von den weißen Stämmen des Eukalyptus, der dem Ghost Gum Valley seinen Namen gab.

Marmaduke deutete auf die schwarzen Hände, die eine Seite der Höhle bedeckten.

»Die Stammesältesten brachten mich als Kind hierher. Das sind keine Gemälde, weißt du. Es sind echte Handabdrücke der Aborigines.«

Isabel hatte das Gefühl, sich in Gegenwart von etwas Uraltem zu befinden. Es konnte sowohl ein heiliger Ort als auch ein prähistorisches Kunstwerk sein. Am Fuß einer Klippe, unter einem Vorsprung, gab es einen langen, flachen Felsen, der von Farnen gesäumt war. Wie eine Leinwand in der Größe des Teppichs von Bayeux erzählte diese Wandmalerei der Aborigines von einem Volk, das vom Erdboden verschwunden war. Die gesamte Wand war mit schwarzen Handabdrücken bedeckt, alle weiß umrissen wie verkehrte Kameen. Auf den ersten Blick war es ein zufälliges Muster, doch als Isabel ihre eigene Hand zum Vergleich daneben hielt, sah sie, dass die Abdrücke von verschiedenen, unterschiedlich großen Händen stammten. Alle Abdrücke schienen von linken Händen zu stammen. Bei näherer Betrachtung stellte sie fest, dass einer das oberste Glied des Mittelfingers fehlte. Eine andere bestand aus sechs gespreizten Fingern. Und im Zentrum dieses Meers von Handabdrücken entdeckte sie zwei gebogene Formen wie dicke Stöcke.

»Bumerangs für die Jagd«, erklärte Marmaduke. »Ich weiß nicht, welches Pulver sie benutzten; immerhin hat es Wind und Regen seit Jahrhunderten widerstanden. Aber ich erinnere mich an den Alten namens Clever Man, der mich hierherbrachte. Er zeigte mir, wie man es machte, indem er ein weißes Pulver durch ein dünnes Röhrchen blies, um die Umrisse der Hand nachzuzeichnen. Vielleicht halten diese Hände die Erinnerung an einen ganzen Stamm wach. Oder sie wurden im Lauf der Jahrhunderte immer mehr. Wer weiß?«

Isabel empfand tiefe Ehrfurcht. »Es erinnert mich daran, wie meine Vorfahren ihre Namen in einem Familienstammbaum festhielten, damit wir nie vergessen, dass wir Nachkommen der Plantagenets sind. Diese Aborigines-Kunst ist herrlich – aber auch traurig.«

»Traurig? Warum?«

»Weil diese Menschen auf ihrem eigenen Land nicht mehr jagen dürfen. Garnet erlaubt es nicht. Und man kennt nicht einmal ihre Stammesnamen. Ich verstehe dich nicht, Marmaduke. Du hast drei oder vier europäische Sprachen gelernt und obendrein Latein, eine tote Sprache. Du besitzt Bücher über die alten Griechen und Römer, die Kelten, Sachsen und Wikinger. Über alle Völker, die vor der normannischen Eroberung nach England eingefallen sind. Aber warum kümmert ihr Currency Lads euch nicht um die Völker, die in eurem eigenen Land lebten – bevor wir Engländer es in eine Strafkolonie verwandelten?«

Marmaduke zuckte die Achseln, wirkte allerdings verlegen. »Du nimmst den Mund ganz schön voll, Soldat. Du hast mich bereits wissen lassen, dass ich ungehobelt, arrogant, eitel, faul und alles andere als ein Gentleman bin. Jetzt hältst du mich auch noch für einen Heuchler, der sich keinen Deut für die Überzeugungen der Aborigines interessiert. Nur der Vollständigkeit halber: Gibt es irgendwas an mir, das du gutheißt?«

O Gott, warum habe ich solche Angst, ihm die Wahrheit zu sagen? Er ist attraktiv, intelligent und so mutig, dass er sein eigenes Leben aufs Spiel gesetzt hat, um das meine zu retten.

»Nun ja, du bist nett zu alten Damen und Pferden. Und du hast schöne Hände. Ich vertraue keinem Mann auf der Welt, aber ich vertraue *deinen Händen*.«

Sie merkte, wie sie errötete, als ihr dieses unbeholfene Geständnis entfuhr, noch ehe sie Zeit hatte, darüber nachzudenken. Marmaduke sah plötzlich so verletzlich aus wie ein kleiner Junge.

Er studierte seine Hände, als sähe er sie zum ersten Mal. »Vertraust meinen Händen, soso. Ich nehme an, das ist ein Schritt auf dem Weg zur Erlösung eines Casanovas.«

Mit einem Pfiff rief er Isabels Stute und half Isabel in den Sattel, indem er mit beiden Händen ihren Fuß abstützte, als sie sich hinaufschwang.

»Schauen wir mal, ob die Fische anbeißen!«

Als sie an einem breiten, rasch dahinfließenden Fluss ankamen, orientierte sich Marmaduke an der Sonne und führte sie dann flussabwärts bis zu einem Punkt, wo sich der Fluss gabelte.

»Hier teilt sich der Ghost Gum Creek wie zwei Brüder mit unterschiedlichen Temperamenten – einer ist der Abenteurer, der andere derjenige, der lieber zu Hause bleibt.«

Er hatte Recht. Die emsige Hälfte des Flusses ergoss sich fröhlich in den Wasserfall, der weit oberhalb von ihnen von einer Klippe herabstürzte, und teilte sich in drei Kaskaden, die von einer breiten Schicht Farne unterteilt waren. Die friedliche Hälfte hingegen machte einen gemächlichen Umweg zu einer flachen Querung aus glatten Flusssteinen, die in der Sonne weiß schimmerten.

»Komm, Soldat, du musst dir deinen Unterhalt verdienen, wenn du richtiges Buschessen probieren willst.«

Isabel ahmte seine Bewegungen nach und half ihm dabei, die Steine so zu verschieben, dass sie einen flachen Tümpel bildeten, in dem sich die Fische versammeln würden, bevor die Strömung sie flussabwärts tragen konnte.

»Das soll funktionieren?«

»In diesem Land ist nichts garantiert. Aber die Aborigines haben es seit unzähligen Jahrhunderten so gemacht, und das genügt mir.«

Als die Fischfalle fertig war, kehrte Marmaduke zum Ufer zurück, wo das Flusswasser sauber war und die Sonne Sprenkel auf die spiegelglatte Oberfläche warf. Er streckte sich auf dem Bauch aus und machte ihr ein Zeichen, seinem Beispiel zu folgen.

»Geduld ist eine Tugend – und Schweigen auch. Deshalb fangen Frauen so selten Fische.«

Isabel beobachtete ihn, wie er seine Hand ins Wasser steckte. Ein ausgestreckter Finger verharrte so lange reglos, dass es Isabel peinlich war, als ihr vor Hunger der Magen knurrte. Am Ende näherte sich ein kleiner Fisch, angezogen von einer leichten Bewegung des Fingers. Sein silbern geschuppter Körper war zum Greifen nah, doch Marmadukes Hand blieb ruhig. Der Fisch glitt näher heran, bis er schließlich das kleine Maul öffnete und probeweise an dem Finger knabberte. Marmaduke regte sich immer noch nicht. Der Fisch spielte mit ihm und saugte an dem Finger, als wäre es ein neues Spielzeug. Isabel war hingerissen.

Dann brach Marmaduke mit einer blitzschnellen Bewegung den Zauber. Er zog den zappelnden Fisch aus dem Wasser und hielt ihn triumphierend grinsend fest.

»Ihr Mittagessen, Ma'am!«

Isabel zupfte nervös an seinem Ärmel.

»Jesses, was ist denn jetzt wieder los?«

»Bitte lass ihn frei – *er hat dir vertraut.*«

Marmaduke warf ihr einen langen und aufmerksamen Blick zu, dann sah er dem Fisch in die Augen.

»Die Dame hat gesprochen. Man hat dich verschont. Schwimm los und mach dich auf die Suche nach deinen Kumpeln«, sagte er und ließ den Fisch zurück ins Wasser gleiten.

Wortlos trat er wieder an den Tümpel, machte ihr jedoch ein Zeichen, Abstand zu halten.

»Dreh dich um. Wenn du weiter Freundschaften mit unserem Mittagessen schließt, werden wir noch verhungern.«

Marmaduke fing mehrere Fische, zog das Messer und nahm sie mit raschen Bewegungen aus. Dann trat er mit dem Fuß eine Lücke in die Umrandung des Tümpels, um den übrigen Gefangenen ihre Freiheit wiederzugeben, und sie schossen mit der Strömung davon.

Isabel beobachtete ihn aufmerksam, als er aus kleinen Felsbrocken einen Buschofen baute, ein Feuer darin entfachte und dann rasch einen Brotteig aus Wasser und Mehl knetete, den er in die heiße Asche legte. Mittlerweile war ihr Hunger größer als ihre Sympathie für die Fische. Sie sah zu, wie er sie zum Grillen aufspießte, und folgte ihm, als er anschließend in den Busch eindrang. Sie sammelten verschiedenfarbige Beeren in einem mit Laub gepolsterten Hut, so gemächlich, als träfen sie eine Auswahl in einem Dorfladen.

Da sie den Verdacht hatte, Marmaduke in seiner Ehre als Jäger gekränkt zu haben, als sie seinen ursprünglichen Plan, ein Känguru zu schießen und zu kochen, sabotiert hatte, hielt Isabel lieber den Mund, solange sie aßen. Doch dann musste sie doch noch ein Kompliment loswerden.

»Der Fisch ist köstlich und das Brot perfekt. Jetzt verstehe ich, wie gut es ist, wenn man sich von dem ernähren kann, was das Land zu bieten hat.«

Marmaduke zuckte nur die Achseln über ihren Versuch, ihn zu besänftigen. Sie nahm einen neuen Anlauf.

»Ich würde ja Buschfleisch versuchen, Känguru, Schlange und was weiß ich noch, wenn ich am Verhungern wäre. Für die Aborigines ist es sicher völlig normal, sie zu jagen. Aber für uns nicht, oder? Wir haben die Wahl.«

»Mir hast du bei der heutigen Speisekarte nicht viel Wahl gelassen«, gab er trocken zurück. »Aber ich bin bekannt dafür, alles zu tun, um eine Dame zu befriedigen.«

Isabel zuckte bei dieser nervtötenden Erklärung zusammen. Was für eine Arroganz! Er hält sich in puncto Frauen tatsächlich für ein Gottesgeschenk. Aber das muss ich ausnutzen. Wie hat Agnes immer gesagt? Mit Honig fängt man mehr Fliegen als mit Essig.

»Ich glaube, dieser Biwak ist die ungewöhnlichste Hochzeitsreise, die eine Braut je hatte«, sagte sie aufrichtig. »Wer seit

Jahren Schürzenjäger ist, muss wohl gewisse Erkenntnisse über Frauen gewonnen haben. Ich meine, weil er sich mit *all dem* befasst.«

Der Anflug eines Lächelns spielte um Marmadukes Mundwinkel.

»*All das* macht eine Menge Spaß, solange man aufpasst und sich nicht verliebt. Es verdirbt alles. Goethe hatte Recht. Sieh dir nur den jungen Werther an. Er nahm die Sache zu ernst und hat sich umgebracht. Denk an die vielen Frauen, die ihm im Bett entgangen sind.«

Isabel versuchte, höflich zu bleiben, um keinen Boden zu verlieren. »Aber das sehe ich anders. Der junge Werther wollte nur *eine* Frau – doch die liebte und heiratete einen anderen.«

»Männern, die sich wegen einer Frau umbringen, ist nicht zu helfen.«

Inzwischen stand die Sonne hoch am Himmel, und sie hatte fürchterlichen Durst, daher nickte sie dankbar, als er auf eine Weinflasche zeigte.

»Sag mir eins, Marmaduke. Kommt es vor, dass Schürzenjäger eine Frau, die sie *wirklich* begehren, nicht verführen können?«

Marmaduke schien so damit beschäftigt zu sein, die Weinflasche zu öffnen, dass es eine Weile dauerte, bis er antwortete. »Casanova hat sich seinen Namen als großer Liebhaber angeblich damit gemacht, dass er einer Frau nur dann den Hof machte, wenn er sicher war, dass sie sich von ihm verführen lassen wollte. Deshalb hatte er in den Augen der Welt keine Misserfolge zu verbuchen. Ganz schön schlau, würde ich sagen.«

»Das bedeutet, dass Casanovas Geliebte ihn ausgesucht haben. Er hatte in dieser Angelegenheit nicht mitzureden. Wie schade!«

»Warum siehst du eigentlich immer nur die traurige Seite der Dinge? Die meisten Frauen würde Casanovas Karriere entweder schockieren oder erregen. *Dir* tut er leid.«

Isabel war klar, dass ihre nächste Frage problematisch sein

konnte, doch sie stellte sie trotzdem. »Und du? Suchst du dir deine süßen Damen immer selbst aus?«

»Natürlich. Ich bin kein Casanova«, antwortete er bescheiden.

»Es heißt, jeder Mann bevorzuge einen bestimmten Frauentyp. Sind deine Geliebten immer so dunkel und sinnlich wie Josepha St. John?«

Marmaduke drohte ihr warnend mit dem Finger, aber sein Ton blieb sanft. »Hey, du wirst mich doch nicht aushorchen wollen, oder?«

»Aber es stimmt, dass du eine Geliebte hattest, als wir geheiratet haben«, erklärte sie. Es war keine Frage.

»Das weißt du doch. Ich habe dich nie belogen. Schluss jetzt damit.«

Isabel seufzte leicht. »Ich stelle mir vor, dass die Frauen, die Goya porträtiert hat, deinem Ideal von weiblicher Schönheit entsprechen, wie?«

Marmaduke warf ihr einen seltsamen Blick zu. »Nichts gegen Goyas Geschmack, aber jeder hat eine andere Vorstellung von Schönheit. Es wäre ja langweilig, wenn alle Frauen gleich aussähen.«

Er schenkte ihr Wein in einen Zinnbecher ein. »Nimm deine Nase, zum Beispiel.«

Isabel bedeckte sie augenblicklich mit der Hand. »Eine Stupsnase ist für jede Frau eine Katastrophe.«

»Da liegst du aber mächtig falsch. Die berühmteste Schönheit des Jahrhunderts war Lady Emma Hamilton, die große Liebe von Horatio Nelson. Als sie in Neapel wohnte, fertigte ein örtlicher Künstler Gemmen von ihrem Profil an, und sie waren so schön, dass das klassische griechische Profil aus der Mode kam. Jeder wollte eine Nase *retroussé à la* Emma Hamilton haben.« Er warf ihr einen Blick von der Seite zu. »Ich habe Joshua Reynolds Gemälde von Emma in London gesehen. Ihre Nase war beinahe so hübsch wie deine.«

Verwirrt berührte Isabel ihre Nase. Es klang wie ein echtes Kompliment, trotzdem ließ sie sich nicht von ihrer Befragung ablenken.

»Ich weiß nicht genau, was ich letzte Nacht gesagt oder getan habe, Marmaduke. Was Realität war und was nur ein Traum.«

»Mach dir keine Gedanken. Du standest unter Schock. Ich habe ohnehin nicht darauf geachtet.«

Isabel wollte sich ihre Erleichterung nicht anmerken lassen. »Aber ich erinnere mich noch genau an den Moment, kurz bevor der Baum umstürzte. Warum um alles in der Welt kam uns der Mann nicht zu Hilfe?«

Marmaduke warf ihr einen scharfen Blick zu. »Da war kein Mann. Nur wir beide.«

»Doch, ich habe ihn gesehen. Er stand auf der Böschung und hat uns beobachtet. Groß, aufrecht. Wie ein Soldat. Mit durchbohrenden blauen Augen.«

Isabel berührte ihre Wange, um die Linie einer Narbe auf der Wange des Fremden nachzuzeichnen, doch Marmaduke schnitt ihr das Wort ab.

»Du täuschst dich. Glaub mir, wir waren ganz allein.«

Isabel beobachtete ihn, als er hastig das Feuer löschte und ihre Satteltasche packte.

Entweder er lügt – oder er kann das Andere nicht sehen.

NEUNUNDZWANZIG

Abgesehen vom Knistern des kleinen Lagerfeuers herrschte Stille in der Höhle.

Isabel schlief unter einer Decke. Marmaduke trank einen Becher Wein und versuchte, sich über die wirren Ereignisse der letzten Wochen klar zu werden.

Seit dem Nachmittag, an dem sie dem Tod ein Schnippchen geschlagen hatten, waren lange, träge Tage vergangen, in denen sie den Busch erforschten. Sie hatten nicht mehr über die Erlebnisse am Ufer des Sees gesprochen, trotzdem konnte Marmaduke die Bilder nicht aus seinen Gedanken verbannen. Es war, als wären die Ereignisse dieses Tages losgelöst von der Zeit.

Isabel hatte den Fremden, von dem sie meinte, er hätte sie kurz vor dem Unfall beobachtet, nie wieder erwähnt. Dennoch zweifelte Marmaduke nicht daran, dass sie etwas gesehen hatte, das er für eine Täuschung aus Licht und Schatten hielt – Klaus von Starbold.

Marmaduke nahm einen kräftigen Schluck Wein. Er merkte gar nicht, dass er leise vor sich hin summte, bis sich Isabel zu ihm umdrehte.

»Ist das nicht ein altes deutsches Liebeslied?«

»Ja, sehr alt, aus dem Mittelalter. Es geht mir nicht aus dem Kopf.«

»Was bedeutet der Text?«

»Deine Neugier ist wirklich unersättlich.«

»Darf ich denn keine einfache Frage stellen?«

»Doch, natürlich. Wer eine Frau nicht befriedigt, handelt auf eigene Gefahr. Mein hessischer Lehrer, den ich getötet habe, sang dieses Lied immer, wenn wir im Busch waren. Klaus von Starbold hatte eine tiefe, kräftige Stimme, wenn er Englisch oder Deutsch sprach. Aber bei diesem Lied war klar, dass es ein Liebeslied war. Dann verlor sich sein Blick wie auf der Suche nach einer anderen Zeit und einem anderen Land.«

»Klingt fast so, als hättest du ihn gemocht.«

»Habe ich auch, anfangs jedenfalls.«

Marmaduke sah, wie eindringlich Isabel ihn beobachtete, sodass ihn ihre Frage nicht überraschte.

»Wie wurde er dein Lehrer?«

»Garnet wollte mich nach London schicken, damit ich wie ein englischer Gentleman erzogen wurde. Also suchte Mutter verzweifelt nach einem Lehrer, damit ich hierbleiben konnte. Sie wollte, dass ich Sprachen lernte, ich sollte ihre Liebe für die Klassik und das Theater teilen. Um sie zu beruhigen, veröffentlichte Garnet Anzeigen in allen Zeitungen der Kolonie. Klaus von Starbold war gerade in Hobart angekommen und suchte Arbeit. Er las Garnets Anzeige in der *Hobart Town Gazette* und im *Van Diemen's Land Advertiser*. Er schien genau der Richtige zu sein, also stellte ihn Garnet ein.«

»Macht es dir etwas aus, über ihn zu sprechen?«

»Nein, nicht im Geringsten. Was passiert ist, ist passiert. Ich bereue es nicht.«

»Wie war er?«

»Nun, groß, blond, er hatte blaue Augen, ein richtiger Germane. Sehr korrekt und formell, aber unter der Oberfläche spürte ich etwas Wildes, das sich kaum bändigen ließ. Er war an die zwanzig Jahre älter als ich und behauptete, er hätte als Offizier in einem hessischen Regiment gedient, das der britischen Armee unterstand. Vielleicht war sein Name anglisiert worden. Ich vermutete, dass man ihn entlassen hatte, entweder weil er seinen Vorgesetzten zum Duell aufgefordert oder mit dessen Frau angebändelt hatte. Ich war jung und bewunderte ihn. Er war halb Held, halb Gauner und hatte etwas Geheimnisvolles. Vielleicht war er desertiert. Wie auch immer, von Starbold hatte schwere Zeiten durchgemacht und war nun ein kleiner Lehrer in einer Strafkolonie.«

»Jedenfalls scheint er ein großartiger Geschichtenerzähler gewesen zu sein.«

Marmaduke lachte. »Wie hast du das erraten? Ich hungerte nach Abenteuern, wahren oder erfundenen, das war mir einerlei.« Er fuhr sich über die Wange. »Er hatte eine Narbe hier vom Duellieren. Und er erzählte mir, sein Gegner hätte im Sarg noch weitaus schlimmer ausgesehen.«

Isabel hielt den Atem an. Marmaduke genoss die Erinnerungen.

»Sein Englisch war viel zu vollkommen für einen echten Engländer. Er war äußerst gut erzogen, aber ob er ein echter Adliger war oder das ›von‹ selbst seinem Namen vorangestellt hatte, weiß ich nicht. Jedenfalls war er ein hervorragender Fechter und konnte sehr gut mit der Pistole umgehen. Alles, was ich in dieser Hinsicht vorweisen kann, habe ich ihm zu verdanken.«

Als Marmaduke ihren Ausdruck sah, nickte er weise. »Ja, du hast Recht. Ich habe nicht gezögert, dieses Wissen gegen ihn anzuwenden, als ich ihn erschoss.«

»Ich weiß, dass du gute Gründe hattest, ihn zu töten«, entgegnete Isabel sanft, »aber würde es dir helfen, mir von dem Duell zu erzählen? Ich kann es ertragen, wenn du es dir zutraust.«

Marmaduke trank seinen Wein aus und sah sie verwirrt an.

Warum sie? Warum erzähle ich ausgerechnet dieser seltsamen jungen Frau von meinen Schuldgefühlen? Noch nie habe ich jemandem erzählt, was wirklich geschah. Nicht einmal dem Richter.

»Nachdem von Starbold uns im Keller von Mingaletta verlassen hatte, brachte ich Mutter nach Hause. Sie schloss sich mit Queenie in ihrem Zimmer ein. In dieser Nacht tat ich kein

Auge zu. Am nächsten Morgen lief ich in die Stallungen und weckte einen jungen Stallknecht, einen Burschen, der so alt war wie ich. Ich erklärte ihm, er müsse mein Sekundant sein. Dann gingen wir auf direktem Weg zu dem Kricketfeld, wo von Starbold mir das Duellieren beigebracht hatte. Er erwartete mich bereits im Zentrum des Feldes, verbeugte sich und schlug die Hacken zusammen. Ich war so wütend, dass meine Hände zitterten, trotzdem forderte ich ihn auf, die Waffen zu wählen. Es sei mir gleichgültig, erklärte ich ihm.«

Marmaduke imitierte die Stimme seines Lehrers, als er sprach.

»Ich weiß noch, wie er sagte: ›Ich sehe, dass du die Zuversicht deines Vaters geerbt hast, junger Gamble. Aber du hast wenig Zeit gehabt, um zu verinnerlichen, was ich dir über Feuerwaffen beigebracht habe.‹ Er gab sich Mühe, diplomatisch zu sein. ›Ich weiß deinen Sinn für Ehre zu schätzen, junger Mann‹, sagte er. ›Trotzdem müssen wir das hier nicht fortsetzen. Ich werde heute die Kolonie verlassen, so wie ich es vorhatte, und die Ehre deiner Mutter wird keinen Schaden nehmen. Du bist erst sechzehn, ich hingegen bin sechsunddreißig und ein ehemaliger Soldat. Du bist klar im Nachteil.‹ Ich weiß noch, wie ich sagte: ›Mir ist es lieber, im Nachteil zu sein, als ein ehrloser Kerl wie Sie! Sollen die Pistolen sprechen.‹ Von Starbold zog langsam seine Militärjacke aus und warf sie zu Boden. Der Kragen seines weißen Hemdes stand offen, und seine Reithose war mit einer Schärpe umwickelt. Ich hatte meinen Sekundanten dabei, aber wo war seiner? Ich erinnere mich an jedes einzelne Wort, das er sagte. ›Ich brauche keinen Sekundanten, junger Mann. Das hier ist eine Privatsache, die nur zwischen uns beiden ausgefochten wird.‹ Wie ein Offizier schickte er den Stallknecht wieder weg und schärfte ihm ein, niemandem etwas zu erzählen. Und ehe ich michs versah, stand ich Rücken an Rücken mit ihm. Es war alles so unwirklich, wie zwei Schauspieler, die auf der Bühne den Schlussakt spielen, bei dem einer von ihnen sterben muss.

Ich hörte, wie er mir Anweisungen erteilte, als wäre es bloß eine Unterrichtsstunde. Ich hörte, wie er die Schritte zählte, als wir auseinandergingen. Dann drehte ich mich um und hörte die Aufforderung zu schießen… Meine Hand zitterte, als ich feuerte, und als ich den roten Fleck auf seinem Hemd sah, war ich überrascht. Er breitete sich aus wie eine Rosenblüte, doch von Starbold stürzte nicht. Er stand da und lächelte.«

Marmaduke schenkte sich Wein nach und nahm einen kräftigen Schluck. Er wusste, dass er jetzt zum ersten Mal die Wahrheit sagen musste.

»Ich war entsetzt, als mein Gegner nicht einmal den Versuch machte zu feuern. Schließlich zielte er auf mich, bedächtig, senkte dann die Waffe und schoss in den Boden. Bis zu diesem Augenblick hatte ich von Starbold töten wollen, doch als ich ihn blutend zu Boden stürzen sah, wurde mir schlecht. Er streckte den Arm aus und ergriff meine Hand. ›So. Das Leben ist voller Überraschungen, nicht wahr, junger Mann?‹ Ich geriet in Panik. ›Ich hole lieber einen Arzt‹, stieß ich hervor. Doch von Starbold schüttelte den Kopf. ›Ein Bauchschuss, da ist nichts zu machen. Du warst ein guter Schüler, mein junger Freund, ich bin stolz auf dich. Trotzdem, ziel nächstes Mal lieber auf das Herz, das geht schneller. Und jetzt tu mir einen letzten Gefallen! Das darfst du einem Sterbenden nicht abschlagen. Ich möchte, dass du dich an eines erinnerst: Du hast mir nicht das Leben genommen – ich habe dir deines geschenkt!‹ Seine Fingernägel bohrten sich in mein Fleisch. ›Ich habe keinen Sohn, also nimm das hier – es gehörte meinem Vater. Es wird dich beschützen.‹«

Marmaduke nahm die goldene Uhr aus der Tasche und hielt sie in der Hand. Im Ausdruck von Isabels Augen erkannte er seinen eigenen unterdrückten Schmerz wieder.

»Seine letzten Worte gehen mir nicht aus dem Sinn. Immer wieder verfolgen sie mich, sobald ich nicht aufpasse. Egal, ob ich betrunken oder nüchtern bin. In einem überfüllten Raum oder wenn ich allein bin. Ich kann ihnen nicht entkommen. Was zum Teufel hat er gemeint? Dass er hatte sterben *wollen*?«

»Offensichtlich hatte er deine Entscheidung respektiert, die Ehre deiner Mutter retten zu wollen«, erklärte Isabel sanft. »Vielleicht wollte er dich auch nur von Schuldgefühlen befreien.«

Marmadukes Stimme klang untröstlich. »Als ich vor Kurzem mit einer Frau im Bett war und sie genau im Moment ihres Höhepunkts einen Schrei ausstieß, durchfuhr es mich wie ein Blitz. Plötzlich erlebte ich jenen schrecklichen Tag wieder, an dem er meiner Mutter Gewalt angetan hatte. Ich weiß nicht, ob ich die Erinnerung vertreiben oder versuchen sollte, mich an die Schreie meiner Mutter zu erinnern.«

Er sah, wie Isabel den Atem anhielt, als wollte sie sich dem, was kommen würde, verschließen.

»Verstehst du nun, wie mich der Tag, an dem ich den Vergewaltiger meiner Mutter tötete, verfolgt? Sieben Monate nach dieser verhängnisvollen Nacht starb meine Mutter bei der Geburt des Kindes, das ihren Schoß nicht verlassen konnte. War es Garnets Kind? Oder war von Starbold der Vater? Und hatte mein Lehrer meiner Mutter Gewalt angetan, oder war er ihr *Liebhaber* gewesen?«

Darauf würde es nie eine Antwort geben.

Isabel streckte die Hand aus und berührte seinen Arm. »Tut mir leid, dass ich dich nicht wie andere Frauen trösten kann.«

»Du hast mir wie ein Freund zugehört. Danke, Soldat.«

Als Marmaduke später in der Nacht erschöpft einschlief, spürte er, wie Isabels sanfte Hände ihm eine Decke überstreiften. Er hörte, wie sie ein Holzscheit ins Feuer legte, und sog den Geruch seiner Sandelholzseife ein, der von ihrem Körper ausging, als sie sich hinlegte und an seinen Rücken schmiegte.

DREISSIG

Eine Brise trug den süßen, exotischen Duft der Frangipaniblüten ins Kinderzimmer. Isabel spürte, dass man andere Worte brauchte, um den Unterschied zwischen einem australischen Sommer und denen ihrer Kindheit angemessen zu beschreiben. Aus dem Dorf der Strafgefangenen hinter dem Haus drangen gedämpfte Geräusche herüber. Die Luft war träge, trotzdem schien sie elektrisch geladen zu sein – als verspräche die Nacht etwas, das sie nie erlebt hatte.

Sie versuchte, die Kühle des Bades, das sie soeben genommen hatte, nachdem sie von ihrem Biwak zurückgekehrt waren, zu erhalten, ehe sie sich zum Abendessen umzog. Lose in einen seidenen Morgenmantel gehüllt, legte sie sich aufs Bett und fächelte sich Luft zu, während sie müßig in einem Buch aus Marmadukes Regal blätterte und sich fragte, bei welchen Autoren der junge Marmaduke in seiner Einsamkeit Trost gesucht hatte, als hoffte sie, damit seine wechselnden Stimmungen und Anfälle von Melancholie besser verstehen zu können.

Als sie hörte, wie Marmaduke sich im angrenzenden Zimmer das Haar wusch, musste sie lächeln. Es hörte sich an, als badete man einen Hund. Danach würde er den unverwechselbaren Duft von Sandelholz verströmen. Es war das Ritual, mit dem Queenie ihn als kleines Kind gebadet hatte – diese rührenden, sinnlichen Erinnerungen, die ihn mit seiner Kindheit verbanden.

Isabel wich ihrem Spiegelbild in dem gotischen Spiegel aus, den Garnet in das Kinderzimmer hatte bringen lassen, während er auf ihre Rückkehr gewartet hatte, und der jetzt leicht geneigt in seinem wundervoll gearbeiteten Mahagonirahmen stand. Garnet hatte ihn importiert wie viele andere Luxusgegenstände, und sie hatte ihn in einer Illustration im *The Repository of Arts* entdeckt, in dem jeden Monat die letzte englische und europäische Mode in Architektur, Landschaftsgärtnerei, Inneneinrichtung und Kunst erschien, mit denen die eleganten Stadt- und Landhäuser geschmückt waren – Moden, die von den vornehmen Kreisen in New South Wales nachgeahmt wurden.

Der Spiegel war einer königlichen Prinzessin würdig, doch Isabels Spiegelbild zeigte einen Kopf voller Lockenwickler aus Papier, und sie hoffte, dass sie am Ende ein paar halbwegs echt wirkende Locken in ihr geschorenes Haar zaubern würden.

Als sie sich die halb versteckten Bücher im hinteren Teil von Marmadukes Bücherschrank angesehen hatte, war sie auf einen merkwürdigen Band gestoßen, der zwischen *An English Gentleman's Journey by Elephant Through the Punjab* und *The Memoirs of a Scottish Merchant's Career in the East India Company* gequetscht war.

Das mysteriöse Buch war in goldbestickte, indische Seide eingeschlagen, die ein bisschen an Geschenkpapier erinnerte. Auf dem Vorsatzblatt stand der Name Miranda Gamble in verblasster, gestochen scharfer Schönschrift. Sie erkannte auch Marmadukes krakelige Schrift, *Marmaduke Garnet Gamble*. Und darunter: *Aus dem Hindi übersetzt von Colonel James McAlpine*.

Fasziniert von diesem Werk von Mirandas Vater, einem Highlander, der offensichtlich eine Schwäche für die indische Kultur gehabt hatte, blätterte Isabel träge in den Seiten. Auf den ersten Blick enthielt das Buch lauter archaische Wörter und Beschreibungen, die sie nicht verstand. Die farbigen Illustrationen in Vatsayayanas *Kamasutra* erwiesen sich jedoch rasch als das Gegenteil. Als sie sie entdeckte, richtete sie sich mit erhitzten Wangen im Bett auf. Je weiter sie blätterte, desto komplizierter wurden die Stellungen, die das unschuldig wirkende junge Paar so ekstatisch einnahm. Isabel verschlug es den Atem vor Staunen.

Meine Güte! Überall verschränkte Arme und Beine. Als wären sie ineinander verknotet. Wie kommen sie da je wieder raus? Ist es das, was Marmaduke mit seinen süßen Damen macht? Dann kam ihr ein schockierender Gedanke. *Macht er wirklich* all das *mit ihnen?*

Als Marmaduke leise an die Tür zwischen ihren Zimmern klopfte, ließ sie das Buch unter dem Kopfkissen verschwinden und setzte hastig ein kühles Gesicht auf.

Marmadukes feuchtes Haar fiel über die Schultern seines Bademantels mit Paisleymuster, den er lose über der nackten Brust verknotet hatte. Er war mit einer Weinflasche und zwei Gläsern bewaffnet. Auf Marmaduke war Verlass, wenn es darum ging, einen neuen Jahrgang zu probieren, unter dem Vorwand, Anteile an einer neuen Weinkellerei im Hunter Valley erworben zu haben. Er war zuversichtlich, demnächst mit den Importweinen aus Frankreich und dem Rheinland mithalten zu können.

»Wir haben noch Zeit, um diesen Rotwein zu probieren, bevor wir uns zum Abendessen umziehen. Verzeih mir die unangemessene Aufmachung, aber es ist viel zu heiß für diesen schrecklich steifen Kragen. Einer solchen Mode folgen zu müssen, ist fast so schlimm wie sieben Jahre unter Captain Patrick Logan in Moreton Bay.«

Isabel ging nicht auf die herzlose Bemerkung ein. »Wenn du mir mein Kleid schnürst, helfe ich dir bei deinem Kragen.«

»Abgemacht«, antwortete er, doch als er ihr das Glas reichen wollte, zögerte er.

»Was ist los mit dir, Isabel? Du bist ja ganz rot im Gesicht. Du wirst doch kein Fieber haben?«

Isabel bemerkte, dass sie sich selbst verraten hatte, indem sie unwillkürlich auf das Buch geschielt hatte, dessen Ecke unter dem Kopfkissen hervorlugte. Er hatte den seidenen Umschlag eindeutig wiedererkannt.

»Sieh mal einer an! Dein katholischer Geschmack in puncto Literatur überrascht mich doch immer wieder. Die meisten wohlerzogenen englischen Damen würden sich mit Samuel Richardsons *Pamela oder die belohnte Tugend* zufriedengeben. Da ist die Heldin so anständig, dass sie allein bei der Erwähnung der Lust des Helden in Ohnmacht fällt. Aber du bist eine viel abenteuerlustigere Dame, stimmt's?«

Als Marmadukes Augen belustigt funkelten, beschloss Isabel, dass Angriff die beste Verteidigung war. Sie wedelte lässig mit der Hand Richtung Kopfkissen. »Ich verstehe nicht, wie irgendwer diesen indischen Unsinn romantisch finden kann.«

»Ich glaube, die Liebe ist wie die Schönheit – im Auge des Betrachters. Aber meiner Erfahrung nach finden Frauen so manches im *Kamasutra* ziemlich aufregend.«

Isabel versuchte, noch gleichgültiger zu wirken. »Ich nehme an, dass Männer wie du erst einmal eine Schule für angehende Casanovas besuchen müssen, um all das Zeug zu lernen.«

»Ehrlich gesagt, habe ich mir alles durch Praxis beigebracht.« Er stieß mit ihr an und streckte sich träge wie ein Leopard am Ende ihres Bettes aus.

»Die Wahrheit ist, dass ich, was die Liebe angeht, ziemlich unbeholfen war. Es bedurfte der Geduld und der Erfahrung einer älteren Kurtisane, um zu lernen, wie man eine Frau richtig befriedigt. Und ich entdeckte, dass man eigentlich nur Zeit und eine willige Partnerin braucht. Man kann es nennen, wie man will – Beischlaf, Höhepunkt, Lust oder so, wie es die Bibel höflich ausdrückt: ›Und Kain erkannte sein Weib‹. Egal. Für mich ist die körperliche Vereinigung Gottes größtes Geschenk an die Menschheit.«

Isabel stockte. *Er wartet nur darauf, dass ich mich verhaspele.*

Dann fand sie ihre Stimme wieder. »Ich muss dir wohl oder übel glauben, da ich nicht gedenke, es jemals selbst herauszufinden.«

Um von ihrer Verwirrung abzulenken, begann sie, ihre Lockenwickler herauszunehmen.

»So macht man das also.« Marmaduke beobachtete sie interessiert. Er nippte schweigend an seinem Glas, ohne sie aus den Augen zu lassen.

Aus einem Impuls heraus beschloss Isabel, die Mauer, die sie um das verbotene Thema errichtet hatte, niederzureißen.

»Du glaubst, ich müsste Bescheid wissen, weil ich ein Kind geboren habe…«, stammelte sie plötzlich. »Ich kann mich zwar genau erinnern, wie ich es zur Welt brachte, aber nicht daran, wie ich dazu kam. Ich weiß nicht einmal, wie ein nackter Mann aussieht. Griechische Statuen tragen da unten immer ein Feigenblatt.«

Zu ihrem Erstaunen lachte Marmaduke sie nicht aus, sondern nickte höflich.

»Du musst dich vor nichts ängstigen, Isabel. Männer gibt es in allen Farben, Größen und Formen, aber da unten sehen wir alle ziemlich gleich aus. Abgesehen davon, dass manche von uns beschnitten sind wie die Juden. Einige britische Adlige und Royals ziehen ebenfalls die Beschneidung vor, die Arbeiter dagegen können sie sich nicht leisten. Jede Wette, dass Garnet mich als Kind fesseln musste, um der Mode der Oberschicht folgen zu können.«

Isabel war erstaunt, wie mühelos Marmaduke verbotene Themen ansprach. *Nicht einmal Ärzte sprechen mit einem weiblichen Patienten darüber. Aber es ist interessant.*

»Kann sein, dass ich in vielerlei Hinsicht ein Rüpel bin, Isabel, doch bislang hat sich keine Frau vor meinem Körper fürchten müssen. Es wäre schrecklich, wenn du die Erste wärst.«

Isabel versuchte, sich nicht auf die Lippen zu beißen, wusste aber, dass jede Bewegung ihres Körpers ihre angespannten Nerven verriet. *Wohin führen diese Offenbarungen? Warum kann ich mich dem nicht einfach entziehen? Er hält mich schließlich nicht fest, außer mit seinen Augen.*

»Weißt du noch, wie du schwimmen gelernt hast, Isabel? Du

hast die Angst zu ertrinken besiegt. Und hat dir das nicht ein Gefühl der Freiheit beschert?«

Als sie nickte, fuhr er fort: »Wenn ich dir verspreche, dich nicht zu berühren, und dir versichere, dass du *mich* nicht einmal ansehen müsstest, würdest du mir dann erlauben, dir die Angst vor einem männlichen Körper zu nehmen?«

»Soll das etwa ein grausamer Scherz sein?«

»Ganz und gar nicht.« Marmaduke sah zur Decke des Himmelbetts auf. »Sag mal, wie fandest du eigentlich die Predigt des Priesters heute Morgen in der Kapelle? Die Geschichte von Adam und Eva und der Schlange?«

Isabels Stimme klang nervös. »Sie hat mich traurig gemacht. Eva musste einen hohen Preis für ihre Neugier und ihren Ungehorsam zahlen, die Verbannung aus dem Paradies. Und Adam war ein Feigling, weil er ihr die Schuld gab. Dabei war er genauso beteiligt.«

»Genau. Seit Evas Zeiten werfen die Männer den Frauen vor, dass sie sie erregen. Sehr unfair. Die Frauen sind nicht daran schuld, dass wir Männer uns nicht beherrschen können.«

»Die Gesetze sind aber anderer Meinung.«

»Das sind sie meistens. Schon Shakespeare schreibt in Heinrich IV.: ›Als Erstes lasst uns alle Anwälte töten.‹ Außer Edwin, natürlich«, fügte er hastig hinzu.

Dann musterte er sie forschend. »Nun, meine junge Schauspielerin, um dich, was die Feigenblätter angeht, zu beruhigen, lass uns ein Spielchen spielen, ehe wir zum Abendessen hinuntergehen.«

Er gab ihr ein Zeichen, ihm zu folgen. »Wir werden jetzt in diesen Spiegel hineingehen.«

»Das ist doch unmöglich.«

»Nicht bei diesem Spiegel. Es ist Magie, eine Illusion. Kennst du diesen Spruch, mit dem Magier ihre Geheimnisse vor den Nichteingeweihten verbargen?«

»Ja, sie behaupten, alles werde mit Spiegeln vollbracht.«

»Stimmt. Wir wollen mal überprüfen, ob das stimmt. Vergiss aber nicht, dass du die Illusion völlig kontrollierst, Isabel. Du kannst jederzeit abbrechen, wann immer du möchtest, hast du verstanden?«

Sie nickte unsicher.

»Einmal hast du mir erklärt, du wärst gern eine Schauspielerin. Hier kommt deine Chance. Stell dir einfach vor, dass die beiden Menschen in diesem Spiegel nicht Isabel und Marmaduke sind. Sie sind nur zwei Schauspieler in einem Stück. Und wir sind das Publikum. Auf dieser Seite des Spiegels dürfen wir beide uns weder berühren noch ansehen. Achte nur auf *sie*. Sie existieren bloß in diesem Spiegel.«

Marmaduke sah sie nicht direkt an, als er ihr ein Zeichen gab. Sie trat vorsichtig einen Schritt näher. Beide starrten vor sich in den Spiegel.

»Auf dieser Seite des Spiegels sind wir Isabel und Marmaduke. Zwei Menschen, die aus unterschiedlichen, habgierigen Gründen in einer Ehe gefangen sind. Du kannst mich nicht ausstehen, und ich …«

»Na ja, nicht die *ganze Zeit*.«

»Danke. Der Trick besteht darin, dass wir nun auf dieser Seite des Spiegels Isabel und Marmaduke verlassen müssen. Also treten wir durch den Spiegel in den Garten Eden und verwandeln uns in Adam und Eva. Wir betrachten die Welt durch ihre Augen und schlüpfen in ihre Haut.«

»Ja, denn sie waren nackt.«

»Ganz richtig. So wie Gott sie erschaffen hat, nackt und ohne Scham wie zwei unschuldige Kinder.« Er hielt inne. »Schließ die Augen und zähl bis zehn. Dann wirst du Adam begegnen.«

Isabel schloss die Augen, begann aber zu zittern, als sie die Bedeutung des Spiels erkannte, auf das sie sich eingelassen hatte. Sie hörte das Rascheln von Seide, als sein Bademantel zu Boden glitt. *Zehn*. Sie schlug die Augen auf und blinzelte, starrte jedoch auf Adams Gesicht im Spiegel. Er sah Eva nicht an, sondern wartete einfach.

Isabel wusste, dass sie das Spiel jederzeit unterbrechen und weggehen konnte. Doch ihr Blick folgte den Konturen von Adams kräftigem Körper. Er war nicht glatt und weiß wie eine Marmorstatue, sondern leicht olivfarben. Nicht klassisch. Auf Brust, Unterarmen und Beinen sprossen schwarze Härchen – und sogar *da. Kein Feigenblatt*. Adams Körper war hier und da von kleinen Narben gezeichnet. Obwohl er kräftig und männlich war, überraschte es sie, wie verletzlich der nackte Adam wirkte. Er war keineswegs vollkommen und zugleich viel vollkommener als alle Marmorstatuen, die sie je gesehen hatte.

Plötzlich hatte Isabel das Gefühl, dass die Schauspielerin, die Eva spielte, schummelte. Sie trug einen Morgenmantel, der sie schützte wie die Schildkröte ihr Panzer, aber wovor? Sie war ziemlich sicher, dass Adam sie nicht berühren würde. Ihr Herz schlug heftig, dann löste sie aus einem Impuls heraus die Schärpe und ließ ihn zu Boden gleiten.

Adam sah immer noch starr geradeaus. Dann sagte er leise: »Hallo, Eva.«

»Hallo, Adam.«

»Danke, dass du gekommen bist, um mir Gesellschaft zu leisten. Es macht zwar Spaß, mit Tieren zu spielen, trotzdem habe ich mich in diesem herrlichen Garten schrecklich einsam gefühlt, weil ich niemanden hatte, mit dem ich mich unterhalten konnte.«

»Ich hatte gar keine andere Wahl«, antwortete Eva wie aus der Pistole geschossen. »Gott hat mich aus einer deiner Rippen erschaffen, ob ich wollte oder nicht.«

Adam zählte seine Rippen. »Da ist also meine Rippe geblieben. Gar nicht dumm von Gott, dich aus einem Stück Knochen zu zaubern. Aber wenn er Dinosaurier und Elefanten erschaffen kann, wird er vermutlich auch alles andere können, was ihm einfällt.«

Adams Augen starrten immer noch geradeaus. »Wir unterscheiden uns von allen anderen Kreaturen, Eva.« Er machte eine lässige Gebärde von seiner Brust zu seinen Lenden. »Du bist wie ich, aber nur fast.«

»Ja, hab ich gesehen«, antwortete Eva und versuchte, nicht zu erröten.

Adam runzelte die Stirn, als dächte er nach. »Der Unterschied gefällt mir, trotzdem frage ich mich, warum Gott uns nicht vollkommen gleich erschaffen hat. Hat er es dir gesagt?«

»Nein, aber alle Tiere bestehen aus Weibchen und Männchen. Warum sollte es bei uns anders sein?«

»Tatsächlich«, sagte Adam überrascht. »Eva, offensichtlich weißt du Dinge, die ich nicht weiß. Heißt das etwa, dass Frauen klüger sind als Männer?«

»Nein, aber du bist erheblich größer und kräftiger als ich, also muss Gott irgendwo ein Gleichgewicht im Sinn gehabt haben.«

Adam zögerte. »Bist du glücklich, zusammen mit mir in diesem Garten zu sein, Eva?«

»Ich weiß nicht. Er ist sehr schön. Und bei so vielen Früchten werden wir niemals hungern. Alles scheint von allein zu wachsen. Gott muss sehr gütig sein. Glaubst du, dass er etwas Bestimmtes mit uns vorhat?«

»O ja«, erklärte Adam. »Unser Schöpfer ist voller großartiger Pläne.« Er streckte seine Hand zur Seite, sah sie aber nicht an. »Komm, ich zeige dir den Garten.«

Eva legte vorsichtig ihre Hand in die seine. Die Wärme fühlte sich angenehm an.

Da flüsterte ihr Adam etwas zu: »Es gibt nur zwei Bäume, von deren Früchten wir nicht kosten dürfen. Ich nehme an, dass Gott es auch dir gesagt hat?«

Eva nickte. »Ich frage mich nur, warum?«

»Das habe ich nicht gefragt. Aber in dieser Hinsicht scheint er nicht mit sich spaßen zu lassen. Ständig sagt er mir, ›Mach dies, lass das. Dann wirst du wie Gott in Frankreich leben.‹«

Adam warf Eva einen kurzen Blick von der Seite zu. »Hast du schon mal eine Schlange in unserem Paradies gesehen?«

Eva wirkte ein wenig misstrauisch. »Nur eine. Und sie schien ganz freundlich zu sein.«

»Außerdem scheint sie sich hier gut auszukennen. Sie kriecht die Bäume rauf und runter, als gehörte das alles ihr. Was meinst du? Vielleicht weiß sie, warum diese Bäume verboten sind.« Adam seufzte. »Ich würde es nur allzu gern wissen.«

Eva zögerte. »Was schlägst du vor? Soll *ich* sie fragen?«

»Warum nicht? Was haben wir schon zu verlieren?«, erwiderte Adam.

Wohin führt uns dieses Spiel? Plötzlich erstarrte Isabel, und der Zauber war gebrochen. Marmaduke legte ihr locker den Morgenmantel über und wandte sich ab, um in seinen eigenen zu schlüpfen.

»Du warst wunderbar, Isabel. Eva hat ihre Rolle keine Sekunde verlassen. Du wärst eine wunderbare Schauspielerin.«

Jetzt, da das Spiel zu Ende war, stellte Eva überrascht fest, dass sie nicht mehr nervös war. Sie zog ihren Morgenmantel wie eine zweite Haut um den Körper.

»Als kleines Mädchen habe ich immer davon geträumt, mit einer Schauspielertruppe durchzubrennen und meinen Namen zu wechseln. Kannst du dir eine Plantagenet auf der Bühne vorstellen – eine Frau? Onkel Godfrey wäre außer sich gewesen.«

»Das kann ich mir vorstellen.« Mit den Händen in der Tasche blieb Marmaduke an der Tür stehen. »So, jetzt ziehen wir uns zum Abendessen um. Ach übrigens, wie fandest du Adam? Mir kam er zwar etwas dämlich vor, aber war er nicht völlig harmlos ohne sein Feigenblatt?«

»Er sah ziemlich gut aus. Wie ein kleiner Junge. Jedenfalls hatte Eva keine Angst vor ihm.«

Marmaduke nickte nachdenklich, als müsste er ein Kompliment verdauen, das einem anderen Mann galt. Dann schloss er leise die Tür hinter sich.

Isabel ließ sich aufs Bett fallen und spürte, wie ihr Herz heftig schlug. Nicht vor Angst, sondern aus einem seltsamen und aufregenden Gefühl der Selbsterfahrung heraus.

Was passiert hier mit mir? Wer bin ich denn in Wirklichkeit?

Der Impuls, den Morgenmantel abzustreifen und neben dem ersten nackten Mann zu stehen, den sie je gesehen hatte, war wie ein Sprung ins kalte Wasser gewesen. Doch nach dem ersten Schock hatte es sich fast natürlich angefühlt. Ganz anders als die unverzeihliche Sünde, die sie begangen haben musste, um ein gefallenes Mädchen zu werden, wie Silas ihr eingeredet hatte.

Es fühlte sich unschuldig an. Hatte Gott es in Wirklichkeit so gewollt?

Der Gong, der zum Abendessen rief, hallte durch das Haus. Isabel stöberte hastig durch die neuen Kleider in ihrem Schrank und entschied sich für eins von denen, die Marmaduke entworfen und Madame Hortense genäht hatte. Sie streifte den türkisfarbenen Glockenrock über den Kopf und schlüpfte mit den Armen in die modischen Ballonärmel, damit Marmaduke das Kleid im Rücken zuschnüren konnte. Sie betrachtete sich in dem magischen Spiegel und spürte eine zweite Welle der Befreiung, die sich von allen unterschied, die sie bislang erlebt hatte.

Als ich in die Welt und auf die andere Seite des Spiegels trat, hatte ich plötzlich keine Angst mehr. Ich war frei! Wie ein Schmetterling, der aus seinem Kokon schlüpft. Ich hatte das Gefühl, tatsächlich in Evas Haut zu stecken, und Marmaduke war tatsächlich Adam. Was passiert mit mir? Fühlen sich Schauspieler so, wenn sie auf der Bühne stehen?

Isabel sprach laut mit der Frau, die ihr aus dem Spiegel entgegensah. »Heißt das, dass sogar die wildesten Träume möglich sind?«

Die Frau im Spiegel lächelte wissend. »Es wird alles mit Spiegeln vollbracht.«

EINUNDDREISSIG

Der Gong hatte gerade zum Abendessen gerufen, als Garnet den leeren Speisesaal betrat. Seine Adleraugen schweiften über den zu voller Länge ausgezogenen Tisch. Hatte Elise seine Anweisungen befolgt? Alles musste perfekt sein.

Das heutige Abendessen für sechs Personen war die Generalprobe für seinen bevorstehenden Geburtstagsempfang, zu dem er die zwanzig ortsansässigen Persönlichkeiten aus niederem Adel eingeladen hatte, die ihn schnitten, seit er Elise nach Mirandas Tod zu seiner Mätresse gemacht hatte.

Als er sah, wie sie nervös in der Tür auftauchte, entfuhr ihm ein belustigtes Schnauben. Sie trug einen im Regency-Stil gestreiften Fummel, so eng geschnürt, dass jede andere Frau in Ohnmacht gefallen wäre. Wie eine Bordellmutter sah sie aus.

»Sieh dich mal im Spiegel an, meine Liebe: mehr Federn als ein Leierschwanz!«

»Ich bin wohl nicht fein genug für Isabels Gesellschaft, wie?«, fragte Elise traurig.

»Es wird schon gehen«, meinte er und setzte dann widerwillig hinzu: »Die Farbe steht dir.«

»Ist alles so, wie du es haben wolltest, Garnet? Die Tischkarten habe ich selbst geschrieben, mit Rhys' Hilfe. Er ist mit meinen Fortschritten sehr zufrieden.«

Garnet war von ihrem übereifrigen Bemühen, den anderen immer um eine Nasenlänge voraus zu sein, irritiert. Er hatte es nie weiter gebracht, als seine schwungvolle Unterschrift unter irgendwelche Urkunden zu setzen, die er nicht einmal lesen konnte.

»Was ist schon dabei, Kinderreime und den 23. Psalm lesen zu können?«

Er zeigte auf die gerahmte Mitgliedsurkunde der Freimaurer, die er hier hatte aufhängen lassen, um seine Gäste zu beeindrucken. Auf diesem Dokument hatte er zum ersten Mal mit seinem vollen Namen unterschrieben, statt ein erniedrigendes Kreuz darunter zu setzen.

»*Diese* Unterschrift war ein Meilenstein. Es war der 3. März 1823, als ich – und Sam Terry – als Freimaurer in der Australian Social Lodge 260 initiiert wurden. Ihr Ursprung lag in Irland, und ihre Entscheidung, auch ehemalige Strafgefangene in ihre Reihen aufzunehmen, sorgte für eine Menge Aufregung unter den Exclusives!«, sagte er triumphierend. »An diesem Abend aßen Sam und ich mit unseren Freimaurerbrüdern in der Freemason's Tavern in der George Street und stießen auf die Gesundheit unseres Schirmherrn Francis Greenway an.«

»War das nicht der Architekt, der wegen Bilanzfälschung in die Strafkolonie deportiert wurde?«, stichelte Elise.

»Und wennschon. Gouverneur Macquarie hatte ihn 1819 begnadigt, und Greenway setzte Macquaries großartige Vision von Sydney Town um.«

Garnet schnippte mit dem Finger gegen ein Glas und erfreute sich am feinen Klang des echten Kristalls. »Doch dann fiel der arme Kerl in Ungnade. Jetzt fristet er ein elendes Leben. Von dem sumpfigen Stück Land in Hunter, das er zugewiesen bekam, kann er kaum leben, ist aber viel zu stolz, um Almosen anzunehmen. Ich muss Powell bitten, ihn damit zu beauftragen, irgendwo ein Haus für mich zu entwerfen.«

Elise warf ihm einen misstrauischen Blick zu. »Hat Dr. Bland deine Einladung zu dem Bankett angenommen? Es wäre gut für dich, wenn du ihn sehen könntest, nicht wahr, Garnet?«

Die Andeutung war klar. Bland war der einzige Arzt, der Garnets dunkle »Phasen« kontrollieren konnte. Seit Jahren versorgte Bland den Wohltätigkeitsverein auf großzügige Weise mit medizinischen Gutachten. Die bittere Ironie entging Garnet nicht. Die schäbigsten Idioten profitierten von Blands Wissen, trotzdem war es in Sydney unmöglich, Wahnsinn geheim zu halten.

»Ich brauche Blands Expertisen nicht«, fuhr er sie an. »Ich lasse mich nicht von Schmähschriften zum Narren machen wie der verrückte König Georg III. Oder der arme alte John Macarthur, der nicht länger über sein Land oder sein Vermögen verfügen kann.«

Er wandte sich an sie. »Und trink heute Abend nicht zu viel Wein. Dieses Arsen, mit dem du dein Gesicht behandelst, macht die Haut so weiß, dass sich deine Nase knallrot färbt, wenn du nur an einem Korken riechst.«

Elises Augen funkelten auf eine Art, wie er es noch nie an ihr bemerkt hatte. Hasste sie ihn jetzt mehr, als dass sie sein Geld liebte? Er warf ihr ein paar freundliche Brosamen hin, um sie zu beschwichtigen. »Übrigens war es eine großartige Idee von dir, diesen neuen Spiegel zu bestellen.«

Elise errötete vor Freude. »Angeblich ist er noch größer als derjenige, der das Haus des Kolonialministers in Elizabeth Bay schmücken wird.«

»Ach ja? Dieser Alexander McLeay glaubt, er hätte ein Monopol, was den guten Geschmack in Sydney angeht.« Garnet warf einen zufriedenen Blick auf den Spiegel. »Ist meiner größer? Na egal, was ein schottischer Tory auch macht, Garnet Gamble kann es besser.«

Der Spiegel war nicht übermäßig groß, verfügte jedoch über ein außerordentlich breites Blickfeld. Das konkave Glas vermittelte eine Weitwinkel-Perspektive des gesamten Raums.

Elise hakte sich bei ihm ein. »Wenn die Diener die Gäste bedient haben, sollen sie sich in einer Reihe aufstellen, mit dem Gesicht zum Spiegel und dem Rücken zu der Gesellschaft. Ich habe sie strikt angewiesen, in den Spiegel zu blicken, damit sie sofort sehen, wenn einer der Gäste etwas benötigt. Schau mal!«

Wie ein unartiges Kind lief sie ans Ende des Tisches und setzte sich auf Garnets Platz. »Guck in den Spiegel. Kannst du mich sehen? Was mache ich gerade?«

»Du zeigst auf dein Glas, um anzudeuten, dass du mehr Wein brauchst«, antwortete er.

»Stimmt! Außerdem schützt uns dieser Spiegel vor dem Klatsch der Dienerschaft. Sie werden die Unterhaltung ihrer Herrschaft nicht mehr belauschen können.«

Als der Gong zum zweiten Mal erklang, trat Garnet in den Vorraum, um seine Gäste zu empfangen. Powell in seinem abgetragenen Gehrock war überpünktlich. Sein schwarzes Haar und sein Backenbart glänzten, aber er war nervös wie ein junges Fohlen.

Die winzige Queenie schwebte würdevoll wie eine Maharani in einem mit silbernen Sternen gemusterten mitternachtsblauen Sari in den Raum. Ihre Sammlung von exotischem indischem Schmuck erinnerte Garnet auf schmerzhafte Weise an Miranda.

Als Isabel an Marmadukes Arm erschien, schlug Garnets Herz vor Stolz. Sie sah bezaubernd aus in dem türkisfarbenen ausgeschnittenen Kleid mit den weiten Ärmeln. Ihr Teint schimmerte im Kerzenlicht. Er bemerkte etwas Ungewöhnliches in der Art, wie sie das Haar mit einer Perlenkette aufgesteckt hatte, eine einzelne Locke fiel ihr auf die nackte Schulter und verlieh ihr ein unschuldiges und zugleich kokettes Flair.

Er empfing sie mit einem Kuss auf die Wange und einer unüberhörbaren Bemerkung. »Sag Elise Bescheid, falls etwas nicht in Ordnung ist. Ihre Kenntnisse in puncto Etikette sind begrenzt.«

Er sah, wie Isabel errötete, führte es aber auf die sprichwörtliche Zurückhaltung der Oberschicht zurück.

Garnet führte sie in den Speisesaal und wies dann Powell und

Queenie an, zu beiden Seiten von Elise am Ende des Tisches Platz zu nehmen. Die Frischvermählten setzte er rechts und links von sich und stürzte sich begeistert in die Unterhaltung.

Er registrierte die nicht gerade der Mode entsprechende Bräune, die Marmaduke während des Biwaks im Ghost Gum Valley angenommen hatte. Der Informant, den er mit der Beobachtung des Paares beauftragt hatte, war zurückgekommen und hatte berichtet, dass sie sich von den Erzeugnissen des Landes ernährten. Marmaduke habe seiner Frau beigebracht, wie man im Busch überlebte, und ihr sogar gezeigt, wie ein Viehtreiber die Peitsche handhabte.

Neugierig fragte Garnet nach: »Wie war denn euer erster Ausflug zusammen?«

Isabel antwortete charmant und lobte Marmaduke für die romantischsten Flitterwochen, die eine Braut jemals erlebt hätte.

Garnet nickte zustimmend, doch er ließ sich nicht täuschen. An jeder Regung seines Sohnes konnte er erkennen, dass er seine wahren Gefühle verbarg.

Der Junge täuscht sich, wenn er meint, er könnte mich hinters Licht führen. Ich bin hier der Strippenzieher. Ich weiß genau, was mit ihm los ist, und noch vor dem nächsten Neumond werde ich alles wissen.

Obwohl Garnet die Unterhaltung beherrschte, entging ihm so gut wie nichts. Um Isabel zu beeindrucken, schwadronierte er über die mächtigen Männer der Kolonie, als wären es seine besten Freunde, und ignorierte Marmadukes gerunzelte Stirn.

»Nimm William Charles Wentworth, den angesehenen Anwalt und Großgrundbesitzer. Er ist der rechtmäßig anerkannte Sohn von Dr. D'Arcy Wentworth und einer Strafgefangenen, die mit der *Neptune* herkam. Und er sieht sich selbst als der oberste Kämpfer für die Rechte der Emanzipisten. Mir persönlich ist er allerdings viel zu radikal.«

Marmaduke tappte in die Falle. »Nun, du hast ja deine Meinung auch geändert, seit du die *Fortune* verlassen hast, Garnet.

The Australian ist die erste unabhängige Zeitung in der Kolonie, die sich für viele Belange der Gesellschaft starkmacht, darunter auch das Recht auf faire Gerichtsverhandlungen.« Er warf seinem Vater einen gefährlich ruhigen Blick zu. »Das wirst du doch nicht bestreiten, oder?«

Hastig brachte Garnet das Thema zurück auf John Macarthurs geistigen Verfall.

»Der arme Kerl! Seine Feinde verspotten ihn bereits. Aber hör auf mich, Isabel, er wird als derjenige in die Geschichte eingehen, der die Australian Agricultural Company und australische Merinowolle weltbekannt machte!«

Dann meldete sich Elise mit einer schlauen Bemerkung zu Wort. »Und Samuel Terry hat sich den Titel ›Rothschild von Botany Bay‹ verdient. Terry ist nicht nur ein ausgesprochener …« Da sie Probleme mit dem Wort Philanthrop hatte, sagte sie hastig: »… Wohltäter, der an alle Wohlfahrtsorganisationen in Sydney spendet. Seine Frau Rosetta und er leben bescheiden, aber er ist äußerst großzügig zu denen, die ihm *am Herzen liegen*.«

Eines Tages verliere ich noch die Geduld mit dieser verdammten Frau. Glaubt sie, ich wüsste nicht, worauf sie hinauswill? Garnet war entschlossen, sie in die Schranken zu weisen. »Terry verdankt seinen Erfolg nur seiner *Frau* Rosetta. Sie hat ihr Geschäft zu dem gemacht, was es ist. Ihre Loyalität ihm gegenüber ist über alle Zweifel erhaben.«

Elises kreidebleiches Gesicht färbte sich rot vor Zorn. »Es heißt, Terry sei der mächtigste Großgrundbesitzer nach Wentworth. Angeblich besitzt er neunzigtausend Morgen Land, aber das kann doch unmöglich stimmen, nicht wahr, Garnet? Das wäre ja mehr als so manche englische Grafschaft.«

Garnet ärgerte sich. Es ertrug nicht, dass sein Rivale reicher sein sollte als er.

»Diese Ungerechtigkeit liegt mir im Magen. Nach der Schätzung von 1828 hat Terry nur siebenundzwanzigtausend Morgen angegeben, aber wenn man die achttausend seines Verwalters in Bathurst und die Grundstücke, die auf den Namen seiner Kinder eingetragen sind, dazuaddierte, weiß der Himmel, wie viel dabei herauskäme. Obendrein bekam er von drei Gouverneuren hintereinander Tausende Morgen erstklassiges Land geschenkt. Während ich leer ausging.«

»So schlecht stehst du nun auch nicht da, Garnet«, wandte Marmaduke ein und drehte träge den Stiel seines Weinglases hin und her.

»Abgesehen von Macquaries erster kleiner Landschenkung habe ich mir alles selbst erarbeitet.« Er sah sich herausfordernd um, um jeden Widerspruch im Keim zu ersticken.

Isabels Worte waren Balsam für seinen Stolz. »Alles, was du hast, Garnet, verdankst du allein deinen Anstrengungen. Deiner Gabe, zu führen, und deiner Entschlossenheit. Du bist niemandem etwas schuldig.«

Garnet lachte laut. »Habt ihr das gehört? Trotz ihrer Jugend und Schönheit hat unsere Braut einen gesunden britischen Menschenverstand.« Er klopfte mit dem Löffel gegen sein Weinglas, woraufhin der Diener herbeieilte.

»So viel zu deinem dämlichen Spiegel!«, sagte er demonstrativ an Elise gewandt.

Als man ihm eine neuen Rotwein aus dem Hunter Valley zum Probieren brachte, studierte Garnet das Etikett, wechselte aber insgeheim eine verschlüsselte Nachricht mit Queenie.

Ist das Liebesspiel zwischen den Frischvermählten echt?

Dann blickte er zu Marmaduke, der sich auf seinem Stuhl herumlümmelte und besser aussah, als es jedem fehlgeleiteten Sohn auf der Welt erlaubt sein dürfte. Als er die absurd dichte Haarmähne betrachtete, die sein Sohn wie ein Kavalier aus dem achtzehnten Jahrhundert im Nacken zusammengebunden hatte, nur um ihn zu ärgern, biss er die Zähne aufeinander.

Garnet redete ununterbrochen weiter und sah, wie Marmaduke, der sich unbeobachtet fühlte, Isabel jedes Mal, wenn sie Powell in seinen schüchternen Kommentaren bestärkte, mit einem intensiven, beinahe düsteren Blick fixierte.

Warum ist Marmaduke so eifersüchtig? Powell hat keine Ahnung, was man mit einer Frau im Bett anstellen kann. Und er ist arm wie eine Kirchenmaus. Welche Frau würde sich schon für ihn interessieren?

Er bemerkte Elises Eifersucht in ihrem zweideutigen Kompliment über das Kleid der Braut und wie gekonnt Isabel es abfälschte.

»Mein Mann hat einen vorzüglichen Geschmack, was Mode angeht. Sicher, weil er so viele Jahre in Paris und London verbracht hat.«

Garnet war hin- und hergerissen zwischen der Bewunderung für Isabels Komplimente und der Irritation über seinen Sohn.

Wie kommt ein Kerl von Schrot und Korn auf die Idee, Frauenkleider zu entwerfen?

Doch Isabels liebevoller Ton erinnerte ihn an Miranda – sie hatte denselben vornehmen Akzent, nach dem er sich so sehnte.

Sie beugte sich zu ihm hinüber und fragte vertraulich: »Stimmt es, dass bei deiner Geburtstagsfeier auch Musiker und Unterhaltungskünstler auftreten werden, Garnet?«

»Mein liebes Kind, ich habe eine Vielzahl von Überraschungen vorbereitet, die nur dazu dienen sollen, dich, meinen Ehrengast, zu entzücken.«

Elise, die sich nicht so ohne Weiteres beiseiteschieben ließ, mischte sich ein. »Im Innenhof gibt es eine falsche Wand, hinter der sich eine kleine Bühne verbirgt. Leider wurde sie in den letzten Jahren sträflich vernachlässigt.«

Umgehend antwortete Garnet mit einem stichelnden Unterton: »Jetzt aber doch bestimmt wiederbelebt werden kann, nicht wahr, Marmaduke? Mir ist zu Ohren gekommen, dass du deine Liebe fürs Theater entdeckt hast. Wenn du genauso viel Zeit darauf verwenden würdest, ein Gentleman zu sein, wie darauf, in Barnett Leveys Theater herumzuhängen, wäre ich ein glücklicher Mann.«

Dann bemerkte er die peinliche Stille, die er mit seinen Worten ausgelöst hatte. Isabel errötete.

Marmaduke lächelte verkrampft. »Meine Braut liebt das Theater genauso wie ich.«

Garnet wandte sich wieder Isabel zu. »Ich habe dieses kleine Theater eigens für meine geliebte Frau gebaut. Miranda liebte das Laientheater. Es ist ein traditioneller Zeitvertreib für Militärs, die in Indien stationiert sind, aber auch überall anderswo im Empire.«

Er tätschelte ihre Hand. »Ich habe gehört, dass du eine talentierte Schauspielerin bist. Es wird dich sicher freuen, dass ich in Sam Lyons Auktionshaus gerade das beste Klavier in der ganzen Kolonie für dich erstanden habe.«

Mit vom Wein geröteten Wangen schlug Elise vor, sie alle sollten sich vornehmen, ihre Künste als Sänger, Musiker, Dichter oder gar Tänzer zum Besten zu geben.

Marmaduke machte eine Geste, um Queenie in die Unterhaltung einzubeziehen.

»Ich werde nie vergessen, wie Mutter und du eure wunderschönen indischen Tänze aufgeführt habt. Und ich durfte euch mit meiner Spielzeugtrommel begleiten. Würdest du irgendwann wieder für uns tanzen, Queenie? Ich bin sicher, dass keiner von uns je jemanden so schön hat tanzen sehen.«

Queenie lächelte, winkte jedoch mit einer eleganten Handbewegung ab. »Ich bin zu alt dafür.«

»Du bist zeitlos«, entgegnete Marmaduke galant, nahm ihre Hand und küsste sie.

Elise klatschte in die Hände. »Isabel muss unbedingt auf dem neuen Klavier spielen. Rhys hat eine wunderbare Tenorstimme. Und du, Marmaduke? Wie gedenkst du uns zu unterhalten?«

»Ich werde euch liebend gern Beifall klatschen, aber ansonsten plant mich lieber nicht ein«, antwortete Marmaduke ruhig. »Ich trete nicht vor Publikum auf. Seit dem schrägen Kostümball in meiner Kindheit bin ich davon geheilt.«

Garnet warf ihm einen scharfen Blick zu. *Er hat es nie verwunden, dass diese Bestie ihn als Kind auf ihrem Kostümball gezwungen hat, die Gäste zu bedienen, weil er der Sohn eines ehemaligen Strafgefangenen war.* Noch heute, nach all den Jahren, empfand Garnet eine grenzenlose Wut über das Leid seines Sohnes, aber auch heimliche Schuldgefühle.

Isabel kannte die Geschichte und streckte die Hand nach Marmaduke aus. »Wie gern hätte ich dich als Kind aufgefordert, mit mir zu tanzen, Liebling.«

Marmaduke verzog belustigt den Mund. »Du vergisst, dass ich sieben Jahre älter bin als du, mein Täubchen. Du hättest damals noch in der Wiege gelegen.«

Dann wandte er sich an Garnet. »Das ist mein Stichwort, bitte entschuldige uns jetzt. Isabel ist zwar eine furchtlose Reisende, aber der Ausflug war doch sehr anstrengend. Nur um Haaresbreite sind wir einem Unglück entkommen.«

»Marmaduke untertreibt. Er hat mir das Leben gerettet«, erklärte Isabel. »Aber ich wollte euch nicht damit behelligen.«

Jetzt wollten natürlich alle am Tisch die Einzelheiten erfahren.

»Oh, erzähl es uns«, verlangte Elise.

Doch Marmaduke blieb standhaft. »Ein anderes Mal. Gute Nacht zusammen.«

Er nahm Isabel am Ellbogen und ging mit ihr auf die Tür zu. Queenie nickte Garnet und Rhys zu, nicht aber Elise, und empfahl sich ebenfalls.

Garnet kochte vor Wut über ihren abrupten Aufbruch. Elise entließ er mit einer verächtlichen Geste, und seinen Sekretär wies er an, ihm auf eine Zigarre und einen Brandy in den Rauchsalon zu folgen. Zum ersten Mal am Abend war Powell nicht auf der Hut oder musste sich nicht durch eine mit Zweideutigkeiten gespickte Unterhaltung schlängeln. Der junge Waliser war sich der Minenfelder wohl bewusst, hatte aber keine Ahnung, wie er damit umgehen sollte. Er tat Garnet fast leid.

»Hier, probieren Sie mal diesen Napoleon Brandy, mein Lieber. Danach werden Sie sich besser fühlen.«

Powell seufzte zufrieden. »Ein feines Abendessen, Sir. Ich freue mich schon darauf, Ihre Geburtstagsfeier zu planen. Sie verspricht, ein denkwürdiges Ereignis zu werden, für Sie ebenso wie für Ihren Sohn. Ein aufrechter Verfechter der Gleichberechtigung, wenn ich das so sagen darf, Sir.«

»Ha! Verfechter der Gleichberechtigung ist noch höflich ausgedrückt«, entgegnete Garnet. »Eher ein starrsinniger Currency Lad, der meint, er könne die Klassenunterschiede überwinden, die in Großbritannien seit Jahrhunderten überlebt haben.«

»Nun, vielleicht ändert sich die Welt, Sir«, bemerkte Powell. »Aber mag sein, dass ich als Waliser die englische Klassengesellschaft mit anderen Augen betrachte.«

Garnet lachte. »Im Wein liegt die Wahrheit, was, Powell?«

Das Gesicht des Sekretärs verfärbte sich tiefrot. »Ich kann Ihnen versichern, dass ich völlig nüchtern bin, Sir. Ich meinte nur, dass …«

»Nichts für ungut, mein Junge. Lassen Sie uns jetzt die Liste noch einmal durchgehen, bevor wir uns zurückziehen. Wen haben wir schon sicher?«

Rhys sah die Gästeliste durch.

Garnet zog an seiner Zigarre. »Was ist mit den Musikern?«

»Ich habe sie im Garnet and Rose untergebracht, wie Sie mir aufgetragen hatten, Sir.«

»Und was ist mit meinem Star? Ich kann es kaum erwarten, auf die Bühne zu treten und sie anzukündigen. Wie hieß sie noch?«

»Madame Josepha St. John.«

»Ja, richtig.«

»Die Diva wird von ihrem italienischen Pianisten begleitet, Federico. Thomas holt sie mit Ihrer Kutsche in Sydney ab. Ich gehe davon aus, dass Sie die besten Gästezimmer im Ostflügel zur Verfügung stellen wollen, Sir?«

»Leben sie zusammen?«, fragte Garnet interessiert.

Rhys wirkte peinlich berührt. »Ich habe mir nicht erlaubt, sie danach zu fragen, Sir.«

»Dann sollen die beiden selbst entscheiden. Bringen Sie Josepha St. John und den Knaben in angrenzenden Räumen unter. Ich habe bei Sam Lyons ein Modell des Himmelbetts bestellt, das Bonapartes Kaiserin Josephine angeblich so liebte. Müsste jeden Tag eintreffen. Und sorgen Sie dafür, dass das neue Klavier einwandfrei gestimmt wird. Wir werden für diese ›amerikanische Nachtigall‹ weder Kosten noch Mühen scheuen.«

»Sehr wohl, Sir.«

Garnet drohte ihm mit dem Finger. »Und dass mir nichts an die Öffentlichkeit kommt. Ich möchte nur allzu gern sehen, was Marmaduke und Isabel für Gesichter machen.«

ZWEIUNDDREISSIG

Die Morgendämmerung brach gerade durch den Dunst dunkler Wolken, die noch vor Sonnenuntergang ein Gewitter verhießen. Der Wind stürmte bereits durch die Eukalyptusbäume, als wollte er den Umhang von Marmadukes Schultern hinwegfegen, als er die Einfahrt hinunter durch das schmiedeeiserne Tor ritt und in die Straße Richtung Sydney Town einbog.

Beim Anblick der ineinander verschlungenen Initialen GG, der Rückseite des Emblems, mit dem Garnet die Außenwelt beeindrucken wollte, musste Marmaduke an jenen denkwürdigen Abend denken, als er die Realität auf den Kopf gestellt hatte und mit Isabel durch den Spiegel ins Paradies getreten war.

Er versuchte, sich einzureden, dass er dieses Spiel nur erfunden hatte, um Isabel die Angst vor dem männlichen Körper zu nehmen. Dass er bezweckt hatte, die Mauern zwischen ihnen einzureißen und dass es keineswegs der erste Schritt gewesen war, um sie zu verführen. Doch dann war auf der anderen Seite des Spiegels das Unerwartete geschehen und hatte ihn erschüttert. In der Rolle des jungen Adam, ohne sein Feigenblatt, hatte er Eva entdeckt, und nun war er ihr auf seltsame Art verfallen.

Was zum Teufel geht hier vor? Ich kenne doch alle Tricks der Verführung und habe unzählige sinnliche Frauen verzaubert. Warum ausgerechnet sie? Warum wird mir jedes Mal, wenn sie mich ansieht, ganz anders? Ihre sprechenden Blicke. Was ist los mit mir? Man könnte ja beinahe an Hexerei denken.

Der Gedanke erschütterte ihn dermaßen, dass er das Pferd anhielt.

Lieber Himmel! Bin ich etwa dabei, mich zu verlieben?

Plötzlich trug der Wind den fernen Klang einer weiblichen Stimme herüber, die seinen Namen rief. Marmaduke drehte sich zum Haus um.

Und da war sie. Isabel. Sie rannte über den Kiesweg auf ihn zu. Mit einer Hand hielt sie das Ende eines Schals, in der anderen hatte sie ein Blatt Papier. Marmaduke verkniff sich ein Lächeln. Mit dem zerzausten Haar, das um ihr wutentbranntes Gesicht wehte, sah sie aus wie ein durchgebranntes Schulmädchen. Eine Welle der Genugtuung stieg in ihm auf, denn es war nur ihm zu verdanken, dass sie ihre kühlen, vornehmen Manieren über Bord geworfen hatte. Als sie näher kam, erkannte er, dass sie in der Eile das Mieder schief geknöpft hatte, die Unterröcke hingen auf Halbmast, die Falten des Rocks flatterten im Wind und ließen die Umrisse ihrer schlanken Beine erkennen. Sie war so süß und begehrenswert wie ein englisches Milchmädchen.

Ich rühre mich nicht von der Stelle, Kleines, du wirst den ganzen Weg zu mir laufen müssen!

Als sie ihn endlich erreichte, war sie außer Atem. Sie zeigte mit dem Finger auf ihn, und er merkte, dass sie zitterte. Er wollte sich gerade entschuldigen, als sie sagte: »Behandelt man als australischer Mann so seine junge Frau? Du reitest nach Sydney, und ich muss es von einer Hausangestellten erfahren. Was ist in dich gefahren, mich so zu erniedrigen? Warum lässt du mich hier ganz allein?«

»Guten Morgen«, entgegnete Marmaduke gelassen und unterdrückte sein Lächeln, weil er wusste, dass es sie nur noch mehr gegen ihn aufbringen würde. »Wie ich sehe, hat Bridget dir Bescheid gegeben. Ich bekam Edwins Nachricht im Morgengrauen und hatte keine Zeit, dich zu informieren. Sobald ich mehr erfahre, schreibe ich dir aus Sydney. Wäre es nicht so dringend, hätte Edwin so kurz vor der Übergabe von Mingaletta nie einen Boten geschickt. Es geht um deine Cousine Martha. Es ist wichtig.« Dann fügte er beiläufig hinzu: »Ich wollte nicht, dass du dir Sorgen machst. Du weißt ja, wie oft Boten und Postkutschen von Wegelagerern überfallen werden.«

Marmaduke sah, wie ihre Wut sich allmählich legte.

»Mehr weißt du nicht über Martha?«, fragte sie leise. Dann senkte sie den Blick, konnte aber ihre Besorgnis nicht ganz verbergen.

»Ich schwöre es bei einem ganzen Stapel Bibeln.«

»Du hättest dich wenigstens von mir verabschieden können.«

»Du hast so süß geschlafen, dass ich es nicht übers Herz brachte, dich wachzuküssen.«

Sein zärtlicher Ton überrumpelte sie. Sie zog den Schal um sich und zuckte zusammen, als der Wind ihr in die Augen stach.

»Ich habe heute Nacht von Martha geträumt. Sie trug ihr Hochzeitskleid und lächelte mir zu. Sie sah ganz jung und gesund aus. So wie damals, als ich sie als Kind zum ersten Mal sah.«

»Vielleicht hat sie dir ein Hochzeitsgeschenk geschickt.«

Isabel schüttelte den Kopf. »Ich glaube, sie wollte sich verabschieden.«

Er streckte den Arm aus, um ihr über die Wange zu streicheln, doch sie fuhr zurück und nahm sich zusammen.

»Ich wünsche dir eine gute Reise.«

Er stieg ab. »Ich bringe dich zurück zum Haus. Du frierst ja. Hier, wirf dir meinen Umhang über.«

»Wir passen beide drunter«, schlug Isabel vor.

Er warf den Umhang um sie wie ein Matador, und sie schlang den Arm um ihn und sah ihn mit diesem Ausdruck an, den er nie deuten konnte. War es Sorge um ihn oder nur weibliche Neugier? Er war entschlossen, nicht weich zu werden.

»Ich frage mich, aber nein, ich habe kein Recht, danach zu fragen.«

»Du hast jedes Recht«, sagte er ruhig. »Du bist meine Frau, und ich werde immer ehrlich zu dir sein.«

»Wenn du Edwin in Sydney getroffen hast, wirst du dann auch … deiner süßen Dame einen Besuch abstatten?« Verlegen setzte sie hinzu: »Nicht, dass ich dich daran hindern wollte.«

Du wärst die einzige Frau, die mich daran hindern könnte. Ich wünschte, meine Antwort wäre dir wichtig.

Marmaduke hob sanft ihr Kinn an und zwang sie, ihn anzusehen.

»Ehrlich gesagt, ich muss sie sogar treffen«, antwortete er.

Isabel fuhr ihm mit dem Finger über das Jackett, als wollte sie ein imaginäres Staubkorn wegwischen.

»Ich habe nicht das Recht, dich danach zu fragen, wir haben ja ein Abkommen geschlossen. Aber wirst du mit ihr durch den Spiegel treten – so wie mit mir?«

Marmaduke spürte, wie es ihm die Sprache verschlug. »Nein. Das geht nur mit dir. Was ich in der Vergangenheit mit anderen Frauen getan habe, diente dazu, sich gegenseitig Lust zu schenken. Ich bereue nichts. Aber es hatte nichts mit Liebe zu tun. Und niemand nahm Schaden. Du und ich dagegen haben … etwas anderes gefunden. Liebe ist es natürlich auch nicht. Gott sei Dank sind wir beide dagegen immun. Trotzdem habe ich das Gefühl, dass wir die Grenzen unseres Abkommens überschritten haben.«

»Ach ja? Und was bedeutet das für unser Abkommen?«, fragte sie nervös.

»Wie wär's, wenn wir es aufkündigen?«, schlug er vor. »Und dann noch einmal von vorn beginnen, ganz langsam. Schritt für Schritt. Mit einem einfachen Kuss?«

Er flüsterte die letzten Worte in ihr Haar und hatte den absurden Wunsch, ihren Mund zu küssen, wusste aber, dass er warten musste, bis sie die Initiative ergriff.

»So etwas gibt es nicht – alle Küsse führen ins Verderben.«

O Gott. Ob sie das Gespenst dieses verdammten geliebten Cousins denn niemals loswird?

Er wartete. Zumindest riss sie sich nicht von ihm los.

»Ich weiß nicht, was ich machen soll, Marmaduke. Ich meine es so, du weißt alles und ich nichts. Diese komischen Illustrationen, die vorgeben, Liebesakte zu sein – sie sind mir so unangenehm. Verstehst du das nicht? Ich kann mit all deinen weltgewandten süßen Damen nicht konkurrieren. Ich würde dich schrecklich enttäuschen.«

»Psst, mein Liebling! Ich sollte derjenige sein, der sich fürchtet. Du bist ganz anders als die Frauen, mit denen ich ins Bett gegangen bin. Vergessen wir das *Kamasutra*. Wir brauchen es nicht. Wenn du willst, können wir alles ganz langsam zusammen erforschen. Du musst mich nicht lieben, Isabel. Aber vielleicht kannst du mir einfach nur sagen, ich will dich, Marmaduke, mehr brauche ich nicht, um dich mit ins Paradies zu nehmen.«

»Existiert denn das Paradies auf der Erde? Du scheinst so sicher zu sein.«

»Das bin ich. Und es ist nicht männliche Eitelkeit. Glaub mir, Frauen zu liebkosen, ist das Einzige, was ich kann. Der Augenblick, als wir dem Tod ein Schnippchen schlugen, war nur der Anfang. Es gibt so vieles mehr, das ich gern mit dir erleben möchte.«

Er strich ihr mit dem Finger über die Unterlippe. »Willst du die Wahrheit wissen, Isabel? Du hast mit mir etwas gemacht, was noch nie einer Frau gelungen ist.« Er nahm ihre Hand und führte sie unter sein Hemd. »Du hast mein Herz berührt.«

Isabels Mund öffnete sich überrascht. Sein Herz begann heftig zu schlagen, in der Hoffnung, sie würde ihn küssen, stattdessen wich sie einen Schritt zurück und sagte hastig: »Wenn du zurückkehrst, könntest du mir vielleicht zeigen, was es bedeutet, sich an vier Stellen küssen zu lassen.«

Marmaduke hätte fast vor Erleichterung gelacht. Gott sei Dank für das *Kamasutra*!

Er verbeugte sich höflich. »Es wird mir ein Vergnügen sein. Je schneller ich aufbreche, desto früher komme ich zurück zu dir.« Dann sprang er in den Sattel und half ihr dabei, hinter ihm aufzusteigen, um sie nach Hause zu bringen.

Er verabschiedete sich nicht mit einem Kuss. Beide wussten, dass es nicht dabei bleiben würde.

»Komm heil zurück!«, rief sie ihm von der Terrasse zu. »Und spiel bloß nicht den Helden, wenn du überfallen wirst. Gib ihnen alles, worum sie verlangen.«

Marmaduke lenkte den Hengst noch einmal zurück zur Treppe. Dann streifte er den Ehering vom Finger, küsste ihn und legte ihn Isabel in die Hand.

»Er ist das einzig Wertvolle, das ich besitze. Heb ihn für mich auf.«

Dieses Mal galoppierte er davon, ohne sich umzusehen, und behielt das Bild ihrer leuchtend grünen Augen im Kopf, überzeugt, dass sie ihren Blick nicht von ihm nehmen würde, bis er außer Sichtweite war.

Jetzt hab ich dich, Kleines.

Die Fächerpalmen schienen doppelt so groß geworden zu sein, seit er das Anwesen der Bentleighs in Woolloomooloo zum letzten Mal besucht hatte. Heute kam ihm die Landschaft kräftiger, leuchtender und wie neugeboren vor.

Edwin begrüßte ihn herzlich, er freute sich sichtlich über ihr Wiedersehen, doch dann bemerkte Marmaduke seinen besorgten Ausdruck.

»Verzeih mir, mein Freund, aber die Welt scheint seit ein paar Wochen wirklich kopfzustehen – deine Welt ebenso wie meine. Bitte lass mich zuallererst erklären, warum ich dich so dringend gerufen habe. Ich habe ein Schreiben aus London erhalten, von den Anwälten der de Rollands, in dem mir mitgeteilt wurde, dass Isabels Cousine Martha gestorben ist, die Frau unseres alten Gegenspielers Silas de Rolland.«

»Isabel liebte sie. Offensichtlich hat Martha sie anders als ihr Mann wie eine richtige Tochter behandelt.«

Edwin gab ihm ein Päckchen. »Du wirst verstehen, warum ich nicht riskieren wollte, dass es in die Hände von Wegelagererern fällt. Martha de Rolland hat Isabel diesen wertvollen Schmuck aus ihrer eigenen Familie vererbt, den sie offenbar in die Obhut von Godfrey de Rolland gegeben und immer behalten hatte, obwohl sie so gut wie bankrott waren. Hätte Silas davon erfahren, hätte er ihn sicherlich veräußert.«

Marmaduke hielt die mit Diamanten besetzte Tiara in der Hand und bewunderte ihre Eleganz.

»Ein außergewöhnliches Stück, zweifellos. Herrlich gearbeitet von einem Meister seines Fachs. Nicht die Spur von Pomp. Ach, und man kann sogar das Mittelstück herausnehmen und sie wie eine Brosche tragen.«

Marmaduke legte die Tiara wieder in das mit Samt ausgeschlagene Kästchen zurück. »Du hast gut daran getan, sie hierzubehalten. Ich werde sie in Josiah Mendozas Tresor legen, damit Isabel sie zum Ball des Gouverneurs anziehen kann.« Seine Stimme klang nervös. »Trotzdem, diese hübsche Erbschaft verheißt nichts Gutes. Jetzt, da das Testament eröffnet ist, kann Silas herkommen, um Isabel für sich zu beanspruchen.«

Edwin sah ihn besorgt an. »Er könnte bereits unterwegs sein. Unsere Anwälte in London berichten, er plane unmittelbar nach der Testamentseröffnung, England zu verlassen. Die Mitgift seiner Frau hatte er längst verpulvert. Mit Ausnahme der Tiara hat sie kaum etwas hinterlassen.« Dann setzte er hastig hinzu: »Trotzdem, mach dir keine Sorgen, mein Freund. Du bist vor dem Gesetz Isabels Ehemann, und ich nehme an, dass sie bei dir bleiben will.«

»Im Moment ja. Trotzdem bin ich nun hinter Silas de Rollands Manipulationen gekommen.« Er wählte seine Worte mit Bedacht. »Er ist noch verruchter, als wir dachten. Als Isabel klein war, hat er ihre Gefühle auf schändlichste Art missbraucht. Er macht vor nichts Halt. Bitte informiere mich über all seine Schritte.«

»Darauf kannst du dich verlassen.« Edwin hüstelte diskret. »Aber jetzt müssen wir über Gambles finanzielle Machenschaften reden. Das Vermögen deines Vaters hat eine erstaunliche Veränderung erfahren. Zum Guten und zum Schlechten. Es war ein äußerst spekulatives Jahr. Und niemand kann voraussehen, wohin es führen wird. Die Grundstückspreise in Sydney sind explodiert. Stell dir vor, Wentworth hat eins seiner Grundstücke in der George Street für fünfundvierzig Pfund pro Quadratmeter verkauft.«

»Tja, wenn das die schlechte Nachricht ist, was ist dann die gute?«

»Es kommt darauf an, ob dein geschätzter Herr Vater den Rat seiner Finanzberater beherzigt hat. Auf mich hört er ja nicht, weil er mich für deinen Freund hält. Ich habe aus zuverlässiger Quelle erfahren, dass sein Ruf als führender Unternehmer aufgrund seiner riskanten Geschäfte Schaden genommen hat.«

Marmaduke kannte seinen Freund. Edwin redete ungern über die Finanzen anderer, schließlich schrieb er selbst rote Zahlen. Das Haus gehörte seiner Mutter, und alles, was Edwin sein Eigen nennen konnte, war sein Pferd. Auch wenn er als Anwalt großen Erfolg hatte, war er so gut wie ständig pleite, denn seine Mandanten konnten ihn nur selten bezahlen, entweder weil sie selbst nichts hatten oder weil sie am Galgen endeten.

Dennoch nahm Marmaduke seine Warnung ernst. »Reden wir nicht um den Brei herum, mein Freund. Willst du mir sagen, dass Garnet vor dem Bankrott steht?«

»Dass er Godfrey de Rolland davor bewahrte, wegen seiner Schulden ins Gefängnis zu kommen, hätte ihn nicht bankrottgehen lassen, aber in letzter Zeit hat er sich auch noch auf ziemlich spekulative Grundstücksgeschäfte eingelassen, völlig unberechenbar. Verzeih mir, wenn ich kein Blatt vor den Mund nehme. Aber wenn ich mir ansehe, welch tragischen Untergang John Macarthur mit seiner Merinowolle erleben musste, frage ich mich, ob dein Vater noch im Vollbesitz seiner geistigen Fähigkeiten ist.«

Marmaduke zögerte. »Das kann ich dir nicht sagen. Garnet lässt sich von niemandem in die Karten schauen, nicht einmal Gott weiß, was er im Schilde führt. Einerseits wirft er mir vor, ich sei ein Taugenichts, andererseits ist er entsetzt, wenn ich mich als Geschäftsmann betätige, etwa als stiller Teilhaber bei dem guten alten Mendoza. Und jetzt bin ich für den Unterhalt meiner Frau verantwortlich und gewillt, auf eigenen Füßen zu stehen. Trotzdem besteht Garnet darauf, dass wir in seinem Haus wohnen, diesem Mausoleum, bis er mir Mingaletta überschrieben hat. Und da er es immer weiter hinauszögern wird, kann ich nicht länger warten. Ich bin hergekommen, um nach einem Architekten zu suchen, der mir ein Kolonialhaus im indischen Stil auf dem Grundstück baut, das meiner Mutter gehörte.«

Edwin sah ihn leicht überrascht an. »Die Ehe scheint deine Pläne ganz schön durcheinandergeworfen zu haben.«

Marmaduke gab sich Mühe, lässig zu klingen. »Isabel war eine Waise. Sie musste immer bei fremden Leuten leben und leidet darunter. Ich will sie überraschen. Sie soll ihr erstes eigenes Haus mitgestalten.«

Edwin nickte wie eine weise Eule, sagte aber nichts.

Marmaduke hatte ein mulmiges Gefühl. »Warum siehst du mich so komisch an? Glaub bloß nicht, ich sei verliebt.«

»Aber nein, das sehe ich doch«, erwiderte Edwin vorsichtig. »Ich habe nur den Eindruck, dass euer Abkommen, das ein Jahr und einen Tag gelten sollte, sich nun auf unbeschränkte Zeit verlängert.«

Marmaduke machte einen hastigen Rückzieher. »Das hängt

allein von Isabel ab. Ich vermisse mein Junggesellendasein, aber das arme Ding braucht mich nun mehr denn je.«

Plötzlich stand Maeve lächelnd in der Tür. Marmaduke stand auf und umarmte sie brüderlich.

»Ich habe dich noch nie so glücklich gesehen. Was hat Edwin bloß mit dir gemacht?«

Maeves Lächeln war beruhigend und schelmisch zugleich. Edwin wirkte erfreut, aber auch verlegen.

»Es wäre alles vollkommen, würde Mutter nicht ihr dreiaktiges Melodrama von Schuldzuweisungen und Vorwürfen aufführen. Wie du weißt, ist sie protestantisch und Maeve katholisch. Sie kann es einfach nicht verwinden, dass ihr einziger Sohn, ein Quäker, von einem Papisten getraut werden soll.«

»Obendrein mit einer gefallenen Frau«, setzte Maeve fröhlich hinzu. »Allerdings würde sie auch nie zulassen, dass ich an einer anglikanischen Zeremonie teilnehme.«

Edwin seufzte müde. »Das Drama hat kein Ende. Sie behauptet, unsere Hochzeit würde sie umbringen. Dabei ist sie bettlägerig und geht auf die achtzig zu.«

Marmaduke war sich dessen bewusst, dass er die Initiative ergreifen musste.

Im Gerichtssaal ist Edwin ein Löwe, trotzdem lässt er sich sein Leben lang von seiner Mutter erpressen. Jetzt versucht er, es beiden Frauen recht zu machen, und leidet wie ein Hund.

»Es gibt einen Ausweg aus diesem Dilemma. Zwei Aufgebote und zwei Hochzeiten am selben Tag. Und was die Zukunft angeht, da haben die Engländer auch eine gute Lösung. Die Jungen nehmen den Glauben des Vaters an und die Mädchen den der Mutter. Und wenn das erste Kind da ist, legt ihr es ihr in den Arm, und sie wird sich sofort in ihr Enkelkind verlieben.«

»Ich hätte nichts dagegen, Liebster«, erklärte Maeve zögernd und erschrak, als sie sah, wie Edwin wortlos aus dem Zimmer eilte.

Marmaduke blieb allein mit ihr in der anschließenden Stille, die zunehmend unangenehm wurde. *Mein Gott, hoffentlich ist er nicht nach oben gerannt, um seiner Mutter davon zu berichten!*

Plötzlich kehrte Edwin mit einer Flasche und drei Gläsern zurück.

Er zeigte auf Marmaduke. »Und du wirst bei beiden Zeremonien mein Trauzeuge sein.«

Sie tranken den Champagner, während Marmaduke beobachtete, wie sich das Paar verliebte Blicke zuwarf. Es war, als wären sie in einem privaten Kokon gefangen. Irgendwer musste die Sache zu Ende bringen.

»Schön, das wäre also gelöst. Und wenn ihr Probleme habt, die Hochzeit hier zu organisieren, steht euch unsere Kapelle in Bloodwood jederzeit zur Verfügung. Sie wird von allen Religionen in der Umgebung genutzt. Garnet ist zwar Atheist, aber er meint, es hielte unsere Arbeiter bei Laune, wenn sie an Sonntagen vor wem auch immer katzbuckeln können. Habt ihr sonst noch ein Problem?«

»Du bist ein Engel!«, rief Maeve.

Als sie ihn mit Tränen in den Augen umarmte und Edwin ihm dankbar auf den Rücken klopfte, war Marmaduke zufrieden.

Dann eilte Maeve freudestrahlend in die Küche, um einen ihrer selbst erfundenen australischen Kuchen mit Passionsfrüchten, Buschäpfeln und Beeren zu backen.

Marmaduke wusste nicht so recht, wie er das nächste Thema ansprechen sollte.

»Isabel versteht, dass ich nicht riskieren will, ein Kind zu zeugen, trotzdem glaube ich, dass sie eines braucht. Ich habe allen Grund zu der Annahme, dass es ein etwa vier Jahre altes Kind namens Rose Alba gibt. Vielleicht lebt es bei einem Verwandten. Es muss unehelich sein. Die de Rollands wissen nichts von seiner Existenz. Dein Anwalt in England muss daher äußerst diskret zu Werke gehen, wenn er Erkundigungen einzieht. Ich würde dieses Kind sehr gern nach New South Wales holen, damit es bei uns aufwächst. Es soll eine Überraschung für Isabel sein, verstehst du?«

Edwin warf ihm einen eindringlichen Blick zu. »Du kannst dich auf mich verlassen. Mein Freund in England ist die Diskretion in Person.«

Marmaduke konnte es kaum abwarten, seine Pläne anzugehen. »Ich muss los, alter Freund. Bis bald in deiner Kanzlei. Ich will ein Testament verfassen, damit Isabel gut versorgt ist, falls mir etwas zustößt. In dieser Kolonie weiß man nie, was einen um die Ecke erwartet.« Er gab sich Mühe, unbesorgt zu klingen. »Ich zweifle nicht daran, dass de Rolland bald auftaucht, und mir bleibt nicht viel Zeit, um mein Leben in neue Bahnen zu lenken. Von einem eitlen Taugenichts und Weiberhelden zu einem angesehenen und respektierten Großgrundbesitzer.«

An der Tür drehte er sich noch einmal um und lächelte selbstironisch. »Ich weiß, es klingt ziemlich verrückt, fast unmöglich, aber ich will der Mann sein, der Isabel gerettet hat. Lach nicht! Ich will ihr Held sein.«

Noch ehe Edwin antworten konnte, war Marmaduke aus der Tür, sprang auf sein Pferd und galoppierte davon, das Gesicht dem Wind zugewandt.

BUCH ZWEI

DIE MASKE

Geiz treibt die Liebe aus dem Haus.

Andreas Capellanus,
Ende des 12. Jahrhunderts

DREIUNDDREISSIG

Die Dunkelheit in Bloodwood Hall hatte eine tiefere und finsterere Dimension, als Isabel es je erlebt hatte, selbst in ihren Albträumen. Es war nicht die Finsternis des Nachthimmels, dieses weiten mitternachtsblauen Kokons rings um das Buschland, wo Myriaden von Sternen um einen Platz kämpften, Gottes Schöpfung der Dunkelheit.

Diese andere Dunkelheit war menschlich und böse. Ohne Marmadukes Gegenwart, die sie beschützte, kämpfte Isabel darum, ihre Phantasie im Zaum zu halten, doch sie wurde von einem unsichtbaren Sog in einen Wirbel übernatürlicher Finsternis gezogen, die jeden Raum in Garnets Haus zu erfüllen schien. Kein Licht – weder Öllampen, Kandelaber noch der Kamin – konnte ihr Gefühl vertreiben, dass sich hier in der Vergangenheit unsägliche Dinge ereignet hatten und auch in Zukunft wieder ereignen würden.

Die anhaltende Ahnung des Bösen beschränkte sich nicht nur auf die steinernen Mauern des Anwesens. Als Isabel mit Elise einmal Richtung Ghost Gum Valley spazierte, machte Garnets Geliebte eine Pause, um auszuruhen, während Isabel dem Pfad, der zu einer abgelegenen Wasserstelle führte, weiter folgte. Trotz der hellen Sonne wurde sie plötzlich nervös, weil sie das Gefühl hatte, beobachtet zu werden.

Und da sah Isabel sie. Eine kleine Gruppe von Eingeborenen stand etwa zwanzig Schritte von der Wasserstelle entfernt und belauerte sie. Ihre halb nackten Körper schimmerten vor Schweiß, sie trugen Jagdspeere, doch ihrem Verhalten nach zu urteilen, schienen sie keine Bedrohung darzustellen. Sie sah über ihre Schulter, hoffte, Elise wäre nachgekommen, doch sie war nirgendwo zu sehen. In diesem Augenblick wurde Isabel bewusst, dass sie auf sich allein gestellt war. Marmaduke hatte ihr erzählt, dass die Aborigines von Fremden erwarteten, dass sie sich gegenseitig mit Namen vorstellten und ihnen niemals direkt in die Augen blickten.

Sie verhielt sich dementsprechend. »Guten Morgen. Ich heiße Isabel Gamble. Ihr seid willkommen.«

Sie versuchte, direkten Augenkontakt zu vermeiden, bemerkte aber, dass der älteste Krieger sie misstrauisch beäugte. Seine tief liegenden Augen forderten sie heraus. Er kniete auf einem Bein nieder und schöpfte eine Hand voll Wasser, um zu trinken, ließ sie jedoch nicht aus den Augen.

Isabel war verunsichert. Plötzlich hörte sie, wie Elise ihren Namen rief, und drehte sich nach ihr um. »Ich bin hier.«

Dann wandte sie sich erneut den Kriegern zu, und es lief ihr kalt über den Rücken. Sie war ganz allein. Niemand war zu sehen. Nur das seltsame Gefühl des Todes ließ ihr das Blut in den Adern gefrieren.

Elise kam auf sie zu und fächelte sich mit einem Zweig Luft zu. »Was ist mit dir, Isabel? Du bist ja totenbleich.«

»Hier muss etwas Schreckliches geschehen sein, Elise. Spürst du es nicht?«

Elise sah sie argwöhnisch an. »Nichts Besonderes. Es geschah Jahre, ehe Garnet das Land zugewiesen bekam. Seine Hirten, Strafgefangene, ließen hier ihre Herden weiden. Natürlich verboten sie den durchziehenden Eingeborenen, auf Garnets Grund Kängurus zu jagen. Die Eingeborenen töteten daraufhin ein Schaf, um es zu essen. Die Hirten wurden bestraft, wenn sie ein Tier verloren; man kürzte ihnen die von der Regierung gestellten Rationen. Daraufhin haben sie die Wasserstelle vergiftet. Ein ganzer Stamm von Wilderern kam dabei um.«

Wilderer? Es war doch ihr Stammesgebiet.

Isabel fand ihre Stimme wieder. »Wusste Garnet davon?«

Elise zuckte die Achseln. »Sieh mich nicht so entsetzt an. Diese Schwarzen sind keine Menschen wie wir.«

Isabel raffte ihren Rock hoch und ging zurück zum Haus, viel zu wütend, um zu antworten. Dann fiel ihr Marmadukes Warnung ein. All das Böse, das hier geschehen war, hatte in der Tat Spuren hinterlassen.

In dieser Nacht lag Isabel in Marmadukes ehemaligem Kinderzimmer auf dem Bett und las bei Kerzenschein in den geliebten Büchern seiner Jugend, um ihm noch näher zu sein. Ihre ersten Eindrücke von Marmaduke hatten sich immer wieder verändert, von einem arroganten, ungehobelten Kerl über einen Verbündeten, Lehrer, Freund bis zu einem Beschützer und dem Bild eines seltsam schüchternen, zärtlichen Adams. Und außerdem war er der Held, der ihr das Leben gerettet hatte.

Während die Schatten im Kerzenlicht tanzten, unterdrückte sie ihre Angst vor dem ungewohnten Knarzen, das von der Dunkelheit verstärkt wurde und das sie nun schon mehrere Nächte hintereinander gehört hatte. Ohne Marmadukes beruhigende Gegenwart in dem kleinen Ankleidezimmer nebenan gab Isabel einem kindlichen Impuls nach. Sie holte das Kopfkissen von seinem Bett und nahm es mit in ihr Zimmer. Dort hielt sie es in den Armen und sog den Duft nach Sandelholzseife ein, mit der er sein Haar wusch. Dann blies sie die letzte Kerze aus und schlief ein, das Gesicht an sein Kissen geschmiegt, in der Gewissheit, dass der Duft ihr beim Aufwachen das Gefühl gäbe, beschützt zu sein.

Mitten in der Nacht fuhr sie schweißgebadet auf. Es war ein Traum aus ihrer Kindheit, der Augenblick, als sie Silas' seltsamen Ausdruck gesehen hatte, nachdem sie ihm gebeichtet hatte, dass sie den Teufel angefleht hatte, sie vor dem Ertrinken zu retten. Seine Worte hallten in ihrem Kopf wider. »Jetzt bist du in Gottes Augen tot, *ma petite cousine*. Du hast nun niemanden mehr, der dich beschützen kann. In Zukunft darfst du nur noch mich anbeten!«

Da sie in der Finsternis nichts erkennen konnte, erstarrte Isabel, als sie das vertraute Geräusch von Schritten hörte, die von dem dicken Teppich im Gang gedämpft wurden. Vor ihrer Zimmertür erstarben sie. Isabel klammerte sich an das Kissen und hielt es vor die Brust wie ein Schutzschild.

Das Andere! Mein Gott! Habe ich die Tür abgeschlossen?

Sie hielt den Atem an und wartete. Dann folgte, wie in den Nächten zuvor, ein scharfes Klicken wie Hacken, die zusammenschlugen, bevor sich die Schritte im Gang wieder verloren. War es der Geist, den Queenie und die irischen Hausangestellten gehört hatten? Isabel wusste nur eins.

Marthas Geist würde mich niemals erschrecken. Und wenn Silas gestorben wäre, wüsste ich es.

In Erinnerung an seine unvergesslichen, ketzerischen Worte erschauerte sie. »In Zukunft darfst du nur noch mich anbeten.«

Sie vergrub das Gesicht in dem Kissen, um Kraft daraus zu schöpfen.

Ich bin kein Kind mehr. Silas hat keine Macht über mich. Ich werde, wann immer ich will, zu Gott beten. Vielleicht hat er mich ja gar nicht verstoßen. Bitte, lieber Gott, segne alle, die ich liebe. Tante Elisabeth, meine kleine Rose Alba. Und beschütze Marmaduke vor allem Übel, insbesondere vor den Gesetzlosen.

Schließlich half die Magie des Sandelholzduftes, und sie schlief fest ein.

Die ganze Woche lang kam kein Brief von Marmaduke. Der Grund für seine lange Abwesenheit blieb ein Rätsel. Seit seiner kurzen Nachricht gleich nach der Ankunft in Sydney, mit der er ihr mitteilte, dass Edwin und Maeve bald heiraten würden, hatte sie nichts mehr von ihm gehört. Sie freute sich für die beiden, fühlte sich aber gleichzeitig auf seltsame Weise im Stich gelassen wie eine Schiffbrüchige auf einer Insel namens Bloodwood Hall, abgeschnitten von der Welt durch ein Meer grünen Buschlands.

Doch war die Isolation nicht gänzlich ohne Freunde. Queenie kam zwar nie ins Haus, außer wenn sie nach ihr verlangte, doch einmal, als sie ihr bei einem Spaziergang im Rosengarten begegnete, hatte die alte Kinderfrau zärtlich ihren Arm gedrückt. »Du weißt, wo du mich findest, wenn du mich brauchst, Kleines.«

Ihr extravaganter Schwiegervater überhäufte sie mit Aufmerksamkeiten. Davor hatte Marmaduke sie ausdrücklich gewarnt und ihr geraten, vorsichtig zu sein. Isabel war stolz darauf, eine perfekte Lösung gefunden zu haben, wie sie Zeit mit ihm verbringen und ihn zugleich auf Abstand halten konnte: Schach.

Die täglichen Partien fanden im Halbschatten der Bougainvillea auf der Terrasse statt. Sie achtete darauf, Garnet das Gefühl zu geben, dass er ihr das Spiel beibrachte, denn er wusste nicht, dass sie in Onkel Godfreys Bibliothek von klein an ganz allein auf beiden Seiten gespielt hatte und das Spiel meisterlich beherrschte. Die Weiße Rose von York gegen die Rote Rose von Lancaster.

In Garnet Gambles Welt fühle ich mich wie ein Bauer in einem Schachspiel, dessen Regeln mir unbekannt sind. Trotzdem muss ich ständig an den italienischen Spruch denken: »Das Leben ist wie eine Schachpartie. Am Ende landen Bauer und König wieder in derselben Kiste.«

Immer wenn sie ihm gegenüber in dem indischen Korbstuhl saß und von dem Schachbrett aufblickte, bemerkte sie, dass er sie eindringlich musterte. Sie wusste, dass auch Bridget sie beobachtete, wenn sie Garnet einen frischen Krug mit kaltem Wasser aus dem Brunnen brachte. Isabel hatte den Verdacht, dass das Wasser Gin enthielt.

Durch die offene Verandatür spürte sie, wie Elises Augen ihren Rücken durchbohrten, und hörte, wie sie jedes Mal aufseufzte, wenn sie die Nadel in ihren seit Ewigkeiten unvollendeten Wandteppich stieß. Er stellte eine Szene aus Kaiserin Josephines Garten von Malmaison dar, bekannt für die Flora und Fauna, die französische Forscher zum Ruhm Napoleons aus der südlichen Hemisphäre mitgebracht hatten, darunter auch Gattungen von dem geheimnisvollen Kontinent, der auf den Landkarten jahrhundertelang als Terra Australis Incognita verzeichnet gewesen war.

Isabel empfand einen Anflug von Mitleid mit Elise. *So verzweifelt kämpft sie darum, eine Dame zu sein, dass sie die Adligen nachäfft und alles, was aus Frankreich kommt, verehrt. Doch wer kann es ihr verübeln? Bestimmt haben die Franzosen schon elegante Mode entworfen, als wir Briten unsere Körper noch mit Waid blau färbten.*

Isabel betrachtete die wunderbare Schnitzarbeit der bemalten Schachfiguren und überlegte, welchen Zug sie als Nächstes tun musste, damit Garnet sie anschließend schachmatt setzen konnte. Sie wählte jedes Mal die weißen Figuren, winzige Repliken des Herzogs von Wellington und seines Heeres, die 1815 die Schlacht bei Waterloo gewonnen hatten. Sie wählte die weißen, weil sie wusste, dass Garnet sich trotz seiner britischen Herkunft lieber für Napoleon mit der Kaiserin Josephine und den galanten französischen Offizieren in ihren glorreichen Uniformen entschied. Jedes Mal führte er den kleinen Kaiser zum Sieg. Isabel vermutete, dass es seine symbolische Rache an der britischen Gesellschaft war, die ihn auf die Strafgefangeneninsel deportiert hatten.

Zweifellos bewundert Garnet Napoleon, weil er sich alles, was er haben wollte, einfach nahm. Er setzte sich selbst die Kaiserkrone auf und machte seine Familienmitglieder überall in Europa zu Königen. Wenn man Garnet die Möglichkeit gäbe, würde er sich das gesamte östliche

Australien unter den Nagel reißen, von Cape York bis Van Diemen's Land, wenn er es nicht schon längst besitzt!

Garnets diskretes Hüsteln riss sie aus ihren Gedanken. Sie war dran. Die Art, wie er die Herzogin von Wellington genüsslich zwischen Daumen und Zeigefinger hin und her drehte, während er gleichzeitig Isabel mit seinem Blick durchbohrte, als wollte er bis zu ihren tiefsten Geheimnissen vordringen, machte sie nervös.

Hastig schob sie ihren Springer in eine Stellung, von der sie wusste, dass sie zu ihrem Untergang führen würde, und stieß einen gespielten Seufzer aus, als Garnet rief: »Schachmatt, meine Liebe!«

»Du bist sehr geduldig mit mir, Garnet. Ich muss dich doch furchtbar langweilen.«

»Unsinn. Ich kenne hier niemanden, der klug genug wäre, um aus seinen Fehlern zu lernen. Noch ehe das Jahr um ist, werde ich dich zu meiner kleinen Schachdame machen.«

Nur über meine Leiche.

Er trank sein letztes Glas »Limettensaft« aus und bot ihr seinen Arm.

»Komm, schöne Braut, lass uns den Tee im Garten einnehmen. Dort sind wir ungestört.«

Säulen und Dach des Sommerhauses waren von blühenden Weinreben umrankt, die sinnliche Düfte verströmten. Während Garnet Bridget genaue Anweisungen erteilte, wie sie den Nachmittagstee zu servieren hatte, unterhielt sich Isabel mit dem jungen Gärtner, der hier wie alle irischen Strafgefangenen Paddy genannt wurde.

»Ich möchte dir zu deinem Rosengarten gratulieren, Paddy.« Isabel senkte die Stimme. »Hast du zufällig auch irgendwo meine Lieblingsrose, die weiße Rose Alba?«

»Leider nicht«, gab Paddy mit vertraulich gesenkter Stimme zurück. »Wie seltsam. Ihr Ehemann fragte mich neulich dasselbe. Er möchte Setzlinge der weißen Rose Alba in Mingaletta pflanzen, wenn er das Grundstück übernimmt. Ich riet ihm, zu Thomas Shepherd's Darling Nursery in Sydney zu gehen. Er versorgt uns mit Setzlingen für Obstpflanzen und Weinreben.« Plötzlich verzog er bekümmert das Gesicht. »Oje, ich hoffe nicht, dass ich jetzt eine Überraschung des jungen Herrn für Sie verraten habe, Ma'am.«

Isabel lächelte ihm verschwörerisch zu, um anzudeuten, dass sie sich nichts anmerken lassen würde, wenn die Setzlinge eintrafen.

Als sie sah, wie Bridget und Black Mary die Zutaten brachten, die für die Zeremonie des Nachmittagstees notwendig waren, kehrte sie zu Garnet zurück. Anschließend ging Black Mary wieder ins Haus, und Bridget schenkte ihnen Tee ein. Um Isabel mit seinen guten Manieren zu imponieren, fragte Garnet Bridget höflich, ob sie etwas dagegen hätte, dass er sie als »Irin« bezeichnete.

Isabel bemerkte, dass die aufblitzende Wut in den Augen des Mädchens nicht gänzlich verschwand, obwohl sie ihm ein kokettes Lächeln zuwarf. »Ach woher, ich bin ja stolz darauf, Irin zu sein, eine Tochter Dublins. Nicht, dass ich die Hoffnung hätte, meine alte Heimat oder meine alte Großmutter je wiederzusehen, ehe Gott sie zu sich ruft. Aber ich habe nichts dagegen, wenn Sie mich Irin nennen, Sir, *wann immer Sie meiner Dienste bedürfen*.«

Isabel wandte angesichts der Offenheit des Mädchens den Blick ab. Aber sie spürte auch, dass Bridgets traurige Gefühle für ihre Heimat aufrichtig waren.

Bridget hält mich für ihre Feindin, für eine britische Adlige. Wenn sie wüsste! In gewisser Hinsicht wurden wir beide gezwungen, zum Wohle unseres Landes unser Land zu verlassen.

Garnet fühlte sich von Bridgets Antwort nicht gekränkt. »In dieser Kolonie weiß man nie, wie die Würfel fallen, Irin. Sieh mich an, zum Beispiel. Ich wurde auf einem Höllenschiff in die entlegenste Kolonie des Reiches verschleppt, und dann habe ich mir hier ein eigenes Imperium aufgebaut.«

»Das haben Sie in der Tat, Sir.« Beim Weggehen warf sie ihm einen letzten eindringlichen Blick zu. Isabel hatte diesen Ausdruck in den Gesichtern anderer ehemaliger Strafgefangener gesehen, die für Garnet arbeiteten. Kalte Resignation, die sich nur um Haaresbreite von Hass unterschied.

Isabel staunte über den Unterschied zwischen Garnets Verhalten gegenüber weiblichen Strafgefangenen und einem Satz von Marmaduke, der ihr jetzt einfiel. »Ich würde niemals eine ehemalige Strafgefangene mit ins Bett nehmen. Die armen Dinger müssen tun, was man ihnen befiehlt, ob es ihnen gefällt oder nicht. Ich habe wenigstens gewisse Prinzipien.« Wie falsch sie Marmaduke damals verstanden hatte. Jetzt wusste sie, dass seine achtlosen Worte bedeuteten, dass er ehemalige weibliche Strafgefangene nicht für minderwertig hielt. Er weigerte sich einfach, ihre Verletzlichkeit auszunutzen, ihren verzweifelten Wunsch, sich jedem Mann an den Hals zu werfen, nur weil er sie vielleicht beschützen konnte.

Vater und Sohn waren beide Weiberhelden, aber völlig unterschiedlich in ihrem Verhalten. Obwohl Garnet behauptete, Miranda über alles geliebt zu haben, hielt er sich eine Geliebte und nahm sich wie ein Burgherr im Mittelalter das Recht, junge Frauen zu entjungfern.

Ich muss zugeben, dass auch meine Vorfahren das droit de seigneur *missbraucht haben.*

Als sich Garnet über das Gebäck hermachte, ließ sie sich ihre Belustigung nicht anmerken. Beim Essen war er genauso zügellos, wie sie sich den Tudor-König Heinrich VIII. vorstellte.

Er sah ihr in die Augen. »Was hältst du eigentlich von der Kolonie, jetzt, da du sie etwas besser kennst?«

Isabel war erfreut über die Frage, wusste aber nicht, ob ihre

Antwort ihn kränken könnte. »Es ist eine ganz neue Welt für mich, Garnet. Ich liebe die wilde Landschaft, und allmählich gewöhne ich mich an die Jahreszeiten. Vor allem aber fasziniert mich die Revolution!«

Als sie Garnets Verwunderung sah, erklärte sie:

»Mir gefällt es, wie die englische Klassengesellschaft hier auf den Kopf gestellt wird, nicht nur von den rangniedrigeren Beamten, sondern auch von Gouverneur Bourke, dem *Australian* und Marmadukes Freund Rupert Grantham. Sie riskieren eine Menge, um die Sache der Emanzipisten gegen die Exclusives zu verteidigen, indem sie für sie die gleichen Rechte wie für die Briten fordern. Gerichtsverfahren, *habeas corpus* und eine gesetzgebende Versammlung, die über die Gesetze der Kolonie entscheidet, statt des automatischen britischen Rechts.«

O Gott, bin ich zu weit gegangen? Garnet ist beides, ein Emanzipist und ein mächtiger Großgrundbesitzer. Aber auf welcher Seite steht er wirklich? Jedenfalls nicht auf der seines Sohnes, so viel steht wohl fest!

»Wie gut, eine Frau vor sich zu haben, die kein Blatt vor den Mund nimmt. Genau wie meine Miranda!«

Isabel erstarrte, als Garnet plötzlich nach ihrer Hand griff und ihren instinktiven Versuch, sie zurückzuziehen, ignorierte. Sie hielt die Luft an, als sie den Smaragdring, den er ihr an den Finger steckte, wiedererkannte. Er war so herrlich, dass er ihren Ehering fast in den Schatten stellte.

»Ja«, sagte Garnet. »Es ist der indische Smaragd auf Mirandas Porträt. Sie wollte immer, dass er eines Tages Marmadukes Braut gehört. Und jetzt hat er seine rechtmäßige Besitzerin endlich gefunden.«

»Ich weiß nicht, was ich sagen soll«, stammelte Isabel, während sie ihre wahren Gefühle zu verbergen versuchte.

Das ist glatt gelogen. Ich weiß genau, was ich ihm am liebsten ins Gesicht sagen würde. Wie gefühllos kann man eigentlich sein? Glaubt er, ich wüsste nicht, dass Marmaduke diesen Ring der Frau geschenkt hat, die ihn anschließend sitzen ließ? Elise hat ihn jahrelang getragen. Dieser Ring bringt nur Unglück!

»Trage ihn und bleib gesund, mein Kind. Eines Tages wirst du ihn vielleicht weitergeben an die Frau, die deinen Erstgeborenen heiratet.«

Mein Gott, ich kann mir denken, was jetzt kommt. Garnets Gerede von seiner Dynastie!

Wie ein Patriarch verschränkte er die Hände vor der Brust. »Da wir Verwandte sind, habe ich wohl das Recht, dich zu fragen. Ist Marmaduke gut zu dir? Erfüllt er dir … all deine Bedürfnisse?«

Isabel kochte vor Wut, war jedoch gewillt, Feuer mit Feuer zu bekämpfen. »Wenn ich dich recht verstehe, Garnet, willst du entweder wissen, ob ich bereits *enceinte* bin, oder aber ob mein Gatte genauso männlich ist wie sein Vater. Die Antwort auf beide Fragen ist sehr intim. Trotzdem kann ich dir versichern, dass es keine unglücklichen Frauen in der Kolonie gäbe, ob Strafgefangene oder Freie, wenn sie so romantische und leidenschaftliche Ehemänner hätten wie Marmaduke!« Dann stand sie auf und fügte hinzu: »Wenn du mich nun entschuldigen würdest!«

Garnet warf den Kopf nach hinten und lachte vor Entzücken. »Bei Gott, du lässt dich aber auch nicht im Geringsten einschüchtern, was? Eine Frau ganz nach meinem Geschmack.«

Er sprang auf und versperrte ihr den Weg. »Vergib einem alten Mann seine Ungeduld. Ich will nur sicher sein, dass die Enkel, die du mir schenken wirst, aus Liebe gezeugt werden. Alle Kinder verdienen es, dass man sie liebt. Doch nur wenige erleben es.«

Plötzlich blickte er müde in die Ferne. »Marmaduke war die Frucht einer großen Liebe. Ich betete Miranda an, trotzdem weigerte ich mich jahrelang, ihr ein weiteres Kind zu schenken, da ich Angst hatte, sie bei der Geburt zu verlieren. Das Schicksal hat es anders gewollt.«

Isabel spürte, wie sich ihr Herz zusammenzog und ihre Gedanken verrücktspielten. *Garnet hat Miranda wirklich geliebt. Ist das der Grund, weshalb er mit weiblichen Strafgefangenen ins Bett ging? Um ihr das Risiko einer Schwangerschaft zu ersparen? Oder hatte er den Verdacht, dass jemand anders der Vater des zweiten Kinds sein könnte? Zumindest war Marmaduke aus Liebe gezeugt worden. Ich ja auch. Trotzdem brachte ich es nicht fertig, Rose Alba dieses kostbare Geschenk zu machen. Was wird die Zukunft ihr bringen? Marmaduke hat sich geschworen, niemals ein Kind zu zeugen, trotzdem verlangt er von mir, dass ich eine Schwangerschaft vortäusche, damit Garnet ihm Mingaletta überschreibt. Und ich bekomme gutes Geld dafür, dass ich ihm dabei behilflich bin. Warum also kann ich Garnet nicht belügen? Er ist ein böser Mann, und dennoch, o Gott, sieht er so furchtbar traurig aus.*

Isabel legte ihm die Hand auf den Arm. »Vergib mir meine unbedachten Worte, Garnet. Ich versichere dir, dass ich Marmaduke alle Kinder schenken werde, die er sich wünscht.«

Garnet nickte resignierend. »Ja, das habe ich erwartet. Du bist wenigstens ehrlich.« Mit einem Mal sah er sehr alt und erschöpft aus, als er zur Seite trat und Isabel bat, ihn zum Haus zurückzubringen.

Die morgendliche Stille wurde jäh zerrissen vom grässlichen Stöhnen eines Mannes, das die wirre Mischung von stampfenden Pferdehufen, klirrenden Eisenketten und barschen Befehlen des Aufsehers durchdrang.

Dann tauchte aus dem Buschland westlich des Hauses eine Gruppe von berittenen Troopern auf, die einen Strafgefangenen auf den Platz hinter dem großen Haus schleiften. Bald darauf löste sich ein schweigender Strom von Strafgefangenen widerwillig aus den Schatten ihrer Wohnquartiere. In der Mitte des Platzes wartete bereits Fordham, der Folterknecht, und schlug sich lässig mit der zusammengerollten Peitsche auf den Schenkel. Er war der einzige Anwesende, der lächelte.

Von den Pferden der Trooper flankiert, taumelte der Strafgefangene vorwärts, seine nackten Füße waren in Ketten gelegt, und als einer der Trooper mit dem Gewehrkolben nach ihm schlug, damit er mit ihnen Schritt hielt, zog er den Kopf ein. Der Trooper machte eher einen gedankenverlorenen als bösartigen Eindruck.

Isabel vermutete, dass es sich bei dem jungen Mann um den Strafgefangenen handelte, der aus Bloodwood Hall entflohen war. Die Zeitungen hatten geschrieben, er habe sich wochenlang im Busch versteckt und Reisende überfallen.

Der Trooper blieb im Sattel sitzen, als er vor Fordham stand.

»Nach dem Gesetz müssten wir ihn ins Watch House bringen, aber da Richter Summerhayes sich auf einer Rundreise durch seinen Bezirk befindet und kein Mensch weiß, wann er zurück sein wird, geht das nicht. Ich kann es mir nicht leisten, einen Mann abzustellen, der ihn bewacht, bis der Richter wieder da ist. Du kennst ja die verdammten Iren. Die schlüpfen durch das kleinste Schlüsselloch. Den hier kannst du haben, wenn du willst.«

»Meine Katze kann es kaum abwarten zu schnurren«, grinste Fordham, während der Trooper lachte. Seine Kameraden wandten die Blicke ab, sie waren viel zu müde, um auf den Witz zu reagieren.

Die Katze! Fordham meint seine neunschwänzige Katze! Er wird den Jungen auspeitschen!

Da sie sich gerade das Haar gewaschen hatte, trug Isabel ein Hauskleid mit einer Schürze. Doch sie hatte keine Zeit, um sich umzuziehen. Sie rannte ins Haus zurück, um Garnet zu holen. Auf der Treppe lief sie Bridget über den Weg.

»Wo ist Mr Garnet? Ist er schon auf?«

Bridget antwortete auf ihre übliche abweisende Art. »Woher soll ich das wissen? Bin ich die Hüterin meines Herrn?«

Garnet hat also wieder bei Elise geschlafen. Der Gedanke kam ganz automatisch. *Ich muss mich über diesen verrückten Haushalt auf dem Laufenden halten, aber im Augenblick habe ich Wichtigeres zu tun.*

»Hol sofort den Master. Sag ihm, der entflohene Strafgefangene, der damit gedroht hatte, ihn umzubringen, sei in Ketten zurückgebracht worden und soll ausgepeitscht werden.«

»Paddy Whickett?« Plötzlich wurde Bridget kreidebleich unter den Sommersprossen auf ihren Wangen, und Isabel fragte sich, ob vor Schreck oder aus Sorge um den entflohenen Sträfling.

Sie rannte wieder aus dem Haus und fuhr sich mit den Fingern durch das Haar. Ihr Aussehen war ihr egal. Sie hatte nur einen Gedanken.

Die Katze! Garnet hatte diesem Mistkerl von Fordham verboten, sie zu benutzen. Und Marmaduke hatte ihr erzählt, dass niemand ohne die Einwilligung des Richters ausgepeitscht werden durfte. Doch dieser Fordham machte vor gar nichts Halt.

Die Sonne war bereits glühend heiß. Der Platz um die Sträflingshütten hielt die Hitze wie ein Ofen. Fordham befahl den Anwesenden, sich im Kreis um den Pflock aufzustellen, um der Züchtigung ihres Kameraden beizuwohnen.

Das Klappern der Pferdehufe erstarb allmählich in der Ferne. Isabel rannte auf die hinteren Reihen der versammelten Männer zu. Sie keuchte in der grellen Sonne, in der sie das Gesicht des jungen Mannes kaum sehen konnte, der gerade von zwei anderen Strafgefangenen an den Pfosten gebunden wurde. Dann rissen sie sein Hemd auf, um den Rücken zu entblößen. Als sie die offenen Wunden der letzten Auspeitschung sah, wurde ihr fast übel.

Dieser Junge wurde aus der ärmsten Gegend von Irland hierher verschleppt. Wäre er in seiner Heimat geblieben, wäre er längst verhungert. Jetzt wird er trotzdem sterben, wenn man ihn auspeitscht, noch ehe seine alten Wunden verheilt sind.

Fordham stolzierte umher wie ein Zirkusdirektor in einer Bärengrube und wandte sich an die Männer, die mit herabhängenden Schultern um den Gefangenen standen. Manchen sah man an, dass sie dem Spektakel nur widerwillig zusahen, andere schienen heilfroh zu sein, dass sie wenigstens für eine Stunde von ihrer harten Zwangsarbeit befreit worden waren.

Fordham klopfte mit dem ledernen Griff seiner Peitsche auf den nackten Rücken des Strafgefangenen. »Hast du es endlich kapiert, Whickett? Es führt kein Weg über die Blue Mountains nach China. An dieses Ammenmärchen kann nur ein dummer Ire aus Tyrone glauben«, verhöhnte er den jungen Mann, um die übrigen Anwesenden zu belustigen.

»Du glaubst bestimmt auch an Kobolde und Todesfeen, was, du Dummkopf?«

Lautes Gejohle kam von einigen Feiglingen, die Iren jedoch blieben stumm.

Paddy Whickett drehte sich um und warf dem Aufseher einen verächtlichen Blick zu. Isabel war von der Kraft in den Augen des jungen Mannes schockiert. Sie waren leuchtend blau, es war die einzige Farbe in seinem ausgezehrten Gesicht. Alles andere an seinem Körper war grau, vom Kopf bis zu den Füßen, das Gesicht, das blonde Haar, die zerrissenen Lumpen. Die nackten Füße bluteten an den Gelenken, wo die Eisenfesseln die Haut aufgescheuert hatten.

»Du wirst teuer bezahlen für deinen misslungenen Fluchtversuch, Whickett. Ich werde dem, was ich zuerst für angebracht hielt, noch fünfzig Schläge hinzufügen. Und wenn du wie letztes Mal nach deiner Mama schreist, will ich großzügig sein und noch ein weiteres Dutzend drauflegen.«

Plötzlich hob der Gefangene den Kopf und spuckte Fordham ins Gesicht.

Isabel hielt die Luft an. *Mein Gott, Fordham hat das Gesicht verloren. Jetzt ist es um den Jungen geschehen!*

Der Aufseher wischte sich mit dem Handrücken über das Gesicht.

»Zurück, ihr verfluchten Hundesöhne, wenn ihr nicht wollt, dass euch das Blut ins Gesicht spritzt. Ich mache Hackfleisch aus dem Mistkerl!«

Isabel sah sich um, in der Hoffnung, dass Garnet kam.

Fordham stemmte die Beine in den Boden und hob den muskulösen Arm, um die Katze von der Leine zu lassen.

Als Isabel die Tätowierung auf seinem Arm sah, drehte sich ihr der Magen um. Zwei Herzen, die von einem Pfeil durchbohrt waren.

Welche Verhöhnung der Liebe!

Und dann fand Isabel ihre Stimme. Sie klang schrill und von Angst erfüllt, doch sie trug mit erschreckender Klarheit über den ganzen Platz.

»Aufhören, sofort! Sie haben nicht das Recht, gegen die Anweisungen Ihres Herrn zu verstoßen!«

Verblüfft drehte Fordham sich um. »Wer war das? Zeig dich, und ich stelle dich an den Pranger.«

Ohne nachzudenken, erwiderte Isabel: »Wenn Sie mir auch nur ein Haar krümmen, schickt Sie der Master zur Hölle, Fordham!« Mit zitternden Knien trat sie einige Schritte auf ihn zu.

»Auf welchem Schiff bist du denn hergekommen?«, entgegnete Fordham.

Isabel fuhr es kalt über den Rücken, als sie sah, wie die Männer ihren Körper anstarrten. Sie wusste, dass sie so ungepflegt und schlampig aussehen musste wie eine Magd. Eine leichte Beute. Doch sie hielt ihnen stand.

»Sie sollten wissen, dass ich die neue Herrin von Bloodwood Hall bin!«

Fordham johlte. »Nun, dann seien Sie gegrüßt! Und ich bin König Williams unehelicher Sprössling!«

Isabel sah die spöttischen Gesichter, die Zahnlücken, die leeren Augen, die angesichts des unerwarteten Spektakels aufleuchteten, als sie auf sie zudrängten, bereit zu allem.

Da erklang hinter der Menschenmenge Garnets Stimme.

»Fordham, du verdammter Hundesohn. Dieses Mal bist du zu weit gegangen. Diese Dame ist die Frau meines Sohnes Marmaduke Gamble.«

Das Lachen der Männer erstarb, Fordhams Lächeln gefror.

Garnet Gamble stand in der Mitte des Platzes wie ein römischer Senator, unrasiert, in ein Laken gehüllt, und machte aus seiner Verachtung keinen Hehl. In diesem Augenblick wäre Isabel ihm am liebsten um den Hals gefallen und hätte ihn geküsst, doch sie erinnerte sich gerade noch rechtzeitig an ihre Rolle.

Dann übernahm Garnet die Kontrolle. »Hier wird niemand ausgepeitscht. Stellt den Kerl über Nacht an den Pranger«, schrie er. »Und ihr geht wieder an eure Arbeit zurück, verdammtes Pack.« Er wandte sich an Isabel und senkte die Stimme. »Geh zurück ins Haus. Mit denen werde ich schon fertig.«

Dankbar, dass Paddy Whickett in letzter Minute vor der Peitsche gerettet worden war, eilte Isabel ins Haus zurück.

Bridget stand reglos und mit kreidebleichem Gesicht in der Küchentür.

»Vorerst ist dein Freund in Sicherheit«, sagte Isabel leise. »Die Katze ist wieder im Sack.«

Bridget bekreuzigte sich hastig. Sie kehrte Isabel den Rücken zu, um sich dann wieder umzudrehen, wenn auch nur widerwillig. »Ich hab gesehen, was Sie getan haben. Das hätte ich von einer Frau wie Ihnen nicht erwartet.«

»Ich auch nicht!« Plötzlich gaben Isabels Beine nach, und um nicht in Ohnmacht zu fallen, klammerte sie sich an die Rücklehne eines Stuhls.

Bridget fing sie auf, half ihr, sich hinzusetzen, und als Nächstes spürte Isabel, dass sie ihr ein kaltes, nasses Tuch in den Nacken legte. Wie ein artiges Kind nahm sie das Glas, das Bridget ihr reichte, und trank. Ihre Kehle war vor Angst ausgetrocknet, sodass sie den Inhalt in einem Zug herunterkippte. Es war Garnets »Limettensaft«.

»Schmeckt gut, ist es Gin?«

»Ja, aber Sie haben ihn verdient, so wie Sie sich diesem Schwein von Fordham entgegengestellt haben.«

Erstaunt beobachtete Isabel, wie Bridgets Hände zitterten, als sie sich selbst ein Glas randvoll mit »Limettensaft« füllte. Kurz ehe sie den ersten Schluck nahm, zögerte sie, als erwartete sie Isabels Missbilligung.

Isabel entging ihr Blick nicht. *Sie hat also doch so etwas wie ein Herz.*

Dann stieß sie mit Bridget an.

»Auf deine Freiheit, Irin, und der Freiheit von euch allen.«

Zum ersten Mal überhaupt sah Bridget ihr ohne Argwohn oder Bosheit in die Augen.

»Darauf trink ich gern mit Ihnen, Ma'am.«

Schweigend leerten sie nach und nach den ganzen Krug, bis sie das gackernde Krächzen eines Kookaburra hörten, und Isabel sah, wie ein seltsam zittriges Lächeln auf Bridgets Lippen erschien. Aber beim Gelächter des Vogels brach sie schließlich zusammen und verfluchte die Tränen, die ihr über die Wangen liefen.

»Dieser dumme Paddy Whickett! Er wollte mich zur Frau nehmen. Dass wir kirchlich heiraten. Ich hab ihn abgewiesen. Er war so aufgebracht und wütend, dass er Fordham trotzte und fünfzig Hiebe dafür kassierte. Dann ist er abgehauen. Und jetzt hat er seine letzte Chance auf die Freiheit vertan. Aber ich wollte nicht, dass es so endet, nur weil ich lieber meinen eigenen Weg gehe.«

Als ihr bewusst wurde, dass sie sich selbst verraten hatte, kehrte Bridget wieder zu ihrer alten, kalten Art zurück.

»Na schön. Ich muss jetzt wieder an die Arbeit.«

Isabel ging gedankenversunken hinauf ins Kinderzimmer.

Bridget hat ihren Liebsten verraten und sich für Garnets Schutz entschieden. Es wird ihr nicht besser ergehen als Elise. Doch wer bin ich, um über sie zu urteilen? Ich kann ja meinen eigenen Mann nicht dazu bringen, mich zu lieben.

Sie warf einen Blick in den großen Standspiegel.

Wenn Marmaduke nur wüsste, was ich fühle.

VIERUNDDREISSIG

»Halten Sie die Kutsche vor dem Theatre Royal an, Thomas. Danke. Ich habe etwas Geschäftliches mit Barnett Levey zu besprechen.«

Thomas' wissender Blick von der Seite erinnerte Marmaduke daran, dass es Zeitverschwendung war, dem ehemaligen Sträfling etwas vormachen zu wollen. Denn es war nur die halbe Wahrheit. Marmaduke freute sich auf ein anregendes Gespräch mit dem schillernden Theaterbesitzer, der ständig im Streit mit seinen Geschäftspartnern und Schauspielern lag. Barnetts phantasievolle Abenteuer hatten unter anderem eine Rentenversicherung eingeschlossen, um sein Hotel und sein Theater vor dem Bankrott zu retten. Die vielen daraus entstandenen Verleumdungsklagen hatten dazu geführt, dass sein Name ständig vor Gericht und in den Zeitungen auftauchte.

Marmadukes eigentlicher Grund aber für seinen Besuch im Theatre Royal war das bevorstehende Treffen mit seiner Geliebten, deren Name in Großbuchstaben auf den Plakatwänden prangte.

Josepha St. John. Als er an die Szene dachte, die ihn mit der heißblütigen Diva erwartete, spürte er, wie der viel zu enge Hemdkragen ihm in der schwülen Luft von Sydney die Kehle zuschnürte.

Er traf Barnett in seinem Büro an. Dort lief er unruhig hin und her, auf der Suche nach verschwundenen Dokumenten, mit denen er beweisen musste, dass schon wieder ein Schauspieler seinen Vertrag gebrochen hatte und eine höhere Gage verlangte als seine Kollegen.

Zigarrenrauch hing in der Luft. Ein maßgeschneiderter Gehrock lag achtlos über einem Stuhl, sodass man das Etikett des Londoner Schneiders sehen konnte. Barnetts Hemdsärmel und Weste waren mit Farbe beschmiert, nachdem er soeben die Kulissen seines Bühnenbildners inspiziert hatte.

Barnett war ein gut aussehender Mann, schlank und vital, was Marmaduke sonst nur mit Faustkämpfern assoziierte. In seinen dunklen Augen leuchtete eine glorreiche, aber unerreichbare Vision. Sie erinnerten Marmaduke an die außergewöhnliche Kraft von Edmund Keans Augen.

Barnett hat die Seele eines Schauspielers und ist im Körper eines Unternehmers gefangen, dessen Vision seine geschäftlichen Fähigkeiten übersteigt. Möge Gott ihn vor Keans selbstzerstörerischen Neigungen bewahren.

Marmaduke klopfte ihm auf die Schulter. »Schön, dich wiederzusehen, alter Freund. Offenbar versetzt du Sydney wie üblich in einen Zustand höchster Erregung.«

Barnett schüttelte ihm kräftig die Hand. »Auch ich freue mich, dich zu sehen. Wo hast du denn gesteckt? Ach ja, du hast dir ja eine Frau zugelegt. Glücklich verheiratet, hoffe ich?«

Die Worte klangen aufrichtig. Barnett war einer der beiden Menschen, denen Marmaduke Einzelheiten von Garnets Machenschaften anvertraut hatte.

»Tja, eigentlich hatte ich nicht vorgehabt, als Ehemann zu enden. Aber dann habe ich entdeckt, dass Isabel über erstaunliche Fähigkeiten verfügt. Ich muss zugeben, dass mir mit ihr niemals langweilig wird.«

»Bewundernswert! Männer sollten sich verheiraten. Möge sie dir ein ganzes Haus voller kleiner Gambles schenken.« Er zuckte die Achseln. »Ich jedenfalls bekomme regelmäßig Nachwuchs, aber was soll man machen, wenn man seine Frau liebt. Dabei muss ich immer mehr arbeiten und kann nur darauf hoffen, dass der Allmächtige für uns sorgt.«

Da es ihm peinlich war, über das Thema Elternschaft zu reden, brachte Marmaduke die Sprache auf das Theater. Zwar war er sehr diskret gewesen, was seine Affäre mit Josepha anbelangte, doch wusste er, dass man Barnett nichts vormachen konnte.

»Wie ich sehe, sind sich Sydneys Zeitungen ausnahmsweise einig. Sie schwärmen von Madame St. Johns Auftritten. Ich nehme an, dass dein Star für ein ausverkauftes Haus sorgt.«

»In der Tat. Und dass sie die Rolle der Portia so gut spielt, verdankt sie angeblich nur dir, Marmaduke. Aber in den Nächten, wo sie nicht als Zugpferd auftritt…«

Barnett machte eine hilflose Gebärde. Marmaduke wusste, dass Angst ein ständiger Begleiter der Theaterintendanten war. Auf ein volles Haus konnte ein gähnend leerer Saal folgen.

Marmaduke war fest entschlossen, seinem Freund Mut zu machen. »Ich höre, dass auch deine Kulissen und Kostüme sich allgemeiner Beliebtheit erfreuen und die Schirmherrschaft von Gouverneur Bourke das ihre zum Erfolg des Hauses beiträgt.«

»Möge Seiner Exzellenz ein langes Leben beschieden sein! Bourke ist ein Ire mit liberalen Einstellungen und einem großen Interesse für die Kunst. Ohne seine tatkräftige Unterstützung hätte ich meine Theaterlizenz nie erhalten.«

Obwohl es noch relativ früh am Morgen war, schenkte ihnen Barnett zwei Gläser Wein ein, um auf seine bevorstehende Aufführung von *Richard III.* anzustoßen. Doch dann fiel er wieder in seinen Pessimismus zurück. »Du bist einer der wenigen, die anerkennen, wie viele Probleme ich habe, hier in der Kolonie erfahrene und professionelle Schauspieler aufzutreiben. Die meisten muss ich mir aus ehemaligen Strafgefangenen oder bestenfalls aristokratischen Laien heranziehen. Und alle bilden sich ein, sie könnten zu Ruhm kommen und es mit Mrs Siddons oder dem großen Kean aufnehmen.«

»Du hast die erste professionelle Theatergruppe in der Kolonie gegründet. Du schreibst Geschichte, Kumpel.«

Barnetts Augen leuchteten vor Dankbarkeit. »Meinst du das im Ernst? Drei Mal in der Woche präsentiere ich Sydney Arbeiten des großen Shakespeare, *Der Kaufmann von Venedig*, *Hamlet*, *Romeo und Julia*, *Julius Cäsar*, aber auch beliebte Volksstücke wie *Black-eyed Susan*. Einige meiner Schauspieler würden den Bühnen von Drury Lane keine Schande machen, andere verschandeln ihren Text oder kommen volltrunken zu ihren Auftritten. Du weißt ja, wie unberechenbar das Publikum in dieser Kolonie sein kann. Letzte Woche waren die Zuschauer von der Szene, in der Desdemona erdrosselt wird, so begeistert, dass sie mit den Füßen gestampft haben, bis Othello die Szene wiederholt hat.«

Marmaduke fiel in sein Lachen ein. »Arme Schauspielerin, zwei Mal in derselben Nacht erdrosselt!«

»Spar dir dein Mitleid lieber für mich auf. Das verfluchte Frauenzimmer hat mich vor Gericht gezerrt, weil sie die doppelte Gage wollte!« Barnett warf ihm einen verzweifelten Blick zu. »Ich bringe Sydney Kultur, aber es ist so, als würfe man Perlen vor die Säue. Letzte Woche während der Szene, in der König Lear den Verstand verliert, verlangte das Publikum nach dem Zwischenakt – ein junges Ding, das halb nackt zur Hornpipe eines Seemanns tanzt! Aber was soll ich machen? Ich gebe dem Theater mein Herzblut und bin von Banausen umgeben!«

Marmaduke wusste nicht, ob er lachen oder weinen sollte. »Nur Mut, Kumpel. Darf ich dir meinen Freund Edwin Bentleigh ans Herz legen, er wäre der richtige Mann, um sich deiner Probleme vor Gericht anzunehmen.« Dann fragte er nach Josepha St. John. Er musste den richtigen Zeitpunkt finden, um mit der Diva zu sprechen, denn er wollte sie nicht vor einem wichtigen Auftritt in Rage versetzen.

Barnett nahm kein Blatt vor den Mund. »Wird dich deine Gattin begleiten, wenn du Madame St. Johns Vorstellung besuchst?«

Marmaduke verstand die unausgesprochene Warnung. *Du bist jetzt ein verheirateter Mann!*

»Ja, sobald Isabel wieder in Sydney ist. Meine Frau liebt das Theater über alles und ist eine große Verehrerin von Edmund Kean. Ich nehme an, dass sie die Texte sämtlicher Frauenrollen in Shakespeares Werken auswendig kennt.«

»Ach wirklich? Vielleicht kann sie uns die Ehre erweisen, die eine oder andere Rolle zu übernehmen. Bei Gott, ich brauche Schauspielerinnen, die eine Julia oder Rosalinde vor einem ungebildeten Publikum spielen können. Die Frauen in der Kolonie sind höchstens dazu geeignet, liederliche Frauenzimmer darzustellen.«

Marmaduke zögerte, ehe er sein Anliegen vorbrachte. »Mein Freund, du könntest mir auch einen Gefallen tun.«

»Immer raus mit der Sprache.«

»Wie du weißt, war mein Leben bislang alles andere als vorbildlich. Unter anderem habe ich einen Menschen im Duell getötet. Aber ich glaube fest daran, dass man sich ändern kann, wenn man es nur fest genug will. Du genießt in der Welt der Freimaurer hohes Ansehen, bei der Grundsteinlegung deines Theaters waren zwei Logen involviert. Ich habe es mit eigenen Augen gesehen!«

Barnett seufzte. »Ach, was war das für ein Tag! Damals schien noch alles möglich.«

Marmaduke fuhr fort: »Mein Vater ist ebenfalls ein stolzer Freimaurer, aber ich möchte ihn nicht um diesen Gefallen bitten müssen. Würdest *du* mich als Mitglied in der Loge vorschlagen?«

»Du überraschst mich, Marmaduke. Bislang hast du dich nie dafür interessiert.«

»Nun, ich habe mich in vielerlei Hinsicht geändert. Du wirst es mir vielleicht nicht abnehmen, aber ich habe ein ganz neues Kapitel in meinem Leben aufgeschlagen. Wer in die Loge aufgenommen wird, bekommt so etwas wie den Stempel öffentlicher Anerkennung aufgedrückt. Ich bitte dich nicht darum, weil ich meinem Vater imponieren will. Auch die exklusiven Kreise der Gesellschaft sind mir egal. Mir ist nur wichtig, was Isabel von mir hält. Es ist mir peinlich, aber ich möchte, dass sie zu mir aufblicken kann.«

Barnett streckte ihm die Hand entgegen. »Es wird mir ein Vergnügen sein, Marmaduke. Du kannst dich auf mich verlassen.«

Marmaduke trat in die Hitze und das Gewimmel draußen zurück und lief über die George Street, als die Kutsche eines vornehmen Herrn vor einem Ochsengespann auf den Bürgersteig ausweichen musste. Er hatte Spaß an der Szene. Der Gentleman fluchte, aber wer kommt schon gegen ein Ochsengespann an?

Er stieg in seinen Landauer und ging im Geiste die Liste der Dinge durch, die er noch erledigen musste, ehe er nach Hause zurückkehrte. Den Großmeister der Loge 266 aufsuchen, mit dem Architekten seine Pläne für Mingaletta durchgehen, Edwin bitten, sein Testament aufzusetzen, ein Konto einrichten, auf das er Isabel eine monatliche Summe überweisen konnte, und sich bei seinem Geschäftspartner Mendoza Rat holen.

Die heikelste Mission jedoch war sein Treffen heute Abend mit Josepha. Im nächsten Jahr plante sie eine Tour von New York über British Canada bis hinunter nach Argentinien. Er erinnerte sich an ihre verführerischen Worte in der letzten Nacht, die sie gemeinsam verbracht hatten. »Darling, warum kommst du nicht mit als mein Manager? Es wäre das Abenteuer unseres Lebens.«

Plötzlich schlug seine Stimmung um.

Und wenn Isabel mich abweist? Wenn sie auf unsere Vereinbarung pocht, das Geld nimmt und sich aus meinem Leben stiehlt? Eine Tour durch ganz Amerika mit Josepha ist ein verlockendes Angebot.

»Halt den Mund! Und nimm endlich deine Pläne in Angriff!«

Er hatte gar nicht gemerkt, dass er vor sich hin gemurmelt hatte, bis er Thomas' erschreckte Reaktion wahrnahm.

»Ich meinte nicht Sie, Thomas. Ich habe nur laut nachgedacht. So, und jetzt bringen Sie mich zu Mendoza.«

Durch die schmiedeeisernen Gitter am Fenster des Juwelierladens sah Marmaduke das einsame Licht der Lampe in der Ecke, wo Josiah an seinem Arbeitstisch saß. Er ignorierte das Schild an der Tür mit der Aufschrift: »Bis Montag geschlossen«. Mehrmals klopfte er an die Tür, bis der alte Mann verärgert aufsah, ihn schließlich blinzelnd erkannte und die Riegel zurückschob, die selbst die Bank von England beeindruckt hätten.

»Guten Tag, Jos. Ich kriege ein fürchterlich schlechtes Gewissen, wenn ich dich am Freitagnachmittag arbeiten sehe, nachdem ich mich seit Wochen nicht mehr im Laden habe blicken lassen. Was die Flitterwochen alles mit einem machen! Aber das soll keine Rechtfertigung sein. Tut mir leid, dass ich so lange weg war.«

»Ach, halb so schlimm. Ich muss eine dringende Reparatur fertig haben, ehe die Sonne untergeht. Du bist also mit deiner Braut aus den Flitterwochen zurück?«

»Nein, nur ich. Isabel leistet meinem Vater Gesellschaft, bis er so gütig ist, mir endlich meine Erbschaft zu überschreiben.«

Mendoza nickte. »Das Grundstück, das dir deine Mutter vermacht hat, Gott hab sie selig. Aber du bist bestimmt gekommen, um etwas Wichtiges mit mir zu besprechen, nicht wahr? Willst du einen Blick in die Bücher werfen?«

»Nein. Ich vertraue dir blind. Aber sag mal, was du von dieser Tiara hältst, meinst du, dass sie etwas wert ist?«

Marmaduke reichte ihm das mit Samt ausgeschlagene Kästchen und beobachtete, wie Josiah reagierte.

Wortlos ließ Josiah die Jalousie herunter, um sie vor den Blicken der Passanten auf der Straße zu schützen. Dann ging er zu seinem Arbeitstisch, setzte sein Vergrößerungsglas ins Auge und untersuchte die Tiara, von vorn, von hinten, jede Verbindung, jeden Stein, und am Ende löste er das Bindeglied, das auch als Brosche getragen werden konnte, mit der vollkommenen Perle in der Mitte.

Schließlich wandte er sich Marmaduke zu und fragte scharf: »Wer hat sie gestohlen?«

Marmaduke lachte überrascht. »Ist sie tatsächlich *so* wertvoll? Sie ist so alt und verstaubt, dass ich nicht wusste, ob der Stein echt ist.«

»Sie ist nicht nur wertvoll, sie ist perfekt«, erwiderte Mendoza. »Sag mir die Wahrheit. Wer hat sie für dich gestohlen?«

»Moment, jetzt mach mal halblang, Kumpel. Möglich, dass ich hin und wieder ein Auge zudrücke, wenn es um die exakte Herkunft eines Schmuckstücks geht, aber ein Juwelendieb bin ich deshalb noch lange nicht. So etwas wie diese Tiara habe ich noch nie zu Gesicht bekommen, höchstens auf den Porträts europäischer Monarchen. Ich dachte, du könntest sie dir ansehen und mir sagen, was du meinst, stattdessen bezichtigst du mich der Hehlerei.«

»Ich warne dich, es ist verdammt gefährlich, dieses seltene und wunderbare Stück zu besitzen. Es ist so alt, dass ihr Wert unschätzbar ist. Gib sie demjenigen, von dem du sie bekommen hast, so diskret wie nur möglich zurück.«

»Hör auf, dir Sorgen zu machen. Isabel hat sie von ihrer Cousine geerbt. Und ihre Familie reicht bis zu William dem Eroberer zurück. Wenn du mir nicht glaubst, kannst du Edwin Bentleigh fragen. Er besitzt eine Kopie des Testaments. Wovor fürchtest du dich denn so sehr?«

»Vor einem Besuch der Trooper. Sie nehmen gerade sämtliche Juweliere, Auktionäre und Hehler in der Kolonie wegen einer Tiara in die Mangel, die von einem englischen Anwesen gestohlen wurde. Die Beschreibung passt genau auf dieses Stück hier. Auf den Dieb ist eine Belohnung ausgesetzt. Und bei meinem Vorstrafenregister würde ich beim geringsten Verdacht sofort in Ketten gelegt und nach Moreton Bay verfrachtet.«

»Jos, machst du Witze?«

»Über Moreton Bay macht man keine Witze! Du bist als freier Mann geboren, aber ich bin ein verurteilter Dieb. Vor Jahren habe ich einmal darauf verzichtet, nach der Herkunft einer kaputten Uhr zu fragen, die mir eine verzweifelte Frau verkauft hatte. Diese Entscheidung kostete mich vierzehn Jahre meines Lebens im Gefängnis von Van Diemen's Land. Glaubst du etwa, ich würde ein weiteres Mal meine Freiheit aufs Spiel setzen?«

»Nein, natürlich nicht. Trotzdem werde ich die Tiara nicht der Polizei übergeben, damit sie sie untersucht. Wahrscheinlich würde das gute Stück auf Nimmerwiedersehen verschwinden. Isabel ist ihr Wert einerlei, aber sie liebte ihre Cousine über alles. Ich werde mich dafür einsetzen, dass sie die Tiara bekommt.«

Mendoza schüttelte den Kopf. »Und das Risiko eingehen, dass man dich mit gestohlener Ware erwischt? Nein. Dein Vater wurde für den Diebstahl eines Granatrings in diese Strafkolonie deportiert. Kannst du dir vorstellen, was für eine Strafe du für den Diebstahl dieser Tiara bekommen würdest, die tausendmal kostbarer ist? Sie ist zu wertvoll, als dass sie im Tresor des Ladens sicher wäre. Ich werde sie in meinem geheimen Tresor unter dem Fußboden lagern.«

Mendoza zeigte auf seine Wohnung hinter dem Laden.

»Und wenn die Trooper wiederkommen? Ich will dich keinesfalls in Gefahr bringen«, wandte Marmaduke ein.

»Dass ich den Transport auf der *Fortune* hierher überlebte, habe ich nur deinem Vater zu verdanken; er hat mir geholfen. Heute Nacht werde ich ihm meine Schulden zurückzahlen. Ich werde die Tiara für deine Frau aufbewahren, bis dieser Mr Bentleigh die Sache bei der Polizei geklärt hat.«

Während Marmaduke zurück zum Princess Alexandrina Hotel eilte, musste er immer wieder an die Tiara denken und an die Behauptung der Polizei, sie sei gestohlen. Trotz der Rechtmäßigkeit von Marthas Testament musste jemand aus der Familie de

Rolland Anspruch auf die Tiara mit der Perle in der Mitte erhoben haben. Und mit einem Mal fiel ihm der Granatring ein, der letztendlich zu Garnets Verbannung geführt hatte. Damals war dieselbe Familie daran beteiligt gewesen. Würde sich die Geschichte wiederholen?

Doch vorerst konnte er beruhigt sein; die Tiara war in sicheren Händen. Jetzt musste er sich für die Benefizveranstaltung im Theatre Royal umziehen, ehe er seinen eigenen Auftritt bei der stürmischen Josepha St. John hatte. Irgendwie ahnte er, dass der Abschied alles andere als leicht werden würde.

Nach dem Konzert kutschierte Thomas ihn zu dem eleganten neuen Stadthaus, das ein Verehrer der »amerikanischen Nachtigall« für die Diva gemietet hatte.

Marmaduke wusste, dass er kein Recht hatte, Josepha irgendwelche Vorhaltungen zu machen, trotzdem empfand er etwas, das weniger Eifersucht als ein Anflug von Wehmut war. Ungeachtet der Abmachung, die er mit Isabel getroffen hatte und die es ihm erlaubt hätte, seinen bisherigen Lebensstil fortzusetzen, hatte er seit der Nacht vor seiner Hochzeit nicht mehr mit einer Frau geschlafen. Damals hatte er nicht wissen können, dass es die letzte Nacht wäre, die er bei Josepha verbrachte. Sie hatten sich auch nie voneinander verabschiedet.

Da er sexuelle Enthaltsamkeit nicht gewohnt war, plagten ihn widersprüchliche Erinnerungen. Als Erstes sah er Isabels süßes, herzförmiges Gesicht und ihre grünen Augen, die ihn nicht mehr losließen. Doch er erinnerte sich auch an die verführerischen Kurven von Josephas sinnlichem Körper und wie gut sie beide zusammengepasst hatten.

Man führte ihn in einen Salon mit überladener Einrichtung, die als Kulisse für den Palast eines Dogen im Theatre Royal hätte dienen können, und forderte ihn auf zu warten.

Während er über die Dächer auf das olivgrüne Muster des

Buschlandes blickte, das sich bis hin zu den Ufern des Hafens erstreckte, hatte Marmaduke zum ersten Mal im Leben das Gefühl, seltsam unvollständig zu sein. Die junge Frau, die bei ihrer Ankunft in der Kolonie nur ein lästiger englischer Wildfang gewesen war, hatte sich als unentbehrlich entpuppt. Als er sich jetzt an den Tag erinnerte, an dem er sie mit in den Juwelierladen genommen hatte, musste er grinsen. In ihrer endlosen Neugier hatte sie ihn gefragt, wie Perlen entstanden.

Er hatte ihr erklärt, dass er kein Experte sei, was Perlen anging, und nicht mehr wisse, als dass sie eine seltene, zufällige Laune der Natur seien. Manchmal geriet ein winziges Sandkorn in eine Auster, die daraufhin eine Schicht aus Perlmutt um den kratzigen Störenfried bildete. Und so entstand dann die Perle.

Isabel hatte große Augen gemacht. »So wie wir! Ich bin das Sandkorn, das dich in eine Perle verwandeln muss. Vielleicht empfindest du mich deshalb so sehr als Störenfried! Aber es ist meine Aufgabe!«

Als er jetzt auf die Straße hinabsah, wo Thomas auf seinem Kutschbock döste, musste Marmaduke bei der Vorstellung von Isabel als Sandkorn laut lachen.

Josephas Stimme, die aus dem angrenzenden Boudoir drang, schreckte ihn auf. Das Hausmädchen verließ das Zimmer ihrer Herrin und verschwand diskret durch den Korridor.

»Habe ich dich etwa lachen gehört, Marmaduke? Wie selten. Komm zu mir, Liebling, ich brauche unbedingt etwas Aufmunterung nach diesem schrecklichen Publikum heute Abend.«

Ihre Stimme klang voll und viel versprechend, und Marmaduke wusste genau, was er vorfinden würde, wenn er das Boudoir betrat. Er täuschte sich nicht.

Josepha St. John räkelte sich verführerisch auf einem breiten Himmelbett, das wie die Höhle einer Meerjungfrau mit türkisfarbenen und blauen Girlanden aus Seide in drei Schattierungen geschmückt war. Ihr kastanienbraunes Haar fiel in wellenförmigen Kaskaden über ihren Körper und das durchsichtige Nachthemd, das eine Brust freiließ und keinen Hehl aus ihren üppigen Formen machte.

Marmaduke gab sich galant. »Goya wusste, was er tat, als er die Dame mit der entblößten Brust malte. Es ist viel erregender, als wenn sie völlig nackt gewesen wäre. Wie sehr hätte er sich gewünscht, dich heute Abend so porträtieren zu können. Jeder Künstler würde es tun. Wäre ich doch bloß ein Dichter«, seufzte er.

Josepha winkte ihn zu sich. »Du und ich brauchen keine Worte.«

Marmaduke setzte sich zwanglos auf ein Sofa neben dem Bett.

»Ich habe dich noch nie so verdammt begehrenswert erlebt, Josepha, und ich fühle mich wie ein Narr, denn ich bin heute Abend hergekommen, um in aller Aufrichtigkeit mit dir zu reden.«

»Aufrichtig?« Ihr Lachen klang leicht und zärtlich, aber auch so einstudiert, dass man kaum hätte sagen können, ob es echt war. »Aufrichtigkeit ist ein bürgerliches Laster, das in unserer Beziehung ganz fehl am Platz ist, Darling. Aufrichtigkeit und pure Lust bilden kein gutes Gespann.«

»Trotzdem. Ich habe dir die Wahrheit über meine arrangierte Heirat erzählt. Ich war fest entschlossen, mit dem Einverständnis meiner Frau weiterhin meinen Vergnügungen nachzugehen, ohne auf die Fesseln der Ehe zu achten. Doch dann ist etwas Unerwartetes geschehen.«

Josepha gähnte elegant und schlängelte sich in eine noch verlockendere Stellung. »Du wirst mir doch nicht erzählen wollen, dass du dich verliebt hast, Marmaduke. Ausgerechnet du. Ganz Sydney würde sich totlachen.«

»Verliebt? Ganz und gar nicht«, wandte er hastig ein. »Das würde nicht zu mir passen. Zu dir übrigens auch nicht. Nein, es ist nur, dass ich mich verantwortlich fühle für …« Er schreckte zusammen, als ihm klar wurde, dass er um ein Haar Isabels Namen ausgesprochen hatte, und machte sofort einen Rückzieher. »Ich bin in einer Lage, die mir völlig fremd ist. Trotz aller dagegen sprechenden natürlichen Gelüste hoffe ich doch sehr, dass wir gute Freunde bleiben.« Er hielt inne. »Auch wenn wir fortan auf die unvorstellbare Leidenschaft verzichten müssen, die wir miteinander erlebt haben.«

Gott im Himmel, hoffentlich war das galant genug, denn ich will wirklich, dass wir gute Freunde bleiben.

Josepha spielte mit der Schleife, die auch die andere Schulter ihres Negligees herunterrutschen lassen würde.

»In Wahrheit bist du ein Romantiker, Marmaduke. Ich hatte damit schon gerechnet. Du bist so lange weg gewesen, ohne eine Nachricht zu schicken. Trotzdem ist es mir nicht entgangen, dass du keinen Ehering trägst.«

Marmaduke stockte. *Verdammt, Frauen sehen aber auch wirklich alles.*

»Das ist eine lange Geschichte. Ich will dich nicht mit den Einzelheiten langweilen, Josepha.«

»Macht nichts. Du und ich stehen über diesen bürgerlichen Sentimentalitäten. Aber tu mir einen Gefallen, Liebster, und tritt ans Fenster. Schau auf die Straße hinunter und sag mir, was du siehst.«

Die Bitte war so merkwürdig, dass Marmaduke das Gefühl hatte, irgendeine Methode müsse ihre Tollheit haben. Er tat wie geheißen.

»Die Straße ist ganz ruhig. Abgesehen von meiner Kutsche, die aus Gründen der Diskretion etwas weiter weg steht, sehe ich nur noch eine andere Kutsche. Zwei edle Grauschimmel, ein Kutscher in burgunderroter Livree. Der Insasse trägt einen Zylinder, einen dunklen Umhang und sieht durch sein Opernglas … hier herauf, so seltsam das klingen mag.«

»Ah, das ist er«, sagte Josepha.

»Gehe ich recht in der Annahme, dass du diesen Verehrer näher kennst?«, fragte Marmaduke höflich.

»Noch nicht«, sagte sie träge. »Ein außergewöhnlich geduldiger Gentleman mit einem wunderschönen französischen Akzent. Er besteht darauf, mein Beschützer zu werden. Ich habe nur eingewilligt, sein Haus zu benutzen, mehr nicht.«

»Verstehe«, erwiderte Marmaduke. »Es wäre dir lieber, wenn ich mich aus dem Staub machte.«

»Ganz im Gegenteil, Darling. Er ist zwar so eifersüchtig, wie die Franzosen nun einmal sind, aber er hat beste Manieren. Er würde nur hochkommen, wenn ich ihn darum bäte. Wenn ich will, bleibt er die ganze Nacht dort unten sitzen. Das hängt ganz von dir ab.«

Marmaduke spürte, wie sein Puls raste.

Sie spielt mit mir, aber ist es ihr tatsächlich einerlei, wie die Szene endet?

»Was will dieser mysteriöse Franzose denn von dir?«

»Nur, dass ich für ihn tanze, privat.« Sie fügte leise hinzu: »Salomes Tanz der Sieben Schleier. Kannst du dich erinnern, wie schön ich ihn für dich getanzt habe?«

»Wie könnte ich das vergessen«, entgegnete Marmaduke leichthin. »Mit diesem Tanz würdest du das ganze Theater füllen.« Er kämpfte darum, die Erinnerung an die Nacht zu vertreiben, als er als einziger Zuschauer nackt in ihrem Bett gelegen hatte.

»Mein Verehrer sieht gut aus«, stichelte sie. »Ich finde seine Großzügigkeit sehr anziehend, ihn selbst noch nicht. Er verfolgt jede meiner Bewegungen. Seine Kutsche parkt vor dem Theater, vor meinem Hutmacher, meinem Coiffeur, und er hat mir diese Villa zur Verfügung gestellt.«

»Das ist der Preis, den du für seine Verehrung zu zahlen hast. Ich weiß, dass ich mich für meine Entscheidung hassen werde, meine süße Dame, aber ich muss zugeben, dass ich überflügelt worden bin. Es ist Zeit, dir eine gute Nacht zu wünschen.«

Marmaduke machte eine übertrieben tiefe Verbeugung.

»Nur heute Nacht«, sagte Josepha leise. »Unsere gemeinsame Zeit ist noch nicht um. Du weißt es, und ich weiß es auch. Ehe ich nach New York aufbreche, stehen uns noch einige großartige Veränderungen bevor.« Damit drehte sie sich auf die Seite, damit er einen guten Blick auf die Frau bekam, die er in seiner grenzenlosen Blödheit abgewiesen hatte.

Dann setzte sie hinzu, als wäre es ihr gerade erst eingefallen: »Du kannst ja deine kleine Frau mit nach Amerika bringen. Solange sie weiß, wo ihr Platz ist, und die Wünsche einer Diva respektiert.«

Jetzt wechselte Josepha die Tonart, und ihre Stimme klang plötzlich so flehentlich, dass sie einen Diamanten zum Schmelzen hätte bringen können. »Ich bitte dich nur um einen Gefallen als Freund.«

Marmaduke zögerte.

»Würdest du die Nacht bei mir verbringen, im Zimmer nebenan? Ich würde mich sicherer fühlen, weil ich weiß, dass er die ganze Nacht auf ein Zeichen von mir warten wird, das ich ihm nicht zu geben vermag, noch nicht.«

Marmaduke nickte und schloss die Tür des Boudoirs leise hinter sich. Er zog den samtenen Vorhang etwas beiseite und schaute hinunter auf die Straße. Dort standen beide Kutschen. Aus dem Fenster des Franzosen stieg eine kleine Wolke von Zigarrenrauch.

Marmaduke zog die Stiefel aus und legte sich auf den Teppich aus Bärenfell, denn das Sofa war zu klein für ihn. Als er sich mit seinem Umhang zudeckte, empfand er einen Anflug von Stolz, weil er stark genug gewesen war, die Prüfung zu bestehen und in seine neue Rolle hineinzuwachsen. Die eines Mannes, dem Isabel eines Tages vertrauen würde.

Ich hoffe, ich habe Josepha das Gefühl gegeben, ihre Rolle gut gespielt und das Gesicht gewahrt zu haben. Sie kennt mich sehr gut. Aber sie hat keine Ahnung, dass sie in Isabel eine ebenbürtige Gegnerin gefunden hat.

Bei der absurden Vorstellung, dass Isabel »ihren Platz« kennen und die zweite Geige neben der legendären Nachtigall spielen sollte, wenn sie mit ihrer *ménage à trois* durch den amerikanischen Kontinent reisten, musste er grinsen.

Doch kurz ehe er einschlief, wurde ihm schwer ums Herz.

Was, wenn ich Isabel nicht einmal zu einer *ménage à deux* überreden kann?

In der Morgendämmerung erwachte Marmaduke mit dem angenehmen Gefühl, seine Pflicht erfüllt zu haben. Er warf einen Blick auf seine Uhr. Halb sechs.

Als er sich seinen Umhang über den Arm warf und nach seinem Zylinder greifen wollte, erschrak er. Seine Geliebte und er waren nicht allein. Auf der Kommode neben seinem Hut und seinen Handschuhen lag ein noch eleganterer Zylinder und ein Gehstock mit dem Knauf eines geflügelten Drachen.

Er wollte gerade in Josephas Zimmer treten, um sie zu beschützen, als er ihr Kichern hörte und dann, wie sie mit ihrem gespielten französischen Akzent sagte: »Monsieur, Sie schmeicheln mir.«

Die Antwort ihres Verehrers war so leise, dass Marmaduke nicht in der Lage war, die zärtlichen Worte zu verstehen, doch der verführerische Tonfall war unverkennbar. Er löste ein perlendes Lachen aus, an das Marmaduke sich gut erinnern konnte, wenn sie beide im Bett gelegen hatten. Sollte es den Franzosen ermutigen? Oder galt es ihrem Publikum – Marmaduke?

Mit einem spöttischen Lächeln griff er nach seinem Hut. Die Rache der Frauen war immer bittersüß, egal in welcher Sprache. Und er wusste, wann es Zeit war, sich zu verabschieden.

Schachmatt, Josepha. Ich hoffe, dass du in guten Händen bist, süße Dame.

FÜNFUNDDREISSIG

In Garnet Gambles Privatsuite im Hotel Princess Alexandria nahm Marmaduke ein heißes Bad. Er hatte fast alles erledigt, weswegen er nach Sydney gekommen war, trotzdem wurde er das instinktive Gefühl nicht los, dass der heutige Tag anders als alle anderen sein würde.

Er hatte Josepha St. John seinen Schutz angeboten und eine keusche Nacht auf dem Boden verbracht. Und dann war er genötigt gewesen, das fünfte Rad am Wagen zu spielen, während sie in ihrem Boudoir ihren französischen Liebhaber verwöhnte. Zum ersten Mal in seinem Leben hatte er freiwillig auf ein Schäferstündchen verzichtet. Plötzlich erinnerte er sich daran, dass er bald fünfundzwanzig wäre.

»Ich werde alt«, murmelte er vor sich hin, obwohl er die Wahrheit kannte. *Isabel.*

Er tröstete sich mit dem Gedanken an ihren halbwegs unschuldigen Vorschlag, er solle ihr bei seiner Rückkehr die Kunst beibringen, wie man sich an vier Stellen küssen lässt. Ob sie wusste, wie erotisch das war? Bilder von unzähligen sinnlichen Frauen, die er gekannt hatte, tauchten auf, wurden aber fast augenblicklich von Erinnerungen an Isabels schlanken, fast jungenhaften Körper, ihr Gesicht, ihre Augen und den süßen Geschmack ihrer Lippen verdrängt.

»Genug!«, ermahnte er sich. »Du hast dich entschieden, die Rolle des Helden zu spielen. Also los. Es bleibt nur wenig Zeit, um dich zu beweisen, ehe Silas de Rolland hier vor Anker geht.«

Als er in einen seiner eleganten Maßanzüge geschlüpft war,

fluchte er ein letztes Mal über die Halsbinde, zupfte sie irgendwie zurecht und machte sich über sein französisches Frühstück her. Heute wäre er gezwungen, sich wie ein vollkommener englischer Gentleman zu geben. Es ging ihm zwar gegen den Strich, aber er würde es für Isabel tun.

Sein erstes Ziel war eine Ausstellung von Gemälden und Memorabilien, die von den Künstlern der Kolonie und den Exclusives organisiert worden war, um Gelder für ein Kinderheim zu sammeln. Bei der Auktion würden sich die vornehmen Herrschaften zweifellos gegenseitig zu übertrumpfen suchen. Außerdem sollte das Ereignis von Gouverneur Bourkes Tochter, Mrs Deas Thompson, eröffnet werden. Er hoffte, dass eine Begegnung mit ihr Isabels Aufnahme in die Gesellschaft von Sydney förderlich wäre.

Marmaduke wusste, dass Anne Maria Bourke den bewährtesten Beamten ihres Vaters geheiratet hatte, Edward Deas Thompson, einen fleißigen Amerikaner schottischer Herkunft, den Bourke von seinem Vorgänger Gouverneur Darling übernommen und dem er die anstrengende Doppelrolle zugewiesen hatte, Verwaltungschef der Exekutive ebenso wie der Legislative zu sein. Der Lebenslauf des jungen Mannes war so vorbildlich, dass niemand ihn der Vetternwirtschaft bezichtigen könnte, wenn er seinen Schwiegersohn zum Sekretär der Kolonie ernannte, falls Alexander MacLeay von seinem Posten abtrat.

Marmaduke betrat die Büros des Obersten Gutachters, überflog die Liste der Artikel, die versteigert werden sollten, einschließlich eines Werkes von Augustus Earle, jenes Künstlers, der auch seine Mutter porträtiert hatte. Trotzdem ging von dem angrenzenden Raum eine viel stärkere Anziehungskraft aus. Hier wurde eine außergewöhnliche australische Kunstsammlung gezeigt, zusammengestellt von William Holmes und im Besitz der Regierung. Der junge Kurator war auf Anweisung von Westminster in die Kolonie geschickt worden und hatte von Lord

Bathurst die jährliche Summe von zweihundert Pfund bewilligt bekommen, um ein öffentliches Museum zu gründen.

Während er vor einer Vitrine mit sehr alten Artefakten der Aborigines stand, empfand er einen Anflug von Stolz auf sein Land. Plötzlich sprach ihn ein junger Mann mit dezentem englischem Akzent an.

»Ich sehe, dass diese Werke Ihre Zustimmung finden, Sir.«

»Zustimmung? Sie sind einzigartig, Kumpel. In Europa wären sie geradezu verrückt nach solch einer Ausstellung.«

Zu spät bemerkte Marmaduke seinen *faux pas. Verrückt! Verdammt, ich habe meine guten Manieren vergessen.*

Hastig stellte er sich vor. »Sie sind also William Holmes, das Genie hinter all dem. Ein Glück, dass Sie die Kolonie wachrütteln und ihr vor Augen führen, dass Australien ein großartiges künstlerisches Vermächtnis besitzt!«

Holmes zuckte selbstironisch die Achseln. »Kein Genie, Mr Gamble, nur ein bescheidener, aber leidenschaftlicher Kurator.«

»Sie unterschätzen sich! Wenn Sie nicht darum gekämpft hätten, das zu erhalten, was die *Sydney Gazette* als ›australische Kuriositäten‹ bezeichnet, wären diese Schätze für die Nachwelt verloren gewesen. All dies gehört nicht nur uns, sondern der ganzen verdammten Menschheit. Der Zukunft!«

Der Kurator errötete vor Freude. »Ich wünschte, die Politiker und Wohltäter dächten wie Sie. Ich musste die ganze Sammlung von Pontius zu Pilatus tragen, bis die Regierung mir einen angemessenen Platz zur Verfügung stellte. Meine Hoffnung ist, dass die Behörden uns eines Tages die nötigen Gelder bewilligen werden, um eine dauerhafte Einrichtung für diese Werke zu bauen.«

Marmaduke machte eine ausholende Bewegung, um ihm beizupflichten. »Das erste australische Museum! Es soll kein Traum bleiben, Will. Es wird Realität werden, mit Ihnen als Museumsdirektor!«

Von Marmadukes Begeisterung beflügelt, führte ihn der Kurator durch den Saal und erklärte ihm die Geschichten hinter der Entdeckung der Artefakte und ihre stammesgeschichtliche Bedeutung.

Als sie um eine Ecke bogen, begegneten sie einer Dame in einem eleganten, taubengrauen Seidenkleid mit einem Ansatz von Schwarz, was darauf deutete, dass sie in Trauer war. Und da erkannte Marmaduke, dass er die Tochter Seiner Exzellenz vor sich hatte.

Holmes verbeugte sich und zeigte auf Marmaduke. »Mrs Deas Thompson, darf ich Ihnen meinen guten Freund vorstellen, Mr. Marmaduke Gamble.«

Marmaduke war für die übertrieben freundliche Vorstellung dankbar.

Beim Namen Gamble hat sie geblinzelt. Garnet ist ganz schön bekannt. Doch wenn sie ihrem Vater auch nur im Entferntesten ähnelt, wird sie mich nicht brüskieren, nur weil ich der Sohn eines ehemaligen Strafgefangenen bin.

Er vollzog eine elegante Verbeugung und schaffte es, sich in ein gutes Licht zu stellen, während sie sich höflich über Belanglosigkeiten unterhielten. Er wies darauf hin, dass seine Frau Mitglied der englischen Familie de Rolland war.

»Ach ja. Godfrey de Rolland ist der Familie meines Vaters gut bekannt. Vielleicht hätte Mrs Gamble Interesse, dem Komitee für das Kinderheim beizutreten.«

»Ganz bestimmt, Ma'am. Isabel wäre begeistert, wenn sie etwas für die armen Waisenkinder tun könnte«, erwiderte Marmaduke und wurde mit einem Lächeln belohnt.

Als sie sich verabschiedete, beugte sich die Tochter des Gouverneurs zu ihm hinüber. »Ich werde meinen Sekretär veranlassen, Mrs Gamble und Ihnen eine Einladung zu schicken. Es wird mir eine Freude sein, sie in der Kolonie willkommen zu heißen.«

Als man den Schlag des Auktionshammers im angrenzenden Raum hörte, schüttelte Marmaduke dem Kurator herzlich die Hand.

Ich muss Garnet dazu bringen, diesem Mann eine Spende für sein Museum zukommen zu lassen.

Um auf sich aufmerksam zu machen, hob Marmaduke die Hand und bot bei einigen Kunstwerken mit, die er eigentlich gar nicht haben wollte. Und als er überboten wurde, war er nicht enttäuscht.

Zuallererst muss ich dafür sorgen, dass Isabel ein Dach über dem Kopf hat, und Rinder und Schafe für Mingaletta kaufen, bevor ich mir irgendwelche Gemälde zulege.

Noch vor Sonnenuntergang hatte Marmaduke seine Pläne für Mingaletta mit einem talentierten jungen Architekten besprochen, der noch nicht allzu bekannt und daher noch erschwinglich war. Außerdem hatte er das erste Testament seines Lebens verfasst und eine Stute gekauft, deren Stammbaum fast so beeindruckend war wie der von Isabel.

Dann schrieb er einen Brief, der von einem Boten nach Waratah Waters gebracht werden sollte, Rupert Granthams großes Anwesen am Cook's River, wenige Meilen von Sydney entfernt.

Lieber Rupert,
herzlichen Dank für die Einladung, am kommenden Wochenende mit dir auszureiten und einen Blick auf deinen neuen weißen Hengst zu werfen. Leider muss ich absagen. Ich habe Isabel mein Wort gegeben, am Wochenende zurück zu sein. Und du weißt ja, wie nervös junge Ehefrauen wegen der Buschräuber werden können.

Mit einem Mal fiel ihm auf, dass Rupert, dieser eingeschworene Junggeselle, der seine Mutter abgöttisch liebte, wohl kaum Ahnung von den Sorgen junger Ehefrauen hätte.

Da der Bote unten in der Schenkstube wartete, um den Brief zu überbringen, tauchte Marmaduke erneut seine Feder in das Tintenfass.

PS: Ich bin mir sicher, dass du mich wieder nach Waratah Waters einladen wirst, wenn ich das nächste Mal in Sydney bin. Ich brenne darauf, deine unglaublichen Geschichten zu hören und zu erfahren, was wirklich hinter den Kulissen in dieser skandalträchtigen Kolonie vor sich geht.

Bis bald,
dein ergebener Freund
Marmaduke Gamble

Am Samstagabend aß Marmaduke im Hotel Princess Alexandrina mit Edwin zu Abend. Maeve hatte unter dem Vorwand abgesagt, sie müsse ihr Hochzeitskleid für die beiden bevorstehenden Hochzeiten nähen.

Edwin hatte eine anstrengende Woche im Gericht hinter sich. Marmaduke schenkte ihm Wein nach und war über das abgespannte Gesicht seines Freundes besorgt, das er damit erklärte, einen Klienten enttäuscht zu haben.

»Teufel nochmal, Ed, schließlich bist du nicht der liebe Gott. Der Junge war ein zweifach verurteilter Dieb. Was hat er denn diesmal verbrochen?«

»Man hatte ihn in flagranti erwischt, auf dem Landsitz eines Adligen in Point Piper. Er hätte alle Zeit der Welt gehabt, sich mit seiner Beute aus dem Staub zu machen. Aber die Polizei fand ihn im Weinkeller, die Taschen voller Diebesgut, während er sturzbetrunken antibritische Protestlieder grölte.«

Marmaduke versuchte, ernst zu bleiben. »Er kann von Glück sagen, dass du ihn vor dem Strang bewahrt hast.«

»Von wegen Glück. Der Richter ist ein Mitglied des Oranierordens. Er hat ihn zu sieben Jahren Zuchthaus in Moreton Bay verdonnert.«

Marmaduke war entschlossen, die Sache positiv zu sehen. »Nun, die Landschaft dort soll herrlich sein. Außerdem habe ich gehört, der berüchtigte Kommandant Patrick Logan sei von seinen Sträflingen ermordet worden.«

Doch Edwin blieb skeptisch. »Unter seinem Nachfolger wird es nicht viel besser sein.«

Marmaduke bestand darauf, ein Zimmer im Hotel für Edwin zu buchen, damit sie am nächsten Morgen zusammen frühstücken und anschließend Mendoza aufsuchen konnten, damit Edwin ihm bestätigte, dass Isabel die Tiara rechtmäßig geerbt hatte.

»Das Stück heute Abend ist genau das, was ein Arzt empfohlen hätte, um dich aufzumuntern. *A Tale of Mystery* ist zum Brüllen. Es handelt sich um Holtcrofts Übersetzung von *Coelina, ou l'enfant du mystère* von René Guilbert de Pixérécourt. Er schrieb es schlauerweise für ein Publikum, das nicht lesen konnte. Und das trifft wohl auf mehr als die Hälfte der Zuschauer hier bei uns auch zu.«

Marmaduke war froh, als er sah, wie schnell die Stimmung im bis auf den letzten Platz besetzten Theatersaal auf Edwin abfärbte. Jedes Mal, wenn der Bösewicht Hand an die arme, aber tugendhafte Heldin legen wollte, wurde er von der aufgebrachten Menschenmenge mit Orangen bombardiert. Der Held, der so unbestechlich war, dass es schon an Dummheit grenzte, wurde von dem Bösewicht immer wieder ausgetrickst. Die Heldin blieb entsetzlich tugendhaft. Die Menge fand den stummen Francisco sympathisch, aber auch frustrierend, weil er die Tricks des Bösewichtes wohl erkannte, sich aber nicht verständlich machen, sondern sie trotz der Warnungen, die die Zuschauer aus vollem Hals brüllten, nur per Pantomime kundtun konnte.

Benebelt vom Wein aus Hunter Valley feierten Marmaduke und Edwin die Heldin und buhten zusammen mit der aufgebrachten Menge den Bösewicht aus.

In der Pause brachte Marmaduke seine Verwunderung zum Ausdruck. »Die Zuschauer in den Kolonien gehen immer auf die Barrikaden, um die Frauen auf der Bühne zu verteidigen, aber im wirklichen Leben sind sie auf beiden Augen blind, wenn es um die Rechte der Frauen geht oder diese von ihren Ehemännern verprügelt werden.«

Edwin war philosophischer. »Das Melodrama verleiht ihnen die Illusion, in einer Strafkolonie Gerechtigkeit einfordern zu können, obwohl die meisten, ganz gleich ob Sträflinge oder freie Bürger, nur Spielbälle des Strafsystems sind.«

Josepha St. Johns Auftritt versetzte das Publikum in helle Aufregung. Sie betrat die Bühne in einem freizügigen roten Kleid mit einer wallenden Schleppe, die sie bewusst bei jeder Drehung nach hinten trat, um den Zuschauern einen Blick auf ihre wohl geformten Knöchel zu erlauben.

Als sie nach einem Kostümwechsel wieder auf die Bühne kam, bemerkte Edwin, dass ihre Diamanten verdammt echt aussähen.

»Aber du kannst bestimmt auf den ersten Blick eine Fälschung von echten Steinen unterscheiden, oder?«

Marmaduke beugte sich vor und war überrascht zu sehen, dass sie neben dem legendären »Halsband«, von dem er wusste, dass es nicht echt war, eine Brosche in Form eines Pfaus mit einem echten Diamanten trug.

»Bei Gott, Edwin! Der Diamant in dieser Brosche ist tatsächlich echt! Ich weiß es, weil Mendoza ihn für mich in seinem Tresor aufbewahrte; die Brosche sollte ein Geburtstagsgeschenk für Isabel sein!«

Marmaduke sprang auf und zerrte Edwin mit sich aus der Loge.

»Jos hätte die Brosche niemals herausgerückt, es sei denn unter Gewalteinwirkung. Hoffentlich ist er noch am Leben!«

Sie rannten die Treppen hinunter und in die George Street hinaus, wo der Regen in Strömen auf die parkenden Kutschen fiel. Marmaduke gab einen ohrenbetäubenden Pfiff von sich, sodass Thomas, der sich unter seinen Umhang aus Öltuch verkrochen hatte, beinahe vom Kutschbock gefallen wäre.

»Zu Mendoza, Thomas! Und lassen Sie sich durch nichts aufhalten!«

Im Schaufenster des Juweliergeschäfts prangte der Hinweis: »Auf Befehl Seiner Exzellenz, des Gouverneurs Sir Richard Bourke, geschlossen.«

Marmaduke suchte in seiner Tasche nach dem Schlüssel, obwohl er wusste, dass es keinen Zweck hätte, wenn sein Partner die Vorhängeschlösser angebracht hatte. Zu seiner Verwunderung ging die Tür problemlos auf. Im Laden gab es nicht das geringste Zeichen von Unordnung. Er rannte die Stufen zum Dachboden hinauf, dicht gefolgt von Edwin. Als er die Szene sah, rief er laut nach Thomas: »Bringen Sie mir meinen Flachmann, Thomas, und holen Sie einen Arzt!«

Mendoza lag zitternd unter einer dünnen Decke auf einem Diwan. Die Haut zwischen seinen grauen Koteletten und seinem Bart war kreidebleich, der ganze Körper schweißgebadet. Ein Auge war blutunterlaufen, das andere übel geschwollen und blau. Die Lippen waren blutverkrustet. Als er etwas sagen wollte, fingen seine Zähne an zu klappern. Marmaduke fiel ihm ins Wort.

»Schon gut, alter Freund. Der Arzt ist bereits unterwegs.« Marmaduke nahm den Flachmann, woraufhin Josiah seine Hand festhielt, weil er wissen wollte, was sich darin befand.

»Eine in Schottland gebraute Arznei. Zumindest wirst du davon aufhören zu zittern!«

Josiah trank und nickte erleichtert.

»Ich wusste, dass du kommen würdest. Deshalb habe ich die Tür nicht abgeschlossen. Die Tiara …« Er hustete.

»Vergiss das jetzt einfach. Welcher Schweinehund hat dir das angetan? Waren es die Trooper?«

»Nein. Ja. Ich weiß es nicht. Ich nehme an, ein Dieb, der im Auftrag gehandelt hat.«

»Erzähl uns, was passiert ist, aber langsam. Wer immer dir das angetan hat, er wird nicht ungeschoren davonkommen.«

Der Bericht des alten Mannes war mühsam, aber schlüssig. Marmaduke und Edwin setzten die Geschichte Stück für Stück zusammen. Nur wenige Minuten nachdem Marmaduke Mendoza die Tiara überlassen hatte, damit er sie in seinem Tresor aufbewahrte, war eine vornehme Kutsche mit einem Gentleman darin vorgefahren, der sitzen geblieben war und sich den Laden von außen angesehen hatte. Sein Diener, ein großer, tätowierter Kerl, hatte an die Tür geklopft und gesagt, er wolle die Uhr abholen, die sein Herr zum Reparieren dagelassen hatte.

»Ich konnte mich nicht an ihn erinnern, aber es sah so aus, als wartete der Gentleman in der Kutsche. Ich war so dämlich, die Tür aufzuschließen und den Diener hereinzulassen.«

»Verdammt, er muss beobachtet haben, wie ich wegging. Hat er dich so zugerichtet?«

Josiah nickte. »Er fesselte mich auf einen Stuhl und wollte wissen, wo ich die gestohlene Tiara hätte. Ich tat so, als wüsste ich von nichts, und er sagte: ›Damit kenne ich mich bestens aus.‹«

Josiah zeigte mit dem Finger auf den Tresor in der Wand hinter dem Vorhang. »Er schlug mich, bis ich ihm die Kombination dieses Tresors verriet, damit er sich selbst davon überzeugen konnte, dass die Tiara nicht da war.« Dann sagte er leise: »Ich hatte sie in den anderen Tresor gebracht unter dem Boden meiner Küche, so wie ich es dir versprochen hatte.«

»Bei Gott, Josiah, du hast wirklich Mumm. Und was ist dann passiert?«

»Der Kerl hat den Tresor aufgemacht und ein Schubfach mit Eheringen, ungeschliffenen Diamanten und leider auch die Brosche in Form eines Pfaus mit dem Diamanten mitgenommen, die du Isabel zum Geburtstag schenken wolltest …«

Marmaduke warf Edwin einen viel sagenden Blick zu, ehe er sich wieder Josiah zuwandte.

»Pass auf, alter Freund. Mach dir deswegen keine Sorgen. Erzähl mir den Rest der Geschichte. Wenn du ihm die Zahlenkombination verraten hattest, warum hat er dich trotzdem so zugerichtet?«

»Er war wütend, weil die Tiara nicht im Tresor war. Dann befahl ihm der Gentleman, mich zu schlagen.«

»Der sogenannte Gentleman! Hast du ihn sehen können? Hatte er einen Akzent? War er Engländer oder von hier aus der Kolonie?«

Josiah schüttelte den Kopf. »Er blieb immer im Dunkeln. Und er sagte kein Wort, sondern gab dem Dieb nur Zeichen mit seinem Gehstock, und der schlug dann immer wieder auf mich ein, weil ich ihm verraten sollte, wo die Tiara war. Das Letzte, woran ich mich erinnere, ist, dass der Kerl ausholte, um mich mit dem Stiefel gegen den Kopf zu treten. Der Schmerz war so stark, dass ich in Ohnmacht fiel. Als ich aufwachte, war ich allein. Das Schild hat ein Wachtmeister an die Tür angebracht und der Menge auf der Straße erklärt: ›Öffentliche Ruhestörung durch den Juden.‹ Ich wäre selbst schuld, dass man mich zusammengeschlagen hätte.« Er hustete qualvoll. »Also bin ich jetzt der Gauner? Dann wird man mich bestimmt vor Gericht zerren!«

Edwin wandte sicher ein: »Eine sinnlose Drohung. Sie werden nicht vor Gericht gebracht, Mr Mendoza!«

Marmaduke pflichtete ihm bei. »Edwin hat das Testament

mitgebracht, um es dir und der Polizei zu zeigen. Du kannst dich darauf verlassen, dass die Anklage fallengelassen wird!«

Josiah lächelte durch die Lücken der ausgeschlagenen Zähne. »Ich wusste, dass du kommen würdest, mein Junge. Du bist Wein, Sohn des Essigs!«

Edwin sah Marmaduke entsetzt an. »Halluziniert er?«

»Nein. Er meint, dass ich ein guter Kerl bin. Besser als Garnet.«

Marmaduke versuchte, seinen Partner davon zu überzeugen, dass er im Hotel besser aufgehoben wäre, dort würde man sich um ihn kümmern, doch Josiah bestand darauf, im Laden zu bleiben, um sich um die Geschäfte zu kümmern. Das sei seine Pflicht. Dann flüsterte er ihm zu, wo sich der andere Tresor befand.

Dort fanden sie die mit Samt ausgeschlagene Schachtel und Isabels Tiara. Ganz gleich, wie Josepha an die Brosche mit dem Diamanten gelangt war, er würde sie weder bitten, sie wieder herauszurücken, noch ihr die Wahrheit erzählen. Seine ehemalige Geliebte hatte etwas Außergewöhnliches verdient, nachdem sie bislang nur unechten Schmuck hatte tragen dürfen. Er würde seinen Partner für den Verlust der Brosche entschädigen. Die Tiara war gerettet, und nur darauf kam es an.

Edwin wollte von Josiah noch weitere Einzelheiten über seine Peiniger erfahren.

Doch der alte Mann war erschöpft. »Die Hand, die mich schlug, hatte Buchstaben auf den Knöcheln tätowiert.«

»Trauen Sie sich zu, den Gentleman wiederzuerkennen?«

Josiah sah ihn ausdruckslos an. »Er stand im Dunkeln. Aber an seinen Gehstock kann ich mich erinnern. Der vergoldete Knauf hatte die Form eines Drachen mit Rubinen als Augen. Ich bin Juwelier, derartige Details entgehen mir nicht.«

»Bei Gott!«, sagte Marmaduke leise, doch im gleichen Augenblick traf der Arzt ein, also ergriff er die Gelegenheit beim

Schopf und begab sich auf die Suche nach einer zuverlässigen Frau, die sich um den alten Freund kümmern und für ihn kochen sollte, so lange es erforderlich war.

Als sie wieder in der Kutsche saßen, wies er Thomas an, vor dem Hotel anzuhalten, wo er die Tiara über Nacht in Garnets Tresor unterbrachte, ehe er sie am nächsten Tag zu seinem Schließfach in der Bank bringen würde. Als sie weiterfuhren, schwiegen beide Männer besorgt, bis Marmaduke das Wort ergriff.

»Tut mir leid, mein Freund, ich wollte, dass du ein Melodram *siehst*, nicht, dass du in einem *endest*.«

Edwin nickte. »Die Handlung verdichtet sich. Allerdings glaube ich, dass du mehr weißt, als du zugibst. Ich habe deinen Gesichtsausdruck gesehen, als Mendoza den Gehstock beschrieb.«

Marmaduke sah ihn ernst an. »Ein Gehstock, auf den diese Beschreibung zutrifft, gehört einem eifersüchtigen Franzosen, der um jeden Preis Josephas Beschützer werden will. Er kam mir etwas zwielichtig vor, aber ich hoffe um Josephas willen, dass ich mich getäuscht habe. Warum sollte ein wohlhabender Franzmann, der für Josepha bereits eine Villa gemietet hat, einen Schläger anheuern, um Mendoza zu verprügeln?«

»Wenn er weiß, dass du Mendozas Partner bist, vielleicht ist er auf deine intime Beziehung mit der Diva eifersüchtig«, mutmaßte Edwin.

Jetzt war Marmaduke alarmiert. »Ich hatte meine Geschäfte hier in Sydney fast erledigt. Jetzt muss ich versuchen, Josepha diskret zu warnen, was diesen Franzosen angeht. Mein Gott, Edwin, das Leben kann ganz schön kompliziert werden, wenn man verheiratet ist.«

SECHSUNDDREISSIG

Sie saßen im sogenannten Damensalon: Elise arbeitete an ihrem abgegriffenen Wandteppich, und Isabel las die Zeitungen, hin- und hergerissen zwischen ihrem Hunger auf Neuigkeiten aus der alten Heimat und ihrer wachsenden Faszination für das, was sich in der Kolonie tat.

Die vielen Zeitungen der Kolonie umfassten die ganze Palette von zuverlässig über informativ, pompös, parteiisch, verleumderisch bis hin zu sensationslüstern. Trotzdem fand sie schnell heraus, dass sich über eine Sache alle einig waren. Die Strafgefangenen, die ausgerissen waren und sich nun im Busch herumtrieben, waren zu einer ernsten Bedrohung für Gesetz und Ordnung in der ganzen Kolonie geworden.

Als sie die englische Zeitung aufschlug, die soeben mit einem Schiff in Port Jackson eingetroffen war, errötete sie vor Wut.

»Das ist ja unerhört!«, rief sie so laut, dass Elise vor Schreck zusammenfuhr.

Atemlos vor Wut stürmte Isabel in Garnets Büro und schwang die Zeitung wie einen Schlagstock, bis ihr plötzlich aufging, dass sie mitten in ein Gespräch mit Powell geplatzt war.

Garnet sah besorgt auf. »Isabel, was ist denn los, mein Kind?«

»Hier steht es schwarz auf weiß. Fünf anständige Bürger sind zu sieben Jahren Zuchthaus in der Strafkolonie verurteilt worden, nur weil sie einen Eid geschworen haben! Die jungen Gewerkschaftsmitglieder aus Dorset. Die Märtyrer von Tolpuddle!«

»Ach, *die*«, sagte Garnet. Er wusste offenbar Bescheid.

Isabel sank dankbar auf den Stuhl, den Powell ihr anbot.

Wenn ich auch für die jungen Märtyrer keine Träne übrighabe, werde ich wohl niemals mehr weinen können, aber Garnet tut so, als wären sie völlig unwichtig.

»Ja, *die*! Du hast bestimmt keine Zeit gehabt, die Zeitung zu lesen«, fügte sie taktvoll hinzu und erinnerte sich daran, dass Garnet, sobald er etwas lesen musste, behauptete, er habe seine Brille verlegt.

»Fünf von sechs. Das sind Helden. Landarbeiter, die schuldig gesprochen wurden, weil sie illegale Eide abgelegt und gegen ein Gesetz verstoßen haben, das nur dazu diente, Aufruhr zu verhindern. Aber was sie gemacht haben, war nicht aufrührerisch, Garnet. Sie haben sich lediglich geschworen zusammenzuhalten und eine Gewerkschaft für Landarbeiter zu gründen. Und soweit ich weiß, sind Gewerkschaften jetzt in England nicht mehr verboten. Oder etwa doch?«

»Nein, seit 1824 nicht mehr«, erklärte Powell hastig, woraufhin Garnet ihm einen missbilligenden Blick zuwarf. Offensichtlich betrachtete Garnet Gewerkschafter als Aufwiegler.

Erneut erinnerte sich Isabel an Agnes' Rat, wenn sie als Kind einen Wutanfall bekommen hatte. »Mit Honig fängt man mehr Fliegen als mit Essig.« Sie sah Garnet an und versuchte, so zu tun, als sei sie den Tränen nah.

»Garnet, ich appelliere an deinen Sinn für Gerechtigkeit. Die armen Arbeiter wollten nur ihre Hungerlöhne aufbessern, von sieben Shilling in der Woche auf zehn. Einige Großgrundbesitzer waren damit einverstanden. Nur ihre eigenen Arbeitgeber reagierten damit, dass sie ihre Löhne auf sechs Shilling reduzierten. Sechs! Um eine ganze Familie zu ernähren! Das ist ein Hohn auf die Gerechtigkeit! Ich schäme mich, Britin zu sein!«

»Nun, so geht es mir hin und wieder auch«, erwiderte Garnet ruhig.

»Du hast doch so viel Einfluss in der Kolonie, auf *dich* hören die Leute!«, sagte Isabel und reichte Powell die Zeitung, damit er sie las.

»Es stimmt, Mr Gamble. Hier stehen ihre Namen, schwarz auf weiß. Der sechste Mann im Bund, ihr Anführer, war zu krank für den Transport. Und er ist kein unbeschriebenes Blatt, sondern ein angesehener wesleyanischer Geistlicher. Seine Einlassung vor Gericht ist bemerkenswert, Sir. Darf ich sie Ihnen vorlesen?«

»Lesen Sie, lesen Sie schon!«, gab Garnet gereizt zurück.

Der Sekretär räusperte sich und las Loveless' Rede mit seinem gefühlvollen walisischen Akzent vor: »Wir haben uns zusammengetan, um uns mit unseren Frauen und Kindern gegen Erniedrigung und Hunger zu wehren. Wir haben niemandes Ehre, Charakter, Persönlichkeit oder Besitz verletzt …«

Im Raum herrschte Stille. Isabel bemerkte, dass Elise reglos in der Tür stand, zweifellos hatte Isabels dramatischer Abgang sie angelockt.

Isabel hoffte, dass ihr Appell Erfolg haben würde. »Ich habe oft gehört, wie du gesagt hast, dass man ein Unrecht berichtigen und jemanden begnadigen kann, Garnet.«

Doch als sie Garnets erhitztes Gesicht sah, schwand ihre Hoffnung.

Garnet will nicht mit Gewerkschaftern in Zusammenhang gebracht werden, die für höhere Löhne kämpfen. Aber steckt noch mehr dahinter? Seine Augen sind so seltsam entrückt, fast glasig. Elise scheint ebenfalls nervös zu sein, als befürchtete sie, dass Garnet einen seiner manischen Anfälle bekommt.

Isabel wünschte, Marmaduke käme durch die Tür spaziert, ganz gleich, in welcher seiner diversen Launen, freundlich, stichelnd, wütend, melancholisch, Hauptsache, er wäre da.

Sie registrierte die besorgten Blicke, die sich Elise und Powell zuwarfen. Eine Bestätigung, dass etwas mit ihrem Master nicht stimmte.

Dann sagte Powell an Garnet gerichtet: »Darf ich in Ihrem Namen ein Schreiben an Gouverneur Bourke aufsetzen, Sir? Seine Exzellenz soll mit dem bekannten parlamentarischen Kreuzritter Edmund Burke verwandt sein, der als Kritiker des britischen Rechtssystems gilt, ungeachtet dessen, was die Exclusives denken. Ein Schreiben, in dem Sie seine Initiative loben und sich nach dem Schicksal der Märtyrer von Tolpuddle erkundigen, würde nicht schaden und Ihnen gewiss seine Anerkennung sichern.«

Isabels Sorge wuchs, als sie Garnets verlorenen Blick betrachtete.

»Ein Schreiben an Bourke. Wozu? Na gut, laden Sie ihn zu meinem Bankett ein. Er wird zwar nicht kommen, aber vielleicht schickt er seinen Schwiegersohn, Deas Thompson.«

Der Sekretär verbeugte sich. »Wie Sie meinen, Sir.«

Plötzlich fiel Garnet Isabels Gegenwart wieder ein. »Vergib mir, wenn ich dir heute keine Gesellschaft beim Abendessen leiste, Kleines. Ich fühle mich nicht besonders wohl.«

Er lächelte benommen und verließ den Raum an Elises Arm.

Rhys tat so, als sichtete er Papiere, um von seiner Verlegenheit abzulenken.

»Sie kennen Mr Gambles Gesundheitszustand besser als ich, Powell. Sollten wir Marmaduke schreiben und ihn bitten, so bald wie möglich nach Hause zurückzukehren? Was meinen Sie?«

»Darüber kann ich nicht urteilen, Mrs Gamble«, entgegnete Powell, dann verbeugte er sich förmlich und verließ ebenfalls den Raum.

Isabel blieb allein zurück. Ihr Blick fiel auf zwei Duellpistolen, die in einer Vitrine lagen.

Sind das die Pistolen, mit denen Marmaduke Klaus von Starbold tötete? Männer sind so schwer zu verstehen. Die Ehre ist ihnen wichtiger als alles andere.

Sie strich über die Nase des Löwen mit den traurigen Augen, der als Jagdtrophäe an der Wand hing.

»Leo, ich glaube, du hast mehr menschliche Gefühle als alle anderen in diesem Haus.«

In ihrem Zimmer wechselte sie die Schuhe. Sie wollte einen Spaziergang im Garten machen; in der frischen Luft ließ es sich besser nachdenken.

In der Gemäldegalerie blieb sie stehen und sah sich Mirandas Porträt an, deren Ausdruck sich je nach Tageszeit und der Beschaffenheit des Lichtes unmerklich veränderte – vielleicht sogar nach Isabels eigener Stimmung. Aus irgendeinem Grund schien dieses Ende des Raums stets kälter zu sein als das andere. Heute war es hier vollkommen still, sie ging also kein Risiko ein, dass die Diener sie hörten und über Marmadukes seltsame Braut tratschten, wenn sie laut Zwiegespräche führte.

»Je mehr ich über dich erfahre, desto weniger weiß ich von dir, Miranda Gamble. Ich wünschte, ich könnte dir von Angesicht zu Angesicht gegenüberstehen. Du bist wie ein Chamäleon, dein Charakter wechselt je nachdem, welche Augen dich betrachten. Garnet ist besessen von dir, eine verlorene Liebe, die ihn verfolgt, weil er sich schuldig fühlt. Für Queenie bist du der Vorwand, der ihren Hass auf Garnet schürt, um sich für deinen Tod an ihm zu rächen.«

Sie trat zur Seite, um das hinreißend schöne Gesicht aus einem anderen Winkel zu betrachten, während sie sich der Illusion bewusst war, dass Mirandas Augen ihren Bewegungen folgten. War ihr Blick heute spöttisch, amüsiert oder enthielt er gar einen Anflug von Bosheit?

»Für Marmaduke bist du eine bewundernswerte, aber auch unnahbare Mutter. Er sieht dich durch die Augen seiner Jugend, spürt noch deinen Verlust, aber er ist auch verwirrt, weil er nicht weiß, wie du wirklich warst. Du hast ihn zweifellos geliebt, aber hast du wirklich jemanden lieben können, ohne ihn gleichzeitig zu manipulieren?«

In diesem Augenblick zog ein Schatten über die Sonne hinweg, und Mirandas Gesicht verdüsterte sich. Trotzdem blieben die Augen unnatürlich hell – beinahe lebendig.

Sie wird erst Ruhe geben, wenn Marmaduke Mingaletta für sich beansprucht hat. Und trotzdem ist da noch etwas anderes. Isabel spürte, wie ihr Herz unangenehm zu rasen begann, als ihr plötzlich ein Gedanke kam.

»Mein Gott! Sie will mich nicht hier haben!«

Wie immer, wenn sie mit ihrer Angst vor den Wesen auf der anderen Seite konfrontiert wurde, kämpfte sie tapfer dagegen an.

»Nun, ich habe Neuigkeiten für dich, Miranda Gamble. Du bist nicht mehr Herrin von Bloodwood Hall, sondern ich! Mag sein, dass du immer noch genügend Macht hast, um alle anderen zu manipulieren, die dich liebten. Aber *mich* kannst du nicht beherrschen. Ich werde mein Leben auf *meine* Art leben! Ich bin lebendig!«

Trotzdem zitterte sie noch von der unnatürlichen Kälte dort oben, als sie die Treppe hinunterstieg und in das helle Licht des Gartens hinaustrat.

Queenies kleine Hütte schien sich in der Sonne zu räkeln, eine kleine Oase der Normalität, die Isabel willkommen hieß.

Heute trug die alte Kinderfrau ein europäisches, bunt gemustertes Hauskleid mit ihrer alten Mother-Hubbard-Schürze. Das dunkle Haar mit den weißen Tigersträhnen war zu einem Knoten geschlungen. Die einzige Konzession an ihr indisches Erbe, rautenförmige, silberne Ohrringe, folgte dem Rhythmus ihrer Bewegungen. Sie war so vertieft darin, Blaubeeren, Erdbeeren und Himbeeren abzuwiegen, dass sie nicht einmal aufsah, als Isabel den Raum betrat, doch ihre Worte klangen sanft.

»Wir haben uns zwar nicht auf Anhieb gut verstanden, aber du weißt ja, dass du hier immer willkommen bist. Bleib da nicht stehen wie bestellt und nicht abgeholt, Kind, setz dich, ich koche uns Tee.«

»Darf ich dir helfen?«, fragte Isabel.

»So klapprig, dass ich nicht einen Kessel mit Wasser aufsetzen könnte, bin ich noch nicht«, antwortete die alte Frau schroff und warf Isabel einen widerwilligen Blick zu. »Aber du kannst die Tassen aus dem Schrank nehmen und sie auf den Tisch stellen.«

Sie muss mir helfen, Marmaduke zu verstehen. Ich habe den Verdacht, dass sie ihm mehr als Miranda eine Mutter war.

Der Tee und Queenies vorzüglicher Zitronenkuchen waren wie ein Gegenmittel gegen Isabels ständigen Hunger. Sie war so begeistert von den Backkünsten der alten Kinderfrau, dass ein Lächeln in Queenies Augen auftauchte.

»Was ich hier mache? Liebe Güte, Mädchen! Und du willst Engländerin sein? Hast du noch nie vom englischen Sommerpudding gehört? Er ist der Inbegriff des Sommers, dank unseres Gewächshauses. Ich habe ihn gelegentlich für Marmaduke gemacht, als er alt genug war, um allein hierherzukommen. Mit einem Sommerpudding wirst du Marmadukes Herz erobern, wenn du dich traust, es auszuprobieren.«

Ihre funkelnden schwarzen Augen warnten Isabel, dass ihr niemand etwas vormachen konnte.

Isabel beschloss, dass bei Queenie nur Ehrlichkeit wirkte. »Ich muss noch viel über das Leben lernen. Marmaduke ist ein komplizierter Mann, dessen Stimmung umschlägt wie ein Wetterhahn. In Wirklichkeit weiß ich gar nichts über ihn. Ständig versucht er, mir eine Freude zu machen, deshalb würde ich ihn gern überraschen und das Geheimnis dieses Puddings lernen.«

Queenie war mit ihrer Antwort zufrieden und band ihr eine Schürze um. Dann erklärte sie ihr, dass sie drei verschiedene Sorten Beeren, ein paar Scheiben altes Brot und Zucker bräuchte. Es sei ein kaltes Gericht, das man am besten einen oder zwei Tage vor dem Servieren zubereitete, damit die gekochten Beeren, nachdem sie zerstampft worden waren, von den Schichten des weißen Brotes auf dem Boden und den Seiten der Backform aufgesogen werden und gut durchziehen konnten. Zum Schluss bedeckte sie alles wiederum mit Brot.

»Dann legst du einen Teller auf die Schale und stellst ein Gewicht darauf. Ich nehme dazu mein schwerstes Bügeleisen und stelle den Pudding für ein, zwei Tage an einen kühlen Ort unter ein Netz, um ihn vor den Fliegen zu schützen. Und jetzt bist du dran!«

Aus einem Impuls heraus drückte Isabel ihr einen Kuss auf die runzelige Wange. »Du kannst dir nicht vorstellen, was es mir bedeutet, Marmaduke etwas Besonderes zubereiten zu können.«

Queenies unberechenbare Stimmung schlug in Ernst um. »Langsam glaube ich, dass du meinen Jungen doch magst.«

»Das tue ich auch, aber verrate es ihm nicht. Er ist schon eingebildet genug.« *Verdammt, meine lockere Zunge. Jetzt habe ich auch noch ihren Liebling beleidigt, das wird sie mir nicht verzeihen.*

Doch zu ihrer Überraschung kicherte Queenie verschwörerisch. »Du lernst schnell, Mädchen. Marmaduke spielt viele Rollen, um seine wahren Gefühle zu verbergen. Vielleicht lernt er eines Tages, dass man Mut braucht, um jemanden zu lieben und den Preis dafür zu zahlen. Der fällt nämlich immer an. Ich frage mich, ob du es ihm beibringen wirst?«

Isabel wusste nicht, wie sie aufrichtig darauf antworten sollte.

»Hast du Lust, heute mit mir zu Abend zu essen, Queenie? Ich würde mich sehr freuen. Garnet scheint es nicht besonders gut zu gehen, er wollte ins Bett, sodass wir allein wären.«

»Wenn Garnet nicht auftaucht, kann ich die Einladung kaum ablehnen«, entgegnete Queenie, »aber heute Nacht ist Vollmond und der Todestag von Miranda. Wenn dich Marmaduke nicht gewarnt hat, muss ich es tun. Schlaf heute Nacht besser hier bei mir, Kind. Ich kann mir eine Schlafstelle neben dem Kamin einrichten.«

»Danke, Queenie, aber das ist nicht nötig. Ich habe Garnets Wutanfälle erlebt und bin trotzdem immer noch am Leben. Ich habe vor, mit einem von Marmadukes Büchern ins Bett zu gehen. Ein Band mit indischen Gedichten aus dem achten Jahrhundert. *Amarushakata*, glaube ich. Kennst du sie?«

»Wie könnte ich sie jemals vergessen? Miranda zitierte daraus, als wäre es ihre Bibel.« Queenie hielt Isabels Arm so fest, dass die Fingernägel sich in ihr Fleisch bohrten. »Versprich mir, dass du nach dem Abendessen sofort ins Bett gehst und die Zimmertür abschließt. Und sie bis zum Morgen nicht mehr aufmachst, egal, was du hörst oder zu hören glaubst.«

Isabel fuhr es kalt über den Rücken, doch sie ließ sich nichts anmerken. »Queenie! Ich bin jetzt achtzehn und verheiratet. Warum behandeln mich alle wie ein kleines Mädchen?«

»Weil du eins bist. Rein im Herzen. Ich habe Angst um dich. Alte Häuser bergen Erinnerungen. Und die Seele dieses Hauses musste einiges mitmachen. Versuch erst gar nicht, seine dunkle Seite zu erforschen. Nur die Starken überleben. Hör auf mich!«

»Mach dir keine Sorgen. Ich werde meine Zimmertür abschließen, und wenn auch nur, damit du beruhigt bist.«

Als Isabel den Weg entlang zum Haus zurück eilte, konnte sie Queenies unheilvolle Worte nicht abschütteln: *Egal, was du hörst oder zu hören glaubst.* Die dunkle Seite, meinte sie das Andere? Oder Garnet?

Es war ihre Pflicht, Garnet während Marmadukes Abwesenheit Gesellschaft zu leisten, trotzdem wurde sie das Gefühl nicht los, dass Bloodwood Hall von unsichtbaren Mauern umgeben war, die sich allmählich immer enger um sie schlossen und von der realen Welt abschnitten. Morgen musste sie einen Ausritt in den Busch machen, um wieder das Gefühl von Freiheit zu spüren.

Als sie an den Stallungen vorbeikam, beschloss sie, nach der Stute zu sehen, die Marmaduke eigens für sie ausgesucht hatte. Über einen der Pfosten waren die Zügel eines braunen Hengstes geworfen, der nervös mit den Hufen auf den Pflastersteinen scharrte. Powells Pferd.

Ihre Stute befand sich in ihrer Box. Der Sattel hing an der Wand. Alles war für ihren Ausritt morgen Früh bereit. Sie streichelte das samtweiche Maul und flüsterte ihr leise etwas ins Ohr, was sie und das Tier gleichermaßen beruhigte. Als sie sah, wie Powell und Elise im Stall auftauchten, zog sie sich in den Schatten zurück. Und dann war es zu spät, um sich ihnen zu zeigen.

Powell packte Elise an den Schultern, und sie tat nichts, um sich von ihm zu lösen.

Jetzt bin ich hier gefangen und muss sie belauschen. Obwohl ich nicht will.

Powell redete leise und eindringlich auf sie ein: »Du darfst nicht zulassen, dass er dir das antut. Du musst ihn verlassen.«

Elises Stimme klang verbittert. »Wie denn? Er bezahlt mich sehr gut für meine Dienste.«

»Sprich nicht so. Du bist keine Hure! Du brauchst ihn nicht mehr. Ich werde für dich sorgen. Komm mit mir, Elise. Jetzt, noch heute Nacht!«

»Unmöglich. Du kannst ja kaum für dich selbst sorgen.«

»Geld! Ist das alles, was dir durch den Kopf geht? Du liebst mich, ich weiß es, gib es zu!«

Er küsste sie unbeholfen, aber leidenschaftlich, dann löste sie sich von ihm.

»Du bist so naiv. Du verstehst gar nichts!« Ihre Stimme klang müde und alt.

»Das stimmt nicht. Ich verstehe dich nur allzu gut. Wenn du dich weigerst, Garnet zu verlassen, um als meine Frau ein neues Leben zu beginnen, dann bist du seine Hure.«

Daraufhin schlug Elise ihm derart heftig ins Gesicht, dass Powell einen Schritt zurückwich. Isabel sah die Rötung auf seiner Wange, als er an Elise vorbeiging, auf sein Pferd stieg und ihm die Sporen gab.

Dann beobachtete sie, wie Elise zum Haus zurückging. Sie blieb im Stall, bis ihr Herzschlag sich beruhigt und sie das Gefühl hatte, gefahrlos zurückgehen zu können. Ihr Kopf schmerzte, während sie an die bevorstehende Nacht dachte.

Ich könnte Mitleid mit Garnet haben. All sein Reichtum kann ihn nicht davor schützen, dass man ihn betrügt. Was um alles in der Welt soll ich tun? Schweige ich, so beteilige ich mich an ihrem Verrat. Andererseits bin ich Marmadukes bezahlte Verbündete. Ich muss auf seine Rückkehr warten.

Isabel ging in die Küche und erklärte Bridget, dass sie nur eine kalte Mahlzeit mit auf ihr Zimmer nehmen würde. Als Bridget ihr erzählte, dass Powell geschäftlich ins Dorf geritten sei, tat sie überrascht.

»Ach ja? Das heißt, dass heute niemand zum Abendessen da sein wird? Dann teil doch bitte das Essen unter den Hausangestellten auf. Oder mach, was du für richtig hältst. Heute Abend brauche ich dich nicht mehr, Bridget.«

Als sie allein in ihrem Zimmer war, schenkte ihr das Licht der drei brennenden Kerzen ein Gefühl von Ruhe. Sie fühlte sich nicht allein. Sie zog die Vorhänge zu, schloss die Tür ab und setzte sich mit untergeschlagenen Beinen auf das Bett, während sie kaltes Lammfleisch mit Brot aß, Apfelsaft trank und in den vergilbten, abgegriffenen Seiten des Buches blätterte. Auf dem Umschlag der Gedichtsammlung stand der Titel: *Hundert Gedichte von Amaru und anderen Dichtern.*

Die Widmung auf dem Deckblatt faszinierte sie.

Für seine geliebte Tochter Miranda.
Es heißt, viele dieser Gedichte,
die im achten Jahrhundert zusammengetragen wurden,
entstammten der Feder des Königs der Poeten,
Amaru aus Kashmir.
Aus dem Sanskrit übertragen zu Ehren seines Enkels Marmaduke
von ihrem Vater.

Darunter stand das Datum von Marmadukes Geburt.

Jedes Gedicht war eine kleine Perle, sorgfältig ins Englische übersetzt, und auf der gegenüberliegenden Seite war der Text in Sanskrit abgedruckt. In Fußnoten wurden alternative Übersetzungsvorschläge aufgelistet, zum Beweis für die Mühe des Übersetzers, dieser archaischen Sprache gerecht zu werden.

Der Colonel muss eine romantische Ader gehabt und Indien sehr geliebt haben, um Sanskrit zu lernen. Kein Wunder, dass Marmaduke das Geschenk seines Großvaters so sehr schätzt.

Ehrfürchtig las sie die tausendfach gefilterte Essenz zahlloser Facetten der Liebe – dieses romantischen, erotischen, leidenschaftlichen, sanften, herzzerreißenden, übermütigen, aber auch bitteren oder zynischen Gefühls. Dichter, die seit Jahrhunderten tot waren, hatten dieses Vermächtnis exotischer Phantasie hinterlassen, das jetzt in Isabels Herzen widerhallte und ihre eigene Phantasie beflügelte, wenn sie an Marmadukes Gesicht, seine Stimme und seinen nackten Körper dachte.

Als sie auf ein Gedicht stieß, das ihre Gedanken reflektierte, las sie es laut vor, ihre Gefühle waren wie ein Spiegelbild der jungen Braut, die vor den Küssen ihres Mannes und seinen Zärtlichkeiten zurückgeschreckt war und ihm nicht in die Augen hatte schauen können. Und trotzdem sehnte sie sich nach ihm, wenn er fort war, und bedauerte die kostbaren Augenblicke, die sie verloren hatte. Isabel erschauerte, als sie sich darin wiedererkannte.

Dieser Dichter spricht zu mir! Marmaduke hat mich wachgerüttelt und mich erblühen lassen mit der süßen Kunst der Liebe. Bitte, lieber Gott, mach, dass es noch nicht zu spät ist!

Sie hielt das Kissen in den Armen, das einen so starken Duft nach Sandelholz verströmte, als hätte Marmaduke das Zimmer gerade erst verlassen und käme gleich zurück. Nur noch er stand zwischen ihr und ihrer Angst. Und wenn Silas vor ihm zurückkehrte? Als die verbotenen Erinnerungen an Silas plötzlich wieder lebendig wurden, versuchte sie, die aufsteigende Panik zu unterdrücken.

Und beim Wenden des Blatts fand sie Trost in den Worten des Dichters.

Ja! Ich darf nie wieder zulassen, dass dieser böse Mensch seinen heimtückischen Schatten auf mein Leben wirft. Oder das von Marmaduke.

Dann küsste sie ehrfürchtig den Buchdeckel. »Danke, Eure Hoheit, König Amaru! Eure Worte sprechen über Jahrhunderte hinweg meine Seele an!«

Von Müdigkeit überwältigt, schlug sie das Buch zu und legte es neben das Bett.

Die wahre Prüfung für meinen Mut – oder meine Feigheit – wird kommen, wenn ich die Kerzen lösche.

Langsam blies sie eine Kerze nach der anderen aus, um das Licht so lange wie möglich zu erhalten. In der Dunkelheit, die nun nur noch durch die Lichtstreifen des Mondes gebrochen wurde, schlüpfte sie unter die Decke und umklammerte das Kissen, das sie vor der Nacht schützen sollte.

SIEBENUNDDREISSIG

Isabel wusste, dass sie in einem Albtraum gefangen war und es einer gewaltigen Anstrengung bedurfte, um aufzuwachen. Unsichtbare, verzerrte Stimmen erfüllten sie mit Furcht. Die Schreie einer Frau. Die gebrochenen, kehligen Laute einer Männerstimme, eine Reihe ineinander übergehender Worte, die sie nicht verstehen konnte. Die Düsterkeit des Traums verschmolz mit der des Raumes. Sie hatte das Gefühl, dass ihr Verstand zwischen zweierlei Grauen zermalmt wurde, und sie wollte sich nicht von einem Schrecken befreien, um einem anderen, noch größeren zu verfallen: der Wirklichkeit.

Waren die Geräusche fern oder hier im Raum, wurden sie gefiltert oder waren sie ganz nah?

Mit zittrigen Händen tastete sie nach den Wachshölzern. Als beim dritten Versuch eines aufflammte, gelang es ihr, eine Kerze zu entzünden.

Der Raum war leer, doch die Geräusche, die sich in ihren Traum gedrängt hatten, waren eine Tatsache, selbst wenn sie von dem Anderen stammten. Sie wiederholte die Worte wie ein Mantra.

»Ich träume nicht. Ich wandele nicht im Schlaf. Es ist wirklich. Ich bin wirklich. Irgendwo im Haus ruft eine Frau um Hilfe. Soll ich etwa hierbleiben, im Schutz meines Schweigens, und sie ihrer Qual überlassen? Ist es das, was Queenie meinte, als sie sagte, was du hörst oder zu hören glaubst?«

Sie versuchte, die Angst herunterzuschlucken, die ihr die Kehle zuschnürte. *Ich bin zwar ein Feigling, aber so feige auch wie-*

der nicht. Wenn sie ein Geist ist, scheint sie noch mehr Angst zu haben als ich.

Zitternd schlüpfte sie in ihre Hausschuhe und warf sich einen Schal um. Mit der Kerze in der Hand schloss sie die Tür des Schlafzimmers auf und ging den Gang entlang, der zur Galerie führte, obwohl sie nicht wusste, ob es die richtige Richtung war.

Kurz bevor sie das Porträt von Miranda erreichte, hörte sie erneut die gedämpften Schreie. *Näher.* Sie schienen von hinter der Wandvertäfelung aus Eichenholz zu kommen.

Sie erinnerte sich an die Verkleidung in der Ahnengalerie zu Hause, auf dem Familiensitz der de Rollands. Garnet hatte so vieles nachgebaut, vielleicht hatte er auch hier ein Priesterloch einrichten lassen.

Sie hielt die Kerze an die Wand und fuhr mit den Fingern an der Vertäfelung entlang, auf der Suche nach einer versteckten Feder. Von Angst erfüllt und kurz ehe sie sich ihr Scheitern eingestand, hörte sie ein leises Klicken, dann bewegte sich ein Paneel. Trotz der Dunkelheit erkannte sie eine schmale Treppe, die zu einer geschlossenen Tür hinaufführte. Ein dünner Silberstreifen Licht fiel darunter hervor.

Die grässliche Kakophonie war unmissverständlich. Zwei Stimmen, Elises schrille Schreie und Garnets heiseres Grunzen. Das Knallen einer Peitsche.

Der Mistkerl schlägt sie!

Elises Stimme. »Garnet, bitte. Nicht! Ich kann nicht mehr.«

Seine Stimme klang rau. »Doch, du kannst, und du wirst noch mehr ertragen. Es ist das Einzige, wozu du taugst. Ich habe noch nicht genug! Du wirst schon lernen, es zu genießen.«

Isabel spürte, wie der Schweiß an ihr herunterströmte und ihr Nachthemd durchtränkte. Im Dunkeln streifte sie die Hausschuhe ab und stieg langsam die Treppe hinauf. Dann kniete sie sich auf die oberste Stufe und spähte durch das Schlüsselloch.

Fragmente grauenhafter Bilder flackerten dahinter auf. Fleisch.

Blutspritzer. Die geknoteten Lederriemen einer Peitsche direkt vor ihren Augen. Isabel drehte sich der Magen um, ihr Mund war trocken, die Lippen wie ausgedörrt, und dann wurde sie von einer zweiten Schockwelle überwältigt.

Ganz kurz sah sie die Hand, die die Peitsche hielt. Das war unmöglich, es war nicht Garnet! Die Hand war sanft und weiß. Die Hand einer Frau!

Dann verlor sie sie aus den Augen. Isabel sah, wie die Peitsche durch die Luft flog und ihr Ziel traf. Garnets Rücken, er war mit verheilten Narben und frischen Wunden übersät. Mit zusammengebissenen Zähnen stieß er seine gutturalen Schreie aus.

Als die Schläge verebbten und es still im Raum wurde, befahl er: »Nicht aufhören. Es war noch nicht genug!«

Bei diesen schrecklichen Worten, die klangen, als hätte man sie seiner Kehle entrissen, hielt Isabel die Luft an.

»Miranda! Bei Gott, wirst du – mir – denn – niemals – verzeihen?«

Isabel wurde so übel, dass sie Angst hatte, in Ohnmacht zu fallen. *Sie dürfen mich nicht hier finden.*

Sie versuchte, nicht zu Boden zu fallen, während sie die Treppe hinunterstolperte in dem Gefühl, fliehen zu müssen. Mit letzter Kraft schob sie die Geheimtür hinter sich zu. Die Kerze war nun fast heruntergebrannt.

Sie hielt sie kurz hoch und warf einen Blick auf Mirandas Porträt, dessen schönes Gesicht geheimnisvoll in der Dunkelheit lächelte. »Bist du jetzt zufrieden?«

Wie zur Antwort blies ein Windstoß die Kerze aus.

Isabel floh den dunklen Korridor entlang in die einzige Zuflucht, die sie kannte. Marmadukes Kinderzimmer. Und dann verriegelte sie die Tür.

An Schlaf war trotz ihrer Erschöpfung nicht zu denken. Unfähig, die grausamen Geräusche und schrecklichen Bilder, die sie gesehen hatte, zu vertreiben, lag sie unter ihrer Decke.

Wie lange mochte dieser Pakt der Selbstkasteiung schon bestehen? Seit Mirandas Tod? Oder seit Marmadukes gescheiterter Hochzeit, als Elise Garnets Geliebte wurde und er erkannte, dass er seinen Sohn verloren hatte? Doch war der Zeitpunkt überhaupt wichtig? Der schreckliche Pakt war zu einem ungezügelten Ritual von gegenseitiger Abhängigkeit ausgeartet. Trotzdem ging es Isabel nicht in den Kopf, wie eine Frau so lange Garnets Komplize sein konnte. War ihre Gier nach Geld so groß, dass sie sich derart erniedrigen ließ? Oder fühlte sie sich doch irgendwie verantwortlich für seine Schuld – und auch ihre eigene?

Obwohl Isabel Elise verabscheute, weil sie Marmaduke am Altar vor aller Augen erniedrigt hatte, gingen ihr jetzt widersprüchliche Gedanken durch den Kopf, denen sie nachgehen musste. Konnte eine Frau, die zusammen mit dem Abschaum der Menschheit deportiert worden war, sich so verzweifelt nach einem reichen Beschützer und der Hoffnung, respektiert zu werden, sehnen, dass sie nicht nur ihren Körper verkaufte, sondern sich auch noch so weit erniedrigte, dass sie seine persönliche Domina spielte?

Isabel fürchtete sich vor dem Morgengrauen und konnte doch kaum erwarten, den zarten malvenfarbenen Lichtstreifen am Horizont zu entdecken, den Marmaduke als »Aborigine-Dämmerung« bezeichnete.

Was sollte sie tun, jetzt, da sie eins der dunkelsten Geheimnisse dieses umnachteten Hauses herausgefunden hatte? Wenn sie erfahren hätte, dass Elise das Opfer von Garnets Brutalität war, sie hätte nicht gezögert, es Marmaduke zu erzählen. Es wäre ihr unmöglich gewesen, die Augen vor einer Abscheulichkeit zu verschließen, die die meisten Menschen als natürlich hinnahmen: Männer, die Frauen schlugen.

Doch hier war das Gegenteil der Fall, die Peinigung spiegelte Garnets unstillbares Bedürfnis wider, für seine eigene Schuld zu büßen. Isabel wusste nicht, was sie machen sollte.

Verfluchter Marmaduke. Er hat mich hier im Stich gelassen, auf dass ich allein damit fertigwerde. Trotzdem kann ich mir nicht vorstellen, dass er so hartherzig wäre, nicht einzugreifen, wenn eine Frau ausgepeitscht wird, selbst wenn es Elise wäre. Er muss also die Wahrheit über ihre Abmachung kennen. Und dann hat es keinen Zweck, auf ihn zu warten, bis er sich endlich vom Theatre Royal und seiner Geliebten losreißt.

Entschlossen vertrieb Isabel den schmerzlichen Stachel der Eifersucht, als sie an Josepha St. Johns verführerische Schönheit dachte. Sie würde ihren Plan bei Tagesanbruch in die Tat umsetzen, und mit diesem Gedanken blies sie die Kerze aus.

Das Wasser für ihr Bad war nur lauwarm, trotzdem seifte sie ihren Körper mit Marmadukes Sandelholzseife ein und wusch sich das Haar. Dann warf sie einen Blick aus dem Fenster, um zu sehen, wie das Wetter war. Es kam ihr hier derart unberechenbar vor, dass es innerhalb von ein paar Tagen alle vier Jahreszeiten umfassen konnte. In der Gewissheit, dass es ein heißer Tag werden würde, zog sie ihr hübschestes Musselinkleid an und zögerte einen Augenblick, bevor sie Mendozas Anhänger anlegte, um ihre äußere Erscheinung zu vervollkommnen. Nachdenklich betastete sie den goldenen Ehering, der zusammen mit dem goldenen Haus an der feinen Kette hing. Marmadukes Ring, auf den sie aufpassen sollte.

Nun ja, es ist eine seltsame Anweisung für eine Verbündete, aber ich habe ihm mein Wort gegeben, also werde ich ihn tragen, bis er zurückkommt.

Als sie einen raschen Blick in den dreiteiligen Spiegel warf, verzog sie angewidert das Gesicht. Sie hatte malvenfarbene Ringe unter den Augen, die Spuren einer schlaflosen Nacht. Sie kniff sich in die Wangen und biss sich auf die Lippen, um ihnen Farbe zu geben. Sie dachte nicht daran, Elises unnatürliche, mit Arsen herbeigeführte Totenblässe zu imitieren.

Während sie durch die Gemäldegalerie eilte, winkte sie Mirandas Porträt hastig zu, mit einem unbehaglichen Gefühl, als sie an den unerklärlichen Windstoß dachte, der letzte Nacht ihre Kerze ausgeblasen hatte. Heute Morgen jedoch machte Miranda einen fröhlichen Eindruck.

»Freut mich, dass wenigstens eine von uns gut geschlafen hat!«

Sie setzte sich auf ihren Platz am Frühstückstisch und beobachtete verwundert, wie Elise sich den Teller mit einem englischen Frühstück füllte: Würstchen, Rührei und pochierte Eier, gebackene Tomaten, Blutwurst und Toastbrot von der Anrichte. Das Frühstück war die einzige Mahlzeit, bei der sie sich auf Garnets Anweisung hin selbst bedienen mussten, damit die Hausangestellten nichts hatten, worüber sie klatschen konnten.

Wie seltsam doch das Leben ist. Bestimmt hat Garnet diese Tradition aus der Zeit übernommen, als er bei den de Rollands Diener war.

Isabel hatte erwartet, Elise nach ihren Pflichten in dem Priesterloch erschöpft und übermüdet anzutreffen. Weit gefehlt. Sie machte sich über ihr Frühstück her, als wäre sie halb verhungert.

»Hast du heute schon etwas vor, Isabel? Oder könntest du mir diese Stickerei beibringen, die bei den Damen in England so beliebt ist? Der Garten von Kaiserin Josephine und die Kreuzstiche hängen mir zum Hals heraus. Ich möchte Garnet zum Geburtstag einen Kissenbezug schenken und seine Initialen mit einer kleinen griechischen Krone umranden. Würdest du mir zeigen, wie es geht?«

Isabel war verblüfft von der völlig normalen Stimme, mit der sie die Bitte äußerte. *Hatte sie letzte Nacht nur geträumt?* »Natürlich, aber zuerst muss ich meine Partie Schach mit Garnet spielen.«

Isabel bewegte ihren König zögerlich genug, um Garnet das Gefühl zu geben, sie sei ihm noch lange nicht ebenbürtig.

»Kluger Zug, kluges Mädchen«, sagte er ermutigend.

Sie war erstaunt, dass er ihre Partie heute nicht abgesagt hatte. Trotz der Hitze trug er eine Winterjacke, deren Futter offenbar verstärkt war. Das einzige Zeichen dafür, dass er Schmerzen hatte oder sich nicht wohlfühlte, waren seine Tendenz, auf dem Stuhl hin und her zu rutschen, und ein gesteigerter Konsum von Limettensaft. Dass er eine tüchtige Portion Gin enthielt, war schon längst kein Geheimnis mehr.

Sein jubelndes »Schachmatt« für Napoleon war von einem Zug ermöglicht worden, den Isabel bewusst gemacht hatte, um die Partie vorzeitig zu beenden.

»Garnet, kann ich etwas unter vier Augen mit dir besprechen, das mir Sorgen macht?«

»Aber natürlich. Komm, gehen wir zu unserem gewohnten Platz«, sagte er kichernd und meinte das Sommerhaus, in dem es keine Hausangestellten gab, die sie belauschen würden. Amaru schien zu schmollen, weil sich keiner um ihn kümmerte, und spazierte stumm auf Garnets Schulter hin und her.

Als sie am Vogelhaus vorbeikamen, nahm Garnet sie am Arm. Er atmete etwas mühsamer als sonst, kein Wunder nach der Züchtigung gestern Nacht.

»Es rührt mich, wenn ich sehe, wie sehr du dich für Mirandas geliebte Wellensittiche interessierst. Es sind schöne kleine Geschöpfe, aber kaum jemand hier schenkt ihnen Aufmerksamkeit, möglicherweise, weil sie hier heimisch sind. Reine Überheblichkeit, wenn du mich fragst.«

Isabel pflichtete ihm mit einem Nicken bei. Während sie im Sommerhaus Platz nahmen, suchte sie nach den richtigen Worten.

»Was macht dir Sorgen, mein Kleines? Bestimmt nichts, was ich nicht lösen könnte.«

Isabel holte tief Luft. »Ich wünschte, du hättest Recht, Garnet. Nein, bitte, lass mich erklären. Es fällt mir nicht leicht, aber es muss gesagt werden. Du hast mir all die Liebe und Aufmerksamkeit geschenkt, die ein Schwiegervater seiner Schwiegertochter entgegenbringen kann. Und jetzt sind sie für mich zu einer Bürde geworden. Ich fühle mich schuldig. Ich war immer ehrlich zu dir. Und deshalb muss ich dir jetzt etwas beichten.«

Garnet unterbrach sie. »Unsinn. Du musst mir gar nichts beichten. Du hast diese Familie mit deiner Schönheit und Güte beehrt, du erträgst die Launen meines Sohnes und liebst ihn trotzdem. Im Kern ist er ja ein guter Junge. Er brauchte nur die richtige Frau, um es zu Tage zu fördern. Lassen wir das mit der Beichte. Du hast meine Familie und meinem Namen alle Ehre getan.«

Isabel nahm seine Hand. »In Wahrheit weiß ich nicht, was meine Familie dir über mich erzählt hat.«

»Du bist doch eine echte de Rolland, oder?«, fragte er hastig. »Nur das zählt.«

»Ja, ich bin eine echte de Rolland, aber mein Vormund hat dir nicht alles über mich erzählt, über meine Kindheit. Hätte er es getan, hätte niemand es dir übel nehmen können, wenn du dich nach einer Frau aus einer anderen aristokratischen Familie umgesehen hättest.«

»Ich wäre ein Dummkopf gewesen, wenn ich nicht dich genommen hätte. Man hat mich schon als alles Mögliche bezeichnet, aber niemals als Dummkopf.« Er hob die Hand wie zu einem Befehl. »Genug jetzt. Ich weiß, was ich sehe. Du brauchst mir keine kleinen Indiskretionen aus deiner Vergangenheit zu beichten.«

Kleine Indiskretionen aus der Vergangenheit sind eine Sache. Wenn er wüsste, wie groß das Netz aus Lügen ist, das ich gesponnen habe. Meine falsche Aussage über den Kindermord, um Rose Alba davor zu schützen, entdeckt zu werden. Wie viel kann ich ihm erzählen?

»Wenn ich auch in Zukunft unter deinem Dach leben will, was ich nur allzu gern tun würde, Garnet, muss ich dir die Wahrheit sagen. Ich glaube, dass du und ich mehr gemein haben, als dir wirklich bewusst ist. Ich weiß, was es heißt, eine Last mit sich herumzuschleppen, die so schwer ist, dass man das Gefühl hat, man könnte sich niemals davon befreien, sosehr man es auch versucht.«

Garnet beugte sich aufmerksam vor und nahm ihre Hand. »Sprich weiter.«

»Du sollst wissen, dass du nicht allein bist. Wenn ich dir irgendwie helfen kann, die Erinnerungen, die dir so wehtun, zu überwinden …« Sie holte tief Luft, im Wissen, welch feine Linie sie gerade übertrat. »Bitte, vergiss nie, dass Marmadukes Frau auch deine Freundin ist. Meine Loyalität gilt in erster Linie meinem Ehemann, aber das beeinträchtigt nicht meine Loyalität gegenüber den Gambles als Ganzes, gegenüber Vater und Sohn.«

Garnet wandte sich ab, als suchte er nach etwas, das außer Sichtweite war. Als sie sah, wie er blinzelte, wurde ihr klar, dass sie den richtigen Ton getroffen hatte. Er rang um Fassung.

Der Klang des Gongs, der zum Mittagessen rief, lieferte ihr einen Vorwand aufzuspringen. »Bist du auch so hungrig wie ich? Das hoffe ich doch sehr. Die Köchin hat mir gezeigt, wie ich einen Pudding machen kann, von dem ich weiß, dass du ihn über alles magst. *Spotted Dick*. Später musst du mir sagen, wie er dir geschmeckt hat.«

Isabel nahm seinen Arm und führte ihn auf das Haus zu, während sie angeregt über Rosen, das Vogelhaus mit den Wellensittichen, Amarus Vokabular und das Wallaby plauderten, das ihren Weg kreuzte. Alles, was ihr einfiel, um Garnets Stimmung aufzuhellen.

Ich weiß nicht, ob ich Marmaduke geschadet oder ihn ein paar Schritte näher an Mingaletta gebracht habe. Nur die Zeit wird es zeigen.

ACHTUNDDREISSIG

Willkürlich blitzten Bilder von Isabel vor Marmadukes Augen auf, während er in der Gamble Suite im Hotel Princess Alexandrina vor seinem üppigen Frühstück saß. Bittersüße Erinnerungen an Isabel in unterschiedlichen Stimmungen seit seiner ersten Begegnung mit dem »Jungen« mit dem blauen Auge im Watch House. Ihr Kampfgeist im Lame Dog, ihr wehmütiges Ehegelübde, ihre Offenbarung, dass sie im Schlaf wandelte, wie sie mit den Fäusten auf ihn einschlug, als sie von Elises Rolle in seinem Leben erfuhr, ihre Augen, die ihn unter dem Wasser anstarrten, als sie wusste, dass sie ertrinken würde, die Art, wie sie ihn nach der Rettung geküsst hatte, als wollte sie ihm ihre Seele darbieten …

Marmaduke wurde ganz heiß, als er an sie dachte. Er war bereit, zu ihr nach Hause zurückzukehren. Seine Arbeit in Sydney war so gut wie beendet. Der Architekt zeichnete einen Bauplan für sein neues indisches Haus, und er würde mit den Arbeiten in Mingaletta beginnen, ob Garnet wollte oder nicht. Rechtlich beruhten neun Zehntel des Gesetzes auf Besitz. Er dachte daran, wie auch Garnet selbst das Land, das der britischen Krone gehörte, erst besetzt und seinen Besitz dann allmählich immer weiter ausgedehnt hatte.

Inzwischen waren Mendozas Wunden verheilt, und seine Geschäfte liefen wieder prächtig, nachdem Isabels Anrecht auf die Tiara geklärt worden war. Die Behörden hatten darauf verzichtet, der Quelle des falschen Anspruchs nachzugehen, doch Marmaduke hatte keine Zweifel. Als er an Silas de Rolland dachte, stieg unwillkürlich Wut in ihm auf. Wenn dieser Mann in die Strafkolonie kam, dann konnte es nur einen Grund haben: Isabel.

Es war ihm auch gelungen, die Sache mit Josepha und der Diamantenbrosche in Ordnung zu bringen. Da er einen Wutanfall von ihr befürchtete, hatte er sie unter dem Vorwand, den Wert der Brosche schätzen zu lassen, zu Mendoza gebracht, nachdem er seinem Geschäftspartner versichert hatte, er werde dafür zahlen, um Josepha die Verlegenheit zu ersparen einzugestehen, dass sie gestohlene Ware angenommen hatte. Dabei bewahrheitete sich, was er vermutet hatte. Die Brosche war das Geschenk eines Verehrers gewesen, der anonym bleiben wollte. War der Franzose immer noch hinter ihr her? Gewiss.

Während Marmaduke an diesem Morgen Emiles neuestes Gourmet-Frühstück genoss, warf er immer wieder einen stolzen Blick auf die kunstvoll verzierte Urkunde, die bewies, dass er nun Mitglied der Freimaurerloge war. Letzte Nacht hatte er bei der Versammlung der Freimaurer in Barnett Levey's Royal Hotel den Dritten Grad seiner Initiation in der Loge bestanden. Barnett Levey war ein redegewandter Fürsprecher gewesen, aber auch Dr. William Bland, der in die Strafkolonie deportiert worden war, weil er in England einen Mann im Duell getötet hatte, hatte seinen Antrag kräftig unterstützt und Marmadukes Geständnis, er habe sich als junger Mann duelliert, heruntergespielt.

»Sie sind in guter Gesellschaft, junger Mann. In der Kolonie leben jede Menge skandalumwitterter Duellisten, darunter Rupert Grantham und der alte John Macarthur. Sogar unser gegenwärtiger Premierminister, der Herzog von Wellington, hat sich mit einem Earl duelliert, weil er ein Gesetz torpedierte, das er verabschieden wollte! Trotzdem gibt es bessere Methoden, um Streitigkeiten beizulegen. Wir Freimaurer lernen, Leidenschaften und Vorurteile angemessen zu beherrschen«, erklärte Mr Bland.

Leidenschaften und Vorurteile zu beherrschen. Eine interessante

Wortwahl. Sie besagt nicht, dass ein Mensch diese Eigenschaften nicht haben darf, nur dass er lernen sollte, sie zu kontrollieren.

Obwohl Marmadukes Wunsch, in die Loge aufgenommen zu werden, den Zweck gehabt hatte, Isabel zu imponieren, hegte er durchaus auch Sympathien für das Gleichheitsprinzip der Freimaurer.

In den letzten Monaten hatte sich seine Sicht der Welt gründlich verändert. Die Insignien der Freimaurer, die farbigen Schurze und die Symbole, die Marmaduke früher als bedeutungslosen Schnickschnack abgelehnt hatte, als Garnet ihn drängte, der Loge beizutreten, hatten inzwischen eine ganz andere Bedeutung für sein Leben angenommen.

Sobald die Pläne für das Haus fertig waren, würde er nach Hause zurückkehren, um sie Isabel zum Geschenk zu machen.

Bei der zweiten Tasse Kaffee bekam er aus unerklärlichen Gründen Kopfschmerzen. Edwins unerwartetes Auftauchen erfreute ihn, weckte aber gleichzeitig Besorgnis, denn sein Freund wirkte niedergeschlagen und trug schwarze Kleidung. Dann reichte Edwin ihm ein Exemplar des *Sydney Herald*.

»Ich bringe schlechte Nachrichten, mein Freund.«

Die erste Seite war wie üblich voll mit Anzeigen und den Ankunfts- und Abfahrtszeiten von Schiffen. Doch als Marmadukes Blick auf die schwarz umrandete Anzeige in der Mitte der Seite fiel, war er schockiert. Rupert Granthams Beerdigung!

Er schüttelte ungläubig den Kopf. »Jesses! Das kann doch nicht sein. Rupert ist tot? Ich habe ihn erst vor wenigen Wochen gesehen. Wir haben zusammen zu Abend gegessen. Er war voller Tatendrang, schimpfte über die Exclusives und forderte Gouverneur Bourke auf, endlich unsere Gesetze zu ändern! Wie ist das passiert?«

Edwin warf einen müden Blick auf die Zeitung. »Ich bin genauso entsetzt wie du. Ich habe die Nachricht gerade erst gelesen. Unser Freund wurde ermordet.«

»Ermordet? Von wem, verdammt?«

»Keiner weiß es. Auf der nächsten Seite steht ein detaillierter Bericht. Ich bin sofort zu dir gekommen.«

Marmaduke überflog den Bericht über den Mord. »Es steht alles da. Der vollständige Polizeibericht. Dr. Blands Autopsie, alles. Rupert war seit Sonntag vermisst worden. Man fand seine Leiche noch am selben Tag. Er war aus nächster Nähe erschossen worden. Diese verdammten Feiglinge! Er hatte wie jeden Sonntagnachmittag einen Ausritt auf seinem Anwesen gemacht. Ich war einmal dort. Waratah Waters umfasst mehrere tausend Morgen Land um Cooks River. Eine wilde Gegend, die an das Moor grenzt.«

»Gibt es Hinweise auf den Mörder?«

Marmaduke zeigte mit dem Finger auf einen Absatz. »Ja. Hier steht, mehrere Männer waren zu Zuchthausstrafen verurteilt worden, weil sie in Mr Granthams Diensten Straftaten begangen hatten. Einer hatte geschworen, sich an ihm zu rächen. Später sollen einige aus dem Strafgefangenenlager ausgebüxt sein und sich seitdem im Busch herumtreiben. Entflohene Strafgefangene.« Marmaduke legte die Zeitung beiseite. »Er wurde tatsächlich ermordet. Der arme Kerl!«

»Es spricht also einiges dafür, dass es kein Zufall war«, erklärte Edwin vorsichtig.

»Ja, mein Freund. Jeder wusste, wo er zu finden war. Rupert war ein brillanter und mächtiger Mann, aber wir wissen auch, dass er sich viele Feinde unter einflussreichen Persönlichkeiten gemacht hatte. Vielleicht sind seine Mörder doch keine entflohenen Sträflinge, die sich an ihm rächen wollten. Vielleicht steckt irgendein mächtiger Arm dahinter, der ihn beseitigen wollte. Vielleicht hat er Verbrecher angeheuert, die ihm die schmutzige Arbeit abnehmen sollten!«

Edwin dachte darüber nach. »Da könntest du Recht haben. Wenn es einen Strippenzieher gab, wird es bei dem Gerichtsverfahren ans Tageslicht kommen. Nach wie viel Männern wird gefahndet?«

»Man hat drei verschiedene Fußspuren gefunden, die zum George River führten. Offensichtlich haben sie den Fluss überquert, in Richtung Seven Mile Brush, wo die Gesetzlosen ihren Schlupfwinkel haben. Es wurden auch zwei Bäume mit Schussspuren gefunden. Anscheinend haben die Mörder dort Schießübungen veranstaltet, bevor sie den armen Kerl ins Jenseits beförderten.«

Dann erinnerte Edwin ihn daran, dass sie aufbrechen mussten, wenn sie rechtzeitig zur Beerdigung kommen wollten.

Marmaduke nahm einen schwarzen Anzug aus dem Schrank und zog sich um. »Ich sage es sehr ungern, Edwin, aber mir kommt das alles ein bisschen widersprüchlich vor. In der Öffentlichkeit setzte sich Rupert für die Rechte der Emanzipisten ein, aber jetzt heißt es hier, dass er seine eigenen Strafgefangenen auspeitschen und in Ketten legen ließ.«

Edwin sah ihn nachdenklich an. »Menschen sind komplexe Wesen, Marmaduke. Vielleicht kannten wir Rupert Grantham nicht so gut, wie wir glauben.«

»Ich habe in Waratah Waters mit ihm zu Abend gegessen. Er hat Isabel ein Hochzeitsgeschenk gemacht. Er war ein großartiger Erzähler, steckte voller wilder Geschichten und schien über jeden in der Kolonie Buch zu führen. Er wusste genau, wer in dieser Kolonie noch irgendwelche Leichen im Keller hat.« Marmaduke seufzte. »Verdammt, das hätte ich taktvoller ausdrücken können.«

»Gewiss, viele einflussreiche Männer in der Kolonie hätten einen Grund gehabt, ihn zu beseitigen. Trotzdem bilde ich mir lieber selbst ein Urteil über Menschen. Du mochtest Rupert und er dich auch.«

»O ja, wir hatten einiges gemeinsam. Wein, Pferde, die Kritik an den Gesetzen der Kolonie. Wir waren beide eingefleischte Junggesellen. Und wir hatten beide Duelle ausgetragen.«

»Rupert hat damit nicht hinter dem Berg gehalten, das war einer der Gründe, warum man ihn im Government House nicht sonderlich mochte.«

Plötzlich hielt Marmaduke inne. »Verdammt. Erst letzte Woche hatte er mich eingeladen, ihn zu besuchen. *Letzten Sonntag!* Hätte ich an diesem Tag Zeit gehabt, wäre ich mit ihm ausgeritten, als er überfallen wurde!« Marmaduke schlug frustriert auf den Tisch. »Wäre ich doch bloß hingefahren! Zumindest wären wir dann zu zweit gewesen, um uns gegen die Mörder zu wehren, die ihn auf dem Gewissen haben. Rupert trug nie eine Waffe bei sich. Ich dagegen immer.«

Edwin stand auf. »Nun, dann lass sie lieber hier, wenn wir zur Beerdigung gehen. Jetzt können wir nichts mehr für unseren Freund tun, außer ihn in guter Erinnerung zu behalten. Es ist fast schon neun. Wir müssen los, wenn wir den Leichenzug begleiten wollen.«

Marmaduke war bereits aus dem Zimmer, um nach den Pferden schicken zu lassen.

Ganz in Schwarz, mit Trauerflor an den Ärmeln ihrer Gehröcke und Hüte schlossen sich Marmaduke und Edwin den Kutschen an, die zu Ruperts Anwesen fuhren, um den Leichenzug des Freundes zu begleiten.

Sie kamen an einer Bank vorbei, die aus Respekt vor seinem Tod geschlossen war.

Als sie unter den Trauernden auch viele Richter, Politiker, Freimaurer und Zeitungsbosse sahen, sagte Edwin leise: »Ich frage mich, wer von diesen Herren Ruperts Freunde waren.«

»Ja. Und wer seine Feinde«, gab Marmaduke zurück.

NEUNUNDDREISSIG

Der Frühling war früh gekommen und hatte den Gärten, Obstplantagen und dem Gewächshaus von Bloodwood Hall einen Überfluss an Früchten und Blumen gebracht. In Isabels Augen waren sie eine lebendige Mischung aus exotischen einheimischen und englischen Spezies, die hier in Garnet Gambles Paradies viel üppiger gediehen als zu Hause. Die abgeschiedene Welt des Anwesens wirkte ruhig, aber Isabel wusste, dass dies eine Illusion war. Nichts würde je wieder so sein wie vorher.

Seit Marmadukes Abreise hatte sie nur noch eine weitere kurze Nachricht erhalten. Er hatte sie drei Tage zuvor in seiner krakeligen Handschrift verfasst und berichtete mehr über Barnett Leveys Aufführung von *Richard III.* als den Entwicklungen in seinem Leben, doch er versprach, ihr alles zu erzählen, sobald er wieder zurück war. Der Tonfall war fröhlich, abgesehen von dem in schwarzer Tinte verfassten Nachsatz, der darauf hindeutete, dass er einen Tag später geschrieben worden war.

Unsere ganze Welt hat sich für immer verändert. Bleib unter allen Umständen in Bloodwood Hall. Das ist ein Befehl, Soldat!

Zwei Tage lang hatten diese Worte in Isabels Bewusstsein nachgeklungen, und ihre Ängste wurden noch verstärkt von Gerüchten, die aus dem Dorf drangen: Ein prominenter Großgrundbesitzer aus Sydney sei unter mysteriösen Umständen spurlos verschwunden.

Sie saß auf der Terrasse und las wieder einmal Marmadukes Botschaft, als sie einen Strafgefangenen in vollem Galopp die Einfahrt heraufkommen sah und ihm die Treppen hinunter entgegenlief. Sein Gesicht schimmerte vor Schweiß, und seine Augen spiegelten die Dringlichkeit der Nachricht wider, die er brachte. Davey konnte nicht lesen, doch im Gegensatz zu anderen konnte man sich auf sein Wort verlassen.

»Sie haben ihn umgebracht, Missus«, rief er und reichte ihr einen Stapel Briefe und Zeitungen.

Isabel spürte, wie die Beine unter ihr nachgaben. »Wen, um Gottes willen?«

Sie griff nach dem *Sydney Herald* von vor zwei Tagen. Bis in die letzten grausigen Einzelheiten bestätigte der Artikel Marmadukes Warnung. Das Undenkbare war geschehen. Einer der mächtigsten Männer der Kolonie war ermordet worden.

Sie rannte in die Bibliothek, wo Garnet allein an seinem Schreibtisch saß.

»Entschuldige, Garnet, ich weiß, dass es dir lieber ist, wenn Powell die Zeitungen sortiert, bevor du sie bekommst, aber dies kann nicht warten.«

Sie las in Abwesenheit des Sekretärs die Nachricht vor und versuchte, seine Reaktion einzuschätzen. Er zeigte keine Regung. Schließlich stockte sie und holte tief Luft.

»Verstehst du denn nicht, Garnet? Wenn man einen so mächtigen Mann wie Grantham auf seinem eigenen Grundstück ermorden kann, dann ist in diesem Land niemand von uns mehr sicher.«

Garnet tätschelte ihr beruhigend die Hand. »Kein Grund zur Sorge, mein Kind. Dieser Grantham hatte viele einflussreiche Feinde. Niemand war vor seiner spitzen Feder sicher. Er hatte sogar schon einmal im Gefängnis gesessen wegen Verleumdung. Niemand würde es wagen, mir auf meinem Besitz auch nur ein Haar zu krümmen. Das ist undenkbar!«

Er stand auf und nickte, um die Angelegenheit für beendet zu erklären.

»Würdest du so nett sein und Elise sagen, dass die Köchin

heute Abend *Spotted Dick* machen soll? Die Adligen können sich von mir aus mit französischem Gebäck vollstopfen, bis sie schwarzwerden. Für mich gibt es nichts Besseres als einen traditionellen englischen Pudding!«

Frustriert nickte Isabel und verließ den Raum. Sie hatte es nicht geschafft, ihm die Dringlichkeit ihrer Lage deutlich zu machen. Garnet weigerte sich einfach, die Realität anzuerkennen.

Am Abend gesellte sich Powell zu ihnen ins Esszimmer. Isabel war nicht überrascht, dass er so erschöpft aussah.

Er ist ein junger, moralisch denkender Wesleyaner und Gentleman, trotzdem hat er seinem Arbeitgeber Hörner aufgesetzt. Was mache ich bloß? Die Liebenden verraten? Nein, ich muss warten, bis ich von Marmaduke Anweisungen bekomme.

Isabel wunderte sich, dass Powell seinem Arbeitgeber den üblichen Respekt, die Höflichkeit und das Engagement entgegenbrachte, die seine selbst gesteckten hohen Standards und vor allem Garnet von ihm verlangten. Während einer Pause in der Unterhaltung kam er auf den Mord an Grantham zu sprechen.

»Dürfte ich den Vorschlag machen, Sir, dass wir zusätzliche Sicherheitsmaßnahmen treffen?«

»Wozu in Gottes Namen?«, wollte Garnet wissen.

»Nach dem Mord an Grantham befinden sich sämtliche Großgrundbesitzer in der Kolonie im Zustand höchster Alarmbereitschaft. Die berittene Polizei glaubt, dass ein Trio von entflohenen Strafgefangenen dahintersteckt. Egal, ob es zutrifft oder nicht, man behauptet, er habe zuvor die illegale Auspeitschung von drei Strafgefangenen veranlasst. Es ist daher nicht ganz abwegig, dass es sich bei diesem Attentat um einen Racheakt handelt.«

»Attentat? Wie melodramatisch!«, rief Garnet spöttisch. »Dieser Ausdruck ist Königen, Kriegern und Politikern vorbehalten.«

Er lächelte Isabel zu, um sie zu beruhigen. »Und dein Freund Shakespeare. Wie hieß noch der alte Römer, der von seinen Senatoren um die Ecke gebracht wurde?«

»Julius Cäsar«, antwortete Isabel höflich, wenn auch entsetzt über Garnets Unbekümmertheit.

Wie kann man diesen Mann bloß erreichen? Muss erst ein entflohener Strafgefangener das Zimmer betreten und ihn beim Abendessen stören?

Garnet gab sich rational. »Grantham hat es nicht verdient, ermordet zu werden, aber als Großgrundbesitzer war er nur ein kleiner Fisch im Vergleich mit Samuel Terry oder mir. Zweieinhalbtausend Morgen Land und nur eine Hand voll zugewiesener Strafgefangener als Arbeitskräfte? Eine Bagatelle. Seinen Abgang hat er der Tatsache zu verdanken, dass er der falsche Mann am falschen Ort und zur falschen Zeit war. Mehr ist dazu nicht zu sagen.«

Als das Abendessen beendet war, zogen sich Garnet und Powell ins Büro zurück. Isabel wunderte sich, als sie hörte, wie Garnet sagte: »Wie vielen von unseren Männern können wir vertrauen, was meinen Sie?«

Elise klagte über Kopfschmerzen und wollte sich ausruhen. Isabel war aufgefallen, dass sie doppelt so viel wie üblich gegessen hatte, zweifellos, um ihren Frust zu lindern.

Um ihre eigenen Gefühle unter Kontrolle zu halten, scheuchte Isabel die Hausangestellten sanft aus der Küche und fing an, einen Sommerpudding zu machen. Ihre Hände waren mit Beerensaft verschmiert, und als sie immer wieder probierte, um sich zu vergewissern, dass sie die richtige Mischung zwischen Süße und dem natürlichen Geschmack des Obstes getroffen hatte, schoss ihr der Gedanke durch den Kopf, dass sie wahrscheinlich aussah wie ein hungriges Kind.

Sie summte Fetzen von alten Liedern vor sich hin, um ihre Angst um Marmaduke zu vertreiben. Gerade als sie die oberste

Schicht aus Weißbrot beendet hatte und eine Zeile aus *Scarborough Fair* sang – »Einst war sie eine wahre Liebe von mir« –, hörte sie eine Stimme: »Ich dachte, du glaubst nicht an die wahre Liebe?«

An der Schranktür gelehnt stand Marmaduke. Sein Kopf war leicht zur Seite geneigt, um die Mundwinkel spielte ein spöttisches Lächeln. Die dunkel umschatteten Augen musterten sie auf eine Art, die sie vor Glück erröten ließ. Sein Gesicht war von der Sonne gebräunt, die Kleider zerknittert, als hätte er darin geschlafen, und sein Haar fiel ihm bis auf die Schultern, klitschnass, als wäre er soeben aus einem Teich gestiegen.

Mein Gott, er sieht wirklich gut aus, sogar wenn er wie ein Vagabund herumläuft. Wie sollen all die süßen Damen in Sydney ihm widerstehen?

Sie spürte, wie ihr die Worte versagten. Was um alles in der Welt konnte sie gefahrlos sagen?

»Du bist ja ganz nass«, sagte sie. »Regnet es draußen?«

Marmaduke warf den Kopf nach hinten und lachte ungläubig. »Ich reite die ganze Nacht zu meiner Liebsten. Ich bade in einem Bach, damit ich nicht so verschwitzt bin, wenn ich sie treffe, und sie redet vom Wetter!«

Sie machte einen Schritt auf ihn zu und wischte sich mit dem Handrücken über das Gesicht. »Ein Glück, dass du heil zurück bist. Ich habe Angst um dich gehabt. Wir wissen ja von dem Mord und was er für uns alle bedeutet. Warum hast du mir nicht einen richtigen Brief geschrieben? Warst du so beschäftigt mit deiner Geliebten?« Sie hielt inne. »Entschuldige. Ich hatte ganz vergessen, dass Mr Grantham ein guter Freund von dir war. Warst du auf seiner Beerdigung?«

»Ja. Ich bin mit Edwin in der Kutsche hinter dem Leichenzug zum alten Friedhof gefahren. Hinz und Kunz waren da, sämtliche Richter, Politiker und Zeitungsbosse, und die meisten haben irgendwelche Plattitüden von sich gegeben. Möglich, dass wir neben Ruperts Mördern gestanden haben, wer weiß?« Einen Augenblick war Marmadukes Blick ganz ernst, dann wurde er unerwartet nervös, während er seine Liste herunterrasselte.

»Ich hatte eine Menge zu tun. Ich bin der Freimaurerloge beigetreten. Habe die Pläne für das Haus entworfen, das ich in Mingaletta bauen will. Ein Testament aufgesetzt, damit für dich gesorgt ist, falls mich ein Taugenichts schneller ins Jenseits befördert, als ich dachte. Ach ja«, setzte er hinzu. »Und ich habe ein Konto bei der Bank von New South Wales auf deinen Namen eröffnet, alles sehr diskret, damit du finanziell unabhängig von mir bist. Schließlich hast du mich nur des Geldes wegen geheiratet, oder?«

»Stimmt«, gab sie zu. »Aber da kannte ich dich noch nicht.«

Sie bemerkte, dass Marmadukes Augen überrascht funkelten, ehe er leise fragte: »Und was hat meine kleine Widerspenstige so getrieben?«

Isabel spürte, wie seine halb geschlossenen Augen sie magnetisch anzogen.

»Es ist eine Menge passiert, während du weg warst. Hässliche Dinge, die du erfahren musst, aber ich dachte, es wäre besser, wenn ich auf deine Rückkehr warte, damit du mit Garnet redest. Es tut mir leid, dass du deinen Freund verloren hast, trotzdem hättest du mir die wirklich wichtigen Dinge schreiben können, ich wäre dann etwas beruhigter gewesen.«

Er machte ebenfalls einen Schritt auf sie zu. »Das Einzige, was mir wichtig ist, sind wir. Von mir aus kann die ganze Welt da draußen zum Teufel gehen.«

Marmaduke machte eine theatralische Gebärde und zitierte Petruchio: »Küss mich, Kätchen.«

Er umfasste ihr Gesicht mit beiden Händen. Isabel näherte ihm ihre Lippen und genoss einen Kuss, der sanft, aber ganz von ihm geprägt war. Es war ihr klar, dass sie beide eine Szene nachspielten. Trotzdem hatte sie das Gefühl, dass ihr Körper mit dem seinen verschmolz. Sie würde niemals mehr frei sein, wenn sie nicht dagegen ankämpfte. Der Wunsch, sich ihm gänzlich hinzugeben, kämpfte mit ihrer Panik.

Sie löste sich von ihm, ohne seine nassen Locken loszulassen.

Marmadukes Stimme klang so ausgetrocknet wie die eines Mannes, der gerade aus der Wüste kam. »Möchtest du dasselbe wie ich?«

Ich weiß nicht wirklich, was das heißt. Isabel zuckte die Achseln. »Na schön. Ich bin bereit, also bringen wir es hinter uns.«

Marmaduke schob sie von sich, seine Finger bohrten sich in ihre Schultern. Er lachte zwar, aber sie wusste, dass er verstimmt war.

»Du bist unglaublich. Ich lade dich ein, eine Nacht mit mir zu verbringen, dich ins Paradies zu entführen. Und alles, was du dazu sagen kannst, ist, bringen wir es hinter uns!« Er betonte jedes einzelne Wort. »Bringen – wir – es – hinter – uns? Mein Gott, du verstehst dich wirklich gut darauf, die Leidenschaft eines Mannes zu ersticken.«

Er schob sie zur Seite und ging auf den Küchentisch zu. »Was ist denn das? Sommerpudding? Queenies Willkommensgruß. Wenigstens eine in diesem Haus hat mich vermisst.«

Beschämt über ihre Ungeschicktheit sagte Isabel: »Queenie hat es mir beigebracht. Jeden Tag habe ich deine Lieblingsspeise zubereitet, um sicher zu sein, dass ich sie perfekt beherrsche, wenn du uns eines Tages wieder mit deiner Anwesenheit beehrst. Dir fällt es leicht, großzügig zu sein. Ich hatte kein eigenes Geld, um dir ein Geschenk zu kaufen. Es war das Einzige, das mir einfiel, um dir eine Freude zu machen. Warum habe ich mir bloß so viel Mühe gegeben?«

»Um mir eine Freude zu machen vielleicht?«

Er nahm das Küchenmesser und wollte sich gerade ein Stück abschneiden, als Isabel sanft seine Hand festhielt.

»Nein! Dieser hier muss noch ein oder zwei Tage stehen bleiben. In der Vorratskammer ist ein fertiger für dich.«

Er schüttelte den Kopf. »Ich kann aber nicht warten, ich habe so einen Hunger!« Dann nahm er ihre verschmierte Hand, leckte jeden Finger einzeln ab und murmelte zufrieden wie ein hungriges Schleckermäulchen. »Bist du dabei?«, fragte er. »Um es mit Lord Byron zu sagen: ›Du verdienst ein weicheres Kissen als mein Herz.‹«

Isabel löste sich von seinem Kuss und sagte: »Lord Byron hat auch behauptet, dass alle Tragödien mit dem Tod enden. Und alle Komödien mit einer glücklichen Heirat. Aber wie steht es mit dir – bist *du* dabei?«

»John Donne hatte Recht! ›Schick mir ein Zeichen, dass meine Hoffnung sprieße!‹«

Ehe Isabel Zeit hatte, ihm in ihrem Duell der Poeten Paroli zu bieten, hob Marmaduke sie auf die Schulter und lief mit ihr durch den Gang, während Isabel ihm mit den Fäusten auf den Rücken schlug und schrie, er solle sie herunterlassen.

Entsetzt sah sie, wie zwei kichernde Dienstmädchen hinter ihnen herliefen, nicht, um ihr zu Hilfe zu kommen, sondern zu ihrem Vergnügen. »Lass mich sofort runter, Marmaduke«, zischte sie. »Das war so nicht abgemacht!«

»Zu spät!«, rief er. »Ich habe mich nicht mehr unter Kontrolle. Du hast mir den Verstand geraubt.«

Als Marmaduke kurz auf dem Treppenabsatz stehen blieb, sah sie die schwarz-weißen Kacheln in der Eingangshalle. Und als sie den Kopf hob, erkannte sie einen Haufen erstaunter Gesichter, die sie beobachteten. Garnet, Elise, Powell und das gesamte Personal des Hauses.

»Was zum Teufel geht hier vor, Marmaduke?«, fragte Garnet.

»Wonach sieht es denn aus, Garnet? Ich fordere meine ehelichen Rechte ein!«

Isabel beruhigte ihn. »Mach dir keine Sorgen, Garnet. Wir

üben nur eine Szene aus Shakespeares *Der Widerspenstigen Zähmung*.«

Marmaduke nahm zwei Stufen auf einmal und blieb nur stehen, um Isabel einen kräftigen Klaps auf den Hintern zu verpassen.

»Schrei lauter, Katharina, du klingst nicht realistisch genug!«

Isabel hob die Stimme um eine Oktave. »Warte nur, bis wir allein sind. Ich werde dir zeigen, was Realismus ist, du australischer Rüpel!«

»Das klingt aber nicht nach Shakespeare!«, sagte Elise schmollend.

Garnet johlte so begeistert, als säße er in der Loge eines x-beliebigen Theaters.

Die letzten Worte, die Isabel von den Wänden der Eingangshalle widerhallen hörte, kamen aus Garnets dröhnendem Mund, der ihnen vom unteren Treppenabsatz staunend nachsah.

»Ich hätte mir nicht träumen lassen, dass ich jemals so eine Szene erleben würde. Marmaduke müsste mir die Stiefel küssen. Isabel hat dieses Haus wieder mit Lachen und Glück erfüllt.«

Als Marmaduke mit Isabel auf der Schulter an Mirandas Porträt vorbeilief, rief er ihr höflich zu: »Entschuldige, Mutter, ich erkläre dir das später.«

Isabel grinste unsicher, während sie beobachtete, wie Mirandas Porträt am Ende der Galerie immer kleiner wurde. *So Gott will, werde ich Garnets Wünschen nachkommen. Ich werde alles tun, um etwas Licht und Glück in dieses traurige Haus zu bringen.*

Vor ihrem Zimmer ließ Marmaduke Isabel mit einer theatralischen Geste herunter. Seine Augen, sein Gesicht, die Umrisse seines Körpers und sein Tonfall hatten sich verändert; jetzt stand ein anderer Marmaduke vor ihr. Sie erkannte die Unsicherheit in seinem Blick, als würde diese Nacht ganz anders sein als alle anderen zuvor. Wenn er das Zimmer betrat, das ihre gemeinsame private Welt geworden war, würde er nur noch ein Entdecker in einem fremden Kontinent sein.

Sie brach die Stille. »Was ist los? Ist die Tür abgeschlossen?«

»Ich habe dich noch nie über die Türschwelle getragen wie eine Braut. Das bringt Unglück, nicht wahr?«

»Noch ist es nicht zu spät. Offiziell bin ich noch ein ganzes Jahr deine Braut.«

»Da hast du Recht.« Marmaduke hob sie hoch, summte den Hochzeitsmarsch, stieß mit einem Fuß die Tür auf und trug sie zum Bett.

Isabel streifte das Oberteil ihres Kleides ab, behielt aber die Röcke an.

Sie lag bäuchlings auf dem Bett und biss sich auf die Lippen, um nicht wie ein nervöses Hausmädchen kichern zu müssen, als Marmaduke versuchte, seinen widerspenstigen Stiefel auszuziehen.

»Verdammt! Jetzt verstehe ich, warum die Herzogin von Marlborough in ihr Tagebuch schrieb: ›Letzte Nacht kehrte mein Lord aus dem Krieg zurück und beglückte mich zwei Mal mit den Stiefeln an den Füßen.‹ Ein schlaues Bürschchen, dieser Herzog.«

Isabel beobachtete, wie er sich geschickt seiner Kleidung entledigte.

Er ist so schön, dass die griechischen Athleten vor Neid erblassen würden.

Sie gab sich ganz lässig, um ihre Verwirrung zu verbergen. »Wie ich sehe, hast du eine Menge Übung. Die erste Lektion, die man als Schürzenjäger lernt, nehme ich an? Stets auf der Hut zu sein, falls plötzlich ein wütender Ehemann im Zimmer steht.«

Marmaduke warf ihr einen fast traurigen Blick zu. »Musst du ständig auf die Dummheiten meiner Vergangenheit anspielen? Ich habe ein neues Kapitel aufgeschlagen. Damit ich dir beweisen kann, dass du dich auf mich verlassen kannst.«

Bei diesen Worten spürte Isabel, wie der Puls an ihrer Schläfe raste, dennoch zog sie die Beine unter ihren Röcken an und hielt das Kissen vor die Brust. Sie musste reden, um sich gegen das, was bevorstand, zu wappnen. Sie war nun allein mit Adam, dessen Körper leicht von der Sonne gebräunt war. Kein Feigenblatt. Kein Getue. Marmaduke streckte sich am Fußende aus und bettete den Kopf in das Dreieck des angewinkelten Arms. Sein Körper war entspannt, aber seine Augen mit den schweren Lidern musterten sie, als würde er jeden Augenblick über sie herfallen.

Bitte, lieber Gott, lass mich nicht unbeholfen sein. Mach, dass der Raum dunkel wird. Mach, dass ich in seinen Augen wunderschön bin. Wie kann ich sein Herz erobern?

Verzweifelt suchte sie nach einer Frage. »Was genau machen Freimaurer eigentlich? Haben sie wirklich einen geheimen Händedruck und tragen komische Kleidung, und muss man einen Eid schwören, seiner Ehefrau nichts zu verraten?«

Marmaduke lachte kurz auf, doch dann holte er tief Luft. »Du weißt doch, dass ich einen Eid geschworen habe. Ich kann dir nicht alles erzählen, Soldat. Willst du wirklich mehr über die Freimaurerei erfahren, ausgerechnet jetzt? Ich hatte eigentlich etwas anderes vor.«

Isabel nickte hastig. Sie wollte Zeit gewinnen.

»Na schön. Um es kurz zu machen: Jahrelang habe ich mich gegen Garnets Wunsch gesträubt, in seine Fußstapfen zu treten. Ich fand, dass die Freimaurerei eine antiquierte Tradition ist, um sich bei den Exclusives und hohen Tieren einzuschmeicheln. Jetzt sehe ich, wie falsch ich lag. Meine Initiation hat mir tatsächlich etwas bedeutet. Heute verstehe ich, warum große Männer verschiedenster Nationalitäten wie Mozart, Sir Joseph Banks, George Washington, der französische Dramatiker Talma und viele andere kluge Geister damals wie heute sich von der Freimaurerei angesprochen fühlten. Wie auch dein Vater. Die

Loge verkörpert die höchsten egalitären Prinzipien. Sie ist tolerant gegenüber allen Religionen auf der Welt. Sie ist offen für alle anständigen Menschen, Katholiken, Protestanten, Hebräer und Emanzipisten wie Sam Terry, Francis, Greenway und Dr. Bland. Sie und die Söhne der Emanzipisten tragen kein Stigma. Ich bin stolz, meine Freimaurerkollegen Brüder nennen zu dürfen. Stell dir das nur einmal vor, Isabel, es sind die Freimaurer, die in dieser Strafkolonie ein Vorbild darstellen, das Großbritannien und der Rest der Welt nachahmen sollten.«

Isabel hörte seine Begeisterung und sah ihn liebevoll an. *Ist das derselbe junge Mann, den ich so ungehobelt und grob fand, als ich ihn kennen lernte?* »Danke. Jetzt verstehe ich. Du musst mich für dumm halten, dass ich dir solche Fragen stelle. Es ist absurd. Ausgerechnet ich, eine gefallene Frau!«

Marmadukes Bewegung war so schnell und anmutig, dass sie erst im Nachhinein merkte, dass er ihr Gesicht zu sich gedreht hatte, damit sie ihm in die Augen schaute. »Isabel! Ich verbiete dir, dich so zu bezeichnen.« Er holte tief Luft und setzte rasch hinzu: »Und vielleicht wirst du mich eines Tages so lieben wie ich dich.«

Sie hatte das Gefühl, dass ihr Herz jeden Moment zerspringen würde. Sie öffnete den Mund, um es ihm zu sagen, doch Marmaduke verschloss ihre Lippen mit einem Kuss, der ihr Geständnis verhinderte. Sie zitterte vor lauter Angst, dass die schrecklichen Erinnerungen, die sie aus ihrem Gedächtnis verbannt hatte, in Marmadukes Armen wieder aufleben könnten.

»Psst, mein Kleines, du brauchst keine Angst zu haben.«

Marmaduke streifte ihr sacht die Kleider ab, während er lächelnd jede Stelle ihres Körpers küsste. Dann warf er das letzte Stück seidener Unterwäsche hinter sich und sagte leise: »Jetzt trennen uns keine Feigenblätter mehr voneinander, Eva.«

Die Kerzen flackerten in einem unsichtbaren Luftzug. Ein silberner Lichtstreifen fiel durch eine Lücke in den Vorhängen auf den Teppich.

Als er den Finger in den Ehering steckte, der an ihrer Halskette hing, waren seine Augen ganz ernst.

»An dem Tag, als wir unsere Ehegelübde ablegten, hatte ich nicht vor, sie zu halten, trotz der schönen Worte.«

»Ich auch nicht«, antwortete Isabel, obwohl sie wusste, dass das nicht ganz der Wahrheit entsprach.

»Aber jetzt will ich es dir auf meine Art sagen.« Er legte ihre Hand auf seine offene Handfläche und küsste ihren Ehering. »Isabel Alizon, mit diesem Ring nehme ich dich zur Frau. Mit meinem Körper verehre ich dich, und mit all meinen weltlichen Gütern beschenke ich dich. Von diesem Tag an ist die Vergangenheit tot, meine ebenso wie deine. Ich werde allen anderen Frauen entsagen und nur dich lieben …« Er blickte ihr eindringlich in die Augen. »Unter einer Bedingung. Sag mir, dass du mich *willst*.«

Die Worte lagen Isabel auf der Zunge, doch sie konnte sich nicht dazu bringen, sie auszusprechen.

»Vielleicht bist du noch nicht so weit, nicht wahr?« Marmaduke zuckte nachsichtig die Achseln. »Was möchtest du, Liebling? Sollen wir die Kerzen ausblasen und das Mondlicht einladen, über uns zu wachen?« Er streichelte ihr Haar. »Du zitterst ja. Heute Nacht ist es warm, aber dir ist kalt. Bitte sag mir, dass du keine Angst vor mir hast.«

»Nicht vor dir. Um dich. Ich kann den Fluch nicht vergessen, dass ich jeden zerstören werde, den ich liebe.«

Marmaduke schüttelte energisch den Kopf. »Das ist eine grausame Lüge. Dein Cousin hat sich an dir vergangen, als du ein Kind warst. Er wollte dich zur Sklavin seines Körpers und seiner Seele machen. Aber die Vergangenheit ist tot. Ich verspreche dir, mein Liebling, heute Nacht werden wir neue wunderbare Erinnerungen erschaffen, die du niemals vergessen werden wirst.«

Der Raum wurde von Streifen des Mondscheins erleuchtet, die durch die Schatten der Bäume drangen und den sanften Duft der Eukalyptusblüten hineintrugen.

Dieses Mondlicht verwandelte das Zimmer in die magische Kemenate einer Fee, die aus dem *Sommernachtstraum* hätte stammen können. Sie lag in Marmadukes Armen und hörte seinen Atem, reglos, um ihn nicht zu wecken. Sie wollte jeden Augenblick der Reise, die sie, wie versprochen, ins Paradies geführt hatte, Revue passieren lassen. Sie war ihm gefolgt, ihr Vertrauen und ihr Hunger waren gewachsen, während er ihre Leidenschaft mit einer Reihe von Höhepunkten befeuert hatte, die sie beinahe befriedigt hatten, trotzdem hatte sie aufgeschrien, weil sie das Gefühl hatte, getäuscht worden zu sein, ohne zu wissen, warum. Marmaduke war ihr Liebhaber, Herr und Freund zugleich. Unfähig, ihn abzuweisen, hatte sie sich ihm ganz hingegeben. Sie war sich dessen bewusst, wie er sie anschaute, sie anspornte, ihre Hände führte, damit sie seinen Körper erforschten, auf den richtigen Augenblick wartete, um ihr Verlangen zu steigern, das sie verbrannte, ihr aber auch gestattete, erschöpft in seinen Armen wieder zu Atem zu kommen. Immer wieder gewährte er ihr eine Pause, ehe er sie über sich oder unter sich wälzte, sie auf ihn setzte und sie von Höhepunkt zu Höhepunkt trieb.

»Jetzt kenne ich die Wahrheit. Das Paradies ist ein geheimer Platz hier in diesem Zimmer«, flüsterte sie und erschrak, als sie merkte, dass Marmaduke die ganze Zeit wach gewesen war.

»Viele Wege führen zum Paradies. Gib mir Zeit, und ich werde sie dir alle zeigen.«

»Heute Nacht noch?«, fragte sie hoffnungsvoll.

Marmaduke verbarg seinen Mund in ihrem Haar, um sein Lachen zu dämpfen. »Wie großartig! Meine Braut ist aus demselben Holz geschnitzt wie ich. Wir sind beide unersättlich.« Er schnüffelte sanft an ihrem Hals. »Doch diesmal wird es anders sein. Vergib mir. Du wirst es merken, nachdem es vorüber ist.«

Isabel spürte, wie sich ihr Körper versteifte. *Diesmal? Was meint er? Er hat mir versprochen, dass er mir niemals wehtun wird, niemals etwas tun wird, das ich nicht will. Mein Gott, was kommt jetzt?*

Bald verstand sie, dass es dieses Mal tatsächlich anders war. Seine Küsse und Zärtlichkeiten waren heftiger, fordernder. Marmaduke gewährte ihr keine Pause. Er betrachtete sie so, als wartete er auf etwas. Sie begann, sich gegen ihn zu wehren. Nicht aus Angst, sondern aus Frustration. Vor lauter Ärger wurde nun sie zum Aggressor und übernahm die Initiative, bohrte ihre Fingernägel in seinen Rücken, schlang ihre Beine um ihn, bat ihn aufzuhören, um ihn gleich danach aufzufordern weiterzumachen. Wilde Wut überwältigte sie, denn sie wollte nicht, dass er aufhörte, obwohl sie nicht mehr konnte.

Schließlich schrie sie ihn an: »Du Mistkerl! Du weißt ganz genau, dass ich dich will. Warum machst du das?«

Er hielt sie fest, seine Küsse waren spielerisch und drängend zugleich. »Ja! Du schaffst es, Liebling!«

Isabel schrie wütend auf. Und gleich danach stieß sie einen Schrei aus, für den es keinen Namen gab. Er kam aus ihrer Kehle wie der Urschrei eines gefangenen Tieres, das aus seinem Käfig ausbricht. Sie spürte, wie das Herz in ihrem Innern brach und der Schmerz in einem unaussprechlichen Schwall aus ihr herausströmte.

Seine Wucht schockierte sie. Ihr Gesicht war von Tränen überströmt, sie schluchzte heftig, und dann ergoss sich eine Flut von Tränen auf seine Brust und sein Haar.

Marmaduke hielt sie fest. »Endlich. Gott sei Dank«, sagte er leise.

Sie überließ sich dem Schmerz, der aus ihrem Körper strömte. Es war, als wäre ein Damm in ihr gebrochen. All die Qualen und Entbehrungen ihrer Kindheit, die Schrecken der Nacht, die Angst vor der Dunkelheit, das Durcheinander ihrer Gefühle für

Silas, Liebe, Furcht, Hass. Alles Böse wurde für immer hinweggespült, es besaß nicht die Macht, sie jemals wieder zu verletzen.

Plötzlich verspürte Isabel einen Schub von Energie, der sie an die seltenen glücklichen Augenblicke ihrer Kindheit erinnerte, als sie im Sonnenschein durch einen wunderschönen Garten gelaufen war und eine lachende Frauenstimme hinter ihr herrief.

Meine Mutter! Ich kann ihr Gesicht nicht sehen, aber ich weiß, dass sie da war. Ich kann mich an ihre Stimme erinnern!

Sie schmiegte sich dichter an Marmaduke und sah einen Freund vor sich. Er war müde, sein Kinn war mit dunklen Stoppeln übersät, aber er grinste wie eine zufriedene Katze, die eine Schale Rahm stibitzt hat.

»Ich hoffe, dass du nun zufrieden bist«, sagte Isabel nach einem letzten Schnüffeln. »Ich brauche ein Taschentuch.«

Er streckte die Hand aus und griff nach einem zusammengeknüllten Leinentuch neben dem Bett. »Nimm meines. Es spielt keine Rolle, du klaust ja ohnehin alles, sogar meine Seife. Hier, putz dir die Nase.«

Isabel gehorchte. Verlegen wie ein kleines Kind versuchte sie, ihre Würde wiederzugewinnen. »Rührst du all deine Geliebten so zu Tränen?«

Marmaduke hob die Augenbraue. »Nein. So etwas wie dich habe ich noch nie erlebt, Soldat.«

»Du hast es aber bewusst getan. Du wolltest, dass ich weine.«

Marmaduke rückte dichter zu ihr heran und strich ihr mit dem Finger über die Nase.

»Um dir zu beweisen, dass du mir vertrauen kannst. Und um dir zu beweisen, dass dein Cousin Silas ein elender Lügner ist. Hexen weinen nämlich *nie*!«

Isabel hielt die Luft an, als sie erkannte, welche Wahrheit ihr da entgangen war. Dann schmiegte sie sich erneut an ihn und küsste ihn.

»Jetzt, da feststeht, dass ich keine Hexe bin, besteht auch keine Gefahr mehr, dass ich dich zerstören kann.«

»Sehr tröstlich«, sagte er träge.

»Und jetzt werde ich dir etwas beibringen, das du nicht einmal im *Kamasutra* finden wirst.« Sie kniete sich neben ihn und legte ihm sanft ein Bein über die Schenkel, als wollte sie die Temperatur des Wassers prüfen, ehe sie in einen Bach sprang. »Schließ die Augen. Lehn dich zurück. Und dann wirst du sehen, was es heißt, von einer Frau geliebt zu werden, die dich mehr will als alle anderen Frauen, die du je kennen gelernt hast.«

Marmaduke schloss die Augen und lächelte. »Ich bin dabei, solange du es auch bist, Liebling.«

VIERZIG

Das frühe Morgenlicht war blass und dunstig und legte sich auf die Mauern der Wirtschaftsgebäude von Bloodwood Hall wie wässrige Tünche. Garnet marschierte auf die Stallungen zu, froh, sich den Spannungen des Haushalts entziehen zu können. Seit der Nachricht über den Mord an Rupert Grantham ging in der Kolonie die Angst um.

Vier Wochen nach dem tödlichen Überfall wurden die drei unbekannten Ausreißer, die ihn getötet hatten, als er allein und unbewaffnet war, immer noch von einer kleinen Armee aus berittenen Polizisten gejagt.

Garnet tobte, weil trotz seiner Anweisung, Ruhe zu bewahren, die Nervosität in Bloodwood Hall einen Höhepunkt erreicht hatte. Niemand war dagegen gefeit.

Elise griff nach ihrem Riechsalz, sobald sie auf dem Kiesweg das Stampfen von Pferdehufen hörte, und weigerte sich sogar, ohne Begleitung im Garten spazieren zu gehen. Unter der Dienerschaft artete die kleinste Auseinandersetzung in einen größeren Streit aus. Selbst Bridgets übliche Anmaßung war wachsamer Vorsicht gewichen. Die drei Hausmädchen, Red, Black und Spotty, duckten sich, sobald ein Hut zu Boden fiel. Der junge Hausangestellte vernachlässigte seine Uniform, und Garnet hatte den Verdacht, dass er seine Zähne mit Zimt einrieb, um zu verstecken, dass er schwarzgebrannten Whisky trank, allerdings vergebens. Die Angst war mit Händen zu greifen.

Garnet hielt all das bloß für Zeichen von Feigheit.

Powell kämpfte mit einer unausgesprochenen Depression,

hinter der Garnet einen nationalen Charakterzug der Waliser vermutete. Queenie sprach davon, dass sie nun für vergangene Sünden bezahlen müssten, statt sich wegen der aktuell entflohenen Strafgefangenen Sorgen zu machen.

Doch nicht alle in Bloodwood Hall hatten den Kopf verloren, sondern höchstens ihr Herz.

Marmaduke und Isabel spazierten durch den Garten, als wären sie siamesische Zwillinge. Garnet wusste, dass die Nächte für sie gar nicht lang genug sein konnten.

Er stieß das Stalltor auf und grinste spöttisch.

Wie dumm von Marmaduke zu denken, er könne mich reinlegen. Glaubt er wirklich, ich wüsste nicht mehr, wie es sich anfühlt, verliebt zu sein? So Gott will, wird diese Frau Marmadukes Lust bald nutzen, um mir einen Erben zu schenken, solange ich noch agil genug bin, um dem kleinen Kerl beizubringen, wie man ein Pferd reitet und ein richtiger Mann wird. Damit er Wein, Sohn des Essigs wird, wie der alte Mendoza immer sagt.

Garnet rief nach dem Stallknecht, der auf dem Heuboden über dem Stall schlief. Davey trug Tag und Nacht dieselben Lumpen. Er warf einen Blick über den Rand des Heubodens, das zerzauste Haar voller Heu, und stieg anschließend eilig die Leiter hinunter, während er sich bei Garnet entschuldigte.

»Ich hätte Ihr Pferd gesattelt und auf Sie gewartet, Sir, wenn ich gewusst hätte, dass Sie so früh am Morgen ausreiten wollen.«

Während er hastig Garnets Hengst sattelte, fragte er: »Ob es klug ist, allein auszureiten, Sir? Wir leben in gefährlichen Zeiten. Was, wenn die Verbrecher, die Mr Grantham umbrachten, immer noch frei im Busch herumlaufen?«

Garnet wusste nicht, ob der Junge ein verschlagenes Gesicht machte, ob er es an dem gebührenden Respekt mangeln ließ oder ernsthaft um ihn besorgt war. Wie viele seiner Strafgefangenen hielten die Mörder für Helden und würden es ihnen gleichtun?

»Mach dir um mich keine Sorgen, mein Junge. Ich bin immer

bis zu den Zähnen bewaffnet«, entgegnete Garnet und klopfte sich auf die Hüfte, um seine Waffe zu zeigen.

Während er im Schritt an dem Vogelhaus vorbeiritt, stellte er sich vor, wie Miranda auf der schmiedeeisernen Bank im Vogelhaus saß, in einem hauchdünnen Empirekleid, das Haar fiel ihr über die Schultern, und auf den ausgestreckten Armen saßen reihenweise kleine Vögel, die sie gezähmt hatte und die zu ihr kamen, sobald sie nach ihnen rief. Ihr smaragdgrün und türkis gefärbter Lieblingsvogel, der abenteuerlustiger war als seine Genossen, krallte sich in ihrem Haar fest, rieb sacht seinen winzigen Schnabel darin und zwitscherte immer wieder die Worte, die sie ihm geduldig beigebracht hatte, nachdem sie ihn von seinen Brüdern getrennt hatte.

»Sie liebt mich, sie liebt mich nicht«, sagte Garnet leise und erinnerte sich an den Unterschied zwischen einer romantischen Frau wie Miranda, die von den klugen Tieren verzaubert war, und den pragmatischen Aborigines, die von den Früchten des Landes leben mussten. Einmal hatte sie einem Stammesältesten das Vogelhaus gezeigt, und der alte Mann hatte zu ihrem Entsetzen gesagt: »Wellensittiche prima Essen, Missus!«

Während die winzigen eingesperrten Geschöpfe im Vogelhaus miteinander spielten und herumsausten, von den kleinen Schaukeln auf die Zweige der Sträucher flogen, erinnerten sie ihn an das erste Jahr mit Miranda, als sie schwanger gewesen war und vor Glück gestrahlt hatte. Damals war ihm die ganze Kolonie wie eine Truhe voller frischgeprägter Goldtaler erschienen.

Alles schien möglich. Aber jetzt werde ich immer älter, und meine Zeit läuft aus.

Garnet ritt gemächlich den Buschpfad entlang, der außer Reichweite der Wirtschaftsgebäude und der verebbenden Stimmen der Strafgefangenen lag, die Fordham zur Arbeit rief. Das schrille Krächzen der Kookaburras auf den Baumwipfeln verkündete den Anbruch des Tages.

Als er an dem Friedhof vorbeiritt, wandte er den Blick von der Ecke ab, wo sich der Grabstein für die sterblichen Überreste von Klaus von Starbold befand. Er kannte die Inschrift auswendig, er hatte sie selbst bei dem Steinmetz in Auftrag gegeben, und zwar aus zwei Gründen. Einmal, um dem ganzen Dorf die Illusion zu vermitteln, dass die prunkvolle öffentliche Bestattung die Hochachtung für den Lehrer seines Sohnes widerspiegelte, der im Dorf sehr beliebt gewesen war. Zum anderen hatte er die in Stein gemeißelten Worte selbst ausgewählt, um vor der Nachwelt zu verbergen, dass es Marmaduke gewesen war, der dem Schurken ein gewaltsames Ende bereitet hatte. Die Inschrift war verblichen, die Erinnerung jedoch gestochen scharf.

KLAUS VON STARBOLD,
GEBOREN IN DARMSTADT, HESSEN
1788–1825
ZUM RESPEKTVOLLEN GEDENKEN
VON GARNET GAMBLE
UND SEINER FAMILIE.
EIN WILLKOMMENER FREMDER FERN SEINER HEIMAT.

Ein willkommener Fremder. Garnet erinnerte sich, wie die Worte ihn fast erstickt hatten und Marmaduke vor unbändiger Wut wie ein Wahnsinniger getobt hatte. Miranda hatte all ihre Überzeugungskraft aufbringen müssen, um Marmaduke zu beruhigen und ihn davon zu überzeugen, dass die Lüge notwendig war, um ihren – Mirandas – Ruf zu wahren und ihren Sohn vor einer Anklage wegen vorsätzlichen Mordes in einem Duell zu schützen.

Dass Garnet sich gezwungen gesehen hatte, von Starbold auf dem Familienfriedhof zu begraben, war der Grund, weshalb er darauf bestanden hatte, dass seine Frau auf ihrem eigenen Grundstück bestattet wurde.

Niemals hätte ich sie auf demselben Friedhof bestatten lassen wie diesen hessischen Scheißkerl.

Als er nun Ghost Gum Valley betrachtete, das sich hinter Mingaletta erstreckte, hielt Garnet inne, um eine Bestandsaufnahme des Landes zu machen, das er jahrelang gemieden hatte.

Im dichten Baldachin der verschiedenen Eukalyptusspezies erhoben sich zwischen den Stämmen der Riesen, die Jahrzehnte gebraucht hatten, um zu wachsen, einzelne dünne Bäume. Dazwischen schoss ein dichtes Gestrüpp von Farnen und Büschen in die Höhe, jetzt, da es keine kontrollierten Brandrodungen mehr gab. Früher hatten die einheimischen Stämme sie ausgeführt, die hier jahrhundertelang jagten, ehe die Briten gekommen waren, ihnen das Land abgenommen und es in ein Gefängnis verwandelt hatten.

Für Verbrecher wie mich. Und dann kaufe ich das Land Stück um Stück von der Krone zurück. Jetzt ist es Zeit, Mingaletta abzutreten. Es ist Marmadukes rechtmäßiges Erbe.

Noch ehe er sie sah, hörte Garnet ihre Stimmen. Isabels quecksilbriges Lachen und die tiefe Stimme seines Sohnes.

Er wollte zu ihnen, wollte in den warmen Kreis aufgenommen werden, der alle Liebenden umgibt, diesen intimen Kokon, den sie sich selbst erschaffen. Doch mehr noch als das wollte er die Wahrheit wissen. Wissen ist Macht. Was verbargen die beiden vor ihm?

Er band sein Pferd an einen Baumstamm und schlich sich näher heran, um zu hören, was sie miteinander sprachen.

Isabel und Marmaduke standen mit dem Rücken zu ihm, ihre Köpfe waren über den Bauplan eines Hauses auf einem runden Baumstumpf gebeugt, der ihnen als Zeichentisch diente. Vor ihnen befand sich ein Stück freies Land, auf dem sie die Maße der zukünftigen Zimmer mit Pflöcken gekennzeichnet hatten.

Marmadukes Stimme klang zuversichtlich. Die Sonne schien auf den Haarzopf, der ihm über den Rücken fiel. Er hatte die

Ärmel aufgekrempelt, seine Arme waren braungebrannt und muskulös. Seine Locken verschmolzen beinahe mit Isabels honigfarbenem Haar, während er auf die Einzelheiten im Bauplan zeigte.

»Es ist nichts Besonderes, zugegeben. Aber es kommt dem Haus im indischen Kolonialstil, das der Colonel hier für meine Mutter baute, so nah wie möglich. Alle Terrassen sind überdacht, mit Ausnahme dieser hier in der Mitte. Es ist größer als das ursprüngliche Anwesen, siehst du? Und das hier ist der Plan für die zusätzlichen Zimmer.«

Wie ein kleiner Junge sprang er in den mit Pflöcken abgesteckten Bereich, um ihr den Grundriss zu zeigen, und forderte sie auf mitzukommen.

»Hier ist die Bibliothek mit all unseren Büchern. Hier das Musikzimmer, und das hier ist dein eigener kleiner Salon, wo du sitzen und nähen kannst.« Er zeigte auf das offene Gelände hinter dem Haus. »Da drüben werde ich den Stall bauen und die Hütten für die Strafarbeiter, die mir zugewiesen werden. Am Anfang bekomme ich sicher nur wenige und muss selbst mitschuften. Trotzdem baue ich uns ein erfolgreiches Leben auf, du wirst schon sehen, Soldat.«

Garnet war gerührt von der natürlichen Art, wie Isabel ihm den Arm um die Hüften legte, als nähme sie Besitz von ihm. Der süße Ausdruck in ihrem Gesicht, die weichen Formen ihres Körpers gehörten einer Frau, die in den Händen ihres Geliebten aufgeblüht war.

»Dieses Mal ist es nicht nur gespielt«, murmelte Garnet leise und hoffte, dass er sich nicht irrte.

Isabels Stimme klang herausfordernd. »Marmaduke, es ist perfekt. Aber hast du nicht etwas übersehen? Eines Tages, ein kleines Kinderzimmer?«

Marmaduke erstarrte. Dann nahm er sich schnell wieder zusammen und umfasste ihr Gesicht mit seinen Händen. »Liebling, wir haben uns. Das genügt dir doch, oder nicht? Ich war immer ehrlich zu dir. Die Gambles müssen mit mir aussterben.«

»Wir sind doch beide gesund. Vielleicht bist du nach deiner Mutter geraten.« Ihre Augen flehten ihn an. »Nur eins? Ich bin gewillt, das Risiko einzugehen, alles wird gut werden.«

»Ich aber nicht!« Marmaduke nahm sie in die Arme und küsste sie heftig, als könne er allein durch die Kraft seiner Leidenschaft diese Frage beenden. Doch als er die Enttäuschung in ihren Augen erkannte, schien er vor ihr zu kapitulieren.

»Du verdienst es, Mutter zu werden, und ich werde dir geben, wonach du dich sehnst. Ich wollte dich zwar überraschen, aber es ist besser, wenn du weißt, was die Zukunft bringen wird. Ich habe bereits einen Brief verschickt, mit dem ich deine Tante Elisabeth einlade, uns in der Kolonie zu besuchen. Und das Kind mitzubringen, um das du dich dann kümmern wirst. Die beiden könnten hier mit uns in Mingaletta wohnen.«

»Rose Alba! Was hast du getan?« Entsetzt löste sich Isabel von ihm, doch Marmaduke zwang sie, ihn anzusehen.

»Was ist denn los? Ich glaubte, es wäre das, was du wolltest. Sie müssen dir wichtig sein, ich weiß doch, dass du die monatlichen Zahlungen, die ich dir überweise, deiner Tante schickst.«

»Natürlich sind sie mir wichtig, aber wie soll ich Garnet die Wahrheit sagen?«

»Ganz einfach. Du sagst ihm, das Kind wäre deine kleine Schwester oder deine Cousine. Es ist doch ganz egal. Ich werde Rose adoptieren. Und ihr den Namen einer Gamble geben, wenn du es mir erlaubst.« Er lachte bitter. »Ich habe keine Ahnung, wie ich ein guter Vater sein soll. Meine Eltern stritten sich um mich, als wäre es ihr persönlicher Rosenkrieg. Aber ich kann dazulernen, oder nicht? Rose Alba ist ein Teil von dir, Liebling, also werde ich sie lieben, als wäre sie mein eigenes Kind.«

Marmaduke flüsterte ihr beschwichtigend ins Ohr und zog sie hinab in den Schatten eines Baumes. Garnet beobachtete, wie die Küsse seines Sohnes Isabel erregten. Seine Hand liebkoste ihren nackten Fuß und glitt sanft unter den Falten ihres Rockes hoch. Als er Isabel hingebungsvoll stöhnen hörte, zog Garnet sich zurück. Marmadukes Gürtel mit der Pistole lag im Gras, in diesem Moment hatte er alle Vorsichtsmaßnahmen vergessen. Garnet blieb in einiger Entfernung stehen, um Wache zu halten, während er den Blick von den Liebenden abwandte und Isabel vor Ekstase aufschreien hörte.

Als er schließlich davonritt, hatte er es nicht eilig, nach Hause zu kommen. Seine heimliche Lauscherei hatte ihm mehr Wahrheiten eröffnet, als er sich hätte träumen lassen. In seinem Kopf wirbelten Freude und Schmerz durcheinander. Im Geist wiederholte er zum ersten Mal die Worte, die Marmaduke so leichthin ausgesprochen hatte, ohne den Wunsch, ihn zu verletzen. Sie waren von Herzen gekommen und deshalb umso schmerzlicher ... *um ein guter Vater zu sein ... meine Eltern stritten sich um mich, als wäre es ihr persönlicher Rosenkrieg ... Rose Alba ist ein Teil von dir ... also werde ich sie lieben, als wäre sie mein eigenes Kind ...*

Plötzlich fühlte er sich erschöpft und ermahnte sich: »Du Narr! Du wolltest die Wahrheit, und jetzt hast du sie bekommen, mit Zins und Zinseszins. Marmaduke wird nicht das Risiko eingehen, meinen Wahn an zukünftige Generationen weiterzugeben, er will nicht riskieren, eine Kopie von mir in die Welt zu setzen. Wer könnte ihm das verdenken?«

Er gab seinem Pferd die Sporen und galoppierte davon. Er hatte nicht die Absicht, nach Hause zurückzukehren, ohne über die Enthüllungen der letzten Stunde gründlich nachzudenken.

Isabels schockierte Reaktion auf die bevorstehende Ankunft ihrer Tante löste in Garnet Erinnerungen an die bleiche, romantische Elisabeth de Rolland aus, den eigentlichen Grund für seine Deportation, obwohl sie es nicht wusste. Das Kind konnte nicht von Elisabeth stammen, die genauso alt war wie er. Rose Alba: ein schöner Name, wer immer ihn trug. Die Weiße Rose von York. Er dachte darüber nach, was die Ankunft eines Kindes für Bloodwood Hall bedeuten würde.

Damals hoffte ich, Miranda und ich würden die Zimmer von Bloodwood Hall mit lauter kleinen Frechdachsen füllen können. Das Kind soll meinen Namen tragen. Rose Alba Gamble. Klingt gut.

Er dachte daran, was Isabel wohl durchgemacht hatte als verarmtes Mündel von Godfrey de Rolland, dessen Familienmotto hätte lauten müssen: »Ehre an den Höchstbietenden zu verkaufen«.

Jede Wette, dass Rose Alba ein uneheliches Kind ist. Kein Wunder, dass die de Rollands darauf bedacht waren, Isabel loszuwerden. Trotzdem habe ich das große Los gezogen. Isabel hat aus meinem Sohn einen Mann gemacht. Das Problem ist Marmaduke. Er hat nichts dagegen, sie zu beglücken, will aber auf Biegen und Brechen keine Nachkommen zeugen.

Die Nacht senkte sich bereits herab, als Garnet sich von der entgegengesetzten Seite Bloodwood Hall wieder näherte. Seit einer Stunde hatte er das Gefühl gehabt, verfolgt zu werden. Doch wenn er den Blick über die Landschaft schweifen ließ, hatte er nichts bemerkt, abgesehen von einem Rudel weidender Wallabys oder einer rotbäuchigen schwarzen Schlange, die durch das gelbliche Gras glitt.

Erst als Garnet an der Voliere ankam, fiel ihm die unnatürliche Stille auf. Das unablässige laute Zwitschern der Wellensittiche war verstummt. Und das Metalltor des Vogelhauses stand weit offen.

Er stieß einen wütenden Schrei aus. »Der verdammte Idiot, der das Tor aufgelassen hat, kann sich auf was gefasst machen! Jahrelang habe ich Mirandas Vögel gezüchtet, und jetzt sind alle in den Busch zurückgekehrt.«

Er saß ab und knallte das Tor zu, im vergeblichen Versuch, seinen Frust abzulassen. Doch dann kam ihm plötzlich der Gedanke, dass es Isabel in ihrer Sorglosigkeit gewesen sein könnte. Er öffnete das Tor und trat ein.

Die Wahrheit ließ ihn wie angewurzelt stehen bleiben. Der ganze Boden des Vogelhauses war mit den Körpern der Vögel übersät. Blaue, goldene, grüne, weiß gesprenkelte, alle lagen mit ihren winzigen geöffneten Schnäbeln da, die toten Augen weit aufgerissen.

Schwer atmend sah er sich um. Die Ursache des Massensterbens lag in einer Ecke. Eine leere Flasche mit einem einzigen Wort auf dem Etikett. Laudanum. Am Geruch erkannte er, dass sich in den Futternäpfen dieselbe tödliche Flüssigkeit befand.

Er wusste, dass dies das Werk eines krankhaften, rachsüchtigen Bewusstseins war. Die armen Geschöpfe hatten für ein feiges blutiges Attentat bezahlt, das ihm und denen galt, die er liebte: Marmaduke und Isabel.

Der Schatten des Todes war zurückgekehrt und hatte sich über Bloodwood Hall gelegt, doch diesmal wusste Garnet, dass das Spiel tödlich war. Es ging gegen sie persönlich. Niemand in seinem Reich wäre je wieder sicher.

Garnet eilte zu den Stallungen. Als er vor dem Stallknecht Davey stand, hatte er sich wieder beruhigt.

»Willst du deinen Freibrief haben? Und wie ein freier Mann bezahlt werden?«

Der Junge nickte kreidebleich.

»Dann hol dir eine Schaufel und ein paar Leinensäcke. Sammle darin alle Vögel und Federn aus dem Vogelhaus und vergrab sie so tief, dass nicht einmal der Teufel sie findet. Und dann sagst du, dass sie weggeflogen sind. Ich will nicht, dass die Weiber in Panik geraten nach dem Mord an Grantham. Hast du verstanden?«

Der Junge nickte stumm.

»Wenn niemand die Wahrheit erfährt, werde ich Richter Summerhayes dazu überreden, dir deinen Freibrief auszustellen.

Sollte aber jemand Wind davon bekommen, kette ich dich im Lagerhaus an, damit die Elstern dir die Augen auspicken!«

Dem Jungen stockte der Atem. »Allmächtiger!«

Garnet wartete nicht, bis seine Anweisungen befolgt wurden, sondern kehrte ins Haus zurück. Die Voliere würde leergeräumt werden, und wenn die Liebenden aus Mingaletta zurückkämen, wären die Vögel für immer begraben.

EINUNDVIERZIG

Tag für Tag holte ein Reiter die Post für Bloodwood Hall im Dorf ab, und jedes Mal wuchs der Haufen handgeschriebener oder gedruckter Karten, mit denen seine Gäste ihre Teilnahme an seinem Bankett unter Bedauern absagten. Manche benutzten den schönfärberischen Ausdruck »aufgrund unvermeidlicher Umstände«, einem Vorwand, der niemanden täuschen konnte. Die meisten befürchteten, das nächste Opfer des mörderischen Trios werden zu können, das nach wie vor frei herumlief. Man ging davon aus, dass die einheimischen Spurenleser, die für die berittene Polizei arbeiteten, anhand ihrer Fußabdrücke eine Beschreibung der drei gesuchten Männer abgegeben hatten, was Größe, Gewicht und Gangart anbelangte.

Keiner zweifelte daran, dass es sich um entlaufene Strafgefangene handelte, die im Busch lebten. Seit der Ermordung von Grantham hatte es auf der entfernten Seite des Sumpflandes westlich von George's River eine Fülle von feigen Raubüberfällen gegeben, an denen zwei oder drei junge Männer beteiligt waren. Und ihr Anführer hatte die Opfer stets mit dem Tod bedroht.

Beim Abendessen kam Marmaduke darauf zu sprechen. »Die Polizei ist der Ansicht, dass sie die Namen der drei Mörder bald herausfinden wird. Die Angst in der Kolonie hat zweifellos deine Pläne beeinflusst, Garnet. Powell hat mir erzählt, die Gästeliste sei bis auf ein paar Mutige geschrumpft, Richter Summerhayes, die ortsansässigen Ärzte und den aristokratischen Gentleman, der Penkivil Park gepachtet hat, solange der Colonel in Indien stationiert ist.«

»Was weiß Powell schon!«, fuhr Elise dazwischen, woraufhin alle sie überrascht anblickten.

»Eine Menge, hoffe ich, da er Vaters rechte Hand ist«, entgegnete Marmaduke abschätzig und sah Garnet an. »Nun, Isabels und meine Freunde scheinen aus härterem Holz geschnitzt zu sein. Edwin hat bereits zugesagt, und Isabels Schiffskamerad, dieser Schotte, Murray…?«

»Robertson«, sagte Isabel hastig. »Er wird ebenfalls kommen. Auf das Wort eines Highlanders ist Verlass.«

Garnet war ungewöhnlich still, also ergriff Marmaduke die Gelegenheit beim Schopf. Mingaletta war die Hauptsache. Das Datum der Übergabe durfte nicht verschoben werden.

»Wir werden deinen Geburtstag am richtigen Tag feiern, egal, was passiert. Aber vermutlich hast du dich darauf eingerichtet und die Musiker und Unterhalter wieder abbestellt?«

Garnet wies den jungen Diener an, ihm Wein nachzuschenken.

»Die Unterhalter waren durchaus bereit, ihr Leben zu riskieren, die haben mehr Mut in den Knochen als so mancher Adliger, aber ich wollte nicht, dass sie es aufs Spiel setzen. Natürlich habe ich Madame St. John und sie ausbezahlt.«

Erstaunt sagten Isabel und Marmaduke wie aus einem Mund: »*Madame St. John?*«

»Ja, die ›amerikanische Nachtigall‹. Du kennst sie doch sicher.«

Marmaduke und Isabel überschlugen sich beinahe, um Garnet zu bestätigen, dass er eine vortreffliche Wahl getroffen hatte, dass es aber auch klug gewesen war, ihnen wieder abzusagen, schon um ihrer eigenen Sicherheit willen.

Garnet wirkte zunehmend gereizt. »Wo ist Powell? Verbringt er die Nacht schon wieder im Dorf? Jetzt ist er bereits zwei Tage verschwunden, nicht wahr? Wo zum Teufel treibt sich der Bursche herum?«

»Ist doch egal«, sagte Elise verdrießlich. »Wenn du mich fragst, er ist nicht loyal. Er hängt sein Fähnchen nach dem Wind.«

Marmaduke und Isabel warfen sich einen verstohlenen Blick zu. Bestimmt hatte Elise den Dorftratsch gehört. Der wesleyanische Abstinenzler, der nie einen Tropfen anrührte, hatte sich zwei Tage lang volllaufen lassen, sodass dem Dorfpolizisten nichts anderes übrig geblieben war, als ihn in die Ausnüchterungszelle zu sperren. Aufgrund von Garnets Freundschaft mit Richter Summerhayes hatte er von einer Anklage abgesehen.

»Du hast deinen Ton aber ganz schön geändert, Elise. Erst letzte Woche hast du noch Loblieder auf deinen Lehrer gesungen.«

Elise ignorierte Marmaduke und wandte ihre ganze Aufmerksamkeit Garnet zu. Sie beugte sich vor, sodass ihr üppiger Busen offen auf einem Meer kaffeefarbener Spitzen ruhte.

Marmaduke war über ihren Mangel an Feingefühl belustigt. Sie hatte beinahe Tränen in den Augen, und ihr Schmollmund bebte.

»Garnet, Liebster, ich sage es sehr ungern, weil du so nett zu deinem walisischen Sekretär gewesen bist, aber du solltest wissen, dass ich seine Gesellschaft kaum noch ertragen kann. Hätten dich seine Kriecherei und seine Schmeicheleien nicht blind gemacht, hättest du ihn schon vor Monaten auf die Straße gesetzt. Wie heißt das Sprichwort noch? Taffy war ein Waliser. Taffy war ein Dieb! Da ist sehr viel Wahres dran. Hättest du das Kleingedruckte in dem Arbeitsvertrag gelesen, wärst du bestimmt nicht auf ihn reingefallen.«

Marmaduke verübelte ihr diese bissige Anspielung auf Garnets Analphabetismus.

»Ach, *du* kannst jetzt Verträge lesen, Elise? Welch ein wunderbarer Fortschritt«, erwiderte Marmaduke leise.

Elise wirkte bekümmert darüber, dass man sie bei einer Lüge

ertappt hatte. »Powell selbst hat es mir erzählt«, entgegnete sie gereizt.

Garnet warf ihr einen aufmerksamen Blick zu. »Es ist ein vernichtendes Urteil, was du da aussprichst, Elise. Ich habe unzählige Sekretäre, Verwalter und Aufseher gefeuert, aber niemals ohne Grund. Hast du Beweise dafür, dass Powell mich hintergeht? Oder willst du uns lieber den wahren Grund dafür verraten, warum du so wütend auf ihn bist?«

Garnet sprach ganz gefasst, doch Marmaduke kannte seinen Vater gut genug, um zu wissen, dass etwas in ihm brodelte.

Elise brach geräuschvoll in Tränen aus und wischte sie mit ihrer Serviette weg. Isabel reichte ihr hastig ihr Taschentuch, ein dünnes Stück Batist, das zu nichts anderem taugte, als Zeichen ihres Mitgefühls zu sein.

Marmaduke ließ sich von der Tränenflut nicht beeindrucken. Er sah, dass auch Garnets Gesicht teilnahmslos war.

»Geht es dir nicht gut, Elise?«, fragte Marmaduke höflich, wenn auch nur, um Isabel zu zeigen, dass er kein gefühlloser Rüpel war.

»Das kann man wohl sagen«, antwortete Elise, »und ich fühle mich ziemlich stiefmütterlich behandelt. Garnet weiß, warum.«

Sie wandte sich Garnet zu, und immer noch liefen ihr die Tränen über die kreidebleichen Wangen. Sie wirkte erschöpft, als wäre sie plötzlich über Nacht gealtert. Marmaduke war von einem Anflug von Mitleid irritiert, obwohl er sich an alles erinnerte, das er einst geliebt hatte und jetzt verachtete.

Elise fuchtelte hilflos mit ihren beringten Händen herum und suchte Unterstützung, egal, wo sie sie fand. Intuitiv wandte sie sich an die einzige weibliche Anwesende und warf Isabel einen flehentlichen Blick zu. »All die Jahre war ich Garnet eine treue Gefährtin, und er versprach, mich unter einer Bedingung zu heiraten. Nun, wenn er nicht gewillt ist, euch die Nachricht zu verkünden, muss ich es eben selbst tun. Ich bin endlich schwanger!«

Marmaduke beschloss, bis zehn zu zählen, ehe er etwas sagte. *Wenn es stimmt, was mir Isabel erzählt hat, dann könnte Powell der Vater sein. Ob Garnet vermutet, dass sie ihm Hörner aufgesetzt hat?*

Alle schienen zu verblüfft zu sein, um darauf zu antworten, daher brach Marmaduke schließlich das Schweigen. »Dann will ich dir gratulieren, Garnet. Ich werde also einen Bruder oder eine Schwester bekommen; das ist in der Tat eine Überraschung.«

Garnets Gesicht war eine Maske von Gleichgültigkeit. »Du solltest lieber Elise gratulieren oder noch besser Rhys Powell. Damit habe ich nichts zu tun. Ich war woanders beschäftigt«, sagte er mit beleidigendem Nachdruck und warf Bridget einen deutlichen Blick zu.

»Das ist eine gemeine Lüge, und das weißt du auch«, heulte Elise auf. Sie stieß ihr Weinglas um, als sie abrupt aufsprang und Garnet am Revers packte.

»Das kannst du mir nicht antun, nach allem, was ich für dich getan habe, nachdem ich so viel gelitten habe, um *deine Bedürfnisse* in der verfluchten Dachkammer zu befriedigen. Sag ihnen die Wahrheit, ich bitte dich, Garnet. Es ist dein Kind. Dein Kind!«

Während sie ihn schüttelte, hingen seine Arme schlaff herunter, als wäre er unfähig, sich zu wehren. Schließlich gab Elise auf.

»Ich wünschte, es wäre so«, sagte Garnet leise. Dann befreite er sich von ihrem Griff und verließ den Saal.

Für Marmaduke hatte sich sein Vater von einem Augenblick zum anderen in einen müden, doch würdevollen älteren Mann verwandelt. Er brauchte Isabel nur anzusehen, um zu wissen, dass sie dieselben Gedanken hatten.

Gott sei Dank behält sie die Nerven in einer kritischen Situation. Vielleicht ist das die Fähigkeit, die es ihr ermöglichte, ihr Kindheitstrauma zu überleben.

Er zog Isabel zur Seite und legte ihr zärtlich die Hand auf die Schulter.

»Bring Elise in ihr Zimmer und bleib bei ihr, bis ich dich holen komme. Ich muss mich um Garnet kümmern und das Ganze in Ordnung bringen. Nicht, dass ich gezwungen bin, eine schwangere Frau sozusagen vor die Tür zu setzen. Vor allem, wenn das Kind, das sie erwartet, möglicherweise mein Bruder ist.«

Er sah, wie Isabel die weinende Elise die Treppe hinauf begleitete und sie beschwichtigte, alles würde wieder gut, sie müsse an das Kind denken und dürfe sich nicht überanstrengen.

Marmaduke verspürte einen Anflug von Traurigkeit angesichts von Isabels mütterlichen Instinkten. Hoffentlich wäre die kleine Rose Alba bald da, um die Bedürfnisse zu stillen, für die er nicht taugte.

Als er das Stampfen sich rasch nähernder Pferdehufe hörte, ging er nach draußen, um den Boten zu empfangen. Edwins Schreiben war dringend. Man habe zwei Männer des Mordes an Rupert Grantham angeklagt. Ein Gerichtstermin sei bereits anberaumt, er müsse sofort handeln.

Marmaduke entließ die Diener, nahm ein letztes Glas Wein zur Stärkung und ging zu seinem Vater, um das heikle Thema von Elises Schwangerschaft anzusprechen.

Doch Garnet war weder in seinem üblichen Schlupfloch, der Bibliothek, noch sonst wo. Marmaduke befragte alle Hausangestellten, die am Abend Dienst gehabt hatten. Keiner von ihnen hatte beobachtet, wie Garnet das Haus verlassen hatte. Es gab nur noch einen Ort, wo er sein konnte. Das Priesterloch.

Er nahm einen Kerzenhalter und öffnete die Geheimtür in der Holzvertäfelung. Auch das Priesterloch war leer. Marmaduke spürte den Schmerz, der sich in dem kleinen dunklen Verlies verbarg. Es war in der Tat ein mieses Loch. Nachdem es in England seit Jahrhunderten nicht mehr benutzt worden war, um religiöser Verfolgung zu entkommen, diente es hier Garnets vergeblichen Versuchen, sich durch selbst auferlegte Qualen von seiner Schuld zu befreien.

Marmaduke verschloss sein Bewusstsein gegen ein Aufflackern von Mitleid und zog die Tür des Verlieses hinter sich zu.

Als er durch die Galerie kam, blieb er vor dem Porträt seiner Mutter stehen.

»Wo zum Teufel steckt er? Er ist so wahnsinnig, dass er sich aufhängen könnte.«

Marmaduke kniff die Augen zusammen. Lag es an dem Flackern der Kerze, oder hatten die Augen des Porträts tatsächlich nach oben geschaut? Dann fiel ihm die einzige Stelle ein, wo er noch nicht nachgeschaut hatte. Die Dachterrasse.

Er stieg die eiserne Wendeltreppe zum Dach hinauf, die nur selten benutzt wurde.

Die Nachtluft war kühl. Er betrat die mit Zinnen bewehrte Terrasse zwischen den gotischen Giebeln des Dachs. Am Himmel leuchteten die Sterne. Jedes Mal, wenn Marmaduke sie sah, war er überzeugt, dass die Schöpfung kein bloßer Zufall sein konnte. Als er die Gestalt am anderen Ende der Brüstung sah, blieb er beunruhigt stehen, so nah befand sie sich am Rand.

Der Wind fuhr durch Garnets weiße Mähne, und in seinen Augen glänzte eine wilde, verwirrte Traurigkeit, die Marmaduke an Edmund Kean in der Rolle König Lears erinnerte.

»Was dagegen, wenn ich dir Gesellschaft leiste, Garnet?«, fragte er und ging einige Schritte auf ihn zu, ohne ihn aus den Augen zu lassen, bereit, ihn jederzeit zurückzuhalten, falls er versucht hätte, sich in die Tiefe zu stürzen.

Garnet sah ihn überrascht an. »Lass mich in Ruhe. Was hast du hier zu suchen? Du solltest bei deiner Frau im Bett liegen.«

Marmaduke versuchte, beiläufig zu klingen. Er hatte diesen Mann fast ein ganzes Erwachsenenleben lang verachtet, trotzdem wollte er nicht, dass er sich in die Tiefe stürzte. Nicht einmal Mingaletta war das wert. Er beschloss, Elises Schwangerschaft nicht zu erwähnen, falls es das war, was seinem Vater den Verstand raubte. Er hatte keine Ahnung, was er sagen sollte, bis die Worte plötzlich in einer verzweifelten Improvisation aus ihm heraussprudelten.

»Ich wollte mit dir unter vier Augen sprechen, ohne die Frauen. Von Mann zu Mann. Ich brauche deinen Rat, Garnet.«

»Ach, wirklich?! Das ist ja was ganz Neues«, erwiderte Garnet. Trotz des sarkastischen Tonfalls bemerkte Marmaduke, wie sein Vater die Schultern straffte, um einen Anschein von Autorität wiederzugewinnen.

Marmaduke trat einen Schritt näher und stützte sich mit einem Arm auf den Rand der Brüstung.

»Ich wollte erst deinen Rat einholen, ehe ich mit Isabel spreche. Du weißt ja, wie ängstlich junge Frauen sind angesichts von Wegelagerern und derlei.«

»In der Tat. Worum geht es?« Garnet wirkte plötzlich wachsam und kooperativ.

»Nichts Ernstes. Ein Bote hat gerade eine Nachricht von Edwin gebracht. Die Ladung aus England, auf die ich seit Langem warte, ist im Hafen eingetroffen. Außerdem steht der Gerichtstermin für das Verfahren gegen James Leech und Will Barrenwood jetzt fest, die beiden jungen Ausreißer, die angeblich meinen Freund Rupert ermordet haben sollen.«

»Also haben sie sie schließlich gefasst. Hoffentlich macht die Jury kurzen Prozess mit ihnen, sodass Green seines Amtes walten kann.«

»Meine Rede, Garnet. Nur hat man mich aufgefordert, nach Sydney zu kommen als Geschworener.«

»Und wo ist das Problem? Tu deine Pflicht und häng die Schweinekerle auf!«

»Natürlich will ich Rupert zu Ehren einer der Geschworenen sein. Es ist das Letzte, was ich für ihn tun kann, aber das bedeutet, dass ich Isabel allein lassen muss. Ich wäre beruhigt, wenn ich wüsste, dass sie bei dir in guten Händen ist.«

»Glaubst du etwa, ich wäre zu alt, um sie in deiner Abwesenheit beschützen zu können? Hältst du mich für einen Schlappschwanz?«

Marmaduke lachte und legte seinen Arm um Garnets Schulter. Dann führte er ihn auf die Wendeltreppe zu. »Ich wusste, dass ich mich auf dich verlassen kann, Garnet. Isabel könnte nirgendwo sicherer sein als in deiner Obhut. Jetzt kann ich beruhigt gehen.«

»Natürlich, mein Junge. Wir werden zusammen Schach spielen, und sie kann mir auf dem Pianoforte vorspielen. Ich werde schon dafür sorgen, dass sie sich keine Sorgen macht, darauf kannst du Gift nehmen.«

Garnet schien Elises Enthüllung ganz vergessen zu haben. Marmaduke fragte sich, ob es wieder eine ihrer Scheinschwangerschaften war oder ob sie versuchte, Garnet unter Druck zu setzen, um eine Heirat zu erzwingen.

Marmaduke ließ seinem Vater den Vortritt und schloss dann die Tür hinter sich ab, falls Garnet erneut auf das Dach gehen wollte. Er würde Bridget und die anderen Angestellten anweisen, die Tür stets verschlossen zu halten.

Und er musste Isabel warnen, damit sie das Spiel mitspielte und Garnet das Gefühl gab, sie beschützen zu müssen.

ZWEIUNDVIERZIG

Garnet und Marmaduke waren wie zwei wütende Bullen, deren Hörner sich in einem tödlichen Duell ineinander verhakt hatten. Der Kampf hatte am Frühstückstisch begonnen, während eines Streites über Feuerwaffen. Da Marmaduke an diesem Morgen nach Sydney aufbrechen wollte, um in der Jury des Verfahrens gegen Granthams Mörder zu sitzen, hatte Isabel gehofft, dass Vater und Sohn ausnahmsweise friedlich auseinandergehen würden.

»Erzähl mir bloß nicht, wie ich Bloodwood Hall zu führen habe. Ich leite dieses Anwesen, seit du deine Milchzähne verloren hast, mein Junge!«, tobte Garnet. Zweifellos hielt er Marmadukes Meinung für einen Angriff auf seine Männlichkeit.

Dieser unterdrückte seine Wut, obwohl sein Ton so scharf war, dass er damit Glas hätte schneiden können. »Ich bestätige nur, was jeder Großgrundbesitzer im Land weiß. Du brauchst Männer, die deinen Besitz Tag und Nacht bewachen. Männer, die Waffen tragen.«

»Hast du keine Augen im Kopf? Das tue ich doch schon seit Monaten.«

»Ja, von zugewiesenen Strafgefangenen. Aber wer weiß denn, wo ihre Sympathien liegen, wenn plötzlich Buschräuber auftauchen, um sich an Fordham, dem Folterknecht, zu rächen, der deine Arbeiter quält? Als ihr Master bist du rechtlich wie moralisch für sie verantwortlich, trotzdem hast du jahrelang Fordhams Methoden toleriert.«

»Ich bin ein weitaus besserer Master als sämtliche anderen

Großgrundbesitzer in der Umgebung, verdammt nochmal! Ich habe Fordham daran gehindert, ihre Rationen zu kürzen. Und Paddy Whickett war der letzte Mann, der auf meinem Grundstück ausgepeitscht wurde. Ich überlasse es Richter Summerhayes, ein Urteil zu sprechen.«

»Schon, aber all das kommt Jahre zu spät, um deinen Ruf zu retten.«

Isabel ging dazwischen. »Bitte, hört auf, alle beide. Die Vergangenheit können wir nicht ändern, aber wir können zusammenhalten, um die Zukunft zu ändern. Geht nicht im Streit auseinander, ich bitte euch. Wenn einem von euch etwas zustoßen würde, ihr würdet es euch niemals verzeihen.«

»Isabel hat Recht«, sagte Marmaduke kühl. Dann reichte er seinem Vater die Hand, die dieser der Form halber schüttelte.

Isabel gelang es, noch ein paar Worte unter vier Augen mit Marmaduke zu wechseln. »Ich habe Angst um dich, ob du nun bewaffnet oder unbewaffnet reist, aber ich weiß, dass du keine Wahl hast. Rupert war dein Freund, und es ist der letzte Beweis deiner Freundschaft, wenn du an der Jury teilnimmst. Seine Mörder dürfen nicht ungeschoren davonkommen.«

»Wenn sie es tatsächlich waren. Das wäre noch zu beweisen. Ich vermute, dass es ein äußerst heikles Verfahren werden wird. Jeder darf von der Straße weg den Gerichtssaal betreten. James Leech war kurz vor dem Mord an Rupert aus einem Straflager geflohen und der andere vom Gut seines Masters, zweifellos wird es im Gerichtssaal von Sympathisanten nur so wimmeln. Meine Mitgeschworenen werden entweder für die Angeklagten Partei ergreifen oder sie an den Galgen liefern wollen, nur weil sie entflohene Strafgefangene sind.«

»Niemand ist besser dafür geeignet, an dieser Jury teilzunehmen, als du. Rupert Grantham wird dir danken, wenn du dafür sorgst, dass der Gerechtigkeit Genüge getan wird!«

Marmaduke lachte und rief nach Garnet, der sie beobachtete.

»Was habe ich dir gesagt, Garnet? Vergiss den ganzen blaublütigen Mist der de Rollands. Sie ist eine waschechte Australierin.«

Isabel beobachtete von der Terrasse aus, wie Marmaduke über den mit Eukalyptusbäumen gesäumten Kiesweg auf das große Tor zuritt, wo er sich noch einmal umdrehte und sich mit einem militärischen Gruß von ihr verabschiedete.

Mein Gott, was habe ich getan? Was, wenn ich ihn in den Tod geschickt habe?

Doch dann verscheuchte sie ihre Ängste und lächelte wehmütig, als sie an seine Abschiedsworte dachte. »Dass ich eine waschechte Australierin bin, muss wohl ein Kompliment gewesen sein. Ich darf ihn nicht enttäuschen.«

Der Pfad war von wilden Buschblüten gesäumt, als Isabel am Nachmittag des folgenden Tages auf ihrer Stute zum Friedhof der Gambles ritt. Zwischen den kleinen, sonnigen Gesichtern der einheimischen Blüten und den Glockenblumen und Narzissen, die sie auf den Feldern hinter dem Anwesen der de Rollands in England gepflückt hatte, lagen Welten.

Sie war auf ihrem allwöchentlichen Weg zu Mirandas Grab. Diese Pflicht hatte sie übernommen, weil sie wusste, dass die mit einer Schleife zusammengehaltenen Blumensträuße, die sie im Garten pflückte, um Miranda zu gedenken, Marmaduke, Garnet und Queenie gleichermaßen erfreute.

Sie hatte Marmaduke versprochen, eine kleine Damenpistole in einer am Gürtel befestigten Tasche zu tragen. Doch heute fiel es ihr schwer, Angst zu haben. Die Sonne brannte derart vom Himmel herab, dass ihr Strohhut kaum Schutz bot. Die Hitze drang durch alle Schichten der feinen Baumwolle, die bereits an ihrer Haut klebte. Sie erinnerte sich an die so ungemein korrekte englische Maxime: »Nur Männer schwitzen, Damen transpirieren.«

Isabel grinste. »Wer immer das gesagt hat, kann nie in Australien gewesen sein. Wenn der Schweiß in Strömen an der Brust oder am Rücken hinabfließt, dann heißt es schwitzen, nicht transpirieren.«

Miranda war an einer entlegenen Stelle am Rand von Mingaletta begraben, in einiger Entfernung vom weißen Lattenzaun des Friedhofs, sodass Isabel vom Pferd abstieg, die Zügel um den Stamm eines kleinen Baumes schlang und das letzte Stück zu Fuß ging.

Sie nahm die verwelkten Blumen, die sie letzte Woche hergebracht hatte, aus der steinernen Vase und füllte diese mit frischem Wasser aus der mitgebrachten Flasche. Dann sprach sie wie immer einige Worte. Diesmal klang sie ziemlich entschieden.

»Ich habe kein Recht, über dich zu urteilen, Miranda. Meine eigene Vergangenheit ist alles andere als rein. Aber der Mann, der dich am meisten liebte, steht Höllenqualen durch. Wenn du wirklich die Macht besitzt, in diesem Haus herumzuspuken, wie Queenie und die Angestellten behaupten, dann bitte ich deine Seele, ein wenig Mitleid mit Garnet zu haben.«

Sie zupfte das Unkraut aus, das seit ihrem letzten Besuch gewachsen war, und arrangierte die frischen Blumen in der Vase.

Seit der Nacht mit Marmaduke, als sie zum ersten Mal im Leben weinen konnte, hatte Isabel vor vielen Dingen die Angst verloren. Mittlerweile hielt sie es für durchaus möglich, dass Gott sie erhörte, also beschloss sie vertrauensvoll zu beten.

»Bitte, lieber Gott, bring Mirandas Seele Frieden. Und auch den anderen Lebenden im Haus. Tröste Garnet, damit er sich nicht länger so quälen muss. Dein Wille geschehe, nicht meiner. Und mach, dass Marmaduke heil zu mir zurückkommt.«

Als sie zu ihrer Stute zurückkehrte, kreuzte sie den öffentlichen Weg, der über das Grundstück der Gambles führte. Den Dorfbewohnern, die die auf dem Friedhof der Gambles bestatteten Pioniere besuchen wollten, war dieser Durchgang gestattet.

Am Ende des Weges, da, wo er in die Straße überging, die ins

Dorf führte, entdeckte Isabel eine geparkte Kutsche. Sogar aus der Ferne sah sie, dass sie elegant und modern war und von zwei Grauschimmeln gezogen wurde. Der uniformierte Kutscher war abgestiegen, um sich die Beine zu vertreten und eine Pfeife zu rauchen. Wer in diesem rückständigen Nest hatte ein so feines Gefährt?

Der Friedhof war vollkommen leer, abgesehen von den aufgereihten Grabsteinen, trotzdem erschrak Isabel beim Anblick eines Zylinders auf einem der marmornen Grabsteine. Der Hut war mit schwarzem Trauerflor geschmückt, daneben lag ein Gehstock aus Ebenholz und Gold.

Ihr Herz pochte heftig. Hinter Garnets Mausoleum tauchte die Gestalt eines hochgewachsenen Gentlemans in dunkler Kleidung auf. Am Ärmel seines Fracks trug er einen Trauerflor.

Die Sonne fiel auf sein hellbraunes Haar, und als er lächelte, lief es Isabel kalt über den Rücken.

»Was machst du hier, Silas?«, fragte sie.

»Ich warte auf dich, *ma petite cousine*. Im Dorf erzählte man mir, dass du jeden Freitag zum Friedhof kommst. Was hätte ich wohl sonst in dieser gottverlassenen Gegend verloren?« Sein Lachen klang leicht und sorglos. »Ich hatte dir doch versprochen, ich würde dir nachreisen und dich retten. Hast du jemals daran gezweifelt?«

Mich retten. Isabel wich einen Schritt zurück, erleichtert, dass ihr Pferd nicht weit entfernt angebunden war und sie sofort fliehen konnte. Die Stute wieherte, als wollte sie sie ermuntern.

»Du hast kein Recht hierherzukommen, Silas. Das ist Privatgelände«, stammelte Isabel.

»Nicht ganz, Cousine. Sogar die Dorfbewohner haben das Recht, ihre Toten zu ehren. Warum bist du so überrascht, mich zu sehen? Der Brief, den ich dir in deine Reisetruhe legte, war eindeutig ...«

»Ich habe ihn nicht geöffnet. Ich habe nicht den Wunsch, dich wiederzusehen. Nie wieder.«

Der gekränkte Ausdruck auf Silas' Gesicht hätte einen Fremden überzeugen können.

»Aber Isabel, ich habe dreizehntausend Meilen auf einem schrecklich ungemütlichen Schiff zurückgelegt, um mein Versprechen einzulösen. Und um dir die traurige Nachricht von Onkel Godfrey zu überbringen.«

»Onkel Godfrey? Sag's mir, was ist passiert?«

»Nicht so hastig, Cousine. Was ist aus den feinen Manieren geworden, die du bei den de Rollands gelernt hast? Sag mir bloß nicht, dass dieser Sohn eines ehemaligen Strafgefangenen dich in weniger als einem Jahr auf das Niveau eines Bauernmädchens gebracht hat.«

Isabel ballte ihre feuchten Hände zu einer Faust. Sie würde sich den Regeln seines Spiels nicht unterordnen.

Silas spielt mit mir und hofft auf seinen angeborenen Charme. Die Leute hatten Recht. Er sieht tatsächlich wie eine größere, männliche Version von mir aus – man könnte ihn für meinen Bruder halten. Ich darf ihm nicht direkt in die Augen schauen. Marmaduke, wieso bist du nicht da, wenn ich dich brauche?

Trotz ihrer Angst gelang es ihr, ganz ruhig zu antworten. »Wie ich sehe, trägst du Trauer. Wegen Martha? Nicht Onkel Godfrey. Ihm ging es gut, als ich London verließ. Dann sei so nett, mir seine Nachricht zu übergeben, und geh.«

Silas schnippte die Zipfel seines Fracks beiseite und setzte sich so lässig neben seinem Hut auf den Grabstein, als wäre er auf einem Fest eingeladen. Seine Augen lachten, doch ihre Kraft wirkte vorübergehend gedämpft. Silas sah aus, als lebte er jenseits der Zeit. Seit seinem dreißigsten Lebensjahr schien er kein bisschen gealtert zu sein, abgesehen von den feinen Fältchen um die Mundwinkel.

Sieh nicht auf seinen Mund, erinnere dich nicht an seine Küsse.

Silas war selbstsicher. »Aufmüpfig wie immer, Kleines, eine Fülle von Fragen, ehe man dazu kommt, sie zu beantworten. Es bestätigt nur die Verwirrung eines englischen kleinen Schulmädchens. Du bist immer noch nicht klüger geworden, Isabel. *Ce qui n'est pas clair n'est pas français*.«

»Was nicht klar ist, ist kein Französisch«, übersetzte sie. »Dein französischer Akzent war schon immer entsetzlich, Silas. Das Zitat ist ganz nett, trifft aber auf mich nicht zu. Ich sehe jetzt alles sehr klar. Heraklit hat einmal gesagt: ›Man kann nicht zwei Mal in denselben Fluss steigen.‹ Ich bin nicht mehr dein kleines Spielzeug, Silas. Ich bin eine selbstständige Frau. Mein Mann hat mich verändert. Wahre Liebe kann das, weißt du? Aber das wirst du niemals erfahren.«

Silas lächelte wehmütig. »Du bist vergesslich, Isabel. Ich war es, der dir die Liebe beibrachte. Aber dein Vormund verbat mir, dich zu heiraten.«

»Jetzt verstehe ich, warum mich Onkel Godfrey hierherschickte: um mich vor dir zu schützen. Sag endlich, was er mir zu sagen hatte, oder ich lasse dich hier sitzen, damit du deine Friedhofselegien Martha darbringen kannst.«

»Wie scharf deine Zunge geworden ist. Aber es gefällt mir, wie du dich verändert hast. Die Fügsamkeit einer Frau wird mit der Zeit langweilig. Die arme Martha ist der beste Beweis dafür.« Silas warf einen Blick auf seine Trauerkleidung und seufzte. »Ich muss sie ihr zu Ehren noch ein ganzes Jahr tragen, die Gesellschaft erfordert es.«

Martha liebte dich von ganzem Herzen. Doch halt, ich darf sie nicht in Schutz nehmen, darauf wartet er ja nur.

»Ich glaube nicht, dass dich Onkel Godfrey als Bote geschickt hat, wenn er mir doch selbst hätte schreiben können«, erwiderte sie herausfordernd.

»Das hätte er leider nicht mehr gekonnt. Er hatte einen Schlaganfall. Geistig hat er sich davon erholt, aber er ist am ganzen Körper gelähmt, kann keine Feder halten. Dein Vormund ist völlig auf meine Hilfe angewiesen.«

»Rechtlich ist er nicht mehr mein Vormund. Ich bin verheiratet. Ich bin nur noch meinem Mann Gehorsam schuldig.«

»Warum sollte man einem Schürzenjäger Gehorsam schulden?« Plötzlich tat Silas betroffen. »Verzeih mir, ich sehe, dass du keine Ahnung hast.«

»Du hast keine Ahnung!«

»Im Gegenteil. Ich bin ihm neulich am frühen Morgen in der Villa von Josepha St. John begegnet, wo er die Nacht verbracht hatte. Sie hat mir vom Vertrag eurer Ehe erzählt. Wenn du mir nicht glaubst, dann frag deinen Mann.«

»Meine Ehe geht dich gar nichts an. Sag mir, was Onkel Godfrey mir zu berichten hat, und verschwinde.«

Silas klang gelangweilt. »Godfrey wollte dir sagen, dass er dich zu Hause willkommen heißt und dafür sorgen wird, dass du wieder in die englische Gesellschaft aufgenommen wirst, wenn du diese schändliche Ehe beendest. Er würde deine Scheidung in die Wege leiten. Natürlich würde es einige Zeit erfordern, es bedürfte eines Parlamentsbeschlusses. Aber für die de Rollands wäre das kein Problem. Es ist für alles gesorgt. Wir haben Passagen für das erstbeste Schiff, das nach England ausläuft. Ich muss nur noch das genaue Datum bestätigen. Und wenn wir in England ankommen und meine Trauerzeit vorbei ist, können wir heiraten. So wie es von Anfang an geplant war.«

»Nein! Nichts von dem wird passieren, aber ich werde Onkel Godfrey schreiben und ihm danken, dass er so um mich besorgt ist.«

Isabel wandte sich ab, um Blickkontakt mit den grünen Augen zu vermeiden, die ein Spiegelbild ihrer eigenen zu sein schienen. Nur dass sie in Silas' Augen keine Spur fand, die auf eine Seele hätte schließen lassen.

»Ich werde dir die Arbeit abnehmen, *ma petite cousine*!«

Isabel fasste sich schnell wieder. »Nein. Ich will nicht, dass du meine Gefühle korrumpierst. Du hast in der Vergangenheit genug Schaden als Zeuge angerichtet. Garnet Gamble wurde aufgrund deiner falschen Aussage vor dem Richter für immer aus England verbannt.«

Plötzlich war sein Lächeln verschwunden, und sein Tonfall klang gefährlich sanft. »Du hast also die Seiten gewechselt, Isabel. Du glaubst dem Wort eines verurteilten Diebes mehr als dem deines Verwandten.«

»Garnet Gamble hat mich nie belogen. Du dagegen warst nie ehrlich zu mir.«

Silas stand mit ausgestreckten Armen auf und hob die Handflächen zu einer bittenden Geste. »Die Wahrheit ist, dass ich dich liebe. Du bist mein Blut. Fleisch von meinem Fleisch. Du warst immer für mich bestimmt. Nur für mich.«

»Wage es nicht, auch nur einen Schritt näher zu kommen.«

Isabels Hände zitterten, als sie ihn abwehrte. Dann versuchte sie, ihn abzulenken. »Sag mir ein einziges Mal die Wahrheit: Wie ist Martha gestorben?«

Silas hob den Gehstock von dem Grabstein auf und betastete abwesend den Knauf, der die Gestalt eines mythischen Tieres hatte. Die Art, wie er den Kopf der drachenähnlichen, geflügelten Bestie berührte, ließ Isabel erschaudern.

»Martha. Eine traurige Geschichte. Ich fürchte, sie wird dir das Herz brechen.«

»Mein Herz wurde mir schon als Kind gebrochen. Ich habe trotzdem überlebt. Mein Ehemann hat mich geheilt.« Ihre Stimme stockte. »Ist sie friedlich gestorben? Wenigstens das muss ich wissen.«

Seine Worte waren weich, doch sie trafen ihr Ziel. »Natürlich bist du genauso schuldig wie ich.«

Verfluchter Kerl. Er weiß, wie man den Finger auf alte Wunden legt, die niemals heilen.

»Kümmer dich um deine eigene Schuld. Sag mir, dass sie nicht allein war, als sie starb.«

Silas zögerte. Als wäre es eine Gewohnheit, begann er, den Kopf des goldenen Drachen an seinem Gehstock zu drehen. Die Haut über seinen Wangen war gespannt, die Falten um den Mund vertieft. Isabel hatte Angst, dass sie jeden Augenblick in die Augen eines Fremden blicken könnte, sie fürchtete sich vor der Verwandlung, die sie schon als Kind fürchten gelernt hatte.

»Martha wusste bereits vor deiner Abreise aus England, dass sie sterben würde. Die Blutegel konnten ihr nicht helfen. Wir wussten es alle. Nur du wolltest die Wahrheit nicht begreifen, Isabel. Martha wollte, dass du glücklich fortgehst, in der falschen Hoffnung, dass sie sich wieder erholen würde.« Silas warf ihr einen traurigen Blick zu. »Meine Frau vertraute dir. Die Wahrheit hätte sie vernichtet.«

Isabel spürte eine Welle von Panik, als Bruchstücke von Bildern der Vergangenheit vor ihren Augen auftauchten. *Bitte, lieber Gott, lass mich nicht daran denken, was ich damals getan habe. Ich muss mich an Marmadukes Worte erinnern. Egal, was damals passierte, ich war noch ein Kind. Silas war erwachsen. Ich muss mir Marmadukes Gesicht ganz dicht vor mir vorstellen. Marmaduke ist real.*

»Sprich weiter«, sagte sie kühl.

»Erinnerst du dich an unsere letzte Nacht in London? Als Edmund Kean den *Othello* spielte?«

»Was hat das mit Martha zu tun?«, fuhr sie ihn an.

»Die Szene, die Kean in jener Nacht nicht spielen konnte, ließ mich nicht mehr los. Jene, in der Othello Desdemona mit einem Kissen erstickt.«

Isabel spürte, wie ihre Beine unter ihr nachgaben. Sie streckte die Hände aus, konnte sich jedoch nirgendwo festhalten. Unfähig, eine Bewegung zu machen, bohrte sie ihre Fingernägel in das Fleisch ihrer Handflächen. Solange sie den Schmerz spürte, konnte sie sich an die Realität klammern.

Silas’ Stimme war traurig, während er den Knauf seines Gehstocks aufschraubte und ihn mit einer Hand festhielt. »Du hast keine Ahnung, wie sehr Martha litt, Isabel. Es war für jene, die sie liebten, sehr schmerzhaft zu sehen, wie sie nach Luft rang. Glaub mir, ich tat, was ich konnte, um ihre Qualen zu lindern.«

Dann entnahm er dem Innern seines Gehstocks eine kleine Phiole.

»Erinnerst du dich an diesen Geruch, Cousine? Riecht ein bisschen wie Weihrauch, es hieß, es sei ein altes Aroma, das mit Gewürzen versetzt ist, um es genießbar zu machen. Wundervoll wirksam gegen zahllose Krankheiten: Laudanum.«

O Gott, das kann doch nicht wahr sein. Marmaduke, deine Augen, dein Mund, deine Worte. Lass mich nicht im Stich!

Isabel kam es vor, als spräche Silas mit der beschützenden, tröstlichen Stimme eines liebenden Ehemannes, den Martha niemals gekannt hatte. »Dieses weiße Pulver nahm Martha den Schmerz, sodass sie still und ruhig war. Ich schwöre, dass sie es verstand. Sie sah mich mit weit aufgerissenen Augen an, als ich das Kissen nahm. Ich sagte: ›Lebe wohl, Martha.‹ Und dann beendete ich ihre Qualen.«

Silas hielt sich den Gehstock an die Nase und sog den Duft des Laudanums ein, so wie ein anderer den einer Rose.

»Dieses kleine Hilfsmittel erfüllte seinen Zweck. Am nächsten Morgen fand man eine unbenutzte Flasche Laudanum neben ihrem Bett. Der Arzt kam zu dem Schluss, dass das Mädchen Martha aus Versehen eine zu starke Dosis verabreicht hatte, sodass sie sich im Schlaf herumgewälzt und sich selbst erstickt hatte.«

Isabel spürte den einsetzenden Schwindel, von dem sie wusste, dass er kurz vor der Ohnmacht kam. Sie wich einen Schritt zurück, auf die wartende Stute zu.

Sofort war Silas an ihrer Seite, schlang den Arm um ihre Taille und presste sie an sich. Die Hitze seines Atems streifte sie, als er ihr ins Ohr flüsterte.

»Es war richtig. Jetzt brauchen wir uns nicht länger schuldig zu fühlen. Verstehst du nicht? Wir haben Marthas Qualen beendet. Es war ein Werk der Nächstenliebe. Nichts steht uns mehr im Wege. Die Schuld an den de Rollands ist getilgt. Und wir leben wieder in Luxus. Die Welt gehört uns, Isabel. Wir werden nie wieder getrennt sein!«

Silas küsste sie auf den Mund. Isabel schloss die Augen, um nicht in die grünen Augen blicken zu müssen. Und dann sah sie sich als kleines Kind.

Allein in der Dunkelheit ihres Zimmers schreckte sie aus dem Schlaf. Sie war sich Silas' Gesicht in der Finsternis bewusst. Er wirkte seltsam erregt, als er sich über sie beugte, sie spürte, wie seine kalte Hand unter ihr Nachthemd glitt … ihren Körper streichelte, zwischen ihre Schenkel griff, als hätte er das Recht dazu.

Isabel merkte, wie sie in seinem neuen Kuss ertrank. Ein schrecklicher, aber aufregender Kuss, der die Luft aus ihrer Lunge saugte und ihre Worte erstickte. Sie hatte keine Kraft mehr in ihrem Körper, nur die Augen bewegten sich noch, sie starrte verzweifelt auf die Wand und die Muster der Tapete und versuchte, in deren Schnörkel zu flüchten, sich darin so gänzlich zu verlieren, dass niemand sie jemals wiederfinden würde.

Jetzt stieß sie einen stummen Schrei aus, so wie damals als Kind. Verzweifelt bemühte sie sich, sich mit einem Kraftakt von Silas' Kuss loszureißen.

Im Geiste sah sie, wie Marmadukes dunkle Augen sie beobachteten, hörte das Echo seiner Worte. »Als Kind hattest du keine Wahl. Jetzt hast du eine. Sag, dass du *mich* willst, Liebling!«

Sie spürte, wie ihr ganzer Körper von einer weiß glühenden Energie überflutet wurde. Dann krallte sie ihre Nägel in Silas' Gesicht und zog tiefe, blutende Furchen über seine Wange. Als sie sich von ihm losriss und auf ihre Stute zulief, wurde ihr fast übel bei dem Gedanken, dass sie jetzt Fetzen seiner Haut unter den Fingernägeln hatte.

Sie war überwältigt vom Grauen darüber, wie Silas Marthas Leben ausgelöscht hatte, und zweifelte nicht daran, dass Martha voller Schrecken gestorben war, im Bewusstsein, dass er sie erstickte, unfähig, um Hilfe zu schreien. Und die Erinnerung an das, was Silas mit ihr getan hatte, als sie noch ein Kind war, weckte noch größere Angst in ihr. Was würde passieren, wenn er von Rose Albas Existenz erführe?

Isabel brauchte nur wenige Sekunden, bis sie die Realität wieder wahrnahm – Silas' Gesicht, das von ihrer Gewalt schockiert war. Als sie in den Sattel sprang, griff er nach ihr. Er hatte die Augen *jenes Fremden*. Die Stute war so nervös, dass sie sich ängstlich aufbäumte. Sie klammerte sich an ihren Hals, um ihm nicht vor die Füße geworfen zu werden.

»Du hast mir meine Unschuld geraubt! Du hast meine Kindheit zerstört, Silas! Ich werde nicht zulassen, dass du mir den Rest meines Lebens ruinierst. Es ist mein Leben, hast du verstanden? *Meins!*«

Als sie sein Lächeln sah, erstarrte sie innerlich. Vier blutige Kratzer auf seiner Wange. Ihr persönliches Brandmal. Doch er schien keinen Schmerz zu spüren, nur Erregung.

Silas schüttelte den Kopf. »Nein! Unsere Leben werden jetzt parallel verlaufen, Isabel. Ich habe das Haus in Penkivil Park gepachtet, nur wenige Meilen von hier. Ich bin dein Nachbar. Und wenn wir uns das nächste Mal treffen, kommst *du* zu *mir*.«

Seine seltsamen grünen Augen schienen sich ihrer Macht über sie sicher zu sein.

Isabel klammerte sich an die Stute und bohrte ihr die Fersen in die Flanken. Sie betete, dass das Tier den Weg nach Bloodwood Hall von allein finden würde, denn im Augenblick war sie blind gegenüber ihrer Umgebung. Ihr Kopf war erfüllt von den schrecklichen Bildern ihrer Erinnerung, die sie jahrelang unterdrückt hatte.

… als Kind nackt in einem Priesterloch gelegen … gelähmt …. un-

fähig, sich zu rühren … über dem Altar das umgedrehte Kreuz … ein Mann mit der Maske des gehörnten Gottes … seine grünen Augen … Silas' Augen …

Isabel rannte durchs Haus, ohne auf die entsetzten Gesichter der Angestellten zu achten, an denen sie vorbeikam. Sie fand Garnet allein auf der Terrasse sitzend, neben ihm auf dem Tisch stand ein halb leerer Krug mit Limettensaft. Seine düstere Miene hellte sich sofort auf, als sie auf die Terrasse platzte.

»Garnet, es ist etwas Schreckliches und zugleich Wunderbares geschehen. Ich habe soeben die verschütteten Erinnerungen meiner Kindheit wiedergewonnen. Ich weiß, dass es verrückt klingt, aber sie sind schrecklich und trotzdem wunderbar. Zum ersten Mal im Leben bin ich wirklich frei.«

Unfähig, ihre Freude zu kontrollieren, breitete sie die Arme aus und drehte sich in einem improvisierten Tanz im Kreis, ehe sie sich in den Korbsessel ihm gegenüber fallen ließ.

»Frei, mein Kleines? Ich hoffe nicht von Marmaduke?«

Sie lachte laut auf. »Nicht von Marmaduke! Nur ihm habe ich meine Freiheit zu verdanken! Ich habe mich von den Sünden meiner Vergangenheit befreit, Garnet. Weißt du, was das bedeutet? Ich fühle mich ganz leicht. So jung wie damals als Kind. Zum ersten Mal in meinem Leben gehöre ich nur mir!«

Garnet füllte zwei Gläser mit dem »Limettensaft« und reichte ihr das eine.

»Hier, trink das, es wird deine Nerven beruhigen, Mädchen. Und meine ebenfalls!«

Isabel nahm das Glas und versuchte, ihr Lachen zu unterdrücken. Sie wusste, dass sie fast hysterisch war und ihre schrille Stimme nicht unter Kontrolle hatte, doch es war ihr einerlei.

»Trinken wir auf die Zukunft. Auf dass Marmaduke heil zurückkehrt und auf unser aller Freiheit von der Vergangenheit!«

Dabei lachte und weinte sie gleichzeitig.

Das brauchte sie Garnet nicht zweimal zu sagen. Sie stießen an und tranken ihre Gläser in einem Zug aus.

Isabel sprang auf und stellte das Schachbrett auf den Tisch, während sie einen Stapel geschäftlicher Unterlagen vom Tisch fegte, als wären sie so unwichtig wie altes Konfetti.

»Heute wähle ich Wellingtons Seite. Aber sieh dich vor, Garnet, irgendwann werde ich Napoleon Bonaparte schlagen.«

Garnets Augen leuchteten vor Freude. »Wurde auch Zeit. Oder meinst du, ich wüsste nicht, wann ein kluges junges Ding einen alten Mann gewinnen lässt?«

Isabel hielt überrascht die Luft an und erkannte, wie entzückt Garnet war. Sie lachte mit ihm und freute sich genau wie er über dieses wunderbare neue Gefühl von Nähe, denn sie spürte, dass es die Bindung zwischen einer Tochter und dem geliebten Vater darstellte.

DREIUNDVIERZIG

Als Marmaduke in Sydney Town ankam, war er hin- und hergerissen. Nachdem er die vergangenen Wochen in einer Oase von romantischer Liebe und Glück mit Isabel verbracht hatte, die ihn vor der Welt draußen beschützte, hatte er nun das Gefühl, dass die brutale Realität der Kolonie ihn wieder fest im Griff hatte. Eine Welt von Verbrechen, Mord und Hinrichtungen. In wenigen Tagen musste er sich mit ganzer Kraft auf die Beweise in einem Mordfall konzentrieren, dessen Opfer sein guter Freund Rupert Grantham gewesen war, der Mann, dessen Gesellschaft er genossen und den er gern als Freund bezeichnet hatte, obwohl er ihm nicht wirklich nahegestanden hatte.

Seine größte Sorge jedoch galt der »speziellen Fracht«, von deren Ankunft ihn Edwin unterrichtet hatte. Die beiden Menschen, die er eingeladen hatte, damit sie sein Leben mit Isabel teilten, die aber unabhängig von ihm und unter ungewöhnlichen Umständen in Australien eingetroffen waren. Jetzt war er für Isabels verwitwete Tante, Elisabeth Ogden, eine geborene de Rolland, und Rose Alba verantwortlich, ein kleines Kind, das von der Tante aufgezogen wurde, von dem Marmaduke jedoch sicher war, dass es das uneheliche Kind von Isabel und ihrem »doppelten Cousin« Silas war.

Ich habe mir vorgenommen, Isabels Held zu sein, doch ich hatte keine Ahnung, wie kompliziert das werden würde. Gleichzeitig bin ich für das Leben zweier Männer verantwortlich, die meinen Freund vielleicht umgebracht haben, vielleicht aber auch nicht. Ich werde de facto die Rolle eines Stiefvaters spielen, obwohl ich so gut wie keine Erfah-

rung mit Kindern habe. Obendrein muss ich mich Silas entgegenstellen, wenn er in der Kolonie auftaucht.

Kurz nachdem Marmaduke verstaubt und müde im Hotel Princess Alexandrina eingetroffen war, kam Edwin mit Robe und Barristerperücke direkt vom Gerichtssaal zu ihm, um ihn auf den letzten Stand des Prozesses zu bringen.

»Ich hielt es nicht für klug, in meinem Schreiben Einzelheiten zu erwähnen, da ich von Garnets Neigung weiß, heimlich deine Post zu lesen. Und du wolltest ja nicht, dass irgendwer erfährt, dass du Isabels Tante und dieses Kind in die Kolonie hast bringen lassen. Die tatsächliche Geschichte ist ziemlich komplex.«

Edwin erzählte ihm, dass Elisabeth Ogden noch vor Marmadukes Einladung auf eigene Initiative nach Australien aufgebrochen war. Sie hatte ihre Schiffspassagen in die Kolonie selbst bezahlt, dann aber ihre Reise in Kapstadt unterbrechen müssen, weil sie ernsthaft an Fieber erkrankt waren. Nach ihrer Ankunft in Port Jackson hatte Edwin die Frau und das Kind in einer Suite im Hotel untergebracht. Und da beide noch an den Nachwirkungen des Fiebers litten, hatte Edwin sie der Obhut von Dr. William Bland und zwei Krankenschwestern überlassen, die sich abwechselnd Tag und Nacht um sie kümmerten. Das Personal des Hotels hatte strikte Anweisungen erhalten, bis zu Marmadukes Eintreffen mit Ausnahme von Dr. Bland und Edwin niemanden zu ihnen zu lassen.

»Ich hoffe, das war in deinem Sinne, Marmaduke. Beide Patienten sind noch stark geschwächt vom Fieber. Dr. Bland hat mir versichert, dass sie sich völlig erholen werden, aber vorerst nicht aufs Land gebracht werden dürfen.«

»Edwin, du bist einfach genial. Du kämpfst nicht nur darum, Menschen vor dem Galgen zu retten, die Interessen deiner Mutter und deiner zukünftigen Frau unter einen Hut zu bringen, sondern hast jetzt auch noch die Verantwortung für Isabels kranke Familie auf dich genommen.«

Marmaduke umarmte ihn auf seine ungestüme Art, doch dann fiel ihm etwas ein. »Wenn du ihre Namen auf der Passagierliste des Schiffes gefunden hast, bedeutet es, dass auch Silas de Rolland sie ausfindig machen könnte, wenn er hier eintrifft.«

»Nein. Mrs Ogden war so weitsichtig, ihre Passagen unter dem falschen Namen Jones zu buchen, und ich habe mich daran gehalten, als ich sie hier im Hotel unterbrachte. Ich habe den Eindruck, dass die Dame dieselben Vorbehalte gegenüber ihrem Neffen Silas hegt wie wir.«

»Ist sie im Bilde, wer ich bin, der Sohn des Mannes, der deportiert wurde, weil er angeblich ihren Granatring gestohlen hatte?«

Edwin wirkte verlegen. »Ich glaube, ich habe nicht das Recht, sie darüber aufzuklären. Mrs Ogden weiß, dass das Hotel einem wohlhabenden Unternehmer namens Gamble gehört, scheint ihn aber nicht mit einem Angestellten namens George in Zusammenhang zu bringen, der vor fast drei Jahrzehnten im Dienst ihrer Familie stand. Ich dachte, ich sollte es dir überlassen, das heikle Thema de Rolland und Gamble zu klären.«

»Danke, Edwin, du kannst dir gar nicht vorstellen, wie ich mich darauf freue«, antwortete Marmaduke ironisch.

Edwin kehrte auf das ihm weitaus angenehmere Territorium der Rechtsprechung zurück und fasste die bekannten Fakten zum Mord an Rupert zusammen. Der Polizei war es nur deshalb gelungen, Anklage gegen James Leech und Will Barrenwood zu erheben, weil der neunzehnjährige Paul Brown Kronzeuge geworden war.

»Verdammt, Edwin! Wenn von drei Tätern einer gegen seine beiden Komplizen aussagt, wird das Verfahren mehr Funken versprühen als die Guy-Fawkes-Feier des Königs.«

»In der britischen Rechtsprechung gilt ein Beschuldigter so lange als unschuldig, bis seine Schuld einwandfrei bewiesen wurde. Ich gehe davon aus, dass deiner Teilnahme an der Jury trotz deiner Befangenheit als Ruperts Freund nichts im Weg steht. Gerade deswegen musst du von allen Geschworenen am meisten respektieren, dass die des Mordes Angeklagten als unschuldig gelten, bis ihre Schuld bewiesen worden ist.«

»Ich habe dich laut und deutlich gehört, Edwin. Ich bin der Letzte, der unschuldige Menschen hängen sehen will, während die wahren Mörder frei herumlaufen.«

Marmaduke sorgte als Erstes dafür, dass Mrs Jones und das Kind in die Suite der Gambles umquartiert wurden, sobald Dr. Bland sein Einverständnis erteilte. Im Moment bewohnten sie die Zimmer neben den seinen. Er zog sich rasch um, damit er einen guten Eindruck auf Isabels Tante machte, und ließ sich vom Arzt die Erlaubnis für einen Besuch geben.

Das junge Hausmädchen erklärte ihm: »Sie sind noch sehr schwach, Sir. Und der Arzt hat gesagt, eine von uns muss ständig bei ihnen sein, Tag und Nacht.«

Marmaduke dankte ihr. Ein Blick auf die beiden Gestalten, die zusammen in dem großen Himmelbett lagen, gewährte Marmaduke einen Blick auf Isabel in der Vergangenheit und in der Zukunft. Der Frau würde Isabel ähnlich sein, wenn sie älter wurde, und das Kind: So musste Isabel als kleines Mädchen ausgesehen haben. Die Familienähnlichkeit war unverkennbar. Die bleichen, erschöpften Gesichter trugen den Stempel dessen, was er nun als das Vermächtnis eines jahrhundertealten Adelsgeschlechtes erkannte. Die Frau, die Ende vierzig sein mochte, besaß eine natürliche Schönheit, die zwar von Armut und Krankheit getrübt, aber nicht zerstört worden war. Während Marmaduke das Gesichtchen der schlafenden Rose Alba betrachtete, fühlte er sich seltsamerweise an eine blumige Floskel aus einem Groschenroman erinnert: »Sein Herz flog ihr zu.«

Rose Alba ist ohne Zweifel Isabels Kind. Unglaublich süß. Aber zerbrechlich wie Porzellan. Hoffentlich hat sie nicht die lange Reise auf sich genommen, um hier zu sterben! Nein, das werde ich nicht zulassen. Sie ist das einzige Kind, das Isabel und ich jemals haben werden.

Marmaduke erinnerte sich an seine guten Manieren, verbeugte sich vor der Dame und sprach sie unsicher mit ihrem Witwennamen an. Von dem sanften Lächeln, ihren grünen Augen und der ausgestreckten Hand bezaubert, während sie ihn berichtigte und sich als Tante Elisabeth vorstellte, küsste er ihre Hand und setzte sich neben sie ans Bett.

»Isabel hat Sie so ins Herz geschlossen, Tante Elisabeth. Es tut mir furchtbar leid, dass ich nicht hier sein konnte, um Sie in New South Wales willkommen zu heißen. Ich habe gerade erst von Ihrer unterbrochenen Reise und dem Fieber erfahren. Das Kind, ist es … wird es …?« Er konnte sich einfach nicht dazu durchringen, die Frage nach seinem Schicksal zu stellen.

»Rose Alba ist sehr geschwächt von der langen Reise und dem Fieber, aber sie ist ein kräftiges kleines Ding. Der freundliche Arzt, Ihr Freund Dr. Bland, ist sicher, dass sie sich mit der Zeit erholen wird. Aber es steht zu befürchten, dass meine Knochen etwas länger brauchen werden, mein lieber Cousin Marmaduke.«

Trotz ihres Martyriums erinnerten ihr englischer Akzent und ihre ruhige Art Marmaduke an die Herzogin, die in Sussex eine Wohltätigkeitsveranstaltung eröffnet hatte, obwohl ihr Mann am selben Tag wegen Schulden ins Gefängnis gesteckt worden war.

Die Briten sind wirklich bewundernswert. Sie lassen sich nicht unterkriegen.

»Nennen Sie mich bitte Marmaduke. Den Cousin lassen wir lieber weg. Er weckt in mir eher unangenehme Gefühle.«

Elisabeth sah ihn eindringlich an. »Wie ich sehe, hat Ihnen Isabel vom schwarzen Schaf der de Rollands erzählt. Selbst die vornehmsten Familien haben einen Bösewicht in ihren Reihen. Unserer ist … Silas … Ich kann seinen Namen kaum in den Mund nehmen.«

Marmaduke ergriff ihre Hand. »Vergessen Sie all das. Bei uns sind Sie nun sicher. Ich werde mich um Sie beide kümmern.«

»Wie liebenswürdig von Ihnen. Allerdings glaube ich, dass das nicht möglich ist.« Plötzlich atmete sie schwer, und Marmaduke erkannte, dass sie nicht nur emotional, sondern auch körperlich überanstrengt war. »Bevor ich England verließ, ist etwas Außergewöhnliches passiert. Mein älterer Bruder, Godfrey, der meine Existenz in den letzten siebenundzwanzig Jahren ignoriert hatte, suchte mich auf. Es war ziemlich beeindruckend zu sehen, dass ein so mächtiger Mann wie er plötzlich mit einem Olivenzweig ankam. Er hatte herausgefunden, dass eins der Waisenkinder, um die ich mich kümmerte, Rose Alba war. Isabels Halbschwester.«

Marmaduke nickte. »Machen Sie sich keine Sorgen. Isabel hat mir alles erzählt.«

Er bemerkte Elisabeth Ogdens zurückhaltenden Gesichtsausdruck. *Verdammt, jetzt sag bloß, die de Rollands haben noch mehr Leichen im Keller.*

»Meine Nichte muss wirklich sehr großes Vertrauen zu Ihnen haben. Sie sollten noch etwas wissen. Godfrey hat unsere Passagen nach New South Wales bezahlt, damit wir Isabel besuchen. Er erklärte mir, dass Silas' Ehefrau Martha unter mysteriösen Umständen gestorben sei und er befürchte, Silas sei so sehr von Isabel besessen, dass er sogar hierher reisen könnte, um Anspruch auf sie zu erheben.«

Marmaduke zuckte innerlich zusammen. *Sogar hierher! Offenbar hielten selbst die nettesten Briten New South Wales für die Jauchegrube des Südpazifiks.*

Trotz dieses Gedankens klangen seine Worte selbstsicher und beruhigend. »Sie und das Kind sind bei mir vollkommen sicher. Seien Sie versichert, dass wir auf Silas' Ankunft gut vorbereitet sind. Er hat zwar mit Gouverneur Bourke korrespondiert, aber Sie brauchen sich keine Sorgen zu machen. Er würde es nicht wagen, Kontakt zu Isabel aufzunehmen. Nur über meine Leiche!«

Jetzt glaubt sie vielleicht, meine Drohung wäre nur Prahlerei. Trotzdem muss ich ihr ja nicht unbedingt erzählen, dass ich einen Mann im Duell getötet habe.

Elisabeth machte den Versuch, seine Hand zu drücken. »Nachdem ich Sie kennen gelernt habe, mache ich mir keine Sorgen mehr um Isabel. Gott hat ihr den richtigen Mann geschickt.«

Marmaduke war ihr Kompliment peinlich.

Gott? Mithilfe von Garnets Manipulation!

»Ich will ganz ehrlich zu Ihnen sein. Das ist nun einmal unsere Art hier in Australien. Aus Sicht der de Rollands hat Isabel unter ihrem Rang geheiratet. Hier in der Kolonie werden Sie von manchem zu hören bekommen, dass sie einen Schurken geheiratet hat. Und ich kann ihnen nicht widersprechen. Tatsache ist, dass Isabel mich nicht ausstehen konnte, als wir heirateten. Wir waren wie Katze und Hund. Doch am Ende habe ich ihr Herz erobert. Eines kann ich Ihnen versprechen: Bevor ich Isabel auch nur den geringsten Grund gebe zu bereuen, dass sie mich geheiratet hat, will ich lieber sterben.«

Elisabeth lächelte. »Von dem Augenblick an, als Sie ins Zimmer stolziert kamen, wusste ich es. Die Männer hier haben das gewisse Etwas. Sie sind zwar ungeschliffene Diamanten, aber genauso viel wert wie die Kronjuwelen.«

Erfreut über ihr aufrichtiges Kompliment versicherte Marmaduke, dass sie Isabel wiedersehen würden, sobald Mr Bland sein Einverständnis erteilte.

Elisabeth nickte. »Ich habe immer darum gebetet, dass ich es noch erleben darf, wie Isabel und Rose Alba in Freiheit zusammenleben können. Sobald wir kräftig genug sind, um zu reisen, werde ich hoffentlich sehen, wie sich das Kind in seiner neuen Familie einlebt, ehe ich nach England zurückkehre.«

Marmaduke korrigierte im Geiste seine Baupläne für Mingaletta.

»Sie sind herzlich eingeladen, bei uns zu bleiben. Ich baue gerade ein Haus, in dem wir alle Platz hätten.«

Sie lächelte gelassen. »Wäre ich zwanzig Jahre jünger, wäre ich glücklich, in diesem fremden Land ein neues Leben beginnen zu können. Isabel und Sie sind jung, meine Tage aber sind gezählt. Meine Wurzeln sind in England, vor allem jetzt, nachdem mein Bruder Godfrey mich wieder aufgenommen und mir verziehen hat.«

War auch höchste Zeit, um Gottes willen! Ihr Verbrechen bestand doch bloß darin, von zu Hause auszureißen und einen ehrlichen Matrosen zu heiraten.

»Hören Sie, wenn ich Ihnen all meine Verbrechen aufzählen wollte, säßen wir noch Weihnachten hier.«

»Sind es Ihre Verbrechen? Oder die ewigen Verbrechen der de Rollands«, fragte sie rätselhaft.

»Ich weiß nicht, ob ich Sie richtig verstehe«, gab Marmaduke vorsichtig zurück.

»Vor unserer Abreise erzählte mir Godfrey von der Verbindung zwischen unseren Familien. Dass der junge Diener unserer Familie, George, derselbe Garnet Gamble ist, der ihn davor bewahrte, wegen seiner Schulden ins Gefängnis zu kommen – und der Vater von Isabels Bräutigam.«

Sie nahm Marmadukes Hand. »Nachdem ich durchgebrannt war, wurde ich aus der Familie verbannt, daher hatte ich keine Ahnung, dass Ihr Vater wegen des kleinen Geschenkes, das ich ihm machte, eines Rings mit einem Granat, ins Gefängnis gesteckt und deportiert wurde. Sie können versichert sein, hätte ich davon erfahren, ich hätte für ihn ausgesagt und Silas' Falschaussage entlarvt. Er wäre niemals deportiert worden. Wie in aller Welt soll ich Ihrem Vater in die Augen blicken?«

Marmaduke lachte los, bis er Elisabeths entsetztes Gesicht sah. »Wäre Garnet nicht deportiert worden, dann wäre er wahrscheinlich immer noch Godfreys schlecht bezahlter Diener.

Dieser kleine Granatring machte ihn zum zweitreichsten Mann von ganz New South Wales!«

Trotz ihrer Erschöpfung fand Elisabeth die Kraft, mit ihm zu lachen, bis sich ihre Augen mit Tränen füllten.

Aus Rücksicht vor dem schlafenden Kind hatte Marmaduke nur leise gesprochen, doch jetzt schlug die kleine Rose Alba die Augen auf und sah ihn direkt an.

Grüne Augen, Isabels Augen. Gott, ich wünschte, sie wäre meine Tochter.

Das Kind musterte ihn ohne die geringste Spur von Angst, bis es lächelte, als hätte es entschieden, ihm zu vertrauen.

In diesem Augenblick wusste Marmaduke, wie es sich anfühlte, Vater zu sein. Er war bereit, sein Leben für dieses kleine Mädchen zu opfern.

VIERUNDVIERZIG

Amarus graufleckige Krallen kneteten Garnets Jackett wie die Hände eines Schneiders, der die Qualität des Stoffes prüft. Sein schwefelgelber Kamm breitete sich vor Erregung fächerförmig aus, während er seinen Lieblingsspruch aus dem Kasperletheater wiederholte: »So ist es recht! So ist es recht!«

Garnet war erfüllt von einem ungewohnten Gefühl der Zufriedenheit, als er mit Isabels Hand auf dem Ellbogen ins Haus zurückging.

Isabel war nach dem doppelten Aufbruch aus Bloodwood Hall besonders reizend und aufmerksam ihm gegenüber gewesen. Marmaduke war in Sydney Town, um an dem Gerichtsverfahren teilzunehmen, und Elise hatte sich im Garnet and Rose im Dorf einquartiert. Seine Informanten berichteten, sie habe sich in ihr Zimmer eingeschlossen und empfange niemanden. Garnet deutete ihre Weigerung, sich von einem Arzt untersuchen zu lassen, als Beweis dafür, dass sie die Schwangerschaft nur vorgetäuscht hatte. Er spürte eine seltsame Erleichterung darüber, dass Elise beschlossen hatte, Bloodwood Hall zu verlassen. Es bewahrte ihn vor der Pflicht, über ihr Schicksal zu entscheiden, was bestenfalls ein zweischneidiges Schwert hätte sein können.

Er verbarg ein sarkastisches Lächeln, als Isabel mit einer Stimme, die sich eher durch Fröhlichkeit als Talent auszeichnete, *Strawberry Fair* anstimmte. Plötzlich hielt sie mitten in der Strophe inne und fing an, Loblieder auf ihren schottischen Freund zu singen, ihren Schiffskameraden auf der Reise nach New South Wales.

Isabel hatte sich gut vorbereitet. Sie nahm den jüngsten Brief von Murray Robertson aus der Tasche und berichtete Garnet von seiner Absicht, die Arbeit auf dem Landgut aufzugeben, um »weitere Erfahrungen in der Kolonie« zu sammeln.

Ich fürchte mich nicht vor harter Arbeit. Ich bin sogar froh, wenn ich von morgens bis abends schuften muss. Aber seit ich hier bin, habe ich meinen Master kein einziges Mal lächeln sehen. Man könnte meinen, jeder Tag wäre Sabbat. Keine Musik, kein Spaß, nicht einmal ein Tropfen Whisky. Ich bin nach Australien gekommen, um ein paar Abenteuer zu erleben. Aber genauso gut hätte ich mich lebendig begraben lassen können. Deshalb wäre ich für jeden Vorschlag dankbar, wie ich meine Lage verbessern könnte, Mädel.

Rasch bemühte Isabel sich, Garnet zu beruhigen: »Murray ist so ehrlich, wie der Tag lang ist, er lernt sehr schnell und ist abenteuerlustig. Er ist zwar ein Highlander, aber königstreu, obwohl ich weiß, dass ihm ein Stuart auf dem Thron von England lieber wäre. Würdest du ihn empfangen wollen, um zu sehen, ob du ihm eine Anstellung auf einer deiner Ländereien anvertrauen könntest?«

Bei der Äußerung »auf einer deiner Ländereien« fuhr Garnet zusammen. Er hatte mehr Land verkaufen müssen, als ihm lieb war, um seine vertraglichen Abmachungen mit Godfrey de Rolland einhalten zu können.

Er dachte an die Warnung seines Sekretärs, ehe der sich im Dorf hatte volllaufen lassen und der Wachtmeister sich gezwungen gesehen hatte, ihn in die Ausnüchterungszelle zu sperren. Als Powell wieder nüchtern war, hatte er Garnet die unangenehmen Tatsachen vor Augen geführt, nämlich dass er nun weit hinter Sam Terry lag und seinen Rang als zweitreichster Großgrundbesitzer der Kolonie nicht nur eingebüßt hatte, sondern sich finanziell jetzt sogar hart an der Grenze des Erlaubten bewegte.

Er war entschlossen, vor Isabel das Gesicht zu wahren.

»Wenn dein Kumpel Robertson ein so guter Mann ist, wie du sagst, werde ich darüber nachdenken, Isabel, im Augenblick aber habe ich meine Quote an Strafgefangenen und freien Angestellten voll ausgeschöpft. Egal, ob ich Fordhams Methoden billige oder nicht, man braucht einen strengen Aufseher, der dieses Pack auf Trab hält.«

Amaru hatte einen unheimlichen Instinkt für den Tonfall seines Masters. Jetzt kräuselte der Kakadu seinen Kamm, um Isabels Aufmerksamkeit auf sich zu ziehen, und warf einen Zwischenruf ein. »Unfug!«

Isabel musste so lachen, dass sie sich an Garnets Arm klammerte.

»Amaru, was bist du für ein frecher Kerl!«

Garnets Tonfall war gespielt ernst. »Ich lasse dir die Rationen kürzen, alter Knabe, wenn du nicht auf deine Manieren achtest!«

Amaru pickte mit seinem weichen Schnabel an Garnets Ohr und krächzte etwas vor sich hin.

Isabel hielt die Luft an. »Ich hätte schwören können, dass er ›du alter Dickschädel‹ gesagt hat.«

»Hat er auch«, gab Garnet widerwillig zu. »Dieser schlaue Vogel kann sogar Mirandas stichelnden Tonfall imitieren. Sie verbrachte Stunden damit, ihm Sätze beizubringen, mit denen er mich auf die Palme bringen sollte. Sie hatte einen ziemlich boshaften Sinn für Humor.«

Isabel versuchte, ernst zu bleiben, als sie ihm über den Arm strich. »Amaru muss ein großer Trost für dich sein. Wie lange leben solche Kakadus?«

»Das weiß nur Gott. Ich habe ihn im Busch gefangen, als er noch ein kleiner Piepmatz war. Manche Leute behaupten, dass zahme Gelbhaubenkakadus zwischen fünfzig und weit über hundert Jahre alt werden können, der hier wird mich also wahrscheinlich überleben.« Dann wurde er plötzlich ernst. »Wenn ja, kann ich mich dann darauf verlassen, dass du für ihn sorgen wirst? Trotz seiner losen Zunge ist Amaru sehr treu, im Gegensatz zu den meisten Menschen.«

Noch ehe Isabel antworten konnte, krächzte Amaru: »Ich bin einer von hier, Kumpel!« Dann kehrte er zu seiner Kasperle-Nummer zurück, hüpfte auf Garnets Schulter umher und rief: »So ist es recht!«

In der Eingangshalle umfing sie die angenehme Kühle des Marmors, als Black Mary mit aufgerissenen Augen in einem Knicks versank und mit leiser nervöser Stimme flüsterte: »Er wartet im Büro, Mister Garnet.«

»Wer?«

»Er! Der Ausreißer.«

Isabel küsste ihn auf die Wange. »Dann überlasse ich dich deinem geheimnisvollen Besucher, Garnet. Ich will einen kleinen Mittagsschlaf halten, die Hitze macht mir wirklich zu schaffen«, sagte sie und lief die Treppe hinauf.

Garnet ließ sich nie in die Karten schauen, und auch jetzt zeigte er keinerlei Gefühle, als er die Bibliothek betrat. Ausgezehrt und sichtlich mitgenommen sprang Powell mit dem Hut in der Hand auf und stammelte eine Entschuldigung.

Garnet fiel ihm ins Wort. »Soso, der Wachtmeister hat Sie also endlich aus der Ausnüchterungszelle rausgelassen, wie? Ich nehme an, dass die Wesleyaner Sie nach Ihrem Besäufnis zum Teufel geschickt haben?«

»Das haben sie nicht. Sie hätten aber jedes Recht dazu, Mr Gamble. Trotzdem bitte ich Sie, mich zuerst anzuhören.«

Garnet warf ihm einen kühlen Blick zu, während er an seinem Schreibtisch Platz nahm.

»Sie sind ganz schön mutig, sich hier blicken zu lassen, das muss man Ihnen lassen.«

»Ihre Meinung von mir kann nicht schlimmer sein als die meine. Sie waren stets ein anständiger Arbeitgeber, und ich habe Ihr Vertrauen missbraucht, Mr Gamble. Daran ist nicht zu rütteln. Ich bin gekommen, um etwas geradezubiegen. Einen Diebstahl.«

»Sie haben mich also bestohlen?«, gab Garnet wie aus der Pistole geschossen zurück. »Haben Sie auch meine Bücher gefälscht? Raus mit der Sprache!«

»Ich habe keinen Penny angerührt, Sir. Ich habe versucht, Ihnen die Zuneigung Ihrer Frau zu stehlen, aber niemals Ihr Geld.«

»Was macht Ihnen dann Bauchschmerzen? Sie haben sie bekommen, oder etwa nicht? Wie ich höre, ist sie im Garnet and Rose, und Sie sind Hals über Kopf zu dem neuen Pächter von Penkivil Park geeilt, auf der Suche nach einer neuen Anstellung. Aber das ist nicht so leicht ohne ein Zeugnis von mir, wie? Vor allem, wenn Ihre neue Frau ein Kind von Ihnen erwartet.«

Powells Blick war düster, seine Stimme klang gequält. »Es gibt kein Kind. Es war nur ein Trick, um Sie vor den Altar zu zerren. Ich bin nicht ohne Sünde, Sir, aber auch wenn es ein Kind gegeben hätte, es hätte niemals von mir sein können. Ich habe Elise im biblischen Sinne niemals *erkannt*.«

Garnet warf ihm einen durchdringenden Blick zu und beschloss, ihm zu glauben. »Was also wollen Sie dann von mir?«

Powell hob das Kinn in dem verzweifelten Versuch, seinen Stolz zu wahren.

»Ich bin nicht gekommen, um Sie um etwas zu *bitten*. Ich werde schon irgendeine Anstellung finden. Wenn es sein muss, kann ich als Cowboy, Schäfer oder sonst was arbeiten. Es ist ein weites Land. Wie ich höre, sind Männer, die keine Angst vor harter Arbeit haben, an der Westküste und in Moreton Bay willkommen.«

»Dann viel Glück«, entgegnete Garnet sarkastisch. »Ich kann mir aber kaum vorstellen, dass meine ehemalige Geliebte Ihnen nachläuft.« Er rieb Daumen und Zeigefinger. »Elise liebt das Geld.«

»Ich werde mich allein auf den Weg machen.«

»Dann hat sie Ihnen bereits den Laufpass gegeben?«, grölte Garnet triumphierend. »Sie glaubt wohl, sie könnte mich erpressen, was? Sagen Sie ihr, dass ich mich noch nie habe erpressen lassen. Und es auch in Zukunft nicht tun werde.«

»Ich habe den Kontakt zu ihr abgebrochen, als ich hiervon erfuhr. Sie behauptet, es sei ein Geschenk gewesen. Zweifellos eine ihrer Lügen.«

Rhys öffnete einen Beutel aus Gamsleder und schüttete den Inhalt auf den Schreibtisch.

Garnet zuckte nicht mit der Wimper, als er das *navratan* sah, Mirandas prächtiges Halsband mit den neun Edelsteinen aus Indien, das sie für Augustus Earles Porträt getragen hatte. Es funkelte sorglos im Sonnenlicht, als hätte Miranda selbst es gerade erst auf den Tisch gelegt. Einen Augenblick stellte er sich vor, sie stünde in der Tür und beobachtete ihn mit ihrem spöttischen Lächeln.

Garnet fand seine Stimme wieder. »Mutig, es mir zurückzubringen. Rechtlich gehört es Marmadukes Frau. Ich habe beim Wachtmeister eine Belohnung darauf ausgesetzt, die kannst du nun einfordern.«

»Ich muss sie ablehnen«, erklärte Powell hastig. »Hätte ich den Mund gehalten, hätte ich mich an einem Diebstahl mitschuldig gemacht. Trotz des Unrechts, das ich Ihnen angetan habe, wollte ich beweisen, dass ich kein Dieb bin.« Er stand auf und verbeugte sich. »Ich wünsche Ihnen einen schönen Tag, Sir.«

Garnet ließ ihn bis zur Tür kommen, ehe er ihm nachrief: »Nicht so eilig. Wie weit, meinen Sie, würden Sie kommen ohne Geld und ohne ein Zeugnis von mir?«

»Ich bin weder faul noch ein Feigling. Ich werde mich schon durchschlagen.«

»Glauben Sie, ich merke es nicht, wenn ein Mann Hunger hat und völlig abgebrannt ist?«

Powell warf einen verlegenen Blick auf seine abgewetzten Stiefel. »Meine Schuhe sind mir gestohlen worden.«

»Dann setzen Sie sich und seien Sie kein größerer Narr als der, zu dem Elise uns beide gemacht hat. Wir sitzen im selben Boot.«

Powell nahm vorsichtig wieder Platz. Garnet starrte ihn mit zusammengekniffenen Augen an. »Ich will Ihnen zwei Möglichkeiten anbieten, wie Sie aus diesem Schlamassel herauskommen.«

»Ich brauche keinen Gefallen.«

»Ich tue nie jemandem einen Gefallen. Sie werden dafür bezahlen müssen. Mein erstes Angebot: Sie verfassen selbst ein ausgezeichnetes Empfehlungsschreiben, und ich unterzeichne es. Außerdem bezahle ich Ihre Schiffspassage in die Swan-River-Kolonie im Westen von Australien, unter der Bedingung, dass Sie Elise mitnehmen und mir garantieren, dass sie sich nie wieder hier in Bloodwood Hall blicken lässt.«

»Selbst wenn Elise dazu bereit wäre, müsste ich ablehnen. Ich kann unmöglich eine Lügnerin und Diebin zur Frau nehmen.«

»Dann bleibt Ihnen nur noch eine Möglichkeit, oder Sie verhungern. Ich werde dieser hinterhältigen Frau genügend Geld geben, damit sie hier verschwindet und sich nie wieder blicken lässt. Sie nehmen ab sofort Ihre Anstellung bei mir wieder auf und kümmern sich um meine finanziellen Angelegenheiten, einschließlich der Gehaltserhöhung, die ich Ihnen anfänglich versprochen habe. Sie haben mir bessere Dienste geleistet als alle anderen Schurken vor Ihnen. Also überlegen Sie es sich, *und zwar schnell.* Wenn Sie in Ihre alte Stellung zurückkehren, wird man sich im Dorf nicht mehr das Maul zerreißen. Was halten Sie davon?«

Rhys schüttelte verwundert den Kopf. »Ich kann nicht glauben, dass Sie wirklich gewillt sind, mir eine weitere Chance zu geben, Sir.«

»Ich auch nicht. Ich muss den Verstand verloren haben. Sie brauchen gar nicht erst zum Inn zurückzukehren. Ich schicke Davey hin, er soll Ihre Sachen abholen und Ihre Rechnung bezahlen.«

»Es gibt nichts zu bezahlen, Sir. Ich habe im Busch übernachtet. Mit Ausnahme der Tage, die ich im Gefängnis verbrachte.«

»Dann ist ja alles geregelt. Und jetzt gehen Sie wieder an die Arbeit, ehe ich es mir anders überlege.«

Als Rhys das Büro verließ, schien er um einiges größer zu sein als bei seiner Ankunft.

Garnet hielt die Halskette ins Licht, sodass die Steine funkelten. Er war gerührt über den Verlauf der Ereignisse. Die Erinnerungen an die Nacht, als er Miranda diese Kette geschenkt hatte, waren plötzlich wieder lebendig. Jene Nacht kurz nach ihrer Hochzeit, als er das Gefühl gehabt hatte, Miranda würde ihn mit der Zeit lieben lernen.

Der Abend war heiß und träge, das Haus totenstill, da er die Dienstboten nach ihrer Rückkehr von dem Ball im benachbarten Penkivil Park entlassen hatte. Miranda saß ihm gegenüber, während sie ein letztes Glas Champagner tranken. Garnet verspürte einen Anflug von Eifersucht, vermischt mit Besitzerstolz.

»Du warst die Attraktion auf dem Ball, aber du bist dir dessen auch bewusst. Der arrogante amerikanische Schiffskapitän hat dir ja förmlich aus der Hand gefressen.«

»Arrogant? Ich fand ihn sehr charmant, er hat die typische Art der Gentlemen aus dem Süden. So wenige Männer in dieser Kolonie beherrschen die Kunst des Flirtens.« Sie warf ihm einen aufreizenden Blick über den Rand ihres Glases zu. »Bist du müde, Garnet?«

Er antwortete nicht, sondern beobachtete nur ihr lüsternes Lächeln, als sie die Schleife seines Geschenks öffnete. Dann wand sie die Steine des indischen Halsbands schlangengleich um die Finger.

»Es muss ein Vermögen gekostet haben, Garnet. Du verwöhnst mich.«

Garnet spürte, wie sich seine Muskeln anspannten, als Miranda das Kleid von den Schultern gleiten ließ und es ein weißes Häufchen zu ihren Füßen bildete, aus dem sie mit erhobenem Fuß heraustrat. Sie ließ das Halsband in der Hand baumeln, während sie auf die Tür zuging, bedeckt nur von dem dünnen Stoff des Höschens, das feucht von der Hitze an ihrer Haut klebte.

In der Tür blieb sie stehen und sagte leise wie in einem nachträglichen Einfall: »Dieses Halsband ist so schön, dass ich gewillt bin, jeden Preis dafür zu zahlen. Was immer du willst …«

Garnet zögerte, als sein Blick auf die Wölbung ihres Bauches fiel. »Glaubst du, dass es sicher ist? Ich will dem Kleinen nicht schaden.«

Sie winkte ab. »Das wirst du auch nicht. Er wurde in Liebe gezeugt.«

Garnet folgte ihr die Treppen hinauf und nahm sie beim Wort.

Das Halsband fühlte sich kalt an. Und er spürte Mirandas Anwesenheit im Raum.

»Ich weiß, dass du hier bist, Liebling. Bist du jetzt froh? Dank dieses jungen Walisers hat deine geliebte Halskette ihren Weg zurück nach Hause gefunden. Für Marmadukes Frau.«

Nur das Ticken der Uhr war zu hören, doch er nahm einen Hauch von Mirandas Rosenparfüm wahr, als hätte sie eben erst das Zimmer verlassen.

War das ein weiteres Zeichen seines zunehmenden Wahns? Es war ihm egal.

FÜNFUNDVIERZIG

Seit seiner Ankunft im Hotel Princess Alexandrina hatte Marmaduke nur wenige Stunden schlafen können, um sich auf seine Rolle als Geschworener im Verfahren Rex gegen Leech und Barrenwood vorzubereiten.

Er hatte Tante Elisabeth und Rose Alba in Garnets Suite bringen lassen und für jegliche Unterstützung gesorgt, damit sie sich rasch erholen konnten. Seine schönsten Stunden verbrachte er mit Rose Alba, der er erfundene Geschichten über die Tiere im Busch und Amaru, den Gelbhaubenkakadu, erzählte, der die Stimmen der Puppen aus dem Kasperletheater nachahmen konnte. Er sprach sehr liebevoll von Isabel, dem Familienmitglied, das Rose Alba unbedingt kennen lernen wollte, vermied jedoch jede Anspielung auf die Art ihrer Verwandtschaft. Elisabeth hatte dem Kind offenbar nichts Konkretes erzählt.

Als er an diesem Morgen beschrieb, wie Isabel in Bloodwood Hall lebte, dem großen Landhaus, wo Rose Alba wohnen würde, fragte die Kleine mit weit aufgerissenen Augen sehnsüchtig: »Glaubst du, dass Lady Isabel mich mögen wird?«

»Dich mögen? Schätzchen, du bist genau das, was der Arzt ihr empfehlen würde«, antwortete Marmaduke, um sie zu beruhigen, sah aber dann, dass er das Kind nur verunsichert hatte.

»Oh, hat sie auch so ein böses Fieber wie wir? Wird sie sich erholen?«

»Mach dir keine Sorgen, Isabel ist kerngesund. Ich meinte, dass sie sich schon ihr ganzes Leben lang nach jemandem sehnt, der so ist wie du.«

Dieser ängstliche Wortwechsel führte Marmaduke vor Augen, wie wenig Erfahrung er im Umgang mit Kindern besaß. Von nun an musste er immer auf der Hut sein, wenn Rose Alba dabei war, er musste nicht nur das Fluchen aufgeben, sondern durfte auch nicht vergessen, dass Kinder alles, was Erwachsene sagten, wortwörtlich nahmen.

Verdammter Mist! Was für eine Verantwortung. Ich werde auf jedes verfluchte Wort achten müssen, das ich ausspreche.

Als er Mendoza in seinem Laden aufsuchte, war er erleichtert, denn sein Partner hatte sich wieder gänzlich erholt. Er war zu seinem alten Tatendrang zurückgekehrt und vorsichtig zufrieden mit der Entwicklung des Geschäftes.

Josiah reichte ihm eine Brosche, die er zurückgehalten hatte, damit Marmaduke sie in Augenschein nahm, ehe er sie zum Verkauf ins Schaufenster legte.

»Die ist kürzlich mit der *Blenheim* gekommen, in einem Päckchen, das mir ein Pfandleiher aus Cork geschickt hat«, sagte Josiah vorsichtig. »Die Herkunft ist unbekannt, aber ich habe auch keinen Grund zu der Annahme, dass sie gestohlen wurde.«

Marmaduke sah sich die fein gearbeitete Kamee an und erkannte sofort, dass sie von dem Profil einer bekannten Schönheit inspiriert worden war, der berühmten Lady Emma Hamilton, Lord Horatio Nelsons Gattin.

»Jos! Die wäre perfekt für Isabel! Sie ist, was ihre Nase angeht, so empfindlich. Und ich habe ihr erzählt, dass seit Lady Emma Hamilton Stupsnasen in Mode gekommen wären. Danke, alter Freund, ist es dir recht, wenn ich diese Brosche nehme statt meinen Anteil an den Umsätzen?«

Josiah nickte zustimmend, machte aber auch keinen Hehl aus seiner Erleichterung darüber, dass er das kostbare Stück nun nicht im Schaufenster ausstellen musste. Marmaduke wusste, dass der alte Mann sich wegen Isabels gestohlener Tiara immer noch vor einem unangenehmen Besuch der Trooper fürchtete, obwohl er den Überfall mittlerweile verdaut hatte.

»Der neapolitanische Künstler, der sie entwarf, war ein Zeitgenosse von Lady Hamilton. Scheinbar hat sie viele Männer für sich einnehmen können.«

»O ja, nur die verdammten britischen Politiker nicht.« Plötzlich verdüsterte sich Marmadukes Stimmung. »Das werde ich Whitehall niemals verzeihen. Nelson war ein Nationalheld. Er bekam ein großartiges Staatsbegräbnis, überall im britischen Imperium wurden Statuen gebaut und Städte nach ihm benannt, aber seiner einzigen Bitte, als er nach der Schlacht von Trafalgar im Sterben lag, entsprachen sie nicht. Er wollte, dass sich der britische Staat um Emma und ihr Kind kümmerte. Doch das Vaterland weigerte sich, ihr eine Pension zu gewähren. Emma Hamilton erhielt keinen einzigen Penny und starb in bitterer Armut. So viel zum Thema tote Helden und Respekt ihren letzten Worten gegenüber.«

Marmaduke steckte die Kamee ein und sah Isabels Gesicht lebhaft vor sich.

Als er wieder im Hotel war, um ein spätes Mittagessen einzunehmen, blätterte er im *Sydney Herald*, um sich über die neuesten Entwicklungen des morgigen Mordprozesses zu informieren. Plötzlich sah er eine Anzeige für eine bevorstehende Benefizveranstaltung des Theatre Royal zu Ehren von Josepha St. John, in der das Bedauern der Kolonie zum Ausdruck gebracht wurde, dass die »amerikanische Nachtigall« bald nach Rio de Janeiro aufbrechen würde, um von dort eine Tournee durch Südamerika anzutreten.

Überrascht beschloss Marmaduke, ihr einen Blumenstrauß mit einer Nachricht zukommen zu lassen, in der er seiner Hoffnung Ausdruck gab, sie noch einmal besuchen zu dürfen. Er wusste, dass es Usus war, eine Fülle an Benefizveranstaltungen zu organisieren, ehe Schauspieler sich von der Bühne zurückzogen oder die Stadt verließen, und er wollte nicht, dass sie verschwand, ohne sie ein letztes Mal gesehen zu haben. Sie hatten sich nicht einmal wirklich voneinander verabschiedet.

Seine Stimmung hellte sich auf, als Edwin kam, um mit ihm die Einzelheiten des bevorstehenden Prozesses zu besprechen.

Marmaduke hatte die Gerüchte bereits gehört. »Es heißt, James Leech hätte eine äußerst gewalttätige Vergangenheit und sei schon einmal im Gefängnis gewesen, weil er seinen Master angegriffen hätte. Offensichtlich ist er in den Augen der ehemaligen Strafgefangenen in der Kolonie jetzt ein Held. Schwer zu verdauen, wenn man bedenkt, wie sehr sich Rupert im *Australian* und anderen Zeitungen, die ihm die Möglichkeit dazu boten, für die Sache der Emanzipisten eingesetzt hat.«

Edwin nickte. »Ein Musterbeispiel für die Sympathie der Kolonie für Benachteiligte; allerdings schießt es weit übers Ziel hinaus. Leech floh kurz vor Ruperts Ermordung aus dem Straflager von George's River.« Er stockte. »In gut unterrichteten Kreisen der Justiz heißt es, manche Aspekte des Verfahrens könnten *arrangiert* sein. Aber du wirst verstehen, dass ich aus ethischen Gründen nicht näher darauf eingehen will. Ich habe keine Beweise.«

»Aber du wirst im Gerichtssaal anwesend sein und dafür sorgen, dass dem britischen Recht Genüge getan wird, oder?«

Edwin sah ihn verlegen an. »Ich hatte vor, als Zuschauer daran teilzunehmen, aber unterdessen habe ich eine Einladung erhalten, die ich unmöglich ablehnen kann. Zu der öffentlichen Hinrichtung eines Jungen, den ich vertreten hatte und dessen Fall ich verloren habe.«

»Und er will, dass du zusiehst, wie er gehängt wird?«

Edwin seufzte. »Ich habe mich bei ihm entschuldigt. Dass es mir nicht gelang, ihn vor dem Galgen zu retten, macht mir sehr zu schaffen. Der Junge ist noch nicht einmal zwanzig.«

»Verzeih mir! Der arme Kerl. Weswegen wurde er verurteilt?«

»Er ist aus Moreton Bay geflohen. Ein Rückfalltäter. Als ich gestern Abend seine Zelle verließ, sagte er zu mir: ›Kopf hoch, Mr Bentleigh. Zu baumeln macht mehr Spaß, als sieben Jahre auf Norfolk Island zu verbringen.‹«

Marmaduke war ernüchtert von dem Galgenhumor, der unter Menschen, die zum Tode verurteilt wurden, gar nicht so selten war. Norfolk Island war für seine Grausamkeit berüchtigt. Viele sahen den Tod als die weitaus angenehmere Alternative. Marmaduke konnte verstehen, wie deprimiert sein Freund jedes Mal sein musste, wenn er einen Mandanten an den Henker verlor.

Edwin schien erleichtert zu sein, als er die Fragen zu dem morgigen Prozess beantwortete.

»Der Fall kommt vor Francis Forbes, unseren Obersten Richter. Meiner Meinung nach ist er die beste Wahl. Trotzdem haben seine Meinungen schon so manchen Rechtsvertreter schockiert. Er meint, das Gesetz hier sollte sich nicht nach den bornierten britischen Traditionen richten. Daher weigert er sich, die englische Perücke zu tragen, und nimmt kahlköpfig auf dem Richterstuhl Platz. Schon wird er von manchen als ›Rundkopf‹ verspottet, eine Anspielung auf Oliver Cromwells Republikaner.«

Marmaduke grinste. »Scheint ein vernünftiger Kerl zu sein für einen Richter.«

Edwin ging nicht darauf ein. »Im britischen Recht haben die Geschworenen das letzte Wort. Zwölf Männer werden über das Schicksal von Leech und Barrenwood entscheiden. Über Leben oder Tod dieser beiden jungen Männer. Und du, mein Lieber, bist einer von ihnen.«

Marmaduke betrat den Supreme Court aus Respekt vor seiner Aufgabe ganz in Schwarz. Kaum hatte er auf der Geschworenenbank Platz genommen, hatte er bereits das Gefühl, in eine Falle getappt zu sein. Der Schweiß lief ihm über die Stirn und den steifen Kragen. Sämtliche Fenster waren geschlossen, die Luft war stickig. Im Saal wimmelte es nur so von Zuschauern, und es war klar, dass Leech und Barrenwood eine Fülle von ehemaligen Strafgefangenen angelockt hatten. Die Mehrzahl war derart rüpelhaft und aggressiv, dass man hätte meinen können, sie wären gerade von einem Gefangenentransport entflohen. Es stank nach abgestandenem Bier, Tabak, Knoblauch und ungewaschenen Körpern.

Marmaduke sah sich seine Mitgeschworenen an. Elf ehrenwerte Männer. Alle offenbar nüchterne, anständige Bürger. Und egal, ob es ehemalige Strafgefangene oder freie Bürger waren, eines hatten sie gemein: Sie waren alle Großgrundbesitzer. Grundbesitz war das Synonym für Anstand. Marmaduke war dank Mingaletta zu dieser Ehre gekommen, trotzdem erschien es ihm wie Ironie, dass er hier saß. Ein Mörder, der vom Vorwurf des Mordes freigesprochen worden war.

Während er die beiden Gefangenen auf der Anklagebank musterte, versuchte er, die grauenhaften Berichte in den sensationslüsternen Zeitungen über den Mord an Rupert Grantham zu vergessen. Die beiden Angeklagten sahen wie ganz gewöhnliche junge Männer aus. James Leech, ein ehemaliger Matrose aus London, war einen Kopf größer als der bleiche, eher schmächtige Will Barrenwood, seines Zeichens Schornsteinfeger. Die beiden waren auf demselben Schiff in die Strafkolonie deportiert worden.

Marmadukes Blick fiel immer wieder auf Leechs hübsches Gesicht, das von einem kantigen Kiefer und einem vollen, sinnlichen Mund gekennzeichnet war. Er strahlte die Aura eines Anführers aus, aber auch so etwas wie unterdrückte Wut.

Die Anklage wurde verlesen: »James Leech und Will Barrenwood haben sich hier in Sydney vor Gericht zu verantworten, weil sie ohne Gottesfurcht, sondern vielmehr vom Teufel besessen auf einen gewissen Rupert Grantham geschossen und ihm eine tödliche Wunde auf der linken Brustseite beigebracht haben, an der er sofort starb.«

Beide Angeklagten plädierten auf »nicht schuldig«, Leech mit fester Stimme.

Marmaduke erinnerte sich an Edwins verdeckte Warnung, dass manche Aspekte des Verfahrens »arrangiert« sein könnten. Und als der legale Status ihres Verteidigers angezweifelt wurde, schöpfte er Verdacht. Das Gericht wurde darüber informiert, dass sein Name von der Liste der Anwälte gestrichen würde – allerdings erst nach Abschluss des Verfahrens.

Jeder Angeklagte hat das Recht auf einen anständigen Verteidiger. Die beiden werden des Mordes angeklagt, nicht des Taschendiebstahls. Das ist doch kein Scheingericht.

Marmaduke hörte aufmerksam zu, was die Zeugen zu berichten hatten, fest entschlossen, sich nicht durch Gefühle über die Details der Autopsie oder die Leiche seines Freundes beeinflussen zu lassen.

Wenn ich an diesem Sonntag mit Rupert ausgeritten wäre, könnte er heute noch am Leben sein.

Er war sich seines Dilemmas bewusst. Gegen seinen Wunsch, den Mord an seinem Freund zu sühnen, stand die Tatsache, dass er nun Freimaurer war.

Ich habe geschworen, mich für Gerechtigkeit einzusetzen und die Gesetze des Landes zu respektieren. Was, wenn diese Jungs unschuldig sind? Wenn die wilden Gerüchte über eine Verschwörung wahr sind und der Mord an Rupert von seinen einflussreichen Feinden in Auftrag gegeben wurde?

Der achtzehnjährige, entflohene Strafgefangene Paul Brown hatte die beiden Angeklagten begleitet, war aber um eine Anklage herumgekommen, weil er sich als Kronzeuge angeboten hatte. Seine nervöse Aussage bewegte die zahlreichen Unterstützer von James Leech zu wütenden Protesten und Pfiffen.

Brown schilderte, wie das Trio »im Busch gewesen war«, eine

Umschreibung für Buschräuberaktivitäten. Leech sei ihr unangefochtener Anführer und mit einer Muskete, Schießpulver und einem Entermesser bewaffnet gewesen. Sich selbst beschrieb er als eine Art Handlanger.

Als Brown den Morgen schilderte, an dem Rupert ermordet worden war, hörte Marmaduke angespannt zu. Das Trio hätte sich damit die Zeit vertrieben, auf eine Zielscheibe an einem Eukalyptusbaum zu schießen, und Spaß dabei gehabt.

Als Brown berichtete, wie sie Grantham hatten kommen sehen, wurde es ganz still im Gerichtssaal. »Ein Gentleman auf einem weißen Pferd ritt auf uns zu und saß ab. Er fragte Leech nach seinem Namen. Leech antwortete: ›Ich bin ein Mann!‹«

Leech sah stolz auf, als ein anerkennendes Raunen durch die Schar seiner Anhänger flog.

Paul Brown gab sich alle Mühe, den Unschuldigen zu spielen. »Dann befahl Leech Barrenwood, die Muskete zu holen. Ich versuchte, die beiden davon abzubringen. Es wäre besser, kahl geschoren zu werden und fünfzig Schläge zu bekommen, als unser Leben zu riskieren. Das Pferd des Gentlemans tänzelte furchtsam. Leech ging auf den Gentleman zu, hob die Muskete und feuerte. Der Mann rief: ›Mein Gott, ich sterbe!‹ Dann ging sein Pferd durch.«

Marmaduke stellte sich den Mord im Geiste vor. Ihm wurde eiskalt, als Brown seine eintönige Schilderung fortsetzte, als wäre nichts daran außergewöhnlich.

»Wir waren seit fünf Wochen vor den Troopern auf der Flucht. Als wir einen Fluss überquerten, wäre Barrenwood fast ertrunken, doch Leech schwamm ihm nach und rettete ihn vor dem Ertrinken.«

Leechs Anhänger feierten ihren Helden lauthals.

Dann sagte der Beamte der berittenen Polizei aus, der Will Barrenwood verhaftet hatte. »Ich forderte ihn auf, stehen zu bleiben, und dann habe ich ihn belehrt.«

Marmaduke wusste, dass dieser Ausdruck alles Mögliche bedeuten konnte. Über seine Rechte belehren, anbrüllen, zusammenschlagen, einschüchtern oder mitnehmen. Es war eindeutig, dass nur die Hälfte der Geschichte offenbart worden war.

»Barrenwood zeigte auf die beiden Männer im Busch und warnte mich, dass Leech jeden über den Haufen schießen würde, der versuchte, ihn festzunehmen. Aber als ich die beiden schließlich festnahm, leisteten sie keinen Widerstand. Später hat Barrenwood behauptet, alles über den Mord an Mr Grantham zu wissen. Wenn er Kronzeuge sein konnte, würde er alles darüber erzählen.«

James Leech schrie vor Wut, dass sein Kumpel ihn verraten hatte. Leechs Anhänger buhten und bewarfen Barrenwood mit allen möglichen Objekten.

Als anschließend James Leech seinen Verteidiger ablehnte, ahnte Marmaduke, dass hier jeden Moment die Hölle ausbrechen würde. Leechs Augen glänzten fiebrig, als er begann, sich selbst zu verteidigen. Leech behauptete, vier Zeugen zu haben, die bestätigen könnten, dass er am Tag des Mordes woanders gewesen war. Seine Wut steigerte sich ins Unermessliche, als drei der Zeugen nicht anwesend waren. Dann aber betrat der vierte, Patrick Finlay, den Zeugenstand, und er schöpfte neue Hoffnung.

Finlay vermied jeden Augenkontakt und beantwortete Leechs fragen äußerst einsilbig. »Ich kann mich an den Tag gar nicht mehr richtig erinnern.«

Leech kniff die Augen zusammen, doch sein Tonfall war entschlossen. »Komm schon, Paddy, du brauchst vor deinem Master Morden doch keine Angst zu haben. Sei ein Mann und sag deine Meinung. Niemand kann dir etwas anhaben. Waren Paul Brown und ich an dem Tag nicht mit dir zusammen?«

Finlay stritt alles ab. »Ich habe dich und Brown niemals zusammen gesehen, und an *dem Tag waren auch wir nicht zusammen*.«

Schlagartig kippte Leechs Stimmung. Er drehte sich um, musterte erst den Richter und danach die Geschworenen.

»Sehen Sie das? Er hat Angst, für mich auszusagen. Keiner meiner Zeugen ist vor Gericht erschienen, niemand wagt es, für mich auszusagen!«

Die Zuschauer tobten. Marmaduke ließ Leech nicht aus den Augen und versuchte, hinter die Psyche des jungen Mannes zu kommen. *Einer der beiden lügt. Und dem Kronzeugen nehme ich kein Wort ab. Ich kann Leech unmöglich verurteilen, wenn ich von seiner Schuld nicht einwandfrei überzeugt bin.*

Leech stachelte die Zuschauer an. Die Wärter standen bereits bereit, um einzugreifen, als der Staatsanwalt eine emotionale Zusammenfassung formulierte.

»Dieser Mord an Mr Rupert Grantham, an einem der angesehensten und respektiertesten Männer der Kolonie, hat einen schrecklichen Präzedenzfall geschaffen. Kein Großgrundbesitzer kann sich seines Lebens mehr sicher sein.« Dann deutete der Barrister direkt auf die Geschworenen. »Es besteht nicht der geringste Zweifel daran, dass James Leech und Will Barrenwood Mr Rupert Grantham kaltblütig ermordeten. Tun Sie Ihre Pflicht, Gentlemen. Sprechen Sie den Angeklagten schuldig.«

Marmaduke ging mit seinen Mitgeschworenen in den beengten Geschworenensaal. Er legte seine Taschenuhr auf den Tisch, um die Aspekte des Falls zu erörtern. Doch die Geschworenen lehnten ab und stimmten sofort per Hand ab. Schuldig.

»Gentlemen, ich bin der Meinung, dass der Fall weiterer Diskussionen bedarf. Es ist nicht rechtens, so hastig über das Leben eines Menschen zu urteilen«, sagte er und warf einen Blick auf seine Uhr. »In weniger als vier Minuten.«

»Glauben Sie, dass die beiden Grantham ermordet haben?«, wandte der Obmann der Geschworenen ein.

Marmaduke zögerte. »Ja, aber …«

»Dann sind wir uns ja einig. Warum Zeit verschwenden? Ich muss mich um mein Geschäft kümmern.«

Das Urteil wurde verkündet. Marmaduke hatte nicht das Gefühl, dass Rupert Gerechtigkeit widerfahren war. Er fühlte sich leer. Drei Leben waren verschwendet worden.

Als Leech aufgefordert wurde, sich zu äußern, funkelten seine Augen wie die eines Fanatikers.

»Ich verlange ein gerechtes Verfahren!« Dann zeigte er auf den Verteidiger, den er abgelehnt hatte. »Dieser Waschlappen wurde uns zugewiesen, um uns ins Verderben zu führen!« Dann drehte er sich um und zeigte auf Marmaduke. »Diese Jury ist voreingenommen. Hätte ich meine Waffe dabei, würde ich euch alle über den Haufen schießen! Verdammtes Pack!«

Außer sich vor Wut hämmerte Leech mit beiden Fäusten auf die Bank.

Jetzt war Marmaduke überzeugt. *James Leech gehört weder vor Gericht noch an den Galgen, sondern in eine Irrenanstalt.*

Der Richter war sichtbar aufgewühlt, als er die schwarze Kopfbedeckung der Krone aufsetzte und das Todesurteil aussprach.

Die Anhänger Leechs waren am Rande eines Aufstandes. Jemand schrie: »Dieser Dreckskerl von Grantham war ein Tyrann! Leech hat uns allen einen Gefallen getan!«

Blitzschnell wie ein Panther riss sich Leech los, stürzte sich auf Barrenwood und prügelte wild auf ihn ein.

Sechs Polizisten waren nötig, um ihn unter Kontrolle zu bringen, während er wie ein wildes Tier immer weiter um sich schlug.

Marmaduke beobachtete, wie Leech durch die dichte Menschenmenge gezerrt wurde, die sich auf der Hunter Street versammelt hatte. Als Leech auf halbem Weg zum Gefängnis den Obersten Richter sah, drehte er völlig durch.

»Sieh dich vor, du Schweinehund. Noch ehe ich sterbe, werde ich mich an dir rächen!«

Während er allein auf der windigen Straße stand, sah Marmaduke, wie der Mob sich um die verurteilten jungen Männer versammelte, die zum Gefängnis gebracht wurden, wie sie Leech feierten und seinen Namen sangen, als wäre er ihr Anführer.

Er musste den Tatsachen ins Auge sehen. Der Mord an Rupert war der Beweis dafür, dass niemand mehr in der Kolonie seines Lebens sicher sein konnte, egal, wie mächtig er war. Die Unterjochten in der Kolonie hatten ihren Rachefeldzug begonnen.

SECHSUNDVIERZIG

Marmaduke und Edwin saßen in einem ruhigen Salon des Princess Alexandrina Hotels und unterhielten sich bei einem Glas Wein über ihre seltsam parallel verlaufenden Erlebnisse an diesem Tag. Beide endeten mit einer Hinrichtung.

Marmaduke konnte James Leechs Gesichtsausdruck nicht vergessen und auch nicht den merkwürdigen Satz, den er Paul Brown zufolge gerufen hatte, kurz bevor er Rupert erschoss: »Ich bin ein Mann!«

»Ich habe keinerlei Zweifel, dass Leech den Schuss abgegeben hat, der Ruperts Leben beendete. Trotzdem weiß ich nicht, ob ein Arzt James Leech nicht für unzurechnungsfähig oder zumindest psychisch gestört erklären würde. Er kann zwar nicht lesen und schreiben, aber dumm ist er nicht. Er hat sich besser verteidigt als sein unerfahrener Barrister. Tut mir leid, wenn ich einen Kollegen von dir so kritisieren muss, Edwin.«

»Tu dir keinen Zwang an. Du warst anwesend im Gegensatz zu mir.«

»Leech besaß diese animalische Anziehungskraft, die Menschen dazu bringt, anderen blind zu folgen. Ich werde den Verdacht nicht los, dass hinter diesem Verbrechen mehr steckt, als vor Gericht ans Tageslicht gekommen ist.«

»Manche Menschen werden blutrünstig geboren«, erklärte Edwin. »Leechs Vergangenheit ist voller Gewalt. Seit er hierher deportiert wurde, ist er zwei Mal wegen Raubüberfalls verurteilt worden. Der zweite Überfall auf den wohlhabenden Großgrundbesitzer Morden brachte ihm zwölf Monate Zuchthaus ein. Und einen Monat vor dem Mord an Rupert floh er aus dem Gefängnis.«

Marmaduke staunte. »Morden! Der Name fiel bei Gericht. Ein Strafgefangener, der Morden zugewiesen worden war, sollte Leech ein Alibi für die Tatzeit verschaffen, doch hat er es rundweg abgestritten, ihn gesehen zu haben.«

Edwin nickte. »Zeugen ändern ihre Meinung oft aus Angst, auf Druck oder weil sie bestochen werden. Das kann auch hier der Fall sein, und deshalb hat er sich geweigert, Leech ein Alibi zu verschaffen.«

»Was glaubst du, Edwin? Es war doch kein zufälliger Mord. Entweder hatte Leech einen persönlichen Groll gegen Rupert, oder seine Rachegelüste wurden von Ruperts Feinden genährt, die dessen Tod wollten. Vielleicht haben einflussreiche Männer versprochen, ihm ein Alibi zu verschaffen, und haben ihn anschließend hängen lassen.«

»Tja, das werden wir wahrscheinlich nie erfahren. Die Behörden haben alle Vorkehrungen getroffen, um zu verhindern, dass Leech vom Pöbel befreit wird. Leech und Barrenwood sollen noch heute um Mitternacht hingerichtet werden.«

Marmaduke zog seine Uhr aus der Westentasche. »Halb sieben. Nicht viel Zeit für einen Mann, der Frieden mit Gott schließen muss. Richter Forbes hat eine Verschiebung der Hinrichtung abgelehnt.«

Seine Stimme klang düster. »Schließlich haben wir nur fünfundvierzig Jahre benötigt, um dieses schöne Land in eine Strafkolonie zu verwandeln, in der Galgen und Pranger die Landschaft verschandeln.«

Edwin schenkte ihnen Wein nach. »Ich frage mich, was zukünftige Generationen von uns halten werden.«

»Das weiß nur Gott allein, mein Freund. Ich habe mit meiner eigenen Generation alle Hände voll zu tun. Jedenfalls war dieser Prozess ein Reinfall. James Leech hat mehr getan, als nur aus dem Zuchthaus zu fliehen und einen einflussreichen Mann umzubringen. Er hat dem ganzen verfaulten System den Krieg erklärt. Jetzt ist kein Großgrundbesitzer mehr vor einem entflohenen Strafgefangenen sicher, der sich als Racheengel versteht, weil er sein Leben dafür opfert, ein Mitglied der herrschenden Klasse in die Hölle zu befördern.«

Edwin nickte. »Du machst dir sicher Sorgen um den Ruf deines Vaters, weil er vor seinem brutalen Aufseher die Augen verschließt.«

»So ist es, Garnet ist skrupellos, und deswegen streite ich mich mit ihm, seit ich klein war, was aber nicht bedeutet, dass ich seelenruhig zusehen werde, wie man ihn abschlachtet. Morgen Früh kehre ich nach Bloodwood Hall zurück, um die nötigen Sicherheitsmaßnahmen in Gang zu setzen. Ich muss Isabel beschützen und bald auch die kleine Rose Alba. Hast du ihre Geburtsurkunde ausfindig machen können?«

»In den englischen Standesämtern befand sich kein einziger Eintrag, soweit ich gehört habe. Rein rechtlich gesehen, existiert sie gar nicht. Aber keine Sorge. Ich werde ihre Adoption schon wasserdicht machen.«

Marmaduke zögerte, ehe er die Frage stellte, vor der er sich seit Wochen gedrückt hatte, weil sie eine Bedrohung für seinen Ruf und seine Selbstständigkeit ansprach. Geld. »Du weißt ja, wie sehr ich Banken verabscheue, Edwin«, begann er. »Lieber schwimme ich durch das Tasmanische Meer nach Neuseeland, als mir von Garnet Geld leihen zu müssen. Es ist nur so, dass ich mich langsam frage, ob ich ohne einen Kredit Mingaletta überhaupt aufbauen kann.«

»Wundert mich nicht. Es ist ein gewaltiges Vorhaben.«

»Ich habe die Kosten ausgerechnet, die für den Hausbau, die Errichtung von Zäunen, für Holz und Rinder anfallen würden, alles, was mein Vater verfallen ließ, nachdem meine Mutter gestorben war. Auf dem Grundstück gibt es nur Kängurus und australische Wildpferde. Versteh mich nicht falsch. Ich weiß, dass ich etwas daraus machen kann. Ich werde schuften wie ein Ochse, um Isabel und dem Kind ein angenehmes Leben zu ermöglichen. Aber ich werde mich auch etwas einschränken müssen. Ich möchte, dass du all meine Anteile verkaufst, nur nicht die an Mendozas Laden. Jos gehört so gut wie zur Familie, und ich will meine Anteile nicht an jemanden veräußern, der ihn dann womöglich übers Ohr haut. Es muss nicht sofort sein, aber wenn es hart auf hart kommt, wie könnte ich mir am sichersten einen kurzfristigen Kredit verschaffen?«

Edwin nickte. »Verstehe. Ich werde mich nach einer Privatanleihe mit vernünftigen Zinsen umsehen. Manchmal verfügen Neusiedler über Geld, das sie investieren wollen.«

»Hauptsache, es ist nicht Silas de Rolland, was?«, meinte Marmaduke leichthin, doch beide waren sich über die Bedrohung im Bilde, die sich hinter ihrem Gelächter verbarg.

Das letzte hohe C von Josepha St. Johns allerletzter Zugabe löste stürmischen Beifall und ein ohrenbetäubendes Füßestampfen aus, denn das Publikum sah darin den Schwanengesang ihrer »amerikanischen Nachtigall« und wollte sie um keinen Preis gehen lassen.

Widerstrebend verzichtete Marmaduke auf die beiden Slapstick-Komödianten, die das Publikum anschließend in Rage versetzten. Er verließ seine Loge im ersten Rang und begab sich an Barnett Leveys Büro vorbei zu den Künstlergarderoben hinter der Bühne.

Obwohl Josepha ihm zugesagt hatte, wusste er nicht so recht, wie sie ihn empfangen würde, als er an ihre Tür klopfte. Josephas Garderobiere Bessie ließ ihn eintreten. Das schüchterne Aborigine-Mädchen folgte dem Zeichen seiner Herrin, machte einen hastigen Knicks und verließ den Raum.

Josepha erwartete ihn bereits. Sie posierte vor ihrem Schminktisch. Das Kerzenlicht fiel auf ihre nackten Schultern, die in goldenen Tüll gehüllt waren. In ihren Augen erkannte er die vertraute Mischung aus Hochstimmung, Draufgängertum und kindlicher Unsicherheit, die er von Schauspielern kannte, wenn sie gerade die Bühne verlassen hatten. In diesem Moment waren sie trotz des stürmischen Beifalls nach ihrem Auftritt extrem verletzlich und dürsteten nach Lob.

Die Luft in der kleinen Garderobe war schwer von zwei berauschenden Aromen: einem Korb voller Blumen, den er ihr geschickt hatte, und ägyptischem Jasmin, Josephas exotischem Lieblingsparfüm. Der Duft, den ihr Haar und die Wärme ihrer Haut verströmten, weckte die lebendige Erinnerung an leidenschaftliche Nächte, die sie zusammen verbracht hatten. Marmaduke spürte, wie sein Herz trotz seiner guten Absichten raste. Wehmut hatte nicht dieselbe Antriebskraft wie Lust, doch Josepha war keine Frau, die man leichthin vergaß, und Marmaduke kein Mann, der schnell vergaß.

Er verbeugte sich und küsste ihr die Hand. »Dein Auftritt heute Abend war phänomenal, Josepha. Dein Publikum wird sich noch lange daran erinnern. Die Menschen wollen dich nicht gehen lassen. Ein großer Verlust für die Kolonie und ein Gewinn für Argentinien. Aber warum hast du mir nicht erzählt, dass du deine Pläne geändert hast?«

Josepha lächelte rätselhaft. »Hättest du deine Meinung geändert und wärst mitgekommen? Die Ehe mit deiner blaublütigen Gattin hat dir die Flügel gestutzt, Liebling, *n'est-ce pas*?«

Beiden war bewusst, dass sich Josephas Französischkenntnisse auf wenige Texte von Musikstücken beschränkten, die sie auswendig gelernt hatte. Marmaduke spielte das Spiel mit. Doch Ehrlichkeit war ebenfalls ein wesentlicher Aspekt ihrer Beziehung.

»Ich habe dir die Wahrheit gesagt, Josepha. Ich hatte nicht vor, mich zu verlieben. Und am wenigsten in meine eigene Ehefrau! Ich bin ja selbst verdutzt, dass diese ungekünstelte junge Frau, die Männer hasste, mich plötzlich braucht. Wie ein Narr habe ich mein Herz an sie verloren.«

Josephas romantischer Seufzer war nur gespielt. »Aus diesen Worten solltest du ein Lied komponieren. Ein Liebeslied, die Leute wären bestimmt hingerissen.«

Marmaduke wusste, dass sie gekränkt war, aber er wollte, dass sie in Freundschaft auseinandergingen. Er musste ihr die Möglichkeit geben, in diesem Schlussakt die Hauptrolle zu spielen, um ihr Gesicht zu wahren.

»Wenn ich ein Lied komponieren sollte, dann nur für dich, Josepha. Eine Hommage an eine wunderschöne, erfahrene Frau, die einem jungen Currency Lad mehr Lust verschaffte, als er jemals verdient hätte.«

»Schreib es auf, und ich verspreche dir, dass ich es singe!«, erwiderte sie mit dem ansteckenden Tonfall, der sie immer beide zum Lachen brachte.

Josepha strich ihm spielerisch mit beiden Händen über den Kragen seines Mantels, und als er sich vorbeugte, um sie auf die Wange zu küssen, wandte sie ihm ihr Gesicht zu und gab ihm einen langen Kuss auf den Mund.

Schließlich löste sie sich von ihm und ließ sich auf das mit Kissen ausgelegte Sofa fallen. »Oje, das war wohl eher der Kuss eines treuen Ehemanns, der sich überrumpelt fühlt.«

Er konnte nicht widersprechen. »Trotzdem bin ich dein treuer Freund, Josepha. Und ich wünsche dir aufrichtig, dass du mit deinem neuen französischen Verehrer glücklich wirst, wenn du die Zelte hier abbrichst. Bestimmt hat er sich mittlerweile zu erkennen gegeben. Es sei denn, er ist ein Anwärter auf den französischen Thron.«

»Er ist tatsächlich sehr geheimnisvoll. Du bist der einzige Liebhaber in meinem Leben gewesen, der immer ehrlich zu mir war. Also verdienst du nichts anderes von mir. Dieser Gentleman ist äußerst großzügig, trotzdem ist er nicht unbedingt das, wofür er sich ausgibt. Sein Name, sein Titel – er reist inkognito. Er ist nicht einmal Franzose.«

Sie wedelte anmutig mit der Hand, um seine Aufmerksamkeit auf den Rubinring zu lenken.

»Der Ring, den du mir geschenkt hast, war dagegen genauso echt wie du.« Sie machte eine kleine Kunstpause. »Ich sollte dich warnen, Marmaduke, mein Verehrer hat ein ungewöhnliches Interesse an dir gezeigt. Und jetzt weiß ich auch, warum.«

Marmaduke erstarrte innerlich, denn er war sich plötzlich sicher, dass er den Grund kannte, noch ehe er danach fragte: »Wie ist sein richtiger Name?«

Josepha musterte ihn mit ihren leuchtend dunklen Augen über den Rand ihres Fächers aus Straußenfedern.

»Silas de Rolland. Ich vermute, dass er ein Mitglied der Familie deiner Gattin ist, nur warum dieses Versteckspiel?«

»Das liegt in der Natur der Sache«, erklärte Marmaduke beiläufig. »Wird er dich nach Südamerika begleiten?«

»Nicht sofort. Er hat mich überredet, noch etwas länger in der Kolonie zu bleiben. Er hat von irgendeinem Militärangehörigen, der nach Indien versetzt wurde, ein Anwesen auf dem Land gepachtet. Ich soll dort auftreten, um seine Freunde zu unterhalten. Wahrscheinlich liegt Penkivil Park Meilen von deinem Besitz entfernt.«

»Genau zehn«, antwortete Marmaduke wie aus der Pistole geschossen. *Verdammt nochmal! Penkivil Park! Wie soll ich Isabel vor Silas warnen, ohne sie in Panik zu versetzen?*

»Dann werden wir uns ja vermutlich bald wiedersehen. Sag mal, Marmaduke … Warum hat sich der Verwandte deiner Frau nicht mit dir in Verbindung gesetzt?«

»Das ist eine lange Geschichte, Josepha. Sie geht auf die Zeit der Rosenkriege zurück. Wenn du aber wirklich auf Penkivil Park bist, verspreche ich dir, dass wir uns wiedersehen werden.«

Josephas Seufzer klang sanft, aber auch selbstironisch. »Wäre ich nur etwas jünger, Marmaduke, hätten wir ein wunderschönes Leben haben können.«

Marmaduke verbarg die Tatsache, dass er darauf brannte, zu Isabel zurückzukehren. Josepha hatte ihn indirekt vor Silas gewarnt, und er war ihr dankbar dafür. »Ich bin sehr froh, dass wir uns getroffen und unsere Körper sich so gut verstanden haben, Josepha. John Donne sprach mir aus der Seele, als er sagte: ›Kein Frühling oder Sommer hätte so viel Licht, wie ich es sah in einem herbstlichen Gesicht.‹«

Josepha strich ihm mit ihrem Fächer über die Schulter. »Und jetzt geh, Liebster, ehe ich bereue, dass ich dich vor Silas gewarnt habe. Und sag bitte meiner kleinen Garderobiere, dass ich mich umziehen muss. Barnett gibt ein Abschiedsessen für mich, das ganze Ensemble wird anwesend sein.«

In der Tür blieb Marmaduke stehen. Er wollte sich von ihr mit seinen eigenen Worten verabschieden statt mit Worten, die er sich bei einem Dichter ausgeliehen hatte. »Wir beide hatten etwas Besonderes. In meinem Leben wird es nie wieder eine Josepha St. John geben.«

»Und nur einen Currency Lad in meinem, Liebster«, erwiderte sie leise.

Das Letzte, was er sah, war, wie sie sich prüfend im Spiegel musterte und mit einer Puderquaste die Augen betupfte. Wollte sie die dunklen Ringe verstecken oder ihre Tränen?

SIEBENUNDVIERZIG

Für Isabel war es, als entzöge die Mittagssonne der Luft allen Sauerstoff und ersetzte ihn durch eine Wolke von Feuchtigkeit, die das Atmen erschwerte.

Während sie mit Queenie auf der vorderen Terrasse saß, liefen ihr kleine Rinnsale von Schweiß über den Rücken und zwischen den Brüsten hinab. Die Unterröcke klebten an ihren Schenkeln. Die Masse ihres Haars bildete feuchte Ranken auf der Stirn und im Nacken. Isabel gab es auf, sich Luft zuzufächeln, denn die Anstrengung war größer als die Erleichterung.

»Sag mal, Queenie: Wie lange hast du gebraucht, um dich an diese Hitze zu gewöhnen?«

»Das nennst du Hitze? Ich stamme aus Indien, mich darfst du so etwas nicht fragen. Aber wenn du nicht damit rechnest, dass es zu Weihnachten schneit, dann bist du auf dem richtigen Weg. Am besten gewöhnt man sich an das, was man nicht ändern kann.«

Isabel nickte. Sie legte ihr Nähzeug beiseite, das bestickte Kissen, das sie Garnet zum Geburtstag schenken wollte und das Elise aufgegeben hatte, ehe sie das Haus verlassen hatte. Dann knüllte sie Rock und Unterröcke zusammen und fächelte den Beinen Luft zu, um sich abzukühlen, eine Geste, die nicht zu einer Dame passte und zu Hause undenkbar gewesen wäre.

Als sie Queenies Blick sah, sagte sie zu ihrer Verteidigung: »Wen kümmert es? Es kann mich sowieso niemand sehen.«

»Habe ich etwas gesagt?«, antwortete Queenie, trotzdem erschien ein boshaftes Funkeln in ihrem Auge, als Amaru krächzte: »So ist es recht. So ist es recht.«

»Du bist ein kleiner schlauer Vogel, Amaru. Ich liebe deine treffenden Kommentare. Das kann doch kein Zufall sein, oder?«

»Liebe macht blind, Liebe macht blind!«, krächzte der Vogel und stieß ein lautes Gelächter aus, das beinahe menschlich klang.

»Miranda hat ihm das beigebracht. Sie langweilte sich, weil sie gezwungen war, das Bett zu hüten, um eine Frühgeburt zu vermeiden, als sie Marmaduke erwartete. Damals verbrachte sie Stunden damit, dem Vogel das Sprechen beizubringen. Miranda sah zwar sehr gesund aus, hatte aber trotzdem große Probleme bei der Geburt.« Queenie blickte sie über den Rand ihrer Brille hinweg an und sagte spitz: »Sie war nicht zum Gebären geschaffen. Bei dir wird es anders sein.«

Isabel brachte hastig das Thema auf Mingaletta. Sie sei frustriert, weil sie die Bauarbeiten nicht beaufsichtigen durfte. Marmaduke habe ihr verboten, allein hinzureiten, bevor er zurück sei.

»Ich kann mir nur die Baupläne ansehen und raten, was die vielen Pfeile, hingekritzelten Zahlen und Änderungen bedeuten. Das ist sehr frustrierend, Queenie. Könnten wir beide nicht irgendwann zusammen mal heimlich hingehen, wenn die Arbeiter Feierabend gemacht haben und in ihre Hütten zurückgekehrt sind?«

Queenie warf ihr einen strengen Blick zu. »Du bist Marmadukes Verbündete, Mädchen. Dann darfst du auch nichts hinter seinem Rücken tun.«

Isabel war gekränkt, und wie jedes Mal, wenn sie sich gekränkt fühlte, bekam sie Hunger. Nachdem sie eine weitere Portion Sommerpudding verdrückt hatte, bemerkte sie, dass Queenie sie von der Seite beobachtete.

»Schon gut, ich weiß, dass ich zunehme. Aber Marmaduke liebt nackte Frauen, wie Rubens sie gemalt hat, und wenn ich so weitermache, bin ich bald genauso dick wie sie.«

Queenie sah sie misstrauisch an, sodass Isabel es für ratsam hielt, erneut das Thema zu wechseln. Da Marmaduke nicht da war, hatte Silas' Nähe sie ängstlich gemacht. Die Grenze zwischen Realität, Phantasie und Erinnerung war verschwommen.

Sie fragte sich, ob die Anstrengung, zwei Geheimnisse vor Marmaduke und allen anderen zu verbergen, das, was monatelang eingeschlafen gewesen war, neu entfacht hatte: die unsichtbare Anwesenheit des Anderen.

Sie wusste nicht recht, ob sie mit Queenie darüber sprechen konnte, deshalb begann sie vorsichtig: »Ich wollte dich schon die ganze Zeit etwas fragen, Queenie. Marmaduke hat mir erzählt, dass es in diesem Haus spuken soll. Mir ist aufgefallen, dass du die Gabe besitzt, Geister zu sehen. Ich bin mir sicher, dass ich in manchen Nächten mehrmals Schritte auf dem Korridor vor Marmadukes Kinderzimmer gehört habe. Und ein seltsames Klicken, ehe sie wieder in Richtung der Galerie verschwanden, wo Mirandas Porträt hängt und wo sich auch das Priesterloch befindet. Aber es war nie jemand da.«

Queenie nickte wissend. »Sie sind also auch zu dir gekommen. Das wundert mich nicht. Seit vielen Jahren hat man in diesem Haus Gespenster gesehen oder gehört. Irische und einheimische Hausmädchen reagieren besonders empfindlich darauf. Viele wollen einen Mann und auch eine Frau gesehen haben. Garnet würde alles dafür geben, Miranda zu sehen, aber das wird ihm nie gelingen, wenn sie ihren Willen durchsetzt.« Dann fügte sie nüchtern hinzu: »Mir erscheint sie oft und warnt mich vor dem, was hier vor sich geht.«

Isabel lief es bei diesen Worten kalt über den Rücken, trotzdem ließ sie nicht locker. »Gibt es irgendein Muster für ihre Besuche? Oder einen Grund?«

»Es heißt, Gespenster würden von starken Emotionen angezogen wie Angst, Wut oder Leidenschaft. Das bedeutet, dass sie an einem Ort wie Bloodwood Hall niemals Frieden finden, denn dieses Haus ist voll von negativen Emotionen. Außerdem reagieren sie auf bestimmte Energieströme, die von Kindern, stürmischen Jugendlichen oder einer schwangeren Frau ausgehen können.«

»Verstehe. Mir ist aufgefallen, dass diese Art von Energie stärker geworden ist, seit Elise fort ist. Wenn ich richtig verstanden habe, ist sie Garnet ein Dorn im Auge, weil sie sich weigert, das Garnet and Rose zu verlassen, solange er ihr keine Abfindung als Geliebte gewährt.«

Queenie legte ebenfalls ihr Nähzeug beiseite und sagte offen: »Ich würde nicht Elise beschuldigen, Gespenster anzuziehen. Eher dich.«

Isabel stach sich absichtlich in den Finger, um nicht antworten zu müssen.

Lieber Himmel, hat sie vielleicht das Geheimnis erraten, das ich vor Marmaduke verberge? Dass ich Silas begegnet bin?

Im Dorf zerriss man sich die Mäuler über den gut aussehenden englischen Aristokraten, der angeblich Penkivil Park gepachtet hatte und beabsichtigte, dort die Adligen mit Bällen, Känguru- und Entenjagden zu unterhalten. Isabel hatte außerdem gehört, dass er die »amerikanische Nachtigall« aushielt. Die Zeitungen berichteten, Josepha St. John würde vor ihrer Abreise noch eine Reihe von letzten Benefizveranstaltungen absolvieren.

Seit ihrer Begegnung auf dem Friedhof hatte Silas nicht mehr versucht, sie zu treffen, doch allein das Wissen, dass er nur zehn Meilen entfernt lebte, warf einen bedrohlichen Schatten auf ihr Glück.

Silas stellt mir psychisch nach wie ein lebendiger Geist. Worauf wartet er nur? Warum kehrt er nicht nach England zurück, wo er hingehört?

Der Grund für eine weitere Furcht steckte in der Tasche ihres Rockes, ein in Elisabeths eleganter Handschrift an sie adressierter Umschlag. Darin hatte Elisabeth ihr in Eile mitgeteilt, sie sei dabei, mit Rose Alba zusammen nach Southampton zu fahren, um in die Strafkolonie zu kommen. Der Brief trug kein Datum und nannte auch nicht den Namen des Schiffes, sodass sie nicht wusste, wann sie mit ihnen rechnen konnte.

Isabel versuchte, sich vorzustellen, wie das Kind sich verändert hätte, seit sie es am Vorabend ihrer Abreise in Elisabeths Haus hatte schlafen sehen. Obwohl sie sich nichts mehr wünschte, als Rose Alba wiederzusehen, jagte ihr diese Vorstellung Angst ein.

Seit ihrer Geburt habe ich sie nie wieder auf dem Arm gehalten. Sie kennt nur Tante Elisabeths Liebe. Ich weiß nicht, wie ich ihr eine Mutter sein soll, und darf sie ohnehin nur als meine Halbschwester annehmen. Was, wenn sie mich nicht mag?

Zu ihrer Angst gesellte sich die bittere Erkenntnis, dass sie ihrer Vergangenheit niemals entkommen würde, solange Silas noch am Leben war, egal, wie viele Tausende von Meilen ihre Heimat entfernt war.

Queenie ließ nicht locker. »Sag mir die Wahrheit. Dir ist doch übel, nicht wahr?«

Isabel erschrak vor dem eindringlichen Gesicht der alten Frau. Ihre Augen waren so dunkel wie die Nacht und doppelt so rätselhaft. Sie stammelte etwas, doch Queenie ließ sich nicht beirren.

»Ich habe einen Kräutertee für dich. Die Roma schwören darauf. Trink ihn drei Mal am Tag, bis es so weit ist.«

Isabel sprang auf. »Wovon redest du?«

»Jetzt ist Schluss mit der Heimlichtuerei, Isabel.«

Isabel war so verwirrt, dass sie sich erneut in den Finger stach, woraufhin ein kleiner Tropfen Blut auf die weiße Rosenstickerei fiel. »Verdammt!«, rief sie und errötete vor Verlegenheit. »Entschuldige, das Fluchen ist eine schlechte Angewohnheit, die ich von Marmaduke übernommen habe.«

»Jedenfalls ist es nicht das Einzige, was du von Marmaduke hast. Im wievielten Monat bist du?«

»Ich habe keine Ahnung, wovon du redest.«

»Komm schon, Isabel. Mir kannst du nichts vormachen.

Große, schlanke Mädchen halten sich oft sehr gut – dir merkt man noch nichts an. Aber dein Körper blüht auf wie eine Rose. Bestimmt denkt Marmaduke, es läge an ihm, weil er dich im Bett so glücklich macht. Männer!« Sie gluckste laut. »Ich erkenne die Zeichen. Die feinen blauen Adern auf deinen Brüsten, sie bereiten sie darauf vor, Milch zu produzieren. Deine Übelkeit. Die plötzlichen Tränen und deine Lachanfälle. Also, im wievielten Monat bist du?«

»Ich weiß es nicht!«

»Tja, wir werden es noch früh genug herausfinden.«

Isabel unterdrückte ein Schluchzen.

Queenie seufzte. »Sag bloß, du hast Marmaduke nichts davon erzählt? Aha, das ist es also.«

Plötzlich brach Isabel in Tränen aus. Sie war so verunsichert wie ein Schulmädchen an seinem ersten Schultag.

»Ich habe es ja versucht, bevor er nach Sydney aufbrach, aber ich konnte nicht. Bitte, verrate ihm nichts. Er hat mir verboten, jemals ein Kind von ihm zu bekommen.«

Queenies Lachen klang spöttisch, aber nicht böse. »Berühmte letzte Worte. Was hast du also vor, Kind? Willst du behaupten, du hättest das Baby unter einem Kohlkopf gefunden?«

Isabel begann zu zittern. Sie war kurz vor einem hysterischen Anfall. »Das ist kein Spaß, Queenie. Es ist ja nicht so, als würde Marmaduke keine Kinder mögen. Er wäre ein wunderbarer Vater, aber wir haben bei unserer Heirat abgemacht, dass die Gambles mit ihm aussterben werden, weil … na ja, darum eben.«

»Weil Garnet womöglich in einer Irrenanstalt enden wird, wo er wahrscheinlich am besten aufgehoben wäre«, entgegnete Queenie trocken. »Nun, es gibt keinen Beweis dafür, dass Wahnsinn erblich ist. Es könnte eine Folge des Kapfiebers sein wie bei John Macarthur. Marmaduke ist in dich vernarrt. Die Liebe und eine ordentliche Portion Lust haben ihn unvorsichtig werden lassen. Frauen passiert so etwas immerzu, und jetzt wirst du noch krank vor Sorge und traust dich nicht, mit ihm darüber zu sprechen. Pah! So viel zur Wahrheit und ihren Folgen!«

Isabel strich sich über den Bauch und sagte traurig: »Was soll ich jetzt bloß machen?«

Queenie wurde ernst und streichelte ihre Hand. »Garnet und ich warten schon seit einiger Zeit auf dieses schöne Problemchen. Für alles gibt es eine Lösung, und wir sind darauf vorbereitet. Aber ich warne dich, es wird nicht einfach sein. Du musst die Ruhe bewahren und zu Marmaduke stehen, egal, wie er sich verhält. Im Grunde ist er selbst noch ein Kind. Er braucht Zeit, um erwachsen zu werden.«

Isabel fühlte sich matt und verwirrt. »Bestimmt hast du Recht. Marmaduke kann zwar ganz schön wütend werden, aber ich bin sicher, dass er mir kein Haar krümmen würde. Er ist sehr beschützend, allerdings auf eine seltsame Art. Es muss etwas mit dem Land hier zu tun haben.«

»Mir musst du nicht erzählen, was für ein toller Kerl Marmaduke ist, Kind. Ich habe ihn auf die Welt geholt und musste ihm einen Klaps geben, damit er seinen ersten Atemzug machte.«

Isabels Stimmung besserte sich. »Heißt es, dass du mir helfen wirst, dieses Kind zu bekommen?«

»Eins nach dem anderen. Marmaduke muss zuerst eine schwierige Veränderung durchmachen. Eins darfst du nie vergessen: Was geschehen wird, ist nicht deine Schuld. Es stand schon seit Langem geschrieben.«

Isabel fragte sich, ob diese Weisheit irgendeiner östlichen Philosophie oder einem Gedicht entstammte, doch sie war zu müde, um danach zu fragen. Als Queenie sie zu ihrem Schlafzimmer begleitete und ihr sanft half, sich auszuziehen, damit sie ihren Mittagsschlaf halten konnte, fühlte sich Isabel getröstet wie ein kleines Kind. Kurz ehe sie einschlief, küsste sie Queenies Hand.

»Jetzt verstehe ich, warum dich Marmaduke so liebt. Als Kind waren alle um ihn herum von Leidenschaft, Liebe und Hass überwältigt. Und von allen Seiten zerrte man an ihm. Du warst der einzige Leitstern in seiner schmerzhaften Kindheit.«

Das Letzte, woran sich Isabel erinnerte, ehe sie einschlief, war ein leichtes Gefühl von Überraschung. Zum ersten Mal hatte sie in den Augen der unerbittlichen Queenie Tränen gesehen.

ACHTUNDVIERZIG

Beim Stampfen der galoppierenden Pferdehufe vor dem Fenster rannte Isabel die Treppen hinunter, die auf die Terrasse führten. Die Räder der Kutsche spritzten haufenweise Kies auf.

Am Hut erkannte sie den Kutscher. Thomas hatte seinen alten Dreispitz gegen den Wind in die Stirn gedrückt, und sogar aus der Entfernung kündete sein breites Grinsen von der Freude, die er ihr brachte. *Marmaduke*.

Sie war so aufgeregt, dass sie auf und ab hüpfte wie ein Kind, als sie sah, dass ihr Liebster durch das Fenster lugte. Mehrmals rief er ihren Namen, und der Wind peitschte ihm das wilde zerzauste Haar ins Gesicht. Beim Klang seiner Stimme schmolz Isabel dahin.

Thomas brachte die beiden Grauschimmel vor den Stufen zum Hauseingang zum Stehen, und Isabel lief auf die Kutschentür zu. Marmaduke zog sie zu sich ins Innere, und es waren keine Worte mehr nötig, nur Marmadukes Lachen, sein leises, lustvolles Stöhnen zwischen ihren Küssen und seine lang ersehnten Hände, die gierig ihren Körper liebkosten.

Isabel war es heiß und kalt zugleich. Sie sehnte sich nach seiner Zärtlichkeit, sie konnte es kaum erwarten, mit ihm allein zu sein. Schließlich löste er sich von ihr. Zerknirscht entschuldigte er sich, dass er keine Zeit zum Rasieren gehabt hatte.

»Ich wusste gar nicht, was Sehnsucht ist, bis zu diesen letzten Wochen ohne dich. So sehr habe ich mich nach dir gesehnt, dass ich nicht schlafen konnte, weil ich dich berühren, dich erregen wollte. Ich liebe dich über alles!«

Isabel fuhr ihm sanft über das mit Stoppeln übersäte Kinn. »Unser Bett wartet schon auf uns, Liebster«, flüsterte sie.

»Ja, aber wir müssen noch etwas warten. Über Nacht hat sich die Welt völlig verändert. Zuallererst muss ich dich in Sicherheit bringen. Komm, ich will Garnet erklären, wie dringlich alles ist. Und wenn er sich weigert, muss ich auf eigene Faust handeln.«

Er half ihr, aus der Kutsche zu steigen, und gab Thomas ein Zeichen, zu den Stallungen weiterzufahren.

Plötzlich wurde Marmaduke ganz ernst. »Als Erstes muss ich die Wahrheit wissen. Hast du irgendwelche unliebsamen Besucher im Haus gehabt, während ich fort war?«

»Nein«, sagte sie im Glauben, es käme der Wahrheit so nahe wie möglich. Marmaduke war derart hitzig, dass er die Begegnung mit Silas auf dem Friedhof als eine Verletzung seines Territoriums betrachtet hätte. Er hätte es fertiggebracht, Silas in Penkivil Park aufzusuchen und ihn zum Duell herauszufordern. Sie musste den richtigen Augenblick abpassen, um ihm beizubringen, dass sie Silas endgültig aus ihrem gemeinsamen Leben verbannt hatte.

»Aber mein Schiffskamerad Murray Robertson ist gerade auf meine Einladung hin hier angekommen. Garnet hat sich bereit erklärt, ein Gespräch mit ihm zu führen, um zu sehen, ob er ihm eine Anstellung auf einem seiner Güter geben kann. Könntest du ein gutes Wort für ihn einlegen?«

Marmaduke runzelte die Stirn. Sein stichelnder Ton konnte kaum über seine Eifersucht hinwegtäuschen. »Das ist der Bursche, dessen Kleidung du getragen hast, um als Mann durchzugehen, nicht wahr? Müsste ich sonst noch etwas über euch beide wissen? Jede Wette, dass er in dich vernarrt ist, stimmt's?«

»Um Gottes willen, überhaupt nicht. Murray war zu mir wie ein großer Bruder.« Isabel nahm das Stichwort auf, um schwierige Themen anzusprechen. »Während deiner Abwesenheit haben dramatische Veränderungen stattgefunden, Marmaduke. Ich muss dir vieles erzählen. Erstens hat sich Elise …«

»Vaters Geliebte ist nicht wichtig. Komm!«

Mit langen Schritten, sodass sie ihre eigenen verdoppeln musste, zog er sie an der Hand in Richtung von Garnets Arbeitszimmer. Vor der Tür küsste er sie hastig, während er bereits an die Szene dachte, die vor ihm lag.

»Ich muss jetzt in die Höhle des Löwen. Allein. Warte hier auf mich. Ich will dich an meiner Seite haben, wenn ich meine Pläne in Angriff nehme. Es ist eine Frage der Taktik und des Überlebens.« Die Tür schnappte zu, und Isabel setzte sich auf einen Stuhl im Gang. Ihr war leicht schwindelig von der Hitze, die im Sommer bis in die dunkelsten Ecken des Hauses drang. Als sie ihre Ohren spitzte, um das Gespräch zu verfolgen, hörte sie die üblichen lauten Beleidigungen, und dann schlug Garnet mit der Faust auf den Tisch. Sie wusste, dass diese Konfrontation Marmaduke sehr wichtig sein musste, wenn er ihr Vorrang vor dem Bett einräumte.

Warum hat Gott in seiner Weisheit uns Frauen so geschaffen, dass wir angespannt abwarten, während sich unsere Männer mit Worten duellieren? Weiß der Teufel, worum sie sich jetzt wieder streiten. Ich bin trotzdem überzeugt, dass Frauen alles auf eine zivilisiertere Art lösen könnten, ohne Geschrei, Beleidigungen oder Kraftwörter.

Die große Pendeluhr im Gang schlug die volle Stunde an, und zur selben Zeit hallten kleinere Uhren durch das ganze Haus, als gehorchten sie einer patriarchalischen Autorität.

Isabel war von der Warterei so frustriert, dass sie gerade an Garnets Tür klopfen wollte, als Marmaduke aus dem Raum trat und mit ihr zusammenstieß.

Er hielt sie fest und rief Garnet über die Schulter hinweg zu: »Wach endlich auf, Garnet. Deine Methoden sind überholt. Jetzt mache ich es auf meine Art!«

Isabel wusste, was sie von Marmadukes Wut zu erwarten hatte.

Ihr Herz raste, als sie neben ihm den Gang entlangeilte. Ohne stehen zu bleiben, entledigte er sich seines Jacketts, riss sich die Halsbinde ab und drückte ihr alles in die Arme.

»Um Gottes willen, was ist denn los? Sag es mir, ich bin deine Ehefrau und nicht dein Dienstmädchen.«

»Genau das, was ich erwartet habe, ist los. Garnet stellt sich stur. Trommle die Hausangestellten zusammen und ruf Queenie. In einer halben Stunde will ich euch alle auf dem Platz der Strafgefangenen versammelt sehen, und zwar mit Garnet. Der Master von Bloodwood Hall, meine Gattin, unser ganzer Haushalt muss ein Bild der Einheit abgeben. Ich will zu den Strafgefangenen sprechen.«

»In dieser Aufmachung, unrasiert und in Hemdsärmeln?«

Marmaduke legte ihr die Hände auf die Schultern. »Wir sind hier nicht in England, Isabel. Die Rangniedrigen in dieser Kolonie respektieren ihre Vorgesetzten nicht oder verbeugen sich vor ihrem Master. Ich habe gerade die ganze Geschichte über den Mord an Rupert erfahren. Als er den entflohenen Sträfling nach seinem Namen fragte, entgegnete der: ›Ich bin ein Mann!‹, und dann schoss er auf ihn. Diese Worte werden durch die ganze Kolonie hallen und können möglicherweise einen Aufstand unter den Strafgefangenen auslösen, wenn wir uns nicht vorsehen.«

Dann ging er weiter und rief ihr noch zu: »In einer halben Stunde!« Doch als er sah, wie besorgt sie war, fügte er hinzu: »Mach dir keine Sorgen. Ich weiß schon, was ich tue!«

Isabel blieb mit seinem Jackett zurück.

So habe ich ihn noch nie erlebt. Er ist ein ganz anderer Mensch. Ich spüre, dass er in großer Gefahr ist. Unsere Strafgefangenen verachten Garnet, und sie würden Fordham gern tot sehen. Marmaduke wird es allein mit neunzig von ihnen aufnehmen müssen.

Isabel sah sich auf dem Platz der Strafgefangenen um, auf dem alle Garnet zugewiesenen Männer standen, abgesehen von einigen Hirten und Grenzpatrouillen, die sich an entlegenen Stellen des Anwesens befanden. Die Männer sahen aus wie feindselige Angehörige einer geschlagenen Armee. Sie trugen ihre zerlumpte Häftlingskleidung, von der Sonne ausgebleichte Hemden und Hosen sowie Tücher um den Hals, um den Schweiß aufzufangen, oder um den geschorenen Schädel geknotet, um sich vor einem Sonnenstich zu schützen.

Isabel sah ihnen in die Augen und nickte einigen zu, deren Namen sie kannte, wie Davey, den Stallknecht, und Paddy, den Gärtner. Seltsamerweise war Fordham nirgendwo zu sehen.

Die Sonne brannte herab, und trotz des Schatten spendenden Strohhuts tränten ihre von der Sonne geblendeten Augen. Sie hatte sich bei Garnet untergehakt, während sie flankiert vom Hauspersonal vor die versammelten Männer traten. Neben ihr stand Queenie, die den Ernst der Lage erkannt und ihr bestes Sonntagskleid angezogen hatte. Ihre Augen wurden von einem italienischen Strohhut geschützt, während sie jeder Bewegung von Marmaduke folgten.

Er stand wie ein Schauspieler in der Mitte der Bühne, ohne Hut oder Waffe. Aller Augen waren auf ihn gerichtet. Sein weißes Hemd stand am Hals offen, er hatte die Ärmel aufgekrempelt, als wäre er zum Handeln bereit. Isabel bemerkte ein leichtes Zittern in seinen Fingern, das seine Nervosität verriet. Am liebsten hätte sie neben ihm gestanden. Nie war sie so stolz auf ihn gewesen oder hatte so viel Angst um ihn gehabt.

Wie ein junger Löwe. Stark und wachsam. Sich der Gefahr voll bewusst. Er fordert Garnet heraus, zeigt aber nach außen hin Solidarität mit ihm. Diese Männer müssen über James Leechs Verbrechen Bescheid wissen und kennen auch den Preis, den er dafür zahlen musste. Sein Leben. Diese Konfrontation könnte in einem Blutbad enden.

Marmaduke sprach ruhig und im Tonfall eines Currency Lad, um seine Zuhörer zu erreichen und ihre Aufmerksamkeit zu wecken.

»Ich habe euch hier zusammenrufen lassen, um euch über Veränderungen auf Bloodwood Hall zu informieren, die das Leben jedes Mannes und jeder Frau betreffen werden, egal, ob sie Strafgefangene oder freie Bürger sind oder einen Freibrief besitzen. Ich brauche euch nicht zu sagen, dass die Gerüchte in der Kolonie immer auch ein Körnchen Wahrheit enthalten, also wird es niemandem neu sein, dass ich mit Garnets Segen den Besitz meiner Mutter geerbt habe. Ich werde selber auf Mingaletta arbeiten.« Er hielt inne und fügte dann bedeutungsvoll hinzu: »Ohne Aufseher.«

Isabel warf einen verstohlenen Blick in Garnets Gesicht.

Marmaduke ist wohl wahnsinnig geworden! Er wedelt einem Stier mit einem roten Tuch zu. Garnet hat ihm bislang das Land nicht einmal überschrieben. Oder ist das gerade eben in der Bibliothek geschehen?

Während Marmaduke zu der versammelten Menschenmenge sprach, rückte er mehr in deren Mitte, sah in verschiedene Gesichter wie ein Schauspieler, der darauf bedacht ist, die Aufmerksamkeit des ganzen Publikums auf sich zu ziehen. Doch der Kreis um ihn schrumpfte, als die Männer näher rückten. Isabel wurde nervös, sie dachte an die Szene in Julius Cäsar, als die römischen Senatoren den Kaiser umstellten, die Dolche zogen und ihn erstachen.

Marmaduke schien sich der Gefahr gar nicht bewusst zu sein. »Ich werde vieles verändern. Und ich zweifele keine Sekunde, dass alle mir zustimmen, wenn ich sage, dass Veränderungen mehr als überfällig sind.«

Die Versammelten nickten zustimmend. Ihre gemurmelten Kommentare klangen nicht aggressiv, dennoch wusste Isabel, dass eine einzige böswillige Äußerung reichte, um die Menschenmenge in Rage zu versetzen.

»Die Frage ist nur, welche Veränderungen möglich sind. Ein weiser alter Grieche hat einmal gesagt: ›Nicht einmal Gott kann die Vergangenheit ungeschehen machen.‹«

Isabel verdrehte die Augen. *Aristoteles! Selbst in dieser Gefahr kann Marmaduke es nicht lassen, Klassiker zu zitieren. Jetzt weiß ich, wie nervös er in Wirklichkeit ist.*

»Die Vergangenheit ist Geschichte«, rief er. »Aber jeder Mann und jede Frau in dieser Kolonie, ob Strafgefangener oder freier Bürger, kann dabei helfen, die Zukunft zu verändern und ein neues Leben aufzubauen.«

Ein kräftiger Ire erhob spöttisch die Stimme. »Er hat gut reden. Der Sohn des Masters muss keine vierzehn Jahre Zwangsarbeit leisten!«

Marmaduke nahm die Herausforderung an. »Das sind die Worte eines echten Iren. Du hast den Nagel auf den Kopf getroffen. Ich wurde als freier Mann geboren, als Sohn eines Emanzipisten, ich bin ein Sohn Australiens, so wie es eure Söhne sein werden. Aber mit neunzehn habe ich mein Vaterhaus verlassen, um meinen eigenen Weg zu gehen. Ich habe das ganze Land bereist, in dem wir leben. Ich habe gelernt, wie man es bearbeitet, und seine Herausforderungen respektiert. Ich habe als Viehtreiber und Hirte an der Westküste gearbeitet. Ich war Schreinerlehrling, ich habe Hütten im Busch gebaut, vom mächtigen Murray River bis zum Swan River. Ich habe von alten Sträflingen in Moreton Bay und Van Diemen's Land gelernt, wie man im Busch überlebt. Sie waren sich nicht zu schade, einem Greenhorn wie mir etwas beizubringen. Ich kann Rinder brandmarken. Ich bin zwar kein Meister, was das Scheren von Schafen angeht, aber ich kann mit jedem anderen mithalten. Ich bin mit einem Ochsengespann von Black Stump bis in den Süden von Australien gefahren, wo sonst, meint ihr, hätte ich gelernt, wie ein Bullentreiber zu fluchen?«

Zurückhaltendes Gelächter erhob sich, und Isabel spürte, dass die Menge sich entspannte. Manche blickten Marmaduke an, als sähen sie ihn zum ersten Mal im Leben.

»Jetzt kennt ihr *meine* Geschichte. Manche Männer hier sitzen eine sieben- oder gar vierzehnjährige Strafe ab. Ob ihr nun schuldig oder unschuldig seid, daran kann ich nichts ändern. Ich brauche euch nicht zu erzählen, wie das britische Gesetz ist. Großartig in der Theorie, aber elend und ungerecht in der Praxis, wenn man nicht über das nötige Kleingeld verfügt, sich einen guten Anwalt zu leisten. Trotzdem, bis wir Australier etwas Besseres für uns selbst erfinden, bleibt uns nur die britische Demokratie, stimmt's?«

Er machte eine Pause, um die Idee sacken zu lassen. »Bis dahin habt ihr mein Wort, und ich spreche auch für Garnet Gamble. Von heute an wird jeder Mann, der sich entscheidet, auf Bloodwood Hall oder Mingaletta zu arbeiten, einen Freibrief bekommen und einen gerechten Lohn empfangen, noch ehe er seine Strafe abgesessen hat.«

Im Hintergrund waren wütende Stimmen zu hören.

»Sich entscheidet?«

»Sind das etwa die großartigen Veränderungen?«

»Ihr könnt zwischen drei Möglichkeiten wählen. Ihr könnt abhauen. Ein bisschen Freiheit schnuppern, ehe die Trooper euch wieder einfangen und der Henker euch aufknüpft.« Marmaduke sah sich um. »Jawohl, genau wie James Leech und Will Barrenwood.«

Es folgte eine hässliche Stille. Isabels Beine drohten nachzugeben, als sie bemerkte, wie der irische Riese seine Axt umklammerte. Hatte Marmaduke ihn auch gesehen?

Doch der fuhr fort: »Oder ihr könnt in die Strafgefangenenlager von Hyde Park in Sydney zurückkehren und das Risiko eingehen, einem anderen Master zugewiesen zu werden, der besser oder schlechter ist. Ihr könnt allerdings auch beschließen, bei uns zu bleiben.«

Marmaduke deutete mit dem Kopf auf die Straße von Bloodwood Hall. »Die Tore stehen offen. Ihr entscheidet.«

Der rothaarige Ire hatte sich selbst zum Sprecher ernannt.

»Ja? Und bei diesem Teufel von Fordham bleiben? Ist das etwa dein tolles Angebot?«

»Nein«, antwortete Marmaduke hastig. »Deshalb habe ich euch alle hier versammeln lassen. Ihr sollt euch selbst davon überzeugen.«

Auf sein Zeichen hin teilte sich die Menschenmenge, damit der junge Davey einen mit zwei Satteltaschen ausgestatteten Hengst zu Marmaduke führen konnte.

Dann rief eine ungläubige Stimme: »Gott bewahre, wenn das mal nicht Fordhams alter Gaul ist.«

Marmaduke strich dem Hengst über die Nüstern. »Ganz recht, Fordham ist bereits im Dorf. Der Aufenthalt eures alten Aufsehers in Bloodwood Hall ist hiermit beendet.« Er warf seinem Vater einen Blick zu. »Auf Befehl von Garnet Gamble.«

Alarmiert drückte Isabel Garnets Arm. *Marmaduke treibt es wirklich auf die Spitze.*

Auf Marmadukes Geheiß bestieg Davey das Pferd.

»Davey bringt ihm jetzt seinen Gaul ins Dorf. Der Folterknecht geht für immer. Und der junge Mann dort wird in seine Fußstapfen treten.«

Die Versammelten reckten die Hälse, während Marmaduke auf eine Gestalt am Ende der Menschenmenge zeigte. Isabel lächelte vor Freude, als sie den jungen Mann mit dem Strohhut erkannte, der nach vorn trat. Er trug ein gestreiftes Hemd, eine Moleskinhose und Reitstiefel. Er war von der Sonne gebräunt und ging selbstsicher, trotzdem bestand kein Zweifel, dass es der brave Murray Robertson war.

Marmaduke stellte ihn vor. »Lasst euch nicht von seiner Jugend täuschen. Er ist ein harter Bursche aus den schottischen Highlands. Härtere Burschen gibt es nicht. Murray Robertson ist ein aufrechter Mann und wird für Gerechtigkeit sorgen. Ab sofort löst er Fordham ab. Und Davey wird dafür sorgen, dass der Folterknecht noch heute Nacht die Gegend verlässt.«

Davey war sichtlich stolz über diese Aufgabe. Er wandte sich an die Menge. »Soll ich ihm noch was von euch bestellen?«

Die Männer hielten ihre Stinkefinger in die Luft und gaben derart derbe Kommentare zum Besten, dass Isabel sich alle Mühe geben musste, um nicht laut loszulachen.

Unter lautem Jubel ritt Davey davon. Anschließend übernahm Marmaduke wieder das Wort und wandte sich mit einer dramatischen Gebärde an die Zuhörer.

»Fordhams Methoden gehören ab jetzt der Vergangenheit an. Murray und ich werden alle Klagen über Misshandlungen untersuchen, egal welcher Art. Weder Frauen noch Kinder werden auf meinem Land jemals wieder missbraucht. Und ihr alle habt das Recht, euch an den Richter zu wenden, wenn ihr Beschwerden habt.« Dann drehte er sich zu Garnet um. »Stimmt's, Vater?«

An Garnets zusammengebissenen Zähnen erkannte Isabel, dass er innerlich vor Wut kochte, doch aus seiner Stimme klang die gewohnte Autorität.

»Ihr habt gehört, was er gesagt hat. Ihr habt das Wort der Gambles. Vater und Sohn.«

Isabels Blick schweifte über die Gesichter der Männer. Sie erkannte zurückhaltende Skepsis, Verwirrung und auch das unsichere Gefühl eines Triumphs. Doch als sie sah, wie der Ire mit der Axt wieder nach vorn drängte, blieb ihr das Herz stehen.

Marmaduke hob die Hand und bat um Ruhe. »Ich will, dass jeder auf diesem Anwesen sich vor unwillkommenen Besuchern in Acht nimmt. Das schließt einen Gentleman namens Silas de Rolland ein, der Penkivil Park gepachtet hat. Er hat hier nichts verloren.«

Isabel empfand tiefe Erleichterung und Schuldgefühle zugleich, weil sie Marmaduke nichts von Silas' Besuch erzählt hatte. Jetzt war es zu spät. Marmaduke zog sie an seine Seite.

Was um Himmels willen wird er jetzt sagen?

»Ich nehme an, dass ihr meine Frau kennt«, rief er stolz.

»O ja«, rief ein junger Kerl, »sie hinderte Fordham daran, Paddy Whickett auszupeitschen. Sie war es, die der Peitsche ein Ende machte. Keine ›roten Hemden‹ mehr.«

Marmadukes Frage verblüffte sie. »Wer ist unser bester Holzfäller?«

Die Menschenmenge schob den großen Iren vor, dessen Arme mit Herzen und Ankern tätowiert waren.

»Ich denke, das bin ich«, sagte der Mann und wiegte seine Axt.

»Schön«, erwiderte Marmaduke. »Wie ich sehe, hast du dein Werkzeug dabei. Dann mach als Erstes Kleinholz aus dem da.«

Aller Augen richteten sich auf den verhassten Pranger aus Holz, der jahrelang benutzt worden war, um Strafgefangene zu erniedrigen.

»Was du heute kannst besorgen, das verschiebe nicht auf morgen«, setzte Marmaduke hinzu.

Der Holzfäller grinste selig, wobei seine Zahnlücken für jedermann sichtbar waren, und bahnte sich einen Weg durch die Menge. Dann holte er mit der Axt aus. Sein erster Hieb bohrte sich tief in das Holz, woraufhin lauter Jubel ausbrach, der sich bei jedem weiteren Hieb wiederholte, bis der Pranger in Stücken auf dem Boden lag.

Marmaduke legte Isabel den Arm um die Schultern. »Und bevor ihr wieder an eure Arbeit geht: Am Freitag habt ihr frei. Wir wollen ein paar Schafe schlachten und ein paar Fässer Bier anzapfen, um die neue Ära auf Mingaletta zu feiern und um Murray Robertson, dem neuen Aufseher von Bloodwood Hall, einen gebührenden Empfang zu bereiten.«

Isabel wusste, dass niemand einen Aufseher respektieren würde, bis er sich als anständiger Mensch bewährt hatte, trotzdem war sie erleichtert, als sie bemerkte, wie zufrieden die Arbeiter an ihre Aufgaben zurückgingen. Sie kämpfte immer noch mit den Nachwirkungen des Schocks darüber, wie nahe Marmaduke einem bewaffneten Strafgefangenen gewesen war – und einem Aufstand.

Als Murray sich vor ihr verneigte und den Hut vor ihr zog, umarmte sie ihn spontan und erklärte den beiden Gambles: »Dieser Mann war wie ein großer Bruder auf meiner Überfahrt hierher. Ohne ihn hätte ich nicht überlebt.«

»Ich werde mein Bestes geben, um dem Vertrauen gerecht zu werden, das Ihr Sohn in mich setzt, Sir«, erklärte Murray an Garnet gerichtet.

Garnets Antwort war höflich, trotzdem wusste Isabel, wie wütend der alte Gamble war, dass sein Sohn seine Macht dazu benutzt hatte, in Garnets Reich Männer zu entlassen und einzustellen, ohne ihn vorher zu fragen.

Als Murray zu seinem neuen Quartier in Fordhams Hütte geführt wurde, zwängte sich Isabel zwischen die beiden Gambles und hakte sich bei ihnen ein, um ins Haus zurückzukehren.

»Ich bin verdammt stolz auf euch. Wie der Vater, so der Sohn. Heute ist ein großer Tag in der Geschichte von Bloodwood Hall, nicht wahr? Besser könnte die Nachbarschaft zwischen zwei Anwesen nicht sein. Ich denke, das sollten wir feiern, was meinst du, Garnet?«

»Gewiss, mein Kind.«

Marmadukes Lächeln spiegelte echte Erleichterung wider. Isabel spürte, dass er nicht daran erinnert werden musste, wie gefährlich seine spontane Intervention gewesen war. Er war unbewaffnet vor eine Menschenmenge getreten, die in James Leech einen Märtyrer und Helden sah. Bestimmt war er bereits zu einer Legende geworden.

Isabel schickte ein Stoßgebet zum Himmel, damit Marmadukes Mut seinen Ruf als gerechter Großgrundbesitzer verstärkte.

Als Garnet Marmaduke zu einem Whisky in seinem Büro einlud, zögerte er, woraufhin sich Isabel selbst ebenfalls einlud, weil sie genau wusste, dass Garnet seinem Sohn eine Standpauke halten wollte, sich jedoch davor hüten würde, es in ihrer Anwesenheit zu tun.

Sie konnte es kaum abwarten, mit Marmaduke ins Bett zu gehen, aber sie wollte um jeden Preis verhindern, dass Garnet seinem Sohn für seine revolutionäre Tat die Leviten las.

Vater und Sohn stießen miteinander an. »Auf das Land, in dem wir leben.« Dann begann Garnet, wie Isabel vermutet hatte, unter dem Vorwand, seinen Sohn zu loben, ihn zu kritisieren.

»Wie tüchtig, deine Reise nach Europa durch eigene Arbeit finanziert zu haben, Marmaduke. Ich hatte keine Ahnung von deinem schillernden Leben in den australischen Kolonien. Von Swan River bis nach Moreton Bay als Kutscher eines Ochsengespanns, Schafscherer, Schreinerlehrling und zweifellos auch Falschspieler.«

»Das zeigt nur, dass man sich nicht auf seine Spione verlassen kann, Garnet.«

Garnet errötete. »Spione? So ein Unsinn! Die brauchte ich nur, um mich zu vergewissern, dass du noch lebst.« Dann sagte er, an Isabel gerichtet, in einem sanfteren Ton, als wollte er sich rechtfertigen: »Als ich in diese Kolonie kam, war die einzig gültige Währung hier Rum, ein Monopol des Militärs. Es war ein Kampf aller gegen alle. Ich will gar nicht leugnen, dass meine Geschäfte zwielichtig waren. Ich nutzte menschliche Schwächen aus – bezahlte Männer, damit sie andere bespitzelten.« Er hielt inne. »Marmaduke hält die Überzeugungen der Freimaurer für albern, ich hingegen ließ mich von meinen freimaurerischen Brüdern inspirieren. Ich arbeitete hart, um ein besserer Mensch zu werden, denn ich wollte, dass Miranda stolz auf mich war.«

Auf den Anflug von Resignation in seiner Stimme hin veränderte sich Marmadukes Ausdruck. »Ich glaube, dass deine Informanten dieses Mal ganz schön blind waren, Garnet. Ich bin bereits Freimaurer, auch wenn ich einer anderen Loge angehöre als du.«

Garnet sah ihn angenehm überrascht an. »Ist das wahr, mein Junge? Nun, die Loge 260 war gut genug für mich und auch Sam Terry, aber ich habe gehört, dass die neue Loge eine Vielzahl von angesehenen Mitgliedern hat. Dr. Bland und dein Kumpel Barnett Levey sind mit Sir John Jamieson zu ihr gewechselt.«

Dann hob er sein Glas und sagte demonstrativ: »Mein Sohn ist also endlich Freimaurer geworden. Das ist die erste gute Nachricht, die du mir heute gebracht hast! Abgesehen davon, dass Leech und Barrenwood am Galgen baumeln.«

Marmaduke trank seinen Whisky aus und entschuldigte sich Isabel zuliebe unter dem Vorwand, nach der langen Reise ein Bad nehmen und sich rasieren zu müssen. Über Garnets Anspielung sah er geflissentlich hinweg.

»Aber klar, mein Junge, wenn man so lange von seiner Braut getrennt war, hat eine *Rasur* natürlich oberste Priorität. Wir essen um sieben. Seid pünktlich.«

»Das kann ich dir nicht versprechen, Garnet.«

Sobald sie allein auf dem Gang waren, nahm Marmaduke Isabel an der Hand und rannte mit ihr die Treppen hinauf. Als sie in der Galerie an Mirandas Porträt vorbeikamen, nickte er nur flüchtig.

Isabel war von Neugier überwältigt. »Ich wollte dir gratulieren, dass du nun ein Freimaurer bist, Marmaduke, aber wie Garnet war auch ich von deinen ausgiebigen Erfahrungen im australischen Hinterland überrascht. Ich hatte geglaubt, du hättest die meiste Zeit in London und auf dem Kontinent zugebracht.«

Als sie seinen leicht veränderten Gesichtsausdruck wahrnahm, löste sie sich von ihm und stemmte die Arme in die Hüften.

»Hast du wirklich all diese Abenteuer in Australien erlebt?«

Marmaduke sah sie wie ein gekränkter kleiner Junge an. »Glaubst du etwa, ich würde dich belügen?«

»O ja, vor allem, wenn du eine Chance hättest, damit durchzukommen. Sag mir die Wahrheit und nichts als die Wahrheit!«

»Nun ja, ich war tatsächlich überall. Einmal bin ich sogar auf einem Ochsengespann gefahren. Da habe ich das Fluchen gelernt.«

»Und wie hast du dir deine Schiffspassage nach England finanziert?«

»Mit diesem und jenem. Hauptsächlich mit Kartenspielen. Und so habe ich auch meine Anteile an Mendozas Geschäft verdient.«

Isabel schüttelte ungläubig den Kopf. »Du bist unglaublich. Dann war das meiste, was du den Strafgefangenen erzählt hast, frei erfunden?«

»So ist es. Aber sie haben es geschluckt, stimmt's? Dich und Garnet habe ich auch überzeugt. Versteh doch, als Herr über Mingaletta musste ich dafür sorgen, dass ich mir so schnell wie möglich die Hochachtung meiner Männer verschaffe.«

Sie waren in ihrem Zimmer, und Marmaduke fing bereits an, sich auszuziehen, doch Isabel war nicht gewillt, das Thema fallenzulassen.

»Wetten, dass du nicht einmal weißt, wo man anfängt, ein Schaf zu scheren?«

»Nun, ich kann den Kopf von dem zotteligen Schwanz unterscheiden. Mach dir keine Sorgen. Ich werde einen Scherer bezahlen, damit er es mir heimlich beibringt. Das ist der Unterschied zwischen einem Currency Lad und einem britischen Gentleman. Wir sind Meister im Schwindeln. Du wirst schon bald dahinterkommen.«

»Ich weiß nie, ob du mir die Wahrheit sagst oder mich belügst, sobald du den Mund aufmachst.«

Isabel hatte sich der Schuhe entledigt und sich bis auf die Unterröcke entkleidet, doch Marmaduke war ihr weit voraus. Er wusch sich mit einem Schwamm, trocknete sich ab und schleuderte das Handtuch in eine Ecke des Zimmers. Beim Klang seiner tiefen, wohl klingenden Stimme fuhr ihr ein Schauer über den Rücken.

»Ich will dir deine schöne englische Haut nicht zerkratzen. Deshalb will ich mich auch noch rasieren, wenn du so lange warten kannst.«

Isabel gab sich Mühe, genauso lässig zu klingen. »Morgen Früh reicht.«

Sie zündete die Kerze in dem dämmrigen Zimmer an und spürte, wie sie vor Erregung errötete, als Marmaduke Müdigkeit vortäuschte, sich ausgiebig reckte und die Bettdecke aufschlug. Er lag nackt auf dem Rücken und war mehr als bereit für sie. Gebieterisch wie ein Pascha, der sich seiner Lieblingsfrau schenkt, machte er ihr ein Zeichen, näher zu kommen.

Isabel wusste, dass dies der Augenblick war, um in den sauren Apfel zu beißen. Jetzt oder nie. Es galt, zwei Geheimnisse loszuwerden.

»Zuerst muss ich dir noch etwas sagen, Marmaduke. Während du weg warst …«

Doch es war bereits zu spät. Marmaduke lieh sich Zeilen von John Donne aus, um sie zu verführen, obwohl der Dichter sie, wie Isabel wusste, in einem religiösen Kontext verfasst hatte.

»›Nimm mich gefangen, Isabel, denn ich werde weder frei sein noch keusch – es sei denn, du fesselst und bezauberst mich …‹«

Als Isabel schließlich einschlief, fragte sie sich, ob die körperliche Liebe mit Marmaduke ein Fall gegenseitiger Eroberung war – oder gegenseitiger Kapitulation.

Isabel hatte gehofft, der Tag würde so anbrechen wie alle anderen, bevor Marmaduke nach Sydney gegangen war. Der erste zarte Lichtstreifen der malvenfarbenen Aborigine-Dämmerung und das ansteckende Lachen der Kookaburra waren ihr Signal für einen neuen, stürmischen Liebesakt gewesen. Sie hatten sich gegen die Zeit geliebt, als wäre Marmaduke ein Matrose, dessen Schiff mit der Flut auslaufen sollte. Tatsächlich hatte er so früh aus den Federn gemusst, um die Mannschaft von Schreinern zusammenzutrommeln, die sein Haus in Mingaletta baute.

Doch als sie an diesem Morgen die Augen aufschlug, spürte sie, dass sich etwas verändert hatte.

Marmaduke stand in Arbeitskleidung an der offenen Verandatür und betrachtete sie mit jenem vertrauten Ausdruck, bei dem sie sich schuldig fühlte, noch ehe sie wusste, warum.

»Was ist denn los, Marmaduke? Hattest du etwa vor zu verschwinden, ohne mich zu wecken?«

»Nur aus Neugier, wann wolltest du es mir eigentlich sagen?«

Meint er Silas? Elise? Oder das andere Geheimnis?

»Ich muss dir so vieles sagen, Liebster, dass ich nicht weiß, wo ich anfangen soll.«

»Dann will ich dir auf die Sprünge helfen.« Seine Augen waren kalt. »Du hast vergessen, mir zu sagen, dass du ein Kind erwartest. Hast du wirklich geglaubt, ich merke nicht, wenn sich der Bauch einer Frau verändert?«

»Ich hatte vergessen, was für ein Frauenkenner du bist«, fauchte sie und versteckte sich hinter ihrer Wut, um nicht in Tränen auszubrechen.

»Du hast noch etwas anderes vergessen. Das Einzige, worum ich dich gebeten habe. Dass du meine Verbündete bist und mich niemals belügst.«

Zornig gestikulierend kam er auf sie zu.

»Weißt du nicht, dass ich jeden Zentimeter deines Körpers liebe? Und habe ich dir nicht immer alles gegeben, worum du mich gebeten hast? Trotzdem habe ich einen verdammt wichtigen Grund, keine Kinder in die Welt setzen zu wollen. Was glaubst du, warum ich Rose Alba hierherholen wollte? Damit *du* nicht auf ein Kind verzichten musstest. Warum zum Teufel hast du es mir nicht früher gesagt? Jetzt ist es zu spät.«

Ihre Augen füllten sich mit Tränen. »Genau deshalb habe ich es dir nicht gesagt! Weil ich wollte, dass es lebt!«

»Nun, jetzt kann man nichts mehr tun, als abzuwarten und es irgendwie durchzustehen. Ich mache mir nur um dich Sorgen. Ich bestehe darauf, dass du dich schonst. Dich gesund ernährst und jemanden hast, der dir Tag und Nacht zur Seite steht. Ich lasse nach einem Arzt schicken, damit er dich untersucht. Und sag Queenie Bescheid.«

»Sie weiß es.« Sofort bereute Isabel ihre unüberlegten Worte.

»Garnet etwa auch?«

»Er vermutet es.«

Marmaduke lachte über sich selbst, doch es war ein Lachen ohne Freude. »Scheinbar bin ich der Letzte, der davon erfährt! Nun gut, da ich für dich nicht mehr bin als bloß ein Ernährer, werde ich die Nächte in Mingaletta verbringen, bis das Haus für dich fertig ist. Wenn du etwas brauchst, kannst du Davey zu mir schicken.« Als er ihre Tränen sah, zögerte er. »Bestimmt denkst du, ich wäre herzlos, weil ich dieses Kind nicht möchte. Ich mache mich selbst dafür verantwortlich, dass es gezeugt wurde, nicht dich. Aber du hast mich *belogen*.«

In der Tür blieb er stehen. »Was war ich doch für ein Dummkopf! Ich habe dir vertraut, ich habe dich für meine Verbündete gehalten. Und trotzdem hast du mir nicht erzählt, dass dein Cousin Silas dich aufgesucht hat. Ich musste es von einem Diener erfahren.«

Schockiert von seiner Kälte beobachtete Isabel durch ihre Tränen, wie er ihr den Rücken zuwandte und das Zimmer verließ. Es hatte etwas Endgültiges, als er die Tür hinter sich schloss. Sie kämpfte mit Wellen der Trauer, Wut und Verzweiflung.

Was stimmt bloß nicht mit mir? Warum lässt Gott mir nie die Möglichkeit, so zu sein wie andere Frauen? Damit ich voller Freude ein Kind zur Welt bringen kann!

NEUNUNDVIERZIG

Marmaduke arbeitete allein auf der Baustelle. Gelegentlich hörte er das Läuten von Glocken und das ferne Gelächter der betrunkenen Strafgefangenen, denen Powell auf Garnets Anweisung hin das traditionelle Weihnachtsessen und Getränke hatte zukommen lassen.

Seit seinem Zerwürfnis mit Isabel hatte Marmaduke beschlossen, tagelang hintereinander auf dem Rohbau zu arbeiten und auch dort zu übernachten. Powell besuchte ihn jeden Tag und berichtete ihm über Isabels Zustand, trotzdem wollte Marmaduke sie nicht in Mingaletta sehen. Es fiel ihm schwer, sich der Anfälle von Depression zu erwehren, die mit den unliebsamen Gedanken seiner bevorstehenden Vaterschaft einhergingen.

Wenn er an manchen Abenden doch nach Bloodwood Hall kam, erkundigte er sich nach Isabels gesundheitlicher Verfassung, kümmerte sich um sie und nahm das Abendessen mit ihr ein, zog es allerdings vor, im angrenzenden Zimmer zu übernachten, in dem sonst während seiner Abwesenheit nun Queenie schlief.

Er schenkte Isabel die von Lady Emma Hamilton inspirierte Kameebrosche, doch wenn sie ihn bat, in ihrem gemeinsamen Bett zu schlafen, lehnte er höflich ab, unter dem Vorwand, dass sie ungestört schlafen müsse. In Wahrheit lag er oft wach im Bett und lauschte auf ihren Atem, während er an das Trauma zurückdachte, das er erlitten hatte, als seine Mutter bei der Geburt seines Bruders gestorben war.

Im Morgengrauen schlich er sich hastig davon, ehe sie aufwachte.

Nur einmal hellte sich seine düstere Stimmung vorübergehend auf. Er runzelte die Stirn, als er einen Umschlag fand, der nur an ihn persönlich adressiert war. Darin befand sich eine anonyme Einladung, die absichtlich zu spät überbracht worden war, als dass er an der römisch-katholischen Taufe von Patrick Sean Cagney hätte teilnehmen können – drei Tage nach seiner Geburt.

Hastig berechnete Marmaduke, wie viel Zeit seit ihrem letzten Rendezvous im Gewächshaus der Cagneys vergangen war. *Gott sei Dank! Das dürfte sogar Cagney davon überzeugen, dass er der Vater ist. Wie rücksichtsvoll von der süßen Dame, mich zu beruhigen.*

Der schwarze Hengst war sichtlich nervös und unruhig, als Marmaduke über den Friedhof nach Bloodwood Hall ritt, wo er mit Isabel zu Abend essen wollte. Die Mondsichel schien allein um der künstlerischen Wirkung willen an dem sternenübersäten dunklen Himmel postiert zu sein und erinnerte ihn an die Kulissen, die Barnett Leveys Bühnenbildner William Winstanley malte. Seine Tochter, Eliza Barret, so erzählte man sich, bereitete sich darauf vor, die Rolle der Julia zu spielen.

Der Gedanke an die künstlerische Welt des Theatre Royal weckte bittersüße Erinnerungen. Eine Hälfte von ihm sehnte sich danach, wieder am Theaterleben teilzunehmen, durch die Welt zu reisen und das Leben eines Vagabunden zu führen. Die andere Hälfte sah sich verpflichtet, sein Erbe in Mingaletta anzutreten. Seit seiner Jugend hatten diese beiden Sehnsüchte in seinem Innern gegeneinander gekämpft. Er war sich bewusst, dass er nicht einen Weg gehen konnte, ohne den anderen zu verlassen. Ein Haus für Isabel, Rose Alba und das zukünftige Kind zu bauen – das war der Preis für seine Freiheit. Er versuchte, nicht an sein Kind zu denken, und war deprimiert bei dem Gedanken, welche Zukunft ihm beschieden wäre.

Als sein neuer schwarzer Hengst Dangar immer wieder den Kopf nach hinten warf und die Gangart wechselte, als wollte er ihn vor etwas warnen, zog Marmaduke die Zügel an und warf einen Blick auf den stillen Friedhof und den Weg, der zum Dorf führte. Tagsüber kamen nur selten Dorfbewohner hierher und zu dieser nächtlichen Stunde erst recht nicht. Sein Blick fiel auf das kunstvoll verzierte Mausoleum seines Vaters und den granitenen Grabstein in der abgeschiedenen Ecke, der dem »willkommenen Fremden« Klaus von Starbold gewidmet war.

Der Hengst wieherte nervös und verdrehte die Augen, sodass man nur noch das Weiße sah.

Dann kam Marmaduke ein Gedanke. »Wahrscheinlich liegt es an deinem Brumby-Blut. Du willst frei herumlaufen wie deine Artgenossen, nicht wahr, Dangar? Recht hast du, nimm es als verspätetes Weihnachtsgeschenk.«

Davey, dessen Sommersprossen sich jeden Sommer vervielfachten, erwartete ihn bei den Stallungen, die Stirn wie ein alter Mann in Falten gelegt. Doch anders als andere Strafgefangene, die in ihren alten Verhaltensweisen gefangen waren, war Davey stets bereit, neue Tricks zu lernen.

»Sie haben gesagt, wir sollen Sie über unwillkommene Besucher informieren, Sir. Keine Ahnung, ob Sie das meinten, aber heute Morgen, als ich ein neues Fohlen trainierte, hab ich eine auffallende Kutsche gesehen, die am Ende des öffentlichen Wegs parkte. Und wie ich näher kam, hat der Gentleman im Innern seinem Kutscher anscheinend befohlen, sich aus dem Staub zu machen. Sie fuhren im Eiltempo davon. Es waren keine gewöhnlichen Trauernden aus dem Dorf, wenn Sie mich fragen.«

»Hast du ihre Gesichter gesehen?«

»Gewiss. Und das des Dieners werde ich nicht so schnell vergessen. Er trug ein Schild aus Metall auf der Nase. Den Gentleman habe ich nicht richtig sehen können, außer dass er modisch gekleidet war und einen eleganten Gehstock trug. Ich glaub, es war der neue Pächter von Penkivil Park.«

Marmaduke ließ sich seine Reaktion auf die Beschreibung nicht anmerken. Sie passte zu der von Josiah Mendoza und seiner Erinnerung an den Morgen in Josephas Villa, als der angebliche französische Verehrer sie besucht hatte. Marmaduke war frustriert, weil er keine Beweise hatte. Er wartete nur darauf, dass Silas sich durch einen falschen Zug selbst verriet.

»Du hast gut daran getan, mich davon zu unterrichten, Davey. Sag den anderen Jungs Bescheid, sie sollen ihn im Auge behalten. Und komm zu mir, sobald du einen von den beiden siehst.«

Als er zu Hause war, warf Marmaduke einen Blick auf seine Taschenuhr. Die Zeiger waren mittags um halb eins stehen geblieben.

»Verdammt nochmal, jetzt hat sie auch noch den Geist aufgegeben.«

Er sagte sich, dass nur Narren an böse Vorzeichen glaubten, trotzdem musste er daran denken, dass William Shakespeares und Edmund Keans Uhren in der Stunde ihres Todes stehen geblieben waren.

»Jesses, diese Uhr blieb nicht stehen, als Klaus von Starbold starb, warum dann jetzt? Will sie mich etwa vor dem Tod warnen?«

Da er den ganzen Tag ohne Kopfbedeckung draußen in der Sonne geschuftet hatte, um einen Wassertank und eine Windmühle zu bauen, die seine zukünftigen Rinder mit Wasser versorgen sollte, war es kein Wunder, dass er zu viel Sonne abbekommen hatte. Er hatte Kopfschmerzen, furchtbar schlechte Laune und einen Bärenhunger. Seine wachsende Wut hatte er vorgeschoben, um Isabel tagelang aus dem Weg zu gehen, dennoch fühlte er sich auf irrationale Art gereizt, als sie bei seiner Rückkehr nicht im Kinderzimmer war.

Wenn ich ihr nicht vertrauen kann, wem dann?

Er entledigte sich seiner schlammverkrusteten, durchgeschwitzten Arbeitskleidung, wusch sich und zog ein frisches Hemd und eine saubere Hose an. Dann setzte er sich im Kinderzimmer an den Tisch, um seine Uhr zu reparieren, und versuchte, sich daran zu erinnern, was Mendoza ihm dazu beigebracht hatte.

Marmaduke hatte diese Uhr noch nie öffnen müssen. Sie war noch nie kaputt gewesen. Auf der Rückwand des goldenen Gehäuses stand nichts geschrieben, doch als er im Innern mehrere Schichten kleiner runder Zettel entdeckte, war er überrascht. Auf jedem Einzelnen standen ein Datum und der Name des Uhrmachers, der die Uhr schon einmal repariert hatte. Es war buchstäblich eine Chronik des Weges, den sie genommen hatte. Neugierig ging Marmaduke alle Einträge durch. Der jüngste stammte von einem Uhrmacher in der George Street in Sydney, datiert von 1825.

Das Jahr, in dem das Duell stattfand und von Starbold starb.

Er verfolgte die chronologische Reihenfolge zurück. Sie wies Uhrmacher auf, die die Uhr im Jahre 1821 in London repariert hatten, das Jahr, in dem von Starbold nach Van Diemen's Land aufgebrochen war. Das davor stammte aus dem Jahr 1818 in Belfast.

Ob er dort mit einem britischen Regiment stationiert gewesen war?

Ein Eintrag, der, wie Marmaduke sah, auf Niederländisch geschrieben war, zeigte, dass die Uhr 1808 in der Kapkolonie repariert worden war. Der allererste Eintrag stammte aus dem Jahr 1805 und war von einem deutschen Uhrmacher in einem hessischen Dorf unterschrieben worden.

Ich erinnere mich, wie wehmütig er über dieses Dorf gesprochen hat. Vielleicht war es der Sitz seiner Familie.

Nachdem er diesen letzten Zettel herausgezogen hatte, blickte er auf den eigentlichen Deckel des Gehäuses. Darauf war ein winziges Wappen in der unverkennbaren Form eines Adlers eingraviert. Marmaduke drehte die Uhr einmal im Kreis herum, um die Inschrift im inneren Rand lesen zu können. Sie war auf Hochdeutsch verfasst, die Buchstaben flossen ineinander, sodass es weder einen richtigen Anfang noch ein Ende gab, nur zwei winzige Blättchen, die die Worte zu einem endlosen Kreis verbanden.

Er las sie, so wie sie da standen, und übersetzte sie im Geist. Auf der anderen Hälfte des Kreises stand der Name.

Klaus von Starbold. Für meinen Sohn in jeder Hinsicht, bis auf den Namen …

Die Worte schienen in der Luft zu schweben, als warteten sie darauf, bestätigt zu werden. »Das beweist, dass wenigstens eine von seinen schillernden Geschichten wahr ist. Er erzählte mir, dass sein Vater ein Adliger war, der sich in eine bettelarme Schauspielerin verliebt hatte, aber aufgrund seiner Verbindung mit einer Frau seines Standes seinen unehelichen Sohn, Klaus von Starbold, nie anerkannt hatte.«

Marmaduke umklammerte die Uhr, als er begriff, was sie bedeutete.

»Kein Wunder, dass die Uhr diesem Bastard so wichtig war. Bastard im wahrsten Sinne des Wortes. Sie war von Starbolds einziger Beweis dafür, wer sein Vater wirklich war. Das Geschenk seines Erzeugers, der ihn öffentlich nicht hatte anerkennen wollen.«

Trotz seines jahrelangen Hasses auf den Mann war Marmaduke von seiner Entdeckung gerührt, ein Gefühl, das bald in einen heftigen Kopfschmerz überging. Im Geiste sah er, wie sich der Kreis der deutschen Wörter immer schneller drehte, bis sie ineinander verschmolzen und jegliche Bedeutung verloren. Er musste dringend an die frische Luft. Er ging an der Galerie vorbei und lief die Treppe für das Personal hinab, die Uhr fest umklammert.

Die Kopfschmerzen waren so heftig, dass er Isabel, die ihm

entgegenkam, gar nicht bemerkte und erst von ihren Worten aufgerüttelt wurde.

»Marmaduke, was ist mit dir? Du siehst krank aus.«

»Ich bin nur müde. Ich will allein sein.«

Er ging direkt zu Queenies Hütte, instinktiv auf der Suche nach seinem alten Kindermädchen, das seine unerklärlichen Kopfschmerzen heilen sollte, so wie er es als Kind getan hatte, wenn er verletzt oder betrübt gewesen war.

Es schien, als hätte Queenie auf ihn gewartet. Der Wasserkessel stand auf dem Herd, auf einem Teller lagen frischgebackene Scones mit Butter und anderes Gebäck.

Er setzte sich neben sie und ergriff die schmalen Hände, die sich seit seiner Geburt zärtlich um ihn gekümmert hatten.

»Queenie, du musst mir die Wahrheit sagen. War ich mein ganzes Leben aus einem falschen Grund von Hass erfüllt? Ich weiß nicht, wo ich anfangen soll. Ich habe in von Starbolds Uhr eine Entdeckung über seine Familie gemacht, die überhaupt keinen Sinn ergibt.«

»Wo ist Isabel? Sie sollte auch hier sein«, entgegnete Queenie.

»Ich war es, der ihn getötet hat. Ich habe das Recht, es zu erfahren.«

Queenie wollte gerade etwas sagen, als es an der Tür klopfte.

Marmaduke blickte frustriert auf. In der Türschwelle stand Isabel, ihr Gesicht war bleich und angespannt. Um die Schultern trug sie einen Schal wie als Schutz gegen die Kälte, obgleich die Nachtluft warm war. Marmaduke wusste, dass sie erschienen war, um ihn herauszufordern, weil er sie abgewiesen hatte.

»Ich habe doch schon gesagt, dass ich allein sein will, Mädchen.« Seine Stimme klang schärfer, als er beabsichtigt hatte. »Bitte geh wieder.«

Isabel schüttelte den Kopf. »Ich kann dich nicht allein lassen, Marmaduke.«

»Verdammt nochmal. Wirst du jemals das tun, was ich dir sage?«

»Nein, weil du mich jetzt mehr brauchst als jemals zuvor.«

Queenies Hand zerschnitt die Luft, um ihren Streit zu beenden.

»Seid still! Das ist mein Haus, ihr seid meine Gäste. Setz dich da drüben hin, Isabel. Und jetzt haltet den Mund, alle beide! Denn was ich sagen werde, geht euch gleichermaßen etwas an, Marmaduke.«

Er umfasste seinen schmerzenden Kopf mit beiden Händen und sah sie eindringlich an, achtete auf jede Nuance ihrer Stimme, auf jede Veränderung ihres Ausdrucks oder ihres Blickes, auf jede Bewegung ihrer feinen Hände. Er vertraute Queenie wie keiner anderen Frau.

»Ich verlasse mich darauf, dass du mir die Wahrheit sagst.«

»Ja, du hast sie dir verdient«, begann sie leise. »Miranda hat dir Mingaletta vermacht. Aber mir hat sie eine Kiste hinterlassen mit der Anweisung, sie dir erst zu übergeben, wenn du eine Frau liebst und auch ihre Liebe gewonnen hast. Trifft das auf euch beide zu?«

Marmaduke blickte in ihre forschenden Augen, die seine Lügen schon durchschaut hatten, als er noch ein Kind gewesen war.

»Ich spreche für mich selbst. Du weißt, was ich fühle, Queenie. Ich muss es dir nicht sagen.«

Er spürte die Kälte in Isabels Stimme, als sie ihn ignorierte und sich direkt an Queenie wandte.

»Es scheint, als wären Marmaduke die toten Dichter zum Zitieren ausgegangen. Ich jedenfalls habe keine Angst, meine eigenen Worte zu gebrauchen. Ich habe nicht gewusst, was Liebe ist, bis dieser Mann jeden Trick auf der Welt benutzte, um sich in mein Herz einzuschleichen, aber in diesem Augenblick wünschte ich mir, ich wäre ihm nie über den Weg gelaufen!«

»Eure Äußerungen müssen wohl als Liebesbeweis durchgehen«, bemerkte Queenie trocken.

Sie strich über den Deckel einer Kiste aus Ebenholz, die wie ein kleiner Reisesekretär aussah, aber nicht so kunstvoll verziert war wie der, den Miranda in seiner Erinnerung besessen hatte.

»Wird diese Kiste mir verraten, was ich wissen muss? Ob ich den Vergewaltiger oder den Liebhaber meiner Mutter getötet habe?«

Queenie faltete die Hände auf ihrem Schoß und sprach mit der ernsten Stimme eines Geschichtenerzählers.

»Deine Erinnerung an jene schreckliche Nacht, in der du deine Mutter im Keller von Mingaletta gefunden hast, ist korrekt, Marmaduke. Soweit ein Sechzehnjähriger diese Wahrheit verstehen konnte. Doch die Wahrheit hat so viele Gesichter wie ein Prisma. Sieh sie durch meine Augen. Unterbrich mich nicht. Denn auch für mich ist es schmerzhaft, sie wiederzuerleben.«

Sie holte tief Luft. »Mein Leben lang stand ich im Schatten deiner Mutter. Als Kind hatte ich jeden Grund, eifersüchtig auf sie zu sein, meine jüngere Halbschwester, deren irische Mutter bei ihrer Geburt gestorben war. Miranda war in jeder Hinsicht anders als ich. Sie war weiß, wunderschön, wurde geliebt und von ihrem Vater verwöhnt, und sie war ehelich. Aber von dem Augenblick an, als das Baby Miranda meinen Finger umklammerte, war für Eifersucht kein Platz mehr in meinem Herzen. Wir wuchsen wie Zwillingsschwestern auf. Wir hatten dieselben Gouvernanten. Ich teilte alle Geheimnisse deiner Mutter. Ihre Liebe zu dir, Marmaduke. Ihre unglücklichen Jahre wegen Garnets besessener Leidenschaft. Eines Tages bat mich Miranda, sie zu den Ruinen von Mingaletta zu begleiten, wie es unsere Gewohnheit war. Der einzige Raum, der noch intakt war, der Keller, war ihr Allerheiligstes. Doch dieses Mal war es anders. Sie wollte allein sein, um eine folgenschwere Entscheidung zu treffen. ›Du musst nicht Wache halten, Queenie‹, sagte sie. ›Ich bin hier vollkommen sicher. Es würde mich freuen, wenn du ein paar Blumen pflückst und sie auf Vaters Grab legst. Wenn ich fertig bin, rufe ich dich, damit wir wieder nach Hause gehen.‹ Ich legte Blumen auf das Grab unseres Vaters und wartete im Busch darauf, dass sie nach mir rief. Es war ein sehr heißer Tag, und ich nickte ein, bis ich vom lauten Geschrei einer Frau aufschreckte. Miranda!«

Queenie seufzte und fuhr dann fort: »Ich lief zur Kellertür und wollte sie gerade aufreißen, als ich die tiefe Stimme eines Mannes hörte. Es war der hessische Lehrer! Er beherrschte sich, aber Mirandas Geschrei wurde lauter. Ich kann mich noch genau an jedes Wort erinnern, das fiel. Miranda rief: ›Nein! Das kannst du mir nicht antun! Ich verbiete es dir!‹ ›Du hast keine Wahl, Miranda. Die Würfel sind gefallen‹, sagte er. ›Du hast einen Vertrag, um Marmaduke zu unterrichten. Zu meinen Bedingungen!‹, erwiderte sie. ›Das habe ich nach besten Kräften getan. Ich gehe noch heute Abend. Ich schreibe Marmaduke einen Brief und erfinde etwas. Er ist ein so stolzer junger Mann.‹ Dann hörte ich, wie er fortfuhr: ›Gott im Himmel! Ich weigere mich, auch nur eine weitere Nacht mit Garnet unter einem Dach zu verbringen. Ich muss Bloodwood Hall verlassen. Komm mit!‹ ›Du weißt, dass ich das nicht kann. Noch nicht!‹, entgegnete Miranda. ›Dann soll dich das an mich erinnern!‹ Was sich dann zwischen ihnen abspielte, war unverkennbar. Ich konnte keinen klaren Gedanken fassen, ich konnte nichts tun. Und als ich dich auf deinem Pferd kommen sah, lief ich weg. Ich sah die Verwirrung in deinem Gesicht, als du das offene Vorhängeschloss entdecktest … und in den Keller hinuntergingst.«

Queenies Finger flatterten wie die Flügel eines Vogels, dann ließ sie sie in den Schoß sinken.

»Du warst noch ein Junge, Marmaduke. Du konntest nicht verstehen, was du sahst.«

Er sprang auf. »Das war eine Vergewaltigung! Ich hörte, wie Mutter immer wieder Nein schrie.«

Queenie stieß erneut einen tiefen Seufzer aus. »Das habe ich auch gehört. Aber wenige Augenblicke bevor du kamst, hatte Miranda ihn angefleht: »›Nein, nein, *verlass mich nicht*, Klaus!‹«

Die Stille, die sich in der Hütte ausbreitete, war so durchdringend, dass Marmaduke kaum Luft bekam. Im Geiste war er noch einmal sechzehn, schockiert über die sinnlichen Bilder. Seine Mutter, sein Lehrer, beide nackt. Dann endlich fand er den Mut, die Worte zu sagen, die die Vergangenheit für immer ändern würden.

»Dann habe ich also nicht einen Vergewaltiger getötet, sondern ihren Liebhaber ermordet. Wie sie mich gehasst haben muss!«

Queenie hielt ihn fest. »Nein, mein Junge, Miranda wusste, dass du sie hattest beschützen wollen. Und Klaus wusste es auch.«

Marmaduke packte Queenie an den Schultern. »In dem Augenblick, als ich auf ihn schoss, wussten wir beide, dass er tödlich verwundet war. Ich brachte ihn hierher in deine Hütte zum Sterben. Mutter erzählte mir, du hättest seine Leiche gewaschen, ehe sie begraben wurde. Erspare mir nichts, Queenie. War er bei Verstand? Hat er irgendetwas gesagt, bevor er starb? War es auf Deutsch oder Englisch? Ich muss es wissen!«

Queenie nickte. »Miranda wich in seinen letzten Stunden nicht von seiner Seite. Seine letzten Worte lauteten: ›Du musst für das Baby leben!‹ Dann starb er in ihren Armen.«

Als Isabel die Hand nach ihm ausstreckte, wehrte Marmaduke sie ab. In diesem Augenblick konnte niemand ihm Trost spenden.

»Willst du damit sagen, von Starbold wusste, dass Mutter schwanger war? Dass das Kind von ihm war?«

Queenie nickte widerstrebend. »Ja. Er wollte unbedingt, dass sie mit ihm fortging.«

Marmadukes Lachen klang zynisch, es war ein Schutzschild gegen seinen Schmerz. »Aber einen Brief mit einer Erklärung wollte er mir hinterlassen. Wie nobel von ihm. Trotzdem hat Mutter beschlossen zu bleiben. Warum? Meinetwegen? Oder wegen des Kindes, das sie erwartete?«

»Den Rest der Geschichte soll dir lieber Miranda selbst erzählen. Hier hast du ihr Tagebuch. Lies es. Und die Kiste? Darin befindet sich etwas, das für sie sehr wertvoll war. Sie hat mich gebeten, es für dich zu machen. In der Hoffnung, dass du es eines Tages verstehen und sie nicht verurteilen würdest.«

Wie ein Schlafender, der in einem verrückten Albtraum gefangen war, öffnete Marmaduke die Kiste, und dann wurde ihm übel beim Anblick des Inhalts. Das Gesicht eines Mannes, vollkommen naturgetreu, aber totenbleich. Die Augen waren geschlossen.

Marmaduke starrte auf Klaus von Starbolds Totenmaske. Sie schien ihm zuzulächeln.

Von einer unsichtbaren Kraft getragen, eilte Marmaduke den Weg zum großen Haus zurück.

Er wusste, dass Isabel ihm folgte. Die Distanz zwischen ihnen wuchs, als er über den Platz der Strafgefangenen lief, blind und taub gegenüber allem, bis auf sein Ziel. Garnet Gamble.

In der Hand hielt er das Tagebuch. Er hatte wahllos einige Passagen daraus gelesen. Manche waren leidenschaftlich, andere witzig oder zweideutig. Doch alle erweckten die Stimme seiner Mutter wieder zum Leben. Die Daten ihrer Einträge schwirrten ihm durch den Kopf, während er versuchte, sie mit den Daten in seiner goldenen Uhr zusammenzubringen. Sie kreuzten sich eindeutig in Sydney im Jahre 1821.

Das war das Jahr, in dem Garnet ihn als Lehrer für mich eingestellt hatte. Hatte er vermutet, dass sie ein Liebespaar geworden waren? Wird er sich weigern, den Mythos von ihrer gegenseitigen Liebe zu zerstören?

Garnet saß im Rauchsalon, als Marmaduke hereinplatzte und das Tagebuch wie einen Fehdehandschuh auf den Tisch warf.

»Ist es nicht höchste Zeit, sich der Wahrheit zu stellen? Wir haben mein ganzes Leben eine Lüge gelebt.«

Garnet schien auf die Konfrontation vorbereitet zu sein. Er antwortete mit einer Ruhe, die nicht dazu passte, dass jegliche Farbe aus seinem Gesicht gewichen war.

»Die Wahrheit ist, dass du Marmaduke Gamble bist, mein einziger Sohn und Erbe. Und deine Mutter war die einzige Frau, die ich jemals geliebt habe. Wenn das nicht die Wahrheit ist, was dann?«

Marmaduke drehte sich um und sah, wie Isabel ins Zimmer kam. Sie zitterte, blieb aber mit dem Rücken zur Bücherwand herausfordernd stehen.

»Nimm Platz. Nimm Platz, mein Kind«, sagte Garnet ruhig. »Diese Familienangelegenheit betrifft auch dich.«

Garnets Versuch, Marmadukes Wut zu beschwichtigen, bewirkte das Gegenteil. Er musterte das Gesicht seines Vaters, als wollte er den Mann, den er als Kind geliebt und gefürchtet hatte, einschätzen, doch jetzt hatte er sich in einen Feind verwandelt – so wie der Bösewicht, den er getötet hatte. Die makabre Totenmaske war ein derartig verblüffendes Abbild, dass Marmaduke das Gefühl hatte, von Starbold sei aus seinem Grab auferstanden.

Mutter hat Queenie angewiesen, diese Totenmaske nach seinem Tod herzustellen, doch in ihrem Tagebuch wird sie nicht erwähnt. Was weiß Garnet? Was wird er zugeben?

Er machte eine bewusste Anstrengung, seine Wut zu bändigen, denn es war ihm klar, dass er Garnet nicht gegen sich aufbringen durfte, ehe er die Wahrheit kannte. Eins nach dem anderen.

»Fangen wir mit meinem Großvater an, Colonel McAlpine. Warum hat er Selbstmord begangen?«

Garnet sah zuerst ihn an, dann Isabel. »Für einen Militär wie McAlpine kam die Ehre direkt nach Gott. Für ihn war es eine gesellschaftliche Schande, dass sein Kronjuwel mich heiratete, einen ehemaligen Strafgefangenen und Analphabeten, der nur ein paar hundert Morgen Land besaß.«

»Warum hat er dann sein Einverständnis gegeben und an der Hochzeit teilgenommen?«

»Weil er herausgefunden hatte, dass wir uns liebten und Miranda ein Kind erwartete. Dich!«

»Dann bin ich also schuld an eurer Zwangsheirat. In ihrem Tagebuch ist die Rede davon, dass meine Geburt vier Monate vor dem Datum stattfand, das man mir gesagt hat. In ihrem Tagebuch schreibt sie, du wärst jung und verrückt nach ihr gewesen und hättest bereits begonnen, dein Reich aufzubauen. Du hast dieses Haus gebaut, noch ehe die Tinte auf der Heiratsurkunde getrocknet war. Der Colonel aber hat sich erst zwei Jahre später umgebracht. Warum?«

Marmaduke wurde bewusst, dass er endlich die entscheidende Frage gestellt hatte. *Verdammt nochmal. Wenn Garnet mich wieder mit einem Haufen Lügen abspeist, bringe ich ihn um.*

Garnet sah sich in die Enge getrieben. »Zwei Jahre nach deiner Geburt fand Miranda heraus, dass ihr Vater ohne ihr Wissen Briefe an sie abgefangen und zerstört hatte. Und dann schwor sie, dass er seinen Enkel niemals wiedersehen dürfe, weil er ihr Leben manipuliert hatte. Das sei der Preis, den er dafür zahlen musste, dass er die Briefe verbrannt hatte.«

Garnets Hand nahm die Form einer Pistole an. Er steckte den Zeigefinger in den Mund und feuerte.

»Was für Briefe?«, fauchte Marmaduke. Er kannte die Antwort, noch ehe Garnet sie aussprach: »Liebesbriefe, die ein anderer Mann ihr vor unserer Heirat geschrieben hatte.«

Garnets Stimme war heiser: »Der Mistkerl hatte sie verlassen!«

Marmadukes Stimme war sanft, aber gnadenlos. »Nicht wirklich. Es steht alles hier drin, in Mutters Tagebuch. Es war ein junger Soldat, den sie auf ihrer Reise in die Kolonie kennen lernte. Sie hatten vor zu heiraten, sobald das Schiff in Kapstadt anlegte, doch der Colonel ließ den Soldaten aufgrund einer falschen Anklage vor ein Kriegsgericht stellen. Miranda war gezwungen, allein nach Port Jackson weiterzureisen, mit gebrochenem Herzen, weil sie glaubte, ihr Liebster hätte sie verlassen. Sie hatte keine Ahnung, dass der Colonel seine Briefe zerstört hatte, in denen er sie bat, auf ihn zu warten.«

Marmaduke schlug mit der Faust auf das Tagebuch. »Mutter hat dich nur aus Verzweiflung geheiratet, um dem Kind, das sie von ihrem Liebhaber erwartete, einen Namen zu geben. Marmaduke Gamble.«

Garnets Lippen waren weiß vor Wut. »Das war mir scheißegal! Ich hätte Miranda um jeden Preis geheiratet! Und dich habe ich geliebt wie mein eigenes Kind.«

Marmaduke beugte sich vor und sagte leise: »Mutter war zu vornehm, um in ihrem Tagebuch den Namen des wahren Vaters ihres Kindes zu erwähnen. Aber wir beide kennen ihn, nicht wahr, Garnet? Und dann beschreibt sie zwölf Jahre später, wie sie sich zufällig in Sydney wiedertrafen. Und wie sie dich täuschte, damit du Klaus von Starbold als meinen Lehrer anstelltest.«

»Das ist eine Lüge, bloß ein Zufall!«, brüllte Garnet.

Daraufhin öffnete Marmaduke seine Uhr. »Klaus von Starbold schenkte mir diese Uhr, ehe er starb. Ich las die Inschrift und glaubte, es wäre das Geschenk seines Vaters an ihn. Jetzt kenne ich die Wahrheit. ›Für meinen Sohn in jeder Hinsicht, bis auf den Namen – Klaus von Starbold.‹ Es war ein Geschenk meines *Vaters*.«

Garnets Augen waren glasig.

Marmaduke sprang auf, unfähig, seine Wut im Zaum zu halten. »Du hast mich als Geisel benutzt, um Mutter an dich zu binden.« Dann klopfte er mit dem Zeigefinger auf das Tagebuch. »Lies es! Mag sein, dass Mutters Liebhaber ein Schurke war, aber feige war er nicht. Er konfrontierte dich mit der Wahrheit. Du sagtest, er könne Mutter mitnehmen, aber nicht mich. Du warst der zweitreichste Mann in der Kolonie. Und du wusstest, dass die Kinder dem gesetzlich anerkannten Vater zugesprochen werden, wenn eine Frau Ehebruch begeht.«

»Und warum nicht? Es war das einzige Mal, dass das Gesetz auf *meiner* Seite war«, entgegnete Garnet bissig. »Als ich von Starbolds Identität herausfand, wusste ich, dass ich deine Mutter für immer verloren hatte. Aber ich würde den Teufel tun und ihnen erlauben, meinen Sohn mitzunehmen und wie ein Zigeunerpack zu leben. In Scheunen aufzutreten, wenn er keine Anstellung im Theater fand.«

Marmaduke sah ihn verblüfft an. »Du meinst, Klaus von Starbold war ein Schauspieler?«

»Ein *Schauspieler*?«, wiederholte Isabel bewundernd.

»Ein Schauspieler!«, fauchte Garnet verächtlich. »Was denn sonst? Von Starbold – oder wie immer er in Wirklichkeit geheißen haben mag – hatte wahrscheinlich den besten Auftritt seines Lebens, als er sich als dein Lehrer ausgab. Er führte mich an der Nase herum. Das Einzige, was ich über Mirandas große Liebe wusste, war, dass er ein Soldat gewesen war, der im Kerker endete. Und als ich eine Anzeige aufgab, um einen Lehrer für dich zu suchen, stellte sich ein Deutscher vor, der fließend vier Sprachen sprach und Shakespeare und diesen Goethe zitieren konnte. Ich hatte keinen Grund, mir Gedanken über seine wahre Identität zu machen. Warum auch? Er kam mit einem Empfehlungsschreiben von einem Gericht in Weimar, in dem stand, er habe den Sohn eines Herzogs oder Fürsten unterrichtet. Bestimmt hat dieser elende Bastard das Schreiben selbst verfasst.«

Plötzlich erinnerte sich Marmaduke schmerzhaft an einen Nachmittag im Garten, als er auf Deutsch aus Goethes *Wilhelm Meister* vorgelesen hatte. Als Marmaduke die Passage beendete, hatte er seinen Lehrer ängstlich gefragt: »War meine Aussprache gut, Sir?«

Sein Lehrer hatte anerkennend genickt und dann gefragt: »Aber hast du auch verstanden, was uns Goethe sagen möchte? Ich hatte das große Glück, den Meister zu treffen, als er ein Theaterstück produzierte. Ich war zwar furchtbar nervös, doch Herr Goethe beantwortete meine Frage: ›Was macht ein Mann, wenn seine Liebe unerwidert bleibt und er *nicht* daran zu Grunde geht?‹«

Von Starbolds Worte hatten nun eine ganz neue Bedeutung erhalten.

Marmaduke richtete seinen Groll gegen Garnet. »Dann hat mein dämliches Duell um die Ehre dein Problem mit Mutters Dreiecksbeziehung gelöst. Denn damals hast du die Wahrheit gekannt. Warum zum Teufel hast du mich nicht daran gehindert, mich mit ihm zu duellieren?«

»Weil du an die Ehre deiner Mutter glauben musstest! Von Starbold war Soldat und du nichts weiter als ein Grünschnabel, dem er ein paar Unterrichtsstunden im Duellieren erteilt hatte. Er hätte niemals auf *dich* geschossen. Der Schuss, der ihn tötete, war ein Glücksfall.«

»Ein Glücksfall? Es war Mord! Ich wollte ihn töten.« Marmaduke verlor die Fassung, packte Garnet an den Schultern und schüttelte ihn wie eine Stoffpuppe.

Isabel schrie auf und flehte ihn an, damit aufzuhören, doch Marmaduke war wie von Sinnen.

»Du verdammter Mistkerl! Ich bin fünfundzwanzig Jahre alt und erfahre erst jetzt, dass ich ein Kuckucksei im Liebesnest meiner Mutter war. Mein ganzes Leben lang habt ihr, du, Mutter und Queenie die Wahrheit gewusst, und trotzdem habt ihr mich allesamt mit eurem Stillschweigen belogen!«

Garnet wehrte sich nicht. »Was hätte ich sonst tun sollen? Du warst ein armer kleiner Kerl und wolltest unbedingt ein Held sein. Wärst du glücklicher gewesen, wenn du in dem Bewusstsein aufgewachsen wärst, *deinen eigenen Vater getötet zu haben*?«

Als ihm die Bedeutung dieser Worte aufging, war Marmaduke so schockiert, dass er schwieg.

Garnet fuhr sich mit den Fingern durchs Haar, in seinen Augen funkelte die Verzweiflung. »Verstehst du denn nicht? Ich habe niemals aufgehört, Miranda zu lieben, aber nachdem ich wusste, dass ich ihre Liebe nie zurückgewinnen würde, habe ich jedes Weibsbild gevögelt, das mir zwischen die Finger kam. Und in all den Jahren gelang es mir nicht, irgendeine zu schwängern. Sogar du warst ein Ableger dieses hessischen Mistkerls!«

Marmaduke starrte ins Leere, während ihm Fetzen von Erinnerungen an die beiden Männer durch den Kopf gingen, die er jahrelang gehasst hatte, ohne sie bis zu diesem Augenblick richtig zu kennen.

Garnets abgehackte Worte zerrissen die Stille. »Du hast mich immer gehasst, Marmaduke, aber ich bin der Mann, der deine Mutter über alles liebte. Ich bin der Mann, der dir deinen Namen gab. Und du bist … der einzige Sohn, den ich jemals haben werde!«

Marmadukes Antwort war kalt. »Deshalb hast du dich also geweigert, einen Arzt zu rufen, und hast Mutter sterben lassen. Um sie dafür zu bestrafen, dass sie einen zweiten Bastard von Klaus von Starbold erwartete.«

Garnet gab sich geschlagen. »Glaub, was du willst. Du kannst mich nicht mehr hassen, als ich mich selbst hasse.«

»Nein? Dann warte ab, Garnet, ich habe nicht einmal *angefangen*, dich zu hassen!«

Marmaduke raste an Isabel vorbei und stürmte aus dem Zimmer, in der Hoffnung, sich in der Anonymität der Nacht zu verlieren.

Blind rannte er durch den Busch und blieb erst stehen, als er zum Friedhof kam.

Das Mondlicht fiel auf die Umrisse der Grabsteine. Er ging

direkt auf das Grab in der Ecke und legte seine Hand auf den Namen Klaus von Starbold.

Vergib mir, mein Vater, denn ich wusste nicht, was ich tat.

Der entsetzliche Schrei, der sich seiner Kehle entriss, hallte über Mingaletta hinweg bis Ghost Gum Valley.

FÜNFZIG

Das Ende ihres ersten langen Sommers in Australien erfüllte Isabel mit widersprüchlichen Gefühlen, die von Euphorie bis zu akuten Angstzuständen reichten. Sie war sich darüber im Klaren, dass diese Labilität zum Teil Symptome ihrer Schwangerschaft waren: In wenigen Monaten würde sie ihr Kind zur Welt bringen.

Die Welt um sie herum war wunderschön. Der ewig blaue Himmel, die goldene Kugel der Sonne, das heiße Licht, das durch die Wipfel der Eukalyptusbäume fiel und die terrassenförmigen Gärten überflutete. Der Duft der einheimischen Pflanzen, der mit dem aus englischen Gärten verschmolz. Ihre Ohren waren vom schrillen Gesang der Zikaden und dem Chor aufgeregter Singvögel verzaubert; für sie waren sie der Inbegriff der Stimme des Buschs im Sommer. Hitze, in Klangwellen verwandelt.

Obwohl sie Trost in der Schönheit des Landes fand, war sie nicht in der Lage, die Angst zu vertreiben, die Marmaduke in ihr auslöste. Seit jener verhängnisvollen Nacht, in der er seine wahre Identität herausgefunden hatte, war er nicht mehr nach Bloodwood Hall zurückgekehrt. Er hatte sich völlig in die Arbeit an Mingaletta vertieft. Sie wusste, dass er viel zu stolz war, um zuzugeben, dass er bald kein Geld mehr hätte, um das Anwesen fertigzustellen, also schuftete er sieben Tage in der Woche, notfalls allein, wenn keine Strafgefangenen entbehrlich waren.

Obgleich Isabel nicht wieder im Schlaf gewandelt war, machte sich das Andere erneut bemerkbar. Sie versuchte, ihre Angst davor als irrationale Symptome pränataler Einbildungskraft abzutun, sagte sich, es sei das Kind, das in ihrem Bauch strampelte und ihre Emotionen wie ein Metronom zum Ausschlagen brachte, trotzdem spürte sie insgeheim, dass es weit mehr war als das. Die Zeichen für die Gegenwart des Anderen wurden täglich stärker. Sie erinnerte sich daran, wie ihr Silas als kleines Mädchen Angst gemacht hatte, als er gesagt hatte, dass sie beide aufgrund ihrer engen Blutsverwandtschaft die seltsame Fähigkeit besaßen, finstere Wesen anzuziehen, die Normalsterbliche weder sehen noch hören konnten. Und nun wohnte Silas nur wenige Meilen von ihr entfernt. War das der Grund, warum die Toten ihrem Körper psychische Energie entzogen?

Silas hatte sie seit ihrer ersten Begegnung nicht wieder aufgesucht, doch sie bekam jede Woche anonyme »Briefe«, die sie vor Schreck erschauern ließen. Ein leeres, zusammengefaltetes Blatt, in dem eine gepresste Rose steckte. Die Rose Alba, die Weiße Rose von York.

Als sie heute auf der Suche nach Bridget die Treppen hinunterlief, stockte ihr der Atem beim Anblick des weißen Umschlags auf der Konsole, auf dem bloß »Isabel« geschrieben stand. Er sah genauso aus wie die vorigen. Sie brauchte ihn gar nicht erst zu öffnen, um zu wissen, was sich darin befand. Wer brachte die Briefe nach Bloodwood Hall? Sie kamen nie mit der normalen Post. Und sie fand sie immer auf irgendeinem Tisch, einmal sogar im Sommerhaus. Wenn sie die Bediensteten danach fragte, sahen diese sie ausdruckslos an, und sie hatte kein Recht, einen von ihnen zu beschuldigen. Die Briefe machten ihr Angst.

Nimm dich zusammen, Mädchen. Wie sollen dich anonyme Rosen verletzen? Lass nicht zu, dass Silas erneut Besitz von deinem Verstand ergreift.

Isabel lief hastig in ihr Zimmer zurück, öffnete die Schublade und legte den Brief zu den anderen zwischen ihre Unterwäsche.

Am liebsten hätte sie sie zerstört, fürchtete jedoch, es könnte ihrer eigenen kleinen Rose Alba Unglück bringen.

Während sie die Treppe der Hausangestellten zur Küche hinunterstieg, musste sie an Marmaduke denken.

Davey ritt jeden Tag nach Mingaletta, um Nachschub hinzubringen, und Murray Robertson hielt ihn in seiner neuen Rolle als Aufseher täglich über Isabels Befinden auf dem Laufenden, doch ihr selbst hatte Marmaduke verboten, sich dort blicken zu lassen.

Er hat sich von uns zurückgezogen wie ein verletztes Tier, das seine Wunden leckt. Queenie hatte mich zwar gewarnt, dass es passieren würde, doch es ist höchste Zeit, dass ich diese Mauer durchbreche.

In der Küche fand sie Bridget damit beschäftigt, die Kisten zu packen, die Davey nach Mingaletta bringen sollte.

Seit Elises dramatischem Abgang achtete Isabel auf Anzeichen für Garnets Stimmungsumschwünge und vermutete, dass Bridget Elises Rolle als Folterer geerbt hatte.

Obwohl ihr Schwiegervater sich nichts anmerken ließ, befürchtete Isabel, dass sich seine Schuldgefühle und sein Selbsthass nach dem Bruch mit Marmaduke derart steigern würden, dass sie nur durch körperlichen Schmerz zu lindern waren.

Isabel fasste einen Entschluss. »Ich bringe Marmaduke heute seinen Nachschub, zusammen mit Davey.«

Bridget zögerte. »Ich hab Anweisung, Sie nicht nach Mingaletta zu lassen.«

»Wenn es notwendig ist, muss man Regeln auch brechen, Bridget. Wenn mein Schwiegervater dir befiehlt, mit ihm in das Priesterloch zu gehen, musst du es mir erzählen. Weißt du, was dort geschieht?«

»Ja. Aber ich kann dasselbe für ihn tun wie Elise früher«, erklärte Bridget kühl. »Ist doch egal, wenn der Master Freude an Schmerzen hat. Ich weiß, wann ich aufhören muss. Ich werde ihn schon nicht umbringen.«

Auch wenn die Worte verächtlich klangen, spürte Isabel die unterschwellige Angst in ihrer Stimme.

»Ich weiß, dass es dir schwerfällt, dich den Befehlen deines Masters zu widersetzen oder sein Geld abzulehnen …«

»Es ist nicht das Geld! Ich bin keine gewöhnliche Hure, verstehen Sie! Der Master hat mir meinen Freibrief versprochen. Eines Tages komme ich frei und kann mir selbst einen Master aussuchen, der mir einen gerechten Lohn zahlt. Dann könnte ich zu meiner Mutter nach Van Diemen's Land. Falls sie überhaupt noch am Leben ist, nachdem sie ihre vierzehnjährige Strafe abgesessen hat.«

Isabel wusste, dass Bridget und ihre Mutter wegen desselben Verbrechens in die Strafkolonie deportiert worden waren. Sie hatten in der Schenke ihrer Großmutter in Dublin einen Betrunkenen ausgeraubt, doch der Schmerz in Bridgets Stimme verblüffte sie.

»Ich verspreche dir, alles zu tun, was in meiner Macht steht, um dir deinen Freibrief zu verschaffen, aber du musst mir unbedingt Bescheid sagen, wenn du ihn ins Priesterloch begleiten sollst.«

Sie suchte nach den richtigen Worten, um Bridgets Gewissenskonflikt zu lösen. »Vor langer Zeit hat Garnet einen verhängnisvollen Fehler begangen, der seine Frau das Leben kostete. Er hat den Zugang zu Gott verloren. Kein Priester kann ihn von seinen Sünden freisprechen. Deshalb bestraft er sich selbst für seine Schuld.«

Isabel merkte, wie Bridget schwankte, und nutzte die Gelegenheit aus.

»Garnet Gambles Begnadigung hat ihn nicht zu einem freien Mann gemacht. Trotz seines Reichtums ist er ein Gefangener seiner selbst geblieben. Doch Freiheit ist das, was Australien zu bieten hat. Wenn dieses Land nicht deinen Geist zerrüttet oder dich tötet, gibt es dir eine zweite Chance.«

»Eine vornehme Dame, die als Freie hierhergekommen ist, hat gut reden.«

Isabel zog es vor, ihre Unverschämtheit zu ignorieren. »Glaubst du, ich wüsste nicht, was Schuld ist? Das hier ist *meine* zweite Chance.« Dann hielt sie gerade noch rechtzeitig inne.

Als das Mädchen sich immer noch unbeeindruckt gab, verlor Isabel schließlich die Fassung.

»Um Gottes willen, Bridget. Du musst Garnet Gamble nicht mögen, aber wenn du ein Herz hast, dann hilf ihm, sich von seinen Dämonen zu befreien.«

Schließlich nickte Bridget. »In Ordnung.«

Isabel ritt hinter Davey nach Mingaletta. Sie saß auf der sanftmütigen Stute, die er für sie gesattelt hatte, obwohl ihm gar nicht wohl dabei war, da er gegen Marmadukes ausdrückliche Weisung verstieß.

In der Tasche steckte der Brief, den Tante Elisabeth ihr aus Sydney Town geschickt hatte.

Während sie näher kamen und das laute Durcheinander von Hämmern, Sägen, Spitzhacken und Männerstimmen vernahmen, musste Isabel an die verzwickte Handlung in *Diener zweier Herren* denken. Wie der gerissene Diener Trufaldino sah sie sich in einer Rolle gefangen, die sie freiwillig angenommen hatte – die Verbündete zweier Herren zu sein –, obwohl in ihrem Fall beide Herren Marmaduke hießen. Der eine war freundlich, geduldig, zärtlich und liebevoll. Der andere stur, fordernd, depressiv und schlecht gelaunt. Nur Gott wusste, in welcher Stimmung sie ihn heute antreffen würde, wenn sie ihn mit Tante Elisabeths Brief konfrontierte.

Die Gefahr von Buschräubern darf mich nicht davon abhalten, Rose Alba und Tante Elisabeth aufzusuchen. Wegelagerer werden so lange zu diesem Land gehören, wie dieses ungerechte System fortbesteht. Marmaduke will mich zwar beschützen, aber ich kann nicht mein Leben lang in einem goldenen Käfig verbringen und Angst haben, nach Sydney Town zu reisen.

Noch ehe er sie sah, stieg sie ab und führte die Stute am Zügel zum Haus.

»Ich bin ein Grieche mit Geschenken!«, rief sie und hoffte, ihr Ehemann wäre stolz genug, um seinen Ärger darüber, dass sie gekommen war, zu verbergen.

Marmaduke balancierte im Gegenlicht auf dem halb fertigen Teil des Daches. Er reagierte nicht, sodass Isabel dem einzigen anderen Mann, der noch da war und dessen Kopf wie ein Pilz aus einem Spalt zwischen den Dielen lugte, ein nervöses Lächeln zuwarf.

»Könntest du Davey helfen, die Satteltaschen zu entladen, junger Mann? Bridget und die drei Marys haben eine ordentliche Mahlzeit gekocht, die ihr über dem Lagerfeuer nur noch aufwärmen müsst.«

Zustimmendes Murmeln war zu hören, während eine Vielzahl von Männern von den Dachsparren hinabstieg. Sie waren so damit beschäftigt, die Satteltaschen zu entladen und das Feuer für ihre Mahlzeit anzuzünden, dass sie Isabel und Marmaduke nicht beachteten.

Isabel sah mit zusammengekniffenen Augen zu ihrem Mann empor und versuchte, sich lässig zu geben.

»Wenn nicht mal Queenies Sommerpudding dich verleiten kann, von deinem hohen Ross herabzusteigen, was dann, Marmaduke?«

Mit zwei mühelosen Sätzen stand er neben ihr. Sollte sein Blick auch nur einen Hauch von Sehnsucht enthalten, hatte er sie gut versteckt. Isabel schien verunsichert.

Das ist einfach nicht fair. Je unförmiger und aufgedunsener ich werde, desto schlanker und braungebrannter ist er. Er hat sich seit Tagen nicht rasiert, trotzdem sieht er so gut aus, dass ich am liebsten sofort mit ihm ins Bett gehen würde. Mein Gott, dieses Baby macht mir mehr Lust, als gut für mich ist.

Marmaduke schöpfte eine Kelle Wasser, wischte sich mit dem Handrücken das verschwitzte Gesicht ab und fragte so beiläufig wie möglich: »Alles in Ordnung mit dir?«

»Könnte gar nicht besser sein. Ich habe dir saubere Kleider, Handtücher und deine geliebte Sandelholzseife mitgebracht. Und Garnet schickt dir ein paar Flaschen Wein aus Hunter Valley von einem neuen Winzer, von dem er behauptet, er hätte den besten Tropfen.«

»Dann bestell Garnet schöne Grüße, und er soll sie gleich in seinen Weinkeller zurückbringen. Ich bin nicht hier, um zu feiern. Ich will erst feiern, wenn das Dach steht und das Haus bezugsfertig ist.«

»Es gibt ein paar wichtige Dinge, über die ich mit dir reden muss, Marmaduke.«

»Ich habe dir klipp und klar gesagt, dass du dich hier nicht blicken lassen sollst. Hoffentlich hast du einen guten Grund, meine Anweisungen zu ignorieren.« Dann setzte er hastig hinzu: »Hast du etwa Blutungen gehabt?«

»Nein, es ist alles in Ordnung. Queenie sagt, sie hätte noch nie eine schwangere Frau gesehen, die so gesund war wie ich. Ich habe einen Bärenhunger, schlafe wie ein Baby und strotze vor Energie. Und wenn ich die Luft anhalte, passe ich immer noch in die meisten Kleider. Trotzdem gibt es etwas, das ich nicht kontrollieren kann. Ich bekomme Wein- und Lachkrämpfe, wenn ich es am wenigsten erwarte. Und … ich vermisse dich schrecklich.«

Niemand war in der Nähe, der es hätte hören können, dennoch flüsterte Isabel: »Unser Bett ist viel zu groß ohne dich, Liebster.«

Die Antwort, auf die sie gehofft hatte, blieb aus, deshalb fügte sie hinzu: »Außerdem gehe ich ziemlich schnell in die Luft, also sieh dich vor.«

»Das ist nichts Neues«, antwortete er sanft.

Isabel reichte ihm einen Korb und führte ihn zu einer entlegenen Stelle im Busch, wo sie eine Decke für ein Picknick ausbreiten konnte.

Marmaduke streckte sich im Schatten eines Eukalyptus aus und drückte sich den Hut in die Stirn, um seine Augen gegen die Sonne zu schützen. Oder wollte er nur seine Gedanken vor ihr verbergen?

Schließlich begann er, von Hunger und Durst überwältigt, die in feine Baumwolltücher gepackten Essensbündel zu durchstöbern. Wortlos aß und trank er, bis Isabel verstimmt fragte: »Hat es dir die Sprache verschlagen?«

»Du wolltest mir sagen, warum du hergekommen bist, Soldat. Wolltest du etwa nach dem Rechten sehen? Oder bist du als Informant gekommen, um anschließend Garnet Bericht zu erstatten?«

Sie war schockiert über diesen beleidigenden Ausdruck, den man sonst für Menschen benutzte, die Wegelagerer verrieten.

»Das ist nicht fair. Ich wollte sehen, warum es so lange dauert, mein neues Haus fertig zu bauen. Warum schmollst du immer noch?«

Hoffentlich bricht es das Eis… O Gott, von wegen, er kocht förmlich vor Wut.

Marmaduke hatte sich mit einem Mal aufgerichtet. »Schmollen! Du hast ja keine Ahnung. Innerhalb eines Tages musste ich erfahren, dass mein ganzes Dasein auf Lügen gebaut war. Nichts daran ist echt. Weder mein Name noch mein Alter oder meine Geburt. Alle, die ich liebte oder hasste, sind genau das Gegenteil dessen, was ich dachte. Meine Mutter war keineswegs eine vollendete Dame. Der Vergewaltiger, den ich im Duell tötete, war kein Schurke, sondern mein leiblicher Vater, der nach seinem eigenen Ehrenkodex lebte und starb. Und ich bin erst recht nicht Garnets Sohn und Erbe. Wer bin ich also? Ein Kuckucksei, das gezwungen war, Garnets Namen anzunehmen, den Namen eines Schurken, der Menschen manipuliert und den ich niemals wiedersehen will!«

Marmaduke war die Puste ausgegangen, nicht aber die Wut. »Kannst du dir nicht vorstellen, was es heißt, deine ganze Kindheit in den Dreck gezogen zu sehen?«

Er streckte sich wieder aus und drückte sich den Hut in die Stirn. Isabel umfasste mit beiden Händen ihre Knie, um vor ihm zu verbergen, wie ihre Beine zitterten.

Tja, das hat seinen Zweck erfüllt. Jetzt kocht er tatsächlich. Nur, was sage ich als Nächstes?

»Vielen Dank, dass du mir deine Gefühle erklärst. Es tut mir wirklich leid, dass ich dich für einen kleinen schmollenden Jungen gehalten habe. Ich kann mir sehr gut vorstellen, wie schockiert du bist. Aber jetzt, da du genug Zeit hattest, darüber nachzudenken, müsstest du eigentlich erkannt haben, dass es zwischen dir und mir einen sehr großen Unterschied gibt.«

»Genau«, sagte er. »Du bist diejenige, die schwanger ist.«

Ich weiß, dass du verletzt bist, aber ich werde mich nicht davon einschüchtern lassen. Ich werde nicht gehen, ehe ich dir gesagt habe, weshalb ich hier bin.

»Du hast es gehasst, Garnets Sohn zu sein, aber jetzt, da du weißt, dass du nicht sein leiblicher Sohn bist, fühlst du dich gekränkt und schockiert. Es tut mir aufrichtig leid, dass du eine schreckliche Kindheit hattest und inmitten eines Familienstreits aufgewachsen bist. Mir ist es ähnlich ergangen. Trotzdem gibt es einen großen Unterschied zwischen uns. Du hattest vier Menschen, Queenie, deine Mutter und zwei Väter, die dich alle geliebt haben und dich wollten. Ich dagegen war ein Waisenkind, das so gerade eben geduldet wurde. Ich wäre froh gewesen, wenn ich auch nur einen Menschen gehabt hätte, der mich geliebt und beschützt hätte.«

Marmaduke brauchte einige Zeit, um zu antworten. »Nun, den hast du ja jetzt, Soldat.«

Ihr Herz machte einen Sprung. Seine Worte klangen zärtlich, trotzdem hatte sich seine Wut noch lange nicht erschöpft.

Daher versuchte sie es noch einmal. »Etwas Gutes hatte das Ganze. Du wolltest nicht Vater werden, weil du glaubtest, Garnets Krankheit könnte erblich sein. Eine Angst weniger. Trotzdem glaube ich, dass Garnet ein liebevoller Großvater sein und …«

»Hey, glaub bloß nicht, du könntest mich dazu bringen, den Olivenzweig zu schwenken. Garnets Zeit der Manipulationen ist endgültig vorbei. Ich werde nie wieder sein verdammtes Haus betreten, so lange ich lebe!«

»Manipulationen? Was bist du für ein Heuchler! Rose Alba ist vor Wochen in Port Jackson angekommen, und ich bin die Letzte, die davon erfährt! Wer gibt dir eigentlich das Recht, sie vor mir zu verbergen?«

Jetzt war Isabel außer sich vor Wut. Marmaduke wartete, bis sie sich etwas beruhigt hatte.

»Quarantäne! Das Kind war schwer krank, deshalb. Nächste Frage?«

Isabel hielt erschrocken die Luft an. »Quarantäne? Was ist mit ihr, geht es ihr nicht gut? Sie ist so zart. Und was ist mit meiner Tante? Warum hast du mir nichts gesagt? Ich wäre sofort nach Sydney Town gereist.«

»Genau deshalb habe ich dir nichts gesagt! Die Quarantänebestimmungen sind sehr streng. Du hättest ihr höchstens mit dem Taschentuch von der Straße aus zuwinken können. Beide stehen unter Obhut von Dr. Bland, und ich habe zwei Frauen eingestellt, die sich im Hotel Princess Alexandrina um sie kümmern. Wenn du auch nur in die Nähe ihres Krankenzimmers gekommen wärst, hättest du dich anstecken können und womöglich das Baby in Gefahr gebracht. Und dann hättest du mir vorgeworfen, ich hätte es nicht haben wollen!«

Er warf einen Blick auf ihren dicken Bauch. »Na ja, halbwegs hast du ja auch Recht. Am Anfang wollte ich es nicht, trotzdem will ich nicht das Risiko eingehen, *dich* zu verlieren. Ich habe ein ganzes verdammtes Jahr gebraucht, um aus dir eine richtige Frau zu machen. Aber nicht für alle Diamanten Salomons würde ich noch einmal von vorn damit anfangen wollen.«

Nachdem das geklärt war, streckte er sich auf dem Boden aus und drückte sich den Hut wieder in die Stirn.

Isabel musste seine Worte erst einmal verdauen. »Ich nehme an, dass in dieser Aussage irgendwo das Kompliment eines Currency Lads verborgen ist. Aber du hast mir noch nicht verraten, wann ich sie in Sydney Town besuchen kann.«

»Gar nicht!«, erwiderte er barsch. »Als ich dich nach Sydney Town bringen wollte, damit du dich in Dr. Blands Obhut begibst, hast du dich mit Händen und Füßen dagegen gewehrt! Du wolltest, dass Queenie dir hier in Mingaletta beisteht, wenn es so weit ist. Und jetzt gehst du hin und verdirbst mir meine Überraschung.«

»Was für eine Überraschung?«

»Ich habe mir ein Bein ausgerissen, um dieses Haus fertig zu bauen, damit Thomas sie mit Edwin hierherbringen kann. Wenn du artig bist, wirst du Rose Alba und deine Tante Elisabeth am Freitagabend pünktlich zum Sonnenuntergang in Empfang nehmen können.«

»In einer Woche? O Liebster, es tut mir leid, dass ich dich so falsch eingeschätzt habe.« Isabel nahm seine Hand und überhäufte sie mit Küssen.

Marmaduke schenkte ihr ein halb verschmitztes Lächeln. »Immer sacht. Die meisten Männer hier haben seit einer Ewigkeit keine Frau mehr gehabt. Du wirst sie doch nicht allzu sehr aufreizen wollen, oder?«

Isabel sah ihn mit tränenverschleierten Augen liebevoll an.

Marmaduke schüttelte den Kopf. »Manchmal bereue ich es wirklich, dass ich dir beigebracht habe, wie man weint.«

»Tu das nicht. Es war die schönste Nacht meines Lebens.«

»Wirklich?« Marmaduke fuhr sich reumütig über die Stoppeln auf seinem Kinn, und seine Stimme klang sanft und tief, so wie sonst nur im Bett. »Das war erst der Anfang. Ich habe noch viele andere Tricks im Ärmel.«

Er half ihr beim Aufstehen. »Komm. Wenn du schon mal hier bist, will ich dir das Haus zeigen, es ist viel größer geworden, als ich es anfangs geplant hatte.«

Isabel folgte ihm durch den Rohbau des Hauses und schrie vor Freude beim Anblick der Räume, die bereits Wände mit Löchern hatten, wo später die Fenster eingesetzt würden. Sie reagierte auf seine Pläne mit eifrigen Fragen und war gerührt von seinem lässigen Stolz und seinem offensichtlichen Bestreben, ihr zu gefallen.

»Im Augenblick ist alles noch ziemlich chaotisch, Liebling, aber in einigen Wochen wirst du das Haus nicht mehr wiedererkennen. Sobald die Wände tapeziert und angestrichen sind. Es wird viel Platz haben«, fügte er beiläufig hinzu, »auch für deine Tante und die beiden Kleinen.«

»Es ist wunderschön, Marmaduke. Ich bin sehr stolz auf dich. Habe ich dir nicht gesagt, dass du alles schaffen kannst, du musst es nur wollen? Endlich wirst du Herr über Mingaletta sein. Klingt das nicht wunderbar?«

»Ja, nicht übel.«

»Weißt du, warum ich unser Kind in diesem Haus auf die Welt bringen will? Um all die Trauer und bösen Erinnerungen an die Ereignisse, die sich hier abgespielt haben, zu löschen. Ich will Freude in dein Haus bringen.«

Marmaduke zog sie an sich, und dann hatte sie plötzlich keine Zweifel mehr, dass sie mit seinem leidenschaftlichen Kuss Frieden geschlossen hatten. Aber gleichzeitig wusste sie, dass ihre zweite Mission fehlgeschlagen war. Mit Garnet Gamble würde er nie wieder Frieden schließen.

EINUNDFÜNFZIG

Marmaduke stieg erneut auf das Dach des Hauses und beobachtete, wie Isabel davonritt. Sie drehte sich im Sattel um und winkte ihm zu wie ein kleines Kind. Am liebsten hätte er sie zurückgerufen und niemals wieder gehen lassen.

Er arbeitete den ganzen Nachmittag, achtete weder auf die Sonne, noch nahm er den heißen Wind wahr, der ihm das Gesicht verbrannte. Immer wieder rief er sich ihre Worte ins Gedächtnis zurück. Sein Stolz sträubte sich gegen einige, doch seine Liebe bewahrte andere, die ihn wärmten. *»Unser Bett ist viel zu groß ohne dich, Liebster.«*

Trotz seiner sturen Weigerung, nach Bloodwood Hall zurückzukehren und Garnet zu sehen, empfand er, wenn auch widerwillig, einen Anflug von Mitgefühl für gehörnte Männer.

Und während er anfing, sich in einem neuen Licht zu sehen, als ein Kind, das zwischen drei leidenschaftlichen Erwachsenen hin- und hergerissen war, die alles daransetzten, ihr Leben zu zerstören, fiel ihm eine der Grundregeln der Freimaurer ein.

Als Freimaurer muss man lernen, seine Leidenschaften und Vorurteile im Zaum zu halten. Ich glaube, daran kann ich mich ein Leben lang abarbeiten!

Er lächelte spöttisch, als er daran dachte, wie Isabel sich in sein Herz geschlichen, sich dort eingerichtet hatte und das Unvorstellbare geschehen war. Er war jetzt dazu fähig, sein ganzes Verlangen auf eine einzige Frau zu konzentrieren. Nun, da sie ein Kind erwartete, hatte er Angst, sie anzurühren, und begnügte sich damit, sie in seiner Phantasie zu lieben.

Isabel hatte Silas de Rolland nicht mehr erwähnt, doch seit Davey ihm berichtet hatte, dass er die Kutsche in der Nähe des Friedhofs gesehen hatte, machte sich Marmaduke große Sorgen. Er wusste, dass Penkivil Park nur wenige Meilen entfernt war. Dass der Mann sich nicht mehr hatte blicken lassen, passte nicht zu ihm.

Im Geiste kämpfte er mit seinem Verlangen nach Rache. Am liebsten hätte er Silas de Rolland aufgesucht und ihn von Angesicht zu Angesicht herausgefordert. Legal hatte er nicht das Recht, ihn dafür zur Rechenschaft zu ziehen, dass er sich an der kleinen Isabel vergangen hatte. Er wusste, dass das, was in seinen Augen sexuelle Ausbeutung eines Kindes war, vor dem britischen Recht keinen Bestand hätte. Mit zwölf galt man dort als erwachsen, und in der Kolonie war es nicht ungewöhnlich, dass die Vergewaltigung von acht- oder neunjährigen Mädchen durch Männer nicht verfolgt wurde, weil man grundsätzlich der Ansicht war, dass sie selbst sie zum Geschlechtsverkehr animiert hatten, egal, wie jung sie waren.

War ein zweiter, als Duell getarnter Mord die einzige Möglichkeit zu verhindern, dass Silas Isabel weiterhin nachstellte? Das Schicksal hatte ihn mit einer List dazu getrieben, Klaus von Starbold umzubringen. Damit musste er nun für den Rest seines Lebens leben. Er war bereit, Silas zu töten, doch was würde mit Isabel und dem Kind geschehen, wenn er bei dem Duell umkam? Silas könnte die beiden für sich beanspruchen!

»Niemals!«, rief er laut.

Ich will nicht sterben. Silas verdient es nicht zu leben, aber habe ich deswegen das Recht, Gott zu spielen? Allmählich komme ich mir vor wie Hamlet. Das Leben war verdammt viel leichter, als ich noch jung war und dumm und mir niemals Gedanken über die Folgen meines Handelns machte.

Bei Sonnenuntergang beobachtete Marmaduke, wie Garnets Strafgefangene zu ihren Quartieren in Bloodwood Hall zurückkehrten. Wie üblich bereitete er sich sein Abendessen über dem Lagerfeuer zu, während sein Blick immer wieder zu dem Teil der Ruine schweifte, auf dem das Fundament des neuen Hauses stand. Und zum ersten Mal sah Marmaduke im Geiste die damalige Szene so klar wie in einem Spiegel vor sich. Wie seine nackte Mutter in den Armen ihres Liebhabers lag, seines richtigen Vaters.

Marmaduke ging zu der Tür, die in den Keller führte und unverschlossen war. Im Innern war es dunkel. Auf der Schwelle zündete er ein Streichholz an und steckte eine Kerze an. Schatten huschten über die Wände.

Durch die offene Tür strich eine kühle Brise, als Marmaduke seine Vergangenheit betrat, um sich als erwachsener Mann von den Erinnerungen eines Kindes zu befreien.

Jetzt wusste er, dass es keine Vergewaltigung gewesen war, sondern das letzte verzweifelte Aneinanderklammern zweier Liebender, die auseinandergehen würden.

Er verlor jeden Sinn für die Zeit, aber am Ende wusste er, dass er endlich gefunden hatte, was er suchte: Frieden mit der Vergangenheit.

Sie waren jung und voller Leidenschaft. Egal, wie schlimm alles ausging, ich sollte ihnen dankbar sein. Sie haben mir mein Leben geschenkt.

Wie unter Schock erinnerte er sich an die Bedeutung der letzten Worte seines sterbenden Vaters Klaus von Starbold. *»Du hast mir nicht das Leben genommen – ich habe dir deines geschenkt!«*

Marmaduke wischte sich mit dem Handrücken die Tränen aus dem Gesicht und wollte den Keller gerade verlassen, als er hörte, wie sich ein Pferd näherte. Auf das dumpfe Stampfen der Hufe folgte etwas, bei dem ihm die Haare zu Berge standen. Der unverwechselbare, durchdringende Geruch von Kerosin.

Er rannte die Treppe hinauf, um sich dem Mann entgegenzustellen und seinen teuflischen Plan zu vereiteln. Dann sah er oben auf dem Absatz eine große Gestalt. Ein übel zugerichtetes Gesicht. Das Funkeln des Mondes auf dem dreieckigen Metallschild, das seine Nase bedeckte. Silas' Häscher!

Der Mann zündete ein Streichholz an, und Marmaduke sah, wie die Züge des Gesichts deutlich hervortraten. Der Mann blickte finster drein, als er merkte, dass er nicht allein war. Kurz ehe Marmaduke die Tür erreichte, knallte ein muskulöser Arm sie ihm vor der Nase zu. Marmaduke brüllte vor Wut, als er hörte, wie das Vorhängeschloss einschnappte.

Er warf sich mehrmals mit voller Wucht gegen die Tür, die wankte und irgendwann nachgeben würde, doch dann wäre es bereits zu spät. Er hörte das angestrengte Grunzen des Mannes und das Knistern der lodernden Flammen.

Jetzt erklangen zwei Männerstimmen. Ein rauer Cockneyakzent: »Wir ham Gesellschaft, Sir, da drin!«

Aus einiger Distanz hörte er den trägen, leicht belustigten Akzent eines englischen Gentlemans. »Wie praktisch. Kümmere du dich um das hier, Cooper, ich muss zu meinen Gästen zurück …«

Die Stimme erstarb, als sich das Pferd entfernte.

Typisch für diesen Unmensch – lässt seinen Schergen zurück, um die Drecksarbeit zu erledigen.

Es blieben ihm nur wenige Minuten zum Handeln. Die Flammen würden sich von Raum zu Raum verbreiten und alles niederbrennen. Eine dünne Rauchschwade drang bereits durch den Schlitz unter der Tür hindurch. Bald würde sich seine Lunge mit Rauch füllen und ihn ersticken.

Die Vorstellung war so grotesk, dass er fast lachen musste. Tod durch Ersticken. *Mein Gott, ich kam in den Keller, um die Gespenster meiner Familie loszuwerden. Und jetzt wird er zu meinem Grab.*

Keuchend und hustend versuchte Marmaduke, seine Panik im Zaum zu halten. In dem verzweifelten Versuch, seine Lunge mit Luft zu füllen, sank er auf die Knie. Jeder Instinkt in ihm kämpfte gegen das Wissen an, dass es um ihn geschehen war. Und da sah er ihn. Wirklich?

In den Umrissen, die die flackernde Kerze auf die Wand warf, flimmerte ein dunkler Schatten, es war die Silhouette einer ausgestreckten männlichen Hand, die auf eine Ecke im Boden zeigte, ein kleines Rechteck. Er kroch auf das Licht zu und spürte einen Luftzug, der durch ein Loch im Boden kam, vielleicht gerade groß genug, um hindurchzukriechen …

Mit letzter Kraft schleppte er sich dorthin. Als er die Schultern zusammenzog, um sich durch die Öffnung zu zwängen, war er sich fast sicher, dass er es gehört hatte. Ein vertrautes, seltsam tröstliches Geräusch, an das er sich erinnerte, ein scharfes Klicken, das Zusammenschlagen der Hacken, von Starbolds Zeichen der Anerkennung, wenn er sich vor seinem jungen Schüler verneigte, um ihm zu einem Erfolg zu gratulieren.

Der Mond war von Rauch verschleiert. Flammen züngelten wie knisternde Speere zum Nachthimmel empor und sprühten brennende Funken wie Pollen, die durch die Luft flogen. Das Feuer verschlang das Holz und wütete von allein, ohne noch länger auf die Hilfe eines Brandstifters angewiesen zu sein.

Marmaduke war klar, dass es zu spät war. Mingaletta war verloren. Am Morgen wäre es nur noch eine schwelende Ruine. Zwei Träume waren gestorben: der seiner Mutter und sein eigener. Er hatte einen sicheren Zufluchtsort für Isabel bauen wollen, und das Scheitern war bitter wie Galle.

Seine Haut war aufgeschürft, seine Kleider waren zerfetzt, als er die Hand vor die Augen hielt, um sie vor den Flammen zu schützen, und zur *gunyah* lief, um seine Waffe zu holen. Doch sie war verschwunden.

Beim Klicken einer Pistole, die gespannt wurde, fuhr er herum und stand dem Mann mit der blechernen Nase gegenüber. Cooper richtete die Waffe auf ihn. Marmaduke war sich der Ironie bewusst, er würde mit seiner eigenen Waffe erschossen werden. Seine Hände fühlten sich kalt an. Es war dieselbe Eiseskälte, die er damals vor dem Duell mit seinem Vater gespürt hatte.

Er schaute Cooper in die Augen. Unbewaffnet stand er vor seinem Tod und wusste, dass ihm keine Wahl blieb. Er musste das Risiko eingehen und versuchen, das Ego des älteren Mannes zu verletzen.

»Ich würde viel lieber mit dem Mann kämpfen, dessen Marionette du bist, Cooper, aber da du es warst, der das Feuer anzündete, bist du mir auch recht!«

Cooper zögerte und warf einen Blick auf das brennende Haus.

»Das ist die Sache von meim Herrn. Ich hab nichts gegen dich persönlich. Will dich auch nicht umlegen, wenn du mich nicht dazu zwingst.«

»Ich bin unbewaffnet«, erwiderte Marmaduke und hob die Hände, um es zu demonstrieren. »Wenn du ein ganzer Mann bist und nicht nur ein Handlanger, wirst du mir die Satisfaktion nicht verweigern. Nimm die Gelegenheit wahr! Kämpfe wie ein Mann. Oder bist du auf deine *alten Tage* ein Feigling geworden?«

Cooper grunzte. »Du willst wohl unbedingt als Held krepieren, wie?«

»Lassen wir's drauf ankommen!«

Marmaduke nutzte den Augenblick, holte blitzschnell aus und schlug Cooper die Pistole aus der Hand, sodass sie im hohen Bogen durch die Luft flog und irgendwo im Busch landete.

»So, jetzt sind wir ebenbürtig. Na komm schon!«, forderte ihn Marmaduke mit beiden Händen heraus und sprang von einem Bein auf das andere.

Cooper war wütend, aber auch selbstbewusst. »Willst du drauf wetten?«

Er grunzte, machte eine Bewegung nach links, dann nach rechts, um Marmaduke anzutäuschen. Doch ehe er sichs versah, verpasste der ihm einen kräftigen Schlag mit der Faust ins

Gesicht. Die blecherne Nase flog durch die Luft und landete klirrend auf dem Boden.

Marmaduke zuckte unwillkürlich zusammen, als er das klaffende Loch sah, wo die Nase von Krankheit zerfressen war. Die Wunde war Ekel erregend, doch Mitleid war hier fehl am Platz. Der Kerl hatte Josiah Mendoza übel zugerichtet, einen gutmütigen alten Mann, der sogar ein hebräisches Gebet sprach, bevor er eine giftige Spinne tötete.

Marmaduke taxierte den Kampfstil seines Gegners und wich seinen ersten Schlägen geschickt aus.

Verdammt, er ist nicht mehr der Jüngste, aber zäh wie ein britischer Soldat.

Marmaduke verhöhnte ihn. »Du hast dir ja einen ziemlich ausgekochten Boss ausgesucht. Hat dich Silas de Rolland nicht gewarnt? In der Kolonie gilt Brandstiftung als genauso schweres Verbrechen wie Mord. Wenn du das Haus eines anderen anzündest, landest du am Galgen.«

Als Nächstes schlug Marmaduke dem Mann in den Magen, kassierte aber im Gegenzug eine Reihe von Hieben, was darauf schließen ließ, dass sein Gegner ein durchtrainierter Faustkämpfer war.

Jetzt, da ihm klar war, dass er im Nachteil war, blieb Marmaduke nichts anderes übrig, als mit dem Mut der Verzweiflung weiterzukämpfen. Er stellte sich den gesichtslosen Silas de Rolland vor, der Isabel um ihre Kindheit gebracht hatte und jetzt dabei war, Stück für Stück jede Facette seines Lebens zu zerstören.

Wenn er schon nicht gegen den wahren Bösewicht antreten konnte, musste er die Sache eben mit dessen Handlanger ausfechten.

Durch reinen Zufall gelang es ihm, das Loch im Gesicht des ehemaligen Faustkämpfers zu treffen, der außer sich vor Wut aufschrie. Doch dafür musste Marmaduke teuer bezahlen. Cooper verpasste ihm eine Reihe von Schlägen auf Kopf und

Brust. Und als Marmaduke so erschöpft war, dass seine Aufmerksamkeit nachließ, griff der Kerl auf einen seiner schmutzigen Tricks zurück.

Er verpasste ihm seinen *coup de grâce*, eine Salve von Schlägen unter die Gürtellinie.

Marmaduke fiel auf die Knie und krümmte sich vor Schmerz. Jetzt nahm sein Gegner den Stiefel zu Hilfe. Marmaduke wusste nicht, wie viele Tritte er abbekommen hatte, bis ihm schwarz vor Augen wurde.

Als er wieder zu sich kam, war ihm klar, dass er minutenlang das Bewusstsein verloren haben musste. Seine Hände waren auf den Rücken gebunden, seine Füße steckten in eisernen Fesseln.

Mist, er hat mich verschnürt wie eine Weihnachtsgans. Und wenn mich nicht alles täuscht, wird er mich an den Baum da drüben fesseln.

Das Mondlicht funkelte auf dem Stück Blech, das wieder an seinem Platz saß. Cooper redete ohne Unterlass, während er Marmaduke ein Seil um die Brust schlang.

»Morgen wird einer von deinen Leuten dich finden und befreien, tot oder lebendig. Du bist kein Feigling, deshalb geb ich dir eine faire Chance. Ich bind dich an 'nen Baum im Windschatten, damit die Flammen dich nicht erreichen und du nicht elend verbrennen tust.«

»Sehr nett von dir, Cooper. Danke für den Platz in der ersten Reihe, damit ich zusehen kann, wie mein Haus niederbrennt!«

Cooper zuckte die Achseln. »Wie gesagt, Kumpel, nichts gegen dich persönlich.«

Plötzlich wurde Marmaduke bewusst, dass Cooper ein wandelndes Beispiel für die Ethik der Sträflinge von Newgate war.

Er schmeckte das Blut in seinem Mund, war jedoch trotzdem entschlossen, das letzte Wort zu haben. Als Cooper davonritt, schrie er ihm nach: »Sag deinem Master, dass Marmaduke Gamble ihm eine Warnung schickt. Ich werde nicht ruhen, bis er sechs Fuß unter australischer Erde liegt.«

Er hörte Cooper in der Dunkelheit irgendetwas vor sich hin grunzen, dann galoppierte das Pferd in Richtung Penkivil Park davon.

Während er hilflos mit ansehen musste, wie die wütenden Flammen sich immer mehr ausbreiteten, schlug eine Welle von Trauer über ihm zusammen. Dann stürzte das Metalldach von Mingaletta mit ohrenbetäubendem Krach auf die Ruine des Hauses herab.

Mein ganzes Leben liegt in Trümmern. Ich habe Isabel nie gesagt, dass ihr das Unmögliche gelungen ist, nämlich mir beizubringen, wie man jemanden liebt. Jetzt werde ich nicht mehr erleben, wie mein Kind in Mingaletta zur Welt kommt. Niemals wird der Traum meiner Mutter in Erfüllung gehen. Ich werde nicht Rose Alba mit Isabel vereint sehen. Ich habe auch Klaus von Starbold niemals erzählt, dass er mein Held war. Und ich werde keine Möglichkeit haben, Garnet zu sagen, dass …

Erst in diesem Moment merkte er, dass der Wind die Richtung gewechselt hatte und die Flammen nun auf ihn zukamen. Das war's. Jetzt war er ihnen hilflos ausgeliefert.

ZWEIUNDFÜNFZIG

Isabel betrat das leere Esszimmer und sehnte sich nach Marmadukes Gesellschaft, sagte sich dann aber rasch, dass das im Augenblick nicht möglich war.

Obwohl sie es kaum abwarten konnte, ihr neues Leben zu beginnen, jetzt, da sie wusste, dass ihre Tage in Bloodwood Hall gezählt waren, spürte sie auf seltsame Weise Mitleid mit Garnet, weil es ihm nicht gelungen war, sein lang ersehntes Bankett abzuhalten. Das Fest war bis ins kleinste Detail geplant gewesen. Kristall und Silber funkelten im Lichtschein der Kerzenhalter. Auf Bridgets Anweisungen hin hatten sich alle Bediensteten in Schale geworfen. Selbst die schäbige Livree der Hausangestellten sah tadellos aus. Die für den Abend geplante Speisefolge wäre ein voller Erfolg geworden. Stattdessen hing nun eine Wolke düsterer Resignation über dem Haus.

In den letzten Tagen hatten sämtliche Gäste, die Garnets Einladung bereits angenommen hatten, selbst Richter Summerhayes, ihre Teilnahme unter dem Vorwand »bereits bestehender« Verpflichtungen abgesagt. Isabel wusste sehr wohl, dass dies mit der ersten in einer Reihe von musikalischen Soirees auf Penkivil Park zu tun hatte. Silas de Rolland war es gelungen, sämtliche Einwohner der Gegend für sich einzunehmen, die nun unbedingt an dem Empfang des englischen Aristokraten teilnehmen wollten. Garnets Fest hatte mit den dreitägigen Konzerten der sagenhaften Josepha St. John nicht mithalten können, die auf Englisch, Italienisch, Französisch und Deutsch singen und an einem noch unbekannten Tag einen legendären biblischen

Tanz aufführen sollte, eine Premiere in Australien. Die Neugier war derart auf die Spitze getrieben worden, dass sich sogar die Priester und Pfarrer aller Konfessionen aus der Gegend hatten anstecken lassen.

Als Isabel nun allein an dem großen Esstisch Platz nahm, kämpfte sie mit zweierlei Gefühlen. Einerseits war sie erleichtert. Durch die Annullierung des Festes würden die benachbarten Großgrundbesitzer nicht mitkriegen, wenn Garnet einen seiner berüchtigten Anfälle bekam. Andererseits war sie außer sich, weil es Silas gelungen war, Garnets Feier bewusst zu sabotieren.

Diese rücksichtslose Frau hat unzählige »letzte« Auftritte gehabt. Eigentlich müsste sie längst nach Argentinien abgereist sein. Da aber Silas sie offensichtlich unterhält, ist ihr wahrscheinlich keine andere Wahl geblieben, als vor seinen Gästen aufzutreten.

Garnet hatte die offensichtliche gesellschaftliche Abfuhr mit Würde verkraftet, war aber von Marmadukes Ablehnung weit stärker betroffen, als er zugeben mochte. Heute Abend hatte er sich durch Bridget bei Isabel entschuldigen lassen, unter dem Vorwand, »nicht ganz bei sich« zu sein.

Powell hatte sich wegen eines Migräneanfalls in sein abgedunkeltes Zimmer zurückgezogen. Queenie war auf Bitten von Isabel in ihre Hütte zurückgekehrt, um ein Festkleid für sie und Kleidung für die Puppen zu nähen, die für Rose Albas Ankunft fertig sein sollten. Sie sollte als Isabels Halbschwester vorgestellt werden.

Isabel hatte Queenie versichert, dass es ihr nichts ausmachen würde, allein zu schlafen, doch es gab auch einen anderen Grund dafür. Sie konnte die bösen Vorzeichen spüren. Es bestand kein Zweifel: Garnet stand kurz vor einem seiner Anfälle. Und Queenie brachte zwar Verständnis für den Wahnsinn des alten Königs George auf, den populären Vater des jetzigen Monarchen, empfand aber keinerlei Mitgefühl angesichts von Garnets geistiger Zerrüttung.

Garnet gehört zur Familie. Ich muss in der Nähe sein, falls er mich braucht.

Am Morgen war sie ihm heimlich gefolgt, während Garnet durch sein Anwesen ging und den Strafgefangenen in den Stallungen, im Kühlraum und in der Schmiede willkürliche Anweisungen erteilt und nur Verwirrung gestiftet hatte. Allein Murray Robertson war der Lage gewachsen gewesen und hatte gelassen auf Garnets wütende Befehle reagiert.

»Aye, Mr Gamble, ich werde Ihre Anweisungen streng befolgen.«

Danke, lieber Gott, dass du uns Murray Robertson geschickt hast, um Fordham, den Folterknecht, zu ersetzen. Murray hat sich bereits den widerwilligen Respekt der zähsten Sträflinge verschafft.

Isabel hatte Murray eingeladen, mit ihr zu Abend zu essen, doch er hatte unter dem Vorwand abgelehnt, dass Marmaduke nicht da sei.

»Als junge Ehefrau kann man gar nicht vorsichtig genug sein. Die Strafgefangenen sind wie Klatschweiber. Das winzigste Lächeln zwischen Freunden könnte als ein Flirt verstanden werden. Und es würde sich bis Sonnenuntergang wie ein Lauffeuer auf dem ganzen Anwesen verbreiten.«

Isabel musste zugeben, dass da etwas dran war. Als Powell ins Esszimmer kam und sich für seine Verspätung entschuldigte, bemerkte Isabel sofort, dass seine Migräne mit seiner Depression zusammenfiel.

»Ich freue mich, dass Sie erschienen sind, um mir Gesellschaft zu leisten, Rhys. Trotzdem sollten Sie sich nicht zu viel zumuten oder sich überfordern. Sie waren stundenlang zu einer vertraulichen Besprechung mit Garnet im Büro, nachdem der Kurier ein Schreiben von Edwin Bentleighs Kanzlei gebracht hat.« Dann gab sie ihrer quälenden Neugier nach. »Ist alles in Ordnung?«

Powell hatte nach vielen schlaflosen Nächten dunkle Ringe unter den Augen.

»Verzeihen Sie, aber Mr Gamble hat mir strenge Anweisung erteilt, Ihnen wegen des heiklen Zustandes, in dem Sie sich befinden, alle möglichen Unannehmlichkeiten zu ersparen.«

Wieso fasst mich eigentlich jeder mit Samthandschuhen an? Ich bin schwanger, nicht altersschwach.

»Ich schätze durchaus Ihre Loyalität gegenüber Ihrem Arbeitgeber, aber in Unkenntnis gehalten zu werden, ist weitaus schlimmer, als mit der Wahrheit konfrontiert zu werden, so unangenehm sie auch sein mag.« Dann verlor sie die Geduld. »Um Gottes willen, Rhys, geben Sie mir wenigstens einen Hinweis!«

»Das Imperium fällt auseinander«, erklärte er.

»So ein Unsinn. Sie dürfen nicht alles glauben, was in den Zeitungen der Kolonie steht. Nur weil wir die amerikanischen Kolonien verloren haben, heißt das noch lange nicht, dass das Imperium auseinanderfällt!«

»Nicht das britische Imperium, Ma'am«, flüsterte er, »ich meine Mr Gambles Imperium.«

»Verstehe«, entgegnete Isabel leise, da sie wusste, dass die Angestellten sie trotz Elises Spiegel beobachteten.

Sie aß weiter, behielt aber Bridget heimlich im Auge.

Marmaduke sagt, in der Kolonie hätte alles seinen Preis. Ich weiß, dass man Bridget für ihre früheren Dienste bezahlt hat, aber ich bilde mir bestimmt nicht nur ein, dass sie Rhys sehnsüchtige Blicke zuwirft. Der arme Kerl wurde von Elise dermaßen verletzt, dass er jetzt sicher für jedwede Zuwendung empfänglich ist.

Als er sich kurz darauf damit entschuldigte, er fühle sich nicht wohl, blieb Isabel allein im Esszimmer zurück.

»Bridget, bring doch Mr Powell bitte etwas, was seine Migräne erträglicher macht«, sagte sie, als wäre ihr das gerade erst eingefallen. »Ich ziehe mich jetzt zurück, aber ruf mich, wenn es irgendwelche Probleme gibt. Ich will Miss Austens neuesten Roman lesen, es kann also gut sein, dass ich die ganze Nacht wach bleibe.«

Bridget nickte.

Na bitte, zumindest werde ich Bridget vielleicht geholfen haben, ihren Freibrief zu bekommen. Jedenfalls wird sie jedem Mann eine bessere Ehefrau sein als Elise. Mein Gott, könnte ich mein Leben nur genauso unter Kontrolle haben wie Miss Austen ihre Protagonisten.

Beim heftigen Klopfen an der Tür schreckte Isabel auf. Schockiert stellte sie fest, dass sie über ihrem Buch eingeschlafen war und die Kerze hatte brennen lassen.

Die Dielen fühlten sich kalt an, als sie barfuß zur Tür lief, um aufzuschließen.

Vor ihr stand Bridget mit einem Kerzenhalter in der zitternden Hand. Über dem Nachthemd trug sie einen karierten Schal, das lange, zu einem Zopf geflochtene Haar fiel ihr über die Schulter. Ihr ohnehin blasses Gesicht war so kreidebleich, dass die Sommersprossen auf der Nase noch stärker ins Auge fielen als sonst. Sie wirkte verletzlich wie ein Kind.

»Am besten kommen Sie sofort mit, Ma'am. Der Master ist heute ganz komisch, er ist … Ich habe ihn noch nie so merkwürdig erlebt.«

»Ist er in dem Priesterloch? Hast du ihn dorthin gebracht?«

»Ja, aber nur, um ihn zu beruhigen. Mir blieb nichts anderes übrig. Er hämmerte wie verrückt an meine Tür. Und als wir im Priesterloch waren, sagte er, dass ich ihn allein lassen soll. Dann hat er mir die Tür vor der Nase zugeschlagen. Ich könnte schwören, dass ich zwei Stimmen da drin gehört hab. Kein Wunder, dass ich eine Gänsehaut kriegte! Die andere Stimme gehört ihr, glauben Sie mir. Seiner toten Frau. Er hat sie Miranda genannt!«

Sie hatte keinen Grund, an Bridgets Panik zu zweifeln oder daran, dass sie die Wahrheit sagte.

Isabel warf sich einen Schal um und holte den Kerzenhalter mit einer frischen Kerze. Die Nacht konnte lang werden.

Seite an Seite tappten sie barfuß durch den mit Teppichen

ausgelegten Gang und blieben wie erstarrt vor der schmalen Tür stehen, die zu dem Priesterloch hinaufführte.

Bridget hielt sie am Arm fest. »Hören Sie das? Ich habe doch nicht den Verstand verloren wie er, oder?«

Isabel spürte, wie sich ihr die Haare sträubten. Tatsächlich kamen aus dem Priesterloch zwei verschiedene Stimmen.

»Danke, Bridget. Ich kümmere mich um meinen Stiefvater, aber da Powell krank ist, brauche ich deine Hilfe. Bitte geh zu Murray Robertson, ihm können wir vertrauen. Sag ihm, er soll sofort nach Mingaletta reiten und mit meinem Mann zurückkommen, hast du gehört?«

Bridget nickte, dann schützte sie mit einer Hand ihre Kerze vor der Zugluft und ging hastig auf die Treppe für die Dienerschaft zu. Als sie allein war, holte Isabel tief Luft, um ihre Angst im Zaum zu halten, ehe sie die Stufen zu dem Priesterloch hinaufstieg, um sich Garnet und der Erscheinung des Anderen, oder was immer dort oben auf sie wartete, zu stellen.

»Nimm dich zusammen«, machte sie sich Mut. »Deine Angst ist nichts im Vergleich mit der, die der arme Garnet in sich trägt. Er fürchtet sich vor dem Tod und auch vor dem Leben. Und im Augenblick braucht er Marmaduke mehr als Gott.« Sie verdrehte die Augen. »Das ist keine Respektlosigkeit, o Herr, du weißt schon, was ich meine. Der arme Mann ist verloren. Bitte gewähre ihm Frieden auf Erden. Warte nicht, bis er tot und begraben ist.«

Gerade als sie die Stufen hinaufsteigen wollte, trug der Wind Stimmen zu ihr. Sie schienen aus den Quartieren der Strafgefangenen zu kommen. Ihr fiel ein, dass der Vollmond immer vor allem die aus dem Gleichgewicht brachte, die geistig verwirrt, betrunken oder aufgebracht waren.

Das trifft ja praktisch auf alle in Bloodwood Hall zu! Wenn die Strafgefangenen den Aufstand proben, dann muss Murray damit fertigwerden. Meine erste Pflicht gilt der Familie.

Dann eilte sie die Stufen hinauf. Sie kannte das Priesterloch nur durch das Schlüsselloch, daher hatte sie keine Ahnung, was sie darin erwartete, abgesehen von den blutbefleckten Bildern ihrer Einbildung.

Als sie das schattige Verlies betrat, flackerte die Kerze, und sie erkannte Spinnweben in den Ecken der leeren, weiß gekalkten Wände. Es gab keine Fenster, nur eine kleine Öffnung im schrägen Dach, durch die man auf den sternenfunkelnden Himmel blicken konnte. Ein feiner Mondstrahl fiel wie ein Scheinwerfer auf eine Bühne und wartete auf den Schauspieler, der einen Monolog halten sollte. Sie sah sich rasch um. Keine Spur von Peitschen oder Stricken. Hier im Innern des Raums sah es nicht so aus, wie sie befürchtet hatte: wie in einer Folterkammer. Und dann entdeckte sie ihn.

Garnet saß auf einem Stuhl in der dunkelsten Ecke des Raumes, man sah das Weiße in seinen Augen, während er blind vor sich hin stierte. Sonst war niemand da, nur Amaru. Der Kakadu flatterte durch den Raum und murmelte vor sich hin, sein schwefelgelber Kamm war vor Erregung aufgerichtet.

Der Grund wurde ihr bald bewusst. Im Kerzenlicht sah sie, wie Garnet einen metallischen Gegenstand in der Hand hielt. Es war eine Duellpistole.

Isabel legte instinktiv die Hand auf den Leib, um das Kind darin zu beruhigen, das heftig gegen die Bauchdecke trat.

Keine Angst, mein Kleines, ich bin ja da.

Voller Angst, ihren Schwiegervater mit einer abrupten Bewegung zu erschrecken, ließ sie ihm Zeit, sich an ihre Anwesenheit zu gewöhnen. Dann stellte sie die Kerze behutsam auf den Boden und kniete sich vor ihn auf den Boden. Es folgte eine lange Pause, bis er schließlich sagte:

»Was machst du hier, Mädchen? Ich wollte dir ersparen, in meine Probleme hineingezogen zu werden.«

»Ich bin deine Schwiegertochter, Garnet. Mein Platz ist an

deiner Seite. Ich ertrage es nicht, dich so unglücklich zu sehen«, erklärte sie und warf einen verstohlenen Blick auf die Pistole. »Das Ding da ist nicht nötig.«

»Nicht nötig?« Er fuchtelte mir der Waffe und lachte so laut, dass ihre Ohren schmerzten. Amaru krächzte vor Schreck und tanzte auf seiner Schulter auf und ab. Er schien derart verstört zu sein, dass es ihm die Sprache verschlagen hatte.

Als wäre Garnet plötzlich die Pistole wieder eingefallen, legte er sie auf den Schenkel und verbarg sie mit der Hand. Seine Augen waren auf Isabel gerichtet, seine Stimme klang niedergeschlagen, aber ruhig. Er sprach, ohne zu stocken. Manchmal wollte Isabel ihm widersprechen, doch er war so geistesgegenwärtig, dass sie lieber schwieg, bis er zu Ende geredet hatte. Es war unmöglich, nicht an König Lear zu denken.

Der arme Garnet wird von Schuldgefühlen und seiner Angst, dem Wahnsinn zu verfallen, geplagt. Ich weiß nicht, wie, aber irgendwie muss ich es schaffen, dass sein Leben ein gutes Ende nimmt.

»Die Wahrheit wird sehr bald ans Tageslicht kommen, Isabel. Ich habe nicht nur Mirandas letztes Glück zerstört. Jetzt werde ich auch noch euer Leben ruinieren. Es ist alles vorbei. Alles, was ich getan habe, um mein Imperium aufzubauen, jeder Trick, den ich anwendete, hatte das Ziel, Mirandas Liebe zu gewinnen und die des Jungen, von dem ich erwartete, dass er mich so respektieren würde, wie ich ihn liebe. Ich habe in allem versagt.«

Isabel staunte über die jugendlich blauen Augen im Gesicht des alten Mannes.

»Ich hatte kein Glück in der Liebe. Ich habe nur eine Gabe, nämlich Geld zu scheffeln. Ich wurde der zweitreichste Mann von ganz New South Wales.«

Amaru reagierte prompt auf den Stolz, der in der Stimme des alten Mannes mitschwang. »So ist es recht! So ist es recht!«

Garnet streichelte dem Vogel gedankenverloren über den Rücken. »Jetzt aber hat mich mein glückliches Händchen im

Stich gelassen. Ich habe meine Landgüter, die Grundstücke in der George Street und die Kneipen verpfändet. Edwin Bentleigh hat gerade herausgefunden, dass mich meine Bank reingelegt und alles zu einem Schleuderpreis veräußert hat.« Er schrie vor Wut. »Verdammte raffgierige Spekulanten! Und zu denken, dass ich einst ihrem Aufsichtsrat angehörte! Sie hätten den Anstand besitzen können, mich davor zu warnen, dass sie vorhatten, meine Güter zwangszuversteigern!«

Isabel dachte schnell. *Im* Sydney Herald *stand, dass Silas de Rolland im Aufsichtsrat dieser Bank sitzt! Zweifellos ist es ihm zuzutrauen, immerhin ist er Sprössling einer englischen Adelsfamilie. Mein Gott, kennt die Niedertracht dieses Mannes denn gar keine Grenzen?*

Sie sah, wie Garnet die Pistole umklammerte.

»Mein erstklassiges Hotel, das Princess Alexandrina, ist verloren. Jetzt bin ich keine Bedrohung mehr für Samuel Terry. Ich bin zwar nicht völlig pleite, Bloodwood Hall gehört mir noch, aber auch das ist verpfändet.«

Isabel wollte ihn trösten, doch sie fürchtete, eine zu plötzliche Bewegung zu machen. Sie war sich sicher, dass er ihr niemals etwas antun würde, aber sie wusste auch, dass er an Selbstmord dachte.

Lächelnd zuckte sie die Achseln. »Und wennschon. Du standest vor viel größeren Problemen, als du in die Kolonie deportiert wurdest. Du wirst dein Imperium wieder aufbauen, mit Marmaduke an deiner Seite und auch mir. Und mit einem Enkel, der die Dynastie der Gambles weiterführen wird. Ist das kein Grund zu leben?«

In diesem Augenblick glaubte Isabel, ihr bliebe das Herz stehen. Garnet blickte an ihr vorbei auf die Tür, mit halb offenem Mund, ohne zu merken, wie ihm die Tränen über die Wangen liefen.

»Du bist zu mir zurückgekommen«, sagte er leise.

Isabel lief es kalt über den Rücken. Sie brachte es nicht über sich, sich umzudrehen, um sich Mirandas Geist zu stellen. Bis eine Stimme leise fragte: »Hast du daran gezweifelt?«

In der Tür stand Marmaduke. Sie hatte keine Ahnung, wie lange er die Szene beobachtet hatte. Doch seine Verwandlung schockierte sie, seine Kleider waren zerfetzt und schmutzig, das Hemd mit Blut verschmiert, Mund und Augen blau und geschwollen.

Sie sprang auf, ohne nachzudenken. »Mein Gott, was ist passiert?«

»Nichts, womit ich nicht fertigwerden konnte«, sagte Marmaduke beiläufig. »Irgendein Dreckskerl aus Penkivil Park hat versucht, sich mit mir anzulegen. Ich habe ihn fortgejagt.«

Isabel beobachtete bewundernd, wie er lässig durch den Raum ging. Sie kannte jeden Zoll seines Körpers so gut, dass sie wusste, dass er trotz seines unbekümmerten Auftretens große Schmerzen hatte. Er sank vor Garnet aufs Knie und legte ihm den Arm um die Schulter.

»Was soll der Unsinn, das Gamble-Imperium ist verloren? Worum geht es denn sonst in Australien? Wir machen ein Vermögen, wir verlieren es, rappeln uns wieder auf und fangen von vorn an. Du hast bereits bewiesen, dass das System einen Gamble nicht unterkriegen kann. Und jetzt sind wir zu zweit. Du und ich können es mit der ganzen Kolonie aufnehmen, Garnet.«

Isabel sah, was Garnet nicht bemerkt hatte, während er auf die Worte seines Sohnes achtete. Marmaduke hatte ihm verstohlen die Waffe abgenommen und sie außer Reichweite gelegt. Er half Garnet vorsichtig auf die Beine, legte ihm den Arm um die Schulter und bugsierte ihn Richtung Tür, dann machte er Isabel ein Zeichen, die Pistole an sich zu nehmen.

Ihre Augen füllten sich mit Tränen der Bewunderung. Sie folgte ihnen, während Marmaduke den gebrochenen Mann hinunter zum Gang und zu seinem Zimmer führte. Der Kakadu flatterte vor ihnen her.

In der Galerie ließ er sich auf dem Rahmen von Mirandas Porträt nieder und krächzte: »Liebe macht blind! Liebe macht blind!«

Vater und Sohn blieben vor dem Porträt stehen. Marmaduke wirkte nachdenklich.

»Sieht so aus, als wäre Mutter stolz auf dich. Endlich ist es dir gelungen, einen Mann aus mir zu machen, Vater.«

Garnet warf Marmaduke einen ungläubigen Blick zu. »Bist du krank oder was? Es ist das erste Mal, dass du mich Vater nennst.«

»Benimm dich, sonst könnte es das letzte Mal gewesen sein«, entgegnete Marmaduke liebevoll. »So, und jetzt bringen wir dich ins Bett. Morgen haben wir eine Menge Pläne zu besprechen. Rose Alba wird herkommen, um bei uns zu wohnen. Das neue Kind ist unterwegs. Isabel und ich wollen noch jede Menge Kinder bekommen. Also wirst du mir mit Rat und Tat zur Seite stehen müssen, um die Baupläne für Mingaletta zu ändern. Ich habe eingesehen, dass ich auf dem Holzweg war. Besser, wir bauen Mingaletta so auf, wie du es von Anfang an gewollt hattest, zweistöckig. Was meinst du, Vater?«

»Ich hab doch gleich gesagt, dass mein Bauplan besser war.«

Isabel sah, wie die beiden Männer zum ersten Mal friedlich miteinander diskutierten, während Marmaduke seinen Vater in sein Zimmer führte und die Tür hinter ihnen ins Schloss fallen ließ. Sie blieb allein auf dem Flur zurück, in einer Hand die Kerze, in der anderen die Pistole, und Tränen des Glücks rannen über ihr Gesicht.

DREIUNDFÜNFZIG

Dieser Herbst fühlte sich an, als wollte der endlose Sommer nie aufhören. Marmaduke ritt auf Dangar nach Bloodwood Village, um dort auf die Ankunft der Gamble-Kutsche aus Sydney Town zu warten.

Edwin würde Rose Alba bringen, und Marmaduke hoffte, dass er auch ihre Adoptionsurkunde dabeihatte. Soweit Marmaduke wusste, hatte Silas keine Ahnung von der Existenz des Kindes, das Isabel von Geburt an vor ihm versteckt hatte, sodass es unwahrscheinlich war, dass er seinen Anspruch darauf geltend machen würde. Trotzdem wollte er keinerlei Risiko eingehen. Obendrein brauchte Isabel während der verbleibenden Wochen vor der Geburt völlige Ruhe.

Die Möglichkeit, dass die Kutsche von Wegelagerern überfallen wurde, machte Marmaduke weniger Sorgen als die brutalen Tricks, zu denen Silas fähig war. Seit der Zerstörung von Mingaletta war es ruhig geblieben, bis Marmaduke die gepressten weißen Rosen entdeckt hatte, die zu einem allwöchentlichen Ritual geworden waren. Marmaduke wusste, dass sie Silas' Botschaft an Isabel waren. Sie besagte, dass er niemals aufhören würde, ihr nachzustellen, nie die Macht aufgeben würde, die er vom ersten Tag an über sie gehabt hatte.

Während er auf das Dorf zuritt, war er fest entschlossen, den ersten Schritt seines Plans in die Tat umzusetzen.

Ich werde nicht zulassen, dass meine Frau in Angst und Schrecken lebt, und das wegen eines Feiglings, der nicht einmal den Mut hat, sich zu erkennen zu geben. Silas de Rolland wird nichts anderes übrig blei-

ben, als sich mir zu stellen. So oder so werde ich seinem jahrelangen Terror ein Ende machen.

Er verließ die Straße, die ins Dorf führte, und ritt auf die Tore von Penkivil Park zu. Als er am Ende des von holländischen Ulmen gesäumten Weges das Anwesen sah, wurde er sich der Ironie dieses Augenblickes bewusst – des Unterschieds zwischen Vergangenheit und Gegenwart.

Miranda Gamble, die von der Gesellschaft respektierte Tochter von Colonel McAlpine, hatte einst mit ihrem von der Gesellschaft tolerierten Ehemann Garnet Gamble an den Bällen und Empfängen in Captain Denchs herrschaftlichem Haus teilgenommen. Als kleiner Junge war auch Marmaduke zu den Geburtstagsfesten des Sohnes eingeladen gewesen. Doch nach dem Tod seiner Mutter, als Elise Garnets Geliebte in Bloodwood Hall wurde, hatte der Captain ihren Namen von der Gästeliste gestrichen. Marmadukes skandalöses Duell und der Tod seines Lehrers, den man im Dorf für einen deutschen Aristokraten hielt, hatten dazu geführt, dass die Gambles im ganzen Bezirk gesellschaftlich geächtet wurden.

Verbittert und belustigt zugleich dachte Marmaduke, dass erst die Versetzung des Captains mit seiner Einheit nach Indien und die anschließende Verpachtung des Anwesens an Silas de Rolland, einen englischen Aristokraten, es ihm ermöglicht hatten, nach Penkivil Park zurückzukehren, wenn auch als ungebetener Gast.

Penkivil Park war architektonisch bei Weitem nicht so prunkvoll wie Bloodwood Hall, doch in der gregorianischen Tradition immer noch prächtig genug, um als Paradestück des ganzen Bezirkes zu gelten. Silas de Rolland hatte keine Mühe gescheut, um dem Anwesen seinen Stempel aufzudrücken, und hatte wegen seiner verschwenderischen Bälle, Festessen, Empfänge und Kängurujagden, die die traditionellen englischen Fuchsjagden ersetzten, bereits Berühmtheit erlangt.

Heute würde der Star seines Empfanges die berühmte Diva Josepha St. John sein.

Vor dem Portikus waren elegant gekleidete Gentlemen und ihre Gattinnen dabei, ihren Kutschen zu entsteigen, um sich von Dienern in silberbesetzter Livree ins Haus führen zu lassen. Es war allgemein bekannt, dass de Rolland keine Strafgefangenen als Personal eingestellt hatte, sondern nur waschechte englische Butler, die als freie Bürger in die Kolonie gekommen waren – und wussten, wo ihr Platz war.

In der Eingangshalle legte Marmaduke seine Visitenkarte auf ein silbernes Tablett, damit Silas Wind davon bekam, dass er da gewesen war. Dann übergab er dem aschgrauen englischen Butler einen Brief.

»Ich bin ein guter Freund von Madame St. John. Der Brief ist dringend. Gewiss wird die Dame die sichere Überbringung zu schätzen wissen.«

Der Butler zuckte nicht mit der Wimper angesichts des Kontrastes zwischen den eleganten Gästen und Marmadukes langem Haar, seiner Moleskinhose und seinen Reitstiefeln, nickte kurz und versicherte ihm höflich, dass er der Dame den Brief augenblicklich aushändigen lassen werde.

Daran gibt es nichts zu rütteln. Die englischen Butler zeigen den Emporkömmlingen und Möchtegernadligen in dieser Kolonie ihre Grenzen.

Er wollte gerade gehen, hielt jedoch beim Anblick einer Frau inne, die etwas abseits der Menschenmenge stand. Sie trug ein kurzes Kleid aus schwarzem Satin, einen Schal aus schwarzen Straußenfedern und nahm eine arrogante Haltung an, als sie ihn erblickte. Elise gab sich alle Mühe, einer feinen Dame nachzueifern.

Marmaduke wusste nicht so recht, ob er sie ignorieren oder sich vor ihr verbeugen sollte, dann entschied er, dass Elise sich wahrscheinlich ärgern würde, wenn die Gäste sahen, dass sie mit einem gewöhnlichen Currency Lad befreundet war. Daher genoss er ihre schockierte Reaktion, als er ihr als Geste der Anerkennung den nach oben gerichteten Daumen zeigte. Im gleichen Augenblick kam Garnets Freund, Richter Summerhayes, auf sie zu und bot ihr seinen Arm, um sie in den Empfangssaal zu führen. Die Art, wie sie kokett den Blick senkte und sich an Summerhayes' Arm klammerte, verschaffte Marmaduke ein Gefühl grimmiger Befriedigung.

Sie kann es einfach nicht lassen. Gott sei Dank hat sie sich einen neuen Fisch geangelt. Ein Ärgernis weniger, um das sich Garnet kümmern muss.

Als er sich umdrehte, um das Anwesen zu verlassen, hörte er eine männliche Stimme hinter sich. Wie hätte er den arroganten Akzent des Mannes vergessen können, der Faustkämpfer Cooper den Befehl erteilt hatte, sein Haus niederzubrennen?

Marmaduke machte auf dem Absatz kehrt, um sich Silas de Rolland zu stellen, doch die ins Haus strömenden Gäste verdeckten ihn. Daher schlenderte er die Treppen hinunter und schwang sich auf sein Pferd.

Dieser Mistkerl ist aalglatt. Er hat mein gesamtes Leben zerstört, und trotzdem habe ich ihn nicht ein Mal zu Gesicht bekommen.

Marmaduke galoppierte auf das Dorf zu. Einige hundert Meter vor der Brücke über den Scavengers Creek entdeckte er auf der anderen Uferseite die Kutsche der Gambles. Neben den hölzernen Pfeilern der Brücke stand Thomas vor der Kutsche und winkte mit beiden Armen, als wollte er ihn warnen.

Thomas scheint ganz schön aufgeregt zu sein. Verdammt nochmal, wo ist denn die Brücke hin?

Sie lag in Trümmern. Ein riesiger Eukalyptusbaum war umgefallen und hatte die schmale Brücke über den Scavengers Creek zerstört.

»Guten Tag, Thomas!«, schrie Marmaduke gegen das Rauschen des Flusses an.

Thomas zog seinen Dreispitz und schlug ihn frustriert gegen den Schenkel.

»Was zum Teufel soll ich nun mit Ihren Gästen machen, Sir? Mr Bentleigh hat sich schon das Garnet and Rose angesehen, aber für ein kleines Kind ist diese Räuberhöhle nicht geeignet.«

Edwin tauchte mit der schlafenden Rose auf dem Arm auf. Er warf einen misstrauischen Blick auf den reißenden Strom. Das Landleben war nichts für ihn.

»Fällt dir was ein, Marmaduke? Ich bin gekommen, um dir das Kind zu bringen und mit deinem Vater über seine Probleme zu sprechen, aber am Montag muss ich zurück im Gerichtssaal sein, sonst wird irgendein Stümper zulassen, dass mein Mandant aufgeknöpft wird!«

»Keine Sorge, mein Freund. Ich bringe euch gleich rüber, warte ab!«

Verdammt, ich hoffe, dass es überzeugend genug klang. Was zum Teufel mache ich jetzt?

Marmaduke entledigte sich seiner Kleider bis auf die Hose, zog die Stiefel aus und schnürte sie mit dem Band aneinander, das er sonst für sein Haar benutzte. Dann nahm er Anlauf und rannte wie ein Bowler beim Kricket auf den Fluss zu. Wenige Zentimeter vor dem Flussufer holte er aus und schleuderte die Stiefel mit voller Kraft über den Fluss. Sie landeten direkt vor Thomas und der Kutsche. Er fing sie auf.

»Nicht schlecht!«, rief Edwin anerkennend. »Ich habe schon immer gesagt, dass du gut genug wärst, um im englischen Team zu spielen.«

»Nur über meine Leiche«, erwiderte Marmaduke. »Wenn ich überhaupt spielen würde, dann höchstens gegen euch Pommies!«

Dann schätzte Marmaduke die Kraft der Strömung ab und die Gefahr, dass unter der Wasseroberfläche Felsen und Trümmer lauerten. Er brauchte einen ordentlichen Vorsprung, um gegen die Strömung anzuschwimmen. Deshalb führte er Dangar etwa dreißig Meter flussaufwärts, stieg ins Wasser und zog das Pferd mit. Die Strömung schleppte sie mit sich, sodass sie das andere Ufer fast genau dort erreichten, wo die Kutsche stand.

»Herrlicher Tag für ein Bad, Thomas«, rief er.

Dann ging er direkt auf Rose Alba zu, die ihn und das Pferd mit weit aufgerissenen Augen anstarrte.

Beim Anblick ihres süßen, verletzlichen Gesichtchens wurde ihm ganz warm ums Herz. Sie ähnelte Isabel so sehr, dass es fast schon unheimlich war.

Seine Worte klangen sanft. »Kannst du dich an mich erinnern, Rose Alba? Ich bin Onkel Marmaduke.«

Sie nickte. »Ja, du hast mir die Geschichte von dem kleinen schwarzen Jungen und seinem Freund, dem Känguru, erzählt.«

»Und ich werde dir noch viele andere Geschichten erzählen, mein Kleines.«

Er nahm ihre Hand und zeigte ihr, wie gern sich Dangar die Nase streicheln ließ. Während er zurücktrat und zusah, wie sich das Mädchen an das Pferd gewöhnte, ehe sie zusammen den Fluss überquerten, wechselte er noch ein paar Worte mit Edwin.

»Du hast doch die Urkunde dabei, oder? Nicht, dass die Trooper mich noch wegen Kindesentführung drankriegen. Ich kann nämlich nicht garantieren, dass Silas de Rolland nicht doch noch Wind von ihrer Identität bekommt. Der Dreckskerl ist geradezu besessen von seinem Plantagenet-Stammbaum. Diesmal muss das Gesetz ausnahmsweise mal auf meiner Seite sein.«

»Die Adoptionsurkunde ist von Isabels Tante unterzeichnet und rechtmäßig abgestempelt worden. Sie hat darauf bestanden, dass das Kind zu Isabel gebracht wird, obwohl sie selbst noch nicht gesund genug ist, um die lange Reise anzutreten. Mach dir keine Sorgen. Ich soll dir von Maeve ausrichten, dass Elisabeth Ogden in unserem Haus in Woolloomooloo bestens versorgt wird.« Edwin sah ihn unsicher an. »Es leuchtet dir wohl ein, dass deine Familie nicht länger in der Gamble Suite des Princess Alexandrina bleiben konnte, oder?«

»Die Bank hat das Hotel zwangsversteigern lassen. Ja, das habe ich mitbekommen. Sie haben Garnet ganz schön am Wickel – dank de Rollands Intervention beim Aufsichtsrat der Bank.«

Edwin entschuldigte sich, obwohl Garnet seine Grundstücke gegen seinen ausdrücklichen Rat und ohne sein Wissen verpfändet hatte.

»Dich trifft keine Schuld, Kumpel. Aber ist wenigstens Bloodwood Hall gerettet? Wenn er das ebenfalls verloren hat, bringe ich ihn um. Er hat das Anwesen damals gebaut, um meine Mutter zu beeindrucken.«

»Vorerst schon. Und da er dir Mingaletta inzwischen überschrieben hatte, habt ihr zumindest ein Dach über dem Kopf.«

Marmaduke lachte bitter. »Mingaletta ist bis auf die Grundmauern niedergebrannt, Kumpel. Auch das habe ich Silas de Rolland zu verdanken. Aber keine Sorge, ich habe gerade einen Brief in Penkivil Park abgegeben, der unweigerlich zu einer Konfrontation führen wird.«

Edwin schloss die Augen. »O Gott, nicht schon wieder ein Duell.«

»Wenn ich könnte, würde ich ihn herausfordern, aber der sogenannte Gentleman wird sich nicht dazu herablassen, sich mit *mir* zu duellieren. In seinen Augen stehe ich gesellschaftlich nicht auf derselben Stufe wie er. Ich bin der Sohn eines ehemaligen Strafgefangenen, der vor vielen Jahren aufgrund seiner Falschaussage in diese Kolonie deportiert wurde. Für ihn bin ich der allerletzte Dreck.«

»Nun, ich werde dich über die rechtlichen Möglichkeiten, die dir zur Verfügung stehen, unterrichten, Marmaduke, aber sie sind sehr beschränkt, solange du keine Beweise für de Rollands Verbrechen hast. Versprich mir wenigstens, dass du nicht so weit gehst, ihn zu töten.«

Marmaduke sah ihn ganz ruhig an. »Das kann ich dir nicht versprechen, Kumpel. Ich werde tun, was getan werden muss. Jedenfalls lasse ich nicht zu, dass meine Frau in Angst leben und sich ständig vor seinem nächsten Schritt fürchten muss. Ich werde schon einen Weg finden, diesen Mistkerl aus ihrem Leben zu verbannen, ohne alles, was mir wichtig ist, zu verlieren. Isabel, meine Kinder, meine Freiheit. Wenn ich umkäme, würde Silas Anspruch auf sie und Rose Alba erheben.«

Beide sahen, wie Rose Alba sich fröhlich mit dem Pferd unterhielt. Edwin erzählte, dass sie unterwegs einem Buschräuber begegnet waren und wie tapfer Rose Alba reagiert hatte.

»Dieses Kind scheint alles als Abenteuer zu betrachten, Gutes wie Böses.«

Plötzlich wurde Marmaduke ernst. »Ich werde ihr das beste Leben bieten, das ich kann. Doch das mit Mingaletta war ein harter Rückschlag. Übrigens, Isabel weiß nicht, dass das Haus niedergebrannt ist. Ich habe ihr gesagt, dass wir wegen eines Buschfeuers ein paar Räume verloren hätten. Sie hat keine Ahnung, dass der verfluchte Silas de Rolland dahintersteckt. Das bedeutet aber, dass ich ziemlich schuften muss, um das Haus rechtzeitig wieder aufzubauen. Sie ist nämlich fest entschlossen, das Baby dort zur Welt zu bringen!«

»Nun, ich habe dir sicheres Geld besorgt«, erklärte Edwin. »Von einem englischen Siedler, der gerade in der Kolonie eingetroffen ist und sich bereit erklärt hat, dir einen Kredit für zwei Jahre zu gewähren, und das zu äußerst günstigen Bedingungen.«

»Jesses! Wer ist das? Das Christkind?«

»Na ja, du hast ja immer behauptet, die Engländer seien ein exzentrisches Völkchen. Ausnahmsweise gebe ich dir dieses Mal Recht. Und obendrein den guten Rat, dich nicht mit dem Glück anzulegen. Setz einfach deinen Namen unter den Vertrag der Far Horizon Agricultural Company, und der Kredit ist dir sicher.«

Marmaduke klopfte ihm auf die Schulter. »Edwin, du bist einfach unschlagbar!«

Erleichtert schlenderte er zu Dangar und begann, mit ihm zu reden wie mit einem guten Freund, um ihn und Rose Alba auf das vorzubereiten, was nun von ihnen verlangt wurde. Dann wandte er sich an die beiden Männer.

»Also, wer möchte Dangars erster Passagier sein?«

Thomas lehnte hastig ab. »Ich kann nicht schwimmen, Sir. Obendrein hätten wir auf dem anderen Ufer nur ein Pferd und sind zu viert.«

Edwin versuchte, Marmaduke zu überzeugen, dass es besser war, die Nacht in Garnets Gasthof zu verbringen und am nächsten Morgen sein Glück erneut zu versuchen.

»Ihr Drückeberger!«, entgegnete Marmaduke liebenswürdig. »Aber so leicht kommst du mir nicht davon, Edwin. Mag sein, dass es mit deinen Schwimmkünsten nicht weit her ist, aber du brauchst dich nur an Dangar festzuhalten, er wird dir die ganze Arbeit abnehmen.«

Edwin nickte unglücklich, und als Marmaduke sich umdrehte, griff Rose Alba vertrauensvoll nach seiner Hand.

»Darf ich zuerst, Onkel?«

Marmaduke kniete vor ihr und fuhr ihr über das Haar. »Rose Alba, du bist ein Mädchen, wie ich es mir wünsche. Du bist genauso tapfer wie deine große Schwester Isabel. Sie kann es kaum abwarten, dich zu treffen. Also los. Ich werde neben dir herschwimmen. Und ehe wir uns versehen, sind wir am anderen Ufer.«

Er hob die Kleine auf das Pferd und führte sie einige Meter stromaufwärts, wo man leichter ins Wasser konnte.

»Kannst du mir ein Lied vorsingen, Rose Alba? Dangar liebt Musik. So ist's recht. Jetzt halt dich schön fest, ich bleibe die ganze Zeit neben dir.«

Sie betraten den Fluss, und obwohl die Strömung sie mitriss, durchquerten sie ihn problemlos. Rose Alba sang *God save the King*.

Vom sicheren Ufer rief Rose Alba Edwin, der nervös auf seinen Einsatz wartete, zu: »Es ist ganz einfach, Mr Edwin.«

Thomas befreite eins der Pferde aus dem Geschirr der Kutsche und ging mit ihm stromaufwärts zu einer sicheren Stelle, damit Edwin übersetzen konnte. Marmaduke beobachtete belustigt, wie sein Freund die Augen fest geschlossen hielt.

Im Gerichtssaal ein Löwe, aber im Busch so ängstlich wie ein Kätzchen.

Als Edwin endlich neben ihnen vom Pferd stieg, durchnässt und kreidebleich, klatschte Rose Alba vor Freude in die Hände.

»Macht das nicht Spaß, Onkel Marmaduke? Können wir nochmal?«

Marmaduke prustete vor Lachen. »Du bist eine geborene Currency Lass, Rose Alba! Und lass dir gesagt sein, Liebling, das ist das allerhöchste Kompliment, das ich zu vergeben habe.«

Edwin, der vor Kälte zitterte, tauschte seine Kleidung gegen Marmadukes trockenes Hemd aus, Rose Alba bekam Marmadukes Jacke übergestreift und stieg dann hinter ihm auf das Pferd. Marmaduke war stolz, ihr als Windschutz zu dienen, während sie ihre kleinen Hände um seine Hüften geschlungen hatte.

Sie fragte ihn ununterbrochen über alles aus, was sie sahen. Als ein Känguru ihnen aus dem Weg hüpfte und dabei den Kopf zur Seite neigte, war das Mädchen wie verzaubert.

»Ich hab schon mal eine Zeichnung von einem Känguru in einem Buch gesehen, aber ich wusste nicht, dass sie echt sind.«

Trotz seiner Freude, Rose Alba bei sich zu haben, wurde Marmaduke nervös, als sie an Penkivil Park vorbeikamen. Alle Fenster des Anwesens waren hell erleuchtet. Dann brach das Stimmengewirr plötzlich ab, und es erklang die wunderbare Stimme einer Frau, die sang. Marmaduke kamen seine Erinnerungen an ihren verführerischen Körper in diesem Moment nicht sehr gelegen.

Rose Albas piepsige Stimme versetzte ihn wieder in die Gegenwart. »Was für ein schönes Haus! Wer wohnt da, Onkel?«

»Stimmt, das Haus ist wirklich schön, nur der Mann, der da wohnt, ist nicht besonders nett. Aber keine Sorge, wir werden viele schöne Feste in unserem eigenen Haus feiern, jetzt, da du hier bist, Liebling.«

Edwin meinte beiläufig: »Das ist Josepha St. John, nicht wahr?«

»Ja, genau. Ich habe sie eingeladen, zwischen ihren Konzerten in Penkivil Park zu uns nach Bloodwood Hall zu kommen und für uns zu singen.«

Edwin kniff die Augen zusammen. »Liebe Güte, das schreit ja geradezu nach einer Katastrophe!«

»Es bedeutet nicht, dass sie tatsächlich kommt, aber ich hatte ihr versprochen, sie einzuladen. Mach dir keine Sorgen, Edwin, Silas de Rolland ist viel zu feige, um sich in Bloodwood Hall blicken zu lassen. Er sorgt lieber dafür, dass andere die Drecksarbeit für ihn erledigen.«

Edwin war nicht überzeugt, sagte jedoch kein Wort mehr, bis sie ihr Ziel erreichten.

Als sie ankamen, war Rose Alba sichtlich beeindruckt von der Größe und Pracht von Bloodwood Hall. Es musste ihr wie ein Palast vorkommen im Vergleich zu dem schäbigen Zweizimmercottage in dem englischen Dorf, dem einzigen Haus, das sie gekannt hatte.

Als er sie vom Pferd herabhob, sah Rose Alba ihn furchtsam an.

»Oje, sieh dir nur mein Kleid an. Der rote Unterrock hat alles verfärbt.«

»Das macht nichts, Liebling, du bist wunderhübsch. Komm, Isabel brennt darauf, dich zu treffen.«

Marmaduke überließ es Bridget, Edwin sein Gästezimmer zu zeigen, und führte Rose Alba zu Isabel, die dabei war, Queenies altes Schlafzimmer herzurichten.

Als Isabel sie erblickte, sah Marmaduke einen Anflug von Panik in ihren Augen. Es war ihm klar, dass seine Frau die lang erwartete Wiedervereinigung allein bewältigen musste, deshalb wollte er sich so schnell wie möglich zurückziehen.

Isabel starrte sie an und brachte nur ein paar Worte heraus. »Ihr seid ja total durchnässt«, sagte sie. »Regnet es denn?«

»Das ist eine lange Geschichte und hat Zeit«, entgegnete Marmaduke hastig.

Durchnässt, wie sie war, machte Rose Alba einen tiefen Knicks vor Isabel. Ihre höfliche Begrüßung klang, als wären ihr die Worte so sorgfältig wie der Katechismus eingetrichtert worden.

»Ich freue mich sehr, dich kennen zu lernen. Elisabeth lässt dir viele Grüße ausrichten. Ich werde dir überhaupt keine Probleme machen. Ich bin zwar erst vier, aber schon sehr erwachsen für mein Alter. Und ich bin auch sehr artig, na ja, jedenfalls meistens.«

Isabel nickte lächelnd, während ihre Hand nervös zum Hals fuhr, als versuchte sie, die darin gefangenen Worte freizulassen. Marmaduke beschloss, das Eis zu brechen.

»Rose Alba hat mir von ihrer aufregenden Reise mit Edwin erzählt. Ein Zöllner hielt die Kutsche an, und jeder musste ihm alles Geld übergeben, das er dabeihatte«, erklärte er bedeutsam.

Isabel sah sie verwirrt an. »Es gibt doch gar keine Zollstation auf dem Weg.«

»O doch, Liebling«, berichtigte Marmaduke sie höflich. »Du kennst doch den Zöllner, Mr Bushman. Er trägt immer ein Taschentuch um das Gesicht!«

Isabel wurde leichenblass. »Ach du liebe Güte, *der* Mr Bushman!«

»Ja«, sagte das Kind hilfsbereit. »Mr Edwin musste ihm sogar seine goldene Uhr geben, um den Wegezoll zu bezahlen.«

»Genau«, pflichtete ihr Marmaduke bei. »Aber Ende gut, alles gut.«

Rose Alba erkundete das angrenzende Zimmer, in dem sie schlafen sollte. Als Marmaduke sah, wie sehr Isabel zitterte, ging er auf sie zu und nahm sie in die Arme.

»Du brauchst vor nichts Angst zu haben, die Kleine hat dich bereits ins Herz geschlossen.«

»Ich weiß nicht, was ich ihr sagen soll! Seit Jahren habe ich mir die Worte im Geist immer wieder vorgesagt, aber jetzt fallen sie mir nicht mehr ein.«

Marmaduke umfasste ihr Gesicht mit beiden Händen. »Ich habe dir beigebracht, wie du die Angst vor dem Wasser überwindest. Ich habe dir beigebracht, wie man liebt. Sogar, wie man weint. Aber das hier brauche ich dir nicht beizubringen. Es ist alles in dir, Isabel. Du musst nur dein Herz öffnen, so hast du mich auch gewonnen.«

An der Tür drehte er sich noch einmal um und hielt zuversichtlich den Daumen hoch. »Du schaffst es, Liebling, warte nur ab!«

Als er draußen auf dem Gang stand, lehnte er sich einen Augenblick gegen die Wand und horchte auf die Worte, die hoffentlich kommen würden.

Dann hörte er Isabel leise sagen: »Ich habe mich so gefreut, dich wiederzusehen, Rose Alba. Ich hoffe, dass du hier glücklich werden wirst.«

»Oh, ganz bestimmt, Schwester. Ich habe gerade in deinem Garten ein Känguru gesehen. Darf ich mit ihm spielen?«

»Aber ja, es ist ein Muttertier. Und es trägt ein Kängurujunges im Bauch.«

Es folgte eine kurze Stille. »Wie soll ich dich nennen? Bist du wirklich meine Schwester? Meine Tante oder meine Cousine? Tante Elisabeth meinte, du würdest es mir eines Tages verraten.«

Und als keine Antwort kam, brach Rose Alba das Schweigen.

»Als ich ein kleines Mädchen war, sagte Tante Elisabeth, eines Tages, wenn ich größer bin, würdest du mich vielleicht zu dir holen. Jetzt bin ich viereinhalb, ist das groß genug?«

Dann hörte Marmaduke Isabel mit erstickter Stimme sagen: »Ich möchte, dass du für immer bei uns bleibst, Rose Alba. Gibst du mir einen Kuss?«

Und als er hörte, wie Rose Alba flüsterte, war Marmaduke beruhigt.

»Weinst du, weil du dich so freust? Ich würde dir mein Taschentuch geben, aber ich habe es verloren, als ich auf Dangar durch den Fluss geschwommen bin.«

»Was bist du?«

»Ja, die Brücke war eingestürzt, und Onkel Marmaduke ist die ganze Zeit neben uns hergeschwommen, bis ich auf der anderen Uferseite war.«

»Das sieht ihm ähnlich!«

Und als er dann noch hörte, dass sie beide losprusteten wie zwei kleine Mädchen, wusste er, dass er gehen konnte.

VIERUNDFÜNFZIG

Isabel plagte eine übergroße Angst, aber sie traute sich nicht, sie in Worte zu fassen, weil sie befürchtete, sie könnte an Kraft gewinnen und schließlich Realität werden. Es war die Angst um jene, die sie über alles liebte: Marmaduke, Rose Alba und das Kind, mit dem sie schwanger war.

Nachdem sie jahrelang der Möglichkeit beraubt gewesen war, ihre mütterlichen Instinkte auszuleben, hatte sie Rose Alba in den zwei Tagen seit ihrer Ankunft in Bloodwood Hall sehnsüchtig beobachtet und sich jedes Wort, jeden Ausdruck und jede Geste gemerkt, die sie von sich gab, während diese staunend die neue Welt erkundete, das Haus, den Garten mit seinen exotischen Pflanzen, Vögeln und anderen Tieren.

Isabel konnte ihr Entzücken gut verstehen. Rose Alba war aus einem entlegenen englischen Dorf ins Paradies gekommen.

Sie wusste auch, dass Marmaduke über die Vorsichtsmaßnahmen, die er für seine kleine Familie getroffen hatte, Stillschweigen bewahrte. Behutsam hatte er dem Kind seine Grenzen aufgezeigt. Rose Alba durfte sich im ganzen Haus frei bewegen, in den Garten aber nur in Begleitung von Isabel oder ihm selbst. Jeden einzelnen Hausangestellten hatte er angewiesen, sich um die Sicherheit des Kindes zu kümmern, und Murray gebeten, den Männern, die auf dem Gut arbeiteten, einzutrichtern, dass sie sofort Bericht erstatten sollten, wenn sie einen Fremden auf dem Grundstück sahen. Alle hatten eine Beschreibung von Silas de Rolland und dem Faustkämpfer erhalten, dem Mann mit der blechernen Nase.

Trotzdem wusste Isabel, dass die Maßnahmen nicht absolute Sicherheit gewährleisteten. Die anonymen Umschläge mit den gepressten weißen Rosen hatten zugenommen, doch niemand wollte gesehen haben, wer sie gebracht hatte. Irgendwer auf Bloodwood Hall wurde offenbar von Silas de Rolland geschmiert.

Isabel war gerührt, wie schnell die Kleine ihren Großvater angenommen hatte und ihm jeden Wunsch von den Augen ablas. Unaufgefordert hatte sie einen Schemel für seine Füße angeschleppt und sich neben ihn gesetzt, während sie mit weit aufgerissenen Augen den schlauen Amaru betrachtete, den Zauberkakadu, der mit einer menschlichen Stimme redete.

Als Isabel nun hinter Rose Alba durchs Haus ging, bekam sie ein mulmiges Gefühl, als das Kind am Ende der Bildergalerie vor dem Porträt stehen blieb, das ihm am meisten imponierte: Miranda.

»Sie ist sehr schön, nicht wahr?«, sagte Isabel. »Das ist Onkel Marmadukes Mutter.«

»O ja, das ist sie.« Rose Alba neigte den Kopf. »Aber nicht so hübsch wie in Wirklichkeit. Ihre Augen sind freundlicher. Ein bisschen traurig. Warum isst sie nicht mit uns?«

»Isst sie nicht mit uns?« Isabel spürte die kalte Aura, die hier am Ende der Bildergalerie fast greifbar war. »Was meinst du? Marmadukes Mutter weilt nicht mehr unter uns.«

Mein Gott, was weiß das Kind über den Tod?

»Doch, das tut sie. Ich habe sie gestern im Garten getroffen. Als du in der Gartenlaube kurz eingeschlafen bist. Sie hat mir erzählt, sie hätte Amaru beigebracht zu sprechen.«

»Das muss Garnet gewesen sein, Schätzchen. Bestimmt irrst du dich.«

Rose Alba schüttelte höflich den Kopf. »Sie hat mir das Vogelhaus gezeigt und gesagt, ein böser Mann hätte all ihre kleinen Vögel vergiftet. Er lebt in Penkivil Park, und ich darf auf keinen Fall mit ihm sprechen.«

Isabel wurde so schwindelig, dass sie sich gegen die Wand lehnen musste. Niemand hatte Silas mit dem Tod der Wellensittiche in Verbindung gebracht. Garnet hatte ihnen nur erzählt, jemand habe vergessen, die Käfigtür des Vogelhauses zu schließen. Sie lenkte die Kleine ab und schlug vor, sie sollten die Treppen hinunterlaufen und mit den anderen zusammen frühstücken. Doch ihre Gedanken waren in Aufruhr.

Rose Alba kann das Andere sehen! Das muss sie von mir geerbt haben und, Gott behüte, von Silas.

»Heute ist ein Tag, den du niemals im Leben vergessen wirst, Rose Alba. Wir haben eine große Überraschung für dich«, erklärte Marmaduke dem Kind am Frühstückstisch, an dem sich die ganze Familie versammelt hatte, einschließlich Edwin und Powell. Wie üblich bedienten sie sich an der Anrichte selbst. Die Unterhaltung war unbefangen, da keine Diener anwesend waren.

»Weißt du, was die Überraschung ist?«, flüsterte Rose Alba Isabel zu.

Isabel nickte. »Ja, aber meine Lippen sind versiegelt, Liebling.«

Rose Albas Blick schweifte von Garnet über Edwin, Queenie und Rhys, doch an ihren Gesichtern erkannte sie, dass auch sie zum Schweigen verdonnert waren.

»Aber eins will ich dir verraten«, erklärte Isabel. »Es beginnt am Mittag, also wenn beide Uhrzeiger ganz da oben sind. Und du würdest Queenie eine große Freude machen, wenn du das Festkleid anziehst, das sie für dich genäht hat.«

Rose Alba nickte fröhlich. Isabel wusste genau, dass sie gleich nach dem Frühstück zu Bridget und den drei Marys laufen würde, um sie nach der geheimen Überraschung zu fragen.

Sie vermutete aber auch, dass Marmadukes Überraschung von etwas anderem ablenken sollte. Er tat so unschuldig – Isabel ahnte, dass etwas anderes dahinterstecken musste.

Marmaduke beobachtete nervös die Szene. Er hatte sich etwas ausgedacht, um das Kind in seinem neuen zu Hause willkommen zu heißen. Ein Gartenfest, an dem alle, auch die Hausbediensteten, in improvisierten Kostümen teilnehmen sollten. Er hatte sogar das kleine Kasperletheater und die Puppen aus dem Lagerhaus geholt, mit denen seine Mutter früher Vorstellungen für ihn gegeben hatte. Als er klein war, hatte er nie genug davon bekommen können.

Gesichter und Körper der Puppen waren intakt, aber ihre Kleider so von Motten zerfressen und verstaubt, dass er Queenie und Bridget hatte bitten müssen, ihnen neue Kostüme zu nähen.

Auf dem Grundstück lebten keine anderen Kinder, doch Rose Alba hatte sich in den beiden letzten Tagen allen Dienern, Gärtnern, Schmieden und Zimmerleuten vorgestellt und sie so aufrichtig interessiert über ihre Arbeit ausgefragt, dass sie ihre Herzen im Sturm eroberte und nun über eine ganze Horde von Bewunderern unter den Deportierten verfügte. Sie selbst waren entweder gezwungen gewesen, ihre Familien zurückzulassen, oder wussten, dass sie niemals eigene Kinder haben würden, weil in der Kolonie akuter Mangel an Frauen herrschte.

Da Marmaduke wusste, wie gern die Kleine sang, hatte er nach dem Theaterstück auch noch ein Konzert eingeplant. Jetzt wanderte er durch den Garten, wo man das Klavier neben der kleinen erhöhten Terrasse aufgestellt hatte, die als Bühne dienen würde.

Unruhig hörte er zu, als Powell das Instrument stimmte. Isabel war eine begnadete Schauspielerin, hatte aber keine besonders gute Stimme, sodass sie die Sänger nur am Klavier begleiten würde.

»Ich weiß, dass Sie ein sehr gutes Gehör haben, Powell, trotzdem muss dieses Klavier für die berühmte Sängerin, die ich eingeladen habe, einwandfrei gestimmt sein. Sie haben doch bestimmt von Josepha St. John gehört, die Barnett Levey in die Kolonie geholt hat?«

Als Powell den Namen hörte, wurde er ganz aufgeregt.

»Gewiss, Sir, ich werde mein Bestes geben. Aber sind Sie sicher, dass die Dame tatsächlich hier auftreten wird? Das ganze Dorf weiß, dass sie von Mr de Rolland unter Vertrag genommen worden ist, um heute Abend seine Gäste auf Penkivil Park zu unterhalten.«

»Ja, das habe ich auch gehört. Trotzdem glaube ich, dass sie einem alten Freund einen Gefallen tun und am Nachmittag zu uns kommen wird, um für meine Tochter zu singen.«

In Wirklichkeit war sich Marmaduke gar nicht so sicher. Josepha hatte nicht geantwortet, seit er ihr die Einladung hatte überbringen lassen, mit dem Angebot, sie an diesem Morgen um halb zwölf vor den Toren von Penkivil Park mit der Kutsche der Gambles abholen zu lassen. Trotzdem hoffte er aufrichtig, dass sie die Zeit haben würde, um in seinem Haus ein Abschiedskonzert zu geben.

Für das Kind und mich. Und um Isabel zu zeigen, dass sie keinen Grund hat, eifersüchtig zu sein. Vielleicht hat Josepha meine Einladung nie erhalten. Vielleicht will sie sich nur rächen. Oder Silas hat sie manipuliert. Wie auch immer, ich werde Thomas trotzdem hinschicken.

Er warf einen Blick auf die Balkonfenster des Kinderzimmers, wo Queenie Rose Alba vorlas, um sie von den Vorbereitungen draußen abzulenken.

Jetzt verstehe ich, warum Barnett vor jeder Vorstellung so nervös ist.

In Panik warf Marmaduke einen Blick auf seine Uhr. Bis zu Beginn der Theateraufführung war es nur noch eine halbe Stunde. Praktisch waren alle vorhandenen Stühle im Haus auf den drei Seiten der ovalen Terrasse aufgestellt worden, die als Bühne dienen sollte. Er hatte die Zimmerleute angewiesen, ein bogenförmiges Bühnenportal aus Holz zu bauen, das nun von den grünen, mit goldenen Troddeln geschmückten Samtvorhängen aus dem Esszimmer verhängt war. Dahinter verbargen sich auch die Unterhaltungskünstler, die auf ihren Auftritt warteten.

Der letzte Schliff waren Töpfe mit blühenden Stauden, die die Bühne säumten, und ein besonders gut gepolsterter Hocker für Isabels Pianoforte auf der Bühne. Obwohl die Sonne vom Himmel strahlte, hatte er als Tribut an die Theaterzunft viele kleine Öllampen rund um den vorderen Teil der Bühne aufstellen lassen.

Zufrieden beobachtete Marmaduke jetzt, wie das gesamte Personal mit ausgeliehenen Kostümen und in bester Laune dabei war, den langen Tisch mit Schüsseln und Getränken vollzustellen. Sogar die Strafgefangenen, die bereits am Rand des Gartens herumlungerten, trugen Papierhüte oder selbst gebastelte Masken. Manche hatten sich mit Kohle Bärte oder Schnurrbärte auf die Gesichter gemalt. Powell war als walisischer Barde verkleidet erschienen, Murray trug seinen Schottenrock. Edwin, der konservativste Gast, dessen Gepäck noch nicht aus dem Dorf gebracht worden war, erschien mit einer ausgeliehenen gestreiften Seemannsjacke, einem Tuch um den Kopf und einem von Queenies goldenen Ohrringen. Ein Pirat wider Willen.

»Ich komme mir vor wie ein Narr«, zischte er.

»So geht es uns allen, Edwin. Aber Rose Alba wird entzückt sein, und nur darauf kommt es an.«

Marmaduke trug den einfachen romantischen Umhang eines Schauspielers aus einem Stück von Shakespeare aus dem siebzehnten Jahrhundert, sein langärmeliges weißes Hemd war am Kragen aufgeknöpft, die Beine steckten in einer engen Hose, dazu hatte er seidene Strümpfe und Schuhe mit silbernen Schnallen gefunden. Über den Schultern lag ein Umhang aus Samt, das Haar war wie üblich zu einem Pferdeschwanz geschlungen, und auf dem Kopf thronte eine Kappe aus Samt.

Edwin stand neben ihm. Trotz seiner Verkleidung als Seeräuber wirkte er, als hätte er gleich einen Auftritt in einem Gerichtssaal, um jemanden in einem schwierigen Fall zu verteidigen.

»Gewiss eine wunderbare Art für einen Vater, seine frisch adoptierte Tochter vorzustellen, ich frage mich nur, ob Isabel weiß, dass Madame Josepha St. John die Attraktion der Vorstellung sein wird?«

»Nicht ganz«, gab Marmaduke unumwunden zu, während er einen Blick auf seine Taschenuhr warf. »Ich bin nicht einmal sicher, ob Josepha kommen wird. Trotzdem wollte ich Isabel die Möglichkeit geben, die größte Sängerin, die ich jemals gehört habe, zu erleben, bevor sie New South Wales für immer verlässt. Auch damit sie sieht, dass Josepha nur eine gute Freundin ist und nichts weiter.«

Edwin seufzte resigniert. »Mag sein, dass du alles über Frauen weißt, alter Knabe, aber was Ehefrauen angeht, hast du noch einiges zu lernen.«

»Tja, ich komme mir selbst schon vor wie ein Hund, der immer neue Tricks lernt.«

Marmaduke warf erneut einen besorgten Blick auf die Uhr. Bei dem Gedanken an Josepha fiel ihm ein Zitat ein.

»Was geschehen ist, kann man nicht ungeschehen machen.«

Kaum hatte er die Worte ausgesprochen, gefror er. »Mist! Warum habe ich das bloß gesagt. Aus dem *schottischen Stück* zu zitieren, bringt Unglück!«

»*Macbeth?* Aber das geht doch gewiss bloß auf den Aberglauben der Schauspieler zurück.«

Doch Marmaduke war bereits auf dem Weg nach draußen, ins Freie, wie es der Aberglaube erforderte. Dort drehte er sich drei Mal im Kreis und spuckte dann in den Garten.

Edwin sah ihn erstaunt an. »Bist du jetzt endgültig verrückt geworden?«

»Aber nein, mein Freund. Das machen Schauspieler, um ein

Unglück abzuwenden. Klaus von Starbold war ein Schauspieler. Also, ich will kein Risiko eingehen!«

»Klaus von Starbold? Was zum Teufel hat er damit zu tun?«

Marmaduke fiel dann ein, dass Edwin noch nichts von seiner Entdeckung wusste.

»Alles, mein Freund. Aber das ist eine lange Geschichte, die ich dir später erzähle.«

Mittlerweile hatte sich Marmaduke damit abgefunden, dass Josepha nicht kommen würde. Die Zuschauer saßen inzwischen auf ihren Stühlen, die Strafgefangenen hatten sich auf die Plane gesetzt, die eigens für sie ausgebreitet worden war, und nun hatte Garnet Gamble seinen großen Auftritt. Er kam in einer langen Toga aus Leinen, mit einem Eukalyptuskranz auf dem Kopf und Amaru auf der Schulter. Er sah aus wie ein exzentrischer römischer Senator. Neben ihm stand Isabel in ihrem wallenden Umhang. Queenie trug einen mit Silber bestickten Sari und Rose Alba ein mit weißen Rosen besticktes Musselinkleidchen. Sie sah aus wie eine kleine Prinzessin.

Das Kind führte Garnet zu dem Ehrenplatz in der ersten Reihe, der für ihn reserviert war.

Schüsseln mit Essen wurden unter den Strafgefangenen herumgereicht, und jeder erhielt einen Krug Bier, um auf Seine Majestät anzustoßen, doch Marmaduke wusste, dass man ihnen spätestens kurz bevor es so weit war, nachschenken müsste.

Als Isabel ihre Ouvertüre am Pianoforte beendete, klatschten die Zuschauer begeistert Beifall, und die Vorhänge wurden so weit zurückgezogen, dass Marmaduke auf die Bühne treten konnte. Er machte eine schwungvolle Verbeugung vor dem versammelten Publikum und bat alle, ihre Gläser zu erheben, um mit ihm auf George Barrington anzustoßen.

»Wer zum Teufel ist dieser George Barrington?«, murmelte die Menschenmenge.

Marmaduke lächelte. »Ein Ire, den niemand von uns vergessen sollte. Es heißt, Barrington habe den Prolog für das erste, jemals in der Kolonie aufgeführte Theaterstück geschrieben und gesprochen, nur ein Jahr nach Ankunft der First Fleet, mit der die ersten europäischen Einwanderer nach New South Wales gekommen waren. Es handelte sich um Farquhars Komödie *Der Werbeoffizier*, die am vierten Juni 1789 uraufgeführt wurde, um den Geburtstag Seiner Majestät, König Georg III. zu feiern«, erklärte er und ließ den Blick über die Reihen der versammelten Strafgefangenen schweifen. »Das Ensemble bestand aus *verurteilten Schauspielern*, die vor einem Publikum aus Offizieren und Strafgefangenen auftraten. Auch Gouverneur Arthur Phillip war unter den Zuschauern. Hier einige Zeilen aus dem, was als Barringtons Rede in die Geschichte eingegangen ist: ›Alles wahre Patrioten, denn eins ist gewiss: Wir verließen unser Land für das Wohl unseres Landes.‹«

Da brach lauter Jubel aus, und die Bierkrüge waren im Nu geleert.

Nachdem das Gejohle verstummt war, verbeugte sich Marmaduke vor Rose Alba und wandte sich wieder an sein Publikum.

»Meine sehr verehrten Damen und Herren, heute ist ein besonderer Tag. Mit dieser königlichen Galavorstellung wollen wir Miss Rose Alba in Bloodwood Hall willkommen heißen.« Nachdem der Beifall verebbt war, fuhr er fort: »Die junge Dame hier ist die Halbschwester meiner Frau Isabel. Sie hat sich gütigerweise bereit erklärt, Mingaletta zu ihrem zu Hause zu machen, sobald die Zimmerleute die notwendigen Reparaturen beendet haben.«

»Ich hoffe, dass es bald so weit ist, denn sehr lange kann ich nicht mehr warten«, rief Isabel an Marmaduke gerichtet, doch alle, die dort oben versammelt waren, konnten sie hören.

Die Zimmerleute, die bereits ein wenig angeheitert waren, riefen zurück: »Machen Sie sich keine Sorgen, Mrs Gamble!«

Dann fuhr Marmaduke fort: »Rose Alba, die weiße Rose von

York, ist unsere rechtmäßig adoptierte Tochter, und von diesem Tag an wird sie den Namen Gamble tragen!«

»Hört, hört!«, tönte Garnet Gamble.

Und Amaru krächzte von seiner Schulter: »So ist es recht!«

Der Applaus wurde von lauten Hurrarufen unterbrochen. Rose Alba hatte bereits alle Herzen erobert.

Marmaduke zeigte auf die hinter ihm geschlossenen Vorhänge. »Und jetzt zur Freude aller Anwesenden, auch jener unter uns, die sich keltischer Vorfahren erfreuen, womit wohl die Hälfte der Bevölkerung von New South Wales angesprochen ist, Miss Bridget.«

Die Vorhänge öffneten sich zu einem auf der Fiedel gespielten, irischen Lied, zu dem Bridget einen irischen Tanz aufführte, mit leidenschaftlich stampfenden Füßen und locker herabhängenden Armen, so wie es die Tradition vorschrieb. Hin und wieder blitzten ihre Knöchel über den Schnallenschuhen auf, zur Freude der vorwiegend männlichen Zuschauer, die begeistert aufschrien, während Powell sie mit einem Ausdruck überraschter Bewunderung beobachtete.

Als die Vorhänge anschließend erneut zurückgezogen wurden, tauchte ein Kasperletheater auf, groß genug, um Marmaduke und Murray Platz zu bieten, die das traditionelle Stück zuvor einstudiert hatten. Das rüpelige Kasperle wurde von den Strafgefangenen lauthals gefeiert, selbst wenn es seine Frau verprügelte, der Polizist hingegen unbarmherzig ausgebuht.

Queenie führte einen indischen Tanz auf, und Marmaduke fühlte sich plötzlich in die Vergangenheit zurückversetzt, denn beim Tanzen sah Queenie genauso jung aus, wie er sie von früher in Erinnerung hatte.

Dann kam der Augenblick, an dem sich Marmaduke dafür entschuldigen musste, dass der Star des Tages nicht erschienen war.

Von der Bühne aus würdigte er die »amerikanische Nachtigall« mit glühenden Worten. Und gerade als er zu einer Ausrede ansetzen wollte, weshalb sie nicht hatte kommen können, sah er, wie etwas Scharlachrotes durch den Garten auf sie zukam.

»Ich habe die Ehre, euch eine Künstlerin vorzustellen, deren magische Stimme ihr niemals vergessen werdet, meine liebe Freundin Madame Josepha St. John!«

Aller Augen wandten sich in die Richtung, in die er blickte, gerade in dem Moment, als eine himmlische Stimme einen hohen, anhaltenden Ton anstimmte. Und dann kam sie durch den Garten, mit ausgebreiteten Armen, als wollte sie alle umarmen, die einzigartige Josepha St. John, in einem roten Samtkleid mit goldenen Streifen. Großzügig offenbarte es ihre blassen Arme und herrlichen Brüste, die mit den legendären »Diamanten« geschmückt waren.

Was für eine Frau! Und was für ein unvergesslicher Auftritt.

Federico ersetzte Isabel am Klavier, ohne dass irgendwer es mitbekam, während das Publikum nur noch staunen konnte.

Isabel konnte sich jetzt in aller Ruhe zu den anderen gesellen und den Auftritt genießen, doch als Marmaduke ihr Gesicht sah, erstarrte er vor Schreck.

Isabel war erschöpft. Rose Alba zu unterhalten, war rein theoretisch ein großartiger Einfall gewesen, doch es hatte einer ganzen Woche Proben bedurft. Was hatte sich Marmaduke eigentlich dabei gedacht, sie auf dem Klavier spielen zu lassen, ohne eine Hilfe, die die Notenseiten umblätterte? *Ich bin weder Mozart noch Beethoven! Ich bin eine Frau, die kurz vor einer Entbindung steht. Und obendrein muss ich so tun, als wüsste ich nicht, dass man soeben mein Haus niedergebrannt hat. Niemand sagt mir die Wahrheit! Und jetzt stehe ich vor der sagenhaften Josepha St. John und sehe aus wie ein Mops!*

Ihre Augen füllten sich mit Tränen der Frustration, die sich wenig später in Wut verwandelte, als Josepha Marmaduke auf die Bühne zerrte, um ihm eine leidenschaftliche Arie vorzusingen. Und er sah so umwerfend aus wie ein junger Romeo. Josepha zog eine scharlachrote Blüte aus ihrem Dekolletee und reichte sie Marmaduke – der doch tatsächlich nicht davor zurückschreckte, sie zu küssen! Für Isabel spielte es jetzt auch keine Rolle mehr, dass Josephas Lied von einem Liebespaar handelte, das vom Schicksal gezwungen wurde, für immer auseinanderzugehen.

Es trieb Isabel zur Weißglut.

Das ist mein Mann, mit dem du da spielst, du verdammte Raubkatze!

Sie wollte gerade ihre Röcke zusammenraffen und zu Garnet und Rose Alba gehen, als sie spürte, wie sich ihre Stimmung aus unerfindlichen Gründen schlagartig veränderte. Die damit einhergehende Kälte war schon immer eine Warnung vor der Erscheinung des Anderen gewesen.

Rose Alba saß nicht auf ihrem Platz, doch sie hatte gesehen, wie Marmaduke sie zu den Kulissen gebracht hatte, um Josephas Auftritt zu verfolgen und am Ende der Vorstellung zusammen mit dem Publikum *God save the King* anzustimmen.

Die Vernunft sagte ihr, dass Rose Alba unter Marmadukes Fittichen in Sicherheit war, doch ihr Instinkt war stärker als die Vernunft. Plötzlich verebbten alle Geräusche um sie herum. Wie ein wildes Tier witterte sie die Gefahr. Irgendetwas stimmte nicht. Und es war nicht im Theater, sondern irgendwo da draußen, unsichtbar. *Im Garten.*

Unfähig zu schreien, hob Isabel ihren Rock und lief in den Rosengarten.

Unterdessen sah sich Garnet um. Er hatte das Gefühl, dass er nun getrost sterben könnte, wäre da nicht der Wunsch, wenigstens ein einziges Mal seinen Enkel in den Armen zu halten. *Fast alles, was ich mir erhofft habe, ist eingetreten – dank Isabel. Ich habe sogar so etwas wie Frieden mit Marmaduke geschlossen.*

Alle in seiner Welt, Unfreie und Freie, waren vom Auftritt der Diva fasziniert. Er erwiderte Rose Albas aufgeregtes Winken, als diese die Kulissen verließ und an Black Marys Hand zum Haus ging.

Garnet war nicht überrascht. *Die Kleine war so aufgeregt, dass sie schon den ganzen Tag Pipi machen musste. Braves Mädchen. Ohne Begleitung geht es nirgendwohin.*

Rose Alba hatte in wenigen Tagen sein Herz erobert. Ihr bezauberndes Wesen und ihr sonniges Lächeln hatten die Liebe in das Haus gebracht, das er in der vergeblichen Hoffnung gebaut hatte, darin eine Familie zu gründen, mit Miranda und den Kindern, die er mit ihr hatte zeugen wollen. Ein Haus, das nichts als Vorwürfe, Wut, Verrat, Tragödien und Jahre bitterer Entfremdung in dem Sohn hervorgebracht hatte, den er mehr als sein eigenes Leben liebte. Erst Isabel hatte aus Marmaduke einen Mann gemacht.

Plötzlich ertappte er sich dabei, wie er zum ersten Mal seit vielen Jahren widerstrebend ein Gebet sprach.

Irgendwo da oben muss es wohl einen Gott geben. Und gerade als ich sicher war, dass ich ihm egal war, schickt er mir Isabel, das Kind, das Marmaduke und sie gezeugt haben, und dieses kleine Mädchen, das ich wie mein eigenes Fleisch und Blut lieben werde. Nach all den schlechten Karten, die du mir gegeben hast, Herr, fällt es mir nicht leicht zuzugeben, dass es sich letztendlich doch gelohnt hat, auf diesen Tag zu warten.

Aber dann überkam ihn das Gefühl, dass trotzdem alles auf der Kippe stand. Aber warum? Es schien doch ganz in Ordnung zu sein. Isabel beobachtete aufmerksam Marmaduke auf der Bühne – offensichtlich schwelgte er in seiner Rolle und genoss es, Mittelpunkt im Lied der Diva zu sein. *Verflixt nochmal, vermutlich hat er das eine oder andere schauspielerische Gen von diesem verdammten Klaus von Starbold geerbt.*

Doch dann sagte er sich, dass der Mistkerl, der Mirandas Herz gestohlen hatte, tot war. Er aber lebte.

Er wollte gerade zusammen mit dem Publikum klatschen, als er in der Ferne eine Gestalt im Garten ausmachte und erstarrte. *Dieses Gesicht.* Er kniff die Augen zusammen. Und dann fiel es ihm wie Schuppen von den Augen, und er wusste, dass seine Vergangenheit ihn wieder einmal eingeholt hatte.

Wie konnte derselbe Gott einen Mann erschaffen, der so gut aussah und einen so vornehmen Eindruck machte, dass man das Böse in ihm gar nicht wahrnahm? Den Mann, der ihn mit seiner Falschaussage vor Gericht ins Verderben gestürzt hatte.

Blind vor Wut und atemlos sprang Garnet auf und rannte los. Silas de Rolland in seinem Rosengarten! Das war der Gipfel der Dreistigkeit. Er durfte keine Zeit verlieren. Der Mistkerl ging gerade davon und lächelte einem kleinen Mädchen an seiner Hand zu … Rose Alba Gamble.

Isabel war verwirrt, als sie den Rosengarten menschenleer vorfand. Sie stolperte den Weg entlang auf das Haus zu. Als sie Black Mary begegnete, die mit einer Schüssel voller Essen aus dem Haus kam, hielt sie das Mädchen mit zitternden Händen fest.

»Wo ist sie? Wo ist Rose Alba? Ich habe gesehen, wie sie mit dir fortging.«

Das Mädchen sah sie mit vor Angst weit aufgerissenen Augen an. Dann stammelte sie etwas von einem Gentleman.

»Was für ein Gentleman? Wie sah er aus?«

»Wie Sie, Ma'am. Er bat das Kind, ihm den weißen Rosengarten zu zeigen. Der Gentleman meinte, Sie hätten sicher nichts dagegen, er wäre Ihr Cousin.«

Silas! In dem Gefühl, in einem Albtraum gefangen zu sein, rannte Isabel auf den weißen Rosengarten zu. Wenn sie sich nur stark genug konzentrierte, dachte sie, könnte sie vielleicht daraus aufwachen. Bis sie die Kutsche in der kreisrunden Auffahrt vor dem Haus sah und der Wahrheit ins Auge blicken musste. Nichts würde sie aufwecken können.

Der Mann auf dem Kutschbock war derselbe, der sie zum Hafen von London gefahren hatte, um an Bord der *Susan* zu gehen. Cooper, Silas' Scherge. Der Faustkämpfer, der gezwungen worden war, für ihn zu arbeiten, weil Silas ihn erpresste, weil er wusste, dass der Mann wegen Mordes gesucht wurde. Jetzt trug er ein Stück Blech auf der Nase.

Isabel schrie: »Cooper, um Gottes willen, sag mir, was Silas mit meiner Tochter gemacht hat.«

Cooper runzelte nur die Stirn und wandte den Blick von ihr ab.

Im selben Augenblick sah Isabel, wie sich etwas im Innern der Kutsche bewegte. Silas saß mit Rose Alba darin, seine behandschuhte Hand bedeckte das ganze Gesicht des Mädchens bis auf die schreckerfüllten Augen.

Silas' Stimme klang weich wie Seide. Waren seine Worte ein Echo der Vergangenheit in ihrer Vorstellung? Oder waren sie lebendig und gegenwärtig?

Silas sah Isabel an und streichelte dem Kind übers Haar: »Was für ein hübsches kleines Ding du bist, Liebling.«

Isabels Verstand setzte aus. Sie war wie gelähmt, gefangen in dem Raum zwischen ihrer Kindheit und der Gegenwart. Einen Augenblick stand sie da, während Silas Rose Albas Gesicht sanft zu sich drehte und sie zwang, ihm in die Augen zu schauen.

»Wenn du erwachsen bist, *werde ich dich bitten, meine Frau zu werden.*«

Isabel sah, wie sich ihre Angst in Rose Albas Augen spiegelte, sie wusste, was das Kind dachte und fühlte.

Dann brach es selbst den Bann, indem es das Gesicht von ihm abwandte und rief: »Lass mich los!«

Eine Welle kalter Wut packte Isabel. Sie sprang auf das Trittbrett der Kutsche und hielt sich am Fensterrand fest, während sie vergebens versuchte, die Tür zu öffnen.

»Lass sie los! Ich werde nicht zulassen, dass du ihr Leben ruinierst – so wie meins!«

Silas lächelte sie durch das Fenster an und musterte sie.

»Ich brauche dich nicht mehr, Isabel. Du bist alt geworden.«

Dann klopfte er mit seinem Gehstock gegen das Dach der Kutsche. »Fahr los, Cooper!«

Isabel schrie nach Marmaduke und rief Rose Alba zu: »Ich lasse dich nicht im Stich!«

Alle drehten sich um, als sie das Grölen einer männlichen Stimme hörten. Garnet Gamble kam auf sie zugerannt und fuchtelte mit einer Duellpistole herum. Plötzlich blieb er stehen, erkannte die Lage und richtete die Waffe auf Cooper.

»Eine Bewegung, und du bist ein toter Mann!«

Rose Albas hohe Stimme rief verzweifelt nach Marmaduke. Isabel klammerte sich an die Tür der Kutsche, mit einem Fuß immer noch auf dem Trittbrett, während die Pferde aufgeregt mit den Hufen scharrten. Sie wusste nicht, wie lange sie sich noch halten konnte, doch als Cooper trotz Silas' Befehl die Pferde abrupt zum Stehen brachte, gelang es ihr, in die Kutsche zu gelangen und Silas ihre Fingernägel ins Gesicht zu krallen.

»Lauf schnell nach Hause, mein Kleines!«

Während Rose Alba aus der Kutsche sprang, lächelte Isabel trotz des Schmerzes, den sie spürte, als Silas ihr mit seinem Gehstock ins Gesicht schlug.

Rose Alba rannte an Garnet vorbei und schrie Marmadukes Namen.

Marmaduke war von der Bühne gesprungen, als er gesehen hatte, wie Isabel und Garnet in dieselbe Richtung rannten. Dann hörte er, wie Rose Alba nach ihm rief. Er lief auf die Kutsche zu, vor der Garnet stand, aus vollem Halse schrie und frustriert die Pistole schwenkte, ohne zu feuern, aus lauter Angst, Isabel zu treffen statt Silas.

Marmaduke hob Isabel von der Kutsche, ohne den Mann in der Kutsche aus den Augen zu lassen, der mit seinem Gehstock unentwegt gegen das Dach schlug und Cooper befahl loszufahren.

Doch Cooper saß mit verschränkten Armen auf dem Kutschbock und machte keine Anstalten, sich von der Stelle zu rühren.

»Du hast wohl die Seiten gewechselt, wie?«, rief ihm Marmaduke zu.

Cooper sah Marmaduke unerschrocken an und nickte in Silas' Richtung. »Ich bin bewaffnet, er nicht. Ich hab immer nur die Drecksarbeit für ihn erledigt. Mir macht es nichts aus, einen Mann zu töten, aber ich werd den Teufel tun und mich an 'nem kleinen Mädchen vergreifen.«

»Ich glaube dir«, erwiderte Marmaduke. Gott sei gedankt für den »Ehrenkodex« der Newgate-Diebe!

Die Menschen schwirrten um sie herum wie ein aufgescheuchter Bienenschwarm, hielten aber sicheren Abstand zum Geschehen. Nur Edwin, Murray und Powell näherten sich der Kutsche.

Marmaduke drehte sich zu Rose Alba um, die neben Queenie stand und so ruhig wie das Auge eines Hurrikans wirkte. Garnet richtete kochend vor Wut die Pistole auf Silas und forderte ihn zum Kampf heraus. Bridget schrie ihn an, er solle keine Dummheiten machen, während Amaru sich die Kehle aus dem Hals krächzte.

Josepha St. John stand etwas abseits von den anderen und starrte Silas an. Ihr Gesicht war wie eine weiße wütende Maske.

Marmaduke wusste, dass er sich zusammennehmen musste, bevor er den Kerl endlich zur Rechenschaft ziehen konnte.

Als Silas Josepha mit einer trägen Geste aufforderte, in die Kutsche zu steigen, sah Marmaduke die eleganten Hände seines Feindes. Angeekelt stellte er sich vor, wie sie die kleine Isabel liebkost und missbraucht hatten. Und er sah diesen Mund, der sich jetzt amüsiert verzog, den Mund, der Isabel als kleines Kind geküsst, mit der Leidenschaft und den Lügen eines Erwachsenen verführt und ihr die Unschuld genommen hatte. Und jetzt hatte er sich auch an Rose Alba vergehen wollen.

Edwin war noch vor Powell und Murray bei Marmaduke, der in erster Linie darauf bedacht war, seine Familie in Sicherheit zu bringen. Sie sollten nicht Zeuge dessen werden, was nun kommen würde.

»Queenie, bring Isabel und das Kind nach oben. Ich gebe sie in deine Obhut. Ich will nicht, dass sie einen Schock erleiden.«

Wenn Isabel das Kind verliert, hänge ich den Mistkerl auf, vierteile ihn und spieße seinen Kopf auf dem Gitterstab des Tores auf.

Josepha kam bedächtig auf ihn zu, gefolgt von Federico. Marmaduke war nicht sicher, wem ihre Loyalität galt. Ihre leuchtend schwarzen Augen musterten sein Gesicht, als riefe sie sich all dessen Züge ins Gedächtnis zurück. Dann flüsterte sie heiser: »Tu, was du tun musst, Liebster. Aber pass gut auf dich auf. Männer wie du sind rar.«

Marmaduke schaute ihr in die Augen, dann küsste er ihr die Hand und wandte sich an Cooper, der seinen Master endgültig im Stich gelassen hatte.

»Bring Madame St. John, wohin sie will, und du bekommst bei mir eine Anstellung. Ohne weitere Fragen.«

Cooper zögerte kurz. »Ich glaub Ihnen.«

Marmaduke zerrte Silas aus der Kutsche und half der Diva und Federico beim Einsteigen. Und als Josepha »Sydney Town!« sagte, nickte er Cooper zu.

Mittlerweile hatte sich die Menschenmenge bis auf Edwin, Powell und Murray zerstreut. Marmaduke war sich bewusst, dass nun der Augenblick gekommen war.

»Silas de Rolland, auf diesen Tag habe ich lange gewartet. Wer ihn überlebt, wird ihn bis an sein Lebensende nicht vergessen.«

Das hübsche Gesicht war der Inbegriff von Arroganz. Doch Marmaduke entging nicht, dass Silas' Pupillen seltsam trübe waren. Er verströmte einen modrigen Geruch nach Gewürzen, der Marmaduke an einen östlichen Basar erinnerte. Laudanum.

Silas warf ihm einen verächtlichen Blick zu. »Du musst genauso wahnsinnig sein wie dein krimineller Vater, wenn du glaubst, du könntest einen de Rolland zum Duell herausfordern. Für wen hältst du dich eigentlich?«

»Für den Mann, der dich töten wird, Kumpel.«

»Du hast wohl Angst, mich vor Gericht zu bringen, wie? Weil das Gesetz mich aufgrund der Aussage eines Verbrechersöhnchens niemals verurteilen würde.«

Edwin trat einen Schritt vor, seine Stimme war kalt und autoritär. »Ich bin der Anwalt der Familie Gamble. Ich besitze genug Beweise für die Verbrechen, die Sie in dieser Kolonie begangen haben, um Sie für den Rest Ihres perversen Lebens nach Norfolk Island zu schicken!«

Marmaduke wusste, dass er nur bluffte. Murray hielt die Waffe auf Silas gerichtet, während Edwin Marmaduke beiseitezog.

»Wir alle haben gesehen, was de Rolland heute getan hat. Ich bitte dich, Marmaduke. Vertraue ein einziges Mal auf die britischen Gesetze.«

Marmaduke war unerbittlich. »Viel zu viele Adlige kommen in dieser Kolonie mit einem Mord davon. Angesichts der Verbrechen, die dieser Schweinehund an Mendoza, Mingaletta und kleinen Mädchen verübt hat, steht seine Welt gegen unsere. Wenn wir ihn beschuldigen, er hätte versucht, Rose Alba zu entführen, wird er behaupten, er hätte das kleine Mädchen nur auf eine Spazierfahrt mitnehmen wollen. Dagegen gibt es kein Gesetz. Du weißt genauso gut wie ich, dass er mit einem blauen Auge davonkäme!«

»Lasst mich diesen verdammten Köter über den Haufen schießen!«, verlangte Garnet. »Ich war schon einmal im Zuchthaus. Ich weiß, wie man dort überlebt.«

Silas sah ihn belustigt an. »Bei Gott, Gamble! Versuch es. Du bist sowieso reif für das Irrenhaus.«

Noch ehe Edwin Garnet beruhigen konnte, sah Marmaduke Silas' selbstgefälligen Ausdruck und ließ seiner Wut freien Lauf.

»Ich scheiße auf das Gesetz! Du stehst auf meinem Grund und Boden. Hier mache ich die Gesetze! Hast du das kapiert?«

Marmaduke schlug ihm die Faust ins Gesicht, bis es blutete.

»Nun, ich habe dich vor drei Zeugen beleidigt, einer davon ist Anwalt. Und ich gebe dir drei Möglichkeiten, de Rolland. Erstens eine Reise. Ein griechischer Kapitän, der Kinderschänder genauso hasst wie ich, kann dich für den Rest deines Lebens auf einer einsamen Insel absetzen. Zweitens: Wenn du dir zu fein bist, um dich mit mir zu duellieren, schieße ich dich wie einen tollwütigen Hund über den Haufen. Und drittens: Wir können das Ganze auch in einem Duell austragen, somit hat jeder die gleichen Chancen, den anderen zu töten. Du entscheidest.«

Silas zuckte die Achseln. »Na schön, dann Pistolen. Ich habe heute Nachmittag ohnehin nichts Besseres vor. Aber ehe ich an deinem Begräbnis teilnehme, will ich dir beibringen, wie sich ein Gentleman im Duell zu verhalten hat. Erspar mir ein schäbiges koloniales Duell wie das, mit dem du vergeblich die Schande deiner Mutter tarnen wolltest.«

Marmaduke wusste nicht so recht, was er darauf antworten sollte, als Garnet wie ein Stier brüllte und sich auf Silas stürzte. Alle vier umstehenden Männer waren nötig, um ihn zurückzuhalten.

»Vertrau mir, Vater, ich werde diesem Köter geben, was er verdient.« Dann wandte er sich Silas zu. »Mag sein, dass deine Vorfahren von Adel waren, Silas, du aber bist der letzte Abschaum. Und jetzt kannst du gehen und deinem Laudanum frönen. Vergiss nicht, dein Testament zu machen. Morgen um zehn bringt Powell dich an den Ort, an dem wir uns treffen werden.«

Dann setzte er noch hinzu: »Und komm ja nicht auf die Idee, dich aus dem Staub machen zu wollen. Du sollst wissen, dass ich dich finde, egal, wo du dich verkriechst. Du würdest dich zum Gespött der ganzen Kolonie machen.« Und an Murray gewandt: »Bring dem Kerl ein Pferd.« Dann machte er auf dem Absatz kehrt und ging.

Im Haus ließ er ein neues Testament aufsetzen, in dem er seine Kinder bedachte, und unterzeichnete es vor Zeugen.

Edwin seufzte resigniert. »Ist dir bewusst, was es bedeutet, wenn du noch jemanden im Duell tötest, selbst wenn er dich auf übelste Weise provoziert hat?«

»O ja, mein Freund. Die Gesellschaft wird mich ächten. Ich werde niemals eine Einladung ins Government House bekommen. Eine echte Schande, was?«

Sie sahen sich an und grinsten grimmig. Beide wussten, dass seine Arroganz nur Show war.

FÜNFUNDFÜNFZIG

Isabel schreckte schweißgebadet auf. Draußen machten sich die Kookaburras mit ihrem Gelächter über den nächtlichen Terror lustig, dem sie gerade entflohen war. Die Bilder waren noch so lebendig, dass sie nicht recht wusste, ob es ein Albtraum gewesen war oder ob tatsächlich das Andere sie aufgesucht hatte. Die Gestalt eines Mannes in einem schwarzen Umhang mit Kapuze hatte am Fuß ihres Bettes gestanden. Es war dasselbe Gesicht, das sie damals am Flussufer beobachtet hatte. Klaus von Starbold.

Queenie fuhr in dem Sessel hoch, wo sie die ganze Nacht über Isabel gewacht hatte. Als Isabel ihren Traum beschrieb, war sie entsetzt über Queenies Gelassenheit.

»Ja, Klaus war tatsächlich hier. Ich habe gehört, wie er die Hacken zusammenschlug, als er sich vor dir verbeugte. Keine Sorge, Isabel. Er war ein Ehrenmann, als er noch lebte. Sein Geist würde dich niemals verletzen«, erklärte sie im Brustton der Überzeugung. »Es ist nicht ihre Art. Geister kommen nur zurück, wenn sie noch etwas zu erledigen haben.«

»Kommt Miranda deswegen immer wieder zu dir zurück?«

Queenie seufzte. »Vielleicht bin ich nur egoistisch und *will nicht*, dass sie mich verlässt.«

Isabel ging zur offenen Tür und spürte, wie sich ihr Hals zuschnürte, als sie das schlafende Kind sah. »Sogar nach allem, was ihr gestern widerfahren ist, sieht sie so friedlich aus.«

»Dieses Kind ist unverwüstlich. Es ist dazu bestimmt, glücklich zu sein.«

Isabel bestand darauf, sich anzukleiden und hinunterzugehen, um nach Marmaduke zu sehen. Sie bat Queenie, bei Rose Alba zu bleiben, bis die Kleine aufwachte.

Das Haus wirkte verlassen, doch als sie sah, wie Garnet durch die Tür nach draußen ging, wo Davey die Zügel eines gesattelten Pferdes hielt, lief sie ihm hinterher.

»Wo ist Marmaduke? Was geht hier vor, Garnet?«

»Du solltest wieder ins Haus gehen und dich ausruhen, Liebling. Das hier ist eine Männersache. Wird schon alles gut gehen.«

Garnet setzte den Fuß in Daveys hohle Hände, schwang sich in den Sattel und galoppierte davon.

Isabel hielt Davey fest und bat ihn, ihr zu sagen, wohin die Männer geritten waren.

»Zum Kricketplatz, Ma'am.«

O Gott, das bedeutet ein Duell zwischen Marmaduke und Silas!

Als Isabel die Stute am Rand des Platzes anhielt, waren weder die Duellanten noch ihre Sekundanten zu sehen. Auf dem sonnenverbrannten Kricketfeld wirbelte der Wind einzelne Staubwolken auf. Die kleine Haupttribüne war menschenleer. Diese Partie hatte kein Publikum – mit Ausnahme von Garnet. Er stand mit herabhängenden Armen im Schatten eines Eukalyptusbaums.

Von nackter Angst erfüllt ritt Isabel zu ihm hinüber.

»Ich werde nicht weggehen«, sagte sie defensiv. »Garnet! Wir müssen das verhindern!«

»Zu spät!«, erwiderte er leise.

Lieber Gott, ich verspreche dir, was du willst, Hauptsache, Marmaduke bleibt am Leben! Silas hat versucht, Rose Alba die Unschuld zu nehmen, so wie damals mir. Aber es ist besser, dass er davonkommt, als dass Marmaduke sein Leben riskiert. Welchen Preis müssten wir wohl zahlen, wenn Marmaduke ums Leben käme?

Als sie sah, wie sich die fünf Männer hoch zu Ross näherten und ihre Pferde am Ende des ovalen Platzes im Schatten der gewaltigen Eukalyptusbäume festbanden, stieß sie innerlich einen frustrierten Schrei aus.

Sie schlenderten gemächlich über den Platz, als begäben sie sich zu einem Kricketspiel. Marmaduke hatte sich zu Edwin vorgebeugt, der ihm Anweisungen gab. Er trug ein weißes Hemd mit offenem Kragen und eine Moleskinhose, aber keine Kopfbedeckung, das Haar hatte er zum Schutz vor dem Wind im Nacken zusammengebunden. Er wirkte angespannt und erschöpft, als hätte er letzte Nacht kaum geschlafen.

Isabel murmelte immer wieder seinen Namen vor sich hin wie ein Gebet, in der Hoffnung, Gott möge sie erhören.

Sie zwang sich dazu, Silas anzusehen. Von Murray und Powell flankiert, wirkte er so gleichgültig, als wäre ein Duell etwas Alltägliches. Er trug einen tadellosen Anzug, dessen Jackett er lässig auf eine Bank warf und seinen Zylinder daneben stellte.

Isabel sah, wie seine Hand auf dem goldenen Knauf des Gehstocks aus Ebenholz ruhte, dort, wo er das Laudanum aufbewahrte.

Die vier Männer versammelten sich um Edwin, um die Details des Duells zu besprechen und die Pistolen zu überprüfen.

Am liebsten wäre Isabel in die Mitte des Platzes geprescht und hätte sie gezwungen, dieses männliche Ritual abzubrechen, das an derselben Stelle wie neun Jahre zuvor mit einer Tragödie enden könnte. Doch sie wusste auch, dass jede Ablenkung Marmadukes Konzentration schaden würde.

Sie ignorierte Garnets Aufforderung wegzugehen, saß aber ab und verbarg sich in einem Gebüsch.

Aus der Ferne sah Silas genauso gut aus, wie sie ihn als Kind in Erinnerung hatte, »wie der tapfere Soldat, der aus dem Krieg heimgekehrt war«. Der Wind zerzauste sein Haar, das dieselbe Farbe hatte wie ihres. Ihr Cousin wirkte so jung; man konnte kaum glauben, dass er fast schon so alt war wie ihr Schwiegervater.

Doch der galante Schein wurde durch einen Ausbruch von Feindseligkeit zunichtegemacht.

»Mein Gott, Bentleigh, was glauben Sie eigentlich, was Sie da machen? Nun beeilen Sie sich endlich. Ich habe Besseres zu tun, als Ihnen Lektionen zu erteilen… Nein, nein, so geht es nicht! Weiß man denn hier nicht einmal, wie man sich duelliert? Haben Sie noch nie vom Code Duello gehört?«

Edwins Antwort war lässig, keineswegs eingeschüchtert. »Wenn Sie schon so ein Pedant sind, de Rolland, warum haben Sie dann keine eigenen Sekundanten mitgebracht?«

»Wie bitte?« Silas lachte verächtlich. »Damit ein Gentleman Zeuge dieser Farce wird? Nur Männer gleichen Ranges dürfen sich duellieren.« Er zeigte auf Marmaduke. »Der Sprössling eines ehemaligen Verbrechers ist der letzte Dreck.«

Isabel war außer sich vor Wut. Sie spürte, wie das Baby gegen ihren Bauch trat, als fühlte es mit ihr.

Ich bin mit dem Fluch geschlagen, deinesgleichen zu sein, Silas. Wäre ich ein Mann, würde ich dich töten.

Ihre Augen folgten sehnsüchtig jeder Bewegung von Marmaduke, der Linie seines Profils, seinen Beinen, den Gesten seiner schmalen Hände. Dieser Mann war der Mittelpunkt ihrer Welt. Er hatte ihr beigebracht, wie man liebte, und ihr das Geschenk des Lebens in den Schoß gelegt. Die Sonne spielte auf seinen Locken, als er sich von ihr entfernte. Er war so kraftvoll, so wunderbar lebendig. Und trotzdem könnte er in wenigen Sekunden tot sein. Sein Name war ihr Gebet.

Jetzt standen Marmaduke und Silas Rücken an Rücken. Sie hielt den Atem an, als sie sich langsam voneinander entfernten.

Die Zeit zog sich unerträglich in die Länge, während Edwin die zwanzig Schritte abzählte… achtzehn, neunzehn…

Und dann passierte es. Mit einem Mal drehte sich Silas um,

zielte auf Marmadukes Rücken und – feuerte. Marmaduke stolperte. Entsetzte Stimmen schrien durcheinander. Isabel versuchte, zu ihm zu laufen, doch Garnet, der kreidebleich war, hielt sie zurück.

»Es ist noch nicht vorbei, Mädchen!«

Edwin und die anderen liefen auf Marmaduke zu, während dieser schwankend aufstand. Die Kugel hatte seinen rechten Arm gestreift. Das Blut verfärbte seinen Ärmel, während er versuchte, die Pistole mit beiden Händen zu halten.

Garnet drückte Isabel an seine Brust, ließ jedoch keine Sekunde seinen Sohn aus den Augen. Seine Stimme war unnatürlich ruhig.

»Marmaduke hat das Recht, das Feuer zu erwidern«, sagte er leise. »Schieß ihn wie einen Hund über den Haufen, mein Sohn!«

Silas stand starr vor Entsetzen da, sein Gesicht von blanker Angst verzerrt. So hatte ihn Isabel noch nie erlebt.

Und dann sah sie, wie Silas auf das starrte, wovor sie sich ein Leben lang gefürchtet hatte. Das Andere.

Die Gestalt stand hinter Marmadukes rechter Schulter. Aller Augen waren auf Marmaduke gerichtet, während er sich bemühte, die Waffe gerade zu halten und auf Silas zu zielen. Niemand sonst schien den Mann im schwarzen Umhang zu bemerken, der jetzt langsam auf Silas zuging. Der Andere nahm die Kapuze ab, um sich zu erkennen zu geben.

Doch Isabel sah, dass er kein Gesicht hatte. Auf seinem Gesicht lag eine weiße Totenmaske. Klaus von Starbolds Totenmaske.

Isabel sah Garnet an. »Siehst du, was ich sehe? Den Mann in dem schwarzen Umhang?«

Garnet blickte sie verwirrt an. »Welchen Mann? Du bist ja blass wie ein Gespenst.«

Isabel zeigte auf Silas. »Guck mal, Garnet. Guck dir Silas' Gesicht an. Er sieht ihn auch!«

Der Schweiß lief Marmaduke über die Stirn, er brannte in seinen Augen und trübte seinen Blick. Seine Hände mit der Waffe zitterten, sein rechter Arm schmerzte, und er sah erstaunt, wie das Blut in kleinen Rinnsalen zwischen den Fingern seiner rechten Hand hindurchsickerte.

Er hatte eine lebhafte Erinnerung daran, wie sein deutscher Vater am anderen Ende des Platzes gelegen hatte, genau da, wo Silas jetzt stand und ihn anstarrte.

Er hat Angst. Mein Gott, er sieht aus wie Isabel. Was hält mich davon ab, auf ihn zu schießen? Meine Hände sind wie gelähmt. Warum zum Teufel kann ich nicht abdrücken?

Silas de Rolland schrie entsetzt auf und taumelte einen Schritt zurück. Sein Gesicht spiegelte blankes Entsetzen. Seine Augen quollen hervor, während er die Arme hob, als wollte er einen unsichtbaren Gegner abwehren. Er griff in die Leere vor seinem Gesicht und fasste sich dann an den Hals.

Halb erstickt rief er: »Wer – bist – du?«

Wie von einer unsichtbaren Kraft nach hinten geworfen, fiel er zu Boden und wand sich.

Die vier Männer auf dem Platz gingen auf ihn zu. Murray beugte sich über ihn.

Marmaduke stolperte verwirrt auf den am Boden liegenden Körper zu.

Was zum Teufel soll ich jetzt machen?

Silas hatte die Augen weit aufgerissen, sein Mund war zu einem grausigen Grinsen verzerrt.

»Ich hielt mich für unsterblich, doch jetzt ist er gekommen, um mich zu holen. Der Engel – des Todes!«

Und dann sah Marmaduke stumm mit an, wie sein Feind mit aufgerissenen Augen starb.

Gegen einen Baumstamm gelehnt, beobachtete Isabel, wie sich die Männer im Kreis um Silas de Rolland versammelten und besprachen, was sie mit seiner Leiche machen sollten. Garnet zögerte noch, sich ihnen anzuschließen.

»Geh zu Marmaduke, Garnet. Es ist alles in Ordnung, ich muss nur ein paar Minuten allein sein.«

Instinktiv wollte Isabel Gott danken, dass er ihren Cousin, der ihr Leben hatte vernichten wollen, getötet hatte. Stattdessen sprach sie ein Dankgebet, dass ihr geliebter Mann noch lebte, auch wenn er verletzt war.

Isabel beobachtete die Männer, die um die Leiche herumstanden und Edwin mit Fragen bombardierten, und als sie sah, wie Garnet seine Krawatte abnahm und Marmadukes Arm verband, um die Blutung zu stillen, atmete sie erleichtert auf.

Sie wusste, dass sie zu ihrem Mann gehen sollte, um ihm beizustehen, doch sie war so erschöpft, dass sie keine Kraft fand, sich von der Stelle zu rühren. Ihr war klar, dass sie unter Schock stand.

Offenbar wussten alle Anwesenden, was mit der Leiche zu tun sei, trotzdem konnten sie sich nicht einig werden.

Der stets praktisch veranlagte Murray lag fast auf einer Linie mit Edwin.

»Es hat ein Duell stattgefunden. Ein Adliger kann sich nicht einfach in Luft auflösen. De Rolland hat Penkivil Park für ein Jahr gepachtet, das Anwesen ist voller Exclusives, obendrein hinterlässt er ein Vermögen in England. Man muss ihm eine korrekte Bestattung ermöglichen, sonst werden die Zeitungen davon ausgehen, dass hier etwas nicht mit rechten Dingen zugegangen ist. Sie wissen doch selbst, wie gern Journalisten alles aufbauschen.«

Marmadukes Stimme klang besorgt. »Vielleicht bin ich befangen, weil ich hier in der Kolonie schon einmal jemanden bei einem Duell getötet habe, aber warum sollen wir den Zeitungen einen Skandal auf dem Silbertablett präsentieren? Niemand außer uns muss wissen, dass dieses Duell überhaupt stattgefunden hat.«

»Meine Rede«, erklärte Edwin. »Silas de Rolland starb nicht bei einem Duell. Eine Autopsie würde keinerlei Verletzungen zu Tage fördern. Außerdem kann jeder von uns bezeugen, dass Marmaduke seine Waffe nicht abgefeuert hat.«

Niemand sagte ein Wort, bis Murray schließlich das Schweigen brach: »Was genau hat ihn dann getötet? Ist er an Herzversagen gestorben? War es das Laudanum? Oder die Angst?«

»In der Tat, es war Angst«, erklärte Powell hastig. »Sie stand ihm ins Gesicht geschrieben. Bei Gott, es war wirklich so, als hätte der Mann dem Engel des Todes in die Augen geschaut.«

Isabel war drauf und dran, zu Powell zu gehen und ihm zu sagen, dass sie den Engel gesehen hatte, doch Marmaduke, der sich allmählich von dem Schock erholte, hielt nichts von dieser Theorie.

»Ich finde, wir sollten seine Leiche einfach Meilen von hier entfernt in den Busch werfen. Und dann im Dorf die Nachricht von seinem Verschwinden verbreiten.«

Garnet Gamble hatte bislang kein Wort gesagt. Jetzt warf er einen kalten Blick auf die Leiche seines alten Feindes und erklärte: »Holt eine Brechstange. Ich kenne einen Ort, an dem er seine Ewigkeit verbringen kann.« Er hielt inne. »Was meint ihr, wo die Trooper einen englischen Adligen, der verschwunden ist, am allerwenigsten vermuten würden?«

Marmaduke warf ihm einen anerkennenden Blick zu. »Vater, meinst du etwa das, was ich denke?«

»Und ob, mein Sohn. Wir müssen nur den Grabstein in meinem Mausoleum beiseiteschieben.«

Isabel hielt sich die Hand vor den Mund, um angesichts dieser makabren Idee nicht laut loszuprusten. Obwohl er halb wahnsinnig war, hatte er eine bessere Lösung vorgeschlagen, als drei geistig gesunde Männer und ein Anwalt sich zusammen hätten ausdenken können.

Garnet blieb hartnäckig. »Kein Trooper würde auf die Idee kommen, in meinem Grab nach dem Mistkerl zu suchen.«

Verwirrt sah Isabel, dass die Männer begeistert wie Schuljungen die Leiche auf Garnet Gambles Pferd hoben, ihre Hüte vor die Brust hielten und in einer feierlichen Prozession auf Garnets Mausoleum zugingen.

Bleich und erschöpft führte Marmaduke Isabels Stute hinter ihnen her und machte sich Sorgen, sie könnte einen doppelten Schock erleiden.

»Alles in Ordnung, Liebling? Ich kann dich sofort nach Hause bringen, wenn du lieber nicht dabei sein willst.«

»Mir geht es gut«, erwiderte sie knapp. »Ich will mich selbst davon überzeugen, dass Silas wirklich tot ist.«

In Wahrheit war ihr so, als würde sie das Geschehen von außerhalb ihres Körpers verfolgen. Sie starrte auf Silas' schlaffe Hände, die an der Flanke des Pferdes baumelten, und war verwirrt über die widersprüchlichen Kindheitserinnerungen, die diese Hände in ihr weckten. Hände, die zärtlich ihr Haar gestreichelt hatten. Die sie unter das Wasser gedrückt hatten, bis sie das Bewusstsein verlor. Die sie im Dunkel der Nacht als Kind berührt hatten. Entschlossen, die Bilder aus ihrem Kopf zu vertreiben, nickte sie Marmaduke zu, als er sich auf seinen Vater stützte und sagte: »Das ist eine großzügige Geste von dir, Garnet. Ich weiß sehr gut, wie viel dich das Mausoleum gekostet hat und wie sehr du dir ein stattliches Begräbnis gewünscht hast.«

»O ja, mein Junge, aber ich habe nicht vor, den Löffel so schnell abzugeben. Jetzt bekomme ich einen Enkel, und dieses Mal will ich auf keinen Fall versagen. Es wird wohl ein paar Jährchen dauern, bis ich einen richtigen Mann aus ihm gemacht habe.«

Marmaduke lachte und drehte sich zu Isabel um. »Hey, Liebling, was sagst du dazu? Willst du die Ehre deines Mannes nicht verteidigen?«

Isabel schüttelte gereizt den Kopf. »Welche Ehre? Im Moment habe ich Wichtigeres zu tun.«

Murray brachte eine Brechstange. Dann hievten die Männer die Leiche vom Pferd, schleppten sie in das Mausoleum und machten sich daran, den Sarkophag aufzustemmen.

Isabel wartete draußen und lauschte seltsam ruhelos, als sie darüber stritten, wie man ihn am besten öffnete.

Garnet übernahm das Kommando. »So, Leute, schiebt den Deckel in diese Richtung.«

»Bei Gott, ist der Kerl schwer«, rief eine Stimme, dann folgte unterdrücktes, verlegenes Gelächter.

»Sollten wir nicht ein Gebet oder so was sprechen?«, fragte Powell.

»Sprechen Sie, was Sie wollen, aber erwarten Sie nicht, dass ich Amen sage«, gab Marmaduke zurück.

Woraufhin Murray meinte: »Aye, aber vielleicht sollten wir Isabel fragen, welchem Glauben er angehörte. Wenn er katholisch war, kann ich das übernehmen.«

Isabel brannte so sehr darauf zu gehen, dass sie ihnen ungeduldig zurief: »Mein Cousin glaubte nicht an Gott, nur an die Macht des Teufels – und an seine eigene.«

Ein unbehagliches Schweigen folgte. Betreten verließen die Männer das Mausoleum und erklärten Powell, er solle das erstbeste Gebet sprechen, das ihm einfiel, und nicht vergessen, hinter sich abzuschließen.

Marmaduke ging direkt zu Isabel. »Ich bringe dich am besten nach Hause, Liebling. Hey, was ist los mit dir?«

Isabel zeigte mit dem zitternden Finger auf das Tal. »Was zum Teufel hast du mit Mingaletta gemacht? Ich dachte, es wäre fast fertig. Ich habe mit Queenie abgemacht, dass ich das Kind in unserem neuen Haus zur Welt bringe! Und jetzt hast du alles ruiniert!«

Dann weinte sie wie ein kleines Kind, das einen Wutanfall hat und die Flut von Tränen nicht aufhalten kann.

Marmaduke hätte ihr in diesem Augenblick die ganze Welt

versprochen. »Ich schaffe es schon, das Haus noch rechtzeitig zu Ende zu bauen, großes Ehrenwort.«

»Nein, das schaffst du nicht. Es ist so weit!«

Marmaduke wurde kreidebleich. »Das kann nicht sein, es ist zu früh.«

»Sag das dem Baby. Es ist so weit, ob du willst oder nicht!«

»Dann bringe ich dich sofort zu Queenie nach Hause.«

»Nein! Ich lasse nicht zu, dass sich Silas noch aus dem Grab heraus in mein Leben einmischt. Ich werde das Kind in Mingaletta zur Welt bringen!«

Und noch ehe Marmaduke es verhindern konnte, stieß Isabel ihrem Pferd die Fersen in die Flanken und ritt auf die Ruine von Mingaletta zu.

Sie sah sich nach Marmaduke um. Der warf frustriert die Arme in die Luft und zuckte dann vor Schmerz zusammen.

»Ihr habt gehört, was sie gesagt hat. Holt Queenie und bringt alles, was sie braucht, hierher. Wir müssen ein Kind zur Welt bringen!«

Im Rohbau ihres neuen Heims herrschte Chaos. Es erinnerte Marmaduke an ein behelfsmäßiges Lazarett auf einem Schlachtfeld, wo jeder jedem Befehle erteilte. Nur Queenie war ruhig und gefasst, während sie Marmaduke, Garnet und Bridget anwies, ihr zu bringen, was sie brauchte. Zum ersten Mal im Leben gehorchte Garnet Queenies Befehlen. Im Kessel über dem offenen Lagerfeuer brodelte kochendes Wasser. Menschen liefen mit Eimern hin und her und holten Wasser aus dem Brunnen.

Marmaduke lief zurück zu Isabel. Im Innern des Weinkellers hatten sie aus einem Sack Baumwolle ein weiches Lager bereitet, wo Isabel jetzt lag. Der Raum war hell erleuchtet von Kerzen und Öllampen, die von den Balken hingen.

»Wie geht es dir, Liebling?«, fragte er liebevoll.

»Was für eine blöde Frage«, gab Isabel zurück und krümmte sich unter dem Schmerz einer neuen Wehe.

Queenie nickte ihm zu, um ihm zu versichern, dass dies in dieser Phase einer Geburt völlig normal war. Dann gab sie ihm ein Zeichen, dass sie gleich wieder da wäre, und verschwand.

Trotz Isabels Forderungen blieb Marmaduke entspannt und versuchte, sie zu beruhigen. Und während sie eine Wehe nach der anderen überstand und dabei ihre Nägel in die Haut bohrte, lächelte er ihr zu. Der Anblick von Klaus von Starbolds Uhr, die auf einem improvisierten Tisch neben Isabel lag, um die Häufigkeit ihrer Wehen anzuzeigen, war irgendwie tröstlich.

Die Intervalle wurden immer kürzer, die Krämpfe immer heftiger. Isabel benutzte Kraftworte, von denen Marmaduke nie vermutet hätte, dass sie sie kannte. Aber es war zu viel für ihn.

Er umfasste ihr Gesicht mit den Händen und sprach ihr flehentlich Mut zu. »Ich schwöre bei Gott, Liebling, dass ich dich nie wieder durch so eine Hölle gehen lassen werde. Ich werde dich niemals wieder *anrühren*. Wir werden wie Schwester und Bruder leben. Ich bin ein richtiges Ekel, weil ich dir das aufgebürdet habe.«

Isabel hielt die Luft an. »Halt den Mund, Marmaduke. Erspar mir die Melodramatik. Das hier ist *mein* großer Auftritt, nicht deiner!« Sie riss die Augen weit auf. »O Gott, da ist die nächste!«

Dann stöhnte sie laut auf und krallte sich erneut an seinem Rücken fest.

Garnet wartete kreidebleich vor der Kellertür und zuckte bei jedem Schrei zusammen, weil er an die schrecklichen Bilder von Mirandas Totenbett denken musste und an das Kind, das in ihrem Schoß gefangen gewesen war. Als Queenie den Kopf durch den Türspalt steckte, atmete er kurz auf.

»Whisky und nicht zu knapp. Aber schnell!«

Garnet lief zu der Kiste mit dem Whisky und brachte ihr eine Flasche.

»Nicht für mich«, rief Queenie. »Füll zwei große Schüsseln, eine mit kaltem Wasser, die andere mit heißem, aber nicht kochendem Wasser. Bring Handtücher und stell alles auf den Tisch da drüben.«

Dann war sie wieder verschwunden. Garnet tat wie ihm befohlen, während er Isabels tiefe Schreie und Marmadukes ermunternde Worte im Hintergrund hörte. Doch ein Baby hörte er nicht.

Plötzlich verstummte Isabel. Es folgte eine unheimliche Stille.

Dann trat Marmaduke mit aschfahlem Gesicht und einem Bündel heraus, das er Garnet übergab.

»Queenie hat gesagt, du sollst dich darum kümmern. Er ist ganz blau. Hat keinen Ton von sich gegeben. Eine Totgeburt.« Seine Stimme brach. »Keinen einzigen Ton hat er von sich gegeben. Hier, nimm ihn, um Himmels willen. Isabel braucht mich jetzt.«

Kurz darauf kam Queenie aus dem Keller und lief zu Garnet an den improvisierten Tisch. Sie massierten die fleckige blaue Brust und die Beine des kleinen Säuglings, rieben den leblosen kleinen Körper mit Whisky ein und tauchten ihn abwechselnd in kaltes und heißes Wasser. Garnet befolgte Queenies Anweisungen blind.

Die Zeit hatte aufgehört zu existieren. Schließlich war Queenie so erschöpft, dass sie nicht mehr konnte, doch Garnet weigerte sich aufzugeben.

»Das kann ich nicht akzeptieren! Das werde ich nicht zulassen«, rief er dem winzigen Körper zu. »Atme! Du schaffst es!«

Seine Hände waren rau und verzweifelt, sein Herz sehnte sich danach, diesen Schrei zu hören, der nicht kam.

Niemand sonst war zu sehen, alle waren im Keller und kümmerten sich um Isabel, die hemmungslos schluchzte.

»Nein, nein! Wieso darf ich es nicht sehen?«

Plötzlich erstarrte Garnet, als Queenie ihn am Arm packte. Sie drehten sich um und beobachteten, wie etwas auf sie zukam. Die dünne Nebelschwade hatte keine Gestalt, schien aber eine eigene Lebenskraft zu besitzen.

Der weiße Schatten beugte sich über das Kind. Und da hörte Garnet endlich das Gottesgeschenk, den Schrei des Lebens. Das Kind färbte sich rosa und tat seinen ersten Atemzug.

Garnet hob das zappelnde und schreiende Wesen über seinen Kopf. Plötzlich rieselte ein dünner Strahl aus dem winzigen Penis über Garnets Gesicht.

»Engelspisse!«, schrie er und brach in wildes Gelächter aus.

Queenie sank lachend und weinend zugleich auf die Knie und dankte Gott, Jesus, Buddha und allen Gottheiten des hinduistischen Pantheons.

Mit zitternden Händen wickelte Garnet den Kleinen in ein Handtuch. Dann lief er triumphierend in den Keller und übergab seinen Enkel den rechtmäßigen Eltern.

Marmaduke berührte mit den Fingern das goldene Haus, das an der Kette von Isabels Hals hing. Sie lag erschöpft vor ihm, kreidebleich und schweißgebadet. Trotzdem hatte er im ganzen Leben noch nicht eine so wunderschöne und begehrenswerte Frau gesehen.

»Ich glaube, Josiah Mendoza hatte Recht. Er sagte einmal, die Frau sei das wahre zu Hause eines Mannes.«

Isabel war so müde, dass sie kaum zu verstehen war. »Wie schön! Jetzt weiß ich, weshalb du unser zu Hause abfackelst.«

Marmaduke strich ihr über das Haar. »Ich weiß, dass jetzt nicht der richtige Augenblick ist, um es dir zu sagen, aber ich muss mein Versprechen zurücknehmen – dass ich dich nie wieder anrühren würde, um dir eine weitere Geburt zu ersparen. Na ja, ich war zwischendurch ganz schön in Panik. Trotzdem bin ich der Meinung, dass ich das Ganze ziemlich gut gemeistert habe. Alles in allem war ich ziemlich gefasst. Deshalb solltest du dir keine Sorgen machen, denn eigentlich würde ich dir liebend gern jedes Jahr ein Kind schenken.«

Als Isabel ungläubig den Mund öffnete, fügte er hinzu: »Wie wäre es, wenn wir heute Abend einen kleinen Bruder für Rufus zeugen, das heißt, falls du nichts Besseres vorhast?«

Isabel starrte ihn an. »Ich fasse es nicht, Marmaduke. Ich habe erst vor einer Stunde einen Sohn zur Welt gebracht. Du bist wirklich unersättlich!«

»Tja, die Gedanken sind frei«, entgegnete er mit diesem Zucken um die Mundwinkel, das ihn stets verriet. »Aber gut, ich gebe mich auch mit einem einfachen Kuss zufrieden.«

Er nahm ihr verschwitztes Gesicht in die Hände und küsste sie zärtlich auf die Nasenspitze. »Wer hat das noch gesagt: ›Ward je in dieser Laun' ein Weib gefreit, ward je in dieser Laun' ein *Mann* gewonnen?‹ Ach ja, jetzt weiß ich es. Das sagte Romeo zu Julia.«

»Stimmt nicht. Du zitierst schon wieder falsch, nur weil es dir gerade in den Kram passt. Es war Richard III.«

»Ich wette mit dir um fünf Guineen, dass es Romeo war.«

»Ich habe keine fünf Guineen. Wir sind völlig pleite, oder hast du das schon vergessen? Du kannst mir nicht einmal die vertraglich vereinbarten Zahlungen überweisen.«

»Halb so schlimm, Liebling. Ich kann ja meine Schulden abarbeiten – im Bett.«

Garnet hörte sich ihr scherzhaftes Geplänkel an und lächelte müde, aber zufrieden. Er warf einen Blick hinüber zu Queenie, die Wasser für Tee aufgesetzt hatte, und beide wechselten einen Blick gegenseitigen Respekts. Der gesamte Whiskyvorrat war für eine gute Sache aufgebraucht worden.

Tief im Innern wusste Garnet, dass Miranda ihm jetzt niemals wieder erscheinen würde. Er hatte das Wunder dieses Augenblickes erlebt, als sie sich über das tot geborene Kind gebeugt und es mit einem Kuss ins Leben zurückgeholt hatte. Anschließend hatte sie sich zu Garnet umgedreht und ihm zugelächelt.

Er warf einen Blick durch die Tür in den behelfsmäßigen Geburtssaal. Auf Marmadukes Weisung hin hatte er Murray nach Bloodwood Hall geschickt, um Rose Alba zu holen, damit sie ihren Bruder sehen konnte. Die Kleine schlief jetzt wie ein Kätzchen zusammengekuschelt zu Füßen ihrer Mutter. Marmaduke lag neben Isabel auf dem Bett und beobachtete liebevoll, wie sie dem Kind die Brust gab.

Das ist der glücklichste Tag in meinem Leben, Miranda, dachte Garnet. *Was wir begannen, du und ich und dieser verdammte Klaus von Starbold, dieses Chaos, das wir aus unserem Leben machten, hat nun ein glückliches Ende gefunden. Wir drei haben Marmaduke und meine Dynastie hervorgebracht. Jetzt muss ich nur noch einmal ein Vermögen anhäufen.*

Und plötzlich hatte er eine Eingebung, über die er laut lachen musste.

Queenie hatte die Arme in die Hüften gestemmt und meinte: »Jetzt sag bloß nicht, dass du ausgerechnet heute Nacht einen deiner Anfälle bekommst!«

Garnet versuchte, seine Heiterkeit zu unterdrücken. »England hat mir einen großen Gefallen erwiesen, als es mich deportierte. Aber mir ist gerade eingefallen, dass ich doch noch zu meiner Rache kommen werde. Silas de Rolland ist auf ewig verschwunden. Jetzt ist Isabel die letzte Plantagenet. Das bedeutet, dass alle Generationen nach Godfrey de Rolland meinen Namen tragen werden, dank Rufus Gamble!«

Isabel lag wach auf dem Bett und sah sich in dem Keller um, jenem traurigen Ort, an dem Marmadukes Mutter und ihr Liebhaber in einem letzten verzweifelten Liebesakt ein Kind gezeugt hatten. Jetzt hatte sich der Keller in einen Hort der Freude verwandelt: Hier war Marmadukes Sohn zur Welt gekommen.

Alles, was sie liebte, war in ihrer Nähe. Marmaduke schlief an ihrer Schulter, Rose Alba zu ihren Füßen. Baby Rufus lag mit großen Augen in ihrem Arm, und sein zerzaustes Haar leuchtete wie ein kleiner roter Heiligenschein.

Isabel küsste seine Hand und flüsterte: »Danke, mein Kleiner, dass du zu uns gekommen bist.«

Nur eins musste noch geregelt werden.

»Marmaduke, bist du wach?«

»Jetzt ja.« Seine Stimme klang müde.

»Es gibt noch etwas, was ich dir sagen muss. Es ist eine Art Geständnis.«

Marmaduke sah sie besorgt an, plötzlich war er ganz wach. »Ja? Was denn?«

»Ich habe erfahren, dass du einen Kredit aufnehmen musstest, um Mingaletta zu Ende zu bauen.«

»Keine Sorge, Liebling. In einem oder zwei Jahren zahle ich alles wieder zurück. Edwin meint, die Far Horizon Agricultural Company wäre sicher. Der neue englische Siedler, der mir den Kredit gegeben hat, gilt als ehrlicher Mann, auch wenn er ein bisschen exzentrisch ist.« Plötzlich horchte er auf. »Moment mal. Was wolltest du mir denn gestehen?«

»Jetzt reg dich nicht auf, Marmaduke. Die Gesellschaft und dieser englische Siedler, das bin in Wirklichkeit ich.«

»Du? Wie willst du mir einen Kredit geben, obwohl ich dir seit Monaten nicht einmal dein Gehalt überwiesen habe?«

»Na ja, wozu brauche ich eine Tiara? Ich habe sie Onkel Godfrey verkauft zu einem sehr vernünftigen Preis.«

»Verdammt nochmal, das hätte ich niemals erlaubt! Die Tiara war dein Erbe.«

»Nein. Du und die Kinder – ihr seid mein wirkliches Erbe.«

Marmaduke nahm sie in die Arme und suchte nach den richtigen Worten. »Isabel, du bist nicht nur eine mutige englische Rose, sondern auch meine Currency Lass.«

Lächelnd schlief Isabel in den Armen ihres Mannes ein.

Hinter den Ruinen von Mingaletta, in den gespenstischen Eukalyptusbäumen mitten im Herzen von Ghost Gum Valley, hörte man das Lachen der Kookaburras, die den Anbruch eines neuen Tages ankündigten.

ANMERKUNGEN DER AUTORIN

Wilde Akazien ist Fiktion, eine Mischung aus Phantasie und Geschichte. Alle entscheidenden Charaktere – die Gambles und de Rollands – sind frei erfunden. Ihr Leben überschneidet sich mit dem führender historischer Persönlichkeiten vor dem Hintergrund der australischen Landschaft in einem Zeitraum von etwa 1833 bis 1835, ist aber auch gezeichnet von lebensverändernden Erfahrungen, die bis zum Anfang jenes Jahrhunderts zurückreichen.

Diese Figuren überbrücken das komplexe Kastensystem jener Zeit, die von Gouverneur Sir Richard Bourke als »höchst eigenartige Kolonie« bezeichnet wurde. Sie interagieren direkt mit historischen Figuren, etwa dem Theaterintendanten Barnett Levey, dem Emanzipisten Samuel Terry (der als »reichster Mann in New South Wales« galt) und Dr. William Bland, dem streitbaren Zeitungsverleger Dr. Robert Wardell, dem Quäker-Missionar James Backhouse, dem Gründungskurator des Australian Museums, William Holmes, dem gefeierten Architekten Francis Greenway oder dem Maler Augustus Earle.

Alle Schichten der Gesellschaft – Sträflinge, Freigelassene, Emanzipisten, Exclusives, New-Chum-Siedler und die im Land geborenen Currency Lads und Lasses – reagieren auf die Machthaber ihrer Zeit: den angloirischen Gouverneur Sir Richard Bourke; Sir Francis Forbes, Richter am Obersten Gerichtshof, den amtierenden britischen Monarchen König Wilhelm IV. (letzter Hannoveraner-König), britische Premierminister und für die Gefangenentransporte zuständige politische Kreise in

Whitehall, den legendären Unternehmer John Macarthur oder die kämpferischen Anwälte und Vertreter einer freien Presse, William Charles Wentworth und Dr. Robert Wardell. Um mich über ihr Leben und ihre Zeit zu informieren, las ich unzählige, manchmal widersprüchliche Biografien und überprüfte diese nochmals mithilfe des *Australian Dictionary of Biography* (Bände 1 und 2, 1788–1850).

Das Leben von Marmaduke Gamble wurde durch die Generation wohlhabender Nachkommen der Emanzipisten inspiriert (wie von Charles Darwin beobachtet). Diese hatten das Stigma ihrer Eltern geerbt, die mit den Sträflingstransporten aus England gekommen waren, und waren buchstäblich Außenseiter auf verschiedenen Ebenen der Gesellschaft. Ich bezog mein Material aus gut dokumentierten Zeitungsberichten im *Sydney Herald* und dem *Australian* und integrierte Marmadukes fiktionale Rolle in ein historisches Ereignis, das alle australischen Kolonien im Jahr 1834 tief erschütterte: die Ermordung des prominenten Anwalts Dr. Robert Wardell, die anschließende Jagd auf die Attentäter sowie das Verfahren vor dem Obersten Gerichtshof, das aufgrund einer Aussage des Kronzeugen Emanuel Brace in der Hinrichtung von John Jenkins und Thomas Tattersdale gipfelte.

Einen großen Teil des vielfältigen Archivmaterials der Kolonie, darunter auch Anträge auf Gewährung von Strafgefangenen als Arbeiter, äußerliche Beschreibungen und Hintergründe verdanke ich der State Library of New South Wales und den Archivaren des State Records New South Wales Fabian LoSchiavo und Lindsay Allen. Ich danke Sue an der National Library of Australia für die Lithografie von John Jenkins aus dem Jahr 1834. Sein jugendliches Porträt legt Zeugnis dafür ab, was für ein Held er in den Augen der Sträflinge war, und befeuerte die weit verbreiteten Gerüchte, Wardells Ermordung sei ein Racheakt gewesen, der von Männern »an höchster Stelle« angezettelt worden war.

Besonders verpflichtet bin ich Rebecca Edmunds, der Stellvertretenden Kuratorin des Justice and Police Museum in Sydney. Ihre Sachkunde und ihr unermüdlicher Wille, mir Zugang zu Material in Gerichts- und Polizeiarchiven zu verschaffen, erwies sich als ungeahnter Glücksfall für eine Schriftstellerin wie mich, denn dadurch gelangte ich an Unterlagen, die das menschliche Gesicht der Geschichte offenbaren. Sie verwandelten die komplexen rechtlichen, gesetzlichen, polizeilichen und gerichtlichen Prozesse in ein Abenteuer der Recherche. Die Beschreibungen des Prozedere am Obersten Gerichtshof, die Gewalt unter den Anwesenden, die Entscheidung des Obersten Richters, kahlköpfig zu erscheinen, ohne die verhasste traditionelle Allongeperücke britischer Richter, oder der Brauch, Verbrechern Totenmasken abzunehmen – all das füllte die polizeilichen und juristischen Aspekte der Geschichte mit Leben.

Das Justice and Police Museum ist eins der historischen Gebäude, großen Anwesen und Quellen unter der Schirmherrschaft des Historic Houses Trust of New South Wales, das mir wertvolle Erkenntnisse bei meiner Recherche verschaffte und mich großzügig unterstützte. Bei der Erschaffung von Garnet Gambles Imperium und Bloodwood Hall bin ich Matthew Stephens zu großem Dank verpflichtet. Er ist Bibliothekar an der hervorragenden Caroline Simpson Library and Research Collection, Historic Houses Trust, New South Wales, und schüttete ein wahres Füllhorn von Material vor mir aus, unter anderem zu Architektur, Landschaftsgärtnerei, Inneneinrichtung, Kunstwerken und Bauplänen bis hin zu den Sanitäreinrichtungen großer Herrensitze und Hotels aus der Epoche der Gambles. So gewann ich eine lebendige Vorstellung davon, wie die Reichen und Mächtigen in der Kolonie sich über die europäischen Moden auf dem Laufenden hielten. Dafür sorgte damals beispielsweise Rudolph Ackermanns Journal *The Repository of Arts*, das von 1809 bis 1828 monatlich in Großbritannien erschien.

Die fiktive Pracht von Garnet Gambles Imperium und des Lebens auf dem Land geht zurück auf die wundervollen Beschreibungen kolonialer Architektur, etwa in *Golden Age of Australian Architecture – The Work of John Verge* von James Broadbent oder *Australian Colonial Architecture von* Philip Cox und Clive Lucas. Bei meinen Besuchen im Elizabeth Bay House, dem Anwesen im Stil des Greek Revival, das während Gouverneur Bourkes Amtszeit von Alexander Macleay, dem Kolonialminister von New South Wales und damit Zeitgenossen der Gambles, gebaut worden war, hatte ich das Gefühl, Geschichte hautnah zu erleben. Der Historic-Houses-Trust-Kurator Scott Carlin gewährte mir einen faszinierenden Einblick in die koloniale Beziehung von Herren und Dienern und die Weitwinkelperspektive aus Sicht des Personals. Der Kontrast zwischen den verschwenderischen Versammlungs- und Familienräumen und den überfüllten, häufig abseitsliegenden Quartieren der Bediensteten inspirierte mich zu vielen dramatischen Szenen auf Bloodwood Hall.

Die Beziehung zwischen Garnet Gamble und seinem lebensechten Emanzipisten-»Kollegen« Samuel Terry wird aus der Sicht des Rivalen beschrieben, der förmlich davon besessen scheint, den »reichsten Mann von New South Wales« zu überflügeln. Samuel Terrys Aufstieg zu Ruhm und Reichtum, akribisch dokumentiert in der faszinierenden Biografie von Gwyneth M. Dows mit dem Titel *Samuel Terry: The Botany Bay Rothschild*, inspirierte mich zu der parallel verlaufenden Karriere meines fiktiven Antihelden Garnet – doch Charakter und Lebensweise der beiden Männer hätten nicht unterschiedlicher sein können.

Die Welt von Bloodwood Hall, Bloodwood Village, Penkivil Park und Scavengers Creek ist meine Erfindung, eine Mischung von vielen Landsitzen in den Kolonien von New South Wales und Van Diemen's Land (dem späteren Tasmanien). Sie wurden von einer ganzen Armee nicht bezahlter Strafgefangener gebaut und unterhalten. Bloodwoods Beziehung zu Sydney Town beruht mehr auf dramaturgischen Erwägungen als besonderen geografischen Umständen. Ähnlich wurde der fiktive Sitz der de Rollands in Gloucestershire inspiriert von meiner Bewunderung für die großen englischen Landsitze und Mark Girouards Werk *Life in the English Country House.*

Das Tal der Hände ist mein erfundener Name für einen der wenigen erhaltenen Orte der Aborigines mit heiligen Stätten und Artefakten, den ich besuchen und fotografieren durfte, dessen Lage ich jedoch aus Respekt für die traditionellen Bräuche und das Land nicht preisgeben möchte. Isabels Ehrfurcht und Hochachtung vor der Kultur der Aborigines spiegelt meine eigene Überzeugung wider. Die Beziehung zwischen den Aborigines und reichen Großgrundbesitzern, wie sie hier geschildert wird, reicht von willkürlicher Grausamkeit, Gleichgültigkeit, Ignoranz bis hin zu der tragischerweise verpassten Chance, die Freundschaft zu erhalten, die Miranda und auch Marmaduke als Kind angeboten wurde. Das trifft natürlich nicht auf alle historischen Landbesitzer zu.

Der »Vater des australischen Theaters«, Barnett Levey, war ein außergewöhnlicher Unternehmer, dessen Vision leider größer war als seine Kompetenz als Geschäftsmann. Er produzierte Hunderte von Shakespeare-Stücken und Opern, Melodramen, Ballettaufführungen und Pantomimen in seinem Bestreben, das erste professionelle Theater auf dem australischen Kontinent zu etablieren. Sein tragischer Untergang fällt zwar nicht mehr in den Zeitrahmen unserer Geschichte, wird jedoch in ihr bereits angedeutet.

Ich danke dem Team von Archivaren der Australian Jewish Historical Society für die Unterstützung bei meiner Recherche über das Leben von Barnett Levey (mit besonderem Dank an Noela Symonds für die Überlassung ihrer Familiengeschichte) und der Erschaffung meines fiktiven Josiah Mendoza.

Die »amerikanische Nachtigall« Josepha St. John geht auf

eine Reihe von Theaterlegenden zurück, die frühe Intendanten unter hohen Kosten ins Land holten, zu einer Zeit, als Schauspielerinnen noch allgemein als Kurtisanen galten und Schauspieler einen extrem schweren Stand hatten, wenn sie sich Respektabilität verschaffen wollten.

Ich mache keinen Hehl aus meiner Sympathie für Dorothy Jordan, die Geliebte des Herzogs von Clarence und Mutter seiner zehn Kinder (der später zum König Wilhelm IV. gekrönt wurde) und Lady Emma Hamilton, die Geliebte von Lord Horatio Nelson, der, nachdem er in der Schlacht von Trafalgar verwundet worden war und im Sterben lag, England verpflichtete, sich Emmas und ihres gemeinsamen Kindes anzunehmen – eine Bitte, der das britische Parlament niemals entsprochen hat.

Große Autoren, Dramatiker und Schauspieler wurden von ihrer Generation auf eine Art glorifiziert, wie man es heute nur von modernen Superstars kennt. Englands größter Tragöde, Edmund Kean, und Frankreichs größter Schauspieler, Talma, wurden wie Götter behandelt, sobald sie aber in Ungnade fielen, mit Spott und Hohn überschüttet. Edmund Keans letzte Vorstellung im *Othello* vor seinem tragischen Tod wurde in vielen Biografien bis in die kleinste Einzelheit geschildert.

Isabel und Marmaduke sind fasziniert vom Theater und vielen literarischen Werken, darunter Shakespeare, Johann Wolfgang von Goethe, Sir Walter Scott oder Jane Austen. Für Isabel las ich die Geschichte der Plantagenets und Biografien ihres Helden Edmund Kean. (Dabei konnte ich auf das Erbe meines Vaters, Mentors, Komödienautors und Theaterbiografen Fred Parsons zurückgreifen, das auch seine Theaterbibliothek umfasste.) Als ich die Werke recherchierte, die die Liebe zur Literatur des jungen Marmaduke beeinflussten, las ich Biografien von Goethe mit besonderer Berücksichtigung der *Leiden des jungen Werther*. Dieser Roman, der eine so enorme Wirkung auf die romantische Jugend in aller Welt ausübte, fand ein Echo in der melancholischen Ader Marmadukes. Zugleich faszinierte ihn Vatsayayanas *Kamasutra*.

Die erotischen Liebesgedichte Indiens machten mich mit der hervorragenden Übersetzung einer Originalsammlung von Gedichten unter dem Titel *Amarushataka* (Hundert Gedichte von Amaru) aus dem achten Jahrhundert durch den Dichter und Übersetzer Andrew Schelling bekannt. Zwei davon reflektieren auf wunderbare Weise Isabels aufblühende Sexualität.

Wenn möglich, habe ich Namen und Orte aus der Zeit eingefügt, beispielsweise *Fortune* und *Susan*, die beiden Transportschiffe für Strafgefangene, oder Sign of the Lame Dog, einer der vielen Gasthöfe, die wie Pilze aus dem Boden schossen. Damals hatte Sydney fast so viele Wirts- wie Wohnhäuser.

Als ich mich mit der Organisation der Freimaurerei in Australien beschäftigte, stellte ich zu meiner Überraschung fest, welche Auswirkung sie auf das Wachstum des Gleichheitsgedankens hatte, auf dem die australische Gesellschaft beruht. Die Tatsache, dass angesehene Emanzipisten wie Samuel Terry, Francis Greenway, Dr. William Bland und viele andere nicht nur als ebenbürtige Mitglieder innerhalb der Freimaurergesellschaft akzeptiert wurden, sondern auch zu hohen Würden gelangten und für ihre Wohltätigkeit gefeiert wurden, setzte ein leuchtendes Beispiel in der globalen Geschichte dieser Zunft.

Dass ich diesen wichtigen Freimaurer-Einfluss im Leben des ehemaligen Strafgefangenen Garnet Gamble sowie seine unerwartete Wirkung auf Marmaduke und dessen Wunsch, sich von seinem schlechten Ruf zu befreien, darstellen konnte, verdanke ich der wundervoll offenen Zusammenarbeit, den Anekdoten und dem Verständnis für mein Bedürfnis, Geschichte mit Fiktion zu vermischen, von Grahame H. Cumming, Autor und Historiker an der Masonic Historical Society of New South Wales. Ich bin ihm zutiefst verpflichtet für seine Recherchen, dem Zugang zu historischen Werken und der Möglichkeit, Dokumente und Artefakte im Masonic Museum einzusehen. Ich danke darüber hinaus Michael Goot, Ehemaliger Meister der Loge Mark Owen, für seine anhaltende Unterstützung meiner historischen Romane und Rabbi Dr. Raymond Apple, Ehemaliger Stellvertretender Meister der United Grand Lodge of NSW & ACT, für seine akademischen Geschenke, seinen Humor und seine veröffentlichten Werke über die einzigartige Rolle der Freimaurer in unserer kolonialen Geschichte, die mein Interesse an diesem Thema erst weckten.

Bei der Erforschung des indischen Hintergrunds von Miranda McAlpine Gamble und ihrer angloindischen Halbschwester Queenie inspirierte mich das Buch *Indian Jewellery* von M. L. Nigam mit seinen üppigen Illustrationen und dem faszinierenden Text zu dem *navratan*, Mirandas prächtigem Halsband.

Aus vielerlei Gründen bedanke ich mich bei Professor John Pearn (Department of Paedriatics and Child Health, Royal Children's Hospital, Brisbane, Queensland). Seine zahlreichen faszinierenden Bücher zum Thema Medizin in der Kolonie (darunter *A Doctor in the Garden – Australian Flora and the World of Medicine*) und seine großzügige Liste von Kontakten erwies sich beim Schreiben meiner Bücher *Die Blüte des Eukalyptus* und *Wilde Akazien* von unschätzbarem Wert. Vor allem danke ich ihm, weil er mich auf die frühe Praxis des Duellierens aufmerksam machte, die Grund dafür war, dass viele bekannte *Gentleman Convicts* in die Kolonie deportiert wurden, nachdem sie sich in England duelliert hatten.

Meine Recherchen zu den Duellpraktiken hier und in Europa inspirierten den Erzählstrang, der Marmaduke und seinen deutschen Lehrer betrifft – beeinflusst von Schilderungen kolonialer Duelle, die oft sehr raubeinig und mit den Regeln des Code Duello nicht vereinbar waren.

Bei der Erschaffung des fiktiven Charakters von Marmadukes deutschem Lehrer Klaus von Starbold, seinem anglizisierten Namen und seiner schillernden Vergangenheit versenkte ich mich in die faszinierende Welt seiner möglichen Karriere als Soldat, seiner Heimat und seiner Vorfahren. Doch als die Figur auf dem Papier immer mehr Gestalt annahm und seine wahre Natur offenbarte, wurde es zugunsten der Spannung notwendig, bestimmte Elemente seiner Vergangenheit im Dunkeln zu lassen.

Es gibt einen Erzählstrang in *Wilde Akazien*, bei dem es mir sehr wichtig war, die richtige Balance zwischen Vergangenheit, Gegenwart und Zukunft zu finden. Vier Menschen möchte ich ausdrücklich danken: Meiner Freundin Susan Arbouw für ihre verständnisvolle, professionelle Erforschung verdrängter Erinnerungen bei Kindesmissbrauch; der Psychologin Uta Herzog für ihr wertvolles Wissen bezüglich der Auswirkungen von Kindheitstraumata auf Erwachsene; David Hilton für seine hervorragenden Einblicke und seine Hilfe sowie Jan D., ein Missbrauchsopfer, das gewillt war, seine Kindheitserlebnisse mit anderen zu teilen.

Mein aufrichtiger Dank gilt auch Jenny Madeline von der Society of Friends, die mir faszinierendes historisches Material über den wunderbaren Quäker-Missionar James Backhouse und das Treuegelöbnis der Quäker verschaffte. Wie in *Wilde Akazien* bereits angedeutet, kam James Backhouse mit seinem Missionarskollegen später aus Van Diemen's Land nach New South Wales und wurde für seine Arbeit in Krankenhäusern und Gefängnissen, aber auch sein Engagement für die Aborigines und die Berichte über die Notwendigkeit von Reformen an den Gouverneur gewürdigt. Tatsächlich zogen die beiden Missionare zu Fuß durch das ländliche New South Wales und bauten das erste Gebetshaus der Freunde in den Kolonien.

DANKSAGUNG

Meine persönliche Reise nach *Wilde Akazien* war ebenso aufregend wie herausfordernd. Ohne die persönliche und professionelle Unterstützung vieler außergewöhnlicher Menschen, die daran beteiligt waren, hätte ich mein Ziel nie erreicht.

Die Hilfe und Unterstützung des Autors Brian Nicholls kann gar nicht hoch genug eingeschätzt werden. Er war der Erste, der *Wilde Akazien* in seiner fast fertigen Version zu lesen bekam und es mit seiner langen Erfahrung als Autor, Produzent, Regisseur und Redakteur einer Dokumentarserie bei der Australian Broadcasting Corporation bereicherte. Seine Fähigkeiten als Lektor und sein Verständnis für die Charaktere, seine unermüdliche Unterstützung bis zur Zielgeraden meines Marathonlaufs waren Geschenke, für die ich ihm ewigen Dank schulde.

Der unvergleichlichen Selwa Anthony, die dem Begriff Agentin eine ganz neue Dimension hinzugefügt hat, und ihrer »Autorenfamilie« danke ich für ihre herrliche Mischung von Ermutigung, Ehrlichkeit, Weisheit und gegenseitigem Vertrauen, das ihr höchste Anerkennung in der Verlagswelt eingebracht hat.

Ebenso gilt mein tief empfundener Dank meinem »Champion« in Deutschland, dem deutschen Agenten Bastian Schlück von der Literarischen Agentur Thomas Schlück, der den Erfolg der *Blüte des Eukalyptus* auf den Weg gebracht hat und auch *Wilde Akazien* betreut.

Ich habe größte Hochachtung vor den Übersetzern und Lektoren, die den Geist eines kreativen Werks einfangen und in ihre eigene Sprache übertragen können, damit es dort ein neues

Publikum findet. Deshalb möchte ich an dieser Stelle Barbara Heinzius, Kerstin von Dobschütz und pociao meinen aufrichtigen Dank und meine Bewunderung aussprechen.

Treue Freunde waren unverzichtbar, als ich so in das Schreiben versunken war, dass ich häufig mehr in der Zeit zwischen 1833 und 1835 lebte als in der Gegenwart und Geburtstage oder gesellschaftliche Anlässe einfach vergaß. Ich danke daher meiner Familie und meinen Freunden, die mir meine »kreative Besessenheit« verziehen und mich unermüdlich anspornten. »Ich konnte deinen ersten Roman nicht aus der Hand legen – wann erscheint denn endlich der nächste?«

Ganz spezieller Dank gilt Mike McColl Jones, Mentor und legendärer Verfasser von Komödien und Theaterbiografien. Ich hatte das große Glück, ihn als Freund von meinem Vater Fred Parsons übernehmen zu dürfen. Mein Dad besaß dieselbe Liebe zu Literatur, Geschichte, Theater und Kino Australiens wie ich und hat mir sein Credo vermacht, Polonius' Rede in *Hamlet*, die folgendermaßen beginnt: »Dies über alles: Sei dir selber treu.«

Ich möchte *Wilde Akazien* mehreren Gruppen widmen, die allen Widrigkeiten zum Trotz überlebt haben. Es sind zum einen die Aborigines, Hüter dieses Landes. Aber es sind auch die Männer und Frauen des ländlichen Australiens, die die Felder bewirtschaften und in unserer kurzen Geschichte mit katastrophalen Überschwemmungen und Dürreperioden fertigwerden mussten. Und nicht zuletzt möchte ich meine große Bewunderung für alle Schauspieler, Autoren und Unternehmer zum Ausdruck bringen, die mit ihrer Kreativität und ihrem Kampfgeist unser Leben verzaubern.